# 京门风月

## ❺ 九城烽烟

[上册]

西子情 著

青岛出版社
QINGDAO PUBLISHING HOUSE

**图书在版编目（ＣＩＰ）数据**

京门风月. 5，九城烽烟 / 西子情著.—青岛：青岛出版社，2020.5

ISBN 978-7-5552-8773-5

Ⅰ.①京… Ⅱ.①西… Ⅲ.①长篇小说－中国－当代 Ⅳ.①I247.5

中国版本图书馆CIP数据核字(2020)第001323号

| | |
|---|---|
| 书　　名 | 京门风月5九城烽烟 |
| 著　　者 | 西子情 |
| 出版发行 | 青岛出版社 |
| 社　　址 | 青岛市海尔路182号（266061） |
| 本社网址 | http://www.qdpub.com |
| 邮购电话 | 010-85787680-8015　13335059110 |
| | 0532-85814750（传真）　0532-68068026 |
| 责任编辑 | 李文峰 |
| 特约编辑 | 孙小淋　李双榆 |
| 校　　对 | 耿道川 |
| 装帧设计 | 梁　霞 |
| 照　　排 | 梁　霞 |
| 印　　刷 | 三河市良远印务有限公司 |
| 出版日期 | 2020年5月第1版　　2020年5月第1次印刷 |
| 开　　本 | 16开（700mm×980mm） |
| 印　　张 | 36 |
| 字　　数 | 450千 |
| 书　　号 | ISBN 978-7-5552-8773-5 |
| 定　　价 | 59.80元（全二册） |

编校印装质量、盗版监督服务电话　4006532017　0532-68068638

**建议陈列类别**：畅销·古代言情

# 目录 上册
## CONTENTS

# 目录 下册
CONTENTS

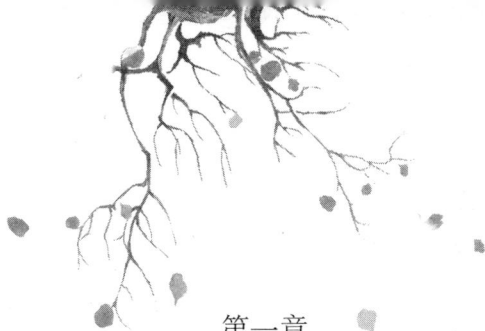

# 第一章
# 纳彩之日

婚礼下达，纳彩用雁。

英亲王和英亲王妃见秦铮手里提着活雁，阴沉的面色终于舒缓了。

忠勇侯也面色稍霁，过完礼，对秦铮询问："铮小子，华丫头在海棠苑，你可要去看看她？"

秦铮沉默片刻，点了点头。

英亲王和英亲王妃对看一眼，脸色又恢复了些。

英亲王妃站起身，凑近秦铮，低声警告："她身上的箭伤还没好，你既然去看她，说话注意些分寸。这等情况下，她还愿意嫁给你，已是很委屈了，你不要在这样的日子里再委屈她。"

秦铮眉目动了动，不摇头也不点头，转身走了。

英亲王妃对着他的背影瞪眼，见他是去海棠苑的方向才放下心，转过身，有些恨恨地道："若是我，这样的混账东西，才不会——"

"才不会什么？"英亲王打断她的话，"儿媳妇可是你自己使劲攥着抢回来的！"

英亲王妃一噎。

"你就别操那么多心了，累不累？他们自己的事情，让他们自己处理去吧！你再跟着掺和，我也会折寿。"英亲王无奈地道。

"胡说什么呢！你可刚过完寿辰！"英亲王妃又走回来坐下。

秦铮进了忠勇侯府，出了荣福堂，向海棠苑走来。这个过程中，每隔一段时间，侍画都会向谢芳华禀告一次。

谢芳华早已在侍画的伺候下梳洗妥当，坐在画堂等着他。

今日这样的日子，知道秦铮要来，谢云澜和言宸自然都避开了。

秦铮一出现在海棠苑的门口，谢芳华便透过珠帘看到了他。

数日不见，他似乎变了一番模样，又似乎没变。

他锦衣玉带，步履轻缓，身上的张扬轻狂仍在，可是似乎被什么东西压住了，多了如雪一般的清寒冷峭。

"铮二公子好！"

侍画、侍墨、侍蓝、侍晚、品竹、品萱、品青、品妍八大婢女分成两排，齐齐在门口见礼。

秦铮看了八人一眼，目光淡淡，没说话。

"我家小姐在画堂，二公子请！"侍画垂首，恭谨地做了一个"请"的姿势。

秦铮又走了两步，站在门口，隔着珠帘，看向门内。

谢芳华端坐在正中的主位上，正对着门口，所以在他来到门口时，她正面向他。

四目相对，不知是不是因为珠帘阻隔，两人都看不清对方眼底的情绪。

过了许久，秦铮挑开门帘，迈过门槛。

谢芳华收回视线，伸手拿起茶壶，斟了一杯茶，放在了秦铮面前。

秦铮坐下，看着放在自己面前的茶盏，并未出声。

侍画、侍墨等八人互看一眼，齐齐离开门口，避远了些。

屋中一时安静无比。

过了片刻，秦铮端起面前的茶，慢慢喝尽。

谢芳华拿起茶壶，又给他斟了一杯。

秦铮又端起来慢慢地喝了。

谢芳华便又斟了一杯。

秦铮看着微微冒着热气的茶水，顿了片刻，端起来，忽然痛快地一饮而尽，然后放下茶盏，站起身向外走去。

谢芳华这时忽然开口："秦铮！"

秦铮脚步一顿。

"你来了这里，一句话不说就要走吗？"谢芳华看着他即将迈过门槛的脚。

秦铮依旧无言。

谢芳华慢慢抬起头，目光又落在他的后背上："你何时成了哑巴？"

秦铮忽然转过头，眉目肃然："你想要我说什么？"

谢芳华对上他的眼睛，里面黑不见底，她眯了眯眼，沉静地看着他："难道你就没有什么话要跟我说？"

秦铮偏过头，复又转过身："没有！"话音刚落，他迈过门槛，利落地向外走去。

"秦铮！"谢芳华又喊了一声。

秦铮的脚步丝毫没有停顿，仿佛没听见。

谢芳华忽然恼怒，拿起桌子上的茶盏对着他扔去。

秦铮轻而易举地接到了即将打到他身上的茶盏，不回身，声音冰冷："今日是纳彩的喜日，不宜摔杯破盏，否则不吉。你身为忠勇侯府的高门闺秀，这个道理应该知晓。"话音刚落，他将杯盏甩手扔给不远处站着的侍画，向外走去。

侍画一惊，连忙接住杯盏，再抬头时，秦铮已经出了海棠苑，走得没了影。

侍墨等人对看一眼，然后齐齐向屋门口走去。

谢芳华面色平静地坐在原处，连身子都未挪一下。

"小姐！"侍画将完好的杯盏拿回来，小心翼翼地喊了一声，见谢芳华不语，她低声道，"铮二公子说得对，您再怎么恼怒，在这纳彩的大吉之日也不能摔杯破盏，否则不吉利。"

谢芳华深吸一口气，忽然嗤笑："他真的是秦铮？"

侍画一愣。

"这个秦铮，你们认识吗？"谢芳华又问。

侍画、侍墨等八人互看了一眼，不由得唏嘘。这样的铮二公子跟以往的确不同，她们不太明白，一个人在短时间内怎么会变了一番性情。

"小姐，奴婢精于易容，这个铮二公子确实是他本人无疑，不是假的。"品竹咳嗽了一声，小声道。

"我自然知道他不是假的！放眼南秦，何人敢冒充他秦铮！"谢芳华拿起杯盏，又往地上扔，"我今日就摔杯破盏了，他能将我怎样？"

八人骇了一跳，侍画又手忙脚乱地接住杯盏，心惊肉跳地攥在手里："小姐，喜庆的日子最怕犯忌讳，您若实在生气，不如将奴婢们打一顿，可别摔这些物事儿！"

"是啊！"侍墨等人也吓得连忙劝说。

谢芳华一时有气没处发，看着八人，片刻后忽然泄了气，无聊地道："算了。"

八人见此，齐齐地松了一口气。

"快到午时了吧，谢氏长房可有传来消息？"谢芳华想起这桩事儿。

"铮二公子来之前还没有消息，奴婢这就去打探！"侍画立即将杯盏小心地放下，转身走了出去。

"你们都去吧，不用在这里守着我。"谢芳华对其余人摆摆手。

众人见她的情绪已经稳住，便一起退了出去。

不多时，侍画回来了："小姐，谢氏长房还没有动静。午时将到，外面的人都在谈论这件事情呢，通往刑场的大街上都挤满了围观的人。"

谢芳华点点头："你时刻注意，一有消息，立即来告诉我。"

"是！"侍画又走了出去。

谢芳华坐着没动，看着画堂里摆放的沙漏中的流沙一点点下滑。

午时正，侍画忽然跑了回来，气喘吁吁："小姐，外面有消息了！据说四皇子向皇上请了圣旨，圣旨中说昨日皇上在英亲王府喝醉了酒，对谢氏长房惩罚得过于严重了，四皇子于心不忍，于是在皇上寝宫门口跪了一夜又半日，刚刚皇上修改了旨意——谢氏长房除谢林溪外，全部流放岭南以南的湿热之地。"

谢芳华挑眉："那谢林溪呢？"

"四皇子向皇上讨要了林溪公子，皇上准了，以后林溪公子就是四皇子府的人了。"侍画小心地看了谢芳华一眼。

谢芳华听罢，沉默片刻，忽然一笑："原来秦钰打的是这个主意！"

"小姐，四皇子打的什么主意？"侍画轻声问。

"现在朝野上下，是不是都在说四皇子贤德？"谢芳华问。

侍画点点头："更改的圣旨一出，不仅朝野上下，连京中的百姓们都传开了，都对四皇子赞不绝口。"

"这就是了！三皇子、五皇子辛苦监朝数日，却不及秦钰这一招。朝野上下称赞，京中百姓为之颂扬，同时送给我一个人情，却又扣押了谢林溪在自己身边，让我不能再出手将人暗中谋来自己身边，一箭不止射了三雕。"谢芳华淡笑，"如今我真是又该多佩服他几分。"

"小姐，那怎么办？林溪公子就让他得了？"侍画有些不忿，"明明就是因为你他才救了谢氏长房和谢林溪，但如今在天下人面前，在谢氏长房面前，甚至在整个谢氏面前，都是他得利。也许在林溪公子心里，最感激的是他。"

"不让他得，难道还能把人要回来？"谢芳华挑眉，"这个时候，他得了名利，却比忠勇侯府被推出来挡刀强。我本来就是要谢氏长房活命，既然目的达到，也就罢了。"

"四皇子可真是能筹谋算计，也许昨日就等着您请他来呢！"侍画道。

谢芳华抿唇："我离京八年，回归不过大半年，手中能指望的，也就是目前言宸在京，还有能用天机阁。忠勇侯府的东西容易留下把柄，都不能用，而为了一个谢氏长房动用我的底牌，不值。求人办事儿，不让人得好处怎么行？他自小就在京中，势力自然深厚，我被他算计，也是正常的。即便在离京被贬黜的日子里，他除

4

了折损名声外，也没损失什么。如今他也算是从名声上找补回来了。"

"四皇子可真厉害！"侍画也有些佩服，须臾，又道，"他真的在皇上的寝宫前跪了一夜又半日？"

"怎么可能？他可不是能委屈自己做这种事情的人，谢氏长房还不值得他跪。"谢芳华想起数日前秦钰受伤，她进宫，秦钰和皇帝在灵雀台下棋，皇帝盛怒之下，秦钰却还能那般泰然处之，显然丝毫不怕皇上，既然如此，他怎么可能委屈自己跪一夜又半日？无非这样传出来让人感激而已。反正，就算她知道他不可能跪，一定是用了什么方法让皇上改了初衷，别人可不知道。

侍画叹了口气："小姐，您累了一上午了，去歇着吧。"

谢芳华点点头。她的确需要尽快把伤养好，若是她能好好地走动，未必非要用秦钰，让他从中获利。

当日，京中众人除了关注谢氏长房这桩事情外，同时也关注英亲王府和忠勇侯府的纳彩之礼。当秦钰带着活雁去了忠勇侯府，消息便传开了，可是不过小半个时辰，秦钰便出了忠勇侯府，连午膳也没留下来用便径直回了西山军营，又让众人觉得，这桩婚事还是不太美好。

英亲王和英亲王妃却是留了午膳后又待了一个时辰，才回了英亲王府。

傍晚时分，秦钰身边的月落来了海棠苑。

侍画、侍墨等人听到动静，齐齐出现，拦在了主屋门口。

月落扫了八人一眼："在下奉四皇子之命，前来问芳华小姐一句，谢氏长房的林溪公子，芳华小姐可想要人？"

"要人有什么条件？不要人他会如何？"谢芳华站在窗前询问。

"要人的话，四皇子自然有条件，您只需答复在下，四皇子自然会奉上条件。若是不要人，那他就将人自己留下安置了。"月落道。

"既然是一个有血有肉的大活人，岂能就这样轻易地给出一句答复！这样吧，请四皇子将人带到我这里来，让我见一面再做决定。"谢芳华想了一下，回道。

月落看了她一眼，点点头，飞身跃到了墙外。

谢云澜在月落离开后进了画堂，语气温和："关于林溪，你想怎么做？"

"云澜哥哥以为呢？"谢芳华看向他。

谢云澜笑笑："谢氏长房的大公子和三公子曾经在你没回京时与四皇子有些来往，倒没听说林溪与他有何来往。这些年，谢氏长房最干净的人非林溪莫属了。如今四皇子却不理会大公子和三公子，偏偏要了林溪留在身边，不知做的是什么打算。"

"今日他来，问问就知道了。"谢芳华道。

谢云澜点点头。

入夜时分，侍书前来禀告："小姐，四皇子带着谢氏长房的林溪公子来了！"

"请他们来画堂。"谢芳华想着秦钰倒是干脆，没让她等就来了。

侍书应声而去。

不多时，秦钰、谢林溪进了海棠苑。

谢芳华自然不会出迎，坐在堂前看着二人进来。

秦钰今日没饮酒，步履比昨日沉稳。谢林溪在谢氏长房被御林军围困了月余，除了清瘦了些，面上并没有颓靡黯然之色，一脸平静，显然这一波风浪对他的影响不是太大，可能还在意料之中。

二人来到门口，侍画、侍墨见礼，之后挑开了门帘。

秦钰当先走了进来，见到谢芳华，对她微笑："今日看你的气色比昨日要好！"

"天已经黑了，灯光昏暗，四皇子还能看出我气色好来？真是有一双好眼睛。"谢芳华示意二人坐。

"明显态度没有昨日客气，看来你是用人向前，不用人向后。"秦钰坐下来，"昨日秦铮喝了你三杯亲自斟满的茶水，今日不知我有没有这个口福？"

"来者是客，我亲自招待，也当得四皇子的身份！"谢芳华拿起茶壶，亲自给他斟了一杯，推给他，然后又给谢林溪斟了一杯，看着他问："林溪哥哥，可还好？"

"劳芳华妹妹记挂，还好。"谢林溪颔首。

秦钰看着二人微笑："虽然忠勇侯府小姐多年来不与谢氏各房旁支族亲走动，但显然情分都在。"

"四皇子可是在皇上的寝殿外跪得膝盖都紫了？"谢芳华看向秦钰。

秦钰目光微动，摇头："父皇疼我，自然舍不得我跪，不过是在他的寝室外候了一夜而已。"

谢芳华看着他，心知这话他没必要说谎。她点点头："你轻轻松松送了我一份礼，让我欠了个大人情的同时，自己赚得盆满钵满，心中可畅快？"

秦钰看着她："今日行纳彩之礼，听说秦铮来见了你，这就是你今日气色好的原因？"

"和四皇子说话真是心累！"谢芳华端起茶盏，脸色微沉。

"和芳华小姐说话亦不轻松，此心对彼心而已。你在我的面前一直是浑身长满了刺，让我觉得扎得慌，也只能把自己贴满了刺。"秦钰淡笑。

谢芳华放下杯盏，正色看着他："你留下林溪哥哥，意欲何为？"

"你看重他，我是为你留的。只是，我已经白送了你一礼，不能再白送下去，留下他自然是送出大礼后想找你要点儿回礼。"秦钰看了谢林溪一眼，似乎不觉得在他面前说得这么直白有什么不妥。

"四皇子果然不做亏本的买卖！"谢芳华转头看向谢林溪，"林溪哥哥，你可还愿意来我身边？"

谢林溪看着她："芳华妹妹还觉得我有用？"

"是人就有生存的价值！"谢芳华回道。

"谢氏已经分宗分族了，谢氏长房败了，我若是再来忠勇侯府，怕是不妥。"谢林溪道。

"我没说让你来忠勇侯府，只说来我身边。"谢芳华顿了顿，看着茶盏道，"我两个月后大婚，是要嫁去英亲王府的。嫁出去的女儿泼出去的水，谢氏以后只是我娘家，你在我身边，自然不算忠勇侯府的人。"

"四皇子的条件怕是不容易做到。"谢林溪沉默片刻，看着她道。

"只要你同意就行了！"谢芳华转向秦钰，看着他，扬眉，"至于条件，四皇子就在这里，一切都好谈不是吗？"

秦钰忽然轻笑："芳华小姐，我的条件真的不容易做到，你可想好了，谢林溪一个人，比谢氏长房一群人都有价值。"

"我想救的，无非林溪哥哥这个人，只不过我曾经应他，保谢氏长房性命。"谢芳华道，"四皇子的条件还能开到天边去？"

"只是这个人吗？"秦钰笑着摇摇头，"你心思通透，算计也颇精。以前的谢林溪虽然在谢氏长房中才能和人品都颇为出色，但是在人才济济的谢氏，他也不足为奇，只当得几句夸赞，如今的谢林溪却不同。即便谢氏长房我是因你而救，可是外面的人都不明缘由。尤其是谢氏的人都会觉得忠勇侯府没插手此事，自然私下会有想法，但是，谢林溪若是以后跟在你身边，那么虽然是我救了谢氏长房，但是渐渐地，明白人都能察觉，是因你我才救了谢氏长房。这样一来，谢氏各人的想法又会有多大的不同，不用我说，你也明白。"

谢芳华闻言沉默了。

"你说，如今的谢林溪，值得什么条件？"秦钰笑看着谢芳华反问。

"四皇子说得不错！"谢芳华沉默片刻后点头，看向他，"不过，我想问四皇子一个问题。"

"你说。"秦钰颔首。

"在四皇子的心里，皇权是什么？"谢芳华询问。

"皇权？"秦钰笑着摇摇头，"为何有此一问？与你我说的事儿有关？"

"自然有关。"谢芳华点头。

"这个问题我回答不了，因为，我还没掌控皇权，如今的皇权在父皇手里。"秦钰道。

"既然四皇子回答不了，可否容我就此说两句，四皇子看看对不对？"谢芳华看着他，见他点头，一副洗耳恭听样，她沉声道，"至尊者，是否该以天下安平为己任？当权者，是否该以百姓和乐为大道？是否不该让权谋诡诈盛行，不该任由阴暗算计之风肆虐？本不该的杀戮下，四皇子去救自己的未来子民，是否该站在仁之大义的角度，而不是只以算计我让你多获利为目的？否则，未来江山的继承者如此目光短浅，未来的大秦何以立世？"

秦钰一怔。

"四皇子可能回答一二？"谢芳华盯着他。

秦钰回看她，眼中波涛汹涌，久久不语。

"四皇子回答不出来吗？"谢芳华冷笑。

秦钰忽然长吐了一口气，失笑："你这一番大义之言，说得我竟无言以对。也罢，谢林溪就给你留下了！你我之间，来日方长，不争这一时长短。若我是未来江山的继承者，未来皇后能有这番贤德之谏，有这份仁心大义，那么，我该高兴。"话音刚落，他深深地看了谢芳华一眼，起身离开。

秦钰说走就走，不多时便出了海棠苑。

谢芳华轻吐了一口气。能让秦钰让步，实在不易。如今他一再让步，可一可二，但未来若是有三，恐怕再想他让步，就难如登天了。

即便如此，这一局她也必须稳住，谢林溪必须跟在她身边。

正如秦钰所说，现在谢林溪的价值，不只是一个谢氏长房被救的价值，还有引导整个谢氏风向的价值。

谢林溪在她身边，就是安定谢氏人心的风向标。

"多谢芳华妹妹救我！"谢林溪站起身，对谢芳华说道，并深鞠一躬。

谢芳华抬手将他托起，淡淡微笑："林溪哥哥是明白人，何必言谢。别说我们身上流着一样的血，为了'谢'这个字，我也必须救你，更何况我们结盟在前，你归顺于我，我自然要庇护于你。"

谢林溪看着她，有些忧心："听四皇子话中的意思，以后你怕是……"

"我的身份本就是个麻烦，以后的事情以后再说。"谢芳华明白他的意思，打断他的话，"你累了吧，我让侍画安排你去休息。昨日谢云青、谢林炎、谢伊、谢琦前来找我，对你很是担心。明日若是无事，我派人去请他们四人过府看你。"

"已经分宗分族，再走动好吗？"谢林溪有些犹豫。

"分宗分族，只不过是各立门户而已，断的是利益牵扯，而不是情分。不当族亲走动，只当寻常朋友来往，谁还能来阻挡不成？"谢芳华不在意，"林溪哥哥且宽心，行事不必畏首畏尾。我们谢氏的人，即便分了，世族大家不再，但骨气不能磨灭，不是吗？"

"是为兄愚昧了，芳华妹妹说得是！"谢林溪点头，感觉腰板硬了几分。

"云澜哥哥伤好得差不多后便住到了晴雪斋，左边是听雨阁，右边是观月楼。

如今听雨阁是舅舅在住，你就去观月楼住吧。"谢芳华想了想，又道，"既然离他们这么近，闲来无事，可以找他们说话，这样你也不会闷。"

"全凭芳华妹妹安排。"谢林溪点头，并无异议。

谢芳华不再多言，喊了侍画进来，吩咐她带着谢林溪去观月楼。

谢林溪离开后，谢芳华又喊来侍墨，吩咐她找两个人去伺候谢林溪，一应用品都按照他的喜好安置，规格比照谢云澜，不得怠慢。

侍墨应声，转身去了。

这时，言宸回来了，见谢芳华还坐在画堂里，他叹了口气："事事劳神费心，不听大夫的话，你的伤打算什么时候才养好？"

谢芳华揉揉眉心："我也不想事事劳神，可是难道将这些事情推给爷爷？他年岁大了，受不住，能享清福就享清福吧。谢氏虽然分宗分族了，但是忠勇侯府危难还在，还是难立于京，我也没办法。"

"不是有谢云澜在吗？你交给他就是了。"言宸坐下。

谢芳华给他倒了一杯茶，低声道："云澜哥哥要安排我的大婚事宜，一应琐碎采办都交给了他。另外，府中庶务最近也都是他在打理。他的伤也还没好，况且体内还有焚心咒毒，操劳太甚，于他的身体更是有损。现在这些事已经够他累的了，怎么能再给他添事儿？"

"可惜我的身份原因，有些事情不能代替你做。"言宸也叹了口气。

"有你在身边，我已经知足了。至少除了不必费心医治自己外，府中的安全也不劳我费心。"谢芳华笑看了他一眼。

言宸点点头，忽然压低声音："这两日，我查了一些古籍，关于魅族的记载虽然寥寥无几，即便记载也所言甚微，但还是有些有用的东西。"

谢芳华看着他："你都查到了什么？"

言宸抿了抿唇，看着她："关于魅族的咒术与王室和圣女两脉的传承，虽然记载不多，仅有数语，但细究之下，还是能揣测出一些关联。"

谢芳华的面色忽然凝重起来："你与我说说。"

言宸看着她，有些犹豫："其实，有些事情，你还是不知道的好。"

谢芳华一怔："不是好事儿？"

言宸点点头："对目前的你来说，不算是好事儿。"

谢芳华沉默片刻，笑了笑："我知道你，若没有查到确切的关联，不是十有八九定准了的消息，你是不会说与我听的。这些事情是事实不是吗？既然是事实，无论我知道还是不知道，它都摆在那里，消失不了，既如此，早知道与晚知道又有什么区别？"

言宸看着她："可是，晚知道可以少受些心灵上的折磨。"

9

"晚知道也会让我有朝一日措手不及，不如该知道的时候就知道。"谢芳华看着他，"从来没见过你如此吞吞吐吐、犹豫不决的样子，看来这件事情很是重要。"

言宸点点头，叹了口气："也罢！既然被我查出来了，若是再瞒着你，我也做不到。"

谢芳华看着他，等着他解惑。

"古籍有言，魅族王室和圣女本是一体，一阴一阳，天命之合。合则生万物，活天地之灵，传承魅族基业；分则魂飞魄散，同灭同死。"言宸低声道，"这句话，你可明白意思？"

谢芳华默念两遍，似是明了，又似是不太明白。

"我看到这句话后，也是参悟了两天，才想明白。"言宸也不卖关子，对她道，"焚心是魅族的王族绝咒，古来又不是没有魅族王室子嗣中过，为何没死？这是关键所在。"

谢芳华忽然灵光一闪，面色霎时变了："你是说……"

"是啊，因为魅族王室继承人和圣女继承人在一起了，所以，焚心之术不攻自破。"言宸怜惜地看着她。

谢芳华的血液一瞬间似乎冻住了，整具身体化成了冰雕，只觉寒冷刺骨。

"千万年来，从没有变数，可是就在上一代出了变数——你爹娘在一起了，魅族从此衰落了。"言宸拍拍她的肩膀，"到你这一代，还会再有什么变数也未可知。魅族的焚心之术，未必只有这一种解法。"

谢芳华僵住的身子松了松，但脸色还是白得瘆人。她想起上一世，云澜哥哥和她相依为命，但到底没突破那一层，没在一起，最终云澜哥哥被焚心折磨，心血耗尽而亡，她悲伤之下喂他饮血，他却再不能吸收，她最终也血尽而死。

也就是说，她的血在焚心再也压制不住的时候，救不了他的命。

若是不能在一起，难道她要看着他心血耗尽而亡吗？

上一世，她到死也不知道，只要他们在一起就能解了焚心之毒。云澜哥哥呢？那一世他是知道还是不知道？

"你两个月后大婚，"言宸不忍地看着她，"所以，你该知道……"

谢芳华的身子忽然剧烈地颤了起来。

言宸握住她的手，尽量用自己的手温暖她，可是她的手越来越冰，他有些后悔告诉她，但这时也只能轻声道："也许不是没有办法，多查些典籍，寻到魅族的人仔细盘问……"

谢芳华忽然闭上眼睛："谢氏米粮老夫人临终前说，我必须和他在一起，原来是因为……"她伸出手捂住额头，"云澜哥哥从那日焚心发作后情形就十分不对，他可能知道了这件事。他知道却不说，心中指不定多苦……"

言宸不再说话，不知道该再说什么来劝慰她。

"是我想装聋作哑，潜意识里想遗忘谢氏米粮老夫人临终之言，云澜哥哥何等聪明，他定然明白我的心思——我心有秦铮，自然不想负了秦铮，所以他即便知道也闭口不说。若不是你查出个中因由，我还蒙在鼓里……"谢芳华的眼泪湿了手心，"怎么会是这样……"

"你先别急，也许不是没有办法。"言宸第一次看她落泪，一时间有些无措。

"办法……"谢芳华放下手，心中难受，喃喃自语，"能有什么办法呢？我若是只拿血救他，他还是会死的……我已经看着他死了一次，又怎么能眼看着他死第二次……"

言宸一愣："什么死一次、死第二次？"

谢芳华身子一僵，回过些神来，摇摇头："言宸，你不懂，我不能让云澜哥哥死。"

言宸看着她："我知你对他不同，却也想不明白：你离京这么多年，与他的感情从何而来？难道是因为你们牵连甚深的血液？"

谢芳华摇摇头，复又闭上眼睛。是上一世，天地之大，却只有他们两人相依为命，陪床伴榻，病痛折磨，那种苦，如今背负在记忆深处的，也就她一人而已……

言宸见她不说，虽然不解，但也不再言语。

谢芳华沉浸在自己的记忆里，许久，直到外面侍画、侍墨安置好谢林溪返回，她才稳住了情绪，对言宸道："言宸，谢谢你告诉了我，让我不至于蒙在鼓里。"

"会有办法的。"言宸拿出绢帕，给她擦了擦眼角的湿润，"就算是上一代，你爹与你娘不也活了几年，过了几年日子？谢云澜的父亲也娶妻生子了。你们两个虽然传承了血脉，但到底又隔了一代，也许不会有事儿。"

谢芳华扯了扯嘴角。不会有事儿为何云澜哥哥上一世最后还是焚心发作死了？可是她不愿再让言宸担心，点点头。

"天色晚了，别想那么多，依我给谢云澜诊脉的结果，他的焚心短时间内要不了他的命。"言宸道，"我虽然不好瞒你这样的事情，但也不是想加重你的负担，让你多思多虑。你当下就是尽快养好身体。你要知道，养好身体，才能着手去查很多事情，想办法去做很多事情。有些事情，我即便在你身边，也帮不了你。"

"嗯！"谢芳华点点头，"你也累了，去歇着吧。我没事儿，放心。"

言宸见她真的平静下来，虽然遇到这么大的事儿，她心理上受的冲击让她第一次在他面前失去镇定甚至失态，但这么短时间内能镇定下来，果然还是他认识的谢芳华。他不再多言，起身走了出去。

因谢芳华受伤，谢云澜伤好得差不多能走动之后就搬出了海棠苑，言宸却一直留在海棠苑保护她，以防皇帝忽然派隐卫再度发难。

言宸离开后，侍画、侍墨进来，扶着谢芳华起身回了房。

11

这一夜，谢芳华梦到了许多场景，凌乱而繁杂，让她如遭遇时光错乱，不知今夕是何夕。

早上醒来时，谢芳华感觉头痛欲裂，挣扎着才睁开眼睛。

侍画听到动静知道谢芳华醒来了，进屋便见她十分难受的样子，侍画一惊，快步来到近前："小姐，您怎么了？"

"头疼。"谢芳华有些虚弱地道。

侍画连忙将手放在谢芳华的额头上，发现手触到的地方极其灼热，她将手一缩，惊道："小姐，您好像是发热了！我去喊言宸公子！"话音一顿，她匆匆跑了出去。

言宸闻声而来，进了屋，给谢芳华号脉。

片刻后，他自责又无奈地道："的确是发热了，而且来势汹汹，都是我的错！明知你伤还没好，又喜多思，我真不该让你知道……"他有些恼，"我现在就开方子，你继续躺着，稍后赶紧煎好药服下。"

"怎么能怪你？比起在无名山的时候，回京后的我的确被养得娇气虚弱得很。"谢芳华又躺了回去，只觉得浑身乏力，头像要炸开一般。

言宸不再说话，走到桌案前，铺开宣纸，提笔开始写药方。

侍画、侍墨焦急地守在床前："小姐，您若是难受得厉害，我们用冷水蘸湿帕子，给您敷一下降温怎样？"

谢芳华点点头。

侍画连忙去蘸水，侍墨将谢芳华散落的青丝拢在耳后，将额头露出来。

敷上帕子，谢芳华好受了些。这时，言宸也已经开完药方，侍墨连忙接过，快步出了房门。

言宸来到床前，看着她："你说得对，的确是比以前娇气了。回京了就是不一样，即便多思多虑，你也是千金小姐。"话音刚落，他想起什么，又笑道，"你化名听音的时候，秦铮也丝毫没委屈你，将一个婢女宠得比小姐还金贵，果然娇弱的毛病都是被人宠出来的。"

"你就不要笑话我了。"谢芳华闭上眼睛。

"还知道我在笑话你，证明脑子还清醒。稍后谢云澜得到你发热的消息，定然会赶来。你应该不会说胡话，我就不守着你了，去给你煎药。你突然发热，病势比较猛，这服药方我开得也有些猛，怕她们煎药时有一味药的火候掌握不准，我就不陪着你了。"言宸站起身。

"你去吧。"谢芳华点点头。

言宸走了出去。

言宸料得果然不错，他刚离开，谢云澜便匆匆进了海棠苑，来到房间，见谢芳华躺在床上，他着急地问："怎么会突然发热？"

"昨夜半夜的时候感觉有些热，掀了被子，着凉了。"谢芳华强自支撑着，"有言宸在，云澜哥哥不必担心。"

谢云澜闻言松了一口气："那你喝了药就好好躺着。本来旧伤未愈，再发热生病，身体怎么吃得消？"

谢芳华点点头，想了想又道："我昨日跟林溪哥哥说，今日让谢云青、谢林炎、谢伊、谢琦四人过来看他，我却病了，幸好你在。云澜哥哥，你安排他们来见林溪哥哥，顺便作陪吧。"

"这等事情你就别劳神了！怪不得言宸要日日看着你。"谢云澜无奈，温声道，"我稍后就去安排，你就别多想了。"

谢芳华点点头。

"药估计要一个时辰才好。你眼睛都睁不开，睡吧。待药煎好了，会有人喊你。"谢云澜给她掖了掖被子。

谢芳华实在难受，迷迷糊糊又睡了过去。

谢云澜在床前坐了半晌，给她又换了两次绢帕，直到侍画走进来，他才嘱咐了两句，离开了海棠苑。

他离开后不久，便让侍书派人去请谢云青四人。

一个时辰后，言宸煎好药让谢芳华喝下，谢云青四人也一起到了忠勇侯府。

侍书将四人请到会客厅，谢云澜同谢林溪已经等在那里。

四人见到果真是谢林溪，顿时惊喜得连连上前问他安好，一番寒暄后，谢伊忍不住问："芳华姐姐呢？"

"她昨日半夜着了凉，染了寒气，今早发了高热。"谢云澜道。

谢伊一惊："我好不容易来一趟忠勇侯府，前日她不便见，今日却又发了热，我都好久没见到她了，我去看看她。"

谢云澜拦住她："她如今昏睡着，也不能与你说话，改日你再看吧。"

谢伊嘟嘴："我都想她了。"

"也不差这一日。等她好些了，你再过府。"谢云澜依旧阻拦，"病人最忌打扰。"

谢林溪也开口："是啊，伊妹妹，还是别去打扰她了，我听说后都未曾过去看她。据说言宸公子正在给她医治，有他在，退了热休息两日就能好起来。"

"那好吧。"谢伊只能作罢。

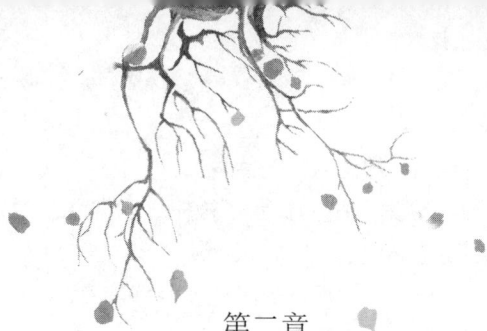

# 第二章
# 来势汹汹

谢芳华生病的消息不知怎的就传出了忠勇侯府，而且越传越离谱，最后变成了病情来势汹汹，十分危险。

英亲王妃听说后，当即丢下府中的事情，匆匆赶到了忠勇侯府。

她到的时候，谢芳华正昏昏沉沉地睡着，整个人如漂在水中的落叶，让人看了就心惊不已。

英亲王妃站在床前，喊了谢芳华两声，见她似乎人事不知，顿时急了："怎么会这样？出了什么事儿？怎么会突然发热？昨天不是还好好的吗？"

侍画、侍墨站在一旁："回王妃，小姐是今日清晨突然发热的。"

"大夫呢？请了大夫没有？"英亲王妃立即问。

"言宸公子正在给小姐煎药。小姐身体太虚，这病又来得急，他有一味药下得猛，怕我们煎不好，亲自看着呢。他说小姐的病虽然看着凶险，但是只要发了汗，应该就无大碍。"侍画连忙道。

英亲王妃稍微松了一口气，但还是心惊不已，心疼地道："她这病这么凶，好了之后岂不是要脱一层皮？"

侍画、侍墨也觉得小姐好之后会脱一层皮，都跟着揪心不已。

"我现在就回府，派人去西山大营，让那混账回来看她！定然是昨日他来了这里，将她给气着了。"英亲王妃说着，快步出了房门。

侍画、侍墨对看一眼，连忙送英亲王妃出门，同时忍不住低声道："王妃，可能真是因为铮二公子，昨天小姐气得扔了杯子。"

"有这事儿？"英亲王妃脚步一顿。

侍画、侍墨点点头。

"这个混账东西！"英亲王妃气得骂人，"纳彩之礼，他自己捉了活雁来，我以为他想通了，不承想竟然是又来要人命。他到底在想什么？"话音刚落，她又问，"杯子可是摔碎了？"

"没有。"侍画摇头，"小姐扔了两次。第一次是打铮二公子，被他给接住了。第二次是铮二公子走后，小姐气得往地上扔，被奴婢给接住了。"

"幸好没摔碎，否则就是不吉利。"英亲王妃松了一口气，"这件事儿你们告诉我就对了，好好照顾你们小姐。"话音刚落，她摆摆手，示意二人不必送了，急匆匆出了海棠苑。

侍画、侍墨见英亲王妃走了，又连忙转回房中。

晌午时分，言宸煎好了药，端进房，让侍画、侍墨灌谢芳华喝下。

谢云澜送走了谢云青、谢林炎四人后不放心，又来了海棠苑。

看到谢芳华依旧昏昏沉沉的样子，他不由得蹙眉，问言宸："怎么这么严重？"

言宸看了他一眼，叹了口气："她这些年在无名山上，一直拿自己的身子试药。你知道的，是药三分毒，在她身体里总有积存。只不过她医毒之术精湛，身体但凡有些不适，便适时地压制住。其实，这并不是什么好事，因为总有一日会发作出来，一旦发作，便来势汹汹。"

谢云澜面色一变："你可有办法清除她体内的毒素？"

"她体内的毒素是经年累月攒下的，一朝根治不可能。我尽量给她拔除，让毒素从汗液中排出来。虽然猛药对身体有损，但以后慢慢调理，总能补回来。若是再和以往一样压制，只会更糟。"言宸道。

谢云澜点点头："这么多年，她背负得太多，实在是……"

"她其实是个重情之人，对亲人和自己看重的人分外在意。"言宸看着谢云澜，隐晦地道，"面对两难选择时，她的心里比谁都苦，云澜兄当明白这个道理。"

谢云澜抿唇，看着言宸："言宸兄想说什么？"

言宸转过头，不再看他："我想说的话，云澜兄是聪明人，自然明白。有些事情，在你看来是秘辛，但是你能知道，别人也能知道。"

这话算是说得很明白了。

谢云澜面色一变。

"她身体的病我能治，但是心病，我无能为力。"言宸不再多说，转身走了出去。

15

谢云澜木立在当地，久久不动一下。

谢芳华的病来势汹汹，宫中自然也收到了消息。

皇帝听闻后，询问吴权："你说是昨日秦铮去忠勇侯府海棠苑见了她之后，二人又起了争执，谢芳华才发病的？"

"据说是这样！"吴权连忙道，"王妃去忠勇侯府看了芳华小姐，出来的时候气得跳脚，亲自备车去西山大营质问二公子了。"

皇帝冷哼一声："为了她的儿子，这么多年，她的脾气一点儿也没改，这么点儿小事儿都坐不住！"

"二公子可是王妃的命根子。"吴权叹了口气。

"四皇子呢？"皇帝又问。

"昨日晚上，四皇子将谢林溪送去了忠勇侯府，之后就没回宫，据说宿在了自己的新府邸。"吴权回道。

"他的新府邸不是还没建成吗，怎么去了那里？"皇帝挑眉。

"屋子都建成了，剩下的就是院子和园子的布景什么的，倒也能住人。"吴权道。

皇帝又冷哼一声："他是怕朕质问他才躲在宫外索性不回宫了吧。别以为朕不知道他打的什么主意，李如碧他不想娶也得娶。他想要谢芳华，没门儿！"

"要说这事儿也奇怪了。铮二公子现在对芳华小姐看起来可真是无心了，而四皇子偏偏成了最有心的那个。若是这样下去，没准铮二公子和芳华小姐的大婚还真成不了了。"吴权道。

"成不了？"皇帝沉下脸，"以前朕觉得，秦铮不能娶谢芳华，现在朕不这么想了，谢芳华必须嫁给秦铮。至于秦钰，"他顿了顿，"你去凤鸾宫，将皇后给朕喊来，朕也该和皇后商量他的婚期了。英亲王府和忠勇侯府的纳彩之礼都过了，咱们和右相府的礼也不能落下。"

"是！"吴权领命，走了出去。

吴权还没到凤鸾宫，秦钰在宫外便得到了消息，他沉默片刻，抬手招来一人，对他吩咐了一句，那人立即去了。

皇后听了吴权的话，立即梳妆打扮，匆匆去见皇帝。

帝后二人就秦钰和李如碧的事情刚谈上，一人忽然闯了进来："皇上，不好了，老太妃忽然昏过去了！"

皇帝一惊："为何？"

那人连连摇头："不知为何。"

"快请太医！"皇帝只能将此事暂且搁下，匆匆出了寝殿。

皇后连忙跟在皇帝身后，二人向林太妃的寝宫而去。

当年，诸位皇子中，德慈太后会选择身为七皇子的皇帝并予以扶持，林太妃起了不小的作用，所以，德慈太后归天后，皇帝一直敬重林太妃，将八皇子交给她抚养，也是给了她一个依靠。

林太妃突然晕过去，皇帝自然要赶紧去看望。

帝后二人到林太妃的寝宫时，太医院的太医已经早一步到了，还给林太妃把了脉，孙太医正在施针。

皇帝进来后，立即向孙太医询问："老太妃如何？是什么原因引起的？"

孙太医连忙道："回皇上，老太妃似是受了惊吓，年纪大了，一时受不住才昏厥过去。老臣先给她施两针，让她醒来，再开些安神的药喝下应无大碍。"

皇帝松了一口气，询问林太妃宫里的人："老太妃为何受了惊吓？"

"老太妃午睡了一会儿，不知道梦到了什么，惊得坐了起来，老奴去给她倒水，这个工夫，太妃不知怎的要下床，结果没站稳，栽倒在了地上。"一个老嬷嬷跪地请罪，"是老奴没照顾好老太妃，请皇上责罚！"

"原来是这样。"皇帝摆摆手，"你是太妃身边的老嬷嬷了，行事向来有分寸，伺候太妃也尽心，既然太妃没大碍，你就起来吧。"

那老嬷嬷谢了恩，站了起来。

"好在虚惊一场。"皇帝又道。

皇后上前一步，低声道："据臣妾所知，从法佛寺失火，太妃回来后，隔三岔五就做噩梦，怕是那日惊到了。"

"竟有这事儿？怎么没人与朕说？"皇帝皱起眉头。

"这些日子事情太多，法佛寺大火后，钰儿回京途中在郾城又遇到刺杀，然后就是临汾桥被炸毁，您焦头烂额，太妃体谅您，不想让您操心，就瞒下了。臣妾也是近日才知道，还没想出个对策。"皇后道。

"还用想什么对策！既然是惊了魂，就让法佛寺的僧人进宫给太妃驱驱邪。"皇帝摆摆手，"吴权，你安排人，去请普云大师进宫一趟。"

"这……"吴权看着皇帝，"普云大师乃得道高僧，怕是不好请。"

皇帝冷哼："他法佛寺的那笔糊涂账到现在还没清，朕也只是处理了个谢氏长房，他法佛寺对于密道中凭空消失的无忘尸首都没有一个合理的解释，让他进宫一趟，他还能推三阻四？你尽管派人去！"

"是！"吴权匆匆走了下去。

"皇上，左相进宫了，说有急事求见皇上。"外面有人前来禀告。

"哦？他这时候进宫，什么事儿？"皇帝看了一眼天色，见已是晌午时分，他转头对皇后道，"今日是商议不成了，改日朕再与你商议。朕还有事儿，太妃这里，你就留下来照看吧。"

"皇上放心，等太妃醒来，若一切安好，臣妾就派人去告知您。"皇后欠了欠身。

皇帝点点头，匆匆出了林太妃的寝宫。

皇后在皇帝走后坐下，看着昏迷的林太妃和给她施针的孙太医，暗暗叹了口气。太妃突然晕倒，左相又匆匆进宫，她想不明白这里面发生了什么事儿都不成。

左相进宫没多久，皇帝便将三皇子和五皇子召进了宫，对着两人一通大骂，之后又下了旨意，撤销三皇子、五皇子的监朝之权，让两人回府闭门思过。

旨意下达后，皇上又发了病。孙太医刚将林太妃救醒过来开了药方子，得到消息，又匆匆赶往皇帝的寝宫。

皇帝病倒在床，孙太医又为皇帝施针。

左相一出宫门，便有几位大人拦住他打听消息。

左相叹息着摇摇头："皇上对三皇子、五皇子极为失望，这才几日，监朝之权就给撤了，以后想必也不会有戏了。"

几位大臣齐齐一惊："求相爷指点一二，到底是因为何事？"

"临汾桥。"左相吐出三个字。

几位大臣面色一变。

左相摇摇头，向自己的府邸而去。

几位大臣看着左相离开，都在想：临汾桥的事情不是没查到蛛丝马迹，不知是何人所为吗？怎么突然……难道左相又查到了？是三皇子和五皇子所为？可是那么大的事儿，若是二人所为，皇上不该这么简单处置了啊！只撤了监朝之权，罚闭门思过，这也太轻了。要知道重修临汾桥耗费了多少银两，若没有谢氏和那些大户，最少要动用三分之一的国库。

众人一时揣测不出，商议了一番之后，一起前往右相府。

右相在府中接待了几位大人，听罢几人的揣测后，沉思了一会儿方道："皇上数日前派左相前往临汾桥，就是要查明临汾桥案，可是无功而返。他今日进宫觐见皇上，应该是有了眉目，基本确认了是三皇子、五皇子所为，但应该没拿到确切的证据。"

众人点点头。

"临汾桥案，也许只能这么搁置着，哪怕有了眉目也不会再查了。"右相又道，"这事儿一旦捅出，皇子夺嫡，兄弟相残，不顾百姓死活，于皇室颜面有损，皇上怕是百般思量之后才撤了二人监朝之权，又命二人回府闭门思过。经此一事，三皇子、五皇子怕是完了。"

"有四皇子在京中，最近朝野上下一片颂扬，三皇子、五皇子自然要靠后站。"一位大臣道，"皇上的身体越发不好了，不知皇上何时册立太子？"

"按理说，皇后有嫡子后，皇上就该册立太子，可是这么多年来皇上却一直没册立太子，太子之位悬而未决。如今嘛……"一位大臣看着右相，试探地问，"相爷，是不是这事儿快了？"

"也许吧。皇上的心思向来难测，四皇子在皇上面前也不比从前了。以前皇上提到四皇子每每含笑，赞赏有加，四皇子回京后却不曾见到这种情形。"右相忧心地道。

"四皇子有大才，皇室一众子嗣里，除了四皇子，谁还能担起这个江山？"一人又道。

众人连连赞同。

柳妃和沈妃听到皇帝的旨意都惊得失了色，派人去打探，得了"临汾桥"三个字，二人满面骇然，连忙派人送信出宫，各自询问家里可有应对之策。

柳氏和沈氏派人去询问谢芳华，被拒在了门外，理由是芳华小姐病了，不见客。两家一时急得如热锅上的蚂蚁，不知该如何是好。

英亲王妃到了西山大营，秦铮听闻后只对她说了句"知道了"，便又进了营地。

英亲王妃大怒，可是军营又不是她一个女人能闯的，也只能对着走进营内的秦铮撂了几句狠话，其中一句就是"你若是真对华丫头无心，娘就算被人笑话，做那反复无常的小人，也不再强求你，这就去找皇上再取消婚约。"

秦铮顿住脚步，回身看着气怒交加的英亲王妃："娘，您以为皇叔的圣旨是咱们家的吗，想下就下，想取消就取消？别忘了，我们是英亲王府，是宗室，不是皇室。您再闹下去，难道想父亲和英亲王府都不容于皇叔？"

英亲王妃一噎："那你去不去看华丫头？"

"娘，您管得太多了，除了准备婚礼，以后别的事情您就别管了！"秦铮丢下一句话，再不多言，命人关上了大营的铁门。

英亲王妃瞪了铁门半响，才恼怒地上了马车。

春兰低声劝说："王妃您别气了。二公子自小脾性就怪异，行事有自己的主张，他和芳华小姐感情的事儿，别人插不上手。"

英亲王妃笑了笑："我等的就是他这句话。他不让我管事，我再不管就是了，看他能如何！"

春兰一怔："王妃，您今日没生气？"

"生什么气？跟他生气的话，他从小到大，我不知道会被气死多少次。"英亲王妃靠在车上，叹了口气，"到这一步也差不多了，皇上该是不会再如何了。"

春兰有些明白，又有些不明白："您的意思是……"

英亲王妃摇摇头："接下来还要准备婚事，大公子是五月中旬，这个混账是六月初，两场婚事，我还有的忙，真没空再管别的了。"

无论外面今日发生了多少事儿，忠勇侯府内的谢芳华都不知道，她一直昏昏沉沉地睡着，就连言宸早晚煎了两次药灌她服下她都没能醒来，似乎沉浸在某种魔障里，难受地挣扎着。

谢云澜从晌午和言宸有了那几句谈话后，便离开了海棠苑不知去了哪里，再未出现。

深夜，侍画、侍墨守着依旧昏迷不醒的谢芳华，忽然听到外面有动静，似有人闯入，二人刚要去看，便见房门打开，一人走了进来。当看清楚那人时，两人一惊："铮二公子？"

秦铮穿一身黑色锦衣，顶着夜色露水而来，周身布满凉寒之气。

他推开门在门口站了片刻才往里走，对惊异地看着他的侍画、侍墨沉声开口："你们出去！"

侍画、侍墨对看一眼，犹豫地站在那里不动。

"出去！"秦铮又说了一遍。

二人回头看了床上昏迷不醒的谢芳华一眼，又看到秦铮的目光落在帷幔内，这才一齐退了下去。

房门关上，一室黑暗。

秦铮来到床前站了片刻，才伸手挑开了帷幔。里面躺着的人昏睡着，气息浊重。即便不会医术，但这样虚弱混浊的气息还是让他知道里面的人病得厉害。

锦被覆盖，她只露出脑袋和脖子，脸庞比纳彩之日见她时消瘦了不知多少。

他抿起嘴角，将帷幔挂起，坐在了床沿。

坐了片刻，他慢慢地伸手，掀开被子，去握她放在身侧的手。

她的手指刚碰到她，她忽然难受地喃喃："云澜哥哥……"

秦铮手一僵，面色顿时沉了。

"不要死……"谢芳华又难受地摇头。

秦铮忽然撤回手，腾地站了起来，脸色比夜色还沉，眼中涌起滔天的怒意，死死地瞪着谢芳华。

过了片刻，他扭头向外走去。

"秦铮……"

他刚走几步，床上的人忽然又难受地喊了一声。

秦铮的脚步猛地一顿。

谢芳华的声音似要哭出来了："秦铮……"

秦铮慢慢地转回头。

"秦铮……"

谢芳华连续地喊着他的名字。

秦铮看了她半晌，见她只不停地喊他的名字，再未说一个别的字，他的怒意在她难受的哭音下渐渐退却，他又踱了回来。

声音虚弱、嗓音干涩、气息浊重、鼻音和哭腔浓重，这样的谢芳华似乎溺在了水里，只有这个名字才能将她救赎。

秦铮听了半晌，重新坐下，抓住她胡乱要抓什么的手，握在手里。

"秦铮……"

"秦铮……"

"秦铮……"

谢芳华紧紧地握住秦铮的手，口中不停地喊着他，似乎要确定什么。

秦铮脸上的怒意和僵硬渐渐散去，黑夜中，他似乎压抑着什么，过了许久，才伸手将她从床上拽起抱在怀里，声音沙哑："我在这里。"

一句话，却仿佛是安定人心的避风港。

谢芳华无意识地向他怀里靠了靠，伸手紧紧地抱住他，不再喊了。

秦铮忽然闭上眼睛，抱着她的手颤了颤。

谢芳华彻底安静下来，不多时，又沉沉地昏睡过去。不过这一次，她面色安然，再无痛苦和挣扎之色。

秦铮抱着她坐了半晌，睁开眼睛，看着她穿着单薄的睡衣窝在他怀里，他低头蹭了蹭她的脸，将她放在床上。

谢芳华死死地拽着他的衣襟。

"我在这里！"秦铮又说了一句，身子随着她躺下，复又将她抱在怀里，"睡吧！"

谢芳华的手渐渐松开。

侍画、侍墨在门口等了片刻，没听到屋中的动静也不见秦铮出来，对看一眼，避远了些。

天色将明的前一刻，秦铮从房中出来。

侍画、侍墨在门外守了一夜，见他出来，立即迎上前，低声请安："铮二公子！"

"好好照看她！"秦铮丢下一句话，轻轻越过海棠苑的高墙，离开了。

侍画、侍墨连忙进了屋。

谢芳华依旧睡着，眉头轻蹙，不过还是睡得很安稳。

她们来到床前，伸手试了试她的额头，顿时惊喜地喊了出来："小姐的烧退了！"

"言宸公子说小姐这一次发热来势汹汹，退烧最少要两日，没想到这么早就退

21

了。"侍画讶异地道，"不知道铮二公子用了什么办法让小姐退了热。"

侍墨摇摇头："铮二公子不懂医术，能用什么办法？"

"也是。"侍画还是很纳闷。

"走吧。小姐怕是还要再睡些时候才会醒，我们也去歇一歇。"侍墨低声道。

侍画点点头，二人一起出了房门。

秦铮几个纵跃，悄无声息地出了忠勇侯府。高墙外，言宸负手而立，等在那里。

秦铮看到言宸，挑了挑眉："我已经足够小心了，没想到还是惊动了你！"

言宸转过身，上下打量他片刻："忠勇侯府将护卫都交给我暂管，尤其是海棠苑。我既住在那里，哪怕一只苍蝇飞过，我也必须知道，更何况你这么一个大活人。"

"你可以当作没看见！"秦铮看着他。

"本来我早就可以离开京城，偏偏受你所请多留了两日，没想到是为了留下给她看伤看病。"言宸看着他，"我平生还未当过别人棋盘上的棋子，铮二公子，你是否该让一个不愿意当棋子的人明白原因？"

秦铮看着他："棋子也不是谁都有资格和价值当的！况且既是我所请，你也不算棋子，无非求你相助而已，"他顿了顿，沉声道，"何必要知道原因。"

"不知道原因也没关系。"言宸看着他，"我只问你，你可知道焚心之毒的解法？"

秦铮脸色黑沉，默然不语。

"看来你是知道了。也是，南秦四皇子能知道的事情，南秦的铮二公子又如何会不知？"言宸抿唇，"可是如今，谢云澜知道了，她也知道了，这样一道天堑，你打算如何跨越？"

秦铮沉默不答。

"若是我说让你放弃，你可会放弃？"言宸又问。

秦铮背转过身，看向忠勇侯府的高墙深院，目光沉沉："死也不放弃！"

"可惜这话你是对我说的，若是对她说就好了！"言宸也转过身，看向高墙深院，"天快亮了，你要是不想被人发现就赶紧走吧！她的病你大可放心，有我在，自然不会让她出事。"

"多谢！"秦铮不再多言，丢下一句话，转眼便消失在了忠勇侯府的墙外。

言宸看着他离开的方向，许久后，抬头望着天空。黑夜深沉，黎明将至，他收回视线，纵身跃进高墙内，回了海棠苑。

昨日皇帝虽然病倒，但今日还是挣扎着起身，上了早朝。

满朝文武惊异之余无不担心皇上龙体，齐声劝皇上保重龙体。

皇帝明显能看出病中之态，气色十分差，众位大臣都不敢拿琐事去烦扰他。

皇帝高坐在金殿上，俯视着朝臣，沉声开口："众位爱卿，无本奏来？"

众人齐齐摇头。

皇帝看着众人："你们虽然无本，朕却有一件事情要当朝征询众位爱卿的意见！"

众人闻言，顿时都打起精神，洗耳恭听。

"三皇子、五皇子不堪大用，监朝以来，政绩平平，使得朝野乏力，朕甚是失望！皇子无能无为，朕该自省，其母族也该反省。"皇帝缓缓开口。

众人的心顿时提了起来，揣测着皇帝此言的意思。

"朕斟酌再三，三皇子、五皇子虽然无才无德无为，但贵在恪守本分，前去看守皇陵合适。至于柳氏一族和沈氏一族，两族为官者悉数免职，责令三日内迁离京城返回故里，朕在朝之年，不予录用。"皇帝话音刚落，咳嗽了两声，"这样安置，众位爱卿以为如何？"

众人听罢，齐齐震惊。

三皇子、五皇子去看守皇陵，柳氏和沈氏两族为官者全部免职，迁移出京回故里，这是打算将三皇子、五皇子打压到底了。这样一来，两人哪里还能再有夺嫡之力？显然是一举断绝了两人的储位争夺之路。

这样的圣旨一经下达，皇子里谁还能与四皇子争锋？

难道皇上是决心要册立太子了，才会在病中坚持上朝，处置三皇子、五皇子，为四皇子扫清障碍？

众人一时间惊疑不定，惊异莫名。

"左相、右相，两位爱卿，你们以为如何？"皇帝见无人答话，为首的英亲王也不言语，他的目光落在左相、右相身上。

左相看了右相一眼，出列："回皇上，臣以为可行！"

"嗯！"皇帝点头，"右相呢？"

右相恭敬地出列："皇上会当朝提出此事，定然是思虑多时，臣以为……"顿了顿，他反问道，"皇上的皇子并不多，三皇子、五皇子虽无大才，但也不是不可用。他们去看守皇陵，谁来协助皇上理政？"

"不是还有四皇子和八皇子吗？"皇帝道。

"四皇子自然有大才，这八皇子……是否过于年幼？"右相又问。

"朕记得皇兄在秦倾这么大的时候，已经跟着学习朝政之事了。"皇帝看向英亲王，"是吧，皇兄？"

"回皇上，正是！"英亲王点头，须臾，又犹疑地道，"可是三皇子、五皇子并无大错，这样处置恐怕不太妥当。"

皇帝闻言沉下脸："临汾桥之事，王兄不知，自然有如是想法，但若是知晓临汾桥之事，你就不会觉得不妥了。"

英亲王一怔："皇上是说临汾桥是他们……"

"南秦江山是祖宗的基业，一草一木、一砖一瓦，都是基业。"皇帝又道，"为了荣华富贵、皇权宝座，将基业置之不顾，朕还怎么敢用这两个儿子！"

英亲王霎时明白了，当即住了口。

朝中众臣都不是傻子，也明白了对三皇子、五皇子的处置的根源所在。

皇帝不大肆彻查、宣扬此事，恐怕除了拿不到把柄外，还因为顾及皇室颜面。照此说来，这样处置已经算是网开一面了。自古皇子夺嫡，鲜少有能全身而退或兵不血刃者，当朝却能如此，也是幸事一件。

"嗯？众位爱卿，还有何疑虑，不妨直言！"皇帝又看向众人。

"皇上圣明！"右相躬身，"臣觉得处置妥当！"

皇帝点头，又看向其余朝臣。

左、右两相和英亲王都同意了，其余大臣自然不再多言，纷纷上前附和。

"那此事就这样定了！"皇帝对身旁摆手，"吴权，传朕旨意！"

"是！"吴权垂首。

圣旨一经下达，不多时便传去了后宫。柳妃和沈妃听闻，当即晕倒。

皇后大喜。

圣旨下达后，闭门自省的三皇子、五皇子齐齐跌倒在地。虽然他们知道自己此生已经与皇位无缘，但没想到父皇竟然会如此干脆地派他们去看守皇陵，连个闲散王爷都没有封。

柳氏和沈氏两家得到消息，当即哀声一片。多少年苦苦往上爬，想求富贵，没想到到头来因为两只飞入宫里的凤凰，反而连累族中兄弟仕途，两族繁华顷刻间付诸流水。

皇上在圣旨中言明他当政期间再不录用两家，谁都知道，这样一来再无人能与四皇子夺位，未来坐上那把金椅的人十有八九是四皇子。两家在临汾桥埋了那么多火药炸他，他若是当政，如何会起用两家的人？这样一来，沈氏和柳氏至少两代都不可能有人为官。

"芳华小姐的病可好了？"柳氏一家之主询问身旁的长随。

那长随摇摇头。

柳氏家主叹了口气："难道天要亡我柳氏一族？"话音刚落，他吩咐，"芳华小姐虽然病倒了，但是忠勇侯府有云澜公子在，你亲自去找云澜公子。"

长随点点头，匆匆去了。

半个时辰后，长随回来了，低声道："云澜公子说：若临汾桥之事没有芳华小姐全力相助，私盗军火、谋杀皇子可是诛九族的大罪，三皇子、五皇子、柳氏、沈氏、柳妃、沈妃以及两府族亲怕是都会性命不保。如今只是三皇子、五皇子去守皇陵，柳氏和沈氏两族的人悉数保住了性命，宫中柳妃和沈妃没受到牵连，依旧是妃位，这个结果已然是最好的。他还说，人要知足，不要贪图太多，否则，别说两代荣华了，就是家业根基都会毁于一旦。"

柳氏家主闻言，觉得如醍醐灌顶。

沈氏在同时得到了同样的回话，可谓一语惊醒梦中人。

谢芳华保柳氏和沈氏，也是因为秦钰回京，要用三皇子、五皇子制衡他，可是如今已经制衡不住，此一时，彼一时，两族能全身而退已经是最好的结果。

柳家和沈家同时又给忠勇侯府捎去话："如此大恩，柳家和沈家世代难忘！忠勇侯府和芳华小姐未来若有需要，两家定然赴汤蹈火，在所不辞！"

话传到后，两家即刻吩咐亲人族人，准备离京返乡。

处置三皇子、五皇子的圣旨下达后，皇帝连连咳嗽，再也支撑不住，吩咐了一句"让四皇子监朝"后，便退了早朝，回了寝宫。

孙太医随后就被召去了寝宫。

朝臣们出了宫门，议论纷纷。

左相、右相和英亲王身边各自围了一群人。很多人心里都明白，四皇子离太子之位不远了，也许不出几日，皇上就会下册立太子的圣旨。他们又觉得皇上近来身体竟然不济得厉害，连早朝都支撑不住了，甚是奇怪。

晌午时分，谢芳华悠悠醒转。

守在她床边的侍画、侍墨大喜："小姐，您终于醒了！"

谢芳华只觉得浑身疲软，揉揉额头，支撑着坐起身看向窗外，见阳光透过窗子射进来，她疲惫地问："我睡了多久？"

"您发热了一日又一夜，今天又睡了一上午。"侍画过来扶她，"真是吓人呢！幸好言宸公子在，奴婢们才没被您吓出个好歹来。"

谢芳华点点头，见屋中只有她们，问道："言宸呢？"

"言宸公子在小厨房呢，有一味药他得亲自看着。而且您今早退了热，他又改了药方。这两日您喝的药，都是他亲自煎的，奴婢们插不上手，只能劳动言宸公子了。"侍画道。

谢芳华点点头，扯了扯嘴角："幸好他在。"

"可不是吗？有言宸公子在，他的医术好，又清楚您的症状，我们伺候着也踏实些。"侍画笑着给谢芳华捏捏肩，帮她松松躺了两日已经僵硬的骨头，"您要喝水吗？"

她的话音刚落，侍墨已经将水端来了，接过话道："小姐出了那么多汗，每隔一个时辰就要给您换一次被褥和睡衣，虽然我们定时给您喂了水，但耐不住流失快。看您嘴皮干成这样，肯定渴了。"

谢芳华接过水，喝了一口，忽然问："这两日一直都是你们照顾我的吗？"

侍画、侍墨对看一眼："是奴婢二人轮番照顾您的，只不过昨日夜里……"

"嗯？"谢芳华看着二人。

"昨日夜里，铮二公子来了。他来的时候大约是子时，黎明前才走。"侍画一边说着，一边看着谢芳华的脸色，声音微低，"铮二公子来了之后，便将我二人赶出去了。"

谢芳华将空杯子递给侍墨，看着自己的手，低头呢喃："原来如此！"

睡梦中，她总觉得有人握着自己的手，那个人熟悉至极，让她以为是在做梦。

原来是他！

竟然真的是他！

她静静地坐着，开始回想昨日夜间发生了什么，可是过了好半晌，脑中依然空空，除了隐约有些感觉外没有丝毫印象。她叹了口气："他来这里，除了你们知道，可还惊动了什么人？"

侍画、侍墨摇摇头："铮二公子推开门的时候，我们才发现他，他走时又是越墙走的，悄无声息，没有惊动什么人。"

"言宸呢？他既然住在这海棠苑里，他也不知？"谢芳华低声问。

侍画、侍墨对看一眼，不太确定："不晓得言宸公子知不知道，今日见他时，不曾听他提起这件事儿。"

谢芳华点点头："在我睡过去的这两日里，可发生了什么事儿？"

"发生了一件大事儿！"侍画立即道，"今日早朝，皇上下旨，令三皇子、五皇子去看守皇陵，柳氏和沈氏两族迁移出京城返回故里，族中所有人一律罢官。"

谢芳华一怔："皇上怎么会下这样的圣旨？"

"据说昨日午时，左相进宫了一趟，然后皇上便传旨三皇子、五皇子闭门反省，今日更是在早朝上下了这样一道旨意。"侍墨道。

"原来是因为临汾桥之事。"谢芳华笑了一下。

"小姐，临汾桥之事不是被您和世子、云澜公子联手抹平了吗？如今怎么查出来了？"侍画不解，"难道哪里走漏了消息？"

谢芳华摇头："世界上哪里有什么天衣无缝的事儿，更何况这件事情的当事人还是四皇子秦钰。虽然查不出主要罪行的证据，但蛛丝马迹他还是能摸到一些的。他回京这数日间，利用三皇子、五皇子监朝政绩平平这个把柄，踩着二人和谢氏长房全了自己的名声威望。如今那二人没了用途，自然不能再挡他的道了，所以，这时候时机正好。"

"四皇子真是厉害！"二人闻言唏嘘。

"他是皇室中唯一有才华、头脑聪明的皇子，又经过了皇帝的悉心培养，能有这番谋略算计也是应当。"谢芳华不以为然，"接下来，皇上应该是要立太子了。"

"据说皇上今日下完圣旨，命四皇子监朝后，就被搀扶回了宫，可见病得厉害。"侍画道。

谢芳华闻言陷入了沉思。

"记得年前，皇上还生龙活虎，这才多长时间，怎么一下子就病得这么厉害了？"侍墨不解，"难道是因为这些时日发生的事情太多，让皇上闹心的事太多，才加重了病情？"

"也许是这样，有病的人最忌讳诸事烦扰。"侍画道。

谢芳华眉头微皱："云澜哥哥呢？"

"已经有两日不见云澜公子了！除了那日您发热，午时他过来了一趟外，就再没来过。"侍画道。

"他在做什么？"谢芳华问。

侍画摇摇头。

侍墨道："应该是在筹备大婚、采办东西吧。有言宸公子在，自然不必太担心您。"

谢芳华点点头。

"小姐，您饿了吧？奴婢二人伺候您梳洗用饭吧。"侍画给谢芳华揉了半晌肩膀，感觉她的身子骨不再那么僵硬了，问道。

谢芳华点点头。

二人扶着她下床，伺候她梳洗。一切打理妥当时，言宸端着药碗走了进来。

"醒了？"言宸将药碗放在桌子上，"感觉如何？"

谢芳华颔首："好多了。这两日辛苦你了。"

"你尽快好起来，才能让我少些辛苦。"言宸坐下。

谢芳华笑着点点头。

侍画、侍墨端上饭菜，言宸陪着谢芳华一起用了。

饭后，谢芳华看着言宸，低声道："我忽然觉得，我可能忽视了一件事儿。"

"嗯？"言宸看着她，"什么事儿？"

"数日前，林太妃送来那个布包，里面包了药渣，你我查验后，认为根据用药的阶段，皇上还有两年寿命，可是如今皇上病得都快起不来了，如此严重，你觉得他能撑两年吗？一年怕是都难吧！"谢芳华道。

言宸点点头："你是说……那个药包有问题？"

27

"依你我的医术，当时推断的结果肯定是没错的。"谢芳华寻思着，"然而，能活两年的病人和能活数月的病人肯定是不同的。问题不是出在药包上，就是出在别的事情上。"

言宸点点头："的确。"

"年前皇帝还生龙活虎，难道真因为事情太多，尤其是谢氏分宗分族，导致他盛怒之下病情加重？这种解释虽然也说得过去，但也不至于一下子病得这么厉害。"谢芳华又道，"侍画、侍墨刚刚的话语倒是提醒了我，这件事情是不是有什么不对劲？"

"你说得有理，表面上是没什么问题，可是细究下来，却禁不住推敲。"言宸正色道，"你别多想了，正好我在京中，既然有这个疑惑，我定会尽快查明原因。"

谢芳华点点头。

"你就是多思多虑，刚醒来，一刻也不闲着。"言宸叹息着摇摇头，"这样下去不行，你必须安心养病。稍后我嘱咐侍画、侍墨，不准她们再拿这些事情让你劳神。"

谢芳华无奈："我答应你尽量不想就是了，你总不能封闭我的耳目，让我做一个盲哑之人吧！不用你嘱咐她们，我注意就是了。"

"也罢。"言宸也觉得让她什么都不知道不可能。

谢芳华醒来后不久，忠勇侯府各院落都得到了消息。

忠勇侯、崔允、谢林溪三人前后脚来看她，半日一晃就过去了。

傍晚时分，谢云澜来了海棠苑。

谢芳华看到他的时候惊了一下——在她发热昏睡这两日，他竟然瘦了一大圈，也不是很有精神，若是不知道的人还以为是他发热了，她蹙眉："云澜哥哥，怎么回事儿？你怎么……"

谢云澜对她笑笑："这两日忙了些，毕竟刚开始准备，我也不太熟悉，要安排的事情有些多。你无大碍就好，好好养着，我没事儿。"

"你这样子，看着可不像没事儿！"谢芳华对外面喊，"侍画，去请言宸，让他来给云澜哥哥看看。"

"不用去！"谢云澜道。

"听我的还是听你的？你的身子若是垮了，哥哥又不在京城，这些事情，谁帮我做？"谢芳华瞪了他一眼。

谢云澜只好住了嘴。

不多时，言宸来了，见到谢云澜时，他也愣了一下，不过还是立刻依言上前给谢云澜把脉。

28

片刻后，他摇摇头："操劳太甚、郁结于心、失眠多梦、休息不好，不是好事儿。"

"还说没事儿！"谢芳华闻言，脸色有些不好，想了想，忽然道，"林溪哥哥在，我怎么忘了他？让他来帮着处理那些事儿，你就先歇歇！"

谢云澜摇头："他才来府中，怕是——"

"林溪哥哥又不是不通事务的公子哥儿，他会得也不少，这些事情，开始他可能手生，但是上手后就好了。"谢芳华打断他，"再说，他不懂的不是还有你在吗？两个人总比一个人负担轻些。听我的。再这样下去，我好了，你却病了，得不偿失，我于心何忍？"

"好吧。"谢云澜笑了一下，"听你的。"

谢芳华见他答应，暗暗松了一口气。

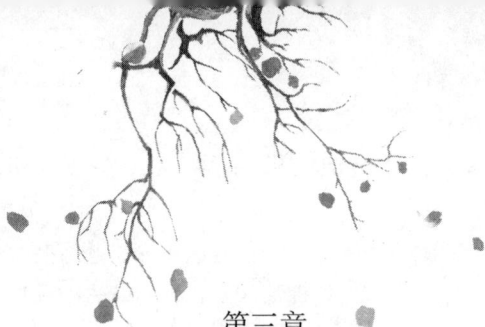

## 第三章
# 册封承爵

　　第二日一早，谢芳华便派人将谢林溪请来海棠苑。在画堂里，谢芳华和他谈了关于筹备婚事请他帮忙一事。谢林溪自然痛快地答应了。

　　谢芳华想起谢氏长房被发配岭南以南的湿热之地一事，询问他："林溪哥哥，谢氏长房的人离京了吧？"

　　"圣旨下达的当日便被遣送离京了。"谢林溪点头。

　　"你心中可感觉难受？"谢芳华看着他，"我没办法让他们再留在京中。"

　　"有些难受，但是我知道这对谢氏长房来说是最好的结果。毕竟这么多年来，谢氏长房背地里做的那些事儿，若不是你请求四皇子网开一面，恐怕现在早已经变成了青冢白骨。"谢林溪诚挚地看着谢芳华，"别人我不担心，只是谢茵这个妹妹，她后来性情改了许多，也明了事理，可是这一生怕是都毁了。"

　　谢芳华想起谢茵，那个被明夫人宠坏了的女儿。在她是听音的时候，那一日，为了躲避皇上跳进谢茵和卢雪妍的马车，却发现对方也有天真可爱的一面。若真是改了性情的话，的确是可惜了。

　　"当初她处处看不惯你、针对你，芳华妹妹，你现在不会再怪她了吧？"谢林溪看着谢芳华。

　　谢芳华笑笑："林溪哥哥多虑了，我岂会是那等不容人的人。"顿了顿，她道，"这样吧，我安排人沿途照应一下，让官差对他们客气些，这样也能少受点儿苦。等平安到了岭南以南的湿热之地后……"

　　谢林溪看着她。

谢芳华打住话语，想了想："岭南是裕谦王的地盘。岭南以南的湿热之地，若只是派人照应，恐怕还是会受苦。裕谦王在岭南近二十年，天高皇帝远，早已经根基深厚。此次能如此乖顺地奉诏进京给英亲王贺寿，而且将两个儿子都带来了，不怕皇帝除之而后快，必有倚仗。谢氏长房诸人若是能得到岭南裕谦王的照应，自然不会受苦。"

"芳华妹妹，你是说求裕谦王？"谢林溪犹豫地问道，"裕谦王会答应吗？"

"裕谦王这么多年远离京城，封地为王，虽然看似早已经不掺和朝事和政事，但背地里谁又知道呢。给英亲王贺寿之后，他至今还没走，安安稳稳地待在京中，岂能没有所求，或者说，岂能没有倚仗？"

谢林溪沉思了一会儿，道："如今皇上大病，四皇子监朝，未来朝局已经明朗——皇帝宝座，非四皇子莫属。裕谦王进京给英亲王贺寿，寿辰过后依旧安然留在京中。你这样一说，莫不是他所倚仗的人是四皇子？"

谢芳华点点头："他和秦钰暗中必有某种联系。"

"为了谢氏长房活命，你已经欠了四皇子两个人情，若是再为了谢氏长房去求裕谦王，裕谦王也不是好相与之辈，还是算了。只要你能派人在岭南以南照应些，不让他们有性命之忧，我觉得足矣。"谢林溪虽然动心，但还是摇摇头。

"为人子女者，怎么可能看着自己的父母亲人受苦而心中不难受？林溪哥哥，我想让你没有后顾之忧，安心地跟在我身边，成为我的助力，自然要解了你心中的忧烦，才能安你的心。"谢芳华笑看着他，"天下熙熙皆为利来。过两日，我让云澜哥哥去请裕谦王府的大公子喝酒，探探他的口风。只要找出他进京和留在京城的目的，这桩事情对裕谦王来说就是小事儿，他没有不应的。"

"既然如此，那我就多谢芳华妹妹了！为我一人，你实在是费了心思。"谢林溪有些愧疚，"到目前为止，我反而还没为你做什么。"

"以后时日多的是，林溪哥哥，你要知道谢氏虽然有那么多人，但不是哪个人都能如你一般让我费尽心思的。"谢芳华微笑，"此事就这样定了。"

谢林溪点点头，也真心地笑了，眉目间隐隐的担忧和郁色一扫而空。

两日后，谢云澜觉得精神恢复了些，便依照谢芳华的意思下了拜帖，邀请裕谦王长子秦毅喝酒。

秦毅痛快地答应了。

谢云澜和秦毅约在百年老字号的"桂鱼坊"，席间，他也不拐弯抹角，直接请求裕谦王照顾谢氏长房。

秦毅似乎没料到他是这个目的，愣了一下，微笑着道："我还当是什么事儿，原来是这件事儿。按理说，云澜兄亲自拜托，这等小事儿，我该痛快地应了你，但是你知道的，历来官府发配的要犯，都是要去做苦力的，官衙那边不仅有记录，每

31

日还会派人看着。就算是在我家的封地，也不好明着庇护，否则一旦被有心人弹劾，皇上就会震怒。"

"那依大公子的意思，可有别的办法？"谢云澜询问。

秦毅笑着道："别的办法自然有，那就是朝中发下文书赦免服苦力，交给裕谦王府酌情安排，之后裕谦王府再给予庇护就容易了。"

谢云澜点点头："我晓得了。"

只这一句话，便不再谈论此事，而是与秦毅闲聊些别的话，吃起酒来。

一顿饭吃罢，酒水喝了不少。散席之后，二人出了桂鱼坊，直到辞别之际谢云澜都再未提起谢氏长房流放一事，还是秦毅忍不住开口："云澜兄，对谢氏长房的照应，是你本人的意思，还是……"

谢云澜笑了笑："是芳华的意思。四皇子将林溪送与了她，她为了不让他心中挂念难受，便想对谢氏长房照应一二，保其衣食性命，所以才想要请裕谦王帮忙。不过既然裕谦王府也不好插手，那就算了，让她再想办法吧。凭着她的本事，自然能想出一个周全之法，也不必让裕谦王府为难。"

最后一句，他说得意味深长。

秦毅心神一凛。虽然他入京时间不长，但是对这个芳华小姐行的那些事情以及私下里的手段可是耳闻不少。尤其四皇子秦钰竟然为了她放过了谢氏长房，又将谢林溪给了她，虽然说他得了贤德的名声，人人称颂，但是谢林溪攥在他手里可比给谢芳华有用多了，可是他竟然就这么把人给了她。不得不说，能让秦钰如此，谢芳华自然有她的特别之处。

若是此事自己不应下来，得罪了她，她目前的确是不能拿裕谦王府如何，但她将来是要嫁入英亲王府的，未来暂且不说，英亲王府也暂且不说，只说这四皇子对谢芳华的态度……虽然自己拿出的推挡理由也冠冕堂皇，但大家都是聪明人，不用说都知道，上有政策，下有对策，裕谦王府远在岭南，离京城天高地远，暗中伸伸手，就能保谢氏长房无忧。

他想了片刻，不敢再往深里想，左右看了一眼，见无人走过，他凑近谢云澜低声道："谢氏长房是四皇子保下的，谢林溪是四皇子给芳华小姐的，想必芳华小姐再向他请求一份文书也极其容易。只要四皇子一句话，裕谦王府自然能保谢氏长房诸人在岭南以南的湿热之地安安稳稳。"

谢云澜闻言含笑点头，拱手道谢："多谢大公子指点。"

"指点说不上。如今皇上老了，将来嘛，一朝天子一朝臣，裕谦王府也不太好过，为了不让御史台揪住把柄弹劾，不能痛快应允此事，还望云澜兄和芳华小姐海涵。"秦毅感叹一声，也拱了拱手。

"好说。"谢云澜颔首。

二人将话语都隐晦地过了明路，方辞别对方各自回府。

谢云澜回府后便去了海棠苑，将事情原原本本说与谢芳华听。

谢芳华听罢，心中了然："原来裕谦王真的暗中归顺了秦钰！只要秦钰一句话，裕谦王府就毫不犹豫。看来裕谦王此次进京，明面上是给英亲王贺寿，其实是为了以后留在京中帮助秦钰。"话音刚落，她忽然眯起眼睛，"裕谦王以后留在京城为秦钰所用，那么，英亲王府以后……在秦钰的心里，是个什么位置？"

当年皇帝能登上至尊宝座，后来能坐稳那把椅子，德慈太后和英亲王功不可没。

英亲王天生脚跛，算是身残之人，不能继承皇位。德慈太后帮助皇帝也不是无条件地帮助，而是让他拿出最重要的东西换的——他爱的女人，也就是英亲王妃，嫁给了英亲王，成了他的皇嫂。

这么多年来，坐在那把椅子上，皇帝对英亲王敬重有加、重用有加的背后是什么心理？

英亲王府这么多年来尊贵无比，其余和皇帝、英亲王同一辈的兄弟死的死，亡的亡，只留下一个裕谦王，封地还在千里之外的岭南，没有诏令不得踏入京城一步。

现今皇帝重病，估计很快就会驾崩，那么，英亲王府的后续走向呢？

这个问题，可有谁考量过？

"因为秦铮和秦钰自小相互看不顺眼，争斗不休，对于英亲王府，秦钰心里有什么主张，还真是拿不准。"谢云澜见谢芳华面色变幻，目光微暗，低声道。

"真是走一步看三步，将林溪哥哥痛快地给我时，他是否就料准我还会再有求于他？"谢芳华揉眉心，"求一次也是求，求两次也是求，也不在乎求第三次了。"

"俗话说，可一可二不可三。"谢云澜道，"再三请求，恐怕没那么容易得到想要的结果了。"

"没办法，岭南是裕谦王的地盘，裕谦王如今归了秦钰，若是想要谢氏长房诸人真正无性命、衣食之忧，只能通过官府庇护。就算我通过天机阁照应，那也是治标不治本。"谢芳华道，"况且，再三求他又如何？他下套让我钻，我就算不钻，难道不是还会有别的套？"

"那你要小心！"谢云澜有些担忧。

"云澜哥哥放心吧！"谢芳华点头，"有些东西对我而言，能拾起来，也能丢了。"

谢云澜闻言暗暗叹了口气，不再多言。

转日，谢云澜请秦钰过府。

秦钰来的时候正是傍晚，天将黑未黑之时。他进了海棠苑，来到画堂，便见谢芳华等在那里。他一笑："今日是又有什么事情找我？"

"没有事情便不能请你来喝茶了？"谢芳华看着他。拿掉了三皇子、五皇子这两个碍眼的挡路石，如今的他却没有丝毫张扬，依旧温润如玉。看来在他的心里，三皇子、五皇子根本就不是障碍，不值得高兴。

秦钰轻笑："若你真没有事情，定然不会请我来喝茶，你避我唯恐不及。"

谢芳华给他倒了一杯茶，不置可否。

秦钰坐下，喝了一口，微笑："这是今年的春茶，皇宫里还没有，忠勇侯府便用上了。"

"四皇子为何不说南秦江山还没有的时候，谢氏便有了呢？"谢芳华微微挑眉，"忠勇侯府世代经营的产业里有几处茶庄，喝上最早的春茶有什么可奇怪的？皇室又不会去种春茶。"

"你这张嘴可真是伶俐，半点儿不饶人。"秦钰失笑。

"从谢氏长房到谢林溪，再到谢氏诸人在岭南以南湿热之地的安置，你一步一个圈套，一步一个陷阱，就等着我一脚踏入再出不来，如今我说几句难道都不可以？"谢芳华也端起茶抿了一口。

"这么快就被你识破了，可见也不是多厉害的圈套。"秦钰笑看着她，"你今日来找我，原来是为了谢氏诸人在岭南以南湿热之地的安置。这是为了谢林溪心无旁骛地跟在你身边成为你的助力？"

"既然四皇子明白，可否网开一面，知会裕谦王一声，对谢氏诸人多加照应？"谢芳华承认不讳。

秦钰放下茶盏，慢悠悠地道："可一可二不可三。你这网开一面的网可真大，总不能这一回三言两语就打发了我，让我什么也不求地帮你吧？"

"若是你能什么也不求，那自然是最好，说明四皇子大度。"谢芳华道。

秦钰摇头，身子靠在椅背上，懒散地道："不可能。我从来对谁没这么大度过，你已经例外了。"

"那我若是说谈个条件呢？"谢芳华也没指望他能痛快答应。

"哦？"秦钰笑看着她，感兴趣地问，"什么条件？难道我数日前说想要你，你此时准备应了？"

谢芳华垂下睫毛："四皇子以后还是莫要开这种玩笑，你我都是已经订婚之人。"

"若不是这个条件，别的我没什么兴趣。"秦钰摇头。

"你不听听怎么知道有没有兴趣？"谢芳华将茶盏倾斜，让茶水洒到桌面上，她放下茶盏，拿手蘸水画了一个圈，在圈里面写上"裕谦王"三个字，然后看着秦钰，"就用裕谦王来做交换，怎样？"

秦钰忽然眯起眼睛："裕谦王？他能如何交换？"

谢芳华又蘸了茶水，在"裕谦王"三个字上写了个"杀"字，然后抬头，静静地看着他。

秦钰面色微微一沉："围而绞杀？你好大的胆子！他可是亲王。"

"不说胆子，你只说，若是我想杀他，能不能成事？"谢芳华笑着问。

秦钰看着桌案上水画的图画，沉默不语。

"你在他身上筹谋已久，花费了很大的力气吧？你想图谋什么？裕谦王以后必定受你重用，可若是人死了呢？你可就满盘皆输了，是不是？"谢芳华神色淡淡，浅笑道，"四皇子向来聪明，该明白我不是在说笑。"

秦钰忽然抬起头，盯着谢芳华："你这算是恩将仇报吗？"

"何为恩？何为仇？"谢芳华反问。

秦钰扯了扯嘴角："我毫不犹豫地救了谢氏长房，毫无所求地给了你谢林溪，如今你不知感谢，反而拿裕谦王来威胁我，这不是恩将仇报？"

"谢氏长房因何获罪？因何被御林军围困？因何被皇上下旨满门抄斩？四皇子难道忘了前后因果？"谢芳华沉静地端坐着，"这些都是四皇子的筹谋，本来以你的身份，如此行事无可厚非，也令人敬佩。能够放谢氏长房一马，到了这最后一步，我的确领情，但是情不是你所开的条件那样领的。"

"嗯？那是怎样领的？"秦钰看着她。

"四皇子虽然看重我，但我从来不妄想嫁入皇室。"谢芳华道。

秦钰忽然伸手抹掉了桌案上的茶水图案，声音微冷："你从不妄想嫁入皇室，难道就妄想嫁入宗室？秦铮伤你至斯，如今你养伤都这么久了，还不能自己走路，你心中就没有丝毫芥蒂？对他情深至此？即便这样，你也要毫不犹豫地嫁给他？"

谢芳华抿了抿唇，迎上他的目光："是！"

"你……"秦钰恼怒地瞪着她。

谢芳华别开视线："四皇子，若是你觉得你能保裕谦王安然无恙，那么，谢氏长房诸人的安置，你可以不必理会。就算他们都死了，我也已经尽力了，林溪哥哥想来也不会怪我。"

秦钰忽然气极而笑："谢芳华，你这样……让我更不能对你放手，你明白吗？"

谢芳华沉静地看着他："我不太明白，四皇子是如何喜欢上我的？我自认为没什么值得你喜欢的地方，与你的交集也不多。"顿了顿，她反问，"难道是因为秦铮，你才要争夺？"

秦钰摇头："也许一开始诚如你所说，如今却不是了。"话音刚落，他站起

35

身，"你是没什么值得人喜欢的地方，但是喜欢岂是自己能做主的？难道喜欢一个人都能明白原因？"话音刚落，他凑近她。

谢芳华伸手拿起杯盏挡在面前，看着他靠近，冷声警告："四皇子，这里是海棠苑！不是你的四皇子府，也不是皇宫！"

秦钰看着她手中攥紧的杯子，笑了笑："这是最后一次你求我，也是最后一次你威胁我。谢芳华，我虽然对你总是忍不住心软，但若是你的心一直对我硬着狠着，那么再有下次，就别怪我不客气了。"话音刚落，他转身出了画堂。

谢芳华看着他踱步离开，才将手中的杯盏慢慢地放下。

她刚放下杯盏，秦钰忽然又转了回来，在门槛处停住脚步，靠着门框看着她，目光深邃："谢芳华，你应了我又有什么不好？在我有生之年，只要谢氏不谋逆，我保你谢氏一族无忧，后宫也可以为你空置。皇室和谢氏又不是死敌，为何非要拼个鱼死网破？至于你的云澜哥哥……"顿了顿，他低声道，"你许了我，也许，我能有办法保住他的命呢。"

谢芳华一开始还冷静地听着，然而当听到他的最后一句话时，她腾地站了起来。

腿上未好的伤被牵动，顿时传来一股钻心的疼痛，疼得她的额头霎时冒出了冷汗，身子受不住，又坐在了椅子上，脸色也因此而煞白。

秦钰见她难受，似乎有那么一瞬间想要上前，最后却没动，只看着她，声音微低："你看，你的伤如此之重，就算好了，以后阴天下雨，你的腿也难保不疼。还有腿上的伤疤，也许上好的膏药能抹平痕迹，但是心里呢？你确定不会落下痕迹？你以后的幸福中，难道就没有裂痕？"

谢芳华忽然闭上眼睛，然后又睁开，冷笑："我和云澜哥哥在一起就能让他不死，何必等到许了你才能保他不死！秦钰，你拿这件事来说，有什么用？"

"你和谢云澜在一起，真能保住谢氏，保住你想要守护的？另外，秦铮呢？他在你心里就那么好？你就确定他的手段比我光彩？他暗中做的事情全部是因为喜欢你而为你所做？"秦钰嘲讽，"那你也太小看秦铮了。他岂是心里只装着女人的人？"

谢芳华的手指微微颤了颤，面色却很平静："那又如何？你也说了，喜欢岂是自己能做主的。"

秦钰忽然笑了："那我们就一起看看，喜欢能不能自己做主好了。或许，你有朝一日会发现秦铮没那么喜欢你，他不是心里只装着女人的人，若是有更重要的事情摆在面前，他可能毫不犹豫地对你放手。"

"那又如何？人一生，不能只装着情爱！"谢芳华无动于衷地道。

"你果然是……"秦钰深深地看了她一眼，一句话说了一半就转身离开了。

这一次，他走得干脆，再未回头，也再未折返。

谢芳华在他真正离开后，却泄了全身的力气，软倒在椅子上。

每一次和秦钰交手，她都觉得像是打了一场硬仗，比拔剑拼杀还要累。

谢云澜走进来，看到谢芳华的模样，有些心疼。他走到她身边，伸手扶起她："芳华，你……"

谢芳华睁开眼睛，对他笑笑："云澜哥哥，我没事儿。"

谢云澜沉默片刻，松开手，在她面前坐下。

"明日你告诉林溪哥哥，让他安心——秦钰已经答应了。谢氏长房诸人在岭南以南的湿热之地一定会平安无事，衣食无忧的。"谢芳华道。

谢云澜点点头。

第二日晌午，谢林溪前来海棠苑对谢芳华道谢，言辞间显然是知晓了昨日她见秦钰的情形，表现得分外内疚。

谢芳华接受了他的道谢，只对他说了一句："林溪哥哥，你可知道云继哥哥是北齐的皇子，云澜哥哥连一丝谢氏的血脉都没有？未来的谢氏，除了哥哥，也就你了。"

谢林溪忽然明白了，重重地点了点头。

三日后，病了几日的皇帝再度上了早朝，并在早朝上毫无预兆地忽然下了两道圣旨。

一道是册立秦钰为太子的圣旨，一道是令英亲王府二公子秦铮承袭爵位的圣旨。

圣旨下达后，满朝文武虽觉在意料之中，但如此突然又在意料之外。

朝臣无异议，早朝气氛非常融洽。

皇帝下了圣旨后，又对满朝文武道："自今日起，太子全权代理朝政，朝中若是没有大事，一律不必奏禀我，太子直接处置即可。"

这样的话一出口，算是将整个朝局交给了太子。

群臣这才惊异了，依照旧例，下达这样的圣旨是皇上不能再理政的象征。

众人不由得打量起上首的皇帝，这一细看之下，他们更觉心惊。短短时日内，皇上似乎瘦成了皮包骨，哪里还有曾经的身体硬朗、满面威仪？明明就是一副病入膏肓的样子。

这样的皇上，似乎命不久矣！

众人都压下心惊，齐齐垂首，无人发声。

皇帝交代了该交代的便退了早朝，吩咐太子主持接下来的朝会，并将英亲王喊上，陪他离开金殿，去了寝宫。

群臣在皇帝走后，暂且压下惊异，纷纷恭喜刚荣升为太子的四皇子。

秦钰面色如常地对恭维他的朝臣含笑点头。

早朝继续。

秦钰的威望和声名以及风评一直很好，所以朝臣们很快就驱散了皇帝带来的苍凉病气，适应了太子监朝的事实，陆续呈上奏本，早朝便又热闹起来。

同时，西山军营内的秦铮接到了承袭爵位的圣旨。

他接过来看了一眼，随意地拿着，又去练兵了，连打赏都没给传旨的内侍。

内侍哪敢讨赏，非但不敢，反而还很恭敬地目送他随意地拿着圣旨离开，随后赶紧回宫里复旨了。

谢芳华在海棠苑听到两道圣旨的内容时，没什么想法。

这两道圣旨，对这两个人来说，算是迟来的册封和赏赐。

这两个人的身份不同，得失却大同小异。

太子册封第二日，秦钰派人给谢芳华传了一句话："谢氏长房诸人衣食无忧之事，已经知会了裕谦王。"

谢芳华让侍画打赏了他派来的人，并没有回话。

又过了几日，正是纳彩之礼后的第十日，按照约定好的，该行纳征之礼了。

所谓纳征，即男方将聘礼送往女方处，俗称"下大礼"。

这日一早，英亲王和英亲王妃便带着准备好的大礼来了，秦铮并没有出现。

谢云澜和谢林溪陪同忠勇侯和崔允接待二人。

崔允问及秦铮，英亲王和英亲王妃摇摇头，崔允脸色不好："一次纳彩，一次纳征，他都错过了吉时，到底想干什么？纳彩之礼是小礼，他错过吉时也就罢了，如今这纳征可是大礼。"

英亲王和英亲王妃对看一眼，一时不知道该说什么。

春兰在一旁道："小王爷一定会记着日子的，上一次来晚，是要当日去捉活雁；这一次纳征，是要用兽做礼，他可能是去捉活兽了。舅老爷少安毋躁。"

崔允闻言，面色这才好了些。

直到晌午时分，秦铮也没出现在忠勇侯府。

崔允的脸色更难看了："他到底在干什么？不想娶华儿就算了！忠勇侯府高攀不上英亲王府这门亲，华儿更是高攀不上铮小王爷，不如这门亲事就——"

"崔大哥！"英亲王妃连忙开口，打断崔允的话，"这样的日子，他自然会来。至于为何现在还没来，定有原因。对华丫头，他虽然伤了她，但是并不比她好过。这样吧，我和王爷都来了，咱们就先把礼过了，若是今日他真不来，我和王爷定饶不了他！"

"你怎么饶不了他？你还管得住你儿子？"崔允寻常对英亲王妃是极客气的，但如今是真气坏了，也是缘于上一次秦铮来后，竟然将谢芳华给气得发高热了。他

38

就这么一个外甥女，自然心疼。

"若是他不来，我就豁出去脸面不要，再进宫求皇上毁了亲事。"英亲王妃发狠道。

崔允见她如此说，自然不能再说什么了，他还是个明白人，知道英亲王和英亲王妃也是不易。

"好了，不等他了，先过礼吧！"忠勇侯摆摆手。

英亲王和英亲王妃对看一眼，点点头。

半个时辰后，两府过完礼，忠勇侯府吩咐摆饭，英亲王和英亲王妃、崔允、谢云澜、谢林溪等人入座。虽然因秦铮没来一事起了争执有点不愉快，但在座的到底都不是肚量狭小之人，心中的芥蒂很快就散去了，一顿午膳吃得甚是融洽。

吃过饭后，秦铮还没出现，英亲王和英亲王妃自然不好离开，陪着忠勇侯叙话、闲聊。

直到天色晚了，秦铮都还没出现，这下连英亲王和英亲王妃的脸色都不好了。

崔允白日里好不容易舒缓的脸色又沉了下来，但只是看了英亲王和英亲王妃一眼，并没有再说话。

忠勇侯倒是没说什么，只是摆手，对英亲王和英亲王妃道："天色晚了，你们俩回府吧。"

英亲王和英亲王妃点点头。虽然崔允没再说什么，但他们二人一肚子气——这样的事情，身为未来女婿的秦铮不登门，说明不重视，明显是打谢芳华和忠勇侯府的脸。秦铮不来，即便他们为人父母者早早来了，也不管用。

二人再待不下去，告辞离开了。

走到门口时，英亲王妃停住脚步，深吸了一口气，对崔允道："崔大哥，我说出的话算数，明日一早，我就……"

她话音未落，长街尽头一阵急促的马蹄声传来，她住了口，转头看去，只见一人一马疾奔而来，马上端坐的人正是秦铮。

她虽然满心怒意，但是这时候看到秦铮，还是露出了喜色："这个混账，他终于来了！"

英亲王的面色也霎时舒缓了下来。

崔允面色比早先稍好了些。

不多时，一人一马便来到了近前，众人才看清楚，马身两侧驮着两只活的小梅花鹿。

野有死麕，白茅包之。有女怀春，吉士诱之。林有朴樕，野有死鹿。白茅纯束，有女如玉。舒而脱脱兮，无感我帨兮，无使尨也吠。

以鹿为礼，其意诚挚。

39

"你这混账东西，哪里去了？怎么这时候才来？"英亲王妃立即质问他，"你知不知道现在都什么时候了？！"

秦铮勒住马缰，看向门口的众人，随即翻身下马，一身风尘冷寒之气："知道。"

"那你去干什么了？"英亲王妃瞪着他。

"狩猎去了。"秦铮道。

"就为了捉两只活鹿？以你的本事，狩猎需要一整天？"英亲王妃不相信地道。

"问那么多做什么？"秦铮不欲多言，对站在一旁的侍书挥手，"将这两只鹿解下来，弄进府去。"

侍书连忙上前，又挥手招来两个小厮，与她一起解下两只活鹿。

看到小鹿被解下，秦铮转过身，又要翻身上马。

崔允忽然上前，一把抓住他："你不打算进府？"

秦铮动作顿住，看向崔允："今日天色晚了，我一身尘土，就……"

"等了你一日，你竟然连府都不进？！"崔允大怒，"秦铮，你不要太过分！"

秦铮扬眉："舅舅何出此言？我如何过分了？我人不是已经来了吗？"

"你过门而不入，对华儿还有没有点儿诚心！你以为你一日不来，如今送来两只鹿就完事儿了？"崔允死死地瞪着他，"老侯爷不说你什么，华儿那丫头不说什么，我却不能眼看着你如此欺负我的外甥女！"

秦铮忽然嗤笑："我如何欺负她了？她是心甘情愿的不是吗？舅舅，您年纪大了，却至今没有女人，不明白女人未必是要哄的。"

"你……"崔允眉头立起，似已被他彻底激怒。

英亲王妃眼见不好，上前一步，一把将秦铮拽开："你既然来了，怎么能连府门都不进去？现在就给我进去，向老侯爷请罪，向华丫头赔不是！若是你就这么走了，以后传扬出去，她在纳彩之礼当日被你气病，纳征之礼又被你这么欺负，岂不是会被人笑话！"

"你就不怕我这回进去，再将她气病？"秦铮漫不经心地问道。

"你敢！"英亲王妃盯着他，"你知不知道，若是你今日不来，我也没脸娶这个儿媳妇了。忠勇侯府已经如此委曲求全了，老侯爷什么也不说，不过是看在华丫头心里有你的分上罢了，但是也容不得你这么三番五次地欺负人！她又不是嫁不出去，非要嫁你！"

秦铮静静地站着，不知是否听进去了，并没有再接话。

"你为了什么我不管，但是要适可而止！别顾此失彼，到时候得不偿失，有你

40

后悔的！"英亲王妃压低声音训斥了一句，"还不快进去！你今日若不进去，你崔舅舅一准不干。娘亲舅大，他若是强硬地做了主，老侯爷也不能说什么，华丫头也不会强行违逆他，到时候有你受的！"

"照你这样说，我非进去不可了？"秦铮看着她。

英亲王妃点头，低声道："你别忘了李沐清，还有个秦钰，他昨日晚上来了忠勇侯府。"

秦铮又笑了一声："她不愁嫁，我自然知晓，但那又如何？"不过他到底没立即走，而是转身进了忠勇侯府的府门。

英亲王妃松了一口气。

崔允脸色稍霁，对着秦铮的背影警告道："你这次进去若是再将她气病，告诉你，这桩亲事儿就没的说了，干脆毁了，被天下人耻笑也比嫁给你强！"

秦铮没吱声，脚步不停顿地向内院走去。

英亲王妃对崔允道："崔大哥，你也别气，表面上看着是他气华丫头，背地里的事儿我们又清楚多少呢？这以后啊，指不定谁拿捏谁呢。华丫头是个聪明的，最近由得他欺负，自然也是有原因的。若是过了她的底线，不用我们说，她估计就不干。这个混账心里明白着呢，所以才这么折腾。"

崔允依旧有些气不顺，但还是点了点头。

"王爷，要不然咱们再进去等等？"英亲王妃看向英亲王问道。

英亲王也怕秦铮再折腾出什么事儿来，无奈地点点头："本王这是几辈子造了孽，怎么就生了他这么一个东西，一日都不叫人省心！"

英亲王妃立即不干了："王爷这是什么话？儿子是我生的，难道你是说娶我娶错了？"

英亲王瞪眼："你往自己身上扣什么？我又没有说你！"

"那你什么意思？"英亲王妃不满。

英亲王重重地叹息了一声，给她赔不是："好了，儿子是我们俩的，这等时候，你就别跟我闹脾气了。且看看他去海棠苑能不能跟华丫头好好说话，别出事儿。"

英亲王妃点点头，也知道自己是在无理取闹，遂作罢。

一行人重新返回了忠勇侯府内院的会客厅。

秦铮先去荣福堂，忠勇侯见到他，冷哼了一声，啥也没说，挥手将他往外赶。

秦铮也不逗留，转身痛快地出了荣福堂，向海棠苑走去。

因为天色已晚，谢芳华早已卸了妆面和首饰，穿着轻便宽松的锦绣丝绸软袍，长发披散着，点着罩灯窝在榻上看书。

秦铮这一日没出现在忠勇侯府她自然是知道的，但是并没有不满和怒意。

41

侍画、侍墨因为那日夜里秦铮突然出现治好了谢芳华不退的高热，对秦铮没那么不满了，和往日一样陪着她在房中待着。

秦铮带着狩猎的活鹿出现在忠勇侯府大门口之时，侍画、侍墨便得到了信儿，禀告给了谢芳华。

谢芳华抬头看了一眼天色，点点头。

"小姐，铮……小王爷也许会来这里，奴婢伺候您梳妆？"侍画发现要改口一时间有些困难，试探着问道。

"梳妆做什么？谁不认识谁！"谢芳华摇摇头，"不必了，你们下去吧。他若是来，就让他进来，不来就算了。"

侍画、侍墨对看一眼，点点头。

没多久，秦铮进了海棠苑。

他走得有些慢，进了院子之后，见到侍画、侍墨守在门口，问："你们小姐呢？"

"回小王爷，在屋里。"侍画恭谨地回答。

秦铮听她喊小王爷，脚步顿了一下，点点头。

侍画、侍墨掀开帘子，请他入内。

跨过门槛，见画堂没人，他四下扫了一眼，向里屋走去。

隔着珠帘，秦铮一眼就看到了窝在软榻上捧书而读的谢芳华。昏黄的灯光打在她身上，身上的袍子轻软宽松，更显得她清瘦纤细。她低着头，表情专注，气质清雅娴静。

屋中安静而温暖。

秦铮站在内屋门口，隔着珠帘望了她片刻，忽然转身向外走去。

"站住！"谢芳华低喝。

秦铮仿佛没听见，脚步不停地出了画堂，眼看就要跨出门槛。

"秦铮，你敢跨过这道门槛，以后就休想再进来！"谢芳华放下书卷，有些恼怒。

秦铮的脚步猛地一顿，一脚门里，一脚门外，身体似乎被定住了。

"这里又没别人，你有什么不敢进来的？你既然这么怕见到我，不如干脆别来！既然来了，一句话不说又要走，你什么意思？"谢芳华说着，怒意便上升了一层。

秦铮背影僵硬，站着不动，也未回身。

谢芳华看着他，片刻后，忽然将手中的书拿起，狠狠地向他掷去。

啪的一声，书砸在了他的后背上，然后又啪的一声落在了地上。

秦铮并没有躲。

谢芳华心里的怒意浮到了面上："你为什么不躲？"

秦铮没言声儿。

"你又哑巴了吗？"谢芳华盯着他的后背。

"你出了气，我可以走了吗？"秦铮终于开了口，声音低沉冷淡，听不出感情。

谢芳华气极："不可以！"

"那你要如何？"秦铮忽然转过头，平静地看着她。

谢芳华一下子对上了他漆黑如无底洞的眼睛，即便在夜晚，光线这样昏暗，隔着珠帘画堂，她依旧看得清他脸上的表情和眸中的神色。她一噎，忽然没了话。

秦铮静静地瞅着她，也不再说话。

过了片刻，到底是谢芳华忍不住了。她自诩定力和隐忍这些年已经被磨出来了，却发现秦铮就是她的不能忍、忍不住、没定力。她深吸一口气，开口，话语中还是带着怒不可遏："我是想问你，你到底想要如何？真不想娶我，现在就说明白，何必这副不敢见我、不想见我、见了我就难受、一言不发提脚就走的样子！"

秦铮忽然眯起眼睛："你觉得我不想娶你？"

"若不想我这么觉得，你就给我解释解释你这是什么意思！"谢芳华看着他。

秦铮偏开头："我若是不想解释呢？"

谢芳华恼怒地看着他："那你现在就滚远点儿，最好大婚那日也别来接我，我也不踏入你的——"

她话音未落，秦铮忽然转过身，提脚向里屋走来。

谢芳华打住话头，看着他。

珠帘因他突然走进来的冲力发出噼里啪啦的响声，他转眼便来到了谢芳华的面前。

离得近了，谢芳华能清楚地看到他脸上的表情，有些沉冷，有些压抑，又有些克制，还有着浓郁的忍耐，总之，这张脸上表情很多，多得让谢芳华呆住了。

"我进来了，如今你满意了？"秦铮的目光紧紧地锁着她。

谢芳华回过神，蹙眉。什么叫作她满意了？她心中有气，忍不住拔高声音，怒道："秦铮，你非要这样吗？"

秦铮身子一震。

换谢芳华紧紧地盯着他："是我该问你，到底要我如何，你才满意？"

秦铮不答话。

谢芳华忽然伸手扯开丝带，解开胸前的纽扣，光滑的绸缎很快滑落，露出里面的兜肚。她侧过身，将肩膀上、手臂上的伤疤裸露在他面前，发狠地看着他："我的伤现在还没好，你是不是要再对我射三箭，让我永远好不了？"

43

秦铮的瞳孔忽然收缩了一下，视线落在她肩膀和手臂的伤疤上。伤疤已经愈合，但是疤痕还在，而且短时间内恐怕不会消失。他虽然僵硬地站着，袖中的手却微微战栗起来。

谢芳华没有错过他一丝一毫的表情，片刻后，她收回视线，垂下头，慢慢地、无声地收拢衣服。

她何必逼他？

又何必用这种方法逼他？

她心中难受，拢衣服的手也颤得厉害，好半晌她才又费力地开口："你走吧！"

她刚说完，秦铮的身子忽然动了，他上前一步一把按住了谢芳华的手，将她整个人按在了软榻上。

谢芳华一惊，抬头看向他。

就在她的头刚刚抬起时，秦铮忽然低头，狠狠地吻住了她。

他的唇冰冷，扣住她手腕的手也冰凉，整个人的气息都是寒冷的，偏偏谢芳华心底的那团火却因为他突然靠近、突然吻她顷刻间流遍了她的周身。

她整个人轻软、温暖、柔弱、纤细、不盈一握，让秦铮在碰触到她的一刹那忽然发起狂来，落在她唇上的唇肆意地侵袭、啃咬，如狂风巨浪，铺天盖地。

谢芳华一动都不能动，况且她也不想动，微微仰着脸，承受着他突然的笼罩包裹，本来睁着的眼睛慢慢地闭上，熟悉的感觉和气息从每一处蹿入她的感官，使得她心底发出细微的感慨和叹息。

就是他！

秦铮！

梦里千回，心思百转，她都不能够再将他从她心里剔除，无论如何都做不到！

言宸说得对，这一辈子，她怕是都逃不出秦铮的手心了。心不想逃，又如何逃得出？

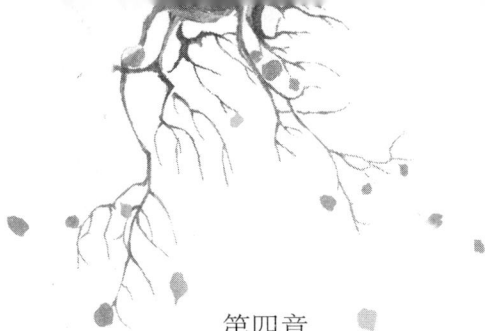

# 第四章
# 绣衣待嫁

　　不知过了多久，直到谢芳华几欲窒息，秦铮才放开她，头埋在她的颈窝里。

　　谢芳华睁开眼睛，急促地喘息着，只觉得唇上木木麻麻，大脑眩晕不已，几乎不能思考。

　　过了片刻，秦铮忽然直起身，放开她，转身向外走去。

　　谢芳华一惊："站住！"

　　秦铮仿佛没听见，转眼就冲出了画堂。

　　"来人，拦住他！"谢芳华轻喝一声。

　　侍画、侍墨守在外面，见秦铮冲出来，再听到谢芳华的话，顿时一惊，齐齐拦住了秦铮。

　　"滚开！"秦铮挥手打开了侍画、侍墨。

　　侍画、侍墨被打退数步，齐齐高喊一声："来人，拦住小王爷！"

　　海棠苑四周顿时拥出数名护卫，团团围住了秦铮，转眼间就有了三层之数，百人之多。

　　秦铮只能停住脚步，脸色发沉。

　　侍画、侍墨松了一口气，恭敬地道："小王爷，这是我家小姐的吩咐，得罪了。"话音刚落，两人急急转身走回屋。

　　谢芳华还是保持原先的姿势，半躺在软榻上。

　　侍画、侍墨进来，看到她衣衫凌乱的样子顿时面色一变冲了过来："小姐！"

　　冲到近前，两人一左一右扶起她。

"我没事儿。"谢芳华随着二人的搀扶坐起身，拢住散乱的衣襟，系好纽扣，低声道，"扶我出去。"

侍画、侍墨点点头，没有多问。

二人扶着谢芳华走出内室，穿过画堂，来到门口。

谢芳华不再往外走，而是倚在门口看着被护卫齐齐围住的秦铮。

秦铮背向她，静静地站立着，看着围住他的人，不知道在想些什么。

谢芳华看了他片刻，对侍画道："去看看言宸在哪里，请他来。"

"是！"侍画点头，匆匆跨出门槛向外走去。

"你要干什么？"秦铮转回头，夜色下，他的目光幽深。

谢芳华不答话，只静静地看着他。

秦铮见她不语，与她沉静的目光相触，薄唇抿成一线。

过了片刻，言宸进了海棠苑，当看到院中的情形时，他微愣了一下，缓步走来，问谢芳华："怎么了？出了什么事情？"

"他交给你了！"谢芳华丢下一句话，对侍墨道，"扶我回房。"

侍墨连忙扶着她重新进了屋。

言宸有些不解，看向秦铮。须臾，言宸忽然面露了然之色，提脚走近他，一把扣住他的手腕给他号脉。

秦铮想要挥手打开。

言宸板着脸，低斥："别动！"

秦铮顿住，脸色发沉："不用你管！"

"我是不想管你，但是有人看不过去你受这么重的伤竟然还装作没事儿人一样。"言宸冷下脸，"你知道学医的人最厌恶什么人吗？就是你这种讳疾忌医之人！"

秦铮冷哼一声："这点儿伤算什么？"

言宸冷笑："于你铮小王爷来说是不算什么，只不过丢了半条命罢了！"顿了顿，他压低声音，"若是不尽快救治，落下病根，你想要她一辈子陪着你就是做梦，你能活半辈子就不错了！"

秦铮闻言闭了嘴，不再说话。

"跟我走！"言宸松开手，向自己的房间走去。

秦铮站着不动。

言宸回头看了他一眼："你若是不想治，那现在就可以走！不过你要清楚离开的后果！"

秦铮袖中的手攥了攥，提脚跟上他。

言宸对护卫挥手："都下去吧。"

护卫齐齐退到了墙外。

二人一前一后进了言宸所住的房间。

谢芳华回到房间后，重新在软榻上坐下，对侍画、侍墨摆手："你们下去吧。"

侍画、侍墨对看一眼，齐齐退了下去，暗暗想着：原来铮小王爷受了极重的伤吗？她们一直没看出来。不过言宸公子医术不凡，他说受了重伤，那就一定是受了重伤。

房门被关上后，谢芳华半躺在软榻上，闭上了眼睛。

秦铮今日这时候才来，还受了一身重伤，明显是新伤，若不是他扣住她的手时她恰巧按到了他的脉搏上也发现不了，他隐藏得可真是极好。

凭借他的本事，狩猎两只活鹿不至于弄得自己一身重伤，一定是遇到什么了！

或者说，他在狩猎前做了什么！

这样的重伤，显然是内力相拼所致，也就是说，跟他交手的人，一定是外功兼内功上的高手。

一个时辰后，言宸房间的门打开，秦铮从里面走了出来。

他看向谢芳华的房间，她的房门关闭着，里面的灯虽然亮着，但是看不到她的人影。他在门口站了片刻，还是提脚向外走去。

侍画、侍墨对看一眼，走到门口，小声道："小姐，铮小王爷要离开了。"

谢芳华嗯了一声，再没别的吩咐。

侍画、侍墨知道小姐这是不再拦了，又齐齐退了下去。

秦铮顺利地出了海棠苑，在走过汀兰水榭时，见到上面站了一个人，正是谢云澜，秦铮挑了挑眉，停住脚步。

谢云澜静静地负手而立，似在等人，听到脚步声，他回转过身，淡然地看着秦铮："小王爷。"

秦铮扯了一下嘴角："我给了你这么长时间，你却抓不住机会，以后是不是该放弃了？"

谢云澜神色微黯："小王爷行事果决，手段狠厉，迫人迫己，如今成功了可是得意至极？"

"得意？"秦铮冷笑，"你哪只眼睛看出我得意了？"

"即便你如此伤她，她至今不能走动，对你却没有只言片语的怨怼恼恨，还安心准备大婚，你不是该得意吗？"谢云澜盯着他。

"谢云澜，你若是爱一个人，你伤了她，可会得意？"秦铮反问。

谢云澜不语。

"有什么可得意的！"秦铮扬起嘴角，带着冷冷的嘲弄，"伤人者自伤而已。

不过还是要谢谢你从中成全！没有你，有些事情，也许还成不了。"

谢云澜眯起眼睛，忽然冷冷地警告他："你对芳华了解多少？你当真了解她？有些时候别太自以为是了！小心你所认为的坚固壁垒，有一日树倒屋塌。"

"你什么意思？"秦铮也冷下脸。

"你是聪明人，自然知道我这话是什么意思！"谢云澜转过头，看向海棠苑，声音苍凉，"我放弃又如何，不放弃又如何？天下又不止我谢云澜一人，铮小王爷还是好自为之吧！别总是拿她对你的心使劲地欺负她！你要知道，如果心磨没了，她还剩什么？"

秦铮的双眸紧紧地盯着谢云澜。

谢云澜不再说话，只是静静地看着海棠苑。

过了片刻，秦铮忽然沉沉一笑，笑容有些冷冽，有些轻浅："多谢你的这番忠告！"话音刚落，他转身向外走去。

谢云澜回头，见秦铮已经走远，锦衣玉带，气质清冷又带着几分轻狂。无论是铮二公子还是铮小王爷，他都是秦铮。

英亲王、英亲王妃、崔允等人都关注着海棠苑的动静，当听到谢芳华和秦铮又闹崩，海棠苑外的护卫围住了秦铮时，三人都坐不住了，腾地站了起来。

"走，去看看！"崔允向外走去。

英亲王妃跟着走了两步，忽然又停住脚步："崔大哥，算了，咱们别去了。总归是两个孩子的事情，我们跟着去掺和做什么。"

崔允有些意外："你就不怕这一回铮小子受伤？"

"他受伤也是活该！"英亲王妃道，"若是华丫头对他出手，一定是他又做了什么气到了她。上一次纳彩之礼她就没做什么，这一回忍不住的话，出出气也是应该的。我们年纪大了，受不住他们再来一场了，眼不见心不烦。"

"反正是你的儿子，既然你说不去，那就不去吧！"崔允又重新走回来坐下。

英亲王闻言觉得有理，也坐下了。

三人又等了片刻，有人来回话："海棠苑并没有打起来，言宸公子去了，拽了铮小王爷去屋中谈话。"

三人闻言，心中才踏实下来。

这一等又是一个时辰，天色彻底黑了秦铮才从内院走出来。

英亲王和英亲王妃出了会客厅，迎向他："今日天色晚了，你是回府去住，还是去西山大营？"

"去西山大营。"秦铮道。

英亲王和英亲王妃对看一眼，点点头也不多问，向崔允告辞。

崔允见秦铮面色不善，也懒得再多话，送三人出了府门。

出了府门后，秦铮翻身上马，也不等英亲王和英亲王妃就纵马离开了忠勇侯府向城门而去。

英亲王和英亲王妃上了马车，在忠勇侯府门前停了一日的马车启程回府。

车内，英亲王感慨："总算是太平地过了今日。"

英亲王妃叹了口气："言宸公子能有什么事儿拉着臭小子谈？他医术高绝，不会是给他看诊吧？诊什么需要一个时辰？"

英亲王一愣："我倒没想到这一层，你是说他病了？"

"不一定是病了，怕是受伤了！"英亲王妃抿起嘴，"臭小子到底是我亲手拉扯大的，这么多年下来，若论最了解他的人，我这个当娘的自然当仁不让。纳征是大礼，他怎么可能不赶着时辰来？一定是被什么事情拖住来不了。两只梅花鹿而已，岂能难住我儿子？"

英亲王皱眉："在这南秦京城中，谁敢对他下手？"

英亲王妃冷笑："王爷，您这话说的，您忘了九年前的事情了？我儿子被找回来时差点儿丢了命。那时候太后还活着，将他宠到了心尖子上，结果怎么样？不还是出了那件事儿。"

英亲王一噎，沉默了一下："你是说因为铮儿承袭了爵位，浩儿对他动了手？"

"恐怕没这么简单！秦浩还奈何不了我儿子，哪怕连他那个岳丈左相也算上。"英亲王妃冷哼，"今日纳征，莫不是秦钰那小子从中作梗？"

"四皇子如今是太子了，就算你是他大伯母，以后在储君面前，也要注意称呼。"英亲王揉揉额头，"他筹谋多年，如今皇上早早交了权，就差退位了，不可小视。"

"我还怕了他不成？"英亲王妃不以为意。

英亲王叹了口气："一朝天子一朝臣。两个孩子自小相互看不顺眼，但君到底是君，臣到底是臣，将来他们……真能容下彼此？"

英亲王妃脸色微变，伸手抓住英亲王的衣袖："那怎么办？"

英亲王拍拍她的手："英亲王府以后如何，谁也不知。裕谦王进京数日了，皇上没让他离京，似乎把他给忘了，但堂堂有封地又是远道而来的亲王，谁会忘了他？哪怕皇上在病中也是忘不了的吧，恐怕是另有安排。"

英亲王妃也忧愁起来："我不管未来如何，只求我儿子平安，顺利娶妻让我抱孙子，哪怕英亲王府不要这烫手的富贵都行。"

"这么多年，辛苦你了！"英亲王低声道。

"说什么辛苦！"英亲王妃靠在他怀里，"我们蹉跎了半辈子，但好在都想明白了，也不是太晚。待四皇子登基后，王爷，您就退下来吧。"

"好！"英亲王点头，"这么多年我也累了，以后就让他们折腾去吧。"

第二日一早，福婶便进了海棠苑。

谢芳华昨夜在秦铮走后不久就睡了，一夜无梦，早上醒来分外精神。见福婶前来，她笑着道："这些日子忙坏您了，看着都瘦了。"

"小姐若是能和小王爷恩爱和美、平安顺遂地过一辈子，我就是忙点儿、累点儿又算什么？世子和夫人在天之灵欣慰就好。"福婶感慨地道。

谢芳华笑了笑："您一大早来，可是有什么事儿？"

福婶看着她："是为做衣服的事儿。如今纳征之礼过了，距离大婚时日不多了，其余的寻常穿戴的衣服，我和绣娘都能做了，可是这嫁衣，需要待嫁的姑娘自己绣。我是过来问，您这嫁衣……"

"您拿过来吧，我自己绣。"谢芳华道。

"您的身体行吗？可吃得消？"福婶感到很担忧，"若不是这嫁衣的针线别人不能轻易代替，我真是不想来打扰您。"

"这些日子伤养得差不多了，我也精神了，您拿过来就是了。我虽然不常做针线活，针法却不差，一个月内就能做好。"谢芳华道，"我自己的嫁衣，自然不能假他人之手。"

福婶打量着她，见她的精神确实比前些日子好太多，便点点头："我稍后就让人拿来。"

谢芳华忽然问："秦铮当日穿的衣服，谁给做？"

福婶一愣："应该是王妃吧。"

"王妃有时间吗？秦浩不是还有十来日就娶卢雪莹过门吗？"谢芳华想了一下，"即便秦浩是庶子，但也是长子，王妃也不能当真撒手不管吧？"

"这……也是。"福婶点头，"英亲王府两位公子的婚期离得太近了，当初也没想到您和小王爷的婚期会提前，英亲王府这些日子有的忙了，今日见王妃又瘦了不少。大公子的衣服可以由他的亲生母亲去做，可是小王爷的衣服王妃肯定要自己做，还要筹备婚事，真的忙不过来……"

"这样，您一会儿去英亲王府一趟，问问王妃，若是她忙不过来，秦铮的衣服就送来给我吧。"谢芳华道。

福婶一惊："小姐？"

谢芳华看着她："嗯？"

"您自己的嫁衣就赶时间，若是再加上一件男袍，岂不是更要挤时间？这怎么行？万一累坏了……"福婶不赞同，"王妃肯定有办法，您就别管了，胳膊和肩膀的伤还没好利索呢！"

"福婶，您说人一辈子是不是只有一次大婚？"谢芳华忽然问。

50

福婶一愣："是啊。"

"既然只有一次，我想亲手绣我未来夫君的新郎服。"谢芳华看向窗外，心中充溢着各种情绪，"但愿，我们能一辈子相濡以沫，携手白头。"顿了顿，她低声呢喃，"若是不能，我也尽力了。您就答应我吧，我手快，累不坏。"

福婶忽然心疼起来，想说的反驳话再也说不出来了，她无奈地道："好好，我的小姐，我答应您了。您真是和夫人一个脾气，当年世子的新郎服也是夫人亲自绣的。"

谢芳华一愣："竟有这样的事儿？"

"是啊！"福婶笑了，"当年夫人可真是爱惨了世子，不但新郎服是她亲自绣的，后来他的一切穿戴都不假手于人。哪怕我就在身边伺候，也是一点儿针线都不让我碰，宁可她自己累点儿。"

"爹和娘虽然未相守白头，但同生同死，也算圆满了。"谢芳华道。

福婶点点头。

当日，福婶从海棠苑出来后，收拾了一下，便去了英亲王府。

她从英亲王府出来后不久，英亲王妃便派人秘密地将一匹大红的锦缎送到了谢芳华的海棠苑。

两匹大红的并蒂莲缠丝的沉香缎织花纹锦绸摆在了谢芳华的内室，阳光洒下，光华点点。

谢芳华伸手轻轻拂过缎面上的并蒂莲，凝视了很久很久。

纳征之日后，英亲王府和忠勇侯府不约而同地忙碌起来。

最忙碌的自然是英亲王府，毕竟十日后秦浩就要迎娶卢雪莹。从年前懿旨赐婚到三媒六礼，这个时间段内办完这些事情还是绰绰有余的，左相府和英亲王府已经顺顺利利地走了过场，接下来就等着大婚之日了。

卢雪莹的嫁衣早已经绣好了，左相夫人依照她的意思，千挑万选了八名千娇百媚的陪嫁婢女调教好了，只等着吉日出嫁。

英亲王府弥漫着一种浓浓的喜庆气氛，和英亲王有交情没交情的同僚亲眷们，见面都要提前道上一句"恭喜王爷了"。

两个儿子都要娶亲，英亲王感慨的同时，面上也多带了三分笑意。

然而，英亲王府两位公子的心情恰恰与他相反。

秦铮被圣旨特封了小王爷，承袭英亲王的爵位，彻底地打破了秦浩争夺爵位的美梦，他面上虽然不敢表现出来，心里却嫉妒、压抑、恼怒得厉害。凭什么秦铮都快将京城闹翻天了，英亲王府世袭的爵位还会落在他头上？皇上莫不是大病之后昏聩了？

有眼睛的人都知道，秦铮去西山大营历练，就是冲着那三十万兵马去的，皇上竟然也由得他？皇上就不怕朝局动荡，江山动摇？

尤其是皇上登基时的那笔旧账，皇上就真不介意跟英亲王府的那些恩怨？

就算皇上如今大病之下力不从心了，那么秦钰呢？

他如今身为太子，也不介意秦铮掌握兵权，不怕秦铮遥控他所在的京都城门？

他不甘心，真的是不甘心！

刘侧妃自从法佛寺失火以后似乎吓破了胆，又因听音猝死、依梦自杀，彻底绝了帮儿子争爵位的心思。她这些日子也看明白了，王爷和王妃越发和睦了，王爷已经很久没踏入后院各房侍妾处了。在王爷的心里，还是爱重嫡子更多，有些东西是争都争不来的。

她能留下一个儿子，也是因为这些年王妃对王爷无心，对她们这些姬妾仁慈罢了。而且绝了念想后，她退得远了些，看得更明白了，秦铮和秦浩不仅仅是身份上的差距，还有能力本事的差距。

她试着劝了秦浩两次，但两次他都黑了脸，她便也不劝了。

这个儿子的脾气她比谁都明白，一味地劝只会让他更厌恶看到她这个侧妃母亲。他现在的庶长子身份是来自她的身份，这是他最大的痛苦。

她只盼着他以后别将路走得太绝，以致没有了容身之地。

秦铮在纳征之日后，连英亲王府都没回，直接回了西山大营。营门关闭，他在里面依旧如常地充着大爷，丝毫不见不久后要大婚应有的欢喜表情。

英亲王府两位公子对大婚异于常人的态度，成了南秦京城的一道风景。

一晃十日过去，京中甚是太平，无风无浪。

这一日，是英亲王府秦浩和左相府卢小姐的大喜之日。

天色未明，英亲王府和左相府两府便热闹起来。

打理妥当的秦浩穿着大红锦袍出了英亲王府的大门，带着迎亲队伍前往左相府迎亲。

卢雪莹天未明就起来梳妆。身为新娘子，她也没有丝毫喜色。秦浩不是她想嫁的人，不是她的如意郎君，但是她抗争不了，只能嫁给他，到这个时候她已经认命。

她梳妆妥当后，前去拜别高堂。

左相是最疼这个女儿的，看到她，他向来冷硬的面容上有着罕见的伤感。

左相夫人更是拿着绢帕擦泪，分外不舍。比起左相，她这个当母亲的更心疼自己的女儿。她也知晓秦浩的一些事儿，但是懿旨赐婚，皇上也不反对这桩婚事，她又有什么办法？她不是英亲王妃，可以大闹特闹，她的女儿也不是谢芳华，秦浩更不是秦铮，所以，这桩婚事，没办法，只能如此。

卢雪莹见双亲如此，也红了眼眶。

左相招手，将卢雪莹叫到近前，叹了口气："你尽管踏踏实实地嫁给秦浩，只要父亲在朝一日，就能一直居左相一职，受皇上器重，受如今的太子重用，借秦浩十个胆子，他也不敢像欺负他一个小小侍妾那样欺辱于你！"

卢雪莹咬了咬唇，低声道："他若是欺负我呢，爹，您给我做主吗？"

"他若是敢，你就回来告诉我！你是我的女儿，是范阳卢氏的女儿，我自然给你做主！"左相冷哼一声，"秦浩有点儿小聪明，有点儿小能耐，自尊自强，可是又自卑心极重，若是引导得好，他也大有可为。虽然说当初皇后赐婚措手不及，但将你许给他，为父也是有一番考量的。"

卢雪莹看着他。

左相压低声音："皇上已经力不从心，太子已经掌控了朝局，登上宝座指日可待。秦铮和太子一直不对付，与其说是龙虎之斗，不如说两龙相争，将来……谁又说得准呢！"

卢雪莹一惊："爹，您是说……"

"你嫁给他后，只管做好自己身为人妻的分内之事，别的你不用管。太子善于用谋，若是秦浩得用，凭着他英亲王府庶长子的身份，又恨不得秦铮趴下，太子一定不会不用的。"左相又道。

卢雪莹垂下头："女儿知道了！"

左相看着她，忽然道："你不会如今还想着秦铮吧？"

卢雪莹摇头，盖着盖头的脸上一片漠然："嫁给秦浩非我所愿，就是他将我推进火坑的，我怎么还会想着他？"

"嗯，你明白就好。爹是太子的人，只要太子不倒，我们荣华富贵自然有。"左相摆摆手，"吉时就要到了，走吧，让你弟弟背你出去。"

他话音刚落，管家来报喜："姑爷的迎亲队伍上门了！"

左相府的小公子背着卢雪莹出门。

秦浩上门迎娶，左相府并没有怎么难为他，很顺利地就让他接了人前往英亲王府。

一路上吹吹打打，京中看热闹的百姓颇多。秦浩一身大红新郎服，他本就长得不错，自然也是引起一片赞美声。

一对新人拜天地，入洞房。

左相府、英亲王府两府各自宴请宾客。

英亲王府毕竟是庶长子娶妻，所以，宾客很多是去走一个过场，就去了左相府吃喜酒。

这时候很多人都想明白了，去年四皇子火烧宫闱，左相一力主张贬黜，可是四皇子回京后，没找左相麻烦不说，待册封太子，监朝之后，还对左相颇为重用，这就说明，左相是太子的人。

因此，左相府虽然是嫁女，但是高朋满座，热闹更甚于英亲王府。

忠勇侯并没有去英亲王府喝喜酒，崔允和谢林溪代表忠勇侯府去了英亲王府。

秦浩大婚，秦铮依旧待在军营，没有回去。所有人都知道英亲王府两位公子不和，尤其卢雪莹昔日追着秦铮，后来被秦铮恼怒地推给了秦浩，有这桩旧日恩怨在，他不出现也没什么奇怪，更无人闲话。

裕谦王和他的两个儿子秦毅和秦佩自然要前往英亲王府祝贺。

宫中，皇上病倒在龙榻上，皇后也不会轻易出宫，太子秦钰倒是极其给面子地来了英亲王府，与他同来的还有几位年幼的兄弟，包括秦倾。

谢芳华自从那日英亲王妃送来大红喜服的布匹后，便窝在海棠苑缝制喜服。

她今生虽然很少碰触针线，有限碰触针线的日子就是在英亲王府落梅居做听音时，但刻在骨子里的东西想拾起来很容易，所以量尺寸、裁剪、缝制、绣花，一通做下来，并不觉得多难。

只用了十日的时间，她便将秦铮的喜服给做好了。

侍画、侍墨这些天一直守着谢芳华，看着她做喜服，心下赞叹，小姐真是天资聪颖，只在英亲王府学了那么几日，就能有如此绣工。

谢芳华对于她们的敬佩、赞叹、夸奖只笑不语，也不点破。她们自小学练武，不学绣工，自然不知道这里面的门道，绣工不是一朝一夕就能练成的。

福婶看到的时候也极其惊异，她自小学绣工，绣活极好，自然看得出来，这样的绣工，没有长年累月的练习是做不到的。

谢芳华笑着对她解释："在无名山的时候，我也没敢丢了琴棋书画、针织女红，拿剑当针练。"

福婶顿时打消了疑惑，连连说："怪不得呢！"她不懂怎样拿剑当针练，自然不疑有他。

谢云澜来海棠苑的时候，正看到谢芳华给秦铮缝制大红喜服，他面色微黯，站在门口看了半晌，才缓步跨入门内。

"云澜哥哥！"谢芳华还如以前一般对他眉目含笑。

谢云澜看着她。似乎从上一次大病之后，她有什么变了，前段时间不敢看他、不敢跟他待在一处、小心翼翼地对他的感觉没有了，取而代之的是曾经那见到他就扬起的笑脸以及温和而亲近的态度。

这样的转变别人感觉不出来，但谢云澜是当事人，心思又细腻，自然感觉得到。

他心中难受，却又觉得这样的谢芳华才是真正的她。一旦她决定了某种事情，就绝无更改，一心一意地向前走，不管前方是荆棘还是悬崖。

哪怕危及性命，她看来都非要嫁给秦铮不可！

哪怕她一身是伤，几乎动了筋骨，痕迹累累，她依旧坚定地迈出每一步。

这一刻，谢云澜忽然嫉妒起秦铮来：他凭什么能得到她如此深厚的爱？

不，现在谢芳华对秦铮的爱，不能只用深厚来形容，甚至已经重若性命。他永远不会忘记落梅居内的血雨腥风，她浑身是血地倒在他怀里，那时候她可曾想到忠勇侯府？她真是将性命都交付出去了！

可是如今，她似乎丝毫不在意那些伤害。

不但不在意，还一心要嫁给他。

能够娶她的男人是何等幸福，秦铮可知道？

谢云澜想到秦铮，忽然生出的嫉妒之意又渐渐淡去。秦铮自然是知道的！就因为他知道，他清楚得很，他的手才攥得牢，才让自己连伸手争夺的力气都没有。

心中的无力和刺目的鲜红交织在一起，让他很久后才轻声道："做完了？"

谢芳华仿佛没看出谢云澜变幻的表情和沉郁的气息，笑着点头："做完了！"

"累吗？"谢云澜问。

谢芳华摇摇头："不累！"

是因为心中有爱，亲手给他缝制喜服，所以才不累吧？谢云澜坐下，对她温和地道："虽然你不觉得累，但是一口气忙了十日，还是要休息两日，毕竟你身上的伤还没全好。"

"嗯，我也准备休息两日，再开始缝制嫁衣。"谢芳华笑着道。

"世子离京也有近四十天了吧。"谢云澜转移话题，"不知道你大婚时他能不能提前完工，赶回来交差并参加你的大婚喜宴。"

"哥哥昨日来信，说差不多了。"谢芳华想了想道，"如今朝局毕竟在秦钰手中掌控着，他虽然是皇上的儿子，但到底不太像皇上有着为君风度。若是以天下子民为重的话，他是不会阻碍哥哥修筑临汾桥的，只要无人阻碍，哥哥定然能提前完工赶回来。"

"秦钰真会是个以天下子民为重的储君吗？"谢云澜想着这些年秦钰的筹谋，以及他从漠北回京后的桩桩件件，每一件事都展现了他十分之善谋。君主善谋不见得是好事，谋着谋着就谋没了心，如当今皇上一般。

"也许会。"谢芳华笑了笑，"谁又说得准呢。他若是仁德贤明，那么南秦的百姓们就有福了。他若是反之，那么早晚有一日，这个南秦要交到别人的手上。"

"距离大婚的日子不多了，你更要谨慎些。"谢云澜叹了口气。

谢芳华点点头。

秦钰和李如碧的圣旨赐婚似乎被人遗忘了，宫中帝后不提起，秦钰不提起，右相府同样不提起。当初的两道圣旨都写着三月完婚，可是如今她和秦铮的大婚快近了，秦钰那边却丝毫没有动静。

他是真的无心娶李如碧，当然，李如碧显然也无心嫁他。右相不只明白太子的意思，也明白自己女儿的心思，所以对赐婚圣旨一直忽略得彻底。

秦钰会让她和秦铮顺顺利利大婚吗？

依照他的脾性，自然不会。

那么秦铮呢？

这么久以来，历经千难万险，坎坷荆棘，重重障碍，层层罗网，已经杀出一条路来了，他会如何？会对秦钰，或者对要破坏他们婚事的任何人没有丝毫设防吗？

当日，卢雪莹和秦浩大婚没起丝毫波澜，顺利地成了礼。

转日，秦浩带着卢雪莹给英亲王和英亲王妃以及刘侧妃敬茶。

身为新郎官的秦浩还是带着两分春风的，而卢雪莹面上也有点儿初为人妇的娇羞风情。

英亲王和英亲王妃、刘侧妃纷纷露出笑脸，喝了新妇茶后，送了长辈的礼，便心疼新媳妇辛苦让秦浩带卢雪莹去歇着了。

走出正院一段距离后，在无人处，卢雪莹便笑着对秦浩道："爷去忙吧，我自己回去就好。"

秦浩摇头："夫人昨日辛苦了，为夫送你回去。太子给了我三日的假，这三日我陪着你。"

卢雪莹笑着点头，十分温顺："既然如此，就劳烦爷了！"

"你我夫妻，本是一体。从今往后，我荣你荣，我衰你败，理当齐心协力，和美相处。夫人不要太客气，那样就见外了。"秦浩道。

"嗯，你说得对。"卢雪莹颔首。

秦浩虽然曾经愤怒于秦铮自己不要卢雪莹就推给他，可是后来经了些事情，再加上明白了左相是秦钰的人，自然对卢雪莹又另眼相看了。放眼这南秦京城，他忽然觉得，还真没有家室好、长相好、性格也好的女子比卢雪莹更适合他这个庶长子了。

所以，卢雪莹温顺地对他，他自然也温柔地待她。

虽然昨日他将在侬梦身上施展的那些花样也在卢雪莹身上用了不少，但都是极尽温柔，几乎如对待捧在手中的珍宝，一寸寸地抚慰她、诱哄她，分外有耐心地在洞房花烛夜讨好这位妻子。

卢雪莹毕竟没经历过这种床笫之事，所以几乎完全陷在了秦浩的柔情里，但她身为左相的女儿，还是明白，他如今对她这么温柔，有一大半是因为她爹。而这个人将他的紫荆苑收拾得丝毫没有侬梦的痕迹，婢女们全部换了新的，只留一个贴身小厮，显然是不想有谁嚼舌根，暴露他曾经做的那些荒唐事儿，却更让卢雪莹明白，秦浩面皮下压抑的性情和伪装之深。

所以，回到紫荆苑，当秦浩将紫荆苑的掌家之权和账目都交给卢雪莹时，她也当着他的面将她的陪嫁都叫到了面前。当容貌秀美、身段娇媚、各有风情的八名婢女往那儿一站，将秦浩惊艳得怔了怔时，卢雪莹便彻底清醒了。

秦浩怔愣了片刻后，蹙眉："夫人，你带来的这些陪嫁……"

"嗯？"卢雪莹偏头看他。

秦浩斟酌着用词，一时却找不出妥当的词，只道："她们放在身边伺候，似乎不太合适。"

卢雪莹佯装不解："爷，为何您感觉不合适？这些都是我娘挑出来给我的。"

秦浩一听说是左相夫人选的，他仔细地看了卢雪莹一眼，见她眼神清澈，似乎真不懂这样千娇百媚的丫头们放在爷们跟前转悠有什么不妥，他哑口无言，讷讷了片刻才笑道："我是觉得，看她们柔弱的模样，干不了粗使的活。"

卢雪莹的笑意更深了："爷说笑呢，既然是我的陪嫁丫头，哪里会让她们干粗使的活？是让她们在屋里伺候。"

秦浩又是一愣："放在屋里伺候？"

"是啊，屋中的针头线脑、床铺被褥，我的吃穿、梳洗都需要人啊！"卢雪莹偏头笑看着他，"还有，爷们身边也不能只有一个女人。如今我进门了，自然要秉持贤良的品质，这些人里面若是有爷看得顺眼的，开了脸就是。我会给她们抬身份，也能帮着我一块儿伺候爷。"

秦浩见卢雪莹当着这些人的面说得这么直白，枉他在闺房之事上再狂暴也不觉红了脸："你我刚新婚，夫人说这些未免过早。有你就够了，我哪里还需要别人？"

"爷这话可真中听，让我听着心里高兴。不过我总有不舒服的日子，你没人伺候怎么行？"卢雪莹笑着挽住他手臂，对那八名婢女道："你们都抬起头来，让爷好好看看你们，今日谁让爷看中了，以后就留房伺候了！"

那八名婢女本来就知道丞相夫人训练她们来当陪嫁的用意，闻言齐齐娇羞地抬起头。

当真是百媚千香，盈盈婉婉，一个个含苞待放，水水嫩嫩的。

秦浩看了一眼，忽然恼了，甩开卢雪莹的手臂："夫人，你这是做什么？第二日就逼着为夫纳妾不成？难道你还是喜欢……"

他顿住口，似是气恨，不想说出那个人的名字。

卢雪莹一愣，没想到秦浩会突然翻脸。他不是看着这些婢女惊艳吗，有点儿心思吗？否则刚刚也不会在她说让她们抬头时看那一眼了，可是为什么会忽然变脸？

她一时拿不准他的想法，便也板了脸："爷胡思乱想什么呢？我是叫来我带来的陪嫁给你认认，话赶话地谈到了这，咱们这院子以后又不是不进人了，早晚有什么区别？爷端着做什么？这里又没有外人！"

"你……"秦浩一时反驳不得，"你当真不是因为他？"

卢雪莹瞬间寒了脸，冷嗤道："爷，注意你的身份！我如今是你八抬大轿娶进门的妻子，而别人在我们面前都是外人。我以前是对别人有过心思，但那都是八百年前的事儿了，如今怎么还会有那样的心思？爷是对你自己不自信，还是成心想要污蔑我不检点？"

秦浩见卢雪莹恼了，这才认真地盯着她看了一会儿，没看出什么伪装的模样来，应该是真的生气了。他立即凑近卢雪莹，伸手揽住她，语气也和软温柔下来："是为夫不对，不该怀疑你，以后不会了。可是咱们刚新婚第二日，你就拿你的丫头来为难我，让我怎么舒服？经过昨夜，我心里可都是你了……"

卢雪莹羞红了脸，低啐一声："你少哄我开心！"

"好，我不哄你开心，只让你开心好不好？"秦浩忽然拦腰将她抱起，向内室走去。

卢雪莹大惊："你要干什么？"

秦浩低头吻住了她的嘴。

卢雪莹伸手打他，躲避他的吻："如今是白天，这些人还等着我安置呢！"

"让她们先退下！过两日我上朝后你再安置，这两日你陪我。"秦浩又吻住她，不容她反抗，进了内室便将她放在床上，随之压了下去，同时挥手落下帷幔，开始脱卢雪莹的衣服。

卢雪莹又羞又气。昨日他折腾了大半夜，虽然极尽温柔，但她到底初经人事，十分不适，今日撑着身子起来去敬茶，回来不得歇息他竟然又要。她伸手打了他几下，他却更来劲儿了，她气得挠他的背，他也不理会，只管吻得她丢盔弃甲，意识迷乱，任他为所欲为。

卢雪莹骨子里是个强硬的女子，可是在床笫之欢上，她即便再强硬，也不及男人，尤其不及秦浩这样近乎变态的男人。

她即便身体再好，一个时辰后还是受不住地昏了过去。

秦浩见她昏过去，探了探她的鼻息，知道她没事儿，便没有放过她。对于女人在床笫间晕过去，他有经验得很，依梦自从跟了他，那几年不知道昏过去多少次，数都数不过来，每当这个时候他却更兴奋。

不得不说卢雪莹还是低估了秦浩。

他对她的方法和对依梦的方法有着天壤之别，一个是极度暴虐，一个是极尽温柔，结果却是如出一辙，都让她们死去活来又活来死去。

这一日，秦浩足足折腾了半日才意犹未尽地散了场。

不过他还是很有良心地记着这是他的妻子，是左相卢勇的女儿，亲自打了水给她擦洗。

卢雪莹昏昏睡了整整一日。

紫荆苑的事情自然瞒不住掌家的英亲王妃的耳目，她皱了皱眉，低斥："荒唐！"

春兰捂着嘴笑："王妃，新婚是三天无大小，新婚前三日如此也不算荒唐，只是大公子也太不依不饶了。卢小姐昏过去了，明日醒来不知道会如何对他。"

英亲王妃叹了口气："这个卢雪莹我看着比以前性情好了不知多少，似乎真是转了性子，看明白了。明白后的她，配秦浩到底是可惜了。"

"您觉得可惜，左相未必觉得可惜！"春兰低声道，"如今谁都看明白左相是太子的人了，而大公子和咱们小王爷又不对付，以后指不定有多不省心。"

英亲王妃伸手点了一下春兰的额头："看你往日跟你家喜顺一样迷糊，原来真是不是一家人不进一家门，心里都清楚着呢！"

春兰脸红："我哪有您明白，您别取笑我了！"

英亲王妃也笑了："刘侧妃似是认清了，认命了，安静了下来，也不往王爷跟前凑了，自己关起门来过自己的日子了，可是她这个儿子嘛……"她冷哼一声，"若是再出现九年前那样的事儿，我饶不了他！左相做老丈人管什么用，我还怕了他不成？"

"王妃，一朝天子一朝臣，虽然皇上还健在，但到底不是以前了。王爷劝您的话说得对，您以后在太子面前还是要收着点儿。"春兰低声道。

"我一辈子没憋屈过，若是让我忍，哪里忍得住？就看秦钰以后如何做了。他若是敢做过分的事儿，我无论如何都不干！"英亲王妃撂下狠话。

春兰也清楚她的脾气，不再多劝。

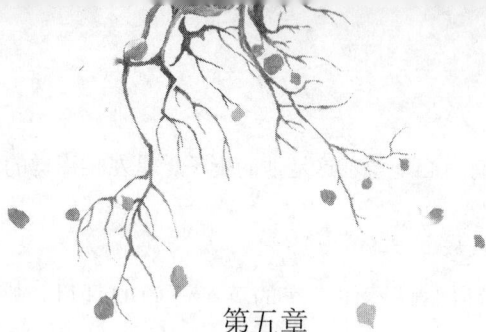

# 第五章

# 大婚将近

第二日，卢雪莹醒来就见秦浩温柔地守在她身旁，嘘寒问暖，又扶她起身，亲自伺候她穿戴，喂她喝水，她本来有一肚子的火气，这时又不好发作了。

她也不想新婚两日就打架，回门后让父母担心，尤其还是因为床笫之欢这种私事。若说他虐待她，他又温柔得跟灌了蜜似的，可若说不是虐待，她又几乎昏死得醒不过来。思来想去，她只能忍了恼怒，任由他伺候。

第三日回门，一大早秦浩就带着卢雪莹去见了英亲王和英亲王妃，又给刘侧妃请了安。

英亲王妃早已经给他备了礼，他出了正院后，就陪同卢雪莹回门。

左相今日特意告了假，没上早朝，就是想看看秦浩如何对他女儿。虽然他为人奸猾，但是虎毒不食子，对这个女儿他还是疼爱的。

左相夫人更是提着心，担心秦浩太过荒唐。

不过，当二人见秦浩和卢雪莹来到左相府，秦浩面上带着笑意，动作温柔，处处照顾卢雪莹，而卢雪莹除了眉目有些倦色外，面带桃花时，二人放了一半的心。

左相府留二人用饭，饭后左相喊了秦浩去书房。

左相夫人便拉着卢雪莹去了内室说话。

卢雪莹本来想瞒着，可是回了家，她怎么也不想瞒了，将秦浩这两日如何对待她都说了。

左相夫人听罢，愣了好一会儿："爷们新婚，别说三两日，就是一两个月、半年内，过分纠缠些也是有的，他这样倒也符合新婚的情形，总比冷着你、不喜你、不进你房间的强。"

"可是女儿哪里受得住？"卢雪莹又羞又愤。

"你初为人妇，受不住也是正常，想当年，我也有好些日子不适应你爹，等日子稍微长些就好了。爷们年轻时都是血气方刚的，大公子又身强体壮，你先忍耐些日子，尽量适应他。若是时间长了，他真如对那个依梦一般对你，娘就告诉你爹。"左相夫人劝道。

卢雪莹觉得有理，也没别的办法，只能点点头。

秦浩休假三日，第四日便去上了早朝。

他白天不在家，卢雪莹总算松了一口气，好好地歇了歇。

然而到了晚上，秦浩从外面回来后依旧缠着她，似乎对她的身子十分着迷，甚至每日都要折腾到深夜方能入睡，还有好几个晚上，他畅快完时已经天明了。他依旧分外精神地去上朝，卢雪莹却不得入睡，挣扎着起身去正院和西院请安。

英亲王妃自然知晓紫荆苑内的事儿，见卢雪莹疲惫不已，便告诉她以后可以午时过来请安，爷们都不在家，她可以陪着自己一起用午饭。

刘侧妃是亲生母亲，更是了解自己的儿子，告诉她不用日日来请安，隔三岔五地过来一次就行，好好伺候夫君就是了。

两个婆婆都如此体贴慈爱，对卢雪莹来说是福气，可是秦浩如一头温柔的禽兽，又让她有苦难言。

一晃半个月过去，卢雪莹每日都是在煎熬中度过。

半个月后，秦浩的热情依然不减，可是卢雪莹的癸水来了。

她就如终于解脱了一般对秦浩说："爷，我有七日不能伺候你，你就从这八个丫头中选一个伺候你吧！"

秦浩摇头，说她只管休息，他能忍着。

卢雪莹起初以为他是碍于新婚磨不开面子，可是过了三四日后，他真的还跟她同床共枕，而且什么都不做，也不要婢女，这让她心下真是有些疑惑了。

又过了三四日，卢雪莹的癸水过了，她拿秦浩没办法，只能由了他。

就这般柔情蜜意地消磨了二十多日，英亲王府中渐渐传开了大少爷和大少奶奶恩爱异常、夫妻和睦、情浓意浓的传言。

传言又渐渐传出了英亲王府，传得京城几乎尽人皆知。

本来很多人都知道卢雪莹是喜欢秦铮，秦铮厌恶她于是推给秦浩这件事的，都等着他们大婚后看好戏，可是现在才发现根本看不到好戏，人家夫妻和美，琴瑟在御，莫不静好。

日子过得快，转眼进入了六月。

临汾桥已经修筑完成，谢墨含向京城递了折子。秦钰代皇上传旨，召他回京。

旨意转日到达临汾镇，谢墨含算了算日子，距离谢芳华和秦铮大婚还有四日。他立即收拾东西，和崔意芝一起回京交差。

临汾桥距离京城百多里，二人骑快马，晌午时分就回到了京城。

秦钰派去的人守在城门口等着，见到二人回京，立即请二人前去见太子，说太子摆宴，要慰劳二人。

谢墨含只能派听言先回忠勇侯府报信，自己则跟随崔意芝一起去见秦钰。

谢芳华早就得了谢墨含提前派人送回来的书信，忠勇侯府的人都等着世子回府。侍书早就带着人将芝兰苑又彻底打扫了一遍，忠勇侯、崔允、谢云澜、谢林溪、言宸等都在荣福堂落座，荣福堂摆了宴席，只待谢墨含回府给他洗尘。

谢墨含被秦钰的人拦住，去见太子的消息传回府中后，众人对看一眼，想着太子动作可真快。

忠勇侯摆摆手："他大约要晚上才回来，算了，咱们自己吃吧。"

众人只能不等了。

这些日子，谢芳华的腿脚已经好利索了，不用侍画、侍墨扶着也能自己走动了，除了手臂上的箭伤还需要些时日才能好彻底外，肩膀的伤也痊愈了。不过她还不能随意走动，只能窝在屋子里绣嫁衣。

到了今日，嫁衣总算要完工了。

她到底是在大婚前赶制出来了。

福婶心疼坏了，日日给她炖汤滋补，侍画、侍墨八大婢女本来都不会厨艺，这些日子闲来无事，见插不上手，只能帮着她分线，于是纷纷学起了厨艺，帮着福婶一起给她补身体。

另外，言宸在一旁看着她的药膳和用药，阻止她多思多虑，不过京城最近非常太平，除了秦浩和卢雪莹的一些传言没有别的大动静，所以谢芳华没什么好多思多虑的。

虽然她缝制喜服和嫁衣很累，但因为吃得好、睡得好，所以不但没瘦，反而圆润了。

众人吃过午饭，便等着谢墨含回府，可是一直等到晚上，天色将黑，谢墨含也没回来。

谢芳华坐不住了，对侍画吩咐道："去问问怎么这时候了还没回来。"

侍画点点头，匆匆跑出了海棠苑。

不多时，她转回来回话："小姐，侍书说他今日下午每隔半个时辰就去问一次，最后打听到太子备了午宴，请了一众公子作陪，说好久都不见世子。加之世子身体好了，喝酒就免不了了。结果世子喝醉了，和很多人一起休息在太子外殿的偏阁里，刚刚才醒，可是太子要安排晚膳，暂时还是回不来。"

谢芳华有些恼怒："秦钰一直拉着哥哥不让他回府，想做什么？"

"听言跟在世子身边，而且很多公子都在，太子总不会当着这么多人明目张胆将世子如何，应该就是拉着他不想让他回府。"侍画低声道。

谢芳华沉下脸："他是冲着我来的，知道我想哥哥了，偏偏不让他回来。可恶！"

"距离您大婚还四日呢，太子拖得了世子一天，总不能拖他四天。小姐，您忍忍吧！"侍画只能劝说。

谢芳华抿起嘴角。如今秦钰是太子，老皇帝已经不能理政，以后哥哥要入朝，秦钰要拉着哥哥，谁能硬把人拽回来？她深吸一口气，定下神。是啊，还有四天，他总不能拖着哥哥四天不回府。

这一日，谢墨含虽然回了京，但直到深夜也没能回到忠勇侯府。

子时已过，侍书亲自来海棠苑回话："小姐，太子派人来传话说天色太晚了，世子不回来了，就在他的宫里住下了。"

"他的宫里？"谢芳华挑眉。

侍书低声道："是东宫，早就建好的！在太子册封之日，钦天监已经测好了吉日，没几日太子就搬去了东宫。您一直在府中绣嫁衣，太子搬入东宫的动静不大，可能没人对您说这件事儿。"

谢芳华想起秦钰如今是太子，虽然皇帝一直未立太子，可是太子的东宫早已经命人修筑好了。秦钰的四皇子府邸修建了一半就停了工，估计以后也用不到了——他已经被册立为太子，自然不必再建府邸，搬去东宫就是了。她点点头："知道了。明日一早，你亲自去接哥哥回府！"

"是！"侍书走了出去。

谢芳华并无困意，站在窗前看着外面的夜色，她总觉得，就在她和秦铮大婚的前夕，秦钰太平静了。还有四日，他岂会不做些什么？

可是他会做些什么呢？

如今拖着哥哥不让他回府，是想对哥哥出手以钳制她？

若是他对付哥哥，那么，她自然不能置之不理。

然而除了哥哥，他目别无动静，他还有别的筹谋吗？

她心中忽然很烦躁。还有四日，她可以再等两日，若是这两日他还拖着哥哥，那么她便不能继续被动地等着了。

拿定主意，她便关上门窗，熄了灯，睡下了。

第二日天还未亮，谢芳华就已经醒来，看了一眼天色，起身下榻。

听到屋中有了动静，侍画、侍墨在门外轻声喊："小姐，是您起了吗？"

谢芳华应了一声。

二人立即进去，伺候她梳洗："小姐，今日起得怎么这样早？是担心世子吗？"

谢芳华点点头："睡不着就起了。侍书稍后去接哥哥时，让他告诉太子府的人，就说爷爷两个月没见哥哥，大约是想念他了，身体不适，让哥哥不要在太子府盘桓了，尽快回府。"

二人点点头。

给谢芳华梳洗妥当后，侍墨陪着谢芳华去海棠亭练剑，侍画就出了海棠苑去寻侍书。

侍书已经起了，正准备起身去太子府接人，听到侍画的传话，他点点头，出了忠勇侯府。

谢芳华自从腿上的伤彻底好了，能自己行走之后，都会在每日早上来海棠亭练剑，但是练不了多大一会儿，言宸就会出现在海棠亭跟她过几招，然后在她稍微渗出薄汗时制止她继续。

今日也不例外。她刚到海棠亭不久言宸便来了，二人过了几招后，言宸停了手。

"今日的时间太短！"谢芳华不满地收了手。

"你心思不宁，剑招虚浮，练多久也没用，不练也罢！"言宸收剑入鞘。

谢芳华闻言，也收剑入鞘，神色微黯："我总觉得心神不宁，感觉大婚不会平静。"

言宸微笑："你的大婚不平静是肯定的。曾经身为四皇子时都步步为营，筹谋算计，言明对你不放手，更何况如今身为太子的他。随着身份的变化，他手中的权力大了一倍，可以说，如今的朝局都被他掌控了，南秦的江山虽然卧病在床的当今皇帝还挂着名，其实已经是他的囊中之物了。"

谢芳华抿唇："秦钰他就不知道感情不是能争能抢的吗？"

言宸失笑："他和秦铮虽然看起来脾气秉性不同，但据说从小喜好相同，时常看中同一样东西或同一件事情并为之争斗不休，从小到大，互有输赢。秦铮喜欢上你，秦钰也许真的也喜欢上你了。与其说他不懂感情，到如今不如说他其实是太懂了。"

谢芳华皱眉。

"自古以来，江山天下，红袖美人，缺一不是佳话。"言宸看向皇宫方向。在海棠亭里，能看到巍巍宫阙，琼楼玉宇，他难得地话多了些，"当今皇上和英亲王妃未能相守的这段感情没有随着时间的过去而湮没，反而小辈们该知道的都知道了，坊间百姓也时常谈论，也许后世也会作为艳闻野史流传下去。太子自小长于宫廷，被皇上带在身边悉心教导，很多东西，他是学自皇帝、传承自皇帝，但他是作为史实来借鉴。"

谢芳华静静地听着。

"皇帝的心里一辈子都很苦吧？尤其是英亲王和英亲王妃就在京中，就在他的眼皮子底下，尤其他还是因为交出了最重要的感情才坐上皇位。他这么多年的苦痛艰难，怎么可能不被长在他身边的秦钰所感知？"言宸收回视线，看着谢芳华，"所以，你和秦铮的大婚，又如何可能顺利？"

谢芳华脸色发沉。

"即便他不懂感情，不喜欢你，又如何？他和秦铮的争斗，岂会就此善罢甘休？他岂会让秦铮顺利和你大婚？"言宸叹了口气，"况且你还是忠勇侯府的小姐，你要有心理准备。"

谢芳华忽然道："爷爷现在应该起了，你随我去荣福堂吧，看看爷爷有什么主意。"

言宸点点头。

二人一起出了海棠亭，向荣福堂走去。

来到荣福堂，忠勇侯刚起床，见他们二人来了，他看了谢芳华一眼："担心你哥哥？"

谢芳华点点头："是啊，我怕秦钰拿哥哥作筏子。"

"不用担心。他是忠勇侯府的世子，临汾桥圆满地按期完工，他做得很好，秦钰目前还不敢将他如何，你只须安心待嫁即可。"忠勇侯摆摆手。

谢芳华坐下，难得在老侯爷面前露出忧色："爷爷，秦钰实在是，我怕……"

老侯爷冷哼一声："怕什么？你是太在乎秦铮那个小子了，着急嫁给他，所以现在有什么风吹草动，你就担惊受怕。可是担惊受怕能管用？有这个紧张忐忑的工夫，不如给秦钰制造点儿麻烦，让他没法阻碍你们的大婚。"

谢芳华心思一动，目光亮了亮："爷爷说得是！"

果然姜还是老的辣！

谢芳华的心一瞬间落下了一半。爷爷说得对，她的确是太在乎秦铮了，在乎到有点儿事情便坐不住了。也许秦钰就是想先攻心，让她紧张、怀疑、担惊受怕、不得安宁，他再出手。

家有一老，如有一宝。

谢芳华定住了心神。

这时，侍书回了府，知道谢芳华来了荣福堂，也匆匆赶来了。他禀告道："小姐，我去得晚了，今日天还没亮，太子殿下就拉着世子去狩猎了。"

"什么？"谢芳华腾地站了起来，"都这个时节了，他拉着哥哥去狩猎？"

侍书也紧张不安："太子府的人是这样说的。我不信，又特意去城门口问了一

65

趟，守城的人说，的确看到太子和世子出城了。除了他们二人外，还有监察御史府的郑公子和翰林大学士府的王公子。"

"他不是监朝，要代理朝政吗？早朝呢？"谢芳华沉下脸。

"今日免朝。太子自从监朝以来，有一个多月没休息了，"侍书道，"休沐一日也说得过去。只是世子刚回京，家门还没入，就被他拉去了，您让我传的话根本就没来得及传。"

"秦钰……"谢芳华磨牙，"他果然是故意的！好一招攻心之策，看来他是算准了我会以爷爷的身体不适为由去请哥哥。"顿了顿，她冷声道，"可是那又如何？若是知道皇后有恙，他还能继续去狩猎？"

她话音刚落，一道黑影出现，落在荣福堂院外的窗下："老侯爷、小姐！"

谢芳华转头来到窗前，看着这个黑衣人，一眼就看到了他身上的腰牌，认出是谢墨含身边几乎从不现身的隐卫蓝离，她立即问："哥哥呢？"

"世子被太子拉去狩猎了，派我回来传话。世子让老侯爷和小姐放心，太子不会对世子如何，他只是被拖住，无法立即回来而已，让小姐安心准备大婚，一定不要到太子跟前找他。"蓝离道，"免得中了太子的圈套！您如今只管待嫁就行。"

谢芳华松了一口气，点点头："好，你回去吧。好好护着哥哥，别让他出事。"

蓝离点点头，瞬间又离开了荣福堂。

谢芳华在窗前站了片刻。既然哥哥没事，她就放了心，但也不能什么都不做。想了想，她对门外站着的侍书吩咐："你去请云澜哥哥、林溪哥哥过来这里用膳。"

"是！"侍书转身去了。

谢云澜和谢林溪还没来，崔允便进了荣福堂。他自从回了京，免了武卫将军一职，打算返乡皇上没准后，就待在忠勇侯府，每日早中晚陪老侯爷用饭、下棋、喝茶、聊天。有了他，老侯爷倒也不觉得闷了。

除了他外，还有谢云澜和谢林溪在，现在的忠勇侯府比以前热闹了不知多少。

他来后，见到谢芳华和言宸，一笑："你们怎么这么早就过来老侯爷这里了？有事情要谈？"

谢芳华给他请安，简单地叙说了秦钰拖着谢墨含不让回府之事，又说了秦钰怕是有什么算计，不会让她和秦铮顺利大婚。

崔允听罢点点头："这位太子实在是不可小视。在我的眼皮子底下，将漠北三十万大军握在手中，利用北齐和南秦边境的守军粮草动乱一案，让我手下忠心跟随我的副将死的死，伤的伤。诚如他所说，若是他想要我这条命，我也不可能活着回来京城。尤其是开始那大半年里，我竟然还很是欣赏他，觉得你被赐婚给秦铮不

66

能嫁他可惜了。"

谢芳华笑了笑："秦钰的确是有本事让所有人说好，即便他背后做了那么多事儿。"

"这也是他与秦铮不同的地方，相比起来，秦铮的性情更真实一些。"崔允叹了口气，"都到这个地步了，我虽然对秦铮有诸多不满，但是你心悦他，心甘情愿，我也不希望出什么事情，耽搁你们的大婚。"

谢芳华真诚地道谢："多谢舅舅。"

她虽然父母早亡，但是爷爷、哥哥、舅舅……她的至亲之人爱护她的心丝毫不少。

正说着，谢云澜和谢林溪一起进了荣福堂。

二人到后，见众人都在，就知道有要事相商。

谢芳华待他们给老侯爷和舅舅请了安，闲话片刻后，便将自己的担心和爷爷的提点说了。

"若要给秦钰制造麻烦，还是不小的麻烦，你觉得，从哪处入手最好？"谢云澜听罢后问。

"他如今几乎是无懈可击，可是越密不透风，只要露出一处，就定然是个大窟窿。"谢芳华沉思了一会儿后道，"一、他如今是太子，负责监朝。二、他上有皇帝，距离帝位毕竟还有一步。三、自从沈氏和柳氏倒台后，柳妃和沈妃再无往日的张扬，再无人能与皇后争锋。这三处，选一处入手。"

谢云澜听罢，看了她一眼，点点头："太子不会让你们顺利地大婚是肯定的。如今他拖住世子，看着没什么，世子也不会有危险，但也许只是为了转移你的视线，实际上另有谋算，你不做些什么自然是不行的。"

"他虽然监朝，但是朝中有左、右二相，而且朝纲轻易动不得。皇帝病了这些日子，让人都快忽略他了，除了他的病，还有能入手的地方吗？至于皇后……"谢芳华抿唇，"秦钰看重皇后比皇帝更甚，毕竟母子连心，倒是能从她身上下手。"

"仅是皇后，麻烦还不够。"谢云澜想了想，道。

"云澜哥哥有别的想法？"谢芳华看着他。

谢云澜道："四皇子既然监朝，朝堂若是一片平静，岂不是太过安稳？芳华，你可以想想，南秦江山跟阻挠秦铮和你的大婚相比，孰轻孰重？"

谢芳华蹙眉："云澜哥哥想动朝堂？可是如何伸进手去？朝堂如今有左、右二相扶持，那二人一个奸猾，一个圆滑，都不好相与。"

"正因为如此，太子才觉得滴水不漏，你破不了。但你想想，若是能制造出麻烦的话，那么轻则人心惶惶，重则朝纲动荡，他能无动于衷，再阻挠你大婚？"谢云澜看着她，平静地道，"皇后虽然是他的母亲，但若是照你的方法，危及不了皇

67

后性命的话，没准会被他看破，根本拦不住他。"

谢芳华觉得谢云澜说得有理，看着他，见他的目光静若水面，她收回视线，垂下头："那依照云澜哥哥所说，该如何在朝中制造麻烦？"

"你刚刚说对皇后动手，你想怎样动手？"谢云澜反问。

"我是想着，既然皇上病了，就让皇后和他一起病好了。有什么毒，无色无味，察觉不出，发作起来看着十分惊险，又不会死人？"谢芳华说着，眯起眼睛，忽然看向言宸。

"天幻草。"言宸道。

谢芳华点头："对，就是天幻草之毒！"

"天幻草之毒？"谢云澜不解，"这是一种什么样的毒？"

言宸解释："这毒初中时，会如受到极大的惊吓一般发狂，日夜不得安稳，四处乱跑。三日后不解的话，就会突然安静下来，沉入幻觉之中。一个月不解，会出人命，再也无法从幻觉中醒过来，直至睡死过去，但意志坚毅者不解也能挺过去，只不过是极少数。"

谢云澜点点头："这毒倒是有妙处，解除难吗？"

"不难，容易得很。"言宸道，"食用一种普通的野菜就能解除，但是这种野菜富贵人家是不会上桌的，而且一般人也不知道天幻草的解法。"

"这就好办了！"谢云澜点点头，"若是一半朝臣跟皇后一样，中了这种天幻草之毒，发癫发狂，太子还能坐得住？"

谢芳华笑了一下："是啊，若是都中了这种毒，怕是千百年来的一道奇景了。尤其是左相和右相，不能再协助秦钰理政，秦钰能不急？京城岂不是会闹开？岂会不人心惶惶？他还有机会为难我？"

"若是为了你们的婚事，满朝文武近半数中了天幻草之毒的话，这也是朝堂浩劫。"忠勇侯哼了一声，虽然语气不快，但没反对。

谢芳华看了忠勇侯一眼，又道："哥哥刚才已经让人来传话，说不必担心他。也许正如云澜哥哥所说，秦钰是为了迷惑我，其实另有谋算，所以哥哥那里暂且不理会，他自保应没问题。除了哥哥外，就是爷爷和舅舅这里了。一定要先自己守住，不让秦钰有机会在我们这里下手。"

谢林溪这时开口了："需要我做什么，芳华妹妹只管说。"

谢芳华想了想，道："云澜哥哥在府中，爷爷和舅舅的安危就交给他了！至于林溪哥哥，大婚将近，筹备的事情太多，离不了人，你就准备大婚事宜。天幻草之事，我和言宸来做。"

几人闻言都点点头，事情就此说定。

出了荣福堂，谢芳华和言宸一起回了海棠苑。

进了画堂后，言宸问谢芳华："怎样悄无声息地下毒，你有什么好的办法吗？需不需要动用天机阁？"

谢芳华摇头："我不想动用天机阁。"

"那你……"言宸看着她，"动用忠勇侯府的人？"

"也不是。"谢芳华再摇头，"忠勇侯府不能轻举妄动，一旦有所动作，就称了秦钰的心了。况且皇上病着，又不是死了，也许他们正等着抓住忠勇侯府的把柄呢。"

"那怎么办？"言宸蹙眉。

"我想请王妃来帮忙。"谢芳华想了想道，"皇帝这些年将皇宫防护得固若金汤，尤其对忠勇侯府是否在皇宫里安插暗桩、安插什么暗桩，都谨慎得很，眼里容不得丝毫来自忠勇侯府的沙子，但是英亲王妃就不同，她手里有着德慈太后留下来的人。"

"王妃会同意吗？"言宸问。

"她会的！"谢芳华肯定地点头，"为了我和秦铮的大婚，她可谓费尽了心思。而且她聪明通透，凡事都看得明白，肯定也能料到秦钰一定不会让我们顺利大婚。"

言宸点头："那朝中呢？"

"朝中……"谢芳华眯起眼睛，"我想找永康侯帮忙。"

言宸疑惑地看着她："永康侯？"

谢芳华点头："对，永康侯府在京城经营了数代，是除却忠勇侯府之外唯一能世袭侯爵之位的勋贵之家。只不过永康侯府最近数代子嗣凋敝，没有多大出息，门楣一直没能得到光大，但也正因为如此，朝廷养着他们才更放心。其实永康侯是奸猾堪比左相的一个人，若说左相是真小人，那么永康侯则是戴着一层面具的小人，只不过他的本性被他夫人的强势给盖住了而已。大家看到的都是永康侯懦弱、惧内的一面，可是他若真如外表那般，怎么可能在朝堂上立足？"

言宸点点头。

"所以说，他能安安稳稳这么多年，除了皇上的扶持外，自有独到之处。各府邸内，岂会没有永康侯府安插的人？"谢芳华笑了笑，"我救了永康侯夫人和她肚子里的孩子两条命，现在这个忙，就当让他还人情好了。"

"你要对付的是太子，未来的天子，永康侯即便要还人情，怕是也不敢应你。"言宸道。

"永康侯夫人的危难虽然被我解除了，但是她想把孩子生下来，还要经过一道大难关。"谢芳华笃定地道，"你说，永康侯会不答应吗？即便秦钰是他未来的天，他如今怕是也顾不得了，只能先应了我。毕竟，秦钰不懂医术，手下也没有医术高绝之人，比起我，他帮永康侯保住孩子的可能性微乎其微。更何况，柳氏和沈氏两族为何能全身而退？他应该明白，我既然能让他帮我，就能事后不让秦钰找他麻烦，即便秦钰要找麻烦，我在京中也能帮他化解。"

"永康侯虽然懦弱，对他夫人却是赤诚以待，不失为一个好丈夫。"言宸道。

谢芳华点点头："是啊，这一点令人钦佩！所以，我才笃定他一定会帮我。"

"这件事情还是要做得隐秘些，不要提前走漏风声。"言宸道。

"稍后我写一封简短的信，你亲自送去英亲王府给王妃。至于永康侯府……晚上我自己去一趟，找永康侯面谈。"谢芳华道，"王妃只要见了信，定然会相帮，告诉她天幻草怎么用就行。至于永康侯，虽然他一定会帮，但也要费一番唇舌——让他对付秦钰，他怕是要吓破胆，我自己去给他壮壮胆子。"

"你稍后写一封信，我送去给英亲王妃。晚上我陪你去永康侯府吧。现在是非常时期，你自己去，万一出了事，功亏一篑是小，最重要的还是你不能有任何闪失。"言宸道。

谢芳华叹了口气："好吧。"

二人就此说定，谢芳华便提笔写了一封信，交给言宸。

言宸拿着信出了海棠苑。

没多久，言宸便回来了，对她点头："你料得不错，王妃想也没想就同意了，说皇宫里的事情交给她。她的意思是，不止皇后、两宫宠妃，还有各宫有品级的妃嫔，都要或轻或重地中这种毒。"

"她是不想让目标看起来太明显了。"谢芳华笑着点头，"就听她的。"

"我已经将天幻草给她了并告知用法，王妃说她这就着手安排，顺利的话明日晚上之前就会见成效了。"

"到了明日晚上，距离我们大婚就只有最后两天了。"谢芳华颔首，"这个期限可以。"

"天幻草的癫狂状态会持续三天，到你大婚那天，来府上喝喜酒的人怕是寥寥无几。"言宸说着，有些好笑。

"不那么热闹也好。"谢芳华不以为意。

这一日，谢墨含被秦钰拉着狩猎，直到晚间都没有回来，据说是住在了外面的行宫。

天色彻底黑了时，谢芳华换上了一身夜行衣，和言宸一起出了忠勇侯府，去了永康侯府。

因为提前看了永康侯府的地形图，所以二人轻松地潜进了永康侯府，见永康侯府书房的灯亮着，二人齐齐上了书房的梁顶。

永康侯正在和一位类似府中幕僚的人谈话，谈的恰好是谢芳华和秦铮大婚之事。

谢芳华和言宸对看一眼，将身子掩在房檐一角，静静地屏息听着。

永康侯的声音有些低："还有三日就是秦铮和谢芳华大婚之期，那一日肯定会不太平，没准会起什么大风浪。我们府中还是小心一些，不要卷进去。"

"侯爷说得极是！"那幕僚道。

"给两府的礼都备好了吧？你明日再亲自盯着检查一遍。"永康侯不太放心，"我总觉得心里不太踏实，似乎永康侯府——"

"侯爷，自从夫人怀孕，您也跟着操心，所以精神一直处于紧张状态。"那幕僚显然是老幕僚了，否则不敢随意打断永康侯的话。

"也是，唉！"永康侯叹息一声，"夫人把肚子里的孩子看得跟命根子似的，我就在想，这若是生出来的是个女孩，夫人会如何？我又该怎么办？这心可不是一直揪着吗？"

那幕僚也跟着叹息："若是小侯爷能想开，主动回来就好了。"

"那个孽子！"提到燕亭，永康侯还是有些怒气，但已经不再如最初知道他离家出走时气得暴跳如雷了，骂了一声，又深深地叹息，"若是他能想开回来，那自然好了。即便夫人肚子里这个是男孩，他还没长大，我就老了，将永康侯府交给一个稚子我怎么能放心？"

"小侯爷是个赤诚之人，会想开的。这些年来，夫人的确逼他太急，看得太紧了。"那幕僚道，"侯爷您最知道这种感受，也不能全怪他。"

"也是，夫人这个脾气……"永康侯摇头，"范阳卢氏一直没提出退婚，等秦铮和谢芳华大婚后，我去找左相和范阳卢氏的族长谈谈，将婚退了，范阳卢氏应该会同意的，毕竟不能耽搁自家辛苦培养的女儿。"

幕僚点点头："侯爷说得是。也许小侯爷就等着退婚呢，一旦听到消息，他也许就回来了。跟不想娶的女子共度一生，的确难以忍受。"

"他想娶谁？想娶谢芳华吗？"永康侯哼笑两声，"轮得到他？秦铮和秦……太子斗得跟什么似的，这些日子看着没动静，可是暗地里，谁又知道都做了什么谋算！红颜祸水！"

"皇上卧床养病，一个多月没踏出寝宫了，恐怕快了。"幕僚道。

永康侯沉默片刻："皇上对忠勇侯府视如眼中钉肉中刺，但是对永康侯府实在不错，也不知是得了什么病，有多要命……"顿了顿，他有些忧心，"若是皇上驾崩，太子登基，永康侯府……前途未卜啊！"

"太子不是不容人之人。"幕僚道。

"太子虽然不是不容人之人，但也不如皇上一般，非要除去忠勇侯府。永康侯若是吃闲饭，他眼里也容不下。他若是坐上皇位，可谓顺顺当当坐的，对朝政之事，对父辈的前仇旧怨，他没那么感怀于心。"永康侯说罢，摆摆手，"罢了，今日就说到这吧，你下去吧。"

"是！"幕僚告退，出了房门。

永康侯并没有立即出来。

言宸和谢芳华对看一眼，谢芳华忍不住好笑。自古至今，红颜祸水都是野史传记里面才会记载的祸国殃民的女人，她没想到自己有一天也会被冠上这四个字。不过依照秦铮和秦钰目前的情形，也不算太冤枉她。

言宸也有些好笑，里面的这位侯爷大概怎么也想不到谢芳华会来找他对付太子。他现在就已经这么担忧自己的处境，那么答应了她要做的事情之后呢？是不是会日夜睡不安稳，怕太子将永康侯府如何？

谢芳华对他无声地说了句："你在这里等着，我下去。"

言宸点点头。

谢芳华甩出绳索钩住房檐，轻轻地落在了地上，然后从容地推开门走了进去。

"怎么又回来了？又想起什么事情了？"永康侯听到声音，头也不回地问。

谢芳华微笑："侯爷，是我，你口中的红颜祸水。"

永康侯一惊，猛地转头，当看清楚是谢芳华时，他张大了嘴巴，瞪大了眼睛，一脸惊骇地看着她："怎……怎么是你？你怎么……进来的？"

"我是翻墙进来的。"比起他的惊惶，谢芳华显得十分沉静，"本来想来请侯爷帮个小忙，没想到听到了侯爷这么一番肺腑之言，实在是让我深感荣幸。被人惦记着总不是坏事，证明我有了这个价值。"

"你……你来找我什么事儿？"永康侯勉强镇定下来，老脸红了又白，想发作，但是想到是她救了他夫人，又发作不出来。永康侯心中惊疑，他的府邸虽然不是什么铜墙铁壁，但府中护卫也有数百，不是谁都能轻易进来的，可是谢芳华如此悄无声息地进来了，而且至今都没有护卫发觉，这实在是……

说句难听的话，如果她今日是来杀他的，他可能已经无声无息地死了，根本不会被人发现。

谢芳华看着他，也不浪费时间，将目的说了。

"什么？"永康侯惊骇地看着她，险些栽倒，手哆嗦地指着她，"你……你让我……你……"

谢芳华等着他镇定下来。

"不可能！我不会答应你。"永康侯骇然片刻，见谢芳华不语，他才知道自己没听错，立即坚决地摇头。

"侯爷先别急着拒绝，这对侯爷来说不过是举手之劳，不算是大忙。"谢芳华淡淡地道，"就是用用侯爷在左相、右相等几位大臣府邸安排的眼线而已。"

“用用而已？”永康侯恼怒，“你说得轻巧！那不是寻常百姓家，是朝臣！还是这么多朝臣！我是嫌自己命太长了吗，去动他们？”

“我保侯爷和永康侯府平安无事。”谢芳华道。

“你保？你一个女儿家，拿什么保？”永康侯恼怒不减。

谢芳华笑笑：“郾城刺杀案、临汾桥炸毁案、兵库盗火药案，这三桩案子加起来，是不是足够株连九族？”

永康侯一愣，看着她。

“三皇子、五皇子、柳妃、沈妃、柳氏、沈氏，多少人的命我都保下来了。”谢芳华笃定地看着他，“我请侯爷帮我做的事儿，不会要人命，只不过是想让人慌乱两三日而已。两三日之后，朝纲还是朝纲，朝臣还是朝臣。”

“你……”永康侯虽然隐约知道这三件大事的内幕，可是如今听谢芳华毫不隐瞒地直说出来，还是震撼了片刻，看着她笃定的目光，他怒意稍退，“我怎么知道你一定不要人命？朝纲社稷乃国之根本，乱一日都是大事，更别说要乱上三日了！”

“侯爷真是有爱国之心，我该敬佩您！”谢芳华直言道，“不过，若不是迫不得已，我也不会来请侯爷帮忙。侯爷也知道我和秦铮大婚一定不会顺利，这几日指不定会发生什么事儿，但是您想想，比起来是朝臣无性命之忧好，还是兵马动乱、京城染血好？”

永康侯大骇：“你怎么能这么想？就算太子阻碍，也不一定会……”

“只要他阻碍，哪怕只是稍有动作，秦铮就会动兵！”谢芳华冷笑一声，“他在西山大营待了多少日子，能是白待的吗？若是秦钰做什么，以秦铮的脾气，血染皇城有什么奇怪？”

永康侯清楚秦铮的脾气，竟无法反驳。

“既然侯爷有爱国之心，那么我请你做的这件事儿，就是可能避免血腥的好事。”谢芳华看着他，“太子一日不登基，他就不是皇上。在他监国期间，朝臣皆病，他是不是要立即安抚人心，稳住朝纲？到时候，他还有心思做别的吗？比如说阻碍我们，背后有什么谋划，都不能再进行了。我和秦铮只要平安顺利地大婚，别无所求！”

永康侯看着她：“铮小王爷伤你，你们这是……”

“那些都是我们的私事，侯爷不用知道！”谢芳华打断他的话。

“你虽然说得有理，但是我也不能答应你。太子和铮小王爷争斗，我永康侯府唯恐避之不及，何苦卷进里面去？对朝臣动手，左相、右相那些人一个个都是猴精，只要我的线人稍有动作，他们就会查出来，我暴露之后，太子知道我助你和铮小王爷，以后太子登基，如何会让我有好果子吃？”永康侯摇头。

"我说能保永康侯府，就能保！你的线人用完之后，我可以安排人退出各个府邸，远走保命。就算朝臣想查，我也能抹平痕迹，保证查不到你头上。就算秦钰精明，查到了你，我也有办法让他不怪到你头上。"谢芳华话音刚落，看着他，"我能对侯爷说这么多，是不想强迫你。你是明白人，我其实不必说这么多，只不过不是诚心实意，行事难免出错，这不是我所愿。我要万无一失，也算是对侯爷的尊重。"

永康侯闻言，沉默了很久。

谢芳华也不急，等着他。

过了片刻，永康侯沉沉地道："你救我夫人一命，我当还你人情，只是这事干系太大，你真能保证做到你许诺的这些，让永康侯府无事？"

"不但能保证这些，我还能再保尊夫人生产一关。她和她肚子里的孩子，我保他们母子平安。"谢芳华又道。

永康侯闻言又沉默许久，才咬牙道："好，本侯答应你！你要什么时间见效？"

"明日晚上之前。"谢芳华从怀中掏出一包天幻草递给他，说了用量和用法，让他分配。

永康侯接过，点点头："明日午时后就能做好。届时你安排人让各府线人离开。他们忠心本侯十余年，本侯要保住他们的命！"

"侯爷放心，我也不是草菅人命的人。"谢芳华点头。

永康侯似乎不想再看她，对她摆摆手。谢芳华办妥了事情，自然没必要再待，立即出了书房。

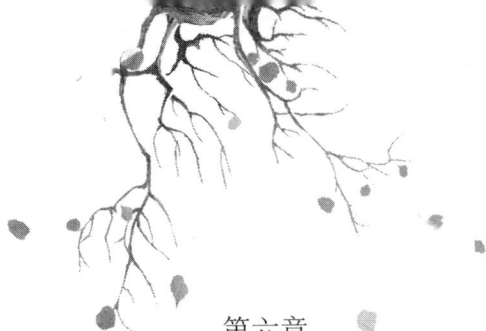

第六章
# 掀半边天

　　永康侯在谢芳华离开后，立即对外喊了一声。

　　永康侯府的护卫总领立即出现在书房门外："侯爷！"

　　"将府中护卫再加一倍！"永康侯有些恼怒地吩咐。

　　那护卫总领一愣，不明所以："侯爷，是发生什么事情了吗？"

　　"你竟然还不知道！"永康侯气得想抽人，但又想到谢芳华来去都悄无声息，他本身也是有些防身功夫的人，自然知道她武功高绝，只能摆摆手，沉声重复，"按照我说的去做！"

　　"是！"护卫总领不敢再问，立刻准备下去安排。

　　"等等！"他刚走两步，永康侯又喊了一声。

　　"侯爷还有什么吩咐？"护卫总领小心地问。

　　永康侯想着谢芳华刚走，他就将府中加派一倍的护卫，那岂不是此地无银三百两地告诉别人他府中有了事情吗？他在别人的府中有眼线，别人在他府中也有眼线。他憋了一口气，摆摆手："算了，府中护卫还是照常吧。是本侯最近心神不宁，怕出什么事情。"

　　护卫总领闻言试探着问："要不还是按照侯爷所说加派人手吧？"

　　"我说不用就不用了，你下去吧！"永康侯烦躁地挥手。

　　那护卫总领不敢再多言，退了下去，心中暗暗想着，自从夫人怀了这个孩子，从鬼门关救回一条命，侯爷日夜看着她，紧张得头发都快白了。希望夫人能平安产子，否则啊，这永康侯府以后的日子怎么也不会好过。

护卫总领下去后，永康侯又叫来早先那位幕僚。

二人关起门来密谈了半个时辰后，幕僚一脸沉重地走出书房，不多时，永康侯也回了内院。

言宸和谢芳华没惊动任何人就顺利地回了忠勇侯府。

回到海棠苑之后，谢芳华对言宸说了明日事成之后要让天机阁的人秘密地将永康侯安排在各府中的暗线送出京城。

言宸点头："这个容易，我来安排，你就不用管了。"

谢芳华点点头。

当日的事情做完之后，海棠苑熄了灯，谢芳华早早地睡了。

第二日午时后，英亲王妃和永康侯分别秘密派人传来消息，在皇后、两位宠妃和有品级的娘娘的宫中以及京中一半大臣府邸中撒下天幻草之事已经做好。

得到消息后，谢芳华立即让言宸派人去各府邸接人。

未时三刻，有二三十人夹杂在东、南、西、北城门进出的人流中悄无声息地出了城。

与此同时，英亲王妃在事成之后，也暗中安排人将暗桩接出了皇宫，并在申时之前将这些人全部安排出了城。

两桩事情都做好，万事俱备，只等晚上到来。

谢芳华做完这两件事情后顿感轻松，果然先发制人比后发受制于人要愉快得多，就算秦钰有什么筹谋，也要先放下。

酉时三刻，宫中忽然传出消息，皇后娘娘发了急病，急传太医院的孙太医。

孙太医得了消息，赶紧进了宫。

孙太医的脚还没踏进凤鸾宫的地盘，后宫又传出消息，柳妃娘娘和沈妃娘娘同时发病，情况似乎和皇后娘娘一样，两位娘娘宫里的人也是连忙去太医院请太医。

准备去看病的两名太医还没入宫，后宫又接连有有品级的妃嫔发了急病。太医院的人手根本就不够，只能拣位分要紧的、受宠的宫殿先去。

后宫一下子笼罩在了愁云中。

其他妃嫔发病也许都不是大事，但皇后娘娘发病，这可是大事。立马有人出了皇宫，出了京城，前往狩猎之地给太子送信。

然而，送信的人还没出城，左相府、右相府、监察御史府、翰林大学士府、兵部侍郎府、户部侍郎府、工部侍郎府、礼部侍郎府、吏部侍郎府等二十多家府邸同时惊慌失措地请大夫。

太医院的太医都进了宫，各府邸自备的大夫也都出动了，整座京城一时间乱成一团。

不多久，忠勇侯府的崔允、永康侯府的永康侯也先后传出发病的消息。

崔允是自己找谢芳华要的天幻草，说既然京城各大府邸都出事了，忠勇侯府不出点事儿实在太奇怪了，老侯爷年纪大了，不合适，所以他主动服了药。

永康侯则是自己留了点儿药，待事情都交代好了，他一咬牙，狠狠心，也吃了药。

这二人发病的消息传出不久后，英亲王府也传出消息——英亲王也发了急病。

英亲王妃并没有将谢芳华筹谋的事情告诉英亲王，否则以他的忠心程度，为了社稷朝纲一定不会允许，所以她瞒着英亲王做好事情之后，又悄无声息地给他下了药。

京中一时间如被掀了半边天。

除了府中的大夫外，城中各家医馆的大夫也都被叫走了，但大夫仍然处于紧缺状态。

皇宫和京城各大府邸乱成了一锅粥的事儿，没等有人快马去报，秦钰留在京中的人就飞鸽传书给了在行宫内拉着谢墨含狩猎的他。他接到信后，脸立刻沉了，脑中一瞬间闪过无数的想法。过了片刻，他烧了信，吩咐："立即回京！"

有人低声问："那谢世子……"

"他也回京！"话音刚落，秦钰出了寝殿的门。

不出片刻，谢墨含、王芜、郑译等人都得到了消息，匆忙从住处走出来。

秦钰看了几人一眼，目光落在谢墨含身上定了定，然后翻身上马。

有那么一瞬，谢墨含觉得秦钰的目光似一把利剑，仿佛要将自己刺穿，但他不动声色地跟着上了马。

王芜、郑译二人对看一眼，也上了马，和秦钰一起往京城赶。

路上，秦钰一直抿着唇，夜晚的凉风吹在他脸上、身上，疾驰的马带起尘土，让后面跟随他的人都感觉到一种冷冽的肃杀。

谢墨含在秦钰身后，想着秦铮和秦钰外表不同，本性其实是相同的，遇到大事时，都冷峻肃杀得令人生畏。虽然他不知道京中为什么会发生这么大的事儿，但估计与秦铮和谢芳华脱不开关系。

狩猎的行宫距离京城不远，一个时辰后，秦钰一行人来到了城门前。

守城的人见到太子回宫了，连忙让开，请他们进城。

秦钰带着人风驰电掣地入了城。

在通往皇宫和忠勇侯府的两条道路交叉口处，谢墨含喊了一句："太子！"

秦钰勒住马缰，回头看着他。

谢墨含道："舅舅也发了急病，我甚是担心，我先回府了，希望皇后娘娘没事儿。"

"好！"秦钰点点头，吐出一个字后，对王芜、郑译摆摆手，然后径自带着随扈向皇宫奔去。

谢墨含立即快马往忠勇侯府赶去。

王芫、郑译也担心自家老子，匆匆往自家府邸赶。

谢墨含很快就回到了忠勇侯府，侍书早已经得了信等在门口，见他回来，立即上前，欢喜地道："世子，您总算回来了！"

谢墨含点点头："舅舅怎么样？"

侍书向外看了一眼，跟着谢墨含往内院走，低声道："舅老爷没事儿，您放心吧！"

谢墨含虽然已经猜到，但闻言心下还是踏实了些："妹妹呢？"

"小姐和言宸公子在舅老爷的住处。"侍书意有所指地道，"毕竟舅老爷不知道为何突然发了急病，小姐和言宸公子正在诊治。"

谢墨含点头。

来到崔允住的地方，便听到里面传来嗷嗷的号叫，十分惊悚，院中的仆从都躲得老远。

谢墨含脚步微顿，随即快步走了进去。他刚走到院中，谢云澜和谢林溪便迎了出来，三人互相打了招呼，一起进了画堂。

崔允被五花大绑地绑在床上，不停地号叫，他们刚刚听到的声音正是从他口中发出的。头发似乎被他自己抓得披散着，衣衫也被他抓得凌乱，脸已经因发狂而变形，若不是被绳子捆着，他恐怕已经冲出屋到处乱跑了。即便如今被绑着，他的身子依然不停地扭动，晃得床板子嘣嘣直响。

谢墨含进屋之后，一眼就看到崔允，顿时吓了一跳，回头见言宸和谢芳华坐在一旁，谁也没动，只任崔允号叫，他不解地喊："妹妹！"

谢芳华转过头，站起身走到他面前："哥哥，你总算是回家了。"

谢墨含点点头，立即问："舅舅这样有没有事？你们怎么就看着他难受？"

"哥哥先别急，舅舅不会有事，顶多受点儿苦，他受得住。我们在等一个人，等那个人来了，再救舅舅。"谢芳华道。

"等谁？"谢墨含立即问。

"秦钰！"谢芳华道。

"太子进宫去看皇后了。"谢墨含想起秦钰走时的眼神，蹙眉道。

"他看过皇后自然会来的。"谢芳华慢慢地道，"太医院的太医，连孙太医都算上，不见得认识天幻草的毒，所以，没办法救皇后，他就要来忠勇侯府。"

"你在后宫连皇后带嫔妃都下了这种毒？还有朝中左相、右相、英亲王、永康侯等忠臣？这实在是……"谢墨含即便已经猜到，但是经谢芳华证实，他还是有些震惊，"这范围是不是太大了？"

"不这么做的话，他能带着你回来？指不定还有什么谋算。"谢芳华道。

谢墨含叹了口气："这件事情，你是怎么做到的？若是动用忠勇侯府的隐卫，没道理我不知道。"

"没动用，我请了王妃和永康侯帮忙。"谢芳华如实相告。

谢墨含一惊："那英亲王和永康侯……"

谢芳华笑了："他们要中毒自然更容易了，英亲王应该是王妃给他下的，而永康侯，他又不傻，肯定是自己服了天幻草。"

"这种毒不会致命吧？"谢墨含又转头看向崔允。

"在一定的时间内解了毒就不会。"谢芳华道。

谢墨含点点头："后宫、朝纲，一下子这般乱，太子就算有什么谋算，此时怕是也不会用了，他不能置社稷于不顾。"话音刚落，他看着谢芳华，语带怜惜，"妹妹，你对秦铮真是……"

谢芳华垂下头，低声道："哥哥，我发现动了心之后，不是想收就能收回来的。况且……有些事情，不能看表面。既然这是我的姻缘，我为什么不抓住？难道要等将来再去后悔？我明明可以做些事情，为什么一定要将负担都加在他身上，让他一个人承受两个人的负担？那他岂不是将情错付于我？"

谢墨含伸手摸摸她的头，目光温暖下来："妹妹此言有理。你是我们谢氏的女儿，无论是娘，还是姑姑，当年都勇于认清自己的心，无所畏惧。"

谢芳华点点头，露出笑意。她的亲人都能理解她，真好！

兄妹二人正说着话，外面侍书道："世子、小姐，太子殿下从宫中出来向咱们府来了！"

谢墨含看向谢芳华。

谢芳华对外面道："知道了。"然后转头对谢林溪道："林溪哥哥，你去迎接他。"

谢林溪点点头，快步走了出去。

"言宸，开始给舅舅施针吧。"谢芳华又看向言宸。

言宸点点头，从一旁拿过药箱走到床前，将药箱打开，让银针一字排开。

"这是……"谢墨含问。

"天幻草的毒，要解的话，说容易极其容易，说难也极难。一种办法就是食用一种普通的野菜，还有一种办法就是施针，将毒从穴道逼出来。"谢芳华对他解释道，"如今在秦钰面前，自然用第二种方法。"

谢墨含点点头。

一盏茶后，秦钰由谢林溪陪同匆匆进了崔允所住的院子。

谢墨含和谢云澜一起迎了出去，言宸转身施针，谢芳华站在言宸身边没动。

79

不多时，秦钰被请了进来，当看到屋中的情形时，他走到床前，站在谢芳华旁边，没立即说话，而是看着施针的言宸。

谢芳华自然没理他。

过了片刻，秦钰才开口："这是什么急病？这样施针救治，要多久能救好？"

言宸转头看了秦钰一眼，淡淡地回答："这种病叫流狂疾。一日施针一次，三日能好。"

"流狂疾？"秦钰蹙眉，"这是一种什么病？"

"是一种算是假瘟疫的病。"言宸道。

秦钰面色一变："瘟疫？"

"太子没听清，是假瘟疫。看起来像瘟疫，实则不是。应该是误食了什么相克的东西，才突然发病。"言宸解释道。

秦钰面色微缓："那是误食了什么相克的东西才会发这种病？"

言宸摇头："在下医术有限。"他转回头继续施针，不愿再多说。

秦钰看了言宸片刻，转回头，看向谢芳华，对她道："你的伤看来好了。"

"嗯，至少不会耽误大婚！"谢芳华点头。

秦钰忽然眯了眯眼睛，盯着她看了片刻，她面色平静什么也看不出来。他忽然笑了："我想我们应该借一步说话。"

谢芳华闻言挑眉。

秦钰转身走了出去。

谢芳华盯着他的背影看了一会儿，也提脚跟着他向外走去。

"妹妹！"谢墨含担心地喊了一声。

"哥哥放心！"谢芳华低声对他说了一句，出了房门。

出了崔允住的地方，来到不远处的水榭，秦钰走了进去，负手而立，看着湖水，声音冰凉："谢芳华，你就这么想嫁给他？不惜一切代价？连扰乱后宫和朝纲这样的事情都做得出？"

"若是我不做，太子你呢，会做出什么事情？"谢芳华没有否认。秦钰何等聪明，言宸说的什么假瘟疫，他如何会信？大家都心知肚明不过是搪塞之言罢了。

秦钰忽然转过头，一改往日的温润，冷冽地看着她："男人之间的事情和争斗而已，你是女儿家，不是不应该掺和吗？若是秦铮这一次赢不了，他就没本事娶你。"

谢芳华也冷冷地看着他："我要嫁的人是秦铮，别的事情我可以不出手，但这是我的大婚！我一辈子只有一次的大婚！为何要什么也不做地看着你们斗个头破血流？我要的是顺顺利利，没有丝毫阻拦的大婚！"

秦钰忽然笑了："谁说一辈子就一次大婚？"

谢芳华看着他。

秦钰转过头："千百年来，多少女子一嫁再嫁，你怎么保证你大婚后就能白首偕老，此生唯他？即便你能顺畅地大婚又如何？不是说普天之下，莫非王土；率土之滨，莫非王臣吗？江山如是，尘土如是，女人亦如是。"

秦钰的声音清楚地传到了谢芳华耳朵里。

谢芳华看着他，她还是第一次听到这样的言论，忍不住勃然大怒："你疯了！"

秦钰看着她，摇头："疯的人怎么会是我，是你才对！在后宫、朝堂掀起风浪，只是为了跟他大婚。谢芳华，你这是要告诉我，你只是要大婚，还是要告诉我谢氏要反，已经凌驾于皇权之上，让皇室颜面扫地？"

谢芳华眯起眼睛："就算是我做的又如何？你有什么证据证明是我做的？有什么证据证明我不只是为了大婚，而是要纠集谢氏反了南秦皇室？"

"你出手，自然不会留下证据！"秦钰看着她，"短短时间内就让后宫和朝堂瘫痪了半边，这样的事情在这南秦京城中有几个人做得到？你一个女子却做到了。这么多年来，我虽然受父皇栽培，但是也觉得父皇对谢氏小心过甚。如今我算是明白了，当你认为一切都在自己的掌控中，这个江山是你的，而且固若金汤的时候，却突然发现，别人只要动动手指头，顷刻间就能掀半边天，这样厉害的刀悬在谁的头上，那个人想必都不会好过。"

谢芳华冷笑："你拖住哥哥，不让他回府，背后算计，阻隔的是我未来的幸福，说起来也是你逼迫我的。不要将过错加在别人的身上，却装得你好像很无辜。"

"你确定你大婚了，未来就会幸福吗？"秦钰挑眉。

谢芳华不语。

"我没有说我没有错，我只是说这种感觉。"秦钰叹了口气，"我只是在等你来和我谈判，没想到等来的却是措手不及。这么大的动静，你真够心狠，我在你面前一退再退，你却丝毫不顾念我的情意，对付我还是这么不留余地。"

"若是不留余地的话，后宫如今已经挂上了白幡，朝堂已经尸横遍野。"谢芳华道。

秦钰忽然一笑："这样说来，如今人没死，只是发了急病，后宫、朝堂人心惶惶，整座京城的百姓惴惴不安，我还得感谢你手下留情了。"

"至少，我做这件事情时还留了一丝底线。"谢芳华沉静地看着他，"试问太子，你做事情，是否留了底线？"

"你又怎知我没留底线？"秦钰看着她。

"你也许留了底线，但是筹谋的目的是什么？是为了家国天下百姓子民，还是为了自小的互相看不顺眼，为了你对我那不知道是不是想要夺过来的喜欢？"谢芳华冷静地看着他。

秦钰微微眯起眼睛，没说话。

谢芳华继续道："你是太子，未来的储君，将来万万人之上。谢氏如今已经分宗分族，分崩离析，就算同姓谢，但已经不是一根绳上的'谢'字了。除了忠勇侯府，其余谢氏诸人在你面前都不够看，不是吗？只要皇室不置忠勇侯府于死地，那么忠勇侯府不会为保命做什么让你为难之事。另外，英亲王府忠心耿耿，南秦藩王只裕谦王一人，他归顺于你，绝无反意，朝臣一心拥护你为正统，万众一心，无内忧，无内乱，何愁南秦不强？你何苦做损人不利己之事？"

秦钰听罢，笑了笑，目光平和下来。他看着她，忽然温柔地道："你看，你就是这样的女子，天下大义，家国大义，在你心里是极重的。每次见到你，你就想教训我，让我为国为民。我很好奇，这是因为忠勇侯府骨血里传承的为国为民，还是无名山皇室隐卫的多年训练使得你沾染了为国之心？"

谢芳华忽然背转过身，深吸了一口气："我对你说话，犹如对牛弹琴！你到底懂了没有？"

"道理我自然懂，但是心放不下，不甘心就这样，怎么办？"秦钰看着她，"若不然，你给我找一种方法？"

"收起你的不甘心！"谢芳华道。

秦钰摇摇头："有些身体里长着的东西，是随着血脉流动，长年累月积累下来的，就算我想收也收不起来。"顿了顿，他道，"正如你对秦铮，是不是你爱上他了，就收不回来了？"

谢芳华抿起嘴角："你既然知道，何必处处为难我？"

"我不是为难你，我是想把你的心挖出来给我。若是能将你的心挖出来给我，我觉得，有些东西我也许能收起来。比如得到你之后，我可以答应你，自此再不与他争斗。否则我们这样下去，君不君，臣不臣，君臣不睦，何谈让南秦国富兵强？"秦钰的声音凉了几分，"自小我和他就互看不顺眼，互争互斗，互夺一样东西，长大后更是愈演愈烈。这种情况，若是没有一个万全之策去解决，那么将来会不会不死不休，连我也不知道。"

"这样说来，哪怕今日后宫、朝堂乱作一团，都不能让你罢手？"谢芳华冷下脸。

秦钰笑了笑："你真的确定，没有你的帮助，我就不能解了后宫和朝堂的危机，定要受制于你？"

谢芳华一愣。他知道天幻草之毒？有解法？南秦除了她和言宸，还有谁医术高绝？不可能是孙太医，那么还有什么人是她不知道的、没想到的？

"你说得对，南秦无内忧，所以我才不怕折腾一番，就为了得到我想要的。我想得到一个仁德贤良、能够福泽百姓的女子母仪天下，站在我身边，陪我一起开创南秦的盛世。"秦钰看着她，"我认真地对你说，谢芳华，事情到了今日这个地步，我对你了解越深，就越放不开手。秦铮自小得所有人宠爱，我被作为储君培养，背后比他多付出了多少心血。我不想这一生什么好事都让他占全了，江山太孤寂，我想有人与我携手，并肩打造南秦的盛世。那个女子，就是你！"

"不可能！我心中没什么贤德大义！你若是逼我，我就毁了你这南秦江山也说不定！"谢芳华恼怒地道。

"你心中没有贤德大义吗？"秦钰摇摇头，"就算你没有，你也不舍得谢氏世世代代在这片国土上打下的根基毁于一旦。"顿了顿，他微笑，"你看，我知你到如此地步。"

谢芳华忽然抽出袖中的长剑，挥剑指着他："信不信我现在就杀了你！"

"不信！我若是死在忠勇侯府，你的大婚就彻底没有了，你所要的幸福更没有了。"秦钰摇头，"尤其是，你忘了吗，我身上和他身上都中了同心咒。"

谢芳华的手颤了颤。这一刻，她是真想杀了他，可又不得不承认他说得对。她撤回剑，收剑入鞘："秦钰，你不必威胁我。既然你有最简单的路不走，非要走最难走的那条路，那么我就奉陪到底。我倒要看看，你是否能得到我！我更要看看，这江山在你手中，会变成什么模样。我还要看看，最后，你能得到什么结果。"

"好！"秦钰点头。

"既然你有对策，有办法控制后宫、朝堂，破解这一局，不用受我钳制，那么，咱们下一局见！"谢芳华转身出了水榭。

秦钰目送谢芳华一身怒气地回了院子，他在水榭内站了片刻，出了忠勇侯府。

谢芳华回到崔允居住的院落，谢墨含立即迎了出来，见她一脸怒气，立即开口："妹妹？"

"我没事，哥哥。"谢芳华压制住怒气，"恐怕我做了无用功，这一局控制不住秦钰。"

"怎么说？"谢墨含一惊。

谢芳华低声将秦钰对她说的话简单地叙述了一遍。

谢墨含听罢蹙眉："还有什么人能认出你所说的天幻草，甚至能解了天幻草之毒？"他百思不得其解，"没有听说过太子身边有医术高绝之人啊。"

"先进屋。"谢芳华向房中走去。

进了房，崔允的天幻草之毒已经被解了，他换了衣衫，重新梳好了头发，只是被折磨得脸色苍白。旁边，谢云澜、谢林溪、言宸等人陪他坐着。

见她回来，崔允立即问："小丫头，怎么样？太子跟你谈了什么？"

谢芳华摇摇头，将方才的事情又对他们说了一遍，话音刚落，她对崔允道："舅舅怕是白受这一回苦了。"

　　几人听罢，神色都凝重起来。

　　"太子身边有什么医术高绝之人吗？在漠北这么久，我从未听闻。"崔允道。

　　"会不会是初迟？"谢云澜思索片刻，看向谢芳华。

　　谢芳华忽然眯起眼睛，想到她当日在平阳城刺中秦钰胸口的那一刀，后来再见他时，他已经慢慢恢复了，这样看来他身边确实有医术高绝之人，恐怕就是初迟。他来自魅族，医术高绝也不奇怪，只是她怎么将他给忘了？她沉下脸："大约就是他了！是我忽略了这个人。"

　　"这也不怪你。初迟在秦钰身边，寻常不现身，看似是个无关紧要的人，实在是容易让人忽略。"谢云澜道。

　　"那如今怎么办？还有两日你们就要大婚了。"崔允有些急了。

　　"这个初迟是个什么人？"谢林溪问。

　　"他是魅族的人，除了这个身份，其他的一概查不出。"言宸看着谢芳华，"看来，只要有他在，这一局太子就能轻松破解。接下来，在这么短的时间内，必须立即想出别的办法。"

　　谢芳华低下头："让我想想。"

　　几人都不再说话。

　　秦钰从忠勇侯府出来后并没有回皇宫，而是去了英亲王府，随着他前去的还有一个人，就是初迟。

　　英亲王府正乱作一团，英亲王妃让人捆了英亲王，并且立即派人前去西山大营找秦铮回来，同时派喜顺去忠勇侯府请言宸。

　　然而喜顺还没出府门，便见太子带着一个人匆匆走向英亲王府，他连忙见礼。

　　"大管家要去做什么？"秦钰问。

　　"回太子，老奴奉王妃的命令，去忠勇侯府请言宸公子。王爷发了急病，太医都进宫了，京城众人都知道忠勇侯府有一位神医，也许能有办法。"喜顺连忙道。

　　秦钰点点头："不用去了，我带了一位神医来。"

　　喜顺一怔。

　　"大伯父在哪里？"秦钰向内院走去，一边走一边问。

　　喜顺一听他带来了神医，打量了他身边的初迟一眼，有些疑惑，但还是跟上他："回太子，王爷在正院。"

　　秦钰点点头，向正院走去。

　　不多时，三人来到正院，英亲王妃和春兰已经得到消息，迎了出来。

　　"大伯母！"秦钰给英亲王妃见礼。

英亲王妃的脸色不怎么好看："太子，你带来了神医？"

"若是大伯父的急病症状和宫中母后以及众位妃嫔一样的话，我带来的这个人就能够治好。"秦钰温和地对她介绍，"这是初迟。他是魅族人，机缘巧合之下跟在我身边。"

英亲王妃看向初迟，蹙眉："魅族人？"

"事不宜迟，先让他进屋救人吧，免得大伯父继续难受！有什么话，稍后再说，大伯母您看怎样？"秦钰询问。

英亲王妃打住话头，点点头。

秦钰和初迟进了房间。

房间内，英亲王的情形和崔允的情形一样，都被绑了起来，神情十分痛苦。

初迟看了英亲王一眼，对秦钰点点头，然后从怀中拿出一丸药喂英亲王吃下。

"这是什么药？"英亲王妃立即问。

"是我魅族的秘药，具体配方不方便告诉王妃，请王妃见谅。"初迟避而不答。

英亲王妃只能不再问。

一丸药吃下后，英亲王立即恢复正常，不过半盏茶的工夫，人也清醒了过来，看了一眼屋中的几人，立即问："这是怎么回事？"

"你发了急病，是太子带着一位神医来救了你。"英亲王妃看到英亲王的毒解了，知道谢芳华这一局败了，没想到秦钰身边这个年轻人是个极其懂医术的，她有些疲惫地解释道。

"我怎么会突然发了急病？"英亲王不解。

"我哪里知道。吓死人了，多亏了太子。"英亲王妃这时候也说不出什么了，看着秦钰，心不由得往下沉。这样复杂而凶险的一局，秦钰竟然这么轻巧地就破解了，那么，两日后的大婚，能顺利吗？

英亲王闻言住了口。

"不只是大伯父您，后宫的母后和各宫有品级的娘娘、朝中的大部分忠臣，都发了此病。幸好我身边有初迟。我一得到消息就匆匆从狩猎的行宫赶了回来，母后等人都还没救，只先救了您。"秦钰道。

英亲王闻言顿时发急："怎么先救我？那还不快去救！"说着，他连忙起身下床，连衣服也不换就要往外走，"快点儿，我也跟你去救人！"

英亲王妃一把拽住他："你看看你的样子，还救人？不吓死人就不错了！你堂堂王爷，怎么不注意衣冠整齐？你就算要去救人，也简单梳洗一下吧。再说了，你不会医术，去了也是累赘，就让太子带着这位神医赶紧去吧！"

"是啊，大伯父没事就好了。我先带着人去救朝臣，后救母后和各宫娘娘，毕竟朝臣更重要。"秦钰道。

英亲王止住脚步，大为赞赏："太子心忧百姓朝纲，连亲生母亲都放在后面，这是百姓之福，社稷之福，南秦之福！"

"大伯父过奖了。"秦钰笑笑，向他告辞，出了正院。

初迟跟在他身后，不多时二人就出了英亲王府。

从英亲王府出来后，秦钰带着人去了右相府，从右相府出来后又去了左相府，接着依次是监察御史府、翰林大学士府、六部尚书府，然后到了永康侯府。

他到永康侯府门口时，谢云澜和言宸也出现在了永康侯府。

谢云澜见到秦钰，对他行礼，语气淡淡："太子，您进宫救皇后娘娘吧，剩下的这些府邸，交给言宸来救。他的医术虽然不若这位魅族的神医出神入化，但寻常方法也能保人性命无忧。"

秦钰看了谢云澜一眼："若论皇宫中谁的势力最大，自然是已逝的皇祖母，而她留下的线人给了大伯母。若论朝臣中谁最会做人，右相圆滑世人皆知，但是也不如永康侯隐藏得深。她可真会用人。如今这是告诉我，让我不要向永康侯发难吗？"

"你出了忠勇侯府，第一个去救英亲王，不就是猜出来了吗？"谢云澜看着他，"我都能放弃，太子为何执着至斯？实在让人不太明白。不过，只要是芳华想要做的事情，我哪怕再不情愿，都要帮她做到。"

秦钰看着他，忽然一笑："谢云澜，你能为她做到这个份上，到底是没白被她在乎。"话音刚落，他转身从永康侯府门前离开，"你告诉她，想要大婚，没那么容易，我等着她，看她还有什么办法牵制我，否则，这场大婚，我不会让它顺利！"

秦钰带着初迟进了皇宫后，谢云澜和言宸救好了永康侯。

永康侯醒来后立即抓住谢云澜，急急地问："怎么样？是你们来救了我，谢芳华的计划可是成功了？"

谢云澜摇摇头："没有成功，被太子给破了。"

"什么？"永康侯大惊，"太……太子给破了？怎么破的？他身边有会解这种要命毒药之人？"

谢云澜点点头，念他毁了自己安插了十几年的暗桩帮助谢芳华一场，简单地将事情经过告诉了他。

永康侯听罢，一屁股坐在了地上，脸色惨白："怎么会这样……这可怎么办？成事了我还能有些底气，如今不但没成事，反而……太子一定会找我算账的！"

谢云澜摇头："你放心，太子不会找你算账的，你就当这件事情没发生过。"

永康侯立即问："谢芳华怎么在太子面前保我？真的能保证太子不找我

算账？"

"你毁了自己经营十几年的暗桩，太子对你的戒心反而少了，永康侯府以后只要踏踏实实做事，这笔账他不会算到你头上，要算也是算给芳华，所以，侯爷你只管安心。"谢云澜看着他。

永康侯闻言想了想，他也不傻，很快就想明白了。永康侯府一直依靠当今皇上扶持，背后自然有些势力，对太子来说，他自然不希望防了一个忠勇侯府还要再防永康侯府，对折损了不少势力、以后也没什么倚仗的永康侯府，他才更放心。

他想明白了也就不怕了，站起身，也不怕谢云澜看到他刚刚的失态笑话他，对谢云澜拱了拱手："劳烦你回去告诉谢芳华，经此一事，我永康侯府为了她折损甚大，我夫人的生产难关，她既然答应了，就一定要谨记。"

"芳华答应的事情，自然会做到，侯爷放心吧！"谢云澜颔首，"不过夫人临产还有些时日，侯爷在这段时间里还是要好好地照顾夫人，保她平安顺利到生产，否则芳华也不是神仙。"

"老夫晓得。"永康侯点点头。

谢云澜和言宸告辞，出了永康侯府。

待二人远去，永康侯坐在椅子上，叹了口气："燕亭不在府中也是好事，避开了太子和铮小王爷的明争暗斗，而这恐怕只是开始，以后的日子还长着呢，难保不演变成硝烟弥漫。"

"侯爷说得是！"幕僚也叹了口气，"小侯爷和铮小王爷交好，难保不卷进去。就算铮小王爷有本事，毕竟也只是个小王爷，如何能和太子比？"

永康侯向外看了一眼，摇头："你怎么能忘了先皇和先太后只有英亲王一个嫡子呢？又怎么能忘了当今皇上这个皇位是怎么坐上去的呢？论起来，铮小王爷虽然是小王爷，但是身份可不比太子差，还更高贵些。"

幕僚心神一醒，压低声音："是啊，这样说来，岂不是将来也许会更乱？"

永康侯点头："以这二人的性情，难保不是个不死不休的局面。"

"很多人还庆幸这一代的南秦没有夺嫡之争，就算三皇子、五皇子夺嫡闹的动静大了些，但到底没有血光之灾。如今三皇子、五皇子去守皇陵了，四皇子在皇上的子嗣里一枝独秀，偏偏还有个铮小王爷。"幕僚又是忧心又是庆幸，"以后咱们府也没什么可让太子和芳华小姐看上的价值了，京城各府中的暗桩剔除了十之六七，算是斩尽了最有价值的东西，剩余那些小朝臣府邸中的暗桩已经没有多大意义了。这也未必是坏事，没准反而能在夹缝中保平安。"

"嗯。"永康侯点头，"谢芳华怕是早料到了这一点，才会说太子不会将我如何。不过，今日她让谢云澜带着言宸来挡住太子进府，让我不至于在太子面前丢脸，还算是说到做到。一个女子，有如此心智手段，实在是祸水。"

幕僚认同地点点头："天色晚了，侯爷从昨日就没睡好，今日早点儿歇着吧。"

永康侯颔首："本侯懦弱，胆子小，不禁折腾，从明日起，对外就说我病了吧。本侯向太子告假几日，在家养病。忠勇侯府和英亲王府大婚，太子想做什么，他们想斗什么，这个热闹我可不掺和了。"

幕僚笑了："侯爷说得是！"

这一晚，太子从狩猎的行宫回来后，快速找到了神医，治好了朝中大半重臣，之后才救亲生母后和妃嫔娘娘，此举一经传出，瞬间就稳住了恐慌的京中各府，也稳住了惶惶然的百姓。

太子仁心仁德，先国后家，先社稷后至亲，此举令朝臣分外感动，朝野上下一片颂扬之声，大家纷纷表示，如此一心为江山社稷、为朝局稳定、为子民的太子才是好太子。

当夜，这股颂扬的风就刮出了京都。

西山大营第一时间就得到了消息。秦铮站在窗前，负手而立，夜色浓郁，屋中没掌灯，他的脸上看不出是什么表情。

青岩站在他身后，如黑夜中的影子。

"她如今在做什么？"秦铮低沉的声音响起。

"芳华小姐早早就睡下了。"青岩知道"她"指的是谢芳华。

秦铮挑了挑眉："早早睡下了？"

青岩点头："没错，是早早就睡下了，海棠苑早早就熄了灯。"

秦铮看着夜色，沉默片刻，忽然一笑："她输了一局，还能踏实地早早睡下，秦钰若是听闻，不知是什么表情。"

"愈加敬佩欣赏吧。"青岩回道。

秦铮冷哼一声："人心不足蛇吞象！他要了漠北三十万兵马，我完全没有出手阻拦，就为了留在京中要她。他要他的江山，我要我的女人，各取所需。如今他得了兵马，却反过来夺我的人？我的人是那么好夺的吗？"

青岩不搭话。

"齐言轻和玉云水如今已经到漠北了吧？"秦铮的手指轻叩了窗棂一下，"他们离开京城已经二十日了，若是连漠北都到不了，他还想做北齐的王？"

"若是平安隐秘地到了南秦和北齐边境，不到明日，应该就能有消息。"青岩道。

秦铮点点头："希望齐言轻不会让我失望。"

青岩看着秦铮的后背，犹豫了一下："这位北齐的皇子可信吗？毕竟他是为了和太子合作而来南秦，是为了谢氏倒台，也是为了铲除谢云继，如今离开，却是为了……"

"齐言轻和秦钰一样，虽然距离皇位只有一步之遥，但是这一步也得跨出去，才能当上皇帝，不跨出去就不是。无论是皇子，还是太子，头上都还有一人压制。若是齐言轻想要北齐皇位，他如今就得舍了秦钰听我的。"秦钰冷笑，"其中的利弊得失当如何权衡，他是聪明人。"

"若是这件事情成了，还是要多谢云继公子。"青岩道。

"也不枉我助他从齐云雪的手里脱身。"秦铮不置可否。

"今夜过去后，就只剩两日了。希望来得及，否则，怕是真的要见血了。"青岩道。

"即便见血，也是秦钰自找的。"秦铮转回身，摆摆手，"你盯好沿路的信使，不要出错。"

"是！"青岩身影一闪，退出了房。

秦铮转身走到床前，脱了外衣，躺到床上，也睡了。

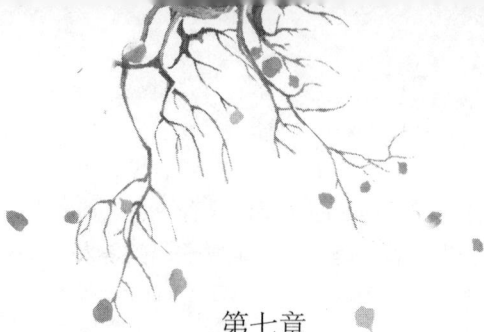

# 第七章
# 秦铮之谋

三更时分，青岩出现在窗外："公子，信！"

"拿进来！"秦铮腾地坐起身。

言宸推开门走进来，先走到桌前将灯掌上，然后将信递给了秦铮："两封信一起。"

秦铮接过信看了一眼，只见一封信是齐言轻寄来的，另一封信自然是谢云继寄来的。

他先打开了谢云继的信。长长三页纸，秦铮直接看了信的末尾，见上面写了两个字，"事成"，他这才从头读起。

这位云继公子在信中拉拉杂杂地说了一大通，内容不外乎他想念南秦了，北齐一点儿也不好玩，北齐的美人太开放了，在大街上拉着他要他去当夫君入赘，还是南秦的女子好，矜持秀美，当然，在他心里芳华妹妹最好云云。

又说了希望秦铮大婚顺利，别被秦钰得逞，他还是看好秦铮和他的芳华妹妹的，虽然听说她被秦铮射了三箭险些丢了一条小命，不过男人不坏，女人不爱，射得好云云。

秦铮越看脸越沉，但还是耐心地看完了，之后，将信放在灯火上，刚烧了一个角，忽然又撤回手，递给青岩："你将这封信送去忠勇侯府给她。"

青岩立即接过，心想，忍了这么久，他家公子今天终于要跟芳华小姐通信了。他克制着紧张问："除了送这封信，您还有话要转达吗？"

秦铮本来要打开齐言轻的信，闻言蹙眉，回头看向青岩。

青岩看着他。

秦铮看了他片刻，转回头，不满地道："青岩，我发现你最近话太多了。"

青岩闻言，转身出了房间。

秦铮笑了一下，也难为了这个自小跟在他身边惜字如金的隐卫。以前无论秦铮怎么逗他说话，他都寡言少语。后来秦铮渐渐长大，也不逗他说话了，习惯了他的沉默，但是自从落梅居那件事之后，他在秦铮面前话多了起来。

秦铮打开了齐言轻的信。相比谢云继的信，齐言轻的很简短，寥寥数语，但已经足够了。秦铮看完信之后，毫不犹豫地放在灯火上烧成了灰，之后又转身上了床。

在秦钰离开忠勇侯府前往英亲王府、左右相府、监察御史府、翰林大学士府等府邸之后，果真传出朝中重臣被初迟治好的消息。谢芳华沉默了半晌，对众人道："既然这一局败了，今日怕是没什么好的办法了，回头再想想。"

"只有两日了，就算再想出什么对策，时间上怕也来不及。"崔允急道。

"还有秦铮呢。"谢芳华面色平静，"这么长时间里，他怎么可能什么都没做？况且，时间虽然紧迫，但毕竟还有两日，过了今夜再说。"

崔允蹙眉："这些日子那个臭小子都猫在西山军营，没见他做什么。他能做什么？"

"舅舅，若是一眼就能看出他做了什么，那还能派上什么用场？就像秦钰，他背后做了什么，我们至今也不知道。"谢芳华道，"您就别忧心了，忧心也没用。"

"好吧。"崔允闻言只能作罢，"希望秦铮这个混账小子别让人失望。"

谢芳华点点头，回了海棠苑，早早歇下了。

三更时分，墙外悄无声息地跃进一道人影。

转眼间，那道人影便来到了窗前。

谢芳华睁开眼睛，看向窗外。侍画、侍墨都没被惊动，这个人显然武功高绝。

"芳华小姐，我是青岩。"青岩低声开口。

"谁？"他一开口，侍画、侍墨等人就从隔壁房间冲了出来。

对面的西厢房里，言宸在窗前看了一眼，没说话也没有出来。

谢芳华从床上起身，下了地，来到窗前打开窗子，看着青岩："何事？"

青岩从怀中拿出一封信递给她："公子给您的信。"

谢芳华愣了一下，伸手接过。

"您现在看吧。我在这里等着您，若有回话，我直接传回去。"青岩道。

谢芳华又愣了一下，隐隐觉得这位秦铮身边的第一隐卫话似乎比以往多了，她点点头，对侍画、侍墨等人摆摆手："你们都退下吧。"

侍画、侍墨等人震撼于青岩的武功，想着他的武功应该和铮二公子的武功一般高深，若是他不开口，她们肯定发现不了。她们看了青岩几眼，齐齐退回了房间。

谢芳华掌上灯，打开信，发现是谢云继写给秦铮的信，她又愣了一下，这才逐字逐句地看了起来。半盏茶后，一封信看完，她有些好笑，合上信纸，对青岩道："你给他回话，就说我看了信。"

青岩微微皱眉："还有吗？"

谢芳华讶异地瞅了他一眼："没了。"

青岩站着不动，那模样似乎是等着她再说两句。

谢芳华更讶异了，又多瞅了青岩两眼，似乎明白了什么，笑了笑："他是告诉我，他有准备，让我安心待嫁，我也明白了。"

青岩点点头，但还是没离开。

谢芳华无语地看着他。以前他的主子黏人，如今这是换成护卫来黏人了？她想了想，忽然道："是有一件事情。你稍等一下，捎一件东西回去给他。"

青岩立即重重地点头。

谢芳华转身离开窗前，来到衣柜前打开柜门，从里面拿出一个包裹，摸了两下，重新来到窗前，递向窗外："这是他的。"

青岩疑惑地接过包裹，摸了摸，摸出是衣服后，露出一丝笑意："多谢芳华小姐，在下告退了。"

谢芳华好笑地点点头。

青岩再不耽搁，无声地抱着包裹跃出了海棠苑的高墙，不多时就出了忠勇侯府。

谢芳华见到言宸屋中的窗前站着熟悉的人影，隔着窗子对他招手。

言宸点点头，转身离开窗前，推开门，向正屋走来。他来到画堂中时，谢芳华也披好衣服从里屋出来，将谢云继的信递给他："你看看。"

言宸接过信，很快就看完了，然后一笑："怪不得这么多时日没动静，原来是这桩事儿。西山军营三十万兵马，漠北三十万兵马，若是太子不想丢了江山，这一局，看来他要先退一步了。"

谢芳华点头。

"铮小王爷果然也不是善茬，难怪能跟太子争斗这么多年。有这样的对手，谁都忍不住想斗吧，也不怪太子不放手了。"言宸叹息一声，将信递给谢芳华，"你的未来还真是让人担忧。"

"既然有这封信，我就安心待嫁吧。"谢芳华笑了一下，"本来我已经想好再做点儿什么了，如今就算了，留着以后用吧。"

言宸失笑，点点头。

青岩在四更天回到了西山军营，径直冲进了秦铮的房间，然后将手中的包裹扔进了帷幔内，包裹打在了秦铮的脸上，青岩的声音带着罕见的兴奋："快起来，她给你的！"

秦铮并没睡着，睁开眼睛，发现一团又黑又软的东西盖住了他的脸，他伸手拿开，问："什么？"

"衣服！"

"什么衣服？"秦铮坐起身，奇怪地问道。

"你的衣服！"青岩转身去掌灯。

秦铮就着灯光盯着包裹沉思了一会儿，才慢慢地打开包裹。当看到里面的大婚喜服，发现一针一线都非常熟悉时，他的手顿住了，整个人也呆住了。

青岩欢喜地道："是芳华小姐亲自给你绣的！"

秦铮过了好半晌才点点头，将衣服拿起，慢慢地抬高，然后将脸埋在了喜服上。

在后宫和朝堂经历了惊惶动乱后，太子的盛名更是空前高涨，几乎一夜之间就传遍了京城方圆数百里。

第二日，天气晴朗，皇帝罕见地又上了早朝，似乎养病多日有了起色。群臣更是欢喜，连连叩拜，称太子仁德贤明，说皇上洪福齐天。

皇上笑着连连点头，对站在群臣之首的太子赞扬道："太子如此以家国社稷为重，让朕甚是欣慰，不负朕的教导，甚好！"

秦钰躬身："多谢父皇夸奖。昨日能够快速救治朝臣和母后以及娘娘们的急病，不全是儿臣之功，还有忠勇侯府派了神医相帮，才能迅速稳定朝局，安抚人心。"

皇上哦了一声，扫了群臣一眼，忽然问："朕记得谢世子回京了，为何早朝不见他？"

群臣齐齐一怔。

秦钰上前一步："回父皇，谢世子圆满完成了临汾桥修筑任务，前两日已经和儿臣交了差事，可是本身还并未得父皇授予官职，自然不会出现在早朝上。"

"这样啊！"皇上恍然，"来人，传召谢世子上殿，朕要当着群臣封赏他。"

"是！"立即有人跑出了金殿。

群臣互相看了一眼，都在暗中猜测皇上要给谢墨含什么封赏。

本来大家都以为谢墨含在两个月之内不可能完成临汾桥那么大的工程，可是他出乎意料地圆满完成了。普天之下，也就谢氏手下有这等能工巧匠，换作第二个人去临汾桥，没有三个月，怎么都不可能修筑好。

这样一来，谢墨含怕是要入朝了。

三年前忠勇侯退隐时谢墨含尚未成年，再加上是病弱之身，无法入朝，如今忠勇侯府起复，谢世子身子大好，入朝的话，未来的朝局还会有怎样一番变革，谁也拿不准。

尤其是太子的态度，明显是刻意地将本来归纳到自己名下的功劳分出去给了忠勇侯府一半，重臣都在猜测太子打的是什么主意。

半个时辰后，谢墨含匆匆进宫，上了金殿。

叩拜之后，皇上和蔼地招呼谢墨含起身："谢世子免礼。你此番前往临汾桥督工，两月内完工，解除了万亩良田、数千户百姓之忧，实在是劳苦功高。你想要什么奖赏，只管与朕说。"

谢墨含起身，摇头："臣身为南秦子民，理当为国为百姓分忧，不求奖赏。"

皇帝哈哈大笑："太子昨日的大义之举已经令朕心甚慰，今日谢世子不求奖赏也让朕甚是开怀。我南秦贵戚上下一心，为国为民，实在是南秦百姓之福，南秦江山之幸。"

谢墨含垂下头。

"不过，该奖还是要奖。"皇帝看着谢墨含，"谢世子只管说，无论你求什么，朕都奖赏给你。"

谢墨含再度摇头："臣生在南秦，长在南秦，为南秦百姓解忧解难，乃臣分内之事。皇上若是要奖赏，就奖赏清河崔氏的二公子吧，他从旁协助臣，甚是辛劳。"

"清河崔氏的崔意芝。"皇帝点点头，"朕没有忘了他，你放心，你先说你的奖赏，朕自然少不了他的。"

谢墨含依旧摇头："臣不求奖赏。"

"看看，这才是谢氏的好子孙！"皇帝感慨一声，对群臣道，"众位爱卿，谢世子修筑临汾桥，功劳甚大。谢世子虽然不求奖赏，但是朕可不能不给，这也是为了给未来朝臣行好事做榜样。你们说，给什么奖赏好？"

群臣你看我，我看你，都拿不准谢墨含是真推托，还是假推托，更拿不准皇上的心思。毕竟这么长时间以来，皇上和谢氏的关系如走在刀刃上，一不小心就要流血，于是一时间没人说话。

"嗯？都不好说吗？"皇上看了一圈，见没人答话，他挑眉。

秦钰向后看了一眼，微微一笑："父皇，谢世子比儿臣略长一些，而且能力卓绝，才华过人，用于匡扶社稷最好不过。儿臣请求父皇准谢世子承袭忠勇侯府的侯爵，暂封太子辅臣，跟随儿臣左右，协助儿臣理政。"

此言一出，群臣皆惊。

老侯爷健在，忠勇侯府就要将世子封侯，以后就是一门两个侯爷，这是贵上加贵？

而且太子还要封他为太子辅臣。自古以来，太子辅臣都是太子府的内臣客卿担任，从没有富贵王孙封赐太子辅臣的，太子这是要开先例？

开不开先例暂且不说，只说这太子辅臣，古来都是太子登基后定会按功劳封赏的亲贵之人，而谢墨含有才华有能力有身份，若是太子真有器重之心，那么将来应该会接替如今的左相或右相的辅政职位，成为一人之下、万人之上的辅政之臣。

若太子真是这等意思，情势也这样演变的话，那么忠勇侯府将来不但不会因新旧政权更替被新皇忌讳铲除，荣华还会更上一层楼。

一时间，殿中落针可闻，群臣都被震得说不出话来。

谢墨含也惊了，抬头看向秦钰，立即跪倒在地："祖父尚在，忠勇侯府这些年又一直承蒙皇上恩宠，不敢奢求太多，太子之言万万不可！若是皇上实在想给臣奖赏，给臣一个入朝的资格就够了。臣定尽己所能，为我南秦江山的繁荣尽心尽力！"

皇帝眯着眼睛盯着谢墨含看了片刻，然后看向秦钰，缓缓道："太子所请有些道理。"

群臣又是一惊，皇上这是同意了？

皇上为何要同意？

这是放过忠勇侯府了？不怕忠勇侯府繁荣太过威胁皇权了？忠勇侯府再登一个天阶的话，真的距离皇权只差分毫了。

这等泼天富贵传扬出去，别说满朝文武皆惊，就是京城都会晃三晃，天下也会为之震惊吧！

"父皇圣明，既然您也觉得有道理，就请下旨吧！"秦钰容色不变，再度恳请。

"好！"皇帝点点头，对吴权道，"拟旨，即刻赐谢世子承袭爵位，官职暂封太子辅臣。"

"皇上万万不可！"谢墨含看向秦钰，"太子，臣受不起，还请太子——"

"唉，子归兄，你我自小相识，兴趣相投，你有才华能力，也愿为国分忧，就不要推辞了。"秦钰打断他的话，"在我身边辅佐我担子可不轻。难道你是不愿意为我效劳？怕辛苦？"

"自然不是！"谢墨含猜不透秦钰的心思，但是直觉他若是应允下来，不太好。

"既然不怕辛苦，父皇金口已开，事情就这样定了。"秦钰笑着对他摆摆手，"子归兄，快谢父皇恩典吧！"话音刚落，他补充道，"我能得一才华横溢之人辅佐，也是要谢父皇。"

"不错，谢世子就不必推辞了。"皇帝摆摆手，示意下旨。

立即有拟旨官拟好圣旨，当朝宣读，这个世袭爵位的封号和太子辅臣的暂代官职算是定了下来。

谢墨含没法再推辞，只能谢了恩。

秦钰也像模像样地谢了恩。

群臣一时屏息凝神，无人言语。

皇上此番和太子一起决定了谢墨含的爵位和官职，左相、右相没出面言语半句，英亲王想了想，也没出声。毕竟两日后他的儿子就要娶忠勇侯府的小姐谢芳华，这时候他说什么都不妥当。

奖赏了谢墨含，皇帝又挥手："去宣召崔意芝进殿。"

"是！"有人立即去了。

不多时，崔意芝上了金殿。拜见皇帝后，皇帝看着他道："崔意芝，数月前朕派遣你前去接当初还是四皇子的太子回京。虽然中途波折重重，但总归是有惊无险，也算是你完成了任务。此番朕又派你随同曾是谢世子的谢侯爷前往临汾桥，你也不负朕所望。朕深觉你文武兼备、能力出众，能够胜任兵部侍郎一职。"

崔意芝抬起头，看着皇帝。

皇帝对身后道："传旨，封崔意芝为兵部侍郎。"

有拟旨官即刻拟旨。

崔意芝垂下头，叩谢圣恩。

皇帝处理完这两件事，咳嗽了两声，有些气虚地继续道："朕近来越发觉得身体乏力，太子监国期间做得甚好，朕也能安心养病了。"

群臣闻言皆呼："皇上保重龙体！"

皇帝点点头，看向英亲王："皇兄，朕若是没记错，后日就是秦铮和谢芳华大婚的日子吧。"

英亲王心神一凛，出列回话："回皇上，没记错，正是后日。"

皇上点点头："这些日子，铮小子在西山军营据说甚是用心，西山军营自从他去了之后，风气已经比以前大有改观。"

"是有些成效。不过他那个性子，皇上是知道的，不值一提。"英亲王摇头。

"皇兄对铮小子向来就吝于夸奖。"皇帝闻言笑了，对他道，"既然他做得好，就要奖。朕给他放七日假，让他回来休沐大婚吧。不能临近大婚还混迹在兵营里，不像话。"

英亲王觉得有理，点点头。

"这也不算是奖赏，不过朕前些日子已经封了他小王爷，也没什么可再奖赏给他的了，奖赏给他即将娶进门的媳妇儿也是一样的。"皇帝笑着道，"另外，传朕

96

旨意，谢芳华从皇宫以公主之礼出嫁。"

谢墨含面色一变，脱口道："皇上万万不可！"

皇帝看向谢墨含，含笑问："为何不可？谢侯爷可是觉得哪里不妥？"

谢墨含立即垂下头，躬身："皇上对忠勇侯府已经如此恩宠，忠勇侯府受之不起，还请皇上收回成命！"

皇帝大笑："这奖赏不是给忠勇侯府的，是给秦铮的，跟忠勇侯府无干，谢侯爷不必惶恐。"

谢墨含一噎，顿时没了反驳之语，只能看向英亲王。

英亲王也惊了，直觉不妙，连忙道："皇上，这于礼不合。"

皇帝叹了口气："皇兄啊，你娶儿媳妇，朕这个当弟弟的也跟着高兴。铮小子我是看着他长大的，这么多年来，他也算是我的半个儿子。更何况，母后虽然已逝去三年有余，但是朕相信，她的灵气还在这皇宫内保佑着南秦江山，她疼爱铮小子尽人皆知，她若是在的话，定然也不会反对。此举虽然于礼不合，但是也不算太过出格。"

"这……"皇帝抬出德慈太后来压制英亲王，让他一时没了反驳之语。

"就这样定了，谢芳华从太后的德安宫出嫁！圣旨下达之后，即刻准备进宫待嫁。"皇帝一锤定音，不许人再反驳。

谢墨含无奈地垂下头，想着妹妹进宫待嫁，皇宫一入，那就是龙潭虎穴，进容易，出呢？尤其秦钰的心思，深不可测。

原来太子一直以来打的是这个主意。

然而，如今皇上赐他承袭爵位，又许了忠勇侯府荣华无法限量的未来。大臣的女儿从皇宫出嫁虽然古来少有，但也不是没有先例，这是无上的荣宠。

能拒绝吗？能抗旨不遵吗？

不能！

否则，传扬出去，忠勇侯府就是不慕天恩、不识抬举，天下文人士子都会对忠勇侯府口诛笔伐，指责忠勇侯府不识好歹、眼里没有皇权、狂妄太甚，那样的话，忠勇侯府这么多年来一直低调行事博得的好名声就会毁于一旦。

可是不抗旨呢？妹妹就要进宫。在皇宫里待嫁，等着她的会是什么？太子还有什么筹谋，实在让人难以预料。皇宫是皇权的中心，是天子之地，是任何势力也压不过皇权的地方。

这件事情说完，皇帝再也支撑不住，退了早朝。

"恭喜谢侯爷，恭喜大伯父。"秦钰送走皇帝后，笑着对谢墨含和英亲王拱手。

"多谢太子器重。"谢墨含只能也拱拱手。

英亲王压制住心中的忧愁，对秦钰道："两日后，铮儿大婚，太子要来府中喝喜酒啊。"

"那是自然！"秦钰笑着点头。

英亲王不再多言，向宫外走去。

谢墨含跟随其后，要一同离开。

秦钰向左右朝臣扫了一眼，有人立即意会，追上谢墨含："谢侯爷，恭喜啊！"

谢墨含只能停住脚步寒暄："多谢大人。"

又有人走上前："今日天色还早，谢侯爷荣升，以后我等还要仰仗侯爷提携，谢侯爷是否该请客？"

"两日后舍妹大婚，忠勇侯府摆宴，请众位前来把酒言欢。"谢墨含拱拱手。

"两日后大婚那不一样，今日是庆贺谢世子荣升之喜，怎么能无酒？"一人又道。

"舍妹大婚，府中无父母双亲，爷爷又年迈，我好不容易从临汾镇回来，一直没为妹妹操持什么。如今她就要入宫待嫁了，我若是只顾着喝酒，那怎么行？"谢墨含坚决地摇头推托，"几位大人的好意我心领了，妹妹大婚后，一定择日请各位尽兴吃酒。"

"这……"众人闻言，都不好再说什么。

秦钰含笑走过来，伸手拍拍谢墨含的肩膀："你府中有谢云澜和谢林溪在，用不到你什么。"

谢墨含看着秦钰，郑重地道："云澜和林溪的确尽心，但是对妹妹来说，到底都替代不了我这个亲哥哥。还请太子见谅。"

"也罢。"秦钰不再阻拦，放下手，慢慢地道，"我左右无事，便与你同去忠勇侯府接芳华入宫待嫁吧。父皇病了多日，今日强撑着上了朝，回去怕是又要卧床了，偏偏母后和后宫的娘娘们昨日都受了惊吓，还需要休养。她入宫后的安置若是无人看着，恐怕宫里的奴才们打点得不太妥当。我亲自给她安置一番，你也可以放心。"

谢墨含心里一惊，心提了起来，立即推托："怎么能劳烦太子亲自去接？还是算了。等芳华打点妥当，我将她送进宫待嫁就是，不劳烦太子了。"

"子归兄，虽然我是储君，你是辅臣，但说起来，我们自小也有情分，何必见外？"秦钰摆摆手，不容他反对，"走吧。"

谢墨含无奈，他总不能拼死拦着秦钰，而以秦钰的性情，他也不见得拦得住。他只能看了不远处的听言一眼，任由秦钰跟随他一起前往忠勇侯府。

听言一听到秦钰说的话就急了，此时得了谢墨含示意，赶紧先一步跑回忠勇侯府报信。

此时，忠勇侯府早已经得到了消息。

"这……皇上和太子是要干什么？"这回，谢墨含出乎意料地被封侯，连忠勇侯都坐不住了，尤其还暂封太子辅臣，这是何意？令谢芳华入宫待嫁，又有什么谋划？

"泼天富贵之下，若是一个不好，忠勇侯府就可能坠入万丈深渊。"崔允忧心忡忡地道，"忠勇侯府一门两个侯爷，这是鲜有之事。"

忠勇侯在荣福堂内来回走了两圈，对侍书挥手："快去海棠苑，让华丫头来我这里，我问问她可有什么主意。"

侍书连忙点头，向海棠苑跑去。

海棠苑内，谢芳华也已经得到了消息。

接二连三的荣耀，泼天富贵突然袭来，真的好吗？

她似乎感觉到了忠勇侯府门前的牌匾有坠落之势。

谢云澜、谢林溪、言宸三人得到消息，全部进了海棠苑的画堂，都看着她，都被早朝上这一系列如天雷般的圣旨震得措手不及。

谁也没想到太子是等在这里。

先许给忠勇侯府高位和荣耀，然后让谢芳华无法拒绝进宫待嫁。

说白了，目的还是她，还是这桩婚事。

"圣旨一下达，就要立即准备进宫，最晚也只能拖到今晚。"谢林溪担忧地开口，"有没有什么办法让皇上收回圣旨？"

"收回圣旨只有让皇宫乱，不能住人了，芳华自然就没法进宫待嫁了。"谢云澜说完，自问道，"可是，如何让皇宫乱？皇上和太子既然早有筹谋，那么，皇宫现在就如牢笼，轻易动不得，自然也乱不了。"

谢林溪有些焦急："那怎么办？难道芳华妹妹真要进宫待嫁？这进去容易，出来呢？"

出来怕是就难了！

这谁都猜得到。

"要不然，换人易容替你进宫吧。"言宸思索片刻，试探地建议。

"这样行吗？"谢林溪怀疑地问，"若是被发现怎么办？"

"芳华的易容术有精妙之处，若是她亲手易容，不会被发现。"言宸看着谢芳华，等她决定，"你若是同意，现在就赶紧找一个人来易容成你。"

"不行！"谢芳华摇头。

"为何不行？"谢云澜看着她，"我也觉得你还是不入宫的好，不知道太子谋划了什么在等着你，你此番进宫待嫁，岂不是将自己置于危险之地？"

99

"他能谋什么？无非让我不能大婚而已，总不能杀了我。"谢芳华冷笑一声，"换人易容成我进宫，在外人眼里，那也是我进了宫。那个代替我之人若是不能在皇宫里制衡秦钰，就只能被他牵着鼻子走，到那时，无论他筹谋的是什么，估计都能成。"

"这么说来，无论如何，你都只能进宫吗？"谢云澜皱眉。

"目前还能有什么办法？圣旨已下，消息已经传扬开来，多不过一个时辰，怕是满京城尽人皆知，明日也许就天下皆知了。"谢芳华揉揉眉心，"我进宫后，走一步看一步吧。"

"秦铮这时候应该也得到消息了。"谢云澜抿了抿唇说。

谢芳华眉心一动，想起谢云继的信，点点头。

"我陪你进宫待嫁。"谢云澜想了想，又道。

谢芳华一怔。

"圣旨只说让你进宫待嫁，并没有说不准有陪同之人。"谢云澜拿定主意。

"也对。"言宸忽然笑了，"进宫就进宫吧。在没有万全之策的情况下，只能进宫，以不变应万变。我也随你进宫。"

"既然如此，我也陪你进宫。"谢林溪道。

谢芳华看着三人，不由得笑了："你们三个这是干什么？忠勇侯府是嫁女儿，你们三个……传扬出去，让人笑话。"

"怕什么笑话！"谢云澜道，"百姓们不知道这其中的关联，满朝文武焉能不知道？谁爱笑话谁笑话。若是让你自己进宫，我也不放心。"

谢芳华刚要再说什么，侍书匆匆跑来，说老侯爷请她去荣福堂，她打住话头，应了一声。

三人闻言，与她一起出了海棠苑，去了荣福堂。

刚到荣福堂门口，听言就匆匆跑来，气喘吁吁，惊慌失措，见到谢芳华几乎要哭出来："芳华小姐，太子和咱们世子……不，和侯爷一起回府了，说他亲自来接您进宫。侯爷让我提前来传话，您快想想办法吧！"

谢芳华闻言眯起眼睛："你是说秦钰和哥哥一起来了忠勇侯府？"

听言连连点头："怎么办啊？小王爷不知道得到了消息没有。太子一定没打什么好主意！"

"我知道了。"谢芳华转身进了荣福堂。

谢云澜、谢林溪、言宸三人跟着她也进了荣福堂。

老侯爷和崔允正在等谢芳华，见几人都来了，崔允立即急声问："想到什么对策没有？"

谢芳华摇摇头："没有。"

"那怎么办？"崔允又问。

"进宫待嫁就进宫待嫁吧。这是皇上给忠勇侯府的荣耀，忠勇侯府怎么也不能不识抬举抗旨不遵。"谢芳华无所谓地道，"更何况，还是以奖赏秦铮的名义，连推托的理由都没有。"

"这主意一定是秦钰那小子出的，皇上怎么就答应了他？"忠勇侯不解。

"皇室里未来能依靠的也就只秦钰一人了，皇上的病已经让他力不从心，可是江山不能就这么废了，不答应秦钰又能怎么办？"谢芳华道。

崔允叹了口气："没想到你的婚事比你娘当初嫁入忠勇侯府还麻烦。"

"这么说，你是要进宫待嫁了？"忠勇侯府将着胡须，看着谢芳华，"你就不怕出差错？"

"爷爷，皇宫虽然可怕，却可怕不过无名山。"谢芳华看着他，"我们忠勇侯府低调了这么多年，皇上和秦钰如今却加了封赏，现在反了，不但不占天时地利，连人心都不向着忠勇侯府，更何况我们根本就没有反意，所以，哪怕出错，也要进宫。"

"也罢，皇上和太子这是料定了你推托不了。"忠勇侯摆摆手，"秦钰那小子对你有心思，自然不会要你的命，无非让你不能大婚，去就去吧。"

"可他若是趁机对你不轨，怎么办？"崔允担心。

忠勇侯冷哼一声："秦铮管理了西山大营三十万兵马这些日子，应该已经将之牢牢地掌控在了自己手中。秦钰若是不想血流成河，应该不会闹得太过分，尤其不能让秦铮抓住把柄，毕竟名义上，华丫头是入宫待嫁，可不是嫁去皇宫。秦钰若是连这点都分不清，也就不配做未来的皇帝。"

崔允闻言踏实下来，点点头。

"您放心吧，我打算陪芳华一起入宫。"谢云澜道。

忠勇侯看向谢云澜。

"我也陪着一起！"谢林溪道。

"你们两个都要陪她一起？"忠勇侯闻言笑了，"虽然多个人入宫陪她待嫁能让人踏实一些，但那可是皇宫，是后宫，外男不得进去，否则，秽乱宫闱这个罪名可不轻。"

谢云澜和谢林溪一愣，自己情急之下竟忘了这件事儿，这让他们一时无言。

"我刚刚也要说这个。"谢芳华好笑地道，"我带着侍画、侍墨等八人去，另外言宸可以再给我调派些人手，我的安全自然是无虞的，况且我也有自保能力，你们放心吧。"顿了顿，她又对谢云澜道："云澜哥哥，你们不跟随我去，在外面也有在外面的好——秦钰和皇帝若是真做得太过分，总要有人围宫吧。"

谢云澜叹了口气。

101

谢林溪也叹了口气。

言宸并没有言语，似乎在想着什么。

没过多久，谢墨含和秦钰一起进了忠勇侯府，来了荣福堂。

越是这个时候，越是不能得罪秦钰，所以忠勇侯想了想还是亲自迎了出去，崔允等人也跟了出去。当然，谢芳华坐着没动，言宸则避开了。

"恭喜老侯爷！"秦钰见到忠勇侯，含笑恭喜。

"承蒙皇上和太子厚爱！"忠勇侯胡子翘了翘，直接问，"太子是来接华丫头入宫的？"

"是啊，我亲自来接她入宫，这样能多照应些，毕竟皇宫现在诸事烦乱，我怕有什么不妥。"秦钰微笑。

忠勇侯点点头，请秦钰进画堂，然后对谢芳华道："既然太子来接，你去收拾一下待嫁的一应物品，随太子进宫吧。"话音刚落，又补充道，"快些，别让太子久等。"

"等等也无碍。"秦钰笑看了谢芳华一眼。

谢芳华神色淡淡，不想跟他说话，点点头，出了荣福堂。

忠勇侯见谢芳华走了，对谢墨含、谢云澜、谢林溪等人摆摆手："你们也都去帮她收拾收拾。太子好不容易来一趟，陪我下一局棋。"

谢墨含求之不得，向秦钰告退，见他没有不满，含笑点头，便也出了荣福堂。

谢云澜和谢林溪跟在谢墨含身后，也走了出去。

荣福堂内转眼间就剩下忠勇侯、崔允、秦钰三人。忠勇侯摆上棋，秦钰落座，崔允观棋。

"妹妹！"谢墨含追上谢芳华，喊了一声。

谢芳华停住脚步，等着他："哥哥。"

谢墨含满面忧心："是哥哥无能，不能护你。我们忠勇侯府只你一个女儿，却不能从忠勇侯府出嫁。当年姑姑出嫁也是从皇宫走的，爷爷没能送她，如今又换成了你……"

"姑姑那是两国联姻，自然要从皇宫出嫁，我如今也算是给忠勇侯府的荣耀。"谢芳华握住他的手，蹙眉，"外公不是将你的身子治好了吗，怎么如今这个时节手还这么凉？"

"是治好了，不会犯旧疾了，但是落了体虚之症。外公让我坚持用药，养两年就不凉了。"谢墨含道，"别管我了。我提前让听言过来传信，你可有办法不入宫？"

谢芳华摇摇头，将入宫的决定和分析与他说了一遍。

谢墨含无奈："既然如此，只能这样了。皇宫是重地，在这件事情上又不能抗

102

旨，时间又太紧迫了。"话音刚落，他低声道，"稍后你随太子进宫，我暗中去找秦铮。"

"哥哥不用找他，若是有需要，他自会找你。"谢芳华道。

谢墨含一怔："他是否有安排？"

"有一些。"谢芳华据实以告，"就看秦钰的心里是想要这江山，还是想毁这江山了。秦铮的法子是制衡，但是不能解燃眉之急。"话音刚落，她叹了口气，有些骄傲却又有些怅然，"比起秦钰，秦铮还是心软。"

"人人都说太子温和，铮小王爷狂妄霸道横行无忌难相处，只有了解他们性情的人能从中看到不同。"谢墨含叹了口气，"但愿太子能够看明白，否则，心软的人也有不可碰触的逆鳞，而你就是秦铮的逆鳞。他都能狠下心射你三箭，又怎么会狠不下心让江山染血？"

谢芳华扯了扯嘴角。

"他能将大婚提前到这个地步，这最后一步总不能输了，否则实在是……"谢墨含不敢想象，他从怀中拿出一枚信号弹，递给谢芳华，"若是宫里的情况太糟，你就放出这个，哥哥就是拼死也要进宫救出你。"

谢芳华接过，收入怀里："谢谢哥哥！"

"别人家嫁女儿，都是盼着日子晚一些，可是自从你定下婚事，我和爷爷就盼着这一日到来，恨不得你尽早出嫁一般。"谢墨含说着，也笑了起来，"大约是因为我们谢氏的女儿难嫁吧。"

"等我顺利大婚后，先给你娶一个。"谢芳华道。

"你若是能顺利大婚，我就由得你帮我娶一个。"谢墨含笑道。

兄妹二人说笑了两句，总算使得心情轻松了几分。

到了海棠苑后，谢墨含和谢林溪一起去安排谢芳华入宫事宜，希望能尽量安置妥当。

谢云澜没立即出去，留在了画堂，显然是有话要和谢芳华说，谢芳华正好也有话跟他说。

他们都知道，今日进宫之后，无论结果如何，在大婚那日之前他们都再不会有机会碰面了，而过了大婚那日，无论是身份还是其他什么东西，都会变了。

"云澜哥哥，有一样东西，我得给你。"谢芳华沉默片刻，看着他道。

谢云澜愣了一下，点点头。

谢芳华走到内室，从床头的暗格中取出谢氏米粮老夫人离开后那个妇人给她的袋子，然后拿到画堂，推到谢云澜面前。

"这是什么？"谢云澜见是一个织锦的袋子，袋口紧紧地缝着，不由得疑惑地问道。

"老夫人离开后，我去你府里，碰到了谢氏米粮的当家夫人，这是她给我的。"谢芳华将当日的情形重复了一遍，见谢云澜脸色变幻了一瞬，她低头道，"对不起，云澜哥哥，瞒了你这么久，主要是我一直没想好怎么给你看这个。"

"如今你这是想好了？"谢云澜不看她，盯着那个袋子问。

谢芳华点点头："嗯，想好了。"

谢云澜一叹："芳华，我一直没有逼你，也没有迫你，更没有想过强求什么。你既然瞒下我，如今实在不该在这个时候拿出来再乱我。"

"据说，这个袋子里装着的东西，事关你我。"谢芳华看着他，"以前，我是有过挣扎，当然也是基于一些前因，那些前因太重，压得我几乎喘不过气来。如今我想明白了，逃避、躲开、当作没有都是不对的，有些事情它就摆在那里，早晚要正视。"

谢云澜抬头看她。

"我想让你和我一起正视这件事情。"谢芳华一字一顿地道，"你我的身份、血脉，以及牵扯的未来。"

谢云澜的手忽然五指并拢，他低声问："哪怕嫁给秦铮，你会死，我也会死？芳华，你都不怕吗？忠勇侯府一直是你肩上的重担，你背负了多年，哪怕看不到它能完好地再撑一代，你也不惧吗？哪怕有了你爹娘、我爹娘的前车之鉴，活不了几年，老侯爷将再次面临白发人送黑发人的情况，你也无畏吗？"

谢芳华忽然闭了闭眼睛，等重新睁开后，她点点头："不怕，不惧，无畏。"

谢云澜忽然偏过头，笑了起来。

谢芳华看着他。前世今生，她到底在这一日突破了前情世事、障碍重重，还是做出了选择。

云澜哥哥是她最不想伤害的人！

可是，秦铮给她下了毒，毒入了她的脑子，入了她的心，流遍了她的全身，让她再没有办法将他的毒从心里剔除，即便箭拔了、血流了、伤疤结了，也不能不爱他。

她不是没有想过放弃，可是放弃不了。

"好，只要你觉得是对的，觉得值得，只要你想要，我就答应你。"谢云澜收了笑，伸手拿过袋子，在打开之前说道，"哪怕死，我也陪你。"

谢芳华忽然不敢看他。她是自私的，为了私情，置她曾经一直珍视的人于不顾。哪怕与秦铮大婚是踩在钢丝铁网、刀锋剑芒上，她也在所不惜。

这就是动情了吧？她一直不了解的情爱，却能让人心演变到如斯地步！

谢云澜已经快速地打开了袋子，一张外面裹着牛皮纸的字条从里面掉了出来。牛皮纸上面用小篆写着"云澜芳华"四个字，下方用梵文写着他们二人的生辰。

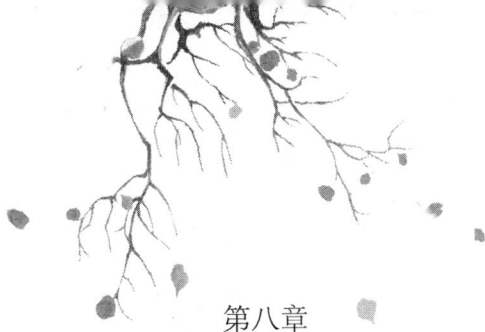

第八章
# 陪嫁入宫

　　谢云澜怔了片刻，然后缓缓将里面的字条打开，上面却是一片空白。

　　"用火烧，里面应该会有东西掉出来。"谢芳华看着他，为他解惑，"我摸过了，里面应该是封存了一张金纸，真金不怕火炼。"

　　"你没有打开过？"谢云澜抬头看她。

　　谢芳华摇摇头："没有。我一直没想明白该怎么做，如今才想清楚，做了决定。既然事关你我，还是一起看比较好。"

　　谢云澜点点头。

　　谢芳华抬手挪过罩灯，将灯点燃。

　　谢云澜将字条放在火上烧，片刻后，字条被烧破了一角，果然有一点金色显露出来。他又烧了片刻，直到将字条的边都烧破才放下手，熄了火，从中抽出两张薄薄的金纸来。

　　两张金纸都是正反两面写满了梵文。

　　谢云澜对谢芳华招招手："你坐过来，我们一起看。"

　　谢芳华点点头，挪了过去，坐在他身边。

　　谢云澜将金纸放在桌子上，两人一起阅读起来。

　　第一张金纸上记载了魅族的所在地，以及魅族血统之间的关联，还有魅族咒术的施法和解法，并特意提到了王族绝咒——焚心，及心头血和处子之血的作用。

　　第二张金纸上记载了魅族繁衍万年来发生的大事以及几十年前发生的惊天动地的覆灭之劫，还详细地叙述了谢云澜和谢芳华的身世。

留下这两张纸的人是谢云澜的父亲，根据日期记载，那时候谢云澜和谢芳华应该都是刚出生不久。显然，他预料到自己快死了，怕他死后魅族无以传承，便把希望放在了他们身上。

二人看完，久久没说话。

虽然只有薄薄的两页金纸，虽然只是两个生辰，却承载了魅族一族的兴衰存亡。

换句话说，若是谢芳华不能和谢云澜在一起，魅族自此以后就真的要消亡了。

谢芳华这时才明白，为何谢氏老夫人临终时紧紧地攥着她的手，对她说他们一定要在一起。

可是，她和她娘一样，都做出了自己的选择。

魅族对她来说，只存在于传说中，她只知道天地间有这么一个神秘的种族，她生在南秦，长在南秦，忠勇侯府才是她的家。

她对魅族除了因为血脉觉得麻烦外，生不出半丝想要守护的责任和感情。

除了对谢云澜！

她看着谢云澜，他微抿着唇，目光没从两页金纸上收回，不知道在想什么。

她想，她私自做了决定，对他其实是不公平的。他因为血脉受了这么多苦，如今还要因为她爱上秦铮无法与他在一起而为她放弃生命。

她低低地喊了一声："云澜哥哥！"

谢云澜慢慢地抬起头，看着她。

谢芳华动了动嘴角，想再说对不起，可是触到他的目光，却怎么也说不出来。

谢云澜忽然对她笑笑："我生在南秦，长在南秦，生在谢氏，长在谢氏，你和我一样。魅族对你我来说，无非血脉这点儿牵连。我们早已经习惯了南秦，对于魅族，反而觉得神秘、陌生、遥远。我知你心中生不出像对忠勇侯府、对谢氏这样的责任，其实我也生不出。"

谢芳华看着他。

"我虽然喜欢你，但是喜欢不一定要耳鬓厮磨、日夜相对、白头偕老。得不到你的心，只因血脉牵连就强行在一起，反而是贬低了你我的情分，也许在以后的岁月流逝中，情分都会消磨殆尽。"谢云澜温和地道，"就这样吧。哪怕我们会步父母的后尘，活不了几年，但还能保留一些珍贵的东西，这已经足够了。"

谢芳华闻言，眼眶微湿。

谢云澜莞尔："这么长时间下来，我也想明白了，你一直遵从自己的本心而活，做什么决定都是心之所向，依着你的性情，你也该做出这样的选择，这才是我认识的芳华。"

"云澜哥哥……"谢芳华看着他，不知道还能再说什么。

"我知道你的心思，不用再说了。"谢云澜怅然地道，"稍后你就要进皇宫，若是秦铮有办法顺利大婚的话，一切都好说。若是你们不能顺利大婚，你既然选择了他，就要继续面对太子的阻挠，以后的路怕是艰难得超乎想象。我们之间的身份牵扯、血脉关联就到此为止吧，你不要再多思多想了。入宫后，一定要保护好自己。"

谢芳华点点头。

谢云澜伸手摸摸她的头，低声道："芳华，即使我们不能在一起，我也是你的亲人，你要记住这一点。可能上辈子，或者上上辈子，我们就十分亲近了，所以这辈子虽然没相处多少时日，却觉得比旁人亲近。"

谢芳华身子震了震，忽然想要告诉他，他们上辈子的确十分亲近，甚至曾相依为命。

谢云澜撒回手，拿起桌子上的两张金纸："既然是父亲留下的唯一纪念，这个我就收起来了。"话音刚落，他慢慢地站起身，"我去看看他们收拾得如何了，别有什么落下。"

谢芳华紧抿着嘴角，点点头，干涩地吐出一个"好"字。

谢云澜走了出去。

谢芳华看着他的身影出了房门，全身的力气忽然都消失了，伏在桌子上。本已经做了决定，可是如今说完，她心中却如刀割般难受。

谢云澜！

云澜哥哥！

她曾经下定决心，只要能救他的性命，让她做什么都行，可是到头来，她先放弃了他。当然，也放弃了自己。

秦铮！

秦铮！

秦铮！

……

她用力默念这个名字好半晌，直到心底的疼痛和难受渐渐消失，她才站起身，回了房间。

晌午，秦钰在荣福堂用了午饭。

而后谢墨含、谢云澜、谢林溪三人处理了谢芳华出嫁的一应事宜，又对她嘱咐了一番，但还是不放心，三人的脸上都有忧色。

相比三人，谢芳华心里平静，神色间也不见紧张。

谢芳华没有见到言宸，知道他应该是暗中安排去了，于是出了海棠苑，去了荣福堂。

107

秦钰和忠勇侯正喝着茶等着她到来。

谢芳华进了画堂，径直走到忠勇侯面前，慢慢地跪了下去。

忠勇侯板起脸："你这孩子，好好的跪什么？"

"我从皇宫出嫁，那天不能拜别您给您磕头，今天就先磕了吧！"谢芳华道。

忠勇侯眼眶一红，没说什么。

谢芳华重重地磕了三个头，之后抬起头，见老侯爷老眼含泪，她也不禁红了眼眶。

"出嫁了以后，你就不是忠勇侯府的女儿了，就要随夫姓，以夫家为己任，到底是不同了。"忠勇侯伸手扶起她，"你这丫头，起来吧，真是让人操心。"

谢芳华站起身，低声说："我永远是忠勇侯府的女儿，即便嫁了人也是！"

忠勇侯摸摸她的头想说什么，但碍于秦钰在，终究作罢，只对她摆手："走吧，太子已经等了半日了。出嫁那日，即便秦铮去接你，你哥哥也是要背你送一段路的，一早他就会进宫去背你，你进宫后只管踏踏实实地待嫁就是。"

谢芳华点点头。

秦钰站起身，微笑："老侯爷放心，不会出错的。"

忠勇侯颔首："入宫后，这丫头就靠太子照看了。"话音刚落，他的老眼忽然精光四溢，看着秦钰，"太子是未来储君，应心系社稷，少牵扯些儿女情长。待你坐上那把椅子就会知道，女人情事不过是千秋功业的点缀，有无都行。"

秦钰目光微闪："父皇还健在，将来如何说不准。没坐上那把椅子，我也体会不了那么深。"顿了顿，他意味深长地道，"不过老侯爷放心，以后无论发生什么事情，我都维护芳华就是了。"

忠勇侯暗暗叹息一声，不再多言，摆摆手。

秦钰告辞。

谢芳华随着他出了荣福堂。

侍画、侍墨、侍蓝、侍晚、品青、品竹、品萱、品妍八大陪嫁婢女跟随在她身后。

从荣福堂出来后，二人都没说话。

秦钰走在前面，不知道在想什么，一言不发。

谢芳华也没心情跟他说话。她不知道踏出忠勇侯府的门后她能不能顺利大婚，但是她知道，从今往后，正如爷爷所说，到底是不同了。顺利的话，以后忠勇侯府就是她的娘家了。

忠勇侯府门口，十几辆大车载满了包括嫁妆在内的所有所需物品，一群人浩浩荡荡地候在那里。既然是从皇宫出嫁，这些东西和人都是要随着她从皇宫进英亲王府的。

秦钰扫了一眼，倒没什么表示，温和地对谢墨含道："子归兄放心，皇宫中都打点妥当了。"

谢墨含自然不能再说什么，事情到了这个地步，大家都心知肚明。他点点头："劳烦太子了！若是芳华有什么不妥，还请太子派人送消息给我。"

秦钰颔首。

谢云澜走上前，看着秦钰："太子行事之前，还望三思而后行！"

秦钰挑眉，随即似笑非笑地看着他："云澜，今日看你，和以往不同。"

"我看太子，也有所不同。"谢云澜道。

秦钰笑笑，转身上了车。

谢芳华的目光一一扫过谢墨含、谢云澜、谢林溪等人，然后转身上了秦钰后面的马车。

队伍浩浩荡荡地向皇宫进发，一路上顺畅无阻，很快就到了皇宫。

宫门口，有两辆马车等在那里，一辆是大长公主府的马车，一辆是永康侯府的马车，两辆马车挨在一起，似乎是相约而来。

有人禀告秦钰，秦钰下了车，看了那两辆车一眼，眉目微动。

两辆马车的帘幕挑开，同时下来两个人，正是金燕郡主和燕岚。

二人缓步走上前，对秦钰齐齐一福："给太子请安。"

秦钰负手而立，笑容温润："表妹和小郡主免礼。"

二人直起身。

"你们两位是要进宫看望母后和各宫娘娘？"秦钰问。

金燕和燕岚对看一眼，摇摇头："我们知道皇后娘娘和各宫娘娘有惊无险，并不担心。我们相约而来，是想请求太子准许，我二人想入宫陪芳华小姐待嫁。"

秦钰一怔，看着二人："你们……一起陪她待嫁？"

金燕点头："女儿出嫁之前，都要有姐妹们陪床闲话。芳华妹妹无姐无妹，对皇宫又不熟悉，我和芳华妹妹交好，特来自荐，恳请做她的一个姐妹。"

燕岚也点头："我和金燕郡主的想法一样。"

秦钰笑了一声："我倒是不晓得还有这样的讲究。"话音刚落，他看向谢芳华的马车，"这样吧，芳华小姐稍后下了车，你们二人亲自问问她，若是她需要，同意的话，我就准了你们。若是她不同意，那就罢了。"

二人点点头。

谢芳华这时挑开帘幕，向那边看去，一眼便看到了金燕和燕岚。

金燕似乎比上次见面时又瘦了许多，像是经受了寒霜的蜡梅，周身有一种冷清之气。对着秦钰，她不脸红，不扭捏，似乎收敛了以往的所有情意，泰然处之，态度明显有了极大的不同。

燕岚的模样还和上次在忠勇侯府海棠苑小聚时一样，精神似乎也不错。

侍画凑近谢芳华，低声将二人和秦钰的谈话对她重复了一遍。

谢芳华很是讶异，没想到这二人是进宫来陪她待嫁的，她看着二人，拿不准二人的想法。对于京城中的这些闺秀，她与她们的交情都平平常常，虽然金燕和燕岚跟她打交道多些，但到底也没到手帕交的地步。

她想了想，下了车走向她们。

金燕见她来到，上前一步握住她的手："芳华妹妹，我陪你入宫待嫁。"

谢芳华感觉她攥住自己的手指尖冰凉，在这样即将入夏的日子里，按理说她的手不该这么冷才是，可见手的温度反映了她的内心，只不过她如今已经很会在秦钰面前掩饰了。

谢芳华看着她，笑了笑："陪秦铮养伤的时候，太后的德安宫我住过，不会不习惯。"

"我陪你入宫待嫁。"金燕又重复了一遍，手用力地握住她的手，眼神坚定地看着她。

谢芳华犹豫了一下，点点头："好，谢谢你。"

金燕松了一口气，同时松了手。

燕岚走过来，对谢芳华道："既然你已经留下了一个，那就将我也留下吧，多一个人说话也热闹。"

"侯爷夫人身边不需要人照看吗？"谢芳华疑惑地看着燕岚。

"有父亲在。"燕岚道。

"你打算入宫陪我待嫁，侯爷可知道？"谢芳华又问。按理说，永康侯若是知道，应该不会同意燕岚入宫蹚这浑水才是。

燕岚摇摇头："他不知道。"话音刚落，她坚定地道，"但是我想陪你待嫁，也算是感谢你救了我母亲。"顿了顿，她又低声道，"我想亲眼看着铮小王爷将你迎娶进英亲王府。你不知道，我如今虽然对他已经没想法了，可还是想看他顺顺利利地大婚。"

谢芳华本来想反对，闻言作罢："好吧。"

燕岚对她笑了笑，然后转头对秦钰道："太子，她答应了，我们可以跟着入宫了吧？"

秦钰站在不远处点点头："自然。"

"走！"燕岚伸手拽住谢芳华。

金燕看了秦钰一眼，拉住谢芳华的另一只手，三人真如好姐妹一般，走向宫门。

秦钰看着三人联袂入了皇宫，在宫门口静静地站了片刻，随后也缓缓地走了进去。

由于昨日皇后和各宫娘娘突发急病，加之皇上的病体一直不见好转，皇宫有些冷清沉闷，不见半点鲜活之气。

一行人顺利地到了德安宫。

德安宫内的宫女、太监、嬷嬷等人早已经得到秦钰的吩咐，此时已打点妥当。

谢芳华三人顺利地住了进去，并没有遇到任何不妥和麻烦。随着她入宫的陪嫁人员和物品也都很快安置妥当。

安置好后，三人坐在东暖阁的画堂里喝茶。

秦钰在一切都安顿好之后才进了德安宫，进来看了一眼后，对谢芳华道："明日还有一日。母后今日身体不适，就不过来了，你且安心住着。明日母后身体好些之后，大约要请你去凤鸾宫用膳。"

谢芳华点头。入了皇宫，自然要听他的安排。

"月落这两日就在外面守着，有什么事情，只管喊他。"秦钰又道。

谢芳华看了他一眼，又点点头。

秦钰不再多言，转身出了德安宫。

秦钰离开后，金燕怔怔地坐着，仿佛失了魂魄。

谢芳华看着金燕，一时不知道该说什么。金燕喜欢秦钰，喜欢一个人最是敏感，会时刻关注他的动向，秦钰对她的心思和作为金燕怕是了然于胸，心中应该是难受极了。

燕岚明确地对她说了，是因为对秦铮没了念想，但还是想看着她和秦铮顺利大婚才进宫。

那么金燕是为了什么？

"芳华妹妹，你一定奇怪我为何执着地陪你进宫待嫁对不对？"金燕忽然抬头看着谢芳华。

谢芳华点点头。

"我……"金燕闭了闭眼睛，"我想看着，或者说，我怕他这两日对你……"

谢芳华顿时明白了，金燕原来是怕秦钰对她做什么，才执意进宫陪着她，估计是打定主意跟她形影不离了，这让她一时不知道该说什么。

即便金燕不来，秦钰应该也不会对她如何。正如爷爷所说，毕竟她是进宫待嫁，不是嫁进皇宫，这个时期他若是敢做什么，辛苦博得的名声就会毁于一旦，忠勇侯府和英亲王府都饶不了他，满朝文武也不会支持这样德行有亏的太子。

况且秦钰他没疯，不但没疯，头脑还清醒得很。

他要做的只是不让她顺利大婚。

金燕喃喃道："当初秦铮表哥求娶你时，明显对你在意得不行，而秦钰表哥正在漠北，我心里还抱着一丝侥幸，觉得也许是普云大师算错了，他们根本就没有什么共同的情劫，可是他回京后的所作所为让我清楚地认识到，他的确是在和秦铮表哥争夺你。"

谢芳华不说话。

"这事儿不怪你，你放心，我只是难受罢了，我知道你喜欢的不是他而是秦铮表哥。"金燕低声道，"你别害怕。"

谢芳华顿时有些哭笑不得。自己有什么好害怕的？不过看金燕这副样子，为她难受罢了。以前不知道喜欢一个人能到什么地步，如今知道了，也能理解她几分。自己和秦铮之间虽然困难重重，但是两颗心始终连在一起，比金燕对秦钰这份无望的感情好了不知多少。

谢芳华摇摇头："他只是不想让我和秦铮顺利大婚，不会对我如何的，你放心吧！"

金燕见谢芳华语气笃定，惨淡一笑："你说得这么肯定，我姑且相信。"话音刚落，她更是难受，"我也觉得秦钰表哥不是那样的人，应当不会对你做出那样的事儿，可是只要事关他，我就丝毫不敢赌。我这副样子，他更加不会多看一眼了。"

谢芳华无言。喜欢是不能强求的，正如秦钰对她一让再让，在她面前一退再退，若说没心，她也不信，可是有心又如何？喜欢一个人，甘愿被他圈牢，被他伤害；不喜欢一个人，无论他如何做，都打动不了她的心。

所以，无论金燕如何做，秦钰都不会对她动心。

燕岚用胳膊撞撞金燕，扁扁嘴："男人而已，你可以学学我，放下得了。"

金燕转头看向燕岚，见她一副无所谓的神情，不禁怀疑道："你真放下了？哪那么容易！若是能放下我早就放下了，还用你说？"

燕岚对谢芳华努努嘴："若是遇到她，不放下也得放下。况且我自小就跟随哥哥一起认识秦铮，多少年了，卢雪莹追着他不说，我也跟着，又能如何？他还不是正眼都不看一眼。就在我以为天下女子在他面前都一样的时候，他说喜欢她就喜欢她了，谁又能如何？"

金燕看了一眼谢芳华，见她不说话，于是摇摇头："秦钰表哥和秦铮表哥不一样。"

"哪里不一样了？我看他们从小斗到大，性情虽然不同，但是骨子里的秉性没什么不一样。"燕岚道，"眼里都容不得沙子。他们不喜欢谁，谁就是沙子，最后都要从手心里漏出去，被踩进土里。"

金燕垂下头："你是怎么放下的？"

燕岚哼了一声，看了一眼谢芳华："当然是她让我死了心。"顿了顿，她道，"当你知道哪怕自己赌上所有，在人家的眼里都一文不值的时候，就该死心了。况且，我的确不如她。”

“我大约还没到死心的时候。”金燕捂住心口，“若是能死心就好了。”话音刚落，她看着燕岚，“我倒是很羡慕现在的你，竟然连这话都不避讳地当着芳华妹妹的面说出来，看来是真的放下了。”

燕岚顿时笑了：“自然放下了。所谓不打不成交，没准以后我们还真能成为好姐妹呢。”

谢芳华闻言也对她笑笑。其实燕岚骨子里的性情和燕亭一样，有着爽直真挚的一面。

金燕叹了口气，似乎是在叹燕岚的放下，又似乎是在叹自己前路茫茫，割不断，放不下。

三人在画厅坐了片刻，便一起进了东暖阁休息。

既然说是来陪嫁的，金燕和燕岚二人就没要求另外安排房间，打定了主意和谢芳华一起挤在东暖阁里。

这间房很大，住三个人也没问题。

这三人里，数燕岚最没负担，心情最好，哪怕知道自己进宫是来蹚浑水的，也觉得没什么大不了的。

时间太早，三人或窝在软榻上，或躺在贵妃椅上，或坐在床上，各占据一个位置闲话。

闲聊了半个时辰，外面的侍画忽然来禀告：“小姐，八皇子来了！”

谢芳华一怔。

金燕和燕岚也纳闷，一起问：“秦倾？他来做什么？”

侍画在门外摇摇头：“八皇子正向这边走来，看着像是要来德安宫。”

“秦倾这些日子协助钰表哥在朝堂上学习理政，据说做得像模像样的，我都好些日子没见着他了，今天突然来了这里，真是奇怪。”金燕看了谢芳华一眼。

谢芳华对侍画吩咐道：“你出去看着，若是真来德安宫，问问他有什么事。”

侍画应了一声，转身走了出去。

三人在房间内都不再说话，凝神听着外面的动静。

过了不大一会儿，秦倾果然进了德安宫，侍画迎出去给他请安，他用还未脱去少年稚气的声音说：“太妃听说芳华姐姐进宫待嫁了，让我来问问芳华姐姐累不累。不累的话，今晚去太妃宫里用膳。”

侍画闻言恭谨地道：“奴婢去问问我家小姐。”话音刚落，她又道，“除了我家小姐，金燕郡主和燕小郡主也跟我家小姐一起住在这里。”

“太妃知道，自然是一起请去。”秦倾道。

侍画点点头，转身进了东暖阁。

谢芳华在暖阁里听得清楚，闻言倒不意外——她进宫后，明天皇后摆宴席，后天是出嫁的大日子，林太妃要请，自然得赶在今天。

林太妃在宫中多少年了，根基极深，宫里的风吹草动自然瞒不过她。

除了消息灵通，她本人也很不一般，否则先皇的那些妃嫔为何到如今只有她一人在宫中屹立不倒？而且她无子无女，只是个太妃，却能得个八皇子来教养。

如今八皇子已经入朝，以他和秦钰、秦铮都不错的关系，将来稳稳是个王爷。林太妃晚年也有了倚仗。

谢芳华也想今天晚上见见林太妃，于是对侍画道："你去告诉八皇子，就说我稍后就过去。"话音刚落，她看向金燕和燕岚。

金燕点头。

燕岚也点头："我们是陪你进宫待嫁，自然要陪着你。"

谢芳华颔首。

侍画走出去告知秦倾，秦倾连忙说："既然这样，我就在这里等一会儿，接芳华姐姐、表姐和小郡主同往。"

谢芳华三人自然不可能让秦倾久等，简略地梳洗了一下，换了衣服，出了暖阁。

秦倾在院外等着，见三人出来，他顿时笑了："我还是第一次见到如表姐和燕小郡主这般特意陪嫁的，若是不知道的人还以为你们俩要跟着芳华姐姐一起嫁给铮哥哥。"

"还以为你入朝懂事了，结果还是浑言浑语，再说撕烂你的嘴！"金燕瞪了秦倾一眼。

"我倒是想嫁呢，也得有人愿意娶。"燕岚倒是不着恼。

谢芳华没说什么，神色淡淡的，对秦倾的话不以为意。

秦倾挠挠头，连忙给金燕作了一揖，然后转向谢芳华，悄声说："芳华姐姐，我今天在宫外见到铮哥了。"

谢芳华脚步一顿。秦铮从西山大营回来了？

"我见到他的时候，他刚刚从西山大营回来，我跟他说话他也不理我，我问他我一会儿回宫，他有什么话要捎给你，他跟没听见似的，就回英亲王府了。"秦倾不满。

谢芳华看了他一眼，点点头表示知道了。

"芳华姐姐，你的……"秦倾又看向她，犹豫了一下，还是关心地低声问，"伤好了吗？"

"好了。"谢芳华点头。

秦倾又小声说："我一直想去看你，但是太妃拦着不让我去，说不让我和你走得太近。再说你受伤了，谁也不见，我去了也是白去。"

谢芳华嗯了一声。

"秦铮哥哥真心狠。"秦倾嘟囔一声，又四下看了一眼，悄声道，"不过，芳华姐姐你可能不知道，据说伤你那日，秦铮哥哥自己也受伤了，吐血昏迷了好几日。"

谢芳华看着他："你是如何知道的？"

"是太妃说的。"秦倾道。

谢芳华目光动了动："太妃？那些日子，太妃一直在宫中吧？"

秦倾又挠挠脑袋："是我和太妃闲聊的时候聊到了，我为你抱怨了几句铮哥哥太绝情，太妃说我不了解他，她是自小看着铮哥哥长大的，昔日太后还在的时候，他无论是碰着了还是伤着了都藏着掖着，不让人知道，这回没准又伤着了。太妃又说他本来就在养伤还没好，如今怕是更严重了，说他是个倔驴。"

谢芳华没说话。

秦倾又道："后来，我私下悄悄去向林七打听了，林七愁眉苦脸的，说那日吓死人了，偏偏铮哥哥昏过去前死活不让人请大夫，就那样硬挺了几日。"

谢芳华轻轻吐了一口气，看着秦倾："怎么突然跟我说起了这个？"

秦倾有些不好意思，连忙摇头："芳华姐姐，你别误会，我就是想找话和你聊聊天，不知道聊什么，只能说起这个了，没别的意思。"

谢芳华笑笑，不再说话。

秦倾见她这样，也不好再说什么了。

金燕和燕岚见秦倾有话要对谢芳华说，都退后了几步，此时见他们说完，她俩又走上前，金燕瞪了秦倾一眼："你对芳华妹妹嘀咕什么？是不是又有什么坏主意？"

秦倾顿时大喊冤枉："表姐，你可不能冤枉我！芳华姐姐在平阳城救过我的命，我有什么坏主意也不能害她啊，不然岂不是恩将仇报！"

"你知道就好！"金燕道，"否则我饶不了你！"

秦倾闻言立即离她远了些，生怕她再找事发作他。他虽然年纪不大，但也是人精，该知道的事情知道得一点儿也不少。

燕岚笑着看了秦倾一眼，没说话。

一行人走向林太妃的寝宫。

林太妃跟前最得用最有脸面的老嬷嬷等在门口，见人来了，笑呵呵地将人请了进去。

林太妃正等在内殿，气色不错，见三人对她见礼，连连笑着摆手，让三人落座。

三人落座后，林太妃拉着三人闲聊起来。

林太妃对人向来和气，聊的话题也轻松，就连心情不好的金燕都说着说着就笑了起来。

眼看天色将晚，林太妃吩咐宫里的人摆宴。

一顿饭吃得也是和乐融融。

饭后，林太妃对谢芳华说："当年德慈太后搁我这儿留了东西，对我说，哪一日铮哥儿娶媳妇儿，就让我交给他的媳妇儿。如今你就要嫁给他了，我就趁此机会给你吧。"

谢芳华愣了一下。

林太妃又道："原想着这两日派人出宫送给你，没想到你进宫待嫁了，这正巧，也不用我的人跑一趟了。"话音刚落，她拉着谢芳华，"你跟我来。"

谢芳华点头，随着林太妃站起身。

林太妃拉着她进了内室，松开她的手，钻进了大床下。

谢芳华看着她。尊贵的太妃屈身去床底下取东西，如此隐秘，这个东西一定极其重要。

林太妃在床榻下捣鼓了一阵，不多时拿出一个小小的檀木匣子来，她拍拍上面的尘土，递给谢芳华："就是这个，你拿着吧。"

谢芳华慢慢地伸手接过，感觉匣子很轻，她看着林太妃。

林太妃对她笑笑，然后看着匣子感慨："我能有今日，能平平安安地在这宫中过活，都是仰仗德慈太后。铮哥儿是她的亲孙子，也是她最疼爱的孩子，太子在她心里终究是差了一截。"

谢芳华不说话，静静地听着。

"我虽然老了，但是并不糊涂，铮哥儿射了你三箭，你依然愿意嫁给他，我就知道你是聪颖坚韧的女子，不管日后如何，你想必都会始终如一。"林太妃看着她，慈爱地微笑，"秦铮这孩子是个有福气的孩子，但也因为这份福气，他会受很多苦。上天对待每个人都是公平的，有得就有失。"

谢芳华看着她，想着德慈太后虽然去了，但是林太妃能替她保存东西多年，就为了今日交给自己，说出这番话也是为了秦铮，有这样的皇祖母，秦铮的确有福气。

依稀记得上一世见过德慈太后的模样，这一世她自小抵触皇宫，没进几次宫，已然不记得了。

"这里没人，你可以在这里看看太后给你的是什么东西。"林太妃拍拍她的手，"那两个丫头陪你进宫待嫁，无论是出于真心还是为别的，都很有勇气，值得一交，不过她们在你身边，凡事也多有不便。我先出去，你在我这里待一会儿。"

谢芳华想了想，点点头："多谢太妃！"

林太妃转身走了出去。

谢芳华走到桌前，打开檀木匣子，看到里面放着的东西时愣了一下。她慢慢地将东西拿出来，仔细地看了片刻，又慢慢地放回里面。

重新盖上匣子后，她并没有立即出去，而是看着匣子，看了很久很久。

谢芳华在林太妃的内室里足足坐了半个时辰，天色将黑，她才将匣子收进怀里走了出去。

林太妃和金燕、燕岚正在外面的画堂聊天，见她出来，笑得和蔼："贺礼清点妥当了？"

谢芳华点点头，顺着她道："清点妥当了。德慈太后厚爱，芳华铭记于心，多谢太妃。"

林太妃笑着摆摆手："既然妥当了，天色晚了，就不留你们了，回去歇着吧。"

谢芳华点点头。

金燕、燕岚起身告辞。

那位林太妃跟前伺候的老嬷嬷送三人出了寝宫就折返了，三人一路向德安宫走去。

走到半路，有两名宫女拦住了路，给三人见礼。

谢芳华看了这两名宫女一眼，见二人身上挂着玉芙宫和倚翠宫的宫牌，认出是柳妃和沈妃宫里的人。

"芳华小姐，这是我家娘娘送您的大婚之礼。"挂着玉芙宫宫牌的宫女上前一步，递上一个匣子，"我家娘娘说，今日有太妃相请，明日有皇后相请，我家娘娘就不请您了，您别嫌弃礼薄。"

"多谢沈妃娘娘！"谢芳华接过匣子。

另一名宫女也走上前，同样递上一个匣子："芳华小姐，我家娘娘说礼轻情意重，芳华小姐千万别嫌弃。娘娘还说本该亲自给您送来，但天色晚了，不太方便，便遣奴婢来了。"

谢芳华又伸手接过："多谢柳妃娘娘！"

两名婢女见她收下，一起恭敬地告退，转身离开了。

谢芳华拿着这两个匣子，发现比德慈太后给她的匣子还要轻一些。她放入怀里，继续向前走。

金燕笑道："入宫一趟也不错，能收礼。"

燕岚捂着嘴笑，对金燕道："等你大婚时也能收礼，别羡慕。"

金燕瞪了燕岚一眼："哪壶不开你提哪壶！我倒是盼着大婚呢，可惜，这辈子能不能嫁出去，嫁的是不是我想的那个人，眼前连条道都没的走。"

"你如今是在坛子里困着呢，等你跳出坛子，就会觉得天地高远，男人算什么。"燕岚道。

"你倒豪气，不该在永康侯府里困着，应该去江湖上当个女侠客。"金燕闻言顿时笑了。

"我倒想呢！可惜这辈子没戏了，我只有三脚猫的功夫。小时候哥哥练武，我也跟着学了一阵子，后来受不了苦不学了，也就荒废了，如今连一个普通大汉都打不过，更别说去江湖当女侠了。"燕岚有些后悔，"若是早知道，就算受苦，我也要学好武。"

金燕失笑："江湖上的日子哪里有你想象的好？据说刀口舔血，风餐露宿，你这水嫩嫩的小脸被风一吹，几天就变成干皮了。"

燕岚哆嗦了一下："我本来没了念想，想找一个侠客，嫁去江湖什么庄啊什么门啊什么阁啊什么山啊什么派啊的，照你这么说，还是算了。"

金燕大笑："怎么以前没发现你这么有意思？"

"你也有意思！"燕岚跟着笑。

谢芳华听着二人这样聊天，也觉得好笑，看着燕岚："你虽然武功不好，是三脚猫，但是骑射不错。"

"咦？你怎么知道的？"燕岚看着她。

谢芳华想起回京后秦铮拉着是听音的她去狩猎，见识了燕岚的骑射，不过她是听音本人这件事已经随着一把火烧了，没人再记起，知道的人也寥寥无几，她笑笑："我虽然没亲眼见到，但听说了。"

燕岚顿时得意起来："嗯，我的骑射可是下了一番狠功夫的，那时候是和卢雪莹比着学的。"说到卢雪莹，她忽然道，"自从卢雪莹嫁给秦浩，我就再没见过她。"

金燕闻言嗤笑："秦浩就是皇室里的败类，外表看着人模狗样，私底下做尽了折磨女人的事儿，她怕是天天下不来床、出不了房门。"

"外面传言是真的啊？"燕岚立即问。

"空穴来风，假不了。"金燕道，"可惜了卢雪莹那个要强刚硬的性子，落在秦浩手里，怕是早给折磨软了。"

燕岚有些可惜地道："她人其实还是很不错的，那时候喜欢秦铮喜欢得跟什么似的，都要疯魔了，知道我也喜欢他，也没过于嫉妒将我当作死敌。若不是那个叫听音的……"她说到这，话语猛地顿住，看向谢芳华。

谢芳华不以为意："接着说啊。"

燕岚纳闷地看了谢芳华一眼："你对秦铮身边曾经的那个被捧上天的婢女听音，当真一点儿也不在意？"

"在意有什么用？"谢芳华道，"人都死了。"

"也是！真是福气薄。"燕岚感觉可惜，不过，她说着说着忽然觉得不对味，

"不对啊，她死得太突然了。"话音刚落，她看着谢芳华，小声问，"是不是你对她下的手？"

谢芳华好笑，反问："你觉得呢？"

燕岚摇摇头："你懂医术，想要人死，还不是神不知鬼不觉！"

谢芳华闻言点点头，真诚地对她道："是啊，是我弄死她的，你可不要告诉秦铮。"

燕岚立即睁大眼睛，难以置信地看着谢芳华。

金燕伸手推了燕岚一把："你别听她胡说。孙太医诊了脉，说是猝死，就是心跳忽然停止。这种病虽然少有，但也不是没有，算是奇病怪症了。以她忠勇侯府小姐的身份，没必要对一个婢女下手，更何况……"她看着谢芳华，"有一种人，是不屑做这种对付女人的事的，她就是这种。她要的是男人的心。"

"你倒是了解我！"谢芳华失笑。

燕岚松了一口气，不满地瞪了谢芳华一眼："逗我很好玩吗？"

谢芳华无奈，她说的是真的，听音的确是她弄死的，只不过听音就是她。

三人说着话，回到了德安宫。

天色已晚，德安宫的灯火亮着，春兰站在门口，见三人回来连忙上前见礼。

"兰姨？你怎么进宫了？"谢芳华看到春兰一愣。

"是王妃让我进宫一趟看看您，给您捎一句话。"春兰见谢芳华气色不错，一切安好，放下了心，凑近她压低声音，"王妃说，小王爷今日回府了，婚礼的一切事宜已经准备就绪，让您安心在宫里待嫁。后日早上，赶着吉时，小王爷就来宫里接您。"

谢芳华知道王妃是派春兰来给她吃定心丸的，笑着点头："好，我知道了。你让王妃放心，我在宫里一切都好。"顿了顿，她也压低声音补充，"德慈太后托付林太妃给了我贺礼，柳妃和沈妃也送了礼给我。"

春兰惊异地问道："太后竟然留了贺礼给您？"

谢芳华点点头，想着太后托付林太妃给她的东西，怕是除了林太妃外，再无第二个人知道。

春兰收起惊异，心里踏实下来："奴婢回去一定原话转告王妃。王妃一直担心您，这两日寝食难安，就盼着别出事。"

谢芳华点点头。

春兰不再多逗留，离开了德安宫。

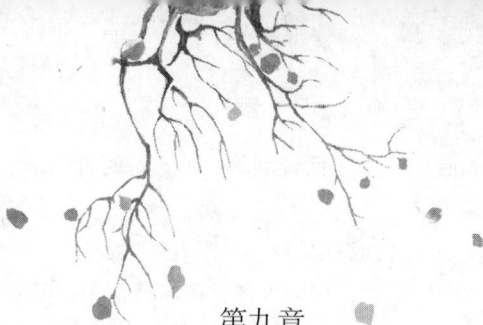

## 第九章
# 出嫁之日

金燕见春兰走了，对谢芳华道："你真是好福气，人还没过门，婆婆就拿你当闺女看了。"

谢芳华笑看她一眼，点头："是啊，有这样的婆婆，我也觉得好福气。"

"有铮小王爷这样的夫君，更有福气！"燕岚用胳膊撞了谢芳华一下，"铮小王爷大婚，后日你若是顺利出嫁，不知有多少女子会哭湿枕巾。"

"与我何干！"谢芳华说着，进了东暖阁。

燕岚不忿地跟在她身后："我哥哥现在不知道在哪里，若是知道，怕是也会哭。"

谢芳华脚步一顿，对燕岚道："他不会哭的。"

"你怎么知道？"燕岚看着她，"我哥哥那么喜欢你。"

"我就是知道。"谢芳华想起燕亭离开时的模样，觉得他的情意在那一日就耗尽了。

燕岚仔细地瞧着她，忽然说："我特别奇怪，哥哥仅仅离开半日而已，竟然一去无踪，皇上派出皇室隐卫，我爹派出永康侯府的护卫都找不到他。你老实告诉我，是不是跟你有关？"

谢芳华没说话，走过去铺床。

燕岚跟到床前："我就觉得你有本事帮助我哥哥离开，若没有忠勇侯府帮忙，他如何能躲过皇室隐卫和我爹派出的人？"

"你们确定要和我睡一张床？"谢芳华不答反问。

"确定！"金燕道。

"我问你呢！都这时候了，你就告诉我吧！我真的担心我哥哥。"燕岚抓住谢芳华的手。

谢芳华只能停下，对她承认："不错，是我帮你哥哥离开南秦的。"

"真的啊，你没骗我？"燕岚立即追问。

"是真的，没骗你。"谢芳华点头。

燕岚抓住她的手紧了些。本来她只是猜测跟谢芳华有关，可是如今对方亲口承认，她还是惊了一跳："我哥哥如今在哪里？"

"在北齐。"谢芳华回答她。

"原来真的在北齐！"燕岚追问，"他过得好不好？在北齐哪里？"

"他过得应该不错，至少不会比在南秦的日子差。"谢芳华正色看着她，"你哥哥是受不了你娘的逼迫，太过压抑，再加上我不能给他所要的感情，才离开南秦。就算我告诉你他在哪里，我觉得为了他好，为了永康侯府好，你最好也不要将消息透出去，更不要去找回他。"

燕岚一愣。

"他在北齐小国舅的府邸。"谢芳华告知了她下落，"不过，他离开南秦，对如今和未来的南秦局势来说，不见得是坏事。你哥哥自小和秦铮交好不是吗？"

燕岚聪明，很快就明白了谢芳华的意思，点点头，低声道："我明白了，谢谢你。"

谢芳华笑笑："谢我什么，你爹娘不恨我就好了。"

"我爹这些时日提起哥哥已经不暴跳如雷了，我娘一心扑在肚子里的孩子上。其实我知道，我娘太看重我哥哥了，我哥哥离开后，肚子里的孩子就是她抓住的救命稻草——她怕我哥哥不回来。"燕岚叹了口气，"我更不怪你。这些日子里，我想通了很多事，我其实羡慕哥哥，他说走就走，这一番出去若是能再回来，眼界一定会比以前宽，这不是坏事。"

谢芳华点点头："你能这样想最好。"

"我知道你虽然不能给哥哥他要的感情，但是尽力让他离开南秦，定然费了一番心力。"燕岚长吐一口气，似乎彻底轻松了。

谢芳华看着她，没有了负担、压力、心思的燕岚眉眼生动，表情活泼，十分耐看，谢芳华笑笑，对二人招手："过来睡吧。"

二人点点头。

三人卸了妆面首饰，并排躺到大床上。

燕岚觉得十分有趣："我从来没和别人同榻而眠过，这样的感觉好新鲜啊！"

金燕也觉得有趣，点头："我也是，很好玩。"

谢芳华也没有过这样的经历，赞同地点点头。

三人一时没困意，又杂七杂八地闲聊了一个时辰，见夜色已深，才熄了灯火。

德安宫的夜晚分外平静。

凤鸾宫却是很晚才熄灯。宫外，英亲王府和忠勇侯府的灯火也是很晚才熄灭。

东宫的灯火却是早早就熄了，落梅居的灯火也在天一黑时就熄灭了。

第二日，三人起得很晚。大约是从来没有与人同床睡过，所以三人不约而同地表现出不适应，虽然睡得不晚，夜里却睡得不怎么好，加之今日是阴天，天空一早就飘起了细细的小雨，室内略显昏暗。

三人醒来后，互相看了一眼，不由得都笑了。

"今天晚上就适应了！"金燕说着，下了床。

燕岚揉着脖子："果然是娇贵的命，我一动不敢动，好累。"

谢芳华比起二人稍微好些，毕竟在那些年里她踩着白骨活过来，比起那些，这样睡一晚实在算得上轻松。

吃过早饭，皇后身边的如意来德安宫请三人。

宫人递上早已经给三人备上的油纸伞。三人打着油纸伞，跟随如意去了凤鸾宫。

"看着今天这样的天气，不知道明天会如何。"燕岚撑着伞说，"这雨虽然下得不大，但也让人心生烦闷。"

金燕看着巍巍宫墙："是啊，心生烦闷。"

谢芳华不置可否。

一行人很快就来到了凤鸾宫。

皇后亲自迎了出来，谢芳华愣了一下，三人一起给皇后见礼。

皇后伸手托起谢芳华，笑得温和亲切："都快免礼！昨日睡得可好？"

"还好！"谢芳华见皇后虽然气色不太好，但是人很精神。她微笑了一下，想撤手，但皇后握住她的手不让她抽出，拉着她向殿内走，"两位郡主陪你进宫待嫁，我听说的时候还诧异了一下，没想到芳华小姐和她们二人关系如此之好。"

谢芳华笑笑，随她进了殿，没见到秦钰的身影，也无别人的身影。

"是我们俩厚着脸皮想沾沾芳华妹妹的福气，也好早些将自己嫁出去。"金燕笑着道。

皇后拉着谢芳华入座，才放开她的手，瞪了金燕一眼："你们二人堂堂郡主，还能愁嫁？"

金燕垂下头。她的心思整个南秦京城怕是无人不知，皇后又岂能不知？

燕岚笑着搭话："自然是愁嫁的。娘娘不知，铮小王爷要大婚了，太子殿下也有未来的太子妃，南秦这两个大好儿郎都定了终身，我们怎么能不愁？还上哪里去

122

找好的？"

皇后闻言顿时笑了，指着燕岚："这话你也敢在本宫面前说，就不怕本宫给你们指一个好的？"

"那敢情好了。待芳华嫁入英亲王府，皇后娘娘您一定要想着我，给我指个如意郎君，就算比不上铮小王爷和太子，但也不要太差。"

"就怕本宫应了你，给你指了，你反而不乐意，本宫可不做这不讨喜的事儿。"皇后笑开了，"不过你哪日若是有了看中的郡马，来求本宫，本宫就给你指婚。"

"那我先多谢娘娘了。"燕岚道谢。

因她这一番逗趣说笑，内殿的气氛顿时轻松了许多。

距离开午膳还早，几人在凤鸾宫里你一言我一语地聊天，大部分时间是皇后和燕岚在说话，谢芳华和金燕偶尔搭一两句，气氛倒也融洽。

临近午时，有人来禀告："娘娘，右相府的李小姐入宫了！"

"来得还不晚，快去请进来。"皇后笑着摆手，然后回头对三人道，"李小姐也不是外人，今日我没叫别人来作陪，想着好些日子没见她了，就将她喊来了。"

三人先是一愣，随即都笑着点点头。

不多时，如意请了李如碧进来。她穿了一身碧绿如水的裙子，在这样的雨天里看着真是清新明丽，乍一进来，让人眼睛一亮。

李如碧进了凤鸾宫后，盈盈下拜，给皇后请安。

皇后从坐榻上下来，亲手托起她，面上笑意满满，十分亲近："好些日子没见你了，今儿一见险些认不出来了，真是花做的人儿！快起来。"

李如碧站起身，笑容端庄："娘娘过奖了！"

"这些日子也不见你进宫。"皇后拉着她往榻边走，"若不是今天赶上请芳华小姐和两位小郡主，还见不着你。"

李如碧看了三人一眼，见三人微笑着对她点头，她也点了点头，笑着道："我本来想着该进宫来看您了，可是听说芳华小姐进宫待嫁，我就想着别来添乱了，等她的喜事儿过了我再来看您，没想到今天就被您叫来了。"

"我请了她们之后，发现这里没人作陪，就想着喊你来。你们都是年轻人，彼此又熟悉，有话说。"皇后笑道。

李如碧笑着点点头，从袖中拿出一个锦盒，递给谢芳华："这是我的贺礼。"

谢芳华笑着伸手接过："多谢了，我就不客气了。"

李如碧笑笑，看了金燕和燕岚一眼："我没和两位小郡主一样入宫陪你待嫁，贺礼可不能没有。你稍后见了，不嫌礼轻就好。"

"怎么会嫌礼轻？心意我收到了就高兴了。"谢芳华将锦盒收了起来。

皇后看了二人一眼，微笑起来："我听说昨天太妃、柳妃、沈妃都给你送了礼，我这礼也不能差了。不过咱们先吃午饭，稍后我再拿给你。"

"多谢娘娘！"谢芳华道谢。

皇后摆摆手，笑着吩咐人摆午膳。

几人纷纷落座。

虽然古人有云"食不言，寝不语"，但是皇后比照昨日林太妃在晚膳时的做法，说摆的是家宴，将伺候的人都打发了出去，这样席间便没那么多双眼睛看着，也没那么多规矩和讲究，大家有说有笑的，一顿饭同样吃得其乐融融。

午饭后，皇后又拉着四人喝茶聊天，闲话家常。

时间一晃就到了晚上。

李如碧看了一眼天色，起身告辞。

皇后拦住她，拉着她的手："自从怜儿这小丫头出了皇宫，回了英亲王府去住，我这宫里便冷清得不行。如今她在英亲王府帮着皇嫂筹备大婚之事，更是没空进宫陪我了。反正今日天色也不早了，你又不是外人，就留在这宫里住下，顺便陪陪我吧！"

李如碧神色一僵："娘娘，我进宫时的确禀告了家父家母，可是不曾说过住下。天色还早——"

皇后闻言乐了，打断她的话："今日外面还下着雨，天色黑得比往常要早，右相和夫人那里我派人去说一声就是了。"

"我明日再进宫陪您也是一样。"李如碧踌躇着。

"今晚芳华小姐和两位小郡主都住在宫中，人多热闹，晚膳也一起在我这宫里吃了，我这宫里好久没这么热闹了。"皇后看着她，"难道你不愿意留下来陪我？"

"自然不是……"李如碧一时讷讷。

"不是就留下！"皇后做了主，对身后挥手，"如意，你派人去右相府知会一声，就说李小姐明日再回右相府，今日就住在我宫里，左右都是一家人。"

"是，娘娘！"如意应了一声，出了凤鸾宫。

李如碧只能坐下。

燕岚捅捅谢芳华的胳膊，谢芳华转头看了她一眼，见她眨眨眼睛，谢芳华不以为意地笑了笑。

皇后吩咐人摆晚膳。

众人又跟着她一起吃了晚膳。

晚膳后，天色彻底黑了，谢芳华起身告辞："娘娘这一日的工夫都花费在陪我上了，天色晚了，我却不忍心再打扰您了，告辞。"

皇后闻言也觉得时候差不多了，笑着吩咐如意将她准备的一个极大的匣子交给谢芳华。

"多谢娘娘！"谢芳华伸手接过，匣子不只大还有些压手，她笑着道谢。

"天黑路滑，我让如意送你们去德安宫！"皇后说着，吩咐如意。

如意连忙打了灯笼走在前面，给三人引路。

一番道别后，三人出了凤鸾宫。

一路上因为有如意在，三人谁也没说话，雨蒙蒙地下了一天，路的确有些滑。

回到德安宫，等如意离开后，三人进了东暖阁，燕岚第一个忍不住道："皇后一定没打什么好主意，将李如碧叫进宫也就罢了，还留她在皇宫里住下。虽然李如碧喜欢秦铮没张扬过，但是南秦京城里，有眼睛的人谁不知道？"

谢芳华没说话。

金燕点点头，忧心地道："我也觉得皇后娘娘将李如碧叫来一定有问题。这两日都没见到钰表哥出现，实在太奇怪了。"

谢芳华依然没有言语。

"喂，你在想什么？"燕岚凑近谢芳华，看着她，"你似乎一点儿也不担心？你就不怕因为李如碧出什么岔子？"

谢芳华看了她一眼，神色镇定："怕有用吗？"

燕岚扁扁嘴："如今就是不知道他们在打什么主意，这两日一直陪在你身边，什么事儿也没发生，实在让人不踏实，毕竟就剩下今天一晚上了。"

金燕也看着谢芳华："大婚可真难。我陪在你身边，虽然什么事儿都没发生，耳朵、脑袋、眼睛却总是不停地转，打起一百个精神来看着周遭的人和环境，可真是累。"

"你现在就觉得累了？"燕岚看着她，"这里是皇宫，你又不是不清楚皇宫是什么地方！这里可是龙潭虎穴，哪块地儿没埋过白骨？后宫女人的手腕都是一等一的。你还想着你的钰表哥，你若是嫁了他，他以后做了皇上，每日你都会这么累。"

金燕的面色沉了下来，只觉得嘴里发苦，道："我倒是想嫁进来，想累，怕是都没这个机会。"

燕岚看着她，叹了口气，转头又看着谢芳华："我觉得这样干等着不行。你不是带了人来吗？要不然派人去凤鸾宫打探打探消息，看看咱们走后，皇后和李如碧在干什么。"

谢芳华摇摇头："不必。"

燕岚瞪眼："我都替你着急，你却一点儿也不紧张。"

"因为我知道，这是早就在筹谋的事情，无论我做什么它都会发生。尤其是我

125

现在身处皇宫中，每一步都在别人的眼睛里，与其做无用功，不如什么也不做，静观其变。"谢芳华道，"况且王妃昨天特意派春兰来过，告诉我，只要听话待嫁就好。"

燕岚被她反驳得无语。

"有谁见过待嫁的新娘子折腾的？"谢芳华对二人摆摆手，"早点儿睡吧，明天三更天就要起来。在皇后宫里待了一整天，你们也累了。"

"是啊，真累！"燕岚捶捶肩。

金燕也走过来："我以前总拿自己和李如碧比，如今才发现，论心计我可比不过李如碧。能比的东西也就这张脸吧！"

"能比脸也不错了。"燕岚瞅着她笑，"你可别忘了，李如碧出身右相府，右相圆滑，右相夫人手段高明，李沐清看着温和，却精得跟什么似的，她有这样的父母和哥哥，怎么可能没心计？"

提到李沐清，金燕忽然对谢芳华道："当初吓了一跳，我还以为你真要嫁给李沐清了。"

谢芳华想着李沐清这些日子没听说有什么动静，于是她就把他给忘了。

"我当初也差点儿信了，没想到后来突然降下那么两道圣旨。"燕岚唏嘘，"真搞不懂啊，从小长到大，我发现从去年到今年出的事儿，比以前的总和都多，还一会儿一变的，脑子都不够使了。"

金燕点点头，深以为然。

三人说着话，上了床，熄了灯，没聊多大一会儿，因为都累了，早早就睡了。

德安宫熄了灯后，凤鸾宫也很快熄了灯。

英亲王府和忠勇侯府两府为了准备明日的酒席，直到深夜还灯火通明。

太子东宫和英亲王府落梅居还是如昨日一样，早早就熄了灯。

南秦京城各大府邸这一夜多少人听着风声入眠，有的人兴奋，有的人忧虑，有的人揣测，有的人担忧，心思各不相同。

这一夜悄然过去。

三更时分，谢芳华准时醒来，发现外面没有动静，她蹙了蹙眉，睁开眼睛，从床上坐了起来。

她刚坐起身，金燕和燕岚便醒了，问她："什么时辰了？"

"三更了吧。"谢芳华道。

"怎么这么静？我们醒来得早了？"金燕坐起身。

燕岚也觉得太静了："不会时辰还没到吧？"

谢芳华睡在最外面，先下了床，走到桌前将灯掌上，然后对外面喊："侍画！"

126

外面没有动静。

谢芳华脸色一沉，刚要提脚走出去，床板忽然发出咔嚓一声响动，金燕和燕岚同时尖叫一声。谢芳华一惊，转头看去，只见床板忽然塌陷，二人直直地向床下坠去。

谢芳华立刻飞身掠起，瞬间来到床前，眼明手快地分别抓住了两人的一只手，在床板彻底陷落之前将二人提了出来。

她提着二人后退了几步，刚站稳，床板又咔嚓一声合上了。

金燕和燕岚惊魂未定，两张俏脸吓得发白，转头看向谢芳华："怎么回事儿？"

谢芳华也想知道是怎么回事儿，又对外面喊："侍画、侍墨！"

两声后，外面依然无人应答。

谢芳华心一沉，松开二人，提脚向门口走去。

金燕和燕岚立即跟在她身后。

谢芳华推开房门，只见八大婢女均昏倒在画堂中。她看了八人一眼，知道是中了无色无味的迷药，转身走到门前，推开了殿门。

殿门打开后，因是三更天，加上殿外没有任何灯火，所见处均是漆黑一片，但谢芳华目力极好，还是一眼看到了德安宫内外守着的黑衣暗卫。他们几乎和宫墙融为一体，释放着暗沉沉的气息。

能够在德安宫做得如此悄无声息，没惊动她半点儿，不用想也知道只有秦钰做得出来。他这是打算围困她？

谢芳华眯了眯眼睛，提脚向外走。

"芳华小姐请留步！"月落从暗中现身，拦住了她。

谢芳华看着他："皇上下旨要我进宫待嫁，太子就是这样对待忠勇侯府的待嫁之女的？"

月落垂下手："昨夜皇宫进了刺客，惊动了皇上和皇后，皇上如今昏迷未醒，刺客未曾抓到，太子命我保护芳华小姐的安全。"

"好一个保护！"谢芳华恼怒，忽然从袖中抽出袖剑，对着月落直直刺去。

月落立即飞身躲过。他动作极快，显然知道谢芳华有武功，早有防备，谢芳华的剑仅仅扫到了他的一片衣角。他再落地时，已经退到了离谢芳华十步远的地方。

谢芳华一招未得手，收起袖剑，一步步向他走去。

月落攥紧宝剑，冷声道："芳华小姐，太子殿下说了，今日之事是男人之间的事儿，您若是不想陪您入宫待嫁的两位小姐和八名婢女以及随着您一起进宫的人全部丢命，最好不要强行闯出。"

谢芳华脚步一顿。

"在下虽然不敢对您动手，这些隐卫也不会对您动手，但是杀别人就不一定下不了手。"月落看着她，又道，"太子殿下说，芳华小姐是重情重义、贤德明理的女子，定不会为了一己私欲，使得您的这些亲近之人流血牺牲，埋骨于德安宫。"

　　谢芳华顿住脚步。原来秦钰打的是这个主意，让她入宫待嫁不仅仅是为了阻止她，还是为了牵制她掣肘她，让她为了跟随她进宫的这些人的性命不能闯宫或者出手。

　　她冷笑："太子这样做，就不怕传出去被天下人耻笑吗？我要嫁的人是他堂兄！"

　　月落垂下头："皇宫进了刺客，太子殿下说您身份尊贵，属下等人是来保护您的安全的。"

　　"保护我的安全？太子真是会找借口！"谢芳华冷冷地盯着他，"今日我若是不能嫁去英亲王府，秦钰他可想过后果？"

　　月落笔挺地站着，声音清晰："您不嫁去英亲王府，英亲王府也照样会娶小王妃。如今新娘子已经在准备了，就等花轿临门，铮小王爷前来接人，接走了谁，谁就是小王妃。"

　　谢芳华面色一寒："偷梁换柱？这种把戏能骗过秦铮？"

　　月落恭敬地道："新娘子是谁的确骗不过铮小王爷，但是，王妃和王爷的性命铮小王爷总不能不顾及。"话音刚落，他抬起头看着谢芳华，"若是铮小王爷为了娶妻，置父母于不顾，毫不讲孝道，传扬出去，便要背负一世骂名。您说，他背得起吗？"

　　谢芳华猛地后退了一步，脸色阴沉下来："秦钰如何拿王爷和王妃的性命威胁他？王爷和王妃不是一直在英亲王府吗？他竟然对他们下手？"

　　"皇宫昨夜真进了刺客，皇上遇刺，王爷和王妃得到消息，自然是要进宫的。"月落道，"不止王爷和王妃，朝中的大臣们听说后也连夜进宫了，只是德安宫略远，没听到声音罢了。"

　　谢芳华看着月落，看着看着，忽然笑了。

　　月落看着她，没想到她竟然笑了，他顿时暗暗防备起来。

　　谢芳华笑了片刻，冷静地道："既然如此，我就看看，是南秦的江山社稷重要，还是秦铮的父母至亲重要，若是今日我谢芳华不能嫁他，那么我这一辈子不嫁他也罢！"

　　月落有些惊异地看着她，须臾，他垂下头："铮二公子虽然看重您，但是他不可能不管父母至亲。王妃在他身上耗费的心血尽人皆知，他若是不顾母亲，这样的男人，就算对您深情如此，您怕是也不能要。"

　　"这又是秦钰告诉你的？他倒是了解秦铮，了解我！"谢芳华瞅着他，"不愧

128

是太子的第一隐卫。"话音刚落，她似笑非笑地道，"若是秦铮置父母于不顾，我自然不会要他。人生一世，百年浮沉，私情是小爱，心中有大爱才能立于天、长于地。"

月落恭敬地后退了一步。

"但是太子呢？"谢芳华冷笑，"太子心中有的是小爱还是大爱？即便我嫁不了秦铮，今日他赢了，又能如何？我谢芳华不嫁秦铮，就非要嫁他吗？"

月落垂首："今日事毕，太子定然会给芳华小姐一个圆满的答复，到时也许您的所想就会和今日所想不同了。"话音刚落，他一字一顿地道，"太子说了，芳华小姐应该一辈子也不会忘了为何在无名山待了八年。虽然无名山毁了，但您的坚持还在，不是吗？"

谢芳华眯起眼睛。

月落又恭敬地道："无名山被毁，只这一条公布天下，由此翻出旧案，即便谢氏分宗分族了，要株连九族，也能做到。"

谢芳华听到月落的话，心里猛地一震。

原来秦钰是在这里等着她！

无名山的确是她毁的，她的确是在无名山待了八年，她去无名山也的确是为了整个谢氏，甚至为了谢氏毁了南秦阴暗的隐卫巢穴，摧毁了一把悬在谢氏头上的明晃晃的剑。

若是无名山没被她毁去，皇室隐卫没有折损太甚，她敢肯定，皇上早就忍不住对忠勇侯府动刀了。

至今还没动刀，也是因为她回京后连番掣肘皇权，皇室隐卫又折损过多，皇室无可奈何罢了。

然而，即便她毁了无名山又怎样？证据呢？秦钰他能拿出证据吗？如何证明无名山是被她毁了？明明就是天雷给劈了。

谢芳华沉静下来，冷笑一声："太子怕是想错了，我一个弱质女子，如何有本事毁了无名山？简直是天方夜谭！传扬出去，岂不是会让人将大牙给笑掉？皇室隐卫的巢穴无名山是什么地方，那里是随便什么人说毁就毁的吗？"

月落又后退了一步："芳华小姐，太子殿下吩咐了，您只要好好地待在这里，太子殿下保证，您会好好的，这里的人都会好好的，忠勇侯府会好好的，整个谢氏也会好好的。"

谢芳华眯起眼睛。

"太子殿下从小学谋术，铮小王爷从小也学。太子殿下说他的手段虽然不光彩，但是铮小王爷的手段也可能不光彩。站在他们两人的角度，除了您之外，其实一切都是公平的。若是铮小王爷没有本事在今日娶您，那他真不必娶您了。"月落

129

退到德安宫外，又诚挚地对她说了一句话。

谢芳华闭了闭眼睛，冷声道："好，我就等着！"

月落见她不再强行闯宫或者有什么别的举动，心底暗暗松了一口气。按理说，他身为太子的第一护卫，这么多年来是陪着太子成长起来的，天下少有人能让他在面对的时候觉得冷汗直冒，可是今日他在谢芳华面前，面对她冷冽的眼神，他的后背都湿透了。

谢芳华冷冷地望着巍巍宫墙，在院中站了片刻，转身走了回去。

东暖阁门口，金燕一脸惨白地看着她，像是绝望到了极点。

燕岚也是脸色发白，但比金燕好些，见谢芳华回来，一把抓住她："太子……他怎么能这样？怎么办？"

"回房吧。"谢芳华看了二人一眼，走进东暖阁。

燕岚跟着她走了两步，见金燕还站在门口，只好又转回来，一把拽住她，将她拖进屋。

进了东暖阁，金燕忽然推开燕岚，跌坐在地上，泪流满面："钰表哥他……他怎么能这样？怎么能这样？若是你冲出去，他真的要将我们都杀了吗？"

燕岚吓了一跳，低头看她。

金燕的情绪几乎崩溃："我那么爱他，这么多年来，我都等着，只希望有一日，他能看到我对他的爱、对他的情，可是他怎么就看不到……"

"别哭了，你都这么伤心，她这个等着大婚的人却没办法大婚，岂不是更该哭了？今天可是她大喜的日子。"燕岚伸手去拽金燕。

金燕忽然躲开燕岚的手，转过头，腾地站起来一把拽住谢芳华："走！你有武功，刚刚我看到了，月落是钰表哥的第一护卫，以他的武功，只能堪堪避开你的剑，你能闯出去。不要管我们，你去闯，闯出去！"

"你疯了？"燕岚睁大眼睛，叫了一声。

"我没疯！我就是要看看，你闯出去后，他是不是真会杀了我，杀了我们……"金燕伸手去推谢芳华。

谢芳华叹了口气，反手扣住她的手："你冷静一下。"

"我没办法冷静！他怎么能用大舅舅和大舅母的性命来威胁铮表哥？他怎么能用我们的命来威胁你？他怎么能够……"金燕哭得几乎接不上气，"他还是我认识的钰表哥吗？他这是怎么了……"

谢芳华看她似要疯魔，只能出手点住她的穴道。

金燕哭声一哽，身子僵在原地，再不能动弹。

谢芳华看着她："你冷静一下！明明早就知道他眼里没有你，还如此折磨自己，就是自我作践了。我不会闯出去的，无论他杀不杀你们。"

金燕看着她，眼睛几乎红透了，不断地流泪，却是口不能言、身不能动。

"都怪李如碧！"燕岚恨恨地道，"昨日皇后去请，她明明可以不进宫的。难道她不知道皇后有目的吗，还是说即便这样她也要嫁给秦铮？那她还要不要脸？以后传扬出去，让别人怎么看她？"

谢芳华抿唇，慢慢地坐在软榻上，思索着。

"就算她能这样嫁给秦铮，就不怕右相府蒙羞？也不怕进了英亲王府的大门，秦铮杀了她吗？"燕岚又恨恨地骂道，"她堂堂右相府的小姐，低到尘埃里去了！"

谢芳华的目光忽然发沉。

燕岚又恨恨地骂了李如碧两句，才走到谢芳华面前，看着她："你怎么还能这样冷静？快想办法啊！怎么办？若是今天嫁不了秦铮，你们以后还有什么希望？"

谢芳华轻吐了一口气，忽然道："偷梁换柱的人，恐怕不是李如碧。"

燕岚一愣："不是她？那是谁？"

"李如碧应该是昨日皇后请进宫的障眼法。"谢芳华淡淡地道，"你想想，李如碧是右相府的小姐，右相是老臣，是当朝皇上、太子之下万人之上的老臣，若是今日偷梁换柱的人是她，这桩丑闻传扬出去，右相府的脸面何存？秦钰若是不想毁了右相府，就不会利用李如碧这么做，毕竟她还是他指婚的太子妃。"

燕岚不解："可是李如碧喜欢秦铮啊，太子不是正好利用她的喜欢吗？李如碧应该会配合吧，对她来说，能够嫁给秦铮，她估计高兴死了。"

"李如碧喜欢秦铮没错，可是右相愿意他的女儿就这样被交换给秦铮吗？"谢芳华笑了一声，"右相还不糊涂，不会同意。哪怕秦钰不想要右相府这桩婚事，退了亲就是，没必要今日将李如碧推出来。这样被推出来，右相府等于没了尊严。秦钰不会这样打右相府的脸，右相可是支持他的老朝臣。"

"你这样说的确有道理，但若不是李如碧，能是谁？"燕岚更不解了。

"能是谁……"谢芳华忽然站起身，"我们去看看就知道了。"

燕岚一怔："怎么看？"

谢芳华出手点开了金燕的穴道，不答燕岚的话，对金燕道："冷静下来了吗？"

金燕身子僵硬，被解开穴道后，好半晌还缓不过劲来，她看着谢芳华没说话。

"你看好她。"谢芳华对燕岚说了一句，走出了东暖阁。

来到画堂，她伸手入怀，掏出一个玉瓶倒出药丸，让倒在地上的八名婢女逐一服下。

药丸服下后，很快就见了效果。

侍画等人陆续醒来，见到谢芳华，齐齐开口："小姐，我们——"

"都别说话！"谢芳华打断八人的话。

八人齐齐住了口。

谢芳华对八人招招手，转身走回屋，向床前走去。

来到床前，她仔细研究了半晌，忽然伸手在床底下一处隔断用力一扳，本来平整的床忽然翻转，中间露出一个洞。

燕岚低呼一声。

谢芳华回头看了她一眼，对侍画等人道："带上她们两个，你们随我一起下去。"

"是！"八人齐齐应声。

她们知道小姐必有用意，于是侍画、侍墨二人立即分别拽住燕岚和金燕，侍蓝、侍晚等六人落后一步，跟着谢芳华跳进了床底那个洞中。

燕岚和金燕此时也反应过来，都不再出声。

洞中十分黑暗，没有丝毫光线，但是谢芳华的目力极好，能大致辨别深浅和方位。等所有人都进了洞后，她摸到地下的机关，将那张大床恢复了原状。

大床合上，从上面照进来的微弱光线消失，地下彻底变成了漆黑一团。

侍画、侍墨等八人自小训练，什么都见识过，自然不惧怕，但是金燕和燕岚哪里经历过这等事情，忍不住哆嗦起来。

金燕哀莫大于心死，心中的难受压住了恐惧，可是燕岚不同，她立即颤抖着小声问："谢芳华，你……你要干什么？"

"出去。"谢芳华一边摸索着路往前走，一边压低声音道。

"出去？"燕岚骇然，"这……这是密道？"

"嗯。"谢芳华点头。

"能出宫吗？"燕岚跟谢芳华说着话，感觉没那么害怕了。

"应该能。"谢芳华也拿不准。

"早先我们差点儿从这里掉下来……"燕岚又说。

"正因为早先你们差点儿掉下来，我才意识到这是让我下来的信号。"谢芳华的声音里忽然有了一丝笑意，"看来秦钰是不知道有这样一条密道了，今日我就赌一把。"

"你是说——"燕岚忽然一喜。

"别说话了！"谢芳华低声打断她，"这里是密道，距离地面不会太远，若是说话声或动静太大，难保不惊动上面的人。我们就顺着这条路走，看看是不是真能走出皇宫。"

燕岚闻言立即住了嘴。

谢芳华也缓缓提脚，一步步慢慢地往前走。

132

侍画、侍墨等八人带着燕岚和金燕跟在她身后。

这条地道显然长久不用，充溢着一股霉味，熏得人昏昏作呕，但是谁也没吱声，每个人都高度紧张，脚步落在地面上，只听到沙沙的声音。

这样走了大约半个时辰，前方出现了两条岔道。

谢芳华站在岔道口辨别了一下方位，犹豫半晌，坚定地走向左边的岔道。

又走了大约两盏茶的工夫，前方隐隐约约透出光亮，但不是日光的那种光亮，而像是有人举着火把，火把似乎快燃完了，因此光线不太亮。

"小姐！"侍画紧张地低喊了一声。

谢芳华伸手对她摆摆手，示意她别说话，自己又向前走了几步，看清了那道拿着火把的身影。她松了一口气，快走了两步来到那人面前，忍不住露出笑意："没想到在这里接我的是你！"

"李沐清？"燕岚睁大眼睛，叫出声。

金燕也睁大眼睛，没想到会在这里看到李沐清，显然他等了有些时候了。

李沐清看着谢芳华，将她上上下下打量了一遍，又看向她身后跟着的人，微微一笑，温和地道："等了你许久，你再不下来，我只能上去找你了。"顿了顿，他又道，"不过我想，以你的聪明，不该不下来。"

"当时机关发动床板分开，两位郡主差点掉下去，我开始以为是秦钰的计谋，后来想想不该是他，因为我就在皇宫，他没必要这么做。不过我觉得立即下来不太妥当，怎么也要出去做一些事情，镇住月落，既让他觉得我没办法了，只能等在德安宫，又让他只敢围困我，却不敢闯入东暖阁内，以免惹急了我。"谢芳华道，"这样一来，他自然发现不了我们从密道走了。"

"小心的确是对的，毕竟对手是太子。所幸这条密道非常隐秘，据说是太后生前挖的，没载入皇室记载的暗道里，才不被太子所知。"李沐清拿着火把转身，"走吧，他在等你。"

谢芳华点点头，提脚跟上他。

燕岚想说什么，忍了忍，没说话。

侍画、侍墨等人跟在后面，顺着李沐清的引领，向前走去。

这次又走了两盏茶的工夫，终于来到一扇石门前。李沐清触动墙壁上的机关，石门打开，光线射进来。李沐清熄灭火把，走了出去。

谢芳华跟了出去。

"李公子，你出来了，芳华小姐呢？"青岩的声音急急地传来。

李沐清错开身子，谢芳华从他身后走了出来。

青岩见到谢芳华，大大地吐了一口气，眼睛晶亮，将一个包裹递给谢芳华："芳华小姐，这是你的嫁衣首饰。你快去屏风后梳洗换装，动作要快，换完赶紧跟属下走，公子的迎亲队伍马上就要到这里了。"

谢芳华接过包裹，嫁衣正是她绣的那件。当日进宫，一应物品包括她的嫁衣，都是哥哥和云澜哥哥、林溪哥哥一起收拾的，她没想到嫁衣都没带进宫里。如今在青岩手里，显然是早就准备好了。她的心终于踏实下来，这才看清出口是一间房间，她立即走到屏风后去换嫁衣。

侍画、侍墨立即松开燕岚和金燕，跟过去帮谢芳华收拾。

"多谢李公子了。稍后在下会把人送过来，辛苦李公子再跑一趟，将那个女人送回宫里去。"青岩对李沐清郑重道谢。

"你不必道谢，欠我的这个人情，你家小王爷以后会还我的。"李沐清点头，温和地回道。

青岩不再说话，一双眼睛充斥着喜色和兴奋。

侍画、侍墨等八人知道时间紧急，跟随谢芳华到了屏风后，立即分工合作，动作奇快地给她梳妆换衣，很快就帮谢芳华梳洗妥当，换了嫁衣，绾了头发，佩戴好全套首饰。

"小姐真美，是我见过的最漂亮的新娘子！"侍画看着镜子赞叹。

侍墨等人也连连赞美。

谢芳华坐在镜子前，忍不住好笑。她怕是古来第一个这样出嫁的新嫁娘了——没有喜婆婆，没有喜嬷嬷，没有长辈亲人在身边连连恭贺道喜，没有十全老人碎碎念叨着什么百子千孙、福寿双全、儿孙满堂，也没有绞脸敷面厚厚的新娘妆，什么都没有……

"小姐，快走吧！"侍画等人也觉得好笑，伸手推她。

谢芳华点点头，站起身，提着裙摆从屏风后走了出来。

她乍一出来，有些昏暗的屋内刹那间仿佛霞光漫天，红衣如火，倾城绝色，那一颦一笑，似乎让天地都失了颜色。

李沐清一怔。

就连金燕和燕岚眼中都露出惊艳来。

谢芳华寻常穿着虽然华丽，但是她的神色向来清冷，使得她整个人也显得素淡，可是今日不同以往，这样的凤冠霞帔穿戴在身上，她的眉眼间盈着笑意，整个人充满了华彩，令人不敢逼视。

"哎哟，盖头！小姐，等等，盖头！"品竹叫了一声，从屏风后拿着盖头跑了出来。

青岩回过神，狠狠地瞪了侍画等人一眼，脸色霎时难看得跟结了冰似的："怎么伺候的？不知道新娘子要盖盖头吗？"

侍画等人对上青岩杀人般的视线，不敢吱声。她们刚刚是太急了，太欢喜了，才忘了盖头，让小姐被李公子给看到了，这让她们自责不已。

李沐清咳嗽了一声，但没立即收回视线，而是笑着对青岩道："扯平了。"

"什么扯平了？"青岩转头瞪着李沐清。

"我和你家小王爷扯平了。"李沐清微笑，"数月前，我提亲，帮了他；今日我在暗道里闻了一个时辰的霉味，助了他，现在看他的新娘子一眼，也算是扯平了。"

青岩一噎，无言反驳，只能恨恨地转过头，对谢芳华恭敬地一礼："芳华小姐，得罪了。"话音刚落，他上前托起她，施展轻功掠出了房间，转眼便走得没了影。

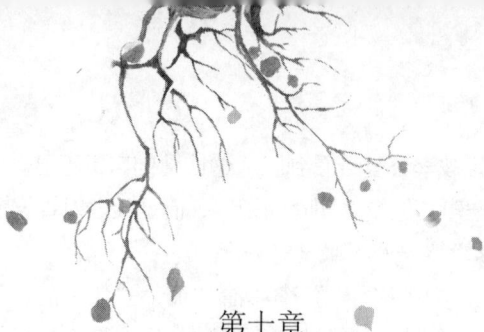

第十章
# 十里红妆

李沐清在青岩带着谢芳华离开后，面上的笑容缓缓地收了起来。

即便不是嫁给他，他今日第一个看到了她穿上凤冠霞帔的模样，也算是圆满了。

"那我们……"侍画、侍墨等人对看一眼，青岩的轻功如此高超，她们想追也追不上，只好齐齐回头看向李沐清。

李沐清收回视线，面上没什么表情，对八人道："铮小王爷从皇宫接了新娘子，为了请南秦京城所有百姓观礼，他会绕着东、西、南、北四门走一个圈，队伍很快就会走到这条街上，你家小姐和花轿里的人换过来后，你们可以……"顿了顿，他摇摇头，"算了，为免再出现变故，你们还是暂且别露面了，就在这里待着吧。"

侍画、侍墨等人想了想，明白过来：她们八人这样出去太显眼了，若是被太子的人看到，小姐不在皇宫的消息肯定会走漏。万一太子一计不成，再来一计怎么办？只要小姐能顺利出嫁，她们不去观礼也行。

燕岚和金燕呆呆地站着，觉得明白什么了，但又不太明白。

燕岚终于忍不住开口："李公子，这是……"

"若是太子知道他费尽心机偷梁换柱，却被铮小王爷来了个明修栈道暗度陈仓，不知道会如何。"李沐清叹了口气，失笑，"大婚像是打仗，真是古来少有。"

"我们怎么办？"燕岚明白了。

秦钰换新娘，秦铮一定是受了他的威胁，才明里从皇宫中接了假新娘，半路上再暗中换回来。燕岚心里说不出是什么滋味，正如李沐清所说，大婚像打仗，尤其她跟金燕还陪着走了这一遭，说出去都令人难以置信。

"你们？"李沐清看着二人，"你们也先在这里待半日吧。等他俩拜了堂，你们就可以离开了。毕竟你们陪她入宫待嫁，如今一起被困在德安宫里，你们出去若是被发现，也会有麻烦。"

"只要谢芳华能嫁给秦铮，我就豁出去在这里干坐一日也没关系。"燕岚点点头，看向金燕。

金燕一言不发，一脸土色，但还是点了点头，同意了。

李沐清看着二人，不再说话，一众人各自找了地方坐下。

侍画等人打量这间屋子，只见院落外杂草丛生，像是许久无人居住。

"这是哪里？"燕岚好奇地问。

"是一户寻常百姓家的后院，只不过多年前被太后派人买下来了，但地契上还是写着那家主人的名字。"李沐清道。

燕岚点点头，瞅着李沐清，忽然问："你不是也喜欢谢芳华吗，为什么这样帮着秦铮娶她？"

李沐清垂下眼睫，淡淡道："你也喜欢秦铮，为什么如今放开了？"

燕岚一噎，瞪了李沐清一眼："没想到李如碧那么没趣，却有你这么一个有趣的哥哥，真是让人想不到！"

李沐清不再说话。

金燕抬起头，看了二人一眼，忽然道："也许你们做的是对的，这天下间没什么是放不下的。再爱一个人，那个人不爱自己，也是枉然，我今天算是看透了。"

"你早就该看透了！"燕岚对她道。

金燕不再说话。

燕岚知道她心里难受，也不再言语，侍画、侍墨等人也都不出声。

这时，外面的街道忽然热闹起来，似乎是迎亲的队伍来了。

燕岚坐不住了，站起身出了房门，踮着脚往外看，可惜这家的院墙太高，什么也看不到，她回头问李沐清："是迎亲的队伍来了吧？"

"嗯。"李沐清点头。

二人话音刚落，青岩就带着一个一身红衣打扮的女子从墙外无声无息地跳了进来，直奔这间房间，转眼就来到门前。

燕岚吓了一跳，立即后退了两步。

"给你！"青岩看到李沐清，将怀中的女子毫不客气地扔给她。

李沐清厌恶地皱了一下眉，但还是伸手接过，对他点点头。

青岩立刻转身飞快地离开，转眼就跃墙而出，没了踪影。

"卢雪妍？"燕岚忽然尖叫了一声。

"怎么是她？"金燕也惊了。

137

侍画、侍墨等人也看清了李沐清怀里的女子。她昏迷不醒，脑袋上没有盖头，让人一眼就能看清她的容貌，不是卢雪妍是谁？她们也惊了一下，没想到竟然是她。

"她……竟然是她……"燕岚指着卢雪妍，好半晌还回不过神来。

"你们好生在这里待着，我将她送回皇宫。"李沐清丢下一句话，带着卢雪妍进了密道。

"等等！"侍画、侍墨对看一眼，齐齐跟上前，"李公子，我们跟您一起去。万一太子已经发现，您一个人很危险。"

李沐清笑了一下，摆摆手："即便他发现，只能说明他这一局技不如人，不会奈我何。"

侍画、侍墨闻言停住了脚步。

密道的门关闭，挡住了李沐清的身影。

"竟然是卢雪妍，真想不到！"金燕见李沐清带着卢雪妍离开后，看向燕岚，"你们两家的婚事退了吗？"

燕岚摇摇头："还没退。"

"本来以为是李如碧，没想到不是她。不过是卢雪妍也不奇怪，毕竟左相是钰表哥的人，左相背后的范阳卢氏理所当然是钰表哥的人了，而你哥哥不要卢雪妍，范阳卢氏也看透了与永康侯府这门亲结不成了。当初卢雪莹是被秦铮推给秦浩的，左相肯定怀恨在心，正好趁此机会将卢雪妍推给秦铮，若是成功了也就报了卢雪莹的仇。"金燕道。

燕岚点点头："是啊，你的说法的确很有道理，左相这样帮太子，不但表了忠心，还用他的侄女打了秦铮的脸，报了仇，一举两得。"

"可惜，注定是输了。"金燕忽然一笑，"他输了，我心中突然就畅快了。"

燕岚看着她："放下吧！你被大长公主保护得太好了，不适合皇宫，也不适合太子。再执拗下去，万一他心狠起来，像秦铮对待卢雪莹那样，你就什么都完了。"

金燕闭了闭眼，点点头："我娘苦口婆心劝我多少次，我却听不进去，不撞南墙心不死。如今看他如此，我终于能死心了。"

燕岚见金燕真正冷静下来，念头也有了松动，心说这是好事。她知道爱一个人多年，要放下是很难，但是这条路若是不走出来，这一生怕是就完了。幸好她看清楚了，放下了。金燕若是也能放下，就能体会到跟她一样的轻松感了。

迎亲队伍路过时，整个世界似乎都喧哗起来。

燕岚想着青岩既然送来了卢雪妍，谢芳华应该是进了秦铮的花轿，她很想看看他娶亲是什么样的盛景，便转过头，对侍画等人道："你们都会武功对不对？能不能带我上房顶去看看？"

侍画等人愣了一下。

"我也想看看。"金燕也站了起来，看着八人，见八人有些犹豫，她道，"上房顶而已，京城有多少房舍，重重叠叠，我们看一眼就下来，不会有事的。"

侍画等人也想看，闻言点点头。

侍画带上燕岚，侍墨带上金燕，出了屋门，轻轻提力，上了房顶。

品竹等六人随后一起上了房顶。

这一处的房顶虽然不高，但是能将街上的场景看个七七八八。

入眼处，整座京城都被铺上了红绸，点缀得十分喜庆，最近的几条街道都拥满了人，人头攒动，人山人海。

迎亲的队伍正从这条街上走过，当前一人骑着高头大马，笔直地端坐着，正是秦铮。

只见他身穿鲜红喜袍，衣袖轻扬，袍带如焰，身形挺拔，贵气洋溢，丰姿无双。他身后，一顶花轿稳稳地、缓缓地向前移动，再之后，一车一车嫁妆如流水一般铺开成一条红线。

十里红妆，盛世风景。

燕岚、金燕等人静静地看着，燕、金二人眼中露出羡慕之色，侍画等八大婢女露出欢喜的笑容。

"大舅舅和大舅母怎么办？"金燕忽然说。

"秦铮从宫中接出来的人是卢雪妍，既然满足了太子的要求，太子自然不会将英亲王和王妃如何，没准此时已经回府了。"燕岚道。

金燕点点头，看着满目红妆，感慨地道："短短时间内，英亲王府就将大婚举办得如此隆重，实在是让人佩服。"

燕岚唏嘘："这样的十里红妆，可不是短短时间就能准备的，看来英亲王府暗中准备很久了，只不过一直没传出动静而已。"

"不知道你我的未来在哪里。"金燕感觉心口木木的。

"无论我们的未来在哪里，都不会有这般盛景。"燕岚羡慕地道，"天下间不是谁都能有这样的大婚排场的，这可是英亲王府嫡子娶亲，忠勇侯府嫁嫡女。"话音刚落，她又道，"也许将来太子大婚会再有这样的排场，别人都不可比。"

提到秦钰，金燕不再说话。

"祈求小姐和铮小王爷顺利拜堂。"侍画双手合十，十分虔诚地祈求。

"只祈求拜堂不行，要祈求拜堂后顺利入洞房。"品竹也双手合十，说道。

侍墨等人觉得有理，连忙跟着一起祈求。

"你家小姐这会儿估计耳根子都热了。"燕岚回头看了八人一眼，好笑地道。

侍画等人放下手，也笑出了声。小姐坐在小王爷的花轿里，已经足够她们高兴了。既然已经到了这一步，剩下的一定会顺顺利利的。

谢芳华这时坐在花轿内，并没有燕岚所说的耳根子发热。青岩将她塞进花轿后，她掀开盖头，入眼处红彤彤的一片，过了好一会儿，她还心神恍惚。

她这样就是嫁给秦铮了吗？

这样上了花轿？

这样被他的迎亲队伍抬着进英亲王府的大门？

这样……

四周传来鼓吹的声响，百姓们挤在街道两旁，纷纷说着铮小王爷好俊俏啊，是迄今为止见到的最俊俏的新郎官，比英亲王府大公子秦浩俊逸了百倍，不知道花轿里的芳华小姐是怎样的倾国倾城。

百姓们看到这样十里红妆的盛景，嫁妆从东城排到西城、从南城排到北城的排场，似乎都忘了二人昔日那些惊心动魄的逼婚、悔婚、射杀事件，那些过往似乎被这种轰动全城的气氛给掩盖了。

谢芳华恍惚地想着、听着，忽然想看看秦铮。刚刚她被青岩带出来时太急，只瞟了一眼，只看到一道模糊的影子。

她慢慢地伸手挑开了花轿帘幕的一角，向前看去。

前方高头大马上端坐着一个人。熟悉的身影，哪怕只是一个背影，她也一眼就能认出他。

她不由得怔怔地望着他。

她下了两辈子都没下过的决心，想要嫁的人！

秦铮！

他叫秦铮！

他是秦铮！

秦铮！

秦铮！

……

前方骑在马上的秦铮像是突然生出感应一般回头看来，清泉般的目光正好对上了她从轿帘缝隙中探出的目光。

谢芳华手一颤，轿帘滑落。

她突然没有勇气再伸出手去掀开轿帘，心怦怦地跳了好几下。

秦铮看了一会儿，见轿帘再未掀开，他才慢慢地转过头，嘴角微微扬起，然而不过一瞬，他忽然想起了什么，又蓦地收起笑容。

谢芳华抿了抿唇，伸手拿起花轿里放着的苹果捧在手里。

在一片喧闹声中，队伍缓缓地沿街前行。

不知道走了多久，队伍终于停了下来，然后便听到一阵响亮的噼里啪啦的爆竹声。

谢芳华知道，应该是到英亲王府了，她的心里忽然生出了一丝紧张。

花轿稳稳地放下后，她屏息听着外面的动静。

她听了半晌，外面除了鞭炮声、鼓吹声和人声，再没听到别的动静，也无人过来请她下轿。她紧紧地将苹果抱在怀中，静静地等着。

没一会儿，外面忽然有人喊了一声："小王爷，射箭啊！"

这一声喊落下，外面顿时一静。

鞭炮声不响了，鼓吹声不响了，吵闹的人声也忽然一寂。

这一刻，似乎所有人又想起了，就是在英亲王府的落梅居里，秦铮命人射了谢芳华三箭。

虽然今日花轿临门，可是短短两三个月前发生过的事情，仍旧没有被这一场繁华掩盖，还是随着这一声被人记起。或许以后听到"箭"这个字时，人们还会提及此事。

那喊话的人在喊出口后，面色忽然一白，连忙颤着声改口："小……小王爷，我说的是下马威，新娘子下花轿前，新郎都要在轿门射三箭，以示……未来夫唱妇随。"

他话音刚落，四周依然静静的，众人都看着秦铮。

秦铮已经下了马，喜服艳红如火，他静静地站在花轿前，双目一眨不眨看着花轿。

时间一点点地流逝，他依然一动不动。

喜顺大着胆子走上前，低声道："小王爷，您……"他不敢提那三个字，顿住，换了个说法加以提醒，"别误了吉时。王爷和王妃已经在喜堂等着了，忠勇侯府的老侯爷和谢侯爷、舅老爷都破例没在忠勇侯府待着，而是前来咱们府观礼了。"

秦铮仿佛没听见，依然一动不动。

喜顺暗暗着急，等了半晌不见他动，干脆一咬牙将弓箭递给他。

这时，花轿里的谢芳华忽然觉得，他若是迈不过这道坎，那么，就由她迈出这一步好了。她深吸一口气，忽然不紧张了，伸手去挑轿帘，就要自己下轿，同时暗暗想着，自己下轿子的新娘子，南秦自古以来，她怕是第一个吧。

可是又有什么办法呢？

爷爷、哥哥、舅舅都来观礼了。她没能从忠勇侯府出嫁，他们却来观礼，这是要给她一个圆满。

这是她千方百计求来的大婚，她不能让他的这道坎误了吉时。

她的手刚碰到轿帘，秦铮忽然一把打开了喜顺递上前的弓箭，三两步便走到了花轿旁，伸手挑开了轿帘。

谢芳华的手顿时一僵，她抬起头，隔着红红的盖头看不见秦铮的神情，但她认得他的手。

她的心忽然又怦怦地跳了起来。

"小王爷，没有下马威，差了礼数！"喜顺被秦铮打开，趔趄了一下，惊得喊了一声。

秦铮仿若不闻，看着轿中一身凤冠霞帔的女子，她盖着红盖头，看不到脸色和神情，仅看到她的一只手捏着轿帘的一角，保持着要挑开的姿势。

他看了片刻，忽然伸手握住了她的手。谢芳华的手一颤，他拂开她抓住的轿帘，伸手从花轿里捞出她抱在怀里，转身对上众人的视线，声音冷冽："本王的三箭下马威早就射了，今日也不算缺了礼数。我能射她三箭，便能用一辈子偿还回来。"

人群寂静无声。

秦铮抱着谢芳华的手臂紧了紧，他向大门里走去。

喜顺惊醒，连忙喊："小王爷，新娘子要迈火盆……"

他喊声未落，秦铮已经抱着谢芳华迈过火盆，一路沿着铺好的红毯走了进去。

众人都有些傻眼，从古至今多少婚礼，从来没见过新郎官抱着新娘子进府的。他们好半晌才回过神来，连忙一哄而入进了府，追上秦铮，簇拥着二人往喜堂走去。

谢芳华从被秦铮抱出轿门那一刻，心跳似乎就停了。

随着他沉稳地向府内走去，四周又热闹起来，她才慢慢地回过神，清晰地感觉到自己是被他抱在怀里。她闻到了熟悉的落梅香气，熟悉的清爽气息，而由她亲手给他缝制的大红喜服，此时正穿在他的身上。

一切都是她熟悉的。

她的心在这一刻忽然很踏实，僵硬的身子渐渐放软，她微微偏头，将脸埋在他怀里。

秦铮敏感地感觉到她依偎的动作，脚步猛地一顿。

谢芳华又向他怀里偎了偎。

秦铮低头看向她，如海的眸中被蒙住的那层镜面忽然破碎，溢出深沉的波纹。

他从来没有像这一刻这样深深地感觉到她的选择。

她选择的是他！

哪怕他狠心地关闭落梅居，射了她三箭！

哪怕他曾经冷言冷语！

哪怕……

那么多伤害，若是寻常女子早就被击垮了，可是他怀里的女子，虽然是被他死缠烂打、围追堵截、逼婚求娶，一步步用网拴到自己身边才不情不愿地接受了他，却连他自己都没有料到，她能够在受到那么多伤害之后依然坚定地选择嫁给他。

他何德何能？

再多的情深似海，似乎也不及这场大婚中她展现出的对他的信任和托付！

他看着她，看着，看着，忽然低下头，将脸埋在了她的红盖头上。

谢芳华一怔，感觉盖头处落下一片阴影。她微微抬头，忽然感觉额头处的盖头湿了一小片。她心下一紧，顿时惊得呆住了。

秦铮……

他是在哭？

她张了张嘴，想要出声，声音却哽在喉咙里。

都说男儿有泪不轻弹，可是秦铮，他这是在做什么？

"小王爷，怎么不走了？"喜顺等人追上来，见秦铮低着头埋在谢芳华的盖头上一动不动，不由得纳闷。

秦铮慢慢地抬起头，抱着谢芳华继续向喜堂走去。

喜顺在秦铮抬起脸的那一瞬间，忽然惊异地呆立在原地，直到有人推了他一把，他才反应过来，匆匆地跟了上去。

红毯蔓延进喜堂，众人的喧闹声也一路追着迎亲回来的秦铮到了喜堂。

喜堂上，红绸高挂，一派喜庆，满堂宾客。

上首的主位设了一排椅子，英亲王和英亲王妃端坐在主位上，来观礼的忠勇侯、崔允、谢墨含三人并排坐在二人旁边的偏位上。

除了五人外，今日来观礼的太子殿下坐在了一旁的偏位上。

其余的皇子公主和宗室的亲眷们则围在四周，或坐或站。

以左相、右相为首，六部尚书、翰林院、御史台，朝臣们几乎都来了。

毕竟忠勇侯和谢墨含打破了古来惯例，前来男方家观礼，等于两家合办了大婚。等一对新人拜完堂后，两家联手，流水席就会摆上七日。

这等大婚盛景，除了害怕见到太子不敢再掺和进去以免受不住的永康侯外，其余人都来了。

秦铮迈入喜堂后，一眼便看到了秦钰，他立刻顿住脚步，对秦钰挑了挑眉。

秦钰看着秦铮和他怀里抱着的人，忽然眯起眼睛，本来含笑的眸子霎时冷了下来。

秦铮忽然对他笑了一声，收回视线不再看他，慢慢地放下了怀里的谢芳华。

谢芳华依然没从额头那一小片湿意带来的震撼中回过神来，突然感觉到要被他放下，不由自主地伸出手，拽紧了他的衣襟。

秦铮动作一顿。

143

谢芳华紧紧地攥住秦铮的衣襟，连指尖都微微地颤着。

秦铮看了她一眼，声音低哑地开口："吉时要到了，我得放你下来拜堂。"

谢芳华顿时放开了手。

秦铮缓缓将她放下，并伸手托住她，帮她站稳。

两旁立即有人拿来红绸，让二人一人牵住红绸的一端。

"正好到时辰了！"英亲王妃转过头，笑着对英亲王说。

英亲王点点头，看着秦铮和谢芳华，眼中有感慨，亦有喜色。

"既然吉时到了，王爷、王妃、老侯爷、谢侯爷……"赞礼官转过身，笑呵呵的声音顿了一下，又看向秦钰，"太子殿下，是不是该行礼了？"

秦钰扫了赞礼官一眼，脸色微沉，没说话。

"吉时到了，自然要行礼！"英亲王妃笑着对忠勇侯道，"老侯爷，是吧？"

忠勇侯点点头，看着一对新人，一脸欣慰："开始吧！"

赞礼官高喊："吉时已到！奏乐！"

随着他的高喊声，四周立刻有人准备好一应所需物品，秦铮和谢芳华各自按位置站好。

"叩首、再叩首、三叩首！一拜天地君亲！"

秦铮和谢芳华三叩首，对天地下拜。

赞礼官喊了一声"起"，二人起身，他又高喊："二拜父母高堂亲长！"

秦铮和谢芳华对着高堂的首座拜下。

赞礼官又喊了一声"起"，二人起身，他又高喊："三拜——"

"等等！"秦钰忽然出声。

在这样安静的环境中，他的声音虽然低沉，但十分清晰，众人一怔，齐齐向他看去。

英亲王、英亲王妃、忠勇侯、谢墨含、崔允五人也向他看去。

秦铮忽然眯起眼睛，目光冷寒地看着秦钰，不等他开口，便道："太子气色不太好，是这些日子监国累坏了，还是今晨得到急报，听说数月前奔赴漠北军营接管三十万兵马的安远将军吕奕忽然水土不服发病身亡才忧急不已？"

此言一出，满堂皆惊。

皇室和宗室的亲眷一惊之后稍好些，毕竟大多数宗亲不理朝政，朝臣们却变了颜色。

人人都知道皇上和太子极为器重安远将军，特意扶持他去漠北接管三十万兵马，毕竟皇上的母族吕氏多少代只出了吕奕这么一个兵法、谋略十分出色的武将，没想到这才多久，他竟然水土不服发病身亡了？

据说吕奕身体底子极好，且十分年轻，这个消息实在让人有些难以置信，可是话从秦铮口中说出来，人人都知道，铮小王爷口中从无虚言，他说是，就一定是真的。

群臣都惊骇不已，心底隐隐觉得这怕是太子和铮小王爷暗中博弈的结果。

一时间，堂中分外寂静，几乎落针可闻。

秦铮并没有就此打住，而是淡淡一笑："我南秦上下，能才大才多的是，漠北三十万军马一直由武卫将军掌管，这么多年一直忠心为国、军纪严明，即便当前失了主帅，一时半会儿也乱不了，太子不必忧急，稍后再派人去就是了。"

秦钰看着秦铮，抿着唇，没说话。

"太子忧心国事，忧心边境，实在是我南秦之福，这也是你身为太子应该做的。皇宫里的皇叔虽然卧病在榻，但是有你在想必甚是安心。不过可否等我拜完堂，你和各位朝臣再慢慢商议，此时先忍忍你的忧急？毕竟打断别人大婚，失了仁德恩义，也不是爱民之本。"秦铮话音落地，不再看秦钰，对赞礼官道，"继续！"

赞礼官点点头，提着气，再度高喊："夫妻对拜！"

秦铮和谢芳华转过身，面对彼此，缓缓拜下。

四周的众人屏息凝神，这一刻，连大气也无人敢出。

秦钰忽然闭了一下眼睛，再睁开时，他冷冷地看着二人，并没有出声阻止。

赞礼官待二人行完夫妻之礼，长长地松了一口气："礼毕，送入洞房！"

秦铮和谢芳华直起身子对视。

二人中间隔着花团，隔着红盖头，隔着一步的距离，可是忽然间觉得什么也没隔，什么也隔不断。

大婚，礼成，从今日起，从这一刻起，他们就是夫妻了！

君当作磐石，妾当作蒲苇，君心似我心，百年共白首。

秦铮看着谢芳华，忽然上前一步，一把扯掉了她的红盖头。

谢芳华一怔。

满堂宾客亦是一怔。

秦铮忽然扬声道："今日的大婚，规矩礼数没遵循之事十有八九，也不差这一桩入洞房后再掀红盖头了！我的妻子是谢芳华，不如就趁现在让所有人看个清清楚楚，往后都别错认了我秦铮的小王妃！"

众人一时惊悸，齐齐倒吸了一口凉气。

这等拜完堂就当众揭开新娘盖头的人，千古以来未有听闻，铮小王爷是第一个！

寂静中，忠勇侯忽然大赞了一声："好！"

"好！"英亲王妃也大赞了一声。

"好！"程铭的声音最高。

145

“好！”宋方不落其后。

满堂宾客被几人的赞扬声感染，纷纷赞扬道贺。

许多人看着被掀开盖头的谢芳华，惊艳得说不出话来，觉得李如碧和金燕虽然被称为南秦两大美人，可是今日一见，谁也不及这位芳华小姐。

艳冠群芳，华贵天下，真是应了她的名字！

秦铮在一片赞扬和道贺声中勾了勾嘴角，拦腰抱起谢芳华，声音清冷："既然众位都觉得好，那今日就多喝几杯。"话音刚落，他抱着谢芳华大踏步离开了喜堂。

"喂，你可不能进了洞房就不出来啊！"程铭喊了一声。

"就是，一会儿把新娘子送回去后，出来陪我们喝酒！"宋方也喊了一声。

二人开口后，京中与秦铮有交往的贵裔公子哥纷纷起哄。

有人说："这样美的新娘子，他的魂儿估计此时都被勾走了，不见得会回来。"

有人不干："我们等一会儿，他不来敬酒，我们就去新房拖他出来。"

大伙儿你一言我一语，说完哄堂大笑。

在满堂宾客的说笑声中，秦钰沉着脸，一言未发。

英亲王高兴地挥手吩咐开席，同时吩咐外面将流水席摆出去。

英亲王一边请老侯爷、谢侯爷、舅老爷入席，一边招呼太子和左相、右相等大臣及其他男眷。

英亲王妃忙着招呼前来道贺的宗亲女眷、朝中命妇以及大臣家眷。

谢芳华的心咚咚地跳个不停，她被秦铮抱在怀里，头埋在他胸前，忽然感受到了他深似海的爱重。

他当众揭开盖头，就是免得秦钰事后发难，他要让所有人看到，他秦铮娶回来拜堂的人的的确确是她谢芳华。

满堂宾客做证，三拜天地、父母、宗亲，谢芳华是秦铮堂堂正正明媒正娶的妻子！

秦铮走得极快，很快就进了内院，远离了前厅的喧嚣。

从喜堂到落梅居，这一段路不太长，但也不短，他一步一步地走着。谢芳华想，她以后在这英亲王府里，不是婢女听音，不是未婚妻，而是真真正正的他的妻子，这里就是她以后的家了。

喜顺、春兰带着人，簇拥着秦铮和谢芳华走向落梅居。

来到落梅居，从门口到正屋的路上，一大堆十全嬷嬷轮番砸下百子千孙、福寿双全、百年好合、早生贵子的喜庆话。

门口离正屋不远，秦铮放慢了脚步，慢吞吞地抱着谢芳华往里走，似乎要将她早先匆忙上轿、没听过的那些话都给她补回来，让她听个够。

谢芳华埋在他怀里，耳中却将那些喜庆话几乎一字不漏地都接收了。

心仿佛渐渐被潮水溢满。

这就是秦铮，他在用他的方式爱她，用他的方式给了她这样一个刻骨铭心的大婚之礼。

她一辈子也不会忘记今日的大婚！

更不会忘记今日的他！

秦铮！

秦铮！

秦铮！

幸好，她爱上的人是秦铮！

幸好，她有勇气做出这个选择！他迈出了多少步，她才走出了这一小步。

她的脸忍不住在他的胸前蹭了蹭。

秦铮身子一僵，脚步顿住，低头看向她。

此时，他们已经走到了屋门口。秦怜带着一堆宗亲姐妹等候在门口，见二人来了，欢欢喜喜地让开，请二人入内，同时又是一箩筐的祝福话奉上。

"哥，还不快带着嫂子进新房，还傻站着干什么？"秦怜见秦铮站在门口半晌不动，笑着瞪了他一眼，催促道。

秦铮抬起头，径直抱着谢芳华进了新房，来到床前，将她放下。

秦怜随后跟进来，见到谢芳华的模样，顿时惊讶地问道："盖头呢？"

春兰也跟进来，笑呵呵地解释："小郡主，您不知道，小王爷在拜完堂后就将小王妃的盖头给揭了，如今哪里还有盖头。"

秦怜呆了呆，看着秦铮："哥，你也太心急了吧？"

秦铮瞥了秦怜一眼，没说话。

秦怜凑过来，打量了一下谢芳华。她的妆容不是新嫁娘那种涂抹得惨白惨白的惯常装束，而是淡扫蛾眉，粉黛轻施，配上凤冠霞帔和鲜红如火的嫁衣，看起来明丽如画，美艳不可方物，满屋喜庆红色都不及她这个人散发出的滟滟华彩。

她看了一会儿，啧啧了两声，有些嫉妒："嫂子，你长得也太漂亮了！这样穿着嫁衣更漂亮得不像话。若是大家都看到了你，以后这南秦京中的女子还有人娶吗？"

谢芳华笑看了秦怜一眼，大约是这些日子帮英亲王妃准备了两场大婚，她累得瘦了一圈。

春兰闻言笑着逗趣："小郡主，您在这里守着是没看见，当时拜完堂，小王爷掀开盖头后，宾客们看着新娘子都惊呆了！"

"她这副样子，想想也知道当时的情形！"秦怜转过脸，不满地对秦铮道，

"这可是你的新娘子，你胡闹什么？怎么让那么多人看见了？"

秦铮忽然抬手。

"喂，我不就说两句话吗，你竟然要打我？"秦怜吓了一跳，立即后退了好几步。

秦铮将手慢慢地覆在额头上，不理会她，轻声说："你们都出去！"

秦怜长舒了一口气，狠狠地瞪了秦铮一眼。原来不是对她不满，估计正后悔自己的媳妇儿被人看了。她哼了一声，提醒他："前面的人还等着你去敬酒，你可不能耽误太久。"话音刚落，她走了出去。

春兰也笑着退了出去，并为二人关上了房门。

谢芳华这才打量起房间。还是秦铮的那间屋子，但是显然修葺了一番，屋中的摆设有的被换掉增添了新的，虽然入眼处红红的一片，墙上贴着大红的喜字，但她还是能找到熟悉的影子，这让她的心蓦地踏实了下来。

秦铮忽然放下手，看向谢芳华。

谢芳华也转回头看着他。

四目相对，两双眸子中映出彼此的容颜。

过了片刻，秦铮忽然移开眼睛，提脚向外走去。谢芳华一怔，伸手拽住了他。

秦铮转回头，目光落在她拽着他大红衣袖的手上，蔻丹明艳，一如她挑开轿帘时的模样。他盯了一会儿，然后慢慢地抬起头看她。

谢芳华轻咬着唇瓣，心下忽然有些紧张，但还是看着他，用尽全力低声开口："我很高兴。"

秦铮的眸中霎时涌上一股情绪，伸手一把将她拽进怀里，抬起她的脸，低头覆上了她的唇。

谢芳华突然被秦铮吻住，呼吸一窒。

秦铮熟练地撬开她的贝齿，手紧紧地将她扣在怀里，与她唇齿相依。

谢芳华的心又怦怦地跳了起来，本就有几分迷糊的脑袋更觉眩晕。

过了片刻，秦铮放开她，转身向外走去。

谢芳华又伸手拽住他。

秦铮回头看着她，见她微低着头，拽着他的袖子不松手，指节都因为攥紧而泛白，他好不容易平静下来的眸中又涌起几分热潮，声音低哑地开口："先让秦怜进来陪你。"

谢芳华紧紧地抿起嘴角，舍不得让他离开，低着头不说话。

秦铮看着她，忽然能清晰地感觉到她的心情，他沉默片刻，再度说道："我若不尽快出去敬酒，他们恐怕真会找到这里来拖我出去。"

谢芳华心里挣扎，过了一会儿，慢慢地放开了他的袖子，低声嘱咐："那……

你早点回来。"

秦铮闻言脸色微变，又沉默了片刻，喑哑地应她："好。"

"不准喝醉！"谢芳华又补充。

秦铮别开头，看向窗外。

谢芳华心下一紧，复又拽住他的袖子。

秦铮转回头，语气中带着浓浓的情绪，又应她："好！"

"说话算数，我等你回来。"谢芳华又盯着他。

秦铮这回没沉默太久，点点头，嗯了一声。

谢芳华又放开他。

秦铮停顿了一小会儿，转身打开房门，走了出去。

谢芳华听见他走到门外对秦怜说："你进去陪她，她早上应该没用早饭，你准备些饭菜。"秦怜嘟囔了一句："知道啦。"他便出了落梅居。谢芳华走到窗前，伸手打开窗子，看着他的背影，只见他一身红衣，袍带轻扬，俊逸华美，风流洒脱。

秦怜走进屋，来到窗前，伸手捅捅她，笑着揶揄："好嫂子，你这是舍不得哥哥啊！人都嫁进来了，还怕他飞了？"

谢芳华舍不得移开眼睛，不理秦怜的取笑，看着他一步一步离开。

仿佛有感应一般，在即将走出门口时，秦铮忽然回头看来，当看到她站在窗前，他顿住脚步。

"哎哟喂，真受不了你们俩！"秦怜怪叫，"你们俩再看下去，我就要起鸡皮疙瘩了！"

显然听到了秦怜的话，秦铮收回视线，转身出了落梅居。

谢芳华只能回过头，伸手关上窗子，对秦怜说："给我烧一桶热水，我要沐浴。"

秦怜眨眨眼睛："嫂子，天色还早，外面宾客多得很，我哥哥这一出去，没两三个时辰回不来，你这么早就沐浴等他啊！"

谢芳华脸一红，瞪了她一眼，低声说："如今天热了，我在轿子里闷了一身汗，总不能一直这样忍着。"

"好。"秦怜笑着点头，"不过，娘早就让人给你准备好饭菜了，我先去给你端饭菜，吃完饭再洗吧。"

谢芳华确实感觉饿了，点点头。

秦怜对外面吩咐了一声，春兰应了，立即带着人去了小厨房。

谢芳华走到梳妆镜前，准备卸下凤冠、朱钗和其他首饰。

秦怜立即走过来帮忙："你别动手，我来帮你。"

谢芳华放下手。

秦怜一边给她卸凤冠，一边低声说："昨日传出宫里进了刺客的消息后，爹要进宫，娘不同意，险些跟他打起来。娘说这么多年宫里都没有刺客，怎么偏偏就大婚前一晚有，一定是有问题。爹说即便有问题，听说宫里进了刺客他也不能不去。两人争执半天，后来还是哥哥派了玉灼传话，说让他们尽管进宫，娘才作罢，跟着爹进了宫。"

谢芳华点点头。

"他们是子时后进的宫。三更天后，哥哥进宫去接你，天亮后他们才回来。"秦怜压低声音，"当时娘回来就跟我说，那个被哥哥从宫里接出的新娘子不是你，我吓了一跳。娘说虽然新娘子盖着盖头，身形跟你相差无几，但是她一眼就能看出来，她都能看出来，哥哥更能看出来。"

谢芳华忍不住问："后来呢？他是如何接了人出来的？"

"娘说当时哥哥就和秦钰哥哥打起来了，二人从地面打到灵雀台上，足足打了一个时辰。后来秦钰哥哥不知道说了什么，哥哥出了灵雀台，沉着脸接了新娘子就出宫了。"秦怜低声道，"他接了人走后，秦钰哥哥就放爹娘出宫了。"

谢芳华抿了一下嘴角，没说话。

"真是难以想象秦钰哥哥会如此做。"秦怜低声问，"那个代替你的新娘子是谁啊？"

"卢雪妍。"谢芳华道。

秦怜睁大眼睛，似乎有些难以置信，不过片刻，她就恍然了："原来是她，怪不得呢。"

说话间，秦怜将谢芳华头上的朱钗都卸掉，堆在梳妆台上面，舒了一口气，问谢芳华："戴着这些东西沉不沉？"

"沉！"谢芳华点头。

"大婚真受罪！"秦怜嘟囔了一句。

谢芳华其实没觉得受罪，当时没觉得头上戴的凤冠首饰沉，也没觉得大红嫁衣烦琐。她慢慢地脱了嫁衣，的确感觉周身都松快了，不由得笑了笑。

"皇宫里不好玩，回王府也不好玩。"秦怜帮她把首饰收好，话锋一转，忽然笑嘻嘻地道，"不过如今你嫁进来了，我有伴了，估计就好玩了。"

谢芳华看了她一眼，觉得经过这么些日子、这么多事，自从回到英亲王府，秦怜似乎长大了。以她之前的性子，一定会跑到喜堂去观礼，可是如今，她宁可不观礼，也要带着人守着新房，应该是给她准备一应用品，怕出差错。另外，她如今喊秦铮"哥"的时候，比往日都更亲近。谢芳华笑着点点头。

这时，春兰带着人端来饭菜，人还未到，香味就飘进了屋。

150

秦怜立即打开门问："我好像也饿了，多拿一副碗筷没？"

春兰笑着点头："拿了。奴婢猜想小郡主忙了一早上也该饿了，您正好陪小王妃一起吃。"话音刚落，她带着人将饭菜摆上桌，对谢芳华悄声嘱咐，"小王妃您吃半饱就好，等小王爷敬酒回来，您还可以再陪他吃些。"

谢芳华想了想，秦铮出去怕是吃不上饭，会喝一肚子酒回来，点了点头。

"我去给您烧水。"春兰笑呵呵地又走了出去。

秦怜坐在谢芳华对面，拿起筷子对她说："嫂子，要不然我代替哥哥跟你把酒喝了吧？等他从外面回来，喝了那么多酒，估计都喝不下了。"

谢芳华笑着瞪了她一眼。

"行不行？"秦怜眼馋地追问。

"不行！"谢芳华果断拒绝。

秦怜撇撇嘴，开始狼吞虎咽地吃饭。

谢芳华听从春兰的嘱咐，吃得半饱便放下了筷子。

饭后，春兰带着人收拾了残羹，然后吩咐人将热水抬到屏风后。

谢芳华到屏风后去沐浴，秦怜吃得太饱，四仰八叉地窝在软榻上休息。

谢芳华沐浴出来，见秦怜竟然已经躺在软榻上睡着了，她有些好笑，想着秦怜这些天一定是累坏了便也不喊醒她，自己坐在椅子上看着窗外的落梅，等着秦铮。

过了一个时辰，春兰走进来悄声说："前面的公子少爷们闹得太厉害，拖着小王爷喝酒，估计一时半会儿还回不来。要不然您先休息一会儿，等小王爷回来我喊您。"

谢芳华摇头："我不累。"

"小郡主这些日子可累坏了，"春兰看向秦怜，"可是也不能就这么在新房里睡着了啊。"说着，就要去喊秦怜。

谢芳华伸手拦住她："别喊她了，让她睡吧。等秦铮回来再喊醒她。"

春兰犹豫了一下，还是点点头，走了出去。

谢芳华又坐了半个时辰，人还没回来，她起身找了一本书看，打发时间。

书看了半本，天色渐渐暗下来，落梅居院外渐渐有人声和动静传来，她抬头看去。

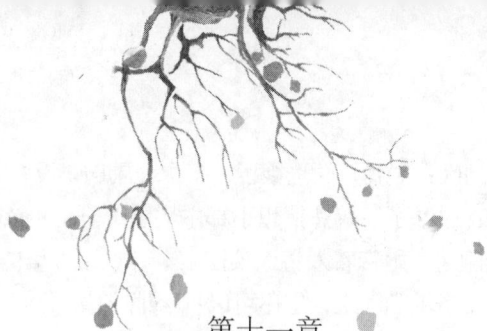

# 第十一章
## 洞房花烛

春兰进了屋，笑着道："小王爷总算回来了！"话音刚落，她喊秦怜，"小郡主，快醒醒，小王爷回来了！"

秦怜迷迷糊糊地睁开眼睛，然后又闭上眼睛："找个人把我扛回去算了，我困得不想动。"

春兰无奈，伸手托起她，将她拽到门外，然后喊来一个人将她扛了回去。

这时，一群人簇拥着秦铮回了落梅居，以程铭、宋方为首。秦铮显然喝了不少酒，走路都被人搀着，摇摇晃晃的。

谢芳华透过窗子看着他，一群人中，大红衣衫的他分外夺目。

春兰带着人迎上前去，林七、玉灼扶过秦铮，春兰道谢："多谢几位公子送小王爷回来，小王妃已经睡了，闹洞房就算了吧。"

程铭、宋方等人显然也喝了不少，闻言面露遗憾："新娘子怎么就睡了啊？"

"你们拖着小王爷吃了大半日的酒，小王妃等得累了，奴婢做主让她先休息了。"春兰道。

"那就罢了。"程铭、宋方等人也隐约清楚今日这场大婚不易，想着谢芳华定然是倦了，便纷纷告退，折了回去。

这么痛快就打发走了人，春兰自然高兴，乐呵呵地让人扶着秦铮进屋。

谢芳华放下书卷，在秦铮被扶进来时迎了出去，迎面便闻到一股浓浓的酒味，她微微蹙了一下眉，伸手扶住他，低声问："真喝醉了？"

秦铮唔了一声。

"今日那帮公子实在闹得狠了些，王妃挡了好几次都不管用，就是不放人回来，就连跟公子交好的程公子和宋公子也跟着起哄，不帮公子挡酒。"春兰看着秦铮的样子，皱着脸对谢芳华道，"奴婢去端醒酒汤来。"

谢芳华点头："顺便端饭菜来，再抬一桶热水。"

春兰应了一声。

谢芳华将秦铮扶到床上，拿过靠枕让他半靠着，然后看着他，见他似乎真醉了，一双眼眸虽然半睁着，但是根本看不到里面的颜色，她瞪了他一眼："你是怎么答应我的？说了不准醉的！"

秦铮又唔了一声。

谢芳华想着他这是喝了多少酒，不过大婚之日，被灌酒也是正常的，就算答应了她没做到，也不能怪他。她陪着他坐下，轻声问："是不是很难受？"

秦铮慢慢地摇摇头。

谢芳华看着他："我先帮你把外衣脱了吧。"话音刚落，她伸手去解他的外衣。

秦铮伸手抓住了她的手。

谢芳华抬头，见他一双眸子睁开了些，目光有些迷离，她问："怎么了？"

秦铮将另一只手覆在额头上，摇头："不太难受，先穿着吧。"

"你不热？"谢芳华看着他，虽然喝得不少，但看起来还没醉得不省人事。

秦铮垂下眼睫，低声说："我想多穿一会儿。"

谢芳华心思一动，声音也跟着低了些："为什么？"

秦铮沉默不语。

谢芳华看着他。微低着头的他安静而美好，这样的他，不张扬、不轻狂，没有以往那种锋芒毕露的耀眼光芒，如一块美玉，温润华美。她伸手抱住他的腰，将身子偎依进他的怀里，声音低而柔："以后你的衣服都由我亲手做，你想穿哪件就穿哪件，何必舍不得这一件？"

秦铮的身子微微颤了一下，他慢慢地放下覆在额头上的手，眼眸微湿地看着她："这是喜服，不一样。"

"有什么不一样的？都是我做的。"谢芳华贴在他的心口上，听着他的心跳，"你若是舍不得，将嫁衣和喜服收藏起来就是了。"

秦铮张了张嘴，想要说什么，忽然又闭上，不再言语。

"小王爷、小王妃，醒酒汤和饭菜端来了。"春兰这回没直接进来，而是在门口轻声道。

谢芳华松开秦铮站起身，对外面道："端进来吧。"

春兰推开门走了进来，她端着醒酒汤，身后跟着几名婢女端着饭菜，还有两人

153

抬着一桶热水。

谢芳华接过醒酒汤，递给秦铮。

秦铮靠着靠枕不动，不伸手去接。

谢芳华只得将碗递到他唇边，他张开嘴，一口一口地喝着。

"这醒酒汤是王妃找言宸公子特意配了一味药熬的，说不管喝得多醉，这碗醒酒汤喝下去，酒都能醒一半。"春兰笑着说。

谢芳华点点头，问："爷爷、舅舅、哥哥都回府了？"

"回府了。"春兰笑着道，"老侯爷今日也喝了不少酒，刚离开不久。王妃说她今天就不过来了，明日您和小王爷什么时候睡醒了，什么时候去敬茶就行了，不用太早起，她这些日子也累了，要好好地睡一觉。"

谢芳华笑了笑。

不多时，秦铮喝完一碗醒酒汤，春兰接过空碗，又笑着嘱咐："您的八大婢女刚刚都进府了，安排了院子里，另外，院子里还有林七和玉灼。奴婢今晚也住在院子里守夜，您和小王爷有事情尽管吩咐。"

谢芳华点头："辛苦兰姨了！"

春兰连连说不辛苦，拿着空碗退了下去。

房门关上，谢芳华回头对秦铮说："你喝了一肚子酒，没吃饭吧？先吃饭。"

秦铮点点头。

谢芳华等了他一会儿，见他不动，她伸手拽他起来，拉着他坐到椅子上，将筷子递给他。

秦铮不接。

谢芳华看着他问："我喂你？"

秦铮沉默了一会儿，点了点头。

谢芳华觉得他喝了一肚子酒，便夹了青菜给他，秦铮低头吃了，然后谢芳华又夹给他，他摇头，看着她。谢芳华无言地把青菜放进自己口中，又夹了一筷给他，他才吃了。

二人就这样你一口我一口，将桌子上的菜吃了大半，秦铮才摇头表示不吃了。

谢芳华放下筷子，站起身，对他说："你能自己去沐浴吗？我去给你找衣服。"

秦铮伸手拿过桌子上的两杯酒，递给谢芳华一杯。

谢芳华愣了一下，知道这杯酒是合卺酒，她接过来，秦铮的手臂忽然绕过她的手臂，她的心跳停了一下，将酒杯递给他，二人一起喝了。

两杯酒喝下，秦铮放下杯子，站起身走到了屏风后。

谢芳华呆呆地坐在桌前发了一会儿呆，才起身去给他找衣服。找到衣服后，她捧着犹豫了一会儿，才走到屏风后。

秦铮在她进来后，身子蓦地僵了。

谢芳华将衣服搭在衣架上，对他问："用我帮你吗？"

秦铮不语。

谢芳华走近两步，站在木桶边，又低声问了一句。

秦铮忽然别开头。

谢芳华站了片刻，见他显然不用自己帮忙，转身走了出去。

回到房间，她换了睡袍，拿着早先没看完的那本书先上了床，靠在床头看书。

屏风后在她出来后静了好一会儿，才传来细微的水响。过了半个时辰，里面才传来窸窸窣窣的穿衣声，又过了半晌，秦铮才穿着轻软的睡袍缓步走了出来。

谢芳华放下书本，看着秦铮。

秦铮顿住脚步，也看着她。

过了半晌，他不靠近，也不挪动一步，谢芳华轻声问："酒醒了吗？"

秦铮忽然提脚向外走去。

"你去哪里？"谢芳华立即问。

秦铮脚步顿了一下，不说话，继续向外走。

谢芳华面色一变，立即跳下床。在他的手即将打开房门时，她追上了他，一把将他拽住，提着气问："我问你，你要去哪里？"

秦铮不回头，身子微僵，不说话。

谢芳华手收紧，上前一步，强硬地迫他转过身面对她，重复了一遍："我问你，你这是要去哪里？"

秦铮看了她一眼，低下头，用力地甩开她的手。

谢芳华却用力地扣住，不让他甩开。

二人开始拼力气，转眼间便动用了内力。

谢芳华隐隐感觉到他即便受伤也要甩开她，顿时气急低喝："秦铮！"

秦铮动作一顿。

谢芳华看着他，又气又怒："你这是要跟我分房？"见他不言语，她的眼圈渐渐地红了，"你费尽心机将我娶回来，新婚之夜，你竟然……竟然要跟我分房？"

秦铮的身子僵住了。

谢芳华死死地看着他，眼泪忽然控制不住地流下来："我不准你走，不准你跟我分房！"

秦铮的唇瓣紧紧地抿起。

谢芳华的眼泪迷蒙了视线，她却还使劲地睁大眼睛想要看清他，可是看了半晌还是看不清，泪水太多，几乎将她的眼睛淹没。

秦铮忽然别开脸，不看她。

谢芳华不再说话，眼泪止不住地往下流，可是过了半晌，秦铮的身子依然僵着，他一语不发，也不动作，似乎拿定了主意。她的心忽然疼了起来，揪心扯肺地疼，但是她不想放手，还死死地攥着，不让他离开。

眼泪噼里啪啦地打在地板上，可是哭的那个人无声无息。

秦铮忽然受不住地转过头，一把将她按在了怀里，双手紧抱住她，嗓子沙哑："别哭，我……"他想说什么，却说不出来。

谢芳华哭得更厉害了。这么久了，她从未流过泪，可是如今她不受控制地想哭。

"别哭……"秦铮紧紧地按住她，似乎想用心口堵回她的泪水。

谢芳华的眼泪却流得更凶了，泪水很快就打湿了秦铮的衣襟。

泪水渗进软袍，秦铮心口处的肌肤感觉到浓浓的湿意，似乎灼烧着他的心，他一时难受得窒息，又说了几句别哭，可是丝毫不管用，他忽然发狠，伸手推开她，低头吻上了她的眼睛。

谢芳华汹涌的眼泪霎时止住了。

秦铮没有立即离开，又低头吻了一会儿，直到将她眼睛四周的泪水都吻尽，才放开她。

谢芳华看着他，轻声道："你此时连让我哭都舍不得，为什么大婚之夜要跟我分房？"

秦铮别开头。

"你说啊！"谢芳华拔高音，见他不语，眼泪又要涌出。

秦铮转过头，伸手捂住了她的眼睛，终于开口，声音沙哑至极："与你同床，我怕……我忍不住。"

谢芳华眼中又流出泪水，打湿了他的手心。她明白他在说什么，今天是新婚之夜，今天是他们的洞房花烛夜，今天是他们费尽心机得到的大婚，今天是他们成为夫妻的第一天，可以名正言顺地躺在一张床上，可以名正言顺地做一些事，可是因为她的魅族血脉，他不敢吗？

她拿开他的手，哭红了的眼睛看着他："为什么要忍？我没想你忍住。"

秦铮低头看着她，眸中情绪涌动，没说话。

谢芳华上前一步，靠在他的怀里，抱住他的腰，低声道："秦铮，既然我选择了嫁给你，那么从今以后，我们就是夫妻一体。"她顿了顿，"就算有什么魅族族训，就算我身体里流着魅族的血液，就算我是什么魅族的圣女，需要血脉传承，又怎样？我都敢选你了，你还不敢要我吗？"

秦铮身子一震。

谢芳华闭上眼睛，抱紧他："云澜哥哥问我，哪怕嫁给你，我会死，他会死，我也不怕吗？忠勇侯府一直是我肩上的重担，我背负了多年，哪怕看不到它完好地再撑一代，我也不惧吗？哪怕有了我爹娘、他爹娘的前车之鉴，我和他都活不了几年，老侯爷白发人再送黑发人，我也无畏吗？我说，不怕，不惧，无畏。"

　　秦铮心一紧，不由得伸手也抱住她。

　　"你一定很奇怪我为何一直对云澜哥哥不同，甚至比对我哥哥还亲近几分。"谢芳华紧抿了一下嘴角，鼓起勇气，"以前你让我对你剖心，我是坦承了不少事，但还是瞒了一些事，那就是关于云澜哥哥的事情，却不是有关魅族的事，今日我就原原本本地告诉你，那是我们的前世今生。"

　　秦铮一怔，看着她。

　　谢芳华不看他，沉默了一会儿，轻声道："我其实……"她顿了顿，斟酌着语言，"紫云道长是你师父，你知道他是魅族的国师，可是他一定没告诉你，他为何留在南秦很长一段时间，你也一定不知道他是为了我做了逆天改命之事才受了重伤而殒命。"

　　"逆天改命？"秦铮疑惑地看着她。

　　谢芳华点头："外公告诉我，紫云道长曾经为我逆天改命。"她抿了抿唇，低声道，"若是将我的人生分成两部分的话，这是我活的第二世了。"

　　秦铮蹙眉。

　　谢芳华睁开眼睛看着他，认真地对他讲述："上一世，我也是忠勇侯府的小姐，只是我没有去无名山，而是养在深闺，就和金燕、燕岚、李如碧等人一样，甚至不如她们熟悉世事。我被爷爷和哥哥保护得太好，但是，就在今年冬季，忠勇侯府被皇上以和北齐姑姑联合通敌叛国之罪株连九族。爷爷、哥哥自尽，谢氏的所有族亲，男的被杀，女的被贬为官奴，或发配，或送入娼馆。"

　　秦铮眉峰拧紧："那你呢？"

　　"我也服了毒，但是醒来后，发现自己被云澜哥哥救去了一个地方。"谢芳华这是第一次对人说起过往，还是对秦铮，还是在他们的大婚之夜，她回想起上一世，说不出是什么感觉，"我醒来后，才知道南秦的整个天都变了。当时流传着一句歌谣：南秦倾了一个谢，半壁江山塌一空。整个谢氏被诛尽，白骨堆积成山，城外的玉女河变成了一条血河，直到来年开春，血色都没有完全消退。"

　　秦铮抱紧她，目光中露出惊疑和难以置信："后来呢？"

　　"后来，我想死，可是云澜哥哥对我说，我这条命是爷爷和哥哥费尽心血留下的，我若是死了，对不起他们。我不能死，只能和云澜哥哥相依为命。"谢芳华目光渐渐飘忽，"过了几年，云澜哥哥体内的焚心之毒发作，我用血救他，可是他中的毒太深了，连我的血也救不了，最后他毒发而死，而我一直用血救他，直到血流

157

尽，跟着他一起死了。"

秦铮的身子颤了颤，抱着她不语。

谢芳华又闭上眼睛。前世她活了那么多年，可是短短几句话便说完了，原来没那么难说出口。

沉默许久，秦铮平静下来，不解地问："你们不是……"他想说什么又顿住，改口道，"为何没……"他还是说不出来。

谢芳华知道他问的是什么，这是目前横亘在他们之间的沟壑。她摇头："我也不知道为何，自从死去再醒来后，我竟然忘了他，只记得皇上株连整个谢氏，爷爷、哥哥、我都死了。后来的事，在去平阳城见到他之前，我都不曾记起过。直到见了他，看到他焚心发作，我才突然想起他，记起了与他相依为命的那些事。"

秦铮恍然："原来如此，怪不得从那会儿见到谢云澜起，你就突然有了不同……"

谢芳华点点头："也许是因为逆天改命，前世的事，除了谢氏被灭门，我几乎都不记得了，就连这些人也只有一个模糊的印象。"

"我呢？"秦铮问。

谢芳华摇头："没印象。"

秦铮又沉默下来。

谢芳华也不再说话，她的确不记得上一世的秦铮。

过了许久，秦铮低声开口："我第一次认识你，是在皇祖母的寿宴上，你跟随老侯爷进宫，但是只露了一面就走了。我第二次见你，是在老侯爷的寿宴上，我和燕亭打架，你出现。我第三次见你，是你暗中离府，混入皇室隐卫的选拔队伍里，后来，一别八年。我第四次见你，是你化作王银回京，轧死了我的狗。"

谢芳华仰头看他，不明白他为何听完要说这些。

秦铮看着她，声音忽然压到极低："你这一世都认识我，上一世又怎么会不认识？你是忠勇侯府的嫡出小姐，地位比朝中有品级的命妇还要高，每逢宫里摆宴、年节日子，你都是要进宫的。上一世，你虽然被老侯爷和子归保护得好，但也不像这一世会离开京城那么久，应该是没病没灾吧？外面自然不会传扬你卧病多年的消息。我自小长在皇祖母的宫里，隔三岔五进宫，你我碰面的机会应该多的是。"

谢芳华想了想，觉得有理，点了点头。

她从来没往这方面想过，前世的记忆对她来说太遥远，她重生后只记住了一点，就是要保住忠勇侯府，保住谢氏，上一辈子的事对她来说没有记忆也没什么。

上一世，她真的认识秦铮吗？

她能想起云澜哥哥，到如今却再想不起别的。

她沉默片刻，叹了口气："我真的没有关于你的记忆，记不起来。"

秦铮将她的头按在他怀里，又陷入了长久的沉默。

谢芳华将头贴在他的心口，似乎能感觉到他心底浓郁的情绪，这么多年压在她心底的东西，在今日传给了他。他需要相信这种离奇和怪诞，需要时间来消化，需要承担一半她的负担……

"记不起来就算了。"秦铮慢慢地放开她，低声道，"也没什么好记起的，上辈子不管我喜不喜欢你，那个结局我都不喜。"

谢芳华抬头："你相信？"

秦铮伸手按在眉心处，点头："有什么可不相信的？你有什么必要骗我？更何况魅族的一切本来就不能用常理视之，我师父有多大本事我知道，逆天改命对别人来说或许是天方夜谭，对他来说却是能做到的。更何况，他确实说过他做了一件逆天之事，造下了因，才命不久矣，只是不知道是关于你。"

谢芳华看着秦铮，在这一刻，她庆幸紫云道长是他的师父，才能让他相信她。

她的丈夫！

她的夫君！

她下定决心爱，哪怕舍去性命也要嫁的人！

她咬住唇，伸手将他放在眉心处的手拿下，看着他低声道："天晚了呢，秦铮，这是我们的大婚之夜、洞房花烛，你……难道打算就这样跟我说到天明吗？"

秦铮身子一僵。

谢芳华踮起脚去吻他的唇，手环住他的脖颈。

秦铮僵硬的身子颤了颤，伸手就要推开她。

谢芳华手收紧，手臂却轻颤起来，几乎咬破唇瓣才能说出话："我都对你说了这么多，你若是还推开我，我……"

秦铮忽然偏过头："你如何？"

谢芳华落下脚，看着他偏过去的脸，心想，她如何？她能如何？她都不知道自己是什么时候爱上他的，爱上他后，剔骨剥皮也放不下了。如果他打定主意今夜不如何，她还能强迫他吗？

不能！

大婚是两个人的事！

大婚之夜也是两个人的事！

洞房花烛，同床共枕，血脉相连也是两个人的事！

也许，还会跟她的父母一样，夫死妇随，妇死夫随，这也是两个人的事！

她慢慢地放下手臂，忽然泄了力气，背转过身，不再看他，而是看着满室红色，成双成对的鸳鸯灯烛、龙凤被褥，她低声道："你若是真想分房，那……"她闭上眼睛，"我依你就是了。"

秦铮不说话，连呼吸仿佛也停了。

谢芳华闭了闭眼睛，提脚向床边走去。

她刚走两步，秦铮忽然从后面抱住她，手臂圈紧，嗓音沙哑："我为何非要分房？我是怕你后悔。既然你……"他顿住，低头吻向她的脖颈，声音低不可闻，"我早就想要你了，一直忍着，忍着，到如今，谁还愿意忍……"

脖颈上传来滚烫的热度，谢芳华的身子颤了颤。

秦铮忽然将她转过身，拦腰将她抱起，向大床走去。

谢芳华身子腾空，头埋在他的心口，还没顾得上想什么，就已经被他放在了大床上。紧接着，他的身子压了下来，低头吻她的唇、她的眉眼、她的脖颈、锁骨，同时伸手解开她的衣带。轻软的睡袍脱落，露出里面一对梅枝缠绕成的并蒂莲兜肚……

"等等……"谢芳华忽然开口。

秦铮一顿，抬起头看她。

他的眼眸在红烛下黑得如外面的夜色，一眼望不到别的颜色，她低声道："被褥里……似乎有东西……"

秦铮愣了一下，掀开上面的被子，只见床上铺了一层枣、花生、栗子……

他忽然笑了一下，对她道："是早生贵子，要不要？"

谢芳华脸一红，霎时如火烧，她咬了咬唇瓣，偏过头将脸埋进被子里："要……"

"那就这样继续？"秦铮低声问。

谢芳华难受地动了动身子。

秦铮忽然将她抱起，手一挥，床上的东西被他推到了大床里侧。他的身子重新覆下来，唇贴着她的唇瓣，他一边吻着她，一边低声说："一会儿做完该做的，我们一起吃了它们。"

谢芳华慢慢地点了点头。

秦铮的唇重新游走各处，蔽障被一一除去，红色的帷幔衬着冰肌玉骨，即便光线昏暗，肩膀、手臂、小腿处的箭伤落下的疤痕依旧或深或浅，如上好的美玉被无情地摔碎，烙印上难以修复的裂痕。

秦铮的身子猛地僵住，血液瞬间如被冰封住，唇紧紧地抿起。

谢芳华敏感地睁开眼睛，正看到似乎转眼间就被冻在冰天雪地中的他，漆黑的眸底此时是锥心剜骨般的痛，她心下一紧，伸手抱住他："秦铮，我是心甘情愿的，我知道若是有办法，你不会伤我……"

秦铮忽然闭上眼睛。

谢芳华知道此时说什么都不管用，她一边微微仰起脸，去吻他的眉眼、他的

160

唇、他的脖颈，一边伸手去解他的衣服。他的肌肤上面密布着或深或浅的伤痕，比她身上的要多得多。这些伤痕的来历她大约知道，是他为了去西山大营，突破皇上在皇宫摆给他的龙门阵时落下的。若不是为了她，他何必拼死去要西山大营做筹码？比起他受的伤，三箭又算什么……

她的伤伤在明处，尽人皆知；他的伤伤在暗处，不为人知！

她的吻落在他胸前，轻轻碰触那些疤痕，勾勒出点点湿润……

秦铮通体的冰冷和僵硬渐渐散去，他忽然夺回主动，扣住她的手，唇吻上了她的伤疤。

谢芳华心下一松。

……

红烛燃尽，帷幔内娇香处处，软红深深。

落梅居内，正屋传出的动静不大，但守在隔壁的春兰还是听得清清楚楚。

她听了好大一会儿，才长长地舒了一口气，提着罩灯出了落梅居，向正院走去。

她来到正院，正院的灯亮着，英亲王和王妃显然还没歇下。

"王妃。"春兰在门口低喊。

喊声一落，英亲王妃立即打开房门，看着她焦急地问："怎么样？他们是否……"

"回王妃，圆房了。"春兰笑得合不拢嘴，"奴婢听得真切，一准是圆房了无疑，您放心吧！"

"真的？你没听错？"英亲王妃不大相信。

"没听错！"春兰道。

"不对啊。大婚前，我看那个臭小子的模样，没有要跟华丫头圆房的意思。难道我猜错了？"英亲王妃不解。

春兰闻言凑近她，压低声音，几乎是对英亲王妃耳语："小王爷开始的确没有圆房的打算，似乎是因为顾忌小王妃的身体，要跟她分房。后来不知怎的，大约是小王妃拦着他不让他走，两人在屋子里拉扯着说了好一番话，最后小王爷败下阵来，二人便圆房了。"

英亲王妃听完更惊讶了："他们说了什么话？"

春兰摇摇头："声音太低，奴婢耳朵也不那么好使，没听清。"

英亲王妃瞪眼："你既然耳朵不好使，怎么这么肯定圆房了？"

春兰哎哟了一声，红着脸悄声道："王妃您是过来人，这耳朵不好使，听不见什么话，但声音总是听得清的，我听见小王妃叫了……不是圆房了是什么？"

英亲王妃闻言顿时眉开眼笑："圆房了就好，我这颗心一直提着，如今真能放

161

下了。"

春兰笑着点头："您就放心去睡吧，明天他们醒来，奴婢就将喜帕给您拿来。"

英亲王妃点点头，没立即回屋，而是站在门口感慨："这俩孩子能走到这一步真是不易，多少人跟着操碎了心，尤其是……"她顿了顿，叹了口气，"太子今日气得够呛，他走的时候我看那张脸阴得难看，恐怕以后还是不会平静，真让人没办法。"

春兰闻言跟着劝慰道："听说李小姐从昨日进宫后就一直留在皇后的宫里，今日也没回府。如今小王爷和小王妃的大婚成了，估计太子也就是一时想不开，以后未必会如何，毕竟皇后还不糊涂，希望能劝着点儿。"

"希望吧。"英亲王妃叹息，"都是执拗的孩子。"话音刚落，她摆摆手，"你快回去吧！万一他们有什么需要，还是要有个稳妥的人在才是。华丫头带来的那八名婢女好是好，就是太年轻了，忠勇侯府内没有内宅夫人，使得她们也都不晓得内院那些事，华丫头身边也没个妥帖的嬷嬷。落梅居的事这些天你就先担着，等他们新婚之后，我问问她的意见，看看是否安排个妥帖的老嬷嬷前后照应着，毕竟她嫁进来了，以后落梅居也不能和以前一样。"

春兰点头，催促她："王妃您这些日子都没好好休息，如今就将心放回肚子里吧，别操这么多心了。落梅居有奴婢在，不会出错的。"

英亲王妃点点头，转身回了屋。

房门关上，春兰提着罩灯又返回了落梅居。

这一夜，因为二人大婚，真是几家欢喜几家愁。

忠勇侯府内，老侯爷喝了不少酒，回府之后和谢墨含、崔允说了一会儿话，三人的心情都是既庆幸又伤感，庆幸的是终于平安顺利地大婚了，伤感的是忠勇侯府这一代唯一的女儿，在外八年，回来后林林总总加起来没在府中住上几个月就这么嫁出去了，以后忠勇侯府内更冷清了。

崔允叹息道："华丫头大婚后，含儿还是要赶紧张罗婚事才是。等你大婚了，这侯府内就不冷清了。"

谢墨含揉揉额头："今天太子实在让人有些心悸，希望他以后能收手。"

"我看不见得！"崔允摇头，"太子看着脾气好，其实性情和秦铮差不多，骨子里都执拗，若是轻易能放开，就不是他了。"

忠勇侯哼了一声："他不放开又能如何？他有计谋，铮小子有段数，两个博弈，小打小闹也就罢了，若是真闹大了，那会危及南秦的江山。如果他不仁慈，就不配为君。别以为那条登上皇位的路有多容易，需要舍弃的东西多了，情爱算什么？他以后就会知道，孤家寡人是古来定论。"

162

谢墨含点点头，放下手，站起身："天色不早了，爷爷年岁大了，别劳神了，早些歇着吧。"

忠勇侯点点头，对二人摆摆手。

崔允也站起身，随谢墨含一起出了荣福堂。

崔允回了自己的院子，谢墨含则去了谢云澜所住的院子。今日大婚，谢云澜并没有前去观礼，而是和谢林溪一起照应府外长街上摆的流水席。

谢墨含进了院子后，见风梨迎上来，他低声问："你家公子呢？可睡下了？"

"公子在屋中看账册呢。"风梨摇头。

谢墨含点点头，提脚进了屋，果然见谢云澜在看账册。见他来到，谢云澜放下账册："你这一日累了吧，怎么还来我这里？有什么事派人说一声就是了。"

谢墨含摇摇头："没什么事。"说着，在他对面坐下，看着他道，"我就是不太放心，过来看看你。"

谢云澜了然，淡淡一笑："这回你放心了？"

谢墨含见他面色平静，真不像是有事的样子，点点头："嗯，放心了。"

"今日大婚顺利，大家心里都踏实了。我看你也喝了不少酒，回去早点儿休息吧。"谢云澜道。

谢墨含点点头，但没立即走，而是对他道："关于焚心之毒的解法，我也知晓，想必妹妹大婚前已经和你说过此事了。我本不想拿此事再来烦你的心，但是今天午时接到了外公的书信，他已经离开了北齐边境，向魅族方向去了，我就想着，还是要对你说一声，除了那种解法，未必没了别的解法。"

谢云澜沉默着，没说话。

谢墨含看着他道："妹妹离家八年，虽然改变了很多，但是骨子里的脾性还是没怎么变，她一旦决定一件事情，就是非做不可，哪怕亏了自己、毁了自己，她也是要做的。既然她爱上秦铮，决心嫁给他，那么今夜……"他顿了顿，"除非秦铮十分抗拒，否则，她一定会跟他行夫妻之礼的。"

谢云澜抿唇，似乎认同了谢墨含的话，点了点头。

谢墨含看着他："依我对秦铮的了解，他一旦决定做一件事情，也是不容置疑的，但是，男女情事上，碰到妹妹他也会例外，又是在今日这个他们好不容易得到的大婚之夜……"他摇摇头，"他等了多年，一直想要她，所以不见得扛得住。"

谢云澜忽然笑了一下："若是他扛得住，芳华怕是会伤心。"

"是啊，所以，结果可以预料。"谢墨含站起身，对他道，"天下之大，无奇不有，魅族是神奇，但也是凡人，世上有很多事物，不是只有一种方法能破，所以，不能放弃希望。"话音刚落，他神情凝重地道，"尤其是牵连着你们三个人的命。云澜，你不要放弃，也许外公就是那个希望。"

谢云澜闭了闭眼睛："我明白你的意思，若是我忽然放弃了，对她来说，怕是真没希望了。"

谢墨含点头："依照我的立场来说，无论是你、秦铮，还是芳华，我都想你们好好的。"

谢云澜睁开眼睛，点点头："你放心，芳华也是我妹妹，人活一世，不是只有男女情爱，亲情也是很重要的。只要是为她好，我做什么都可以。"

谢墨含心中感叹，重重地拍拍他的肩膀，不再多言，转身离开了他的院子。

谢云澜在谢墨含离开后，身子向后一仰，靠在了椅背上，面色平静，无波无澜。

忠勇侯府、英亲王府等各大府邸陆续熄了灯后，皇宫内苑德安宫的灯火却依旧亮着。

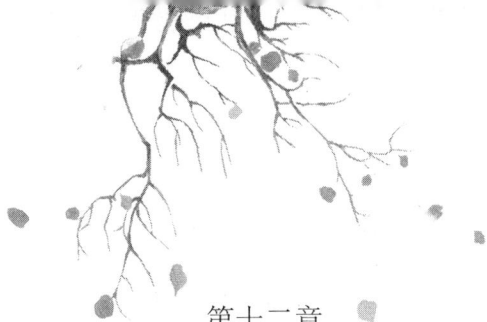

第十二章
# 绾发画眉

德安宫内的宫女、太监、嬷嬷们大气也不敢出，更不敢去睡，只因太子从英亲王府喝了酒回来便来了德安宫。

月落带着皇室隐卫齐齐地跪在德安宫外。自从得到秦铮顺利大婚的消息后，这些人便跪下了，已经跪了整整一日又半夜。

秦钰回来后看到他们，一言未发地进了东暖阁，一直没出来。

直到深夜，有人前来禀告："回太子殿下，英亲王府落梅居的梅花今天开得非常明艳。"

东暖阁内的人听了，没什么动静。

跪在门口的月落明白是什么意思，面色陡然一灰。

过了许久，东暖阁内传来一声茶盏摔碎的脆响，紧接着，秦钰的声音传出，听不出什么情绪："折一枝来插花瓶。"话音刚落，他补充了一句，"就放在这德安宫里养着。"

"是！"那人退了下去。

德安宫内重新沉寂下来，秦钰没有离开的打算，月落等人依旧跪着。

英亲王府落梅居内。

夜色已深，帷幔内春情依旧未消。

三更鼓响起时，谢芳华香汗淋漓，已经连抬手指的力气都没有了，可是身上的人似乎不知疲惫，精神十足，将她掰开揉碎，不知餍足，她再也受不住，几乎带了丝哭音求他："好了……"

秦铮头埋在她的脖颈处，张口咬住她的耳垂，闻言低声控诉："是你先惹我的，我还没好……"

　　"你已经……"谢芳华想说你已经三次了，还没好，那多少次才能好，但是她的脸发烫，问不出口，只咬牙抬手抱住他，张口同样咬住他的耳垂，软软地央求，"我真受不了，好了吧……"

　　秦铮身子一颤，动作顿停，嗓音沙哑："都是初次，我都不疼了，舒服得很，你怎么就受不住……"

　　谢芳华闻言无语，狠狠地咬了他一下，气道："男子和女子真能一样吗？你说你看了春宫，到底是真懂还是不懂？"

　　秦铮被她咬得心神一荡，但想着她连咬人的力气都没了，可见是真的受不住了，他无言片刻，放开她，从她身上下来，叹了口气："好吧，就依你。"

　　谢芳华彻底地松了一口气，觉得整个人都软成一摊水了。

　　秦铮也喘息半晌才又开口，为自己正名："我虽然看了春宫图，但是图上只教人事，也没教女子受不住啊。"

　　谢芳华偏过头不理他。

　　秦铮伸手握住她的手，轻轻揉着她的手指："若不然，我现在就将春宫图拿来给你看看？"

　　"不看！"谢芳华将脸埋进被子里。

　　秦铮凑过来一些，靠紧她，伸手给她揉酸了的身子，谁知他才碰一下，谢芳华的身体就像是过了闪电，她受不住地按住他的手："你别动我。"

　　秦铮看她怕得跟什么似的，无奈地摇头："我给你揉揉，不再弄你了。"

　　"我不用你揉！"谢芳华摇头。

　　秦铮蹙眉："你不是难受吗？"

　　谢芳华偏过脸看着他，见他一副委屈的样子，她抬起手臂揉揉额头，红着脸羞愤地低声道："你此时越碰我，我越难受，我已经受不住了，你乖乖躺着就是了。"

　　秦铮不解地看着她。

　　谢芳华一时不知道怎么解释，想了想，偏过头去咬他的唇瓣，同时伸手去碰他的肌肤。

　　秦铮立即按住她的手，将她推开一些，警告道："你再这样，求我也没用。"

　　谢芳华放下手，点了点头："对，就是这样，你碰我，我就是这样受不住……"

　　秦铮愕然，片刻后，慢慢地笑了："原来如此！"

　　谢芳华看着他，这个笑容让她的心又急速跳跃起来，如被点燃。她别开脸，声

166

音细若蚊蝇："这回你懂了？再下去，明天晌午也起不来。"

秦铮点点头，将她连人带被子抱进怀里，身子不碰到她，低声道："懂了。看来春宫图也不能全教会我们，以后还是要慢慢地自学领会……"

谢芳华的身子一下子烧着了。

秦铮抱着她躺了一会儿，感觉怀里的人儿昏昏欲睡，他忽然想起什么，推她："别睡。"

"困！"谢芳华的眼睛几乎睁不开了。

"先吃了东西再睡。"秦铮伸手抓过一把花生、枣、栗子，递到她面前。

谢芳华不想吃，不想动，不想费力气，也没有力气，她摇头："你都吃了吧。"

"早生贵子是两个人的事，怎么能一个人吃？"秦铮坐起身，将她拽起，抱在怀里，"先别睡，你不想动，我剥给你吃。"

谢芳华懒洋洋地被他抱在怀里，靠在他身上，无奈地点点头。

秦铮开始动手剥，剥好了喂谢芳华一口，自己再吃一口。

室内很安静，只听到他咔咔的剥皮声和两个人轻轻的咀嚼声。

吃了好一会儿还没吃完，谢芳华已经困得难受了："还有多少？"

秦铮沉默了一会儿："还有不少，再吃两盏茶差不多。"

"谁在床上放了这么多东西？"谢芳华蹙眉埋怨。

"不是兰姨就是秦怜。"秦铮说。

"放这么多，显然是没经验，应该不是兰姨。"谢芳华想，像是秦怜那丫头会做的事，铺了满满一床。

秦铮点点头："她真笨。等给她找到婆家把她嫁出去，她大婚的时候也给她铺一床。"

谢芳华闻言忍不住好笑，想着秦怜若是大婚出嫁，新婚之夜不知道哪个倒霉蛋陪她一起吃。

"乖，再吃一会儿。"秦铮哄她。

"好吧。"谢芳华无奈。

二人又吃了一阵，果然用了两盏茶的工夫才全部吃完。秦铮将谢芳华放下，下地倒了一杯水，喂她喝了两口，见她喝完眼睛已经彻底睁不开了，他笑了一声。

谢芳华昏昏沉沉地睡去。

秦铮放下水杯，重新躺回床上，看着这么一会儿工夫已经睡过去的人儿，慢慢地收起笑意。

不知何时，他对她的爱已经深到这一辈子不惜一切代价，只想抓住她。

不知何时，她对他的爱已经深到不顾性命，放弃重生之后一直坚持的东西也要

167

嫁给他得个圆满。

　　他只知道自己爱得深重，等了多年，步步算计，步步为营，只为将她困在自己怀里，却全然不知道她的爱悄无声息地蔓延，在他还没意识到时，就已经和他的爱一样深重。

　　以前，他看着她清淡的眉目，觉得无论他如何努力，似乎也只能碰触到她心外坚硬的铁壳，只能落下那么一点点痕迹，让他苦不堪言。

　　如今他终于明白，那些苦比起今日都不算什么。

　　他凝视着她如海棠花盛放的艳丽容颜，心头止不住一阵阵激荡，他伸出手想碰触她，在快要接近她时又堪堪顿住，停了半晌，终是没敢碰她，无奈地收回来，暗暗想着，她的身体还是太娇弱了，应该是内伤还没养好吧……

　　这样一想，心头激荡的潮水倏地退了个干净，秦铮闭上眼睛，眉目深沉。

　　谢芳华即便累得筋疲力尽，清晨时分还是准时醒了。

　　片刻的恍惚之后，她轻轻偏过头去，对上一张安静的俊颜。秦铮依旧睡着，睡着的他安静、纯粹、俊美，如上好的玉雕。她痴痴地看了一会儿，慢慢地将头靠在他怀里。

　　她大婚了！

　　经过昨夜，他们已经是真真正正的夫妻了！

　　她记得昨夜她睡过去后，他是隔着被子抱着她的，如今却是两个人盖一床被子，被子里的温度不再那么灼热，很温暖。

　　她想起昨夜他几度纠缠，脸慢慢地红了。

　　秦铮忽然睁开眼睛，像是有感应一般低头，只见怀中的人儿枕在他的臂弯处，微低着头靠在他胸前，长发如锦缎般披散开，娇颜晕红，他呼吸一窒，抱着她的手臂不由得紧了紧。

　　谢芳华一惊，抬头正对上秦铮刚刚睡醒的眸子。

　　秦铮的目光跳跃了两下，忽然伸手遮住了她的眼睛，嗓音低哑地问："还难受吗？"

　　谢芳华摇摇头，感觉他的手紧了一下，又立即点点头："有点儿。"

　　秦铮复又闭上眼睛："天色还早，再睡一会儿吧。"

　　谢芳华咬了一下唇。以前每天这个时辰她已经起来了，若是再睡的话……

　　"你若是不想睡，也是没办法早起的。"秦铮的声音又喑哑了几分，搂着她的手寸寸收紧，传递着一种不消言说的意味。

　　谢芳华的脸顿时红透了，伸手按住他的手。

　　"还睡不睡？"秦铮低声问。

　　谢芳华感觉到他蠢蠢欲动的情潮，不由得开始思考床笫之事，男女之间为何会天差地别，他怎么能这么有精神。她费了好大的力气才轻轻地摇了摇头："睡。"

秦铮有些郁郁："好，那就睡吧。"

谢芳华赶紧收起心中被他牵引出的热度，闭上眼睛，努力入睡。

秦铮慢慢地放松了箍紧她的手臂，静静地抱着她。

谢芳华的确还是很疲惫，昨夜三更天才睡下，如今歇了没几个时辰，她生怕他再不依不饶，索性真的开始聚集困意，不大一会儿竟然又睡了过去。

秦铮听着她均匀的呼吸声，暗暗地惋惜了一下。

二人没起床，落梅居内的众人即便起了也都忍着，小心翼翼的，不敢闹出丝毫动静，唯恐惊醒二人。

谢芳华再度醒来已经是两个时辰以后了，这时早已日上三竿。

她睁开眼睛，透过帷幔看到明亮的日光，骇了一跳，腾地坐了起来。

因为起得太猛，牵动了腰肢，她咝的一声，倒抽了一口冷气。

"怎么了？"秦铮立即坐起身，伸手揽住她。

谢芳华听到熟悉的声音，慢慢地转过头，正对上秦铮担心的脸，她微怔："什么时辰了？是不是睡过了敬茶的时间？"

秦铮摇头："还没到午时，时间还早，娘说等着我们一起吃午饭。你若是醒了，我们现在就起，到正院也不是太晚。"

谢芳华松了一口气。

"你刚刚……"秦铮担忧地看着她，试探地问，"疼？"

谢芳华动了动身子，感觉还好，她摇头："刚刚可能起得猛了些，没事。"

秦铮面上有一丝自责，不过看着她，眸内的颜色渐渐变了，呼吸也有些不稳起来。

谢芳华敏感地察觉到了他的情绪变化，她低头，只见刚刚起得太急，锦被滑落，她不着寸缕的身子暴露了出来，外面天色大亮，帷幔内自然看得清清楚楚，上面遍布吻痕，红红紫紫，她的脸顿时烧了起来，一把揪起被子就要往身上盖。

秦铮伸手按住了她的手。

谢芳华快速地抬头看了他一眼，又快速地低下头，红着脸道："再耽搁时间就过午了。"

秦铮不语，按住她的手不动。

谢芳华抿了抿嘴，又低声道："大婚都是有休沐的，你也有吧？"

这意思不言而喻。

秦铮的神色变幻了一阵，最终艰难地转开脸，点点头："有。"

"几天？"谢芳华见他的手微微松了，她拽过被子挡住自己。

"想休息几天就休息几天。"秦铮道。

谢芳华眉目动了动，又问："休沐之后还是要去西山大营？"

秦铮嗯了一声，含糊地说："看情况吧。"

谢芳华点点头，伸手推他："你先披衣下床，让人……"她有些不好意思，"抬水来沐浴，总不能这样穿衣服。"

秦铮回头看了她一眼，又收回视线，顿了半晌，才点点头，慢腾腾地挑开帷幔下了床。

帷幔落下，帐内只剩下她一人，谢芳华松了一口气，又忽然有些怅然若失，拥着被子看他简单披上衣服，走到门口，对外面喊了一声："来人。"

"小王爷，您醒啦？"春兰的声音立即在外面响起。

秦铮嗯了一声："兰姨，抬一桶水来。"

"好嘞！已经准备好了，奴婢这就去唤人抬进屋。"春兰应了一声，笑呵呵地去了。

秦铮走回床前，将帷幔的缝隙遮了遮，低声对里面的谢芳华道："你先盖着被子躺一会儿。"

谢芳华意会，重新躺下。

秦铮又走到窗前打开窗子，阳光立即射了进来，他迎着阳光，眯了眯眼睛。

谢芳华透过红色的帷幔，见他身姿挺拔地站在窗前，映着透进来的阳光，他美好得令人炫目，这就是她的夫君呢……

她轻轻扯动嘴角，无声地笑了。

不多时，春兰带着几个力气极大的粗使婆子抬着两桶水进来，直接抬进了屏风后。

将木桶放下后，几个粗使婆子利落地出去了，春兰却没立即离开，而是来到床前，站在帷幔前，对里面的谢芳华轻声道："小王妃可是醒了？"

谢芳华嗯了一声，忍不住羞红了脸。

春兰笑呵呵地问："是奴婢伺候您沐浴换衣，还是让侍画、侍墨等人进来？她们都在外面候着呢。"

"不必了，兰姨你出去吧。"秦铮转回身道。

春兰回头看了秦铮一眼，明白了，笑着点点头，走了出去。

秦铮关上窗子，拉下帘幕，挡住了外面的阳光。他来到床前，挑开帷幔，伸手将谢芳华从被子里捞出来，抱在怀里，走到屏风后。

谢芳华低呼一声，将脸埋在他怀里。

秦铮忽然笑了一声。

从内室到屏风后，短短一段路，谢芳华身上已经染了一层粉红色。

秦铮站在木桶旁，似乎有些舍不得将她放下，看了她片刻，直到谢芳华脸都红

170

透了，他才慢慢地将她放进木桶里。

谢芳华身子刚碰到水，整个人便滑了下去，一个不小心呛了一口水，顿时咳嗽起来。

秦铮立即伸手拽住她的胳膊，拍拍她的后背。

谢芳华咳了好一会儿才止住，抓住他的手，娇嗔道："你是故意的？"

秦铮目光平静，神色极其无辜。他看了她一眼，慢慢地放下手，扯掉自己的外衣，跨进了旁边的木桶里。

谢芳华瞅着他。以前怎么看他都是一个少年，可是经过昨夜，到底是不一样了。不着寸缕的他看着清瘦，其实非常结实。他的身上除了或深或浅的伤痕外，还有她昨天承受不住他的冲力抓出的痕迹。看他进了水里，她红着脸收回了视线。

刚收回视线，她忽然觉得哪里不对，又立即抬头看去，只见秦铮露在桶外的肌肤呈粉红色，尤其是耳根和脖颈部分。

她眨了眨眼睛，又睁大眼睛仔细地看了一遍，确定没看错。

秦铮忽然撇开头，声音暗哑："你看够了没有？"

谢芳华咳嗽了一声，刚要不好意思地收回视线，忽然又顿住，理直气壮地看着他："没看够怎么样？"

秦铮呆了一下，似乎忽然不知道如何答话。

谢芳华总算扳回了一局，忽然似笑非笑地对他说："我看自己的夫君，又不犯王法！"

秦铮又呆了一下。

谢芳华抬起手，掬了一捧水，对着他撩了一下："我说的难道不对吗？"

秦铮的脸变幻了片刻，感觉她撩过来的水珠滴在他身上时突然变得滚烫，她理直气壮的笑容明艳得夺目，与以前的她大不一样，与昨日的她相比也不一样，少了少女的隐隐青涩，多了女人的妩媚，尤其是她犹不自知地自然流露出这种风情，几乎将他的心和他整个人都点燃了。

他看着他，目光渐渐地变了。

谢芳华忽然觉得不对，立即停了手上的动作，别开脸将身子全部没进水里，对他小声道："我们快点儿洗，若是误了敬茶，传出去会被人笑话的。"

秦铮不说话，只目光沉沉地看着她。

谢芳华伸手捂住脸，暗暗后悔刚刚的得意忘形，又补救般小声道："我都饿了，你不饿吗？"

秦铮忽然哼了一声，撇开头，撩水往身上泼。

谢芳华暗暗松了一口气。

过一会儿，秦铮先洗完，他出了木桶，披着衣服对谢芳华道："水温适中，你多泡一会儿，午时之前我们去正院就好，时间还来得及。"

谢芳华闭着眼睛点点头。

秦铮从屏风后走了出去。

他离开后，谢芳华睁开眼睛，伸手轻轻地撩着水。直到现在，她还有几分恍惚，他们是夫妻了，是夫妻了呢！以后同床共枕，同榻而眠，同寝同食，荣辱与共……

秦铮出了屏风，走到衣柜前，打开衣柜看了一眼，对身后问："你昨天说以后我都穿你缝制的衣服，是不是真的？"

谢芳华点头："自然是真的。"

"那今天我穿什么？"秦铮问。

谢芳华忍不住笑了一下："我缝制完嫁衣和喜服后，看着还有点儿时间，另外给你做了两套衣服，就是颜色鲜艳了些——"

"在哪里？"秦铮打断她。

"你喊侍画、侍墨去找，她们知道。"谢芳华说。

秦铮点点头，披好衣服打开房门，果然见侍画、侍墨等人站在门口，见他出来，她们齐齐见礼，他扫了几人一眼，重复了一遍谢芳华的话。

侍画、侍墨闻言点头，立即笑道："我们这就去找，小王爷稍等。"话音刚落，两人向存放嫁妆的屋子走去。

秦铮转回身，坐在窗前的椅子上等着。

不多时，侍画、侍墨抱了一摞衣服进了屋，摆放在软榻上，对秦铮道："有您的衣服，还有小姐的衣服。"

秦铮忽然抬头，看向二人。

二人被他一看，顿时恍然，连忙改口："是小王妃的衣服……"

秦铮颔首。

侍画、侍墨见他再没别的吩咐，提着气出了房间。房门关上，二人对看一眼，都长长地出了一口气，总感觉如今的小王爷和以前的二公子比起来，实在是让人看一眼都心悸。

秦铮站起身，来到软榻前，伸手将最上面的两件男式长衫提起来，对比了一下，选了一件暗红的云纹织锦落梅刺绣的男衫拿在手里，将另一件放在一旁，又展开谢芳华的衣裙，挑了片刻，从中选出一条水红的软烟罗轻纱尾曳拖地长裙，长裙的衣摆处同样绣着落梅，与他手里的这件男衫很配。

他选完后，看到一摞衣服底下的兜肚和亵衣，目光暗了暗，选了一套，然后拿着谢芳华的衣服走到屏风后，将之搭在她木桶旁的衣架上："你穿这套。"

谢芳华扫了一眼，正好看到兜肚和亵衣，她红着脸点点头。

秦铮转身走了出去，开始换衣服。

谢芳华看了一眼外面的天色，起身出了木桶，擦干水渍，换上了秦铮拿进来的那套衣服。

穿戴妥当后，她走出屏风，看到秦铮早已经换完衣服，坐在桌前等着他。

他穿大红的喜服瑰丽俊美，穿暗红的长衫尊贵俊逸，真真是穿什么都好看。

四目相对，谢芳华痴了，秦铮看着她，目光凝了凝。

过了半晌，秦铮对她说："坐过去，我给你绾发。"

谢芳华眨了眨眼睛，提着裙摆走到菱花镜前坐下。见他起身走过来，立在她身后，她端正地坐好，不由得想起她还未动心时，他强行给她绾发，被她折腾了好几次，梳了拆，拆了梳，直到她自己没脾气了，他还无动于衷，那时候的他，心情是怎样的？

秦铮拿起木梳，轻轻地拢着她的三尺青丝。

谢芳华透过镜子看着他。很少有男子会梳女子的发型，可是秦铮会，且做得自然纯熟。她很难想象当初德慈太后和英亲王妃是怎样教导秦铮的，除了宠着他放任他外，又是怎样从不限制他在一旁看着，竟然会了女子的琐事。

不多时，秦铮便将谢芳华的一头青丝绾在头顶，拢起了高高的云鬟，然后他打开梳妆台上的匣子，从里面挑选了两件首饰给她戴上，之后，看了一眼镜子中的她，道："好了。"

谢芳华见秦铮要罢手，低声说："画眉呢？"

秦铮手一顿，看了她的脸一眼，真真是眉目如画，他端详了片刻，摇头："不用画了。"

谢芳华伸手拽住他的衣袖："你给我画。"

秦铮蹙眉："你的眉极好，画了就是画蛇添足了。"

谢芳华拽着他不松手，偏过脸，坚持地看着他："你画得轻一些，稍微点些黛色。"

秦铮低头看着她，只见她脸庞微仰，娇颜明艳，云鬟高绾，露出雪白的脖颈，上面隐隐有淡淡的红痕，他撇开眼睛，点点头。

谢芳华见他答应，不由得露出笑意。

秦铮伸手拿过桌子上的黛笔，伸手拽她，谢芳华顺从地站起身，微仰着脸，等着他的笔落下。

秦铮显然是从没学过画眉，也从没考虑过要给谢芳华画眉，所以，看着她，黛笔久久不落下。

谢芳华等了半晌，抬头问他："怎么了？真那么不好画？这是大婚时，侍画给我画的……"

173

她话音未落，秦铮的笔已经落下。

谢芳华一动不动，感觉他落笔很轻，只扫了一扫，便抬起笔，看了一眼，然后将笔放在了梳妆台上，回头又端详了她片刻，低声问："还要我帮你上妆吗？"

"你会吗？"谢芳华看着他。

"可以学。"秦铮道。

谢芳华重新坐下，闭上眼睛："那现在就学吧。"

秦铮似乎笑了一下，点头，拿过她的胭脂，轻轻地给她涂抹。

过了片刻，他放下手，低声说："睁眼。"

谢芳华睁开眼睛，看着镜中清艳绝伦的自己愣了一下，心下暗叹，有的人太过聪明，学什么都是一学就会，秦铮就是这种太聪明的人。

秦铮转过身，向外走去："走吧。"

谢芳华站起身，推开椅子，一把拽住了他的袖子。秦铮停住脚步看向她，她慢慢地松开袖子，去抓他的手。秦铮看了她一眼，不等她抓到，便反手将她的手握住，拉着她向外走去。

二人一起出了房门。

屋外阳光明媚，洒下的阳光穿透梅枝的空隙，在地面上的落梅花瓣上洒下点点华彩。

秦铮拉着谢芳华跨过门槛后，等在屋外的春兰和八大婢女以及玉灼、林七等人并排站在一起给二人请安，人人脸上洋溢着喜庆。

"赏！"秦铮摆手。

"多谢小王爷、小王妃！"众人齐齐笑开了。

秦铮拉着谢芳华向外走去。

春兰提脚跟上，对侍画等人吩咐道："侍画、侍墨跟着我过去伺候就行了，其余人都留在落梅居吧。"

众人齐齐点头，侍画、侍墨提脚跟上。

一行人踩着落梅花瓣出了落梅居，英亲王府的红绸还未撤掉，满府依旧被装点得红火喜庆，各处都贴着大大的喜字和福字。

谢芳华昨日没能好好地看看王府内的装饰，今日不由得四处张望，多看了几眼。

秦铮似乎知道她的心情，拉着她慢悠悠地向前。

走出一段路后，谢芳华忽然想起了什么，停住脚步回头问侍画："今日敬茶，早先准备的礼可都带上了？"

侍画还没答话，春兰就笑着说："小王妃放心，您随嫁妆备的敬茶礼今日一早就找了出来先送到正院了。稍后会有人拿出来在您敬茶的时候奉上，您只管敬茶就行了。"

谢芳华闻言点点头。

"操心的命！"秦铮忽然道。

谢芳华转眸瞪他："敬茶是大事，怎么能不操心？"

秦铮看了她一眼："即便你没有敬上礼，爹和娘也不会介意的。"

"那也是失了礼数。"谢芳华道。

秦铮忽然感到奇怪："大婚第二日，你该想的不是敬茶收礼吗？或者是，该怎么自然地改口称呼爹娘，怎么会操心这个？"

谢芳华脸一红，收回视线，低头走路。

秦铮忽然去揉她的头。

谢芳华立即拦住他的手，嗔道："别乱碰，你好不容易给我梳的头，别弄乱了。"

秦铮顿住手，慢慢撤回。

谢芳华本来对敬茶没那么紧张，可是被秦铮这么一说，她忽然有点儿紧张起来。她嫁了秦铮，以后就不能再喊王爷、王妃了，应该跟着秦铮一起喊爹、娘。

卢雪莹早就嫁进了英亲王府，这等日子，她和秦浩应该也在吧。还有刘侧妃……

她回头看了一眼，春兰、侍画、侍墨等人都落后了她和秦铮几步，既然她准备的礼物早就送去正院了，那么，她就不用担心了。

不多时，一行人来到正院。

正院门口早已经候了一堆丫鬟婆子，见二人到来，齐齐露出惊艳羡慕之色，纷纷见礼道贺："恭喜小王爷、小王妃！"

秦铮点头："赏！"

"谢小王爷、小王妃！"一群人都笑了起来，他们知道，既然是秦铮赏下来的，喜钱定然不少。

秦铮拉着谢芳华往正屋走。

立即有人提前挑开帘子。

"终于来了！"英亲王妃笑呵呵的声音在正屋画堂响起。

谢芳华随着秦铮迈过门槛，抬头看去，画堂里坐了一屋子的人，除了英亲王、英亲王妃、刘侧妃、秦浩、卢雪莹、秦怜、秦倾外，还有几个老者以及一群女眷。

谢芳华有些蒙，除了几个人，其余的她根本不认识。

她抓着秦铮的手不由得紧了紧。

秦铮的脚步也顿了一下，似乎也没想到有这么多人在。他的目光扫了一圈，感觉到谢芳华的紧张，偏头看了她一眼，在她耳边低声道："既然来了这些人，稍后娘肯定会带着你认亲，你不用紧张。"

谢芳华怎么能不紧张，她几乎想落荒而逃。

秦铮看着她，又道："你怕什么？除了爹娘，这满屋子的人谁有你身份尊贵？就算是认亲礼，除了爹娘外，其余人都不用你磕头请安，你只需要点头见礼，别人还会还你礼呢。"

谢芳华抓着他的手稍微一松，小声道："我这不是第一次吗？"

秦铮忽然笑了："你还想几次？"

谢芳华闭上嘴，剜了他一眼。

秦铮拉着她走了进去。

一屋子人的目光顿时聚在了二人身上，秦铮清俊潇洒，谢芳华清丽明艳，两人并肩挽手走进来时，室内似乎洒满了清辉。

英亲王妃见二人进来，已经忍不住站起身迎上前，跟没看见秦铮似的，伸手拉住谢芳华的手，笑着问："累不累？"

谢芳华霎时红了脸，垂下头。

英亲王妃顿时笑了，连忙改口："其实还没到午时，你再多睡一会儿也没关系，从落梅居到这正院还是有些距离的，看你都出细汗了，怎么没让人弄一顶轿子？"

谢芳华恨不得将头埋进地下。

"怎么了？是不是不太舒服？"英亲王妃见她不说话，有些紧张地又问。

谢芳华摇摇头，声音极低："没有不舒服。"

英亲王妃松了一口气，刚要再拉着她说话，春兰从外面跟进来，凑近她："王妃，今日这么多人在这里等着，先让小王爷和小王妃行敬茶之礼吧。都是一家人，有什么话，回头再说也不迟。"

英亲王妃顿时拍了自己的头一下："我一时高兴，倒是忘了今天人多了。"话音刚落，她伸手一指，"这些都是宗亲，以后亲戚间要走动，所以今日我将他们都请了过来，免得你进门后还要挨个去认亲，麻烦。"

谢芳华终于抬起头，红着脸点点头。

英亲王妃见谢芳华一改从前的沉静冷清，跟换了个人似的，娇羞明媚，艳丽不可方物，这才像大婚后的新媳妇，只有真真正正喜欢这桩婚事，才会由内而外散发出这种娇羞和欢喜，这自然让她也欢喜不已。

"好啦，你总是拉着孩子的手，让她怎么敬茶？"英亲王看着二人，面上也露出欢喜赞赏。

英亲王妃应了一声，松开谢芳华的手，重新坐回了主位上。

秦铮拉着谢芳华走上前。

176

春兰立即招呼人端来茶，在地上垫了蒲团。

翠荷将谢芳华带过来的礼放在托盘里，递给侍画和侍墨。二人立即接过，跟在谢芳华身边。

秦铮拉着谢芳华跪在蒲团上，谢芳华伸手接过茶盏，先递给英亲王："爹，请喝茶。"

侍画同时递上早先给英亲王准备的礼，立即有人代替英亲王接过。

按照惯例，新媳妇敬茶，呈给公婆的礼物都是亲手缝制或者绣的衣服、鞋子、袜子之类的。谢芳华和秦铮大婚的时间赶得急，她又包揽了秦铮的喜服，根本就没有太多时间，但还是熬夜亲手粗粗地缝制了两套衣服。

虽然同样是男子的衣袍，但自然不比秦铮身上穿的精致，只是缝制了，并没有绣上花纹。

秦铮在侍画将衣物呈给英亲王时多看了一眼，眼底落下一片暗影。

英亲王接过茶盏，喝了一口，看了谢芳华一眼，又看向她身边的秦铮，点了点头："好茶。"

立即有人呈上英亲王早就备好的礼，英亲王放下茶盏接过，递给谢芳华。

这礼没藏着掖着，也没用红布包着，是一块令牌。

四周观礼的众人齐齐倒抽了一口冷气。

这块令牌众人都认识，是英亲王府的亲卫府兵令。

秦浩的脸色顿时沉了下来。

一旁的卢雪莹看了秦浩一眼，没什么表情。

谢芳华也愣了，没想到英亲王会拿英亲王府的府兵令给她做新妇敬茶的改口礼。据她所知，在南秦，府兵也有规制，亲王府可以养五千府兵，世袭侯府可以养三千府兵，公主府及其他勋贵府邸可以养两千府兵，左、右二相可以养一千府兵，其余大臣府邸依照品级递减。

按理说，王爷没从朝中退下来前，这块府兵令都是要在他手里攥着。除了府兵，各大府邸还可以或多或少地养些隐卫，不过因为隐卫难养，必须自小培训，所以都不会养太多。

英亲王府有三支隐卫，英亲王给了秦浩和秦铮各一支，自己手里留了一支，他却在此时将五千府兵的府兵令给了谢芳华，等于是将王府的正统和权力都交给了她。

让人怎么能不心惊？

就连秦铮都露出了讶异之色，忍不住抬头看了英亲王一眼。

谢芳华也不是不谙世事的女子，自然明白这块府兵令之重，一愣过后，立即推托："爹给的礼物太重了，儿媳恐负担不起，您还是收回去吧！"

177

"长辈赐，不可辞！"英亲王摆手，不容拒绝，正色道，"你是我英亲王府的嫡系儿媳，如今铮儿已经承袭了爵位，你们自此肩负了王府的重担。男儿建功立业，保家卫国，一番天地在府外；女子勤俭持家，谦恭得体，相夫教子在府内。我希望你们真能不负我所望，夫妻一体，百年传承。收着吧！"

谢芳华依旧犹豫，偏头看向秦铮。

"你看我做什么？给你的又不是给我的。"秦铮道。

谢芳华瞪了他一眼，忍不住小声反驳："不是说嫁鸡随鸡，嫁狗随狗，夫唱妇随吗？"

秦铮闻言被气笑了："什么时候你道理一堆了？"

谢芳华看着他。

"收着吧，五千府兵呢！我在西山大营练兵，你也可以在王府内练兵玩。"秦铮懒洋洋地道，"爹不是说了夫妻一心吗？这也算是身体上一心了。"

谢芳华无语。

宾客闻言齐齐感叹，暗想这小王爷真是……还以为改了玩世不恭的性子。

秦浩的脸色更沉了。他是长子，大婚第二日带着媳妇儿敬茶，王爷给出的东西虽然极其贵重，让他心中欢喜。可是没想到，如今给秦铮的东西更贵重，明摆着是将整个王府都交给他了。只因为他承袭了爵位，而自己是庶长子吗？

"拿着吧！你爹说得对，我们老了，以后啊这王府就由你们来守着了。"英亲王妃说。

谢芳华见英亲王是真心实意地给她，只能点点头，收了起来。

春兰又端来茶盏递给谢芳华，她伸手接过，递给英亲王妃："娘，请喝茶！"

英亲王妃比英亲王激动多了，端过茶盏的手都是颤抖的，她应了一声，眼里似乎冒出了泪花。

谢芳华知道英亲王妃是真喜欢她，有这样一个将她当作女儿来疼的婆婆，的确是她的福气，弥补了她自小没娘的缺憾。

"真是好茶！"英亲王妃喝了一口，放下茶盏，含着泪说，"把我的礼拿来。"

立即有人递上准备好的礼。

英亲王妃接过，递给谢芳华，也是一块令牌。

众人看着那块令牌，又是惊呼起来。

谢芳华看到令牌，又是一怔，抬头看着英亲王妃。

"这是当年你皇祖母传给我的，如今就传给你了。"英亲王妃笑着道，"这是王氏的贵女令。王氏一脉曾经出过帝师，帝师虽然就职在京城，威望却是在江湖。帝师一生无子，临终前留了这块令牌，不过在太后手里没动用过，在我手里也不曾动用过，希望在你手里也不会有动用的那一日。"

谢芳华知道王氏曾经出过帝师，但是不知道贵女令，自然更不知道它的作用。

"帝师密言：一令出，百令应，风月变，天地暗。"英亲王妃补充道，声音不高不低，"所以，不到万不得已，贵女令不得动用。华丫头，你可要谨记。"

谢芳华顿时觉得手中这块牌子重逾千斤，就和德慈太后托林太妃转交给她的贺礼一样沉得压手。

她隐约明白英亲王妃今天叫这些宗室亲眷来观敬茶礼的目的了。英亲王和王妃趁机拿出两块令牌，不说是敲山震虎，起码是告诉所有人，她是英亲王府的儿媳妇，若是想动她，需要先掂量掂量。

或者说，针对的不是这些人，而是借由这些人的眼睛和嘴巴传出去，让高坐金銮殿上的皇帝和如今稳坐东宫的监国太子知晓，从而打消某些想法。

秦铮的父母爱屋及乌到了如斯地步，可见对她的爱重。

从大婚到今日敬茶，已经不止一次，她觉得自己的选择再正确不过。

她牢牢地攥住了自己的幸福，坚定地迈出了这一步，得到的远远比失去的要多得多。

她眼睛微潮地看着英亲王妃，重重地点了点头。

"好孩子！"英亲王妃伸手将她从蒲团上拉起来，神色温和慈爱，含着泪地笑看着她，"你皇祖母最喜欢铮儿，咱们府中的佛堂里供奉着她的牌位，稍后让铮儿带你去给她上一炷香。"

谢芳华应了。

英亲王妃转头，看向刘侧妃和秦浩、卢雪莹，笑着道："这三位我就不用介绍了，你都认识。"

谢芳华对三人点头见礼："刘侧妃、大哥、大嫂！"

刘侧妃笑着点头，命人送上她准备的礼物，是一套首饰。

秦浩即便极力忍着，脸色依然不太好看，只点了点头："弟妹！"随后也拿出了礼物，是一幅字画。

卢雪莹却是笑着上前一步，打量着谢芳华，笑道："弟妹真是漂亮！我嫁来王府后，没人做伴，就盼着你进府呢！"话音刚落，她拿出一盒古棋。

谢芳华仔细地看了她一眼，发现她瘦了很多，虽然脸上拍了一层粉，但也挡不住体虚之态。照她看来，应该是少眠多梦阴阳失衡之状，就是疲惫太过，有了亏损。她隐隐想起外面的传闻，明白了是怎么回事，对卢雪莹笑笑："嫂子进门得早，以后还要多多照顾我。"

卢雪莹笑着点头。

侍画、侍墨立即奉上给三人的礼。

"嫂子，"秦怜凑上前来，朝谢芳华伸手，"我的礼呢？"

秦倾也凑过来，伸出手："还有我，还有我。"

"你一边去，你又不是亲的，来凑什么热闹。"秦怜赶秦倾。

秦倾仰脖："我虽然不是亲的，但也是小叔子。"

谢芳华看着二人好笑，回头看了侍画、侍墨一眼，二人立即递上二人的礼物：给秦怜的是一本酿酒的秘方，给秦倾的是一本孤本的大家真迹。

二人拿到手，顿时欢喜不已，这两份礼物都是投其所好。

"这两个孩子！"英亲王妃忍不住笑了，挥手让他们俩闪开，然后牵起谢芳华的手，开始给她介绍宗室亲眷。

走了一圈，谢芳华将宗室亲眷都认了个大概。

英亲王妃今日请这些人来观敬茶礼，应该是提前跟她哥哥谢墨含打过招呼了，所以，给这些人的礼都备下了，而且分毫不失。

礼事毕，英亲王和英亲王妃吩咐摆午膳。

英亲王、英亲王妃坐在主位，左边分别坐着秦铮、谢芳华、秦怜、秦倾等人，右边分别坐着刘侧妃、秦浩、卢雪莹等人。

一顿饭吃得也算气氛融洽，秦浩即便心中不满，也没太敢表现出来。

饭后，英亲王妃赶人，催促二人去祠堂给德慈太后上香，并让他们之后就回去歇着。

秦铮没意见，伸手拉着谢芳华出了正院。

180

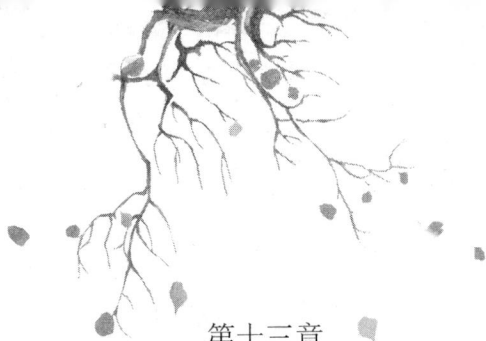

第十三章
# 就是不舍

出了正院后，秦铮没说话，谢芳华也没说话，二人静静地走向英亲王府后院的祠堂。

来到祠堂门口，看守祠堂的人立即给二人见礼："小王爷、小王妃大喜！"

秦铮点点头。

看守祠堂的人打开祠堂的门，秦铮拉着谢芳华走了进去。

祠堂内供奉着南秦历代先祖的牌位。显然早上英亲王、英亲王妃来上过香，所以里面烟雾缭绕。

秦铮拉着谢芳华径直走到德慈太后的牌位前站定。

有人立即递过来三炷香。

谢芳华伸手接过，看了秦铮一眼，见他盯着牌位一动不动，她转回头，看着牌位，将香插在香炉里，然后跪在蒲团上给德慈太后叩了三个头。

秦铮待她叩完头后，也拿过三炷香点燃，插在香炉里，低声道："皇祖母，这是谢芳华，你认识她的。"

谢芳华抬头看他。他的声音很平静，面容掩在阴影里，让她看不见他说这句话时的神色，但想来和他的声音一样平静。

须臾，他也跪在蒲团上，磕了三个头。

尔后，他直起身，伸手拽起谢芳华向外走去。

谢芳华拉着他停下，低声说："在宫里待嫁时，皇祖母托付林太妃送了我一份贺礼……"

秦铮点点头："知道了。"

"待回去后，我给你。"谢芳华又说。

秦铮摇头："既然是皇祖母给你的，你就好生留着吧，不用给我。"

谢芳华咬了咬唇瓣："皇祖母给的贺礼……不太一般。"

秦铮笑了一声："皇祖母送出的礼自然不一般。说是给你的，就是给你的，你留着就好，不用给我看，也不用给我。"

谢芳华蹙眉："不是说夫妻一体吗？"

秦铮凝眉看着她，忽然靠近一步，将她揽在怀里，低声问："你是想让我在皇祖母面前告诉她我们已经一体了吗？"

谢芳华脸一红，伸手推他。

秦铮顺势放开她，目光明明灭灭："即便是夫妻，也不必事无巨细什么都告知不是吗？"话音刚落，他拉起她的手，"走吧，我们回去。"然后拽着她出了祠堂。

谢芳华只能作罢。

从祠堂出来，二人回到落梅居。

刚到落梅居门口，大总管喜顺匆匆追来："小王爷。"

秦铮停住脚步，回头看向喜顺。

喜顺跑得有点儿急，来到近前，先给二人见礼，之后看着秦铮道："小王爷，宫里传来旨意，请王爷和您进宫议事。"

"我？"秦铮挑眉。

"是。"

"宫里来的人是谁？"秦铮问。

喜顺立即道："是吴公公。"

秦铮抿了抿唇，对他摆摆手："我知道了。"

喜顺看了他一眼，转身匆匆离开。

谢芳华想，既然是宫里的吴公公来传信，吴公公某种程度上代表的是皇上，她攥紧拉着秦铮的手，不想他进宫，毕竟他还在休沐期。

秦铮低头，只见她的手紧紧地攥住他的手，他目光动了动，沉默片刻，道："吕奕去了漠北，不过数月便水土不服染疾而死，漠北三十万大军要尽快稳定军心。找爹和我前去，应该是为了此事。"

谢芳华皱眉："吕奕是不是你动的手？"

秦铮颔首："算是我动的手，他是齐言轻从南秦离开后送给我的贺礼。"

谢芳华看着他："秦钰一定知道是你动的手，如今让你进宫……"

秦铮忽然笑了："就算人人都知道是我动的手又如何？没有证据不是吗？我人

182

一直在京城。若是查齐言轻，可是会牵扯出他进京的目的——齐言轻来南秦京城可是为了帮当初还是四皇子的秦钰。拔出萝卜带出泥，我不好过，他也难好过，双刃剑而已，他又能拿此事奈我何？"

谢芳华点点头。

"你先回房歇着吧。"秦铮撤出手。

谢芳华攥住他的手不松，微微低下头："我们刚大婚，按理今天是你休沐的日子。"

秦铮看着她："爹忠于南秦江山，我不进宫，他也会进宫，若是他心软答应了什么或者替我答应了什么，可就麻烦了。"

谢芳华忽然想到漠北的军权，立即松了手，对他说："若是让你去漠北，你不要去。"

秦铮好笑，忽然凑近她，轻吻她的脸颊："这么舍不得我？"

谢芳华的脸顿时红如火烧，但她不但没躲开，反而趁机抱住他："就是舍不得你。"

秦铮身子一颤，呼吸紊乱，没作声。

谢芳华好笑，忽然很喜欢这样的秦铮。她发现，只要她轻轻地碰他一下或者靠近他一下，他就会敏感地轻颤或者身体僵硬。是因为终于大婚了，成为夫妻了，他反而犹在恍惚中，不能回魂吗？她抱了他片刻才慢慢地放开他，退了一步，对他道："那你要早些回来，我等着你吃晚饭。"

秦铮点点头，嗓音微哑："好！"

谢芳华不再多言，对他挥了挥手。

秦铮在原地站了片刻，慢慢地转身，离开了落梅居。

谢芳华站在原地目送他。爱上一个人的感觉是怎么也看不够吗？无论他是什么样子，都让她心喜，哪怕只是他的背影。

秦铮走了一段路后忽然回头，见那人依然站在落梅居门口送他，即便离得远了，依旧能感觉到她的依依不舍。他抿了抿唇，忽然有一种快步走回去的冲动，可是刚挪动脚步，又生生地克制住，目光暗了暗，咬牙转过身，转眼就没了影。

谢芳华看不到他的身影了，依旧不想回去，她心中清楚，为了这个大婚秦铮背后一定做了很多。顺利地大婚后，有些事情肯定是要清算的，秦钰定然不会让他们好过。

想到秦钰，她抬头看向皇宫方向。在这里能看到巍巍宫阙，层层叠叠，她眯了眯眼睛。

"小姐，回去歇着吧，今日太阳毒辣，小心中暑。"侍画走上前，对谢芳华轻声道。

谢芳华收回视线，点点头，转身回了内院。

屋内显然在她和秦铮离开后被清扫了一遍，被褥帷幔都重新换过了。室内窗明几净，不复昨日的喜庆，只有些新婚的装点，虽不华丽，但雅致温馨。

谢芳华扫视一圈，挥退了侍画、侍墨，自己躺回床上补眠，她的确还有些乏累。

秦铮来到王府门口，英亲王已经等在那里，英亲王妃也在，见他来了，脸色难看："皇上这是要干什么？铮儿昨日才大婚，正是新婚宴尔，什么事情要找他商议？"

英亲王叹了口气："你也别埋怨了，他如今承袭了爵位，身为秦氏子孙，理当舍小家而顾大家。"

英亲王妃瞪眼，警告他："祖宗的江山是靠万民拥戴得来，是要为万民谋福祉的，可不是让拥有江山的人日日算计这个，算计那个，钩心斗角，阴谋阳谋。若是当权者日日想着这些，还配当权？你为了祖宗江山能舍小家，可不要拖我的儿子下水！"

英亲王一噎，揉揉眉心："你多虑了，铮儿大婚了就是成家了，自然也当立业，朝政之事，他理当参议。"

英亲王妃哼了一声："我不觉得只是让他去参议，指不定有什么算计呢。"

"好啦，他心中有数，你就别操心了。"英亲王拍拍英亲王妃。

英亲王妃见秦铮对进宫并没有什么异议，只能住了口，对他道："你早些回来，不能大婚第二天就将华丫头自己扔在府里。"

秦铮点点头。

英亲王妃看着父子两人一个坐车、一个骑马离开了英亲王府，转回头，对春兰道："连一日的悠闲日子也不能过，真是……"

"小王爷和小王妃能够顺利大婚已经是阿弥陀佛了，更何况都圆了房，来日方长，好日子总是要慢慢地过起来。"春兰劝她，"您前些日子为了准备两场婚事忙得焦头烂额，如今总算可以歇歇了，回去歇着吧。"

"也是。"英亲王妃心里舒服了些，向内院走去。

谢芳华躺在床上，不多时就睡着了。等她一觉醒来，天已经黑了，屋中连秦铮的影子都没看见。

她起身下床，打开房门。

"小姐，您醒了？"侍画、侍墨立即迎上来，看着她。

"秦铮还没回来？"谢芳华看着外面渐黑的天色，问道。

侍画、侍墨摇摇头。

"打探了吗？今日都有谁进宫了？"谢芳华蹙眉。

侍画、侍墨点点头："除了王爷和小王爷外，左相、右相、永康侯，还有咱们府的谢侯爷等不少重臣都进宫了。"

谢芳华微微松了一口气："派人去问问，秦铮什么时候能回来？"

侍画、侍墨点头。

谢芳华在门口站了片刻，傍晚的风轻轻吹来，吹散了白日里的热意，带来几分凉爽，落梅随风轻轻飘落几瓣，颇有几分画意。她懒洋洋地靠在门框上，静静地看着。

从今以后，这里就是她的家了！

她对落梅居实在太过熟悉，熟悉到似乎不是嫁进来，而是回来。

不多时，侍画回来了，对她低声道："小姐，宫里的议事据说还没散场，打听不出什么，不知道小王爷何时才能出宫。"

谢芳华点点头。

"小姐，天晚了，您中午就没吃多少，先吃了吧，小王爷估计很晚才会回来。"侍画看着她。

谢芳华摇摇头："我还不饿，等着他。"

侍画不再劝。

谢芳华又在门口站了一会儿，天彻底黑了她才转身进屋，掌上灯，拿了一本书坐在软榻上边看边等。

一个时辰后，玉灼从外面跑了回来，气喘吁吁："表嫂，表哥让我传话回来，说你别等他了，自己吃晚饭吧！"

谢芳华看向窗外："他什么时候能回来？"

玉灼摇摇头："宫里议事还没散呢，一时半会儿怕是回不来。"

谢芳华皱眉："就算议事，朝中重臣们难道都饿着不成？"

"据说皇上吩咐在议事殿摆了宴席，边吃边谈。"玉灼小声道，"皇上今日身体似乎好了很多，一直待在议事殿，分外精神。"

"既然是议事，都谈了什么？"谢芳华想着皇上卧床多日，今天突然这么精神，依照他的病，应该是临时用了什么抵抗的药，否则如何支撑得住。

"关于漠北的军权。"玉灼挠挠脑袋，"一直争议不休。"

"怎么个争议不休法？"谢芳华追问。

玉灼向里屋看了一眼，犹豫了一下道："似乎有人提议小王爷前去漠北掌管三十万大军，但是也有人反对，说小王爷这些日子将西山大营的兵操练得怨声载道，不按常理出牌，军纪虽然严，但是里面的兵却被打乱，没了编制规章，西山大营如今除了他外，别人怕是都接管不了。若是他去了漠北，那可不是闹着玩的，那是南秦和北齐的边境。"

谢芳华眯了眯眼睛。朝议果然在说漠北军权。她问："除了提议他去，还提议谁去？"

玉灼想了一下："似乎有人提议右相府的李公子，说他文武双全，还有人提议兵部尚书府的公子，但都有人有异议。然而漠北三十万大军不能一日无主，否则边境动乱，南秦的损失就大了，所以要立即定下来。"

谢芳华颔首："我知道了，你去吧。"

玉灼转身又跑出了落梅居。

谢芳华想着秦铮虽然利用齐言轻除掉了吕奕，但是决计不会让漠北三十万兵马产生动乱。他总归是秦氏子孙，即便不喜当今皇上，不喜秦钰，他爷爷和祖辈的江山他定然不会弃之不顾，杀吕奕也是被秦钰逼迫得没办法了。

她静静地想了片刻，便丢开这些事情，继续看书。

"小姐，既然小王爷派人来传话，您就用膳吧，总不能饿着！"侍画又在门口劝说。

谢芳华想了想，秦铮既然特意让玉灼回来传话，虽然她还不饿，但是这番好意总不能辜负，便点点头："好。"

侍画立即欢喜地去了。

不多时，晚饭端了上来，谢芳华还没拿起筷子，便听闻秦怜进了落梅居。她向外看了一眼，只见秦怜手里拿着一壶酒，脚步轻松。

"怜郡主！"侍画、侍墨等人对秦怜见礼。

秦怜摆手，嗅了嗅："好香啊，嫂子是不是刚要吃饭？"

"回小郡主，是。"二人回答。

秦怜一笑："我听说玉灼回府了就知道哥哥不回来吃晚饭了，我正好也没吃，过来陪嫂子吃。去，给我也添一副碗筷。"

侍画、侍墨对看一眼，点点头。

秦怜跨过门槛，正看到谢芳华在桌前坐着看着她，她扬了扬手里的酒壶："这可是千金一壶的好酒，一个人喝没意思，嫂子你看，我想着你吧。"

谢芳华好笑："你那一杯酒就醉的量，能品出什么好酒来？"

"那也能品出来，人家说酒量都是练出来的。"秦怜坐在谢芳华对面，看了一眼桌子上的菜，"好丰盛啊！哥哥回不来可真是亏了。"

"皇宫的宴席又不会差。"谢芳华道。

秦怜凑近她，笑嘻嘻地道："他指不定怎么想插翅飞回来呢。"

谢芳华笑着瞪了她一眼。

侍画、侍墨取来碗筷，放在秦怜面前。

秦怜拿过酒杯，给谢芳华和自己满上，嘴也不闲着："嫂子，你知道顶替你的

186

那个卢雪妍是什么下场吗？"

谢芳华挑眉。卢雪妍总归是左相的侄女，计划失败也不怪她，她能是什么下场？

"她本来是范阳卢氏培养的女儿，然而燕亭看不上，离家出走了，这一次李代桃僵，想嫁给我哥哥又失败了。天下没有不透风的墙，经过这两件事儿，她算是毁了。"秦怜扁扁嘴，"今日一早，永康侯去寻左相退了亲，左相痛快地答应了。京中贵裔圈子里，再没有人会娶她，她只能被送回范阳卢氏宗族，以后就择人而嫁了，可惜了范阳卢氏这朵娇花。"

谢芳华笑了笑。卢雪妍虽然是范阳卢氏辛苦培养出来的，可是到底没在京城长大，融入不进京城的贵裔圈子，没了利用价值，她的下场自然好不到哪里去，能完整地回去嫁人已经不错了。

"李如碧还在凤鸾宫里住着呢。"秦怜又啧啧道，"她铁定要嫁给秦钰哥哥了。"

谢芳华不说话。

秦怜又说："金燕表姐受的打击不轻，今日一早就启程去了百里外的丽云庵，说是住一阵子，大姑姑陪着她去的。估计对秦钰哥哥要死心了。"

谢芳华想到金燕，叹了口气。

秦怜又将京中这两日大大小小的事儿简略地说了一遍，然后话锋一转："外面的人最多的还是在谈论你和哥哥大婚的热闹，说哥哥和你好般配，猜测你什么时候会有孕……"

谢芳华想起昨日，脸不由得红了。她并没有做避孕的措施，也不曾喝避子汤，只是她的身体常年用药，虽然经言宸调理了这么些日子，不知道能不能……

秦怜忽然看着她的小腹说："昨日你和哥哥已经圆了房，也许已经怀上了呢。"

谢芳华闻言剜了秦怜一眼。哪可能大婚第一夜就怀上呢。

秦怜煞有介事地说："很多人在新婚第一夜就会怀上，这种事情哪能有准，你还是心里有个准备才好……"

谢芳华忍不住照她的头上狠狠地敲了一下，佯怒道："这种事情你都知道了？"话音刚落，她威胁地看着秦怜，"是不是想早些嫁出去？"

秦怜立即捂住脑袋，不高兴地看着谢芳华："我又不是三岁孩童，这种事情知道有什么奇怪？你要知道，我可是在宫里长大的，宫里的女人这些年变着法子要怀孕……"

谢芳华看着她："回头得闲了，我就跟娘说说，你比我小不了多少，可以物色郡马了。"

秦怜闻言怕怕地看着她，立即拽住她的胳膊央求："好嫂子，我错了，我还想在家多陪你玩几年，尤其还想看着我的小侄子出生，我好哄他玩。你可不能去跟娘说，没准她真的会给我物色人选。"

谢芳华哼了一声。

秦怜不住地摇晃她的胳膊："我自小在皇宫中长大，都没能在父母面前承欢膝下，和哥哥这些年也不大亲近，这回终于回府了总要多待几年。"说着，她露出委屈的神色。

谢芳华好笑，扯掉她的手："我才没工夫管你的事儿，不过你以后少在我面前嚼舌头说这事。孩子是随缘的事儿，若是连你都说，爹娘更要念叨了，我可不想耳根子不清净。"

"好好，我不说了。"秦怜立即保证。

谢芳华这才放过了她。

秦怜一边吃菜，一边嘟囔："就算我不说，哥哥心里也会想着呢，他又不傻……"

谢芳华心思一动，要落在菜上的筷子顿了一下。秦铮会想着吗？他是喜欢孩子，还是不喜欢孩子呢？是想早要孩子呢，还是不想呢？是介意她吃了那么多药物的身体呢，还是不介意呢？万一她的身体不能有孕，又该怎么办呢？

她打住，不想再去思考这些问题。

秦怜没发觉她一番话引发了谢芳华的联想，依旧吃得欢畅。

半个时辰后，二人吃完饭，一壶酒也不知不觉喝完了，秦怜放下酒杯后，人就倒在桌子上，醉了过去。

谢芳华看着她，觉得好笑，她如今的酒量是比以前好了些，但也好得有限。谢芳华对外面喊了一声，侍画、侍墨立即走进来，将秦怜扶起送出了落梅居。

谢芳华内力不错且有些酒量，喝了两杯酒只不过有些醉意，她起身走回内室，窝在软榻上静静地想着事情。

脑中乱七八糟地想了许多东西，又似乎什么也没想，时间不知不觉地溜走，夜已经深了。

直到院外有细微的脚步声响起，不多时，那人来到门口，侍画、侍墨的请安声响起，她才回过神，看向窗外。

"她还没睡？"秦铮刻意压低了声音。

"回小王爷，小王妃还没睡。"侍画也压低声音。

"她在做什么？"秦铮没立即进去，继续低声问道。

"小王妃没做什么，应该是在屋中等着您。"侍画道。

"晚饭可吃了？"秦铮又问。

侍画点点头："玉灼回来传话后，小王妃就吩咐摆晚饭，恰好怜郡主来了，陪小王妃一起吃的。"

"你们下去吧。"秦铮听罢摆摆手，伸手去推房门。

侍画、侍墨退了下去。

秦铮推开房门便闻到一股酒味，他微微蹙了蹙眉，穿过画堂进了里屋，挑开帘幕，一眼便看到谢芳华窝在软榻上，有些迷茫地看着他，他脚步一顿，在门口站住。

谢芳华恍惚地看了秦铮片刻头脑才渐渐清明，她动了动身子，可是呆坐太久导致她身子僵硬，刚动了一下，酥麻感便传遍周身，她忍不住不适地皱眉。

"怎么了？"秦铮走过来，看着她。

"可能是坐久了，腿和胳膊都麻了。"谢芳华道。

秦铮坐下，握住她的胳膊轻轻揉捏。

谢芳华难受得不能动，忍着酥麻抬头看他。只见他眉心微暗，谢芳华想着今日进宫议事这么晚才回来，该是在议事殿待了一天，议事的过程想必不顺遂，以致他看起来心情不好。

"喝酒了？"秦铮感觉她的胳膊不那么僵了，开始给她揉腿。

谢芳华点点头："秦怜拿了一壶酒来，我和她一起喝了两杯。"

秦铮面色不豫："又是她。她不知道你……"他想说什么，又顿住，抿紧唇。

谢芳华却明白他那没出口的话，心下一疼，想着秦铮还是过不去心里那道坎。她看着他，认真地道："秦铮，我的身体真的好了，我本身就懂得医术，况且言宸一直帮我调理，你不要这样。喝两杯酒，对我的身体无碍。"

秦铮低下头不说话，给她按腿的力道时轻时重。

谢芳华知道有些事情不是三言两语便能解决的，只能慢慢来，她也不想逼他，遂转移话题："今天议事结果如何？"

秦铮沉默片刻，道："明日再议。"

谢芳华皱眉："这一日没有结果吗？"

"也不算没结果，定了两个人选，留待明日最终决定。"秦铮道。

"哪两个人选？"谢芳华不由得伸手抓住他的手，"有你？"

秦铮没有立即答话，而是抬头看她："若是我去漠北……"

"不行！"谢芳华立刻打断他的话。

秦铮看着她，住了口。

谢芳华松开他的手，动了动身子，感觉不再僵硬酥麻了才靠在他怀里，伸手抱住他的腰："我不想刚大婚就跟你分开。"

秦铮目光动了动，低头，怀中的人儿纤细、柔软、温暖，眸中是眷恋，还传递着依赖不舍，他忍不住呼吸窒了窒，嗓音哑了几分："不是我。"

谢芳华松了一口气："玉灼说有李沐清？"

秦铮点点头："有他。"

"还有谁？"谢芳华仰起脸。

"还有你哥哥。"秦铮顿了顿又道。

谢芳华一怔，微露讶异之色："你和李沐清都说得过去，怎么还有哥哥？他不是太子辅臣吗？况且忠勇侯府身份敏感，早先皇上和秦钰费尽心力从舅舅手中夺回三十万兵马，如今若是让哥哥去漠北，这就是又将三十万兵马交了出去，岂不是做了无用功？"

秦铮不说话。

谢芳华皱眉："谁提议的哥哥？"

"秦钰！"秦铮抿了抿唇。

谢芳华又是一怔，不解秦钰怎么会有如此提议，实在令她想不透。如今她都嫁给秦铮了，又是明媒正娶，他难道是想再用哥哥来牵制她？她直觉不太可能，她不觉得自己嫁人了还能让秦钰不放手。难道是为了彻底摧毁谢氏？

她忽然想起那一日，月落对她转述秦钰的话："无名山被毁，只这一条公布天下，由此翻出旧案，即便谢氏分宗分族了，要株连九族也能做到。"

她心神一凛。

"怎么了？"秦铮瞅着他。

谢芳华看了他一眼，不想加重他的负担，向他怀里又依偎得紧了些，轻声问："秦钰为什么要提议哥哥去漠北？"

"昔年老侯爷戎马半生，平定四方动乱，你父亲传承了老侯爷的本事，懂得用兵之道，只可惜去得太早。如今你哥哥的身体已经大好，能文善武，而武卫将军对漠北甚是熟悉，有他提前指点一二，也不会再发生吕奕之事。"秦铮道。

谢芳华眯起眼睛："这是冠冕堂皇的话，我问的是他背后的心思。"

"背后的心思？"秦铮挑了挑眉，眼底落下一片暗影，嘴角微翘，轻嘲，"谁知道呢。"

谢芳华看着他。这样的秦铮，才是原本的秦铮，对不满的事情便大肆嘲笑。她低声问："那你觉得，哥哥该不该去漠北？"

"若是让他去，你可舍得？"秦铮低头看着她。

谢芳华沉默片刻，摇摇头，然后又点点头："我离京多年，哪怕回京后，和爷爷、哥哥也是聚少离多，若是论亲情，自然是舍不得的，可是……"

"可是什么？"秦铮声音压低。

谢芳华叹了口气："若是哥哥在京城，就是太子辅臣，你和秦钰怕是……"顿了顿，她有些愁闷，"即便我们大婚也会继续争斗不休。一边是太子府的辅臣和客

190

卿地位，一边是你的大舅子，他夹在中间，以后的日子怕是难挨，不如去漠北。"

秦铮沉默不语。

谢芳华伸手把玩着他胸前的衣襟，无意识地轻抚着："你想让他去？"

秦铮嗯了一声，含糊地道："若是你不想我去，太子肯定不会让李沐清去，怕是只能他去了。"

"若是我想你去，你就一定去得了吗？"谢芳华从他怀里退开。

秦铮见她离开，手似乎无意识地将她抱住："我若是想去自然去得了，毕竟皇叔和秦钰的想法是有分歧的，皇叔一定不想你哥哥去漠北，而秦钰不同，他提议你哥哥去。"话音刚落，他冷笑，"泱泱南秦，也没有几个合适去漠北戍边的人。"

"那李沐清呢？为何秦钰不想他去？"谢芳华只能依从他，又靠回他怀里。

"李沐清去漠北和我去有什么不同？"秦铮笑了一声，嘲讽道，"秦钰不想用自己控制不住的人，而在他看来，你哥哥因为谢氏，因为身份，还是好掌控的。"

谢芳华恍然："李沐清求娶我，后来又从德安宫的密道将我换出……都是因为你？"

秦铮点点头，想起了什么，搂着她的手一紧。

谢芳华感觉到他心中的情绪波动，知道他又想起了那些不好的事儿，她心下一叹，转过身低声道："夜深了，我们歇着吧。"

秦铮身子一僵。

谢芳华垂下头不看他："你又想和我分房？"

秦铮忽然站起身，谢芳华伸手拽住他的衣袖。秦铮低头看她，忽然伸手一捞，将她打横抱起向床走去，语气低沉："新婚之夜都没和你分房，现在分什么房？"

谢芳华心底一松，但想起什么，脸唰地红了。

秦铮将她放在大床上，没立即俯身压下，而是看着她问："还难受吗？"

谢芳华别开脸，不言声儿。

秦铮挥手落下床帏，身子覆在她身上，解了她的衣带将外衣脱下，然后自己扯了外衣，却没继续下去，而是将她揽在怀里，声音低哑："明天要回门，今夜就饶了你吧。"

谢芳华本来脸已经红如火烧，身子微微僵硬，脑中忍不住想起昨夜他不依不饶的疯狂，没想到事情没像她想的那样发展，她微松了一口气，靠在他怀里，软下身子问："明日不是还要继续议事吗，你怎么陪我回门？难道要我自己——"

"明日我不进宫了，陪你回门，让他们随便议吧。"秦铮道。

"行吗？万一出了差错，你不去……"谢芳华偏头看他，"我自己回门也没关系。"

秦铮搂着她的腰的手忽然收紧："我其实不累，你若是也不累，不怕明天起不了床的话，你可以继续说。"

谢芳华顿时住了嘴。

秦铮不再说话，挥手熄了房间里的灯。

室内昏暗，帷幔内也昏暗下来。

谢芳华静静地躺了片刻，感觉秦铮的呼吸时轻时重，似乎克制不住，她已经通晓情事，隐隐知道是怎么回事，挣扎了片刻，小声说："你……要是……不太过分，我……我想我还是能起来的。"

话音刚落，秦铮的呼吸顿时浊重了。

谢芳华的脸又有点儿发热，可是等了半晌，秦铮没有任何动静。她不由得抬头，见他静静地躺着，她明明能感觉到他的克制，偏偏……她静静地看了他片刻，忽然微微起身，去吻他的唇。

秦铮身子一僵。

谢芳华轻轻贴着他的唇瓣吻了两下，感觉到他的呼吸一下子顿住了，身子即便隔着衣衫也不断地散发出灼热。在这样黑暗的空间里，触觉、听觉和嗅觉扩大了数倍，她忽然觉得很美好，起了挑逗他的心思，于是伸手去慢慢地抚摸他。

她的手刚碰到他的身子，秦铮就激灵了一下，忽然翻身将她压在身下，声音中有些咬牙切齿的味道："本想放过你，这是你惹我的……"

谢芳华刚要说话，便被他吻住……

床板晃动，帷幔轻摇，与一室红烛的洞房花烛之夜不同，这一夜，夜色昏暗，屋中没有灯光，但是春宵不晚。

谢芳华香汗淋漓，有些后悔去招惹他，但此时也只能软软地抱住他："我……"

"你说什么都不管用。"秦铮堵住她的嘴。

谢芳华无言。

五更天，东方隐隐有光线露出，帷幔内才没了动静。

昏睡过去前，谢芳华连抬手的力气都没有了，可还是软软地嘱咐秦铮："最晚不能超过午时，一定要回门。你负责喊醒我，若是你不喊醒我……"

"如何？"秦铮抱着她，嗓音喑哑。

"我饶不了你。"谢芳华撂下狠话。

秦铮一下子就笑了："你如何饶不了我？嗯？"说着又去碰她。

谢芳华哆嗦了一下，嘟哝两声却没说出如何来，眼皮打架，心下微微郁闷。

秦铮摸了摸她的脸，她的脸颊微烫，沾染着细微的汗，他撤回手，让她的头枕在自己的胳膊上："睡吧，我喊醒你就是了。"

谢芳华放心地睡了过去。

秦铮却无睡意，听着怀里的人儿彻底睡熟了，他静静地躺了片刻，在黑暗中神思恍惚许久才闭上眼睛，跟着她一起睡去。

　　第二日，谢芳华在不适中醒来。

　　她的不适来自脸上，似乎有人在用头发轻轻地扫她的脸。她伸手打开，但是不一会儿那头发又扫了过来。她蹙眉，那头发顿了一下之后依旧扫了过来。她抿嘴，那头发照样扫过来……她被吵得烦不胜烦，终于睁开了眼睛。

　　入眼处，有一缕头发正放在她的脸上，她慢慢地转过头，看见秦铮已经穿戴妥当，一身绛紫锦缎长袍，靠在床头，身姿秀雅，手里拢了一缕她的头发，原来扰她好眠的罪魁祸首正是他。

　　"醒了？"秦铮见她睁开眼睛，慢慢地放下手。

　　谢芳华看着他，一时有些恍惚。

　　秦铮见她恍惚，清泉般的眸子里渐渐涌上一些深色，很快就将他的眸子填得深不见底，他松开手下了床，对她道："时间还早，你慢慢收拾，还来得及。"

　　谢芳华立即伸手拽住他的胳膊："你要去哪里？"

　　秦铮忽然回过头看着她："你不会是想让我帮你穿衣服吧？"

　　谢芳华低头，见自己未着寸缕，身上还留着昨夜的累累痕迹，她慢慢地松开手，红着脸羞愤地道："你给我找衣服来。"

　　"给你找好了，在床头呢。"秦铮说罢，走了出去。

　　帷幔落下，谢芳华偏头，果然见床头放着叠好的衣物。她看了一会儿，坐起身，感觉身上很清爽，不用想也知道是他做的。她无声地笑了笑，慢慢穿上衣服，下了床。

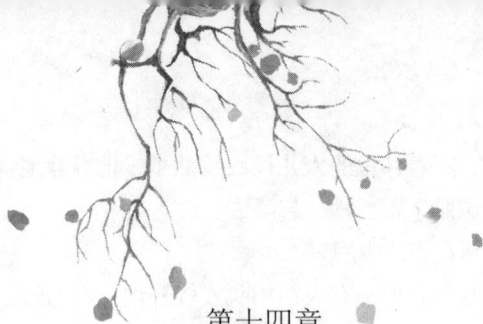

# 第十四章
# 三朝回门

谢芳华穿戴妥当，侍画、侍墨端着清水进了房间，放在盆架上，对着她笑。

谢芳华扫了二人一眼："一大早的，怎么这么高兴？"

侍画、侍墨对看一眼，凑过来，压低声音："小姐和小王爷和和美美，我们看着也高兴。"

谢芳华脸一红，瞪了二人一眼，忍不住笑了："他呢？刚刚出去了，去哪里了？"

"去小厨房了。"侍画抿着嘴笑，"小王爷早上醒来后，便给小姐您炖鸡汤呢。"

谢芳华呆了一下："他起来得很早？"

二人点点头。

"还去下厨了？"谢芳华又问。

二人又点点头："是啊。鸡汤快炖好了，一会儿小王爷该端进来了。"

谢芳华想，怪不得侍画、侍墨笑成这样。她看了一眼天色，炖鸡汤最起码要一个时辰，秦铮他今日起得是有多早？况且，这种事情不是该她这个妻子去做吗，如今却反过来了。

她静静地站了片刻，心下感触良多。以前她并没有静下心来去细细地感觉和品味他细腻的情感，如今她敞开了心扉，就处处能感觉到他压抑、克制、冷静、轻狂种种表象下的情感。

这样浓厚，让她觉得似乎掉进了蜜罐里，甜得化不开。

得夫如此，夫复何求？

"小姐，您怎么了？"侍画感觉到谢芳华的情绪波动，小心地问。

侍墨立即逗趣道："小姐是高兴得傻掉了吧。"

谢芳华回过神，脸微红，走到水盆前去净面。刚掬起水泼到脸上，门口就传来动静，有人挑开帘幕进了屋，伴随而来的是一股浓郁的香味。

谢芳华忍不住抬头去看，只见秦铮手里端着一个托盘，上面放了两碗汤，香味是汤散发出来的。在明亮的阳光下，洗手作羹汤的男子清俊异常，她掬水的动作顿住，怔怔地看着他。

秦铮见谢芳华站在水盆前，刚睡醒的容颜妩媚慵懒，脸上有水珠滚落，怔怔看着他的模样让他清楚地感知到她的眼中、心中只有他。她已经是他的妻子，娶进了门，住进了他自小长大的房间，只要他在家里就一定会看到她，而且以后都会这般朝夕相处，她会依赖他、偎依着他、亲近他，再没有冷清、躲避、抗拒，这是一种无以言表的滋味。

他顿住脚步，抿了抿唇。

半响后，他才提脚缓缓走到桌前，对侍画、侍墨吩咐："你们下去端饭菜吧。"

"是！"二人立即走了下去。

谢芳华回过神，转过头轻轻掬水洗脸。片刻后，她甩了甩手上的水珠，旁边递过来一块洁净的手帕，她伸手接过，擦了脸，看着他。

"还用我帮你梳妆？"秦铮问。

谢芳华点点头。

秦铮忽然笑了一下："你以后都这么懒的话，我的活岂不是会多很多？"

谢芳华脸一红，抓住他的袖子，压低声音："你若是晚上不累得我早上起不来的话……我也可以起来伺候你。"

"那算了，我愿意多累一些。"秦铮摇头。

谢芳华红着脸松开他的袖子，走到菱花镜前坐好。

秦铮依然如昨日一样，为她绾发、擦粉、画眉，却比昨日得心应手多了。

云鬓高绾，淡扫蛾眉，略施脂粉，镜中映出一个明丽的佳人来。

秦铮凝视了片刻，听到侍画、侍墨端着饭菜进了屋往桌子上摆，他转回身，走到桌前坐下。

谢芳华随后起身，挪过椅子在他身边坐下。

秦铮扭头瞅了她一眼。

谢芳华微微扬眉："以后都这样挨着你坐。"

秦铮目光动了动，没说话，将两碗鸡汤都端给她。

谢芳华一愣，将其中一碗端回去："我怎么喝得了两碗？你也喝，一人一碗。"

秦铮顿了片刻，无异议。

谢芳华看时间不早了，也不再拉着他磨蹭，二人安静地用饭。

饭后，谢芳华简单收拾了一下，朝侍画、侍墨问道："都打点妥当了吗？"

"小姐放心，昨天王妃就打点妥当了，今日一早小王爷又嘱咐了一遍，一应礼物都备齐了，不会出差错的。"侍画笑着道。

谢芳华点点头。凡事都不用她操心，她还真不习惯……

秦铮看了她一眼，向外走去。谢芳华上前一步拽住他的手，他扭头，她瞪眼，秦铮微微扯了一下嘴角，反手握住她的手，迈过门槛。

二人出了落梅居，先到了正院。

英亲王已经去上朝了，英亲王妃等着二人，见一对璧人牵着手过来，她眼睛一亮，笑呵呵地说："时间还早，不用太着急。东西都准备好了，我也已经派人提前去忠勇侯府递过话了，你们两个现在就可以走。"

"谢谢娘！"谢芳华对英亲王妃一笑。

"哎，早就盼着你喊娘，果然好听。"英亲王妃欢喜地拍拍谢芳华，"你们若是不想折腾，今天就不用回来了，住在侯府也行。"

谢芳华偏头看着秦铮。

"看我做什么？你想住就住。"秦铮道。

"死小子，夫妻不是应该商量着来吗？华丫头看你是询问你的意见，还有错了不成？你什么态度？"英亲王妃不满，伸手狠狠地敲了秦铮的脑袋一下。

秦铮没躲，蹙了蹙眉，可见英亲王妃没有手下留情。

"你还敢不满？"英亲王妃见状，又要打。

谢芳华立即拉着秦铮后退了一步，笑着对英亲王妃道："娘，别打了，脑子若是打坏了、打傻了，咱们俩都得跟着劳神。"

秦铮转回头看她，她笑得明媚又娇俏。

英亲王妃放下手，顿时笑了："也是！"话音刚落，对他们摆摆手，"快走吧！"

谢芳华拉着秦铮出了正院。

走了一段路，在某个没人之处，秦铮忽然一把拽过她，低头压上她的唇瓣。

谢芳华轻唔了一声。青天白日之下，她被秦铮吓了一跳，睁大眼睛看着他。

秦铮狠狠地碾压了一会儿，才放过她，目光微暗，声音低沉："你敢咒我。"

谢芳华看着他，顿时哭笑不得，嗔怪地瞪了他一眼，羞愤道："现在是白天……"

秦铮不答话，拉着她没事人儿一样往前走去。

谢芳华四下看了一眼，除了身后远远跟着的侍画、侍墨、侍蓝、侍晚外，没人经过，她才轻轻地舒了一口气，走着走着，不由得笑了起来。

秦铮回头瞅她。

谢芳华对他软软地说："我才舍不得咒你呢。"

秦铮脚步一顿，目光涌动片刻，转回头继续往前走，同时警告她："若是还想顺利回门，就别惹我。"

谢芳华想起昨天招惹了他，后果的确有点儿严重，她只能收了笑，闭紧嘴巴，乖乖地跟着他往外走。

侍画等四人看着前面那二人，忍不住露出笑意。

侍蓝忍不住小声说："小姐在小王爷面前似乎变了一个人。"

"何止小姐变了一个人，"侍墨小声道，"我看小王爷也变了一个人。"

"那你们说，是以前的小王爷好呢，还是现在的小王爷好？"侍晚小声问。

三人一时无言，各自琢磨半晌之后，侍墨和侍蓝摇摇头："说不上来。"

"无论小王爷什么样，只要小姐喜欢，只要小王爷对小姐好，就无须理会那么多。"侍画说着，向前面努努嘴，"我更喜欢这样的小姐。刚从无名山回来那会儿，见到那样的小姐感觉心里都发凉，如今小姐整个人都暖暖的。"

"也是。"三人点头。

侍墨又小声说："明明大婚了，可是小王爷似乎还没小姐放得开……"

"夫妻相处，阳盛阴衰，阴盛阳衰，大约……"侍画挠挠脑袋，"如人饮水，冷暖自知。"

三人惊讶地看着侍画："你怎么懂这些？"

侍画脸一红，跺脚："你们这是什么表情？医书上、古籍上都有说啊！再说了，你们伺候小姐没我尽心，我是随叫随到。"

三人啧啧几声，都没了话。

秦铮和谢芳华来到门口，马车已经备好，有小厮牵了秦铮的马来，将马鞭递给他。

谢芳华知道秦铮最近一直骑马来去，立即拽住他："你跟我坐车。"

秦铮没意见，对小厮摆摆手，跟谢芳华一起上了马车。

天气晴朗，街上行人颇多，为期三天的流水席依旧摆着，百姓们关于这场大婚的谈论热度还没消退，街头巷尾依旧能听到议论声。

挂着英亲王府车牌的马车走过，街道两旁的行人一边避让，一边翘首看着，虽然没看到人，却谈论得更加热闹。

车中，谢芳华挽着秦铮的胳膊，靠在他怀里，听着从外面传进车厢的话，心

197

想，如今天下该是都传开了吧，她已经嫁给秦铮了。

二人谁也没说话，静静地坐着。

英亲王府离忠勇侯府本来就不远，马车很快来到了忠勇侯府门前。

马车稳稳地停下，谢芳华放开秦铮，迫不及待地要下车。

秦铮一把拽住她，拿出一面镜子递给她。

谢芳华一愣，疑惑地看着他，他示意她自己看。她接过镜子，见自己头发没散没乱，妆也没花，独独唇上的胭脂没了，她脸一红："你赔我！"

秦铮拿出口脂递给她。

谢芳华伸手接过，轻轻地含着咬了片刻，又拿镜子照了一下，见已经看不出痕迹，才将口脂递给他，忽然讶异地问道："你这车里竟然还带了这个？"

秦铮将口脂放进车厢暗格的梳妆匣里，闻言扫了她一眼："你以后出入人前，脸上打的都是我的门面，若是你人前不能端庄，我会觉得没面子。"

谢芳华失笑，嗔道："你是有多要面子？"

秦铮目光微闪，没说话。

谢芳华不再耽搁，挑开帘幕，一眼便看到谢墨含、谢云澜、谢林溪三人站在门口，显然等了有一会儿了，她愣了一下："怎么这么大的阵仗？"

谢墨含、谢云澜、谢林溪见车帘挑开，露出的女子容色明媚，却不同于未出阁时的冷清沉静，多了少妇的温暖柔和，整个人都散发着娇艳的气息，只看一眼，就知道她婚后这两日过得极好。

三人的担心全部以不同角度散去，脸上都露出笑意。

谢墨含上前两步，喊了一声："妹妹。"

谢芳华缓缓笑开："哥哥！"然后又看向谢云澜和谢林溪，"云澜哥哥、林溪哥哥。"

"快下车吧，爷爷和舅舅都在荣福堂等着你们。"谢墨含向车内看了一眼，透过帘幕的缝隙，隐约看到秦铮衣袍的一角。

谢云澜和谢林溪含笑点头。

谢芳华刚要下车，秦铮忽然出手拦住她，先一步跳下车，然后将手递给她。

谢芳华将手搭在他的手上，端庄优雅地下了车。

秦铮顺势握住她的手不松开，很自然地对谢墨含喊："大舅兄。"

谢墨含看着这一对璧人，他心下甚慰，笑着点点头。

"云澜兄、林溪兄。"秦铮又朝谢云澜和谢林溪打招呼。

二人笑着点头还礼。

一行人进了府，向内院走去。

路上，谢芳华问谢墨含："哥哥，你今天也没进宫去议事？"

"嗯，我请了朝假。"谢墨含道。

谢芳华点点头。

来到荣福堂，除了忠勇侯和崔允，还有谢氏盐仓的掌家人和谢氏六房的明夫人带着谢伊。

秦铮和谢芳华上前见礼，忠勇侯看着二人，捋着胡子点点头。

崔允也甚是欣慰："看到你们顺利大婚，婚后和睦，我们就放心了。"

"芳华姐姐！"谢伊跳上前想去拉谢芳华的手，但看到秦铮一直拉着她，于是喊了一声又将手缩回来，对秦铮见礼，"姐夫。"

秦铮颔首，放开了谢芳华的手。

谢伊立即上前一步，将谢芳华拉住，小声说："娘说虽然分宗分族了，但到底是亲戚，今天你回门，要过来看看，我缠着她非得跟来，总算是见着你了。"

谢芳华见谢伊似乎又长大了些，也水灵了，她笑着道："以前是事情多，总是抽不出时间，以后……"她看了秦铮一眼，见他已经坐下和爷爷、舅舅、哥哥等人说话，她笑道，"大概会比以前清闲很多，你可以来英亲王府找我玩。"

"真的可以吗？"谢伊立即问。

"可以。你哪天若是去，提前派人去问我一声，我有空的话就给你回话，安排时间。"谢芳华笑着道。

谢伊差点儿欢呼出声，兴奋地拉着她的手："好！"

"这孩子，跟芳华就是投缘，天天念叨着。"明夫人笑看着二人，对谢伊微带嗔怪，"大呼小叫的，小心被人笑话。"

谢伊嘟嘴："芳华姐姐，我娘天天在我耳边叨咕我，不准我这，不准我那，我的耳朵都快被磨出茧子来了。"话音刚落，她凑到谢芳华耳边，用两个人才能听见的声音说，"好烦人！"

谢芳华失笑，低声道："伊妹妹有福气，我也想有人在我耳边叨咕呢。"

"王妃对你好，跟母女似的，我娘说你有福气，虽然自小……"谢伊想说什么，但是立即顿住，怕在这个回门的喜庆日子里惹谢芳华伤心，转而道，"老天是公平的，补给你了。"

"也是！"谢芳华笑着点头。

谢伊又说："我娘说，我将来若是能有个像王妃一半好的婆婆，她就知足了。"

谢芳华又笑了："天下的好婆婆不止王妃一个，伊妹妹这么可爱，肯定会遇到的。"

"嗯，我相信芳华姐姐的话。"谢伊甜甜地笑了。

这边二人说着话，那边秦铮、忠勇侯、谢墨含、崔允等人已经说起了昨日和今日朝中所议的漠北统帅之事，说到太子提议谢墨含前去漠北，忠勇侯询问秦铮的看法。

秦铮摇摇头："没什么看法。"

忠勇侯瞪他："这是什么话！你觉得他是去好，还是不去好？"

"去有去的好，不去有不去的好。"秦铮神色平静，语调轻缓，"老一辈的人老了，该退下了，新一辈的人渐渐走入朝局，可是文武科考要在今年秋季，目前朝中可用的人都是举荐的京中世家勋贵子弟，大多没经过磨炼，能够崭露头角的也就那么几人，能够担当漠北统帅重任的，更是寥寥无几。"

忠勇侯点点头。

秦铮又道："目前的人选就是我、李沐清、大舅兄——"

"哎，你还是……"谢墨含打断他，"还是叫我子归兄吧，听你这么喊，真是别扭。"

秦铮扭头看着他，神色莫名。

谢墨含立即摆手："你愿意怎么称呼就怎么称呼，大约……习惯了就好了。"

秦铮慢慢地转回头，继续道："对秦钰来说，都不是好选择，但是比起我和李沐清，他还是觉得大舅兄若是去漠北的话，能牵制北齐的姑姑和南秦的谢氏，多少有可施为的地方。"

忠勇侯的神色凝重起来："这么说，太子还是没放弃铲除谢氏的心思？他还要谢氏怎样做？"

"不是没放弃铲除谢氏的心思，而是……"秦铮忽然看了谢芳华一眼，见她正看来，他淡淡地道，"不是说君主天威难测吗？储君的心思也难测……"他顿住话语，轻嘲，"谁去又如何，漠北又不是整个南秦。"

这话的意思便深了。

谢芳华心思一动，瞅着他，收不回视线。

秦铮一番话使得忠勇侯、谢墨含等人都沉默下来，各自思量。

谢芳华看着秦铮，有那么一瞬间，秦铮脸上的神色有点复杂，不过很快他就表情如常地瞧着她。她瞪了他一眼，低下头，心中揣测着他的打算和前路。

"就看今天的结果了。"过了片刻，谢墨含道。

"罢了，走一步看一步吧。"忠勇侯摆摆手，"铮小子说得对，以后老一辈的都要退下来，未来是新一辈的天下了。我老了，快要入土了，那帮比我小一辈的家伙也老了。"

谢芳华抬起头，狠狠地剜了忠勇侯一眼："您离入土还早呢！现在就想图心静，想得美。"

"臭丫头，嫁为人妇了，还是这么不讨喜。"忠勇侯翘了翘胡子，"时间不早了，你去厨房看看福婶的饭菜准备得怎么样了，别在这里碍着我们爷们说话。"

谢芳华站起身，不满地道："我什么时候去过厨房？福婶做饭用谁操心过？想打发我就直说，我正不想在这里待着呢。"

忠勇侯又瞪了她一眼，转头对秦铮说："臭小子，媳妇儿是要调教的，你看看她的样子，就知道你没调教好。"

秦铮眉目动了动，忽然懒洋洋地一笑，意味深长地说："这才三日，来日方长。"

谢芳华刚想反驳，忽然想起洞房之夜和昨夜他的不依不饶来，脸顿时红了，转身走出门。

"芳华姐姐，等等我。"谢伊立即追了出去。

"我也是个妇人，就不在爷们堆里凑热闹了。"明夫人笑着站了起来。

忠勇侯摆摆手："你继续坐着，一会儿我也有事儿和你说。"

明夫人闻言，只能又笑着坐下。

秦铮的目光追着谢芳华出了门，好半晌才收回视线。

谢墨含好笑地看了他一眼。

谢芳华出了荣福堂后，见谢伊追出来，于是慢下脚步等着她。

"芳华姐姐，你的脸好红啊！"谢伊笑嘻嘻地看着她。

谢芳华拍了她的脑袋一下，转身向海棠苑走去。

谢伊亦紧跟着谢芳华，走了两步后，拽住她的衣角小心地问："芳华姐姐，姐夫对你好吗？"

谢芳华回头看了她一眼，见她的眼睛忽闪着，睫毛如两只蝴蝶，问这话时态度小心翼翼的，谢芳华笑了笑："好。"

谢伊又小声问："真的吗？"

谢芳华点头："真的。"

"可是他曾经伤你那么重，你们怎么还……"谢伊一边说，一边看着谢芳华的神色，似乎生怕她因为自己的问题而发怒，但还是忍不住问。

谢芳华想，很多人都不会忘记秦铮曾经将她伤得那么重，也有很多人会疑惑他们都已经走到那样的绝地，怎么还可能和好如初。

然而，这些人都不是她和秦铮，他们都不了解……

她平静地道："观察事情，很多时候不能流于表象，很多人只看到他伤我，却不曾看到他伤自己更狠。爱一个人，不只有宠，还有其他。"顿了顿，她见谢伊一脸迷惑，继续道，"等有一日你喜欢上一个人，你就明白了。"

谢伊似懂非懂地点点头，又低声道："我姐姐从法佛寺回来后日渐消瘦，整日郁郁寡欢，祖母很是为她操心。我有时候就不明白，只是她代替祖母回信给林太妃，八皇子代替林太妃写信给祖母，他们两个不过是代笔之人罢了，姐姐怎么对八皇子如此放不下……"

谢芳华想起谢茵，她的性子没有谢伊活泼开朗，又是自小跟随六房的老太太礼佛，接触的人也少，性格沉闷的人，一旦执拗起来，八头牛也拉不回来。谢芳华叹了口气："就算八皇子也对她有好感，他们也不可能在一起。"

谢伊看着谢芳华："芳华姐姐，这是为何？"

"虽然八皇子是林太妃养大的，但他毕竟是皇上的儿子，而且八皇子自幼和太子交好，太子登基后定然会受到器重。谢氏六房无父兄在朝任职，无根基，又姓谢……"

"我懂了。"谢伊点点头，看着谢芳华，"芳华姐姐，即便分宗分族了，我们谢氏的危机还没解除，是吗？"

"哪里有那么容易。"谢芳华淡淡道，"谢这个姓氏的存在，本身就让人讨厌。"

谢伊沉默了一下，忽然挺起胸脯，仰起下巴："可是我一直以我出身谢氏，是谢氏的女儿而骄傲。全天下有哪个姓氏如我们谢氏这般繁荣？"

"嗯。"谢芳华笑着摸摸她的头。

"哎呀，我不是小孩子了，我娘爱摸我的头，你也爱摸！"谢伊立即躲开，娇嗔地瞪了谢芳华一眼。

谢芳华失笑。

二人说笑着来到海棠苑。

虽然她已经出嫁，但是海棠苑依然有人每日打扫，一如她离开的那八年。

谢芳华在门口站了片刻，向屋内走去。

谢伊拉住她："芳华姐姐，我想去海棠亭看海棠，我来了多次，都没去过海棠亭。"

"那你去吧。"谢芳华对她摆摆手。

谢伊看着她："咱们俩一起去吧。"

"我要回房找点儿东西，还有点儿事要处理，你自己去玩，稍后午膳我喊你。"谢芳华道。

"好吧。"谢伊蹦蹦跳跳去了海棠亭。

谢芳华来到房间，果然见言宸坐在画堂里等着她。见到她，言宸上下打量她一眼，微微一笑："看来新婚过得不错。"

谢芳华站在门口，也对他笑了："从那日我进宫后便没见过你，猜想今日你该是在这里等我。"

言宸点点头："你大婚那日，我去英亲王府观礼了，铮小王爷为你可谓用尽心机谋略，着实不易，你选了他确是没错。"

"虽然我知道我选了他没错，但是听你夸奖他，我还是很高兴。"谢芳华笑着走过去坐下。

言宸好笑，对她道："你大婚了，我也放心了，打算明日启程回北齐。"

谢芳华虽然也料到他是要回去了，可还是有些不舍，看着他，一时没说话。

言宸给她倒了一杯茶水："你的伤也好得差不多了，接下来就差慢慢调理了，你也精通医术，不会有碍。玉云水性子躁，脾气急，这些年来玉家太宠他了，他没经过磨炼，实在撑不起玉家。玉家这些日子已经连番给我传信，我若是再不回去，他们就会对燕亭下手，你当初让我护他摆脱南秦，如今总不好累及他。"

谢芳华闻言蹙眉，须臾，还是点点头："我虽然舍不得你离开，但是总不能拖着你一直留在南秦。玉云水的确差得很，玉家知道珠玉和土疙瘩的区别，怎么会放过你？没想到我让你护燕亭，他却成了你的拖累。"

言宸摇摇头："拖累说不上。我当年离开玉家，阴错阳差去了无名山，我以为我这一生，即便从无名山踏出来也与活僵尸没多大区别，没想到因为遇到你，却改了轨道。玉家要我回去，只要心不被枷锁所累，无论是在玉家还是拿天机阁做屏障在天下逍遥，又有什么关系？"

谢芳华点点头："你说得对。"

言宸又笑道："况且，我回到玉家，玉家想要我支撑起门庭，那么，玉家的权力以后都得交给我。南秦如今这情形，在我看来，铮小王爷和太子怕是有的斗了，你嫁入英亲王府，恐怕也不得消停。风波起时，若是你受不住，就来北齐吧，我总能给你一间屋舍，风吹不着，雨打不着。"话音刚落，他补充，"你若是舍不得铮小王爷，他也算上。"

谢芳华顿时笑了："好。"

二人又闲话了片刻，侍书来请两人前去荣福堂用午膳，谢芳华喊上谢伊，一起前往荣福堂。

荣福堂内气氛和谐，短短时间里，秦铮身上似乎退去了什么，流露出淡淡的轻松，见谢芳华回来，他看了她一眼，目光落在她身后的言宸身上，挑了挑眉，算是打招呼。

言宸也看向他，微微一笑。

饭后，谢墨含询问二人："你们今日是住下，还是回府？"

"自然是回府。这么近，住什么娘家？"二人还没答话，忠勇侯挥手赶人，"赶紧回去吧！"

谢芳华瞪眼："爷爷，我回来才两个时辰不到，您就赶我？"

"回去好好养养身子，早点儿给我添个曾外孙。"忠勇侯摆手，"我要歇着了，你住在府里干什么？平白连累我不能歇着。"

谢芳华脸一红，无语。

谢墨含好笑，刚要说话，外面侍书禀告道："侯爷，宫里吴公公来传旨，请您立即进宫。"

谢墨含一怔，看向外面："可说了是什么事儿？"

"向吴公公探过话，似乎是漠北统帅的任命下来了。"侍书道。

谢墨含闻言看向秦铮。

秦铮扬了扬眉："朝中大半人拥护太子殿下，而且左相、右相不反对，其余朝臣怎么会置喙？大舅兄去接旨吧！"

谢墨含看向忠勇侯。

忠勇侯对他摆摆手。

谢墨含站起身向外走去，出了门后，对侍书道："去告诉吴公公，我换了衣服即刻进宫。"

侍书应声去了。

谢墨含匆匆向芝兰苑走去。

"既然爷爷累了，咱们回府吧。"秦铮站起身，对谢芳华道。

谢芳华本来有些不舍，但想着忠勇侯府和英亲王府这么近，她若是回门就一头扎在侯府不出去也不太好，况且她还有话对秦铮说，于是点点头："爷爷嫌我烦，我走就是了。"

"臭丫头！"忠勇侯的胡子翘了翘。

谢云澜、谢林溪起身送她。

秦铮摆摆手："不必送了。"话音刚落，他伸手拉上谢芳华，出了房门。

"芳华姐姐，说好了的，哪天你有空了，让人喊我过府玩。"谢伊舍不得谢芳华，对她嘱咐。

谢芳华笑着答应下来。

二人出了荣福堂，径直向府外走去，不多时就来到门口。谢墨含还没从内院出来，吴公公等在那里，见到二人立即露出笑脸："哎哟，小王爷和小王妃，老奴还没给您二人道喜呢！"

"你可以现在就道喜。"秦铮停住脚步。

"恭喜小王爷、小王妃，您二人大喜，百年好合，早生贵子！"吴权闻言，笑呵呵地见礼。

秦铮回头看了跟着的侍画一眼。

侍画立即上前，拿出一兜金叶子塞进吴公公手里，笑着道："借公公吉言，希望我家小王爷和小王妃真能早生贵子。"

"多谢小王爷和小王妃的喜钱，这么多可够我喝好几壶酒了！"吴权也不客气，笑着接过。

秦铮却没立即离开，而是看着他，漫不经心地问："今日皇叔身体还好吧？可上朝了？"

吴权压低声音道："皇上没上早朝，但是参加了下朝后的议事。本来皇上中意兵部尚书府的公子，可是太子说，为免出现下一个吕奕，漠北军权要交给一个有本事的人才行。皇上又提了右相府的李公子，太子说李公子虽然文武双全，但是不及忠勇侯和前武卫将军对漠北熟悉，又说谢侯爷的太子辅臣之位不改，兼挂着，他去漠北最是合适，皇上便没意见了，下了旨意。"

秦铮点点头："说了什么时候启程吗？"

"太子的意思，越快越好，明日启程最好。"吴权道。

秦铮笑了笑，见谢墨含从内院出来了，也不再多话，拉着谢芳华上了马车，离开了府门口。

上了车后，谢芳华挽住秦铮的胳膊，靠在他身上问他："爷爷特意把我支开，跟你说了什么？"

"既然是刻意把你支开，说的话自然是不宜让你知道，你觉得我会告诉你？"秦铮偏头看了她一眼。

谢芳华瞪着他："难道是事关我？事关我怎么能不告诉我？"

秦铮将她的头按在怀里："少操些心有什么不好？你看我娘，这些日子老得厉害，若是你再这么操心下去，我怕你到了她这个年纪还不如她。"

谢芳华顿时不满："你这是刚大婚就嫌弃我了？"

秦铮失笑："你是这么理解的？"话音刚落，他点点头，"也可以这么理解。"顿了顿，他补充道，"所以，为了我不嫌弃你，你还是少操些心。"

谢芳华无语。

回到英亲王府时天色还早，太阳还高高地挂着。

英亲王府的大管家喜顺见到二人回来一怔，讶异地问："小王爷、小王妃，您二人怎么这么早就回府了？"

秦铮没理他。

谢芳华道："两府隔得又不远，吃过饭就回来了。"顿了顿，见府门口有一辆马车，似乎是来了客人，她笑问，"娘呢？谁来了府中？"

喜顺立即回话："王妃在见客，是裕谦王妃进京了，来府中拜见王妃。"

谢芳华一愣，看向秦铮。她怎么不知道裕谦王妃竟然进京了，一点儿消息没得到。

秦铮看了她一眼，解释道："裕谦王叔带着秦毅和秦佩进京，将女眷们都留在了岭南，长此下去怎么行？以后裕谦王叔父子要留在京城，王婶和女眷们自然要过来。"话音刚落，他拉着她向正院走去，"她是昨日进京的，你这些日子忙，没人

205

跟你说这些闲杂事情，你不知道有什么奇怪？"

谢芳华想想也是，前些日子言宸为了让她好好养伤养身体，虽然不至于对她屏蔽一切消息，但也只是拣主要的跟她说一两件，而她又一门心思扑在大婚上，不知道裕谦王妃进京的消息的确不奇怪。

二人说着话，来到正院。

春兰见二人回来也惊了一下："小王爷、小王妃，您二人怎么这么早就回来了？"

谢芳华将对喜顺说的话和气地对她说了一遍。

春兰笑着点头："您二人回来得正好，裕谦王妃刚来不久，正好见见。"说着，她挑开门帘，请秦铮和谢芳华进屋。

迈过门槛，谢芳华一眼便看到了正屋画堂里坐着的妇人，相比英亲王妃的温婉端庄、女人味十足，这位裕谦王妃浓眉大眼，十分英气，一看就是会武功的。

见二人进来，英亲王妃也讶异了一下，笑着站起来："你们回来得正好。铮儿、华儿，这是你们的裕谦王婶，才从岭南进京。"

"王婶！"秦铮和谢芳华一起见礼。

"哎哟，百闻不如一见，这位就是昔日的芳华小姐，今日的小王妃了。"裕谦王妃笑着站起身，伸手拉过谢芳华，"模样果然是倾国倾城，正配小王爷，郎才女貌，一对璧人。"话音刚落，她回头对英亲王妃说，"嫂子，还是你有福气。"

英亲王妃听她夸奖儿子和儿媳妇，自然高兴得合不拢嘴："你家大公子不是早就娶妻生子了吗？听说她和孩子也来了京城，今日怎么没带过来让我瞧瞧？"

她话音刚落，裕谦王妃面色一僵，放开谢芳华的手对英亲王妃道："嫂子，不瞒你，若是她进京了，我如何能不带她和孩子来拜见大伯母？只是……"

英亲王妃立即收了笑，问："怎么了？不是说随你一起进京了吗？莫不是路上出了什么事儿？"

裕谦王妃点点头，眉眼间愁云弥漫："我那孙子走失了，儿媳妇着急之下病倒在路上，我无法，只能先一步进京找王爷，可是王爷离京多年，哪里还有根基？皇上据说又病着，太子最近为了漠北之事忧急，我不敢打扰他们，只能来求你了。"

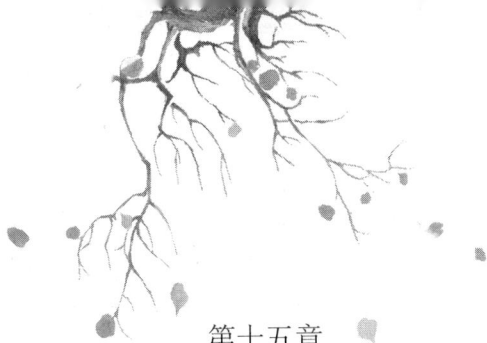

第十五章
# 辣手摧花

英亲王妃闻言一愣。

谢芳华也一怔。秦毅的孩子走失了？她偏头看向秦铮。

秦铮脸色寻常，看不出什么情绪。

"只有孩子走失了吗？"英亲王妃一愣之后，神情凝重地询问。

"还有看顾孩子的奶娘。"裕谦王妃面容愁苦，"路过郾城时正赶上迎暑日，有赛龙舟、摇花鼓、打把式，我想着女眷们一直在岭南，没踏入过京城，这一路上我都拘束着她们，现在距离京城只有几百里了，歇歇脚也无碍，便带着他们出去玩了一圈。我和儿媳妇带着奶娘和孩子，明里暗里上百个高手护着，没想到还是出了事儿。"

"郾城？"英亲王妃皱眉，转头看秦铮和谢芳华，"不就是当初还是四皇子的太子和你们舅舅武卫将军回京时被刺杀的郾城吗？"

"天下只这一座郾城。"秦铮说。

谢芳华点点头。

英亲王妃重新看向裕谦王妃："弟妹，你也是有武功的，既然带着孩子肯定是寸步不离，怎么会出事？"

裕谦王妃叹了口气："当日人虽然不少，但也没多到人挤人的地步，可是不知怎的龙舟突然着火了，人群一下子慌了，冲撞过来，我立即让人护住孩子撤走，可是命令才下达，转眼的工夫，奶娘和孩子就都不见了。"

"只转眼的工夫？"英亲王妃抓住了重点。

“就是转眼的工夫。”裕谦王妃点头。

“是不是奶娘有问题？”英亲王妃问。

裕谦王妃叹了口气：“这奶娘是在我府中干了十几年的管家的侄女，自小在我府中长大，也是个知根知底的，若不然也不会让她来照看孩子、当孩子的奶娘。”

“这么说可就奇怪了。”英亲王妃看着她，“当时立即全城彻查了？”

“奶娘和孩子不见了之后，我立刻吩咐人拦在了郾城四门，然后带着令牌去了郾城府衙。府衙知道我的身份后，立即调兵搜查，可是整整两天都没查出个结果。”裕谦王妃道，“儿媳妇病倒在床，我只能先一步来京了。我是昨日夜间进的京，和我家王爷商议之后就来求王嫂你了。”

“郾城距离京城几百里，说远不远，说近吧，也不近。就是这么个位置，每年都会出点儿大事。今年的太子和武卫将军刺杀案至今还没出结果，又来了这么一桩。”英亲王妃叹了口气，“弟妹，我这些年都待在京中，若是京城方圆百里内的事儿，我能帮你，可是这郾城的事儿，我也插不上手。”

裕谦王妃一听急了：“王嫂，你若是不帮我——”

“你先别急。”英亲王妃打断她的话，“我虽然帮不上什么忙，但是我娘家清河崔氏距离郾城近，也许可以动用清河崔氏的族脉人力帮忙查找一番。”

裕谦王妃一听连连点头，大喜过望：“我来找王嫂，正是为清河崔氏而来！”话音刚落，她顿住，扭头看向谢芳华，有些不好意思地开口，“也是想请侄媳妇帮我说项，请你的娘家忠勇侯府帮衬一二，毕竟谢氏的根系遍布南秦。”

谢芳华看着她，没立即答应，心中思量着。

英亲王妃闻言点头：“弟妹既然来找我，就是没拿嫂子当外人，我稍后就给清河崔氏族里去一封信，让族里全力相助找孩子。”话音刚落，她想了想，看了谢芳华一眼，道，“弟妹应该知道，谢氏早在两个月前已经分宗分族，忠勇侯府如今不比以前了。”

“就算忠勇侯府不比以前，也是外人的认知，内里谢氏各旁支还是姓谢，总要买忠勇侯府的面子。”裕谦王妃重新抓住谢芳华的手，恳求道，“侄媳妇，婶子实在是没办法了！”

谢芳华笑笑，和气地道：“婶子亲自来请，我自然不能推托，不过我以前久病缠身，醒来后哥哥虽然让我接管谢氏庶务，但是我自认为没能力，就将谢氏给分了，各守各家，如今谢氏的确不比以前了。您可能才进京，还不知道，朝中的任命马上就要下来了，太子力荐，我哥哥要前往漠北军营戍边。哥哥一走，忠勇侯府爷爷年迈，只有我堂兄谢云澜和谢林溪在府中支撑门庭。这样吧，我稍后派人回去跟堂兄说一声，看看是否能帮上一二。”

裕谦王妃闻言连连点头：“我听说谢氏米粮的云澜公子三年来一直在平阳城，

平阳城距离鄡城不远。更何况忠勇侯府的庶务现在是云澜公子打理，只要他开口相帮，凭谢氏的能力，一定有效果。劳烦侄媳妇了。"

谢芳华不再说话。

英亲王妃又对裕谦王妃道："虽然我和华丫头都请娘家相帮找人，但到底不如官府有威慑力，所以，弟妹，我劝你还是和王弟进宫见皇上一趟吧！我们宗室子孙都是金贵之身，皇上前些日子虽然病得下不来床，但是这两日据说又有起色了。今日漠北军权的事儿定了，目前再没啥值得烦心的了，找孩子是大事，他一定会相帮的。还有太子，太子不像我家这个小子整日里不务正业，他能平安去漠北又能平安回来，沿途的势力可想而知。"

裕谦王妃闻言，面色忽然有些奇异，点点头："谢谢王嫂，我知道了，这就回去和王爷说，如果王爷同意，我们就一同进宫。"

英亲王妃点点头："你也别太忧心，奶娘和孩子应该是被人劫持了，否则当日你那么快让官府搜查，又守死了东、西、南、北四门，冲散或者意外的话，孩子早该找到了。如今无影无踪，定是早有预谋。由此推断，孩子还平安。"

裕谦王妃的面色好了些："我也这么想，所以立即来找王嫂你帮忙了。"话音刚落，她叹了口气，"毅儿和佩儿已经启程去鄡城了。希望苍天保佑，否则这都是我的错。我瞒着王爷带儿媳妇和孩子进京，却出了这等事情，我万死不能赎罪！"

"说什么死不死的！你的亲孙子，你也不想他出事。"英亲王妃打断她的话。

裕谦王妃掏出绢帕，抹抹眼睛："王嫂，那我就先告辞了。"

英亲王妃也不多留她，亲自挽了她的手送她出门。

谢芳华见秦铮没有送的意思，她随着王妃一起将裕谦王妃送出门。

看着裕谦王妃上了马车后离开，英亲王妃拉着谢芳华的手往回走。走到内院无人处，她叹了口气："京城既是繁华地也是是非地。我真是不明白，裕谦王一家为何非要卷进来？他们已经是王子公孙，好好地待在岭南平静过活有何不好？一着不慎，累及子孙。"

谢芳华淡淡道："人各有志吧。您觉得裕谦王待在岭南好，裕谦王一家却觉得京城更好。您羡慕裕谦王在岭南的平静，裕谦王却羡慕英亲王府在京城的富贵鼎盛。同是王子皇孙，怎么甘心一辈子不如英亲王府？"

英亲王妃笑了一声："同是王子皇孙，也要分三六九等。英亲王府是嫡系嫡子，这是事实，任谁也抹不平。就如秦浩，总是看我铮儿得的多，可是他只能认了没铮儿命好托生在我肚子里。"

谢芳华感叹："世人不知身份越高背负的越多，责任越重的道理。天上怎么会掉馅饼？若是有选择，我宁愿不托生在忠勇侯府，秦铮也未必想托生在英亲王府。"

"你们两个死孩子，到底是一个性情。"英亲王妃忍不住拍谢芳华，又气又笑，"别人羡慕不来的富贵荣华，放在你们俩眼里如尘土一般。传扬出去的话，真是气死个人。"

谢芳华笑着挽住她："娘还说我们，若是让您选，您也未必想出身清河崔氏，未必想嫁入这荣华富贵之地。"

英亲王妃扑哧笑了："还没发现你是个贫嘴的。"话音刚落，她叹了一声，"可不是吗？外面的人看我们富贵滔天，穿戴金银珠翠，出行有马车，仆从前呼后拥，可是谁又知道我们反而想求那最寻常的生活。"

谢芳华跟着叹息了一声。平民百姓为生活操劳苦，可是他们不知，生在富贵之家虽然吃食穿戴不愁，却是步步险境，有的人更是拿命在搏。

二人说话间回到正院。

秦铮正在正院画堂的窗前摆弄花草，见二人从外面回来，亲密地挽着手说着话，若是不识得的人，真还以为是一对母女。他看了一眼，收回视线，伸手揪下花枝上新长出来的嫩芽。

"臭小子，你又揪我的花！小时候的毛病多大了怎么也不改？"英亲王妃进了屋，一眼就看到站在窗前的秦铮，见他正在揪花顿时急了，放开谢芳华，疾步走了过来。

秦铮见她过来，将一片嫩芽随手扔在花盆里向谢芳华走去，在她还没反应过来时一把拉住她的手，拽着她迈过门槛。

"臭小子，你给我站住！"英亲王妃心疼地看着自己的花少了好几片新长出的嫩芽，大怒。

秦铮仿佛没听见，拉着谢芳华脚步轻快地出了正院。

"你个死孩子，小混账！哎哟，我的花，这几片嫩芽是好不容易长出来的，就这么被你摧残了，真是辣手摧花……"英亲王妃不见他回来，捧着花心疼得不行，口中不停地骂他。

谢芳华被秦铮拉着出了正院，走得远了还隐隐能听到正院传出的骂声，她从来没见过英亲王妃心疼花心疼成这副模样，不由得抬头去看秦铮。

只见秦铮嘴角微微弯着，似乎对自己做了坏事十分自得，在英亲王妃的骂声中没有丝毫反省。

他这样的笑十分纯粹好看，她一时看得呆住了。

秦铮感觉到了她的视线，慢慢地偏头瞅她，看到她呆呆的样子，不由得挑了挑眉："怎么了？"

谢芳华醒过神来，咳嗽了一声，问他："你干吗揪娘的花？"

秦铮目光微闪："高兴就揪了。"

"这是什么话！"谢芳华瞪他，"你高兴了，娘可不高兴了。你听听，她多心疼。”

秦铮微哼。

谢芳华怀疑地看着他：“你是不是对娘有什么不满，否则怎么会突然不高兴地揪她的花呢？”

秦铮瞥了她一眼，不说话。

谢芳华见他不打算说，抿了抿嘴，问：“裕谦王妃进京，孙子却弄丢了，这件事儿你知道吗？”

“知道。”

“是不是你做的？”谢芳华试探地问。

秦铮眼眸微眯：“你觉得是我做的？”

谢芳华想了想：“我开始觉得有可能是你做的，可是转而一想，应该不是你。你就算是想控制裕谦王一家，也不会对一个孩子下手。”

秦铮忽然笑了。

谢芳华看着他：“你笑什么？”

秦铮不再说话，拉着她向前走去，走了两步，似乎想起了什么，唇边的笑慢慢收起。

谢芳华想着他有什么高兴的事儿，还没想出个所以然来，就见他嘴角的笑收起，莫名静寂了下来，她便丢开这件事儿，拽住他的手小声说：“你走慢些。”

秦铮看了她一眼，步子慢了些。

谢芳华不再说话，紧跟着他，下午的阳光打在两个人的身上，拉出长长的影子，地面上的影子看起来就是两个人牵着手，肩并肩，步调一致。她看了片刻，忽然轻声说：“秦铮，咱们两个会这么走一辈子吧？”

秦铮脚步一顿，看着她。

谢芳华指了指地上的影子：“你看！”

秦铮顺着她的手指，看到了地上落影成双：他高谢芳华许多，他的影子笔直挺拔，而谢芳华的影子纤细柔软，落在地上如柳条一般盈盈而立。他看了片刻，忽然说：“瘦得都没几两肉了，有什么可看的。”说完拉着她向前走去。

谢芳华不满，拽住他不让他走：“你只看到我瘦得没几两肉，就没看到别的吗？”

秦铮不说话。

谢芳华缠着他不让他继续向前走：“你再仔细看看。”

秦铮见她大有他不说出让她满意的话来就不让他走的意思，他沉默了片刻，轻声问：“你是说，日照双影音，月照朝暮容，举案两相思，齐眉共白首？”

谢芳华一愣，见他一本正经地看着她，她忽然脸一红，刚要低下头，忽然觉得第一次听他念情诗，实在不想错过他一丝一毫的表情，于是仰起脸，肯定地告诉

211

她："就是这个意思。"

秦铮凝视着她，一时间不再说话。

谢芳华也不躲避他的目光，也凝视着他不说话。

微风吹来，日光照耀，两人眼中都盛满了彼此。

"走吧。"许久，秦铮移开目光，拉着她向落梅居走去。

谢芳华点点头，随着他向落梅居走去。本来她想寸寸剥开他的心，这一刻又忽然觉得，有些东西需要慢慢来。他如今这样又有什么不好？他爱她，她不爱他的时候，他依然爱她的所有，并不曾因为她的冷情冷性而对她不喜，所以，无论他是什么样子，那都是他。只要是他，又有什么关系？

二人一路不再说话，安静地回到了落梅居。

刚要进屋，院外有动静传来，谢芳华回头看去，见春兰拿着一盆花急急地追了上来，谢芳华看向秦铮，秦铮松开她的手，转头进了屋。她无语，只能折回去，迎上春兰。

"小王妃！"春兰抱着花，笑着给谢芳华见礼。

"兰姨不必客气。"谢芳华看着春兰，"这是……"

"王妃让我将这盆花送给小王爷养，由您看着他，不准他再揪花。"春兰笑着将花递给她。

谢芳华只能伸手接过。她对养花最是头疼，不过看着秦铮不让他揪花还是能做到的。

春兰见她接过花，没立即走，而是对她笑着悄声道："小王爷啊，从小有个毛病，您可能不知道。"话音刚落，见谢芳华看着她，她抿着嘴笑，"小王爷不是王妃说的自小就爱揪花，而王妃也不知道小王爷为何揪花，就以为小王爷爱揪花，奴婢也是后来恰巧发现了原因。"

谢芳华见她神神秘秘的，便笑着表示洗耳恭听。

春兰压低声音："有一次王爷拿了一件新奇的物品哄王妃，王妃恰巧心情好，笑开了怀，小王爷见了，就将王妃的一盆花都揪了。"

谢芳华一愣："他吃王爷的醋？"话音刚落，又道，"你是说，今天他……吃我的醋？"她记得她是和王妃说说笑笑进正院的。

春兰闻言抿着嘴笑："您说对了，但只说对了一半。以前他是吃王爷的醋，今天怕是吃王妃的醋了——您挽着王妃进院子时，笑靥如花。"

谢芳华有些反应不过来，一时竟呆住了。

春兰笑着转身走了。

谢芳华抱着花盆站在院中，春兰走了半晌，她依然呆呆地站着。

侍画、侍墨见谢芳华好半天不动弹，暗暗猜测春兰和小姐说了什么，以至于她走后小姐这副模样。二人担忧地走了过来，轻唤："小姐？"

谢芳华回过神，看着二人。

"您怎么了？"二人小心地问。

谢芳华摇摇头："没事。"

二人对看一眼，这副样子哪里像没事？

谢芳华忽然笑了："真没事。"话音刚落，她对二人摆摆手，抱着花盆向屋里走去。

挑开门帘进了屋，画堂内没有秦铮，谢芳华抱着花盆直接去了里屋，只见秦铮懒洋洋地靠在软榻上闭目养神。她来到他面前，伸手推推他。

秦铮连眼睛都没睁开："嗯？"

谢芳华又推推他。

秦铮蹙眉："什么事？"

谢芳华不答话，再推他。

秦铮无奈，只能睁开眼睛。入眼处，谢芳华抱着花站在他面前，一脸古怪，他挑眉："你以前的确是不喜欢花，后来不是也将花养得好好的吗？既然娘给你端来养，你养就是了。"

谢芳华摇头："这花可不是送来给我养的，是娘给你养的。"

"给我的不就是给你的？"秦铮又闭上了眼睛。

谢芳华看着他，看他这副模样似乎是打定主意不管了，她抿了抿嘴："听说有一次，爹拿了一件新奇的物品哄娘，娘恰巧心情好，笑开了怀，结果你见了，就将娘的一盆花都给揪了。"

秦铮当即又睁开眼睛："谁告诉你的？"

谢芳华对他眨眨眼睛："兰姨。"

秦铮嗤了一声，重新闭上眼睛。

谢芳打量他，见他的脸色突然变得很不好看，像是被人戳破了某种秘密一般，只是他善于掩饰，所以乍看起来毫无痕迹，但是她对他了解甚深，尤其是最近一段时间她连他偶尔的细微表情都能看破，此刻自然看得出来。

她压制住好笑的表情，看着他问："兰姨说得不对？"

秦铮不说话。

谢芳华又伸手推推他。

秦铮依旧不睁眼，不动弹，不说话。

谢芳华转身将花盆放在窗台上，打量着花。可怜见的，新长出的几片嫩芽都被他给揪掉了扔在花盆里。她想将嫩芽捡出来扔掉，刚伸出手去，想了想，忽然又作罢，转回身重新走到秦铮身边，伸手拽他。

秦铮没好气地问道："干吗？"

谢芳华拽着他的手臂晃："在德安宫时，你说过那幅画由你填上，然后挂在我们的婚房里，你说话不算数。"

秦铮身子一僵。

谢芳华手下用力："起来，去给我找那幅画。"

"扔了。"

谢芳华瞪眼："我才不信你扔了，你是不是没填上，所以不敢拿出来？"

秦铮哼了一声，没说话。

"快点儿起来！"谢芳华继续拽他，"你没画好，我也不怪你。"

"谁说我没画好？"秦铮睁开眼睛。

"画好了？那在哪里？你拿给我看。"谢芳华的眼睛里泛起莹莹亮光。

秦铮瞅着她，被她的目光吸引住，想推拒的话吞了回去，不情不愿地起身："你现在怎么这么……"他似乎想用一个词来形容，想了半晌没找到合适的词，只好住了口。

谢芳华静待下文，等了半晌却见他闭嘴不说了，她接过话："你的意思是……我黏人？"

秦铮瞥了她一眼，算是默认。

谢芳华抱住他的腰，将整具身子贴向他，脸埋在他胸前："我就是黏人，你奈我何？"

秦铮一噎，心神一荡，低头瞅着她。从忠勇侯府回来后，她身上的衣服未换，头上的珠翠未卸，盈盈地站在自己面前，抱着自己，埋着头，露出雪白的脖颈，衣领内掩着的吻痕若隐若现。他目光暗了暗，呼吸都放轻了："我不能奈你何，可是……"

谢芳华微微抬头。可是什么？

秦铮别开脸："你羞不羞？"

谢芳华忽然笑了："我在自己的房间里，抱着自己的丈夫，为什么要羞？"

秦铮不说话。

谢芳华伸手掐他，同时歪着头看他："难道你害羞了？"

秦铮的脸没变颜色，耳根处却隐隐红了，他伸手推她："你不是要看那幅画吗？"

谢芳华眨了眨眼睛，虽然她很乐于看秦铮脸红，但若是惹急了他，依照他的性情她可能会没好果子吃，便见好就收，放开他，从他怀里退出来："是啊，我要看，在哪里？"

"在书房。"秦铮见她退离，手无意识地拢了她一下，才慢慢地放开。

谢芳华提脚往外走去："那走啊，我们去书房。"

214

她迈过里屋的门槛，见秦铮没跟上，便回头看向他。

秦铮站在原地瞅着她，目光幽幽的。

谢芳华顺着他的目光上下打量了自己一遍，见没哪里不妥，她又抬起头看向秦铮，秦铮依然瞅着她，她想了想，忽然忍不住笑了，折回去伸手拽住他的手："公子爷，您先走。"

秦铮有些别扭地道："让你自己去书房，你也找不到。"

"是，所以一定要您亲自移驾书房，顺便带上我。"谢芳华笑吟吟地道。

秦铮偏头瞅着她，看着如花的笑靥，他忽然转身将她拽到怀里，将唇覆在了她的唇上。

谢芳华乖乖地任他施为，一动不动。

秦铮肆意地吻了片刻才放开她，压低声音克制地道："你今天又惹我了，晚上饶不了你。"

谢芳华红着脸不敢看他，觉得听到他这句话，她的脸都要烧起来了。

秦铮欣赏了她酡红的面容好一会儿，觉得心气平顺了，才拉着她出了房门。

谢芳华被他拽着，乖觉地跟着他。出了房门，太阳已经偏西，西方天际一大片火烧云，十分炫目，她不由得多看了几眼。

秦铮忽然凑近她："你的脸就跟这火烧云一样。"

谢芳华觉得脸上刚压下去的热度又腾地升了起来，她拽住他，不满地小声说："你别以为我看不到，你的耳根子都快烧着了，看着也如这火烧云一般。"

秦铮一噎，忽然又气又笑，伸手揉她的脑袋："我怎么不知道你如今除了黏人外，还这么喜欢撒泼耍赖，变得牙尖嘴利了？"

谢芳华咳嗽了一声，红着脸瞪他。

直到将她好好的一头青丝揉乱，有两缕脱离发簪从额际垂落，他才罢手，施施然地道："这样看着才顺眼了些。"

谢芳华嘟囔："反正又没有别人看，只有你看，你觉得顺眼，只管作乱。"

秦铮闻言弯起嘴角，笑了。

院中的侍画、侍墨、玉灼、林七等人见二人从房中出来，牵着手说着话走向小书房，都偷笑着躲远了，不打扰二人。

不多时，两人来到书房，秦铮打开小书房的门，拉着谢芳华走了进去。

谢芳华迈进门，抬头便看到正对着门口的墙壁上挂着一幅画，她的脚步猛地顿住。

这幅画正是她陪秦铮在德安宫养伤时所作的那幅。当初秦铮缠着她，她只画了半幅，另外半幅他果然画完了。只不过没如他所说挂在新婚的内室，而是挂在了小书房。

如今看着这幅画，若是不知道的人恐怕看不出是两个人所作。

她勾勒出了他吹箫时的模样，而秦铮用跟她一样的笔锋，勾勒出了她弹琴的模样，两人目光相对，温柔如春水，任谁都能看到浓浓的情意。

旁边还题了一行字，点明了时间、地点、曲名。

除了这些，画卷的下方还写了"谢芳华"三个字，这三个字的旁边明显空了一块。

谢芳华看着这幅画，目光凝定，久久不动。

秦铮也看着那幅画，没说话。

过了许久，谢芳华轻声道："原来你挂在了这里，我若是不问起，你也不告诉我。"

"只要你来小书房，早晚会看到。"秦铮说。

谢芳华点点头，指着他签上她名字处旁边的空白，笑着道："那地方是不是给我留着的？"

秦铮嗯了一声。

谢芳华松开他的手走到桌前，拿起桌案上的墨轻轻地转着圈研磨。过了片刻，见墨磨好了，她拿起笔，走到画卷前，提笔题上了秦铮的名字。

她的笔锋刚劲有力，犹如男子手笔，又带着丝轻狂自傲之气。若不是亲眼所见，认识秦铮字迹的人恐怕会真当是他的手笔。

秦铮踱步过来，站在谢芳华身后，看着她落下的字迹轻笑。

谢芳华偏头："初来这落梅居时，你不是给我请了四位师傅练琴棋书画吗？我临摹字帖的时候，可是拿你的字帖练了好几本呢。"

秦铮看了她一眼："若是人人练几下就能练成和我的字迹一模一样，真假难分，那可不是一件让人高兴的事儿。"

谢芳华放下笔："没有别人，只有我。"

秦铮点头："嗯，只有你，还算可以原谅。"

二人从小书房出来，见天色晚了，谢芳华想了想，便拉着秦铮去了小厨房。

秦铮无异议。

二人来到小厨房，林七从里面跑了出来："小王爷、小王妃，您二人要下厨啊？"

谢芳华点点头："今天晚上的饭菜还没做吧？"

林七摇头："还没有，都准备好了，正要做。"

"我来吧。"谢芳华走进小厨房，看了一眼切好的菜和准备好的调料，她挽起袖子洗手，同时对秦铮说，"你给我烧火。"

秦铮点点头，一撩衣摆，蹲在了灶膛前。

谢芳华洗好手时，秦铮已经将火点燃了，她往锅里放了油，然后熟练地往里面放肉、葱花、菜、调料……

216

刚拿起一个罐子要放盐，秦铮开口："那是糖。"

谢芳华无奈，放下那个罐子拿起另一个，看向秦铮。

秦铮点点头。

谢芳华将盐酌量放好，拿着铲子翻炒。

林七站在门口，看着二人心想，谁能想到英亲王府内金尊玉贵的两个人儿还会自己下厨做菜？小王妃虽然糖盐不分，但是有小王爷看着她，而且小王爷很会掌控火候，这道菜的香味转眼间就飘了出来，一闻就知道好吃。

半个时辰后，二人净了手，端着七八个菜从厨房出来。

林七傻眼了："小王爷、小王妃，您二人这是将明天早上的菜都做了，明天一早，奴才还得去找大厨房采买。"

谢芳华咳嗽了一声："一时高兴，都做了。"

林七后退一步，想着只要小王妃高兴，做了就做了吧，大不了再出去买。

"做了这么多，我们两个的确吃不了。"谢芳华偏头对秦铮说，"这样吧，让侍画、侍墨她们还有玉灼和林七，跟着咱们一起吃吧。"

林七闻言吓了一跳，连连摇头："使不得小王妃，我们吃大厨房做的饭菜就好，怎么能吃主子亲手做的饭菜！"这忒要命了。

"这有什么？"谢芳华好笑地看了惶恐的他一眼，"这落梅居里总共也没几个人，你们都是我们的近身之人，一起吃一顿饭，要不了命。"

林七还要说什么，秦铮摆摆手："行了，按小王妃说的做吧。"

林七立即噤了声。

"如今天气暖了，就摆在院中吧。"谢芳华征求秦铮的意见。

秦铮没意见。

林七见二人说定，都知道这两人是说一不二的主，连忙回过神跑去喊其他人。

侍画、侍墨等人对看一眼，没有异议，连忙过来摆桌子、凳子。

玉灼因为和秦铮的关系，在秦铮心情好的时候向来没大没小，所以听说表哥和表嫂亲手做了饭菜让他们一起吃，自然高兴得眉开眼笑。

饭菜摆上，秦铮和谢芳华落座，其余人也依次坐好。

除了林七外，其余人都不是很拘谨，一顿饭吃得顺畅。

快吃完时，喜顺走进了落梅居，当看到落梅居里两位主子和伺候的人一起用饭时，他愣住了。

"大管家，什么事？"侍画站起身，迎向喜顺，问道。

喜顺醒过神，想着以前听言和小王爷住在一处时，也是一起用饭，但听言的身份是清河崔氏的长公子，虽然说是二公子的书童仆从，但明白人都知道，他也是位主子，这样并不算乱了规矩，可是这些人除了玉灼外，的的确确都是仆从。

小王爷和小王妃到底不同常人。

他回过神，恭敬地对秦铮和谢芳华一礼："小王爷、小王妃。"然后看了侍画一眼，"紫荆苑里传出消息，大少奶奶身体不好，下……"他犹豫了一下，还是道，"下体流血，十分严重，惊动了王妃。太医院里虽然有女医生，但是医术都不太出众，而且太医院离咱们府不近，所以王妃请小王妃过去给大少奶奶看看。"

谢芳华立即站了起来。昨日见卢雪莹时她的气色就不好，曾经身子骨极好的女子昨日跟一阵风就能刮倒似的。谢芳华放下筷子，离开桌前走了两步又停住，回头去看秦铮。

秦铮对她点头："你自己去吧。"

谢芳华知道他肯定是不想去紫荆苑的，秦铮本就看秦浩不顺眼，更何况如今是卢雪莹有事。她对喜顺道："喜顺叔，你去告诉娘，我这就过去。"

喜顺连连应声，然后跑出了落梅居。

侍画、侍墨二人立即跟在谢芳华身后，快步出了落梅居。

秦铮本已经吃得差不多了，见谢芳华有事出门，他扔了筷子，起身进了屋。

林七和玉灼对看一眼，起身收拾残羹。

谢芳华很快就穿过紫荆林来到紫荆苑，院中站了一大堆丫鬟婆子，她看了一眼，有英亲王妃的人，也有刘侧妃的人。

春兰见她过来，立即上前："小王妃，王妃如今在里面，奴婢带您进屋。"

谢芳华点点头。

她还没迈进门槛，便听到里面英亲王妃恼怒地骂："媳妇儿娶进门，是要疼的宠的，不是给你作践的！以前依梦的事我睁一只眼闭一只眼也就罢了，左右不过是一个侍妾，我若是插手，人人都该说我这个做母亲的不容庶子了，可是如今她是你八抬大轿娶进门的媳妇儿，是堂堂左相府的闺女，你说说你这是要干什么？"

谢芳华脚步一顿。

只听英亲王妃又道："从她进门，你可让她歇过一日半日？你是堂堂英亲王府的长子，不是畜生，你这样作践自己的媳妇儿，跟畜生有什么区别？"

谢芳华没听到秦浩的声音，回头看了春兰一眼。

春兰唏嘘，她从来没听王妃发这么大的火骂人，几乎把大公子骂得狗血淋头，立即大声道："王妃，小王妃来了。"

英亲王妃本来还待继续骂，闻言住了口，立即说："快让她进来！"

春兰挑开门帘，谢芳华走进屋。

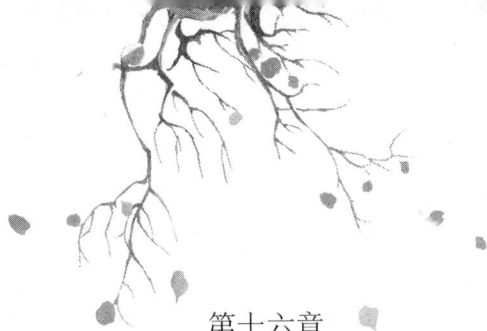

第十六章
# 子归离京

屋中除了一股浓郁的血腥味，还有隐隐的淫秽的味道，谢芳华蹙了蹙眉。

英亲王妃站在床边，刘侧妃站在英亲王妃身后，秦浩衣衫不整地站在地上，见谢芳华进来，他抬头看了她一眼，眼神阴郁，面色发白。

"还不给我滚出去！"英亲王妃恼怒地赶秦浩。

秦浩站着不动："母妃，我……"

"你还想干什么？你没看她都昏死过去了吗？"英亲王妃眼神凌厉地看着他质问，"你是大夫吗？你能救她还是怎的？你在这里什么都干不了，出去！"

秦浩这回没敢再争执，转身走了出去。

"华丫头，你快过来，她的血流个不停，你快看看！"英亲王妃见秦浩出去，立即对谢芳华招手。

谢芳华点点头，走上前。

大床上，卢雪莹衣衫不整，仅仅能遮蔽身体的衣物成了碎片，可以看出早先被怎样蹂躏过，未遮蔽的下体正在不停地流血，人已经昏死过去。

这副情形，谁都能知道早先发生了什么。

谢芳华伸手拉过卢雪莹的手给她号脉，片刻后，又看了看她的样子，叹了口气，对英亲王妃道："娘，这是小产了。"

"什么？"英亲王妃一惊。

刘侧妃惊叫一声，一下子从英亲王妃身后蹿上前，一把拽住谢芳华的胳膊："小王妃，你刚刚说什么？"

"我说她这是小产了。"谢芳华道。

"这……这怎么可能？她刚过门才多久……"刘侧妃难以置信。

谢芳华拂开她的手，对她道："我把脉探出，她怀孕不足月，没被发现而已。"话音刚落，见刘侧妃依旧难以置信，她又道，"若是侧妃你信不过我，可以再请大夫来。"

刘侧妃一时没了声，扑通一下子跌倒在地。

谢芳华看向英亲王妃。

英亲王妃自然是相信谢芳华的医术的，她恼怒地看了刘侧妃一眼："当初永康侯夫人已经一脚迈进鬼门关，差点儿没命，连孙太医都救不了，是华丫头出手将她救回来，保住了母子平安，你若是不相信她的医术，还能找谁来？"

刘侧妃讷讷地说不出话来。

"华丫头，你快给她止血，赶紧给她治！"

谢芳华点点头，伸手入怀，拿出一个玉瓶，倒出一颗药丸，塞进卢雪莹的嘴里。

"小王妃，你给她吃了什么？"刘侧妃立即问。

谢芳华瞥了她一眼："止血的。"

刘侧妃点点头，追问："孩子还能保住吗？"

谢芳华摇摇头："不能了。她本来就体虚力乏，不曾好好养着，又经过了剧烈的动作，孩子已经滑落，谁也保不住。"

刘侧妃脸一灰。

英亲王妃忍不住怒斥："孩子就是从小被你给养歪了，自己媳妇儿怀孕都不知道，只一味地行畜生之事。如今大人能保住命就不错了，还想保住孩子？你脑子怎么长的？"

刘侧妃不由得流下泪："是妾身没教育好浩儿，让他……"她不知是舍不得骂自己的孩子还是骂不出口，抑或是连骂也不敢骂，只说，"王妃怎么教训妾身，妾身都受着。"

英亲王妃冷哼一声，懒得再骂她。

刘侧妃哭了一会儿，见谢芳华去写药方，才想起什么，又赶紧问："小王妃，她这……以后还能不能再怀孩子？"

谢芳华一边写药方一边点头："只要保养得宜，还是能怀上的。"

刘侧妃松了一口气："谢天谢地！"

英亲王妃瞪了她一眼："谢天地能管用？以后还是看好大公子别再这么荒唐才是正道！"

刘侧妃连连点头，不敢吱声了。

谢芳华开好了药方，递给春兰，春兰拿着药方连忙下去了。

英亲王妃看向卢雪莹，松了一口气："血止住了。"

谢芳华走过来，对英亲王妃道："换嫂子贴身伺候的婢女进来给她清洗一番吧。"

英亲王妃点头，朝翠荷看了一眼，翠荷连忙下去了。不多时，两名婢女端着温水走进来，开始给卢雪莹清理。

"咱们出去说！"英亲王妃握住谢芳华的手，走出房门。

二人来到门口，见秦浩站在屋外，衣衫已经打理妥当，英亲王妃脸色发沉："你可听见了？她小产了，孩子还不足月。"

秦浩脸色发白，垂下头羞愧地道："孩儿不知……"

英亲王妃冷着脸打断他："可有人去左相府报信了？"

秦浩面色大变，抬起头："母妃，一定不能报信！若是左相府知道——"

"糊涂！"英亲王妃怒喝，瞪着他，"你以为出了这样的事儿，能瞒住左相府？你以为你媳妇儿醒来知道肚子里的孩子没了，还会坐得住不回家告状？左相和左相夫人只有这么一个女儿，百般疼宠，由得你这般作践？"

秦浩面色发灰，不吭声了。

英亲王妃看着他，见他不吭声，她嫌恶地摆摆手："既然你不愿意现在就告诉左相府知道，那你就看着办吧！反正是你自己做下的事，你自己善后。"

秦浩见英亲王妃不执意去左相府报信，似乎松了一口气。

英亲王妃回头对刘侧妃道："既然血止住了，华丫头开了药方，春兰去煎药了，你就留在这里照顾大少奶奶吧！"

"是，王妃。"刘侧妃点头。

"我们回去吧。"英亲王妃对谢芳华道。

谢芳华点点头，挽着英亲王妃，出了紫荆苑。

秦浩似乎巴不得二人走，送也没送。

出了紫荆林，英亲王妃和谢芳华同时吐了一口浊气。

谢芳华实在没想到秦浩竟然这么不是人。原来外面传言的那些是真的，秦浩背地里玩女人竟然这么荒唐，况且这个人还是他的妻子，不是侍妾。她想起依梦，似乎是不堪忍受自寻短见……

"这个庶长子，当初我就不该让他生出来作孽！"英亲王妃回头看了一眼，"你也看到了，他竟然这么畜生！英亲王府怎么能有这样的大公子？丢人现眼！"

"娘仁慈。"谢芳华不知道说什么，只觉得秦浩真不是人，该死。

英亲王妃叹了口气："什么仁慈不仁慈的。只因我当年有心结，你爹也有心结，我们误了好些年。那时候，谁管他有多少女人、多少孩子……"

谢芳华知道上一辈的事儿，不言声儿。

"左相在朝中一直提携他，他在朝中也争气，可惜在外有多么人模狗样，回到自己的屋子里折腾起女人来就有多么畜生。左相若是知道了，不知道会如何。"英亲王妃又道。

"左相府在咱们府有眼线吧？"谢芳华低声问。

英亲王妃愣了一下："有，怎么可能没有？京中各大府邸，谁家都有别人家的眼线。"

"既然如此，即便他想瞒着左相府也瞒不住。"谢芳华道。

英亲王妃点点头："可是传出去，总归是件没脸的事儿。别人不会说她娘，反而会说我苛责庶子，给养歪了。"

"人嘴两张皮，只管让人去说。娘行得正，坐得端，还怕了什么人不成？"谢芳华不以为意，"不过今天这事儿，您得跟爹说说，他毕竟还是我们英亲王府的一家之主。"

"你说得对。你爹还没从宫里回来，他回来我就告诉他。"英亲王妃拍拍她的手，"你回去吧。大公子这事儿，我懒得操心，只要你和铮儿好好的，我就放心了。"

谢芳华想起秦铮，心下一暖："我送您回去。"

"不用你送，就几步路，娘又没老。"英亲王妃笑着道，"没想到她过门这么快就怀上了，你好好调理身子，我也想抱孙子。"

谢芳华无语，红着脸，不接话。

英亲王妃也知道谢芳华刚过门三天，早着呢，她没必要着急，便摆摆手，由婢女扶着向正院走去。

谢芳华见英亲王妃走远，她带着侍画、侍墨回了落梅居。

紫荆苑里几乎翻了天，落梅居里却甚是安宁静谧。

谢芳华踩在落地的花瓣上，心中分外安定。秦铮不只身份高出秦浩一大截，品行也高出秦浩百条天街，她庆幸她嫁的人是秦铮。

回到房间，见秦铮正窝在榻上看书，她走过去看了一眼，见是一本游记。

"回来了？"秦铮抬头看她。

谢芳华点点头，见他没有多问的意思，但还是说给他知道："卢雪莹小产了。"

秦铮有些讶异，似乎没想到卢雪莹这么快就怀上了，但他转而又想起了什么，嗤笑一声，不以为意。

谢芳华挨着他坐下："娘出紫荆苑后对我说，想早些抱孙子。"

秦铮拿着书的手一顿，抬头看向她。

222

谢芳华脸红红的，笑着问道："你是希望我们早要孩子，还是晚要？"

秦铮不作声。

谢芳华看着他："你喜不喜欢小孩子，一个长得像你又像我的小孩子？"

秦铮放下书本，垂下脸："刚大婚几日，你就听娘的胡话，想这些未免太早了。有胡思乱想这工夫，不如想想漠北关山迢递，大舅兄明日一早就启程，给他准备些什么东西带着。"

谢芳华一怔："任命不是刚下来吗，哥哥明日就启程？"

秦铮颔首："刚刚得到消息，漠北军营不能无首，他明日就启程，毕竟漠北较远，他早一日启程，也能早到一日。"

谢芳华想着哥哥去漠北需要带什么。

漠北春秋季风沙大，冬季严寒，如今正值夏季，温度还算合宜。

哥哥从未出过南秦京城，他身体的隐疾虽然被外公治好了，但需要慢慢调理，最起码要带个医术高超的大夫，另外要带些漠北稀缺的药材，还有……

她想了一会儿，对秦铮说："我还是得回府一趟。"

秦铮挑眉："回去做什么？"

"跟哥哥说说话，再给他准备些在漠北军营需要的东西。"谢芳华说，"明日一早他就启程的话，时间紧迫，我怕赶不及。"

秦铮点点头："好吧。"

谢芳华伸手拽他："你跟我一起回府。"

秦铮看着他，沉默了一会儿："你自己回去吧。"

"你不跟我一起回去？"谢芳华看着他。

"我跟你回去的话，会忍不住早早将你拉上床睡觉，你不是想与你哥哥多说会儿话吗？"秦铮伸手捻起她的一缕发丝，"况且，我也不能日日累你睡不好觉，跟你回去的话，我会忍不住。"

谢芳华脸一红："你确定？"

秦铮拢着她头发的手缠绕了一个圈，紧了紧，又缓缓松开，嗯了一声。

谢芳华慢慢地站起身："那我自己去了。"话音刚落，她提脚向外走去。

秦铮没作声，依旧窝在软榻上看着她。

谢芳华走到门口，回头看了他一眼，微笑："我觉得你说得很有道理。"话音刚落，她挑开帘幕，出了房门，喊，"侍画、侍墨。"

"小姐！"二人立即出现在她面前。

"哥哥的任命下来了，明日一早启程去漠北，你们即刻随我回府。"谢芳华道。

"是，小姐！"二人立即点头。

侍蓝、侍晚、品竹、品青、品妍、品萱六人闻声也走上前，一起小声说："小姐，我们也随您回去。"

谢芳华知道这八人自小受哥哥培养，点点头。

没什么可收拾的，谢芳华带着八人利落地出了落梅居。

到了落梅居外，她对侍画、侍墨道："你们去一趟正院，告诉王妃一声。"

"是。"二人立即向正院走去。

谢芳华径直向大门口走去。

半盏茶后，侍画、侍墨在谢芳华即将走到大门口时回来了，对她说："小姐，王妃说您只管回去，若是侯爷需要带什么东西忠勇侯府没有的话，可以回府来取。"

谢芳华点点头。

来到大门口，马车已经先一步备好，谢芳华刚要上车，一辆马车便飞快地从街道那头而来，车夫快马加鞭，不出片刻，马车便来到了英亲王府门口。

谢芳华看清楚是左相府的车牌，心想卢雪莹的事情左相府定然是知道了，消息够快的。

她并没有急着上车，而是在门口等了一会儿。

左相府的马车停稳，先下来两名婢女，当看到谢芳华一行人站在门口时，她俩微愣了一下，连忙挑开帘幕，扶车里的人下车。

左相夫人在两名婢女一左一右的搀扶下下了车，下车后，她也看到了谢芳华，同样愣了一下，给她见礼："原来是小王妃！你这是？"

"左相夫人。"谢芳华微笑还礼，见左相夫人即便极力掩饰，脸色依然十分难看，目光中带着疑惑，似乎不解她怎么在门口，她笑着道，"我回忠勇侯府一趟，见夫人的马车过来，打个招呼。"

左相夫人点点头，看着她，想问什么，但又住了嘴："这么晚了小王妃还要回忠勇侯府，想必有重要的事，我来王府也有重要的事，就不多聊了。"

"夫人请进！"谢芳华让出门口。

左相夫人点点头，由婢女扶着，脚步匆匆地向府内走去。

谢芳华回头对守门人道："去禀告王妃一声，就说左相夫人来了。"

"是。"守门人立即向府内跑去。

谢芳华上了马车，向忠勇侯府而去。

傍晚的南秦京城依旧熙熙攘攘，十分热闹。马车路过繁华的主街时，有两人拦住了马车，在外叫嚷："秦铮兄，大晚上的，你要去哪里？"

谢芳华听出是程铭的声音，示意侍画挑开帘幕。

侍画挑开帘幕，看了外面一眼，开口道："程公子、宋公子，车内坐的人不是小王爷，是我家小王妃。"

程铭、宋方一愣，顿时不好意思地见礼："原来是小王妃，唐突了。"

谢芳华看向外面，笑了笑，不以为意："秦铮在府中，两位若是找他，就去府中寻他吧。"

"你这是？"二人看着她，疑惑地问道。

"明日哥哥一早启程，我回忠勇侯府。"谢芳华道。

程铭和宋方对看一眼，点点头，程铭道："子归兄要去漠北之事，我们也听说了，约定明日一早去城外送他，今日就不去了。"

宋方接过话："我们有好些日子没与秦铮兄一起闲聊了，既然你回府，我们这就去找他。"

谢芳华笑着点点头，示意侍画落下帘幕。

程铭、宋方让开路，马车继续向忠勇侯府行去。

马车走远，程铭感慨："秦铮兄真是好福气。"

宋方深以为然："恐怕天下再也找不出第二个这样容貌与才华兼备的女子了。"

话音刚落，二人对看一眼，同时笑了起来，拍了拍对方的肩膀。

程铭道："也不用羡慕秦铮兄，他为了媳妇可吃了不少苦，折腾个半死不活才将媳妇儿娶到。换一般人，这个媳妇儿可就黄了。"

宋方点点头："你我都误会了李沐清，前些时候逮住他还好一番挖苦讽刺，没想到另有隐情，如今我都不好意思见他了。"

程铭挠挠头，也觉得不好意思："李沐清弯弯绕忒多，跟他老子一样。"

二人一边说话，一边向英亲王府而去。

回到忠勇侯府，谢芳华下了车，守门人立即打开门。

谢芳华进了内院，侍书闻信迎了出来："小姐。"

"哥哥呢？"谢芳华问。

"侯爷刚从荣福堂出来，回了芝兰苑，正在收拾东西呢。"侍书道。

谢芳华点点头，径直向芝兰苑走去。

来到芝兰苑，这里除了谢墨含，还有谢云澜和谢林溪，二人一起帮他收拾行李和其他要准备的事物。见她回来，三人都愣了一下，随即了然。

谢墨含失笑："大晚上的又赶回来，秦铮呢？"

"他留在了府中，说他若是回来，会打扰我们兄妹叙话。"谢芳华道。

谢墨含笑着点点头："他不来也好，如今听到他喊我大舅兄，我就浑身不自在。"

谢芳华无语，坐下，问："哥哥都准备了些什么，还差什么没准备？"

225

"中午我进宫，你们走后，云澜猜测任命下来后会让我立即启程，便着手准备了。"谢墨含揉揉额头，"他准备了一堆东西，真当不上轻车简从了。"

"都准备了什么？"谢芳华看向谢云澜。

谢云澜拿给她一张单子："准备了这些，你看看还有什么需要添加的。"

谢芳华接过来，见列了长长一串，的确准备得不少，还都是漠北的稀缺之物，尤其是她考虑到的药材都准备妥当了，没有什么需要她再添加的。她心下感叹，有云澜哥哥在忠勇侯府，实在是不用别人再操心。

她摇摇头："这上面将该准备的都准备了，倒是不用我操心了。"

"你是该少操些心。"谢墨含道，"爷爷说了等着抱曾外孙的。"

谢芳华失笑："爷爷不是该操心你的婚事吗？本来我想着我大婚后就给你物色人选，没想到你这么快就去漠北军营，归期还不定。"说着，她发起愁来。

谢墨含笑着摇摇头："目前朝局不稳，多一事不如少一事，我的事不急。"话音刚落，他正色道，"我不在京中，你要更小心才是，尤其是太子。唉——"

谢芳华点点头："我知道。"

"今日我出宫时，太子对我说了一句话。"谢墨含犹豫了一下，还是如实道，"他说，人人都觉得他在乎天下，可是有谁知道，他没那么在乎。"

谢芳华一愣。

"就这一句话，我的后背都出了凉汗。"谢墨含苦笑，"妹妹，即便你大婚了，太子似乎也没有放手的打算，你一定要小心。"

谢芳华的脸色沉了沉，她紧抿了一下嘴角，点点头。

屋中一时安静下来，谁也没说话。

过了一会儿，谢芳华才开口："言宸也要回北齐，你们正好同路，有他在，我也放心你路上的安全。"

"嗯，言宸对我说了，我们一起走。"谢墨含无奈，"妹妹，我不是纸糊的。"

谢芳华嗔怪地看了他一眼，也觉得有些好笑。哥哥自然是有他的本事的，只不过她只有这么一个哥哥，自然将他的安危看得很重，总觉得不放心。

这一晚，谢墨含、谢芳华、谢云澜、谢林溪四个人坐到深夜，谢芳华才回海棠苑休息。

谢芳华本来很累了，躺在床上却睡不着，忍不住想：秦铮此时睡了吗？他今晚有没有想我？程铭、宋方去找他，他们做了什么？她想了很多，最后才叹了口气，闭上眼睛睡去。

虽然是她住惯了的房间，但谢芳华睡得很不踏实，半睡半醒间总觉得身边少了什么。

早上醒来，谢芳华显得很没精神，感觉十分疲乏。她看了一眼时间，发现还早，便喊侍画、侍墨进来帮她梳洗。

侍画、侍墨打量了她几眼，忍不住小声道："小姐，您昨夜没睡好？"

"嗯。"谢芳华点点头。

侍画抿着嘴笑："小姐是没有小王爷在身边，不习惯了吧。"

谢芳华也不掩饰，点点头："是啊，好奇怪，以前没大婚时没觉得，如今大婚刚两三天，身边突然少了一个人就不习惯了。"

侍画偷笑："小姐是太依赖小王爷了。"

谢芳华承认的确如此，为了解开秦铮的心结，让他跨过心里的坎，她大婚后几乎处处黏着他，时刻观察他细微的表情和情绪变化，整颗心几乎都扑在了他身上。虽然只有短短两三日，却像是过了好些日子，让她自然而然地养成了习惯。

这种习惯到底是好呢，还是不好呢？

她也不知道。

谢芳华不由得深深地叹了口气。

"您昨夜没睡好，没准小王爷也没睡好呢。"侍画小声道。

"嗯，我赞同。"侍墨附和。

谢芳华想：秦铮也会睡不好吗？想了想，她不由得笑了。若是他也睡不好，那就没什么不好了，两个人是一样的。

打理妥当，谢芳华出了房门，前往谢墨含的芝兰苑。

来到芝兰苑，谢墨含已经收拾完了，见她来，对她笑道："咱们一起去荣福堂用早膳。"

谢芳华点点头。

兄妹二人一起去了荣福堂。

崔允、谢云澜、谢林溪三人早一步到了。忠勇侯看到谢芳华，对她翘了翘胡子："脸色怎么这么差？回家不习惯了？臭丫头，果然女生外向。"

谢芳华瞪了他一眼："爷爷，我是您的亲孙女吧？您做什么总是看我不顺眼，见到我不是吹胡子就是瞪眼睛？"

忠勇侯一噎："谁叫你讨人嫌了。"

谢芳华闻言不再理他。都说老小孩是需要人哄的，果然没差。

一家人吃过早饭后，忠勇侯摆摆手，对谢墨含道："走吧。该嘱咐的你舅舅都嘱咐你了，不用担心我，有云澜小子和林溪小子在府里，另外还有个臭丫头在京城。"

谢墨含点点头。

"另外，你是忠勇侯府的支柱，无论什么时候，骨气和骄傲都不能丢。"忠勇侯又补充，"太子是南秦的太子，但还不是皇上，你去漠北，责任就是守好边境，

227

其余的能不干就不干，那不是你的职责。"

谢墨含本就聪明，得到爷爷的提点，颔首："爷爷放心，我心里有数。"

忠勇侯挥挥手。

"我去送哥哥出城，他出城后，我就回府了。"谢芳华站起身，"舅舅、云澜哥哥、林溪哥哥，你们就不用出城去送哥哥了。"

三人点点头，又各自嘱咐了谢墨含几句话，之后谢芳华和他一起出了忠勇侯府。

府门外停着两辆装好行李的大车。

谢墨含扶额："这些太多了，我要赶路，实在不方便。"

"哥哥让这些东西走镖局就是了，"谢芳华笑着道，"你带着随从和护卫轻车简从。你到漠北后，这些东西过十天半个月也到了，不用你费心。"

"这还好。"谢墨含松了一口气。

谢芳华瞥见听言，对他招手。

"表嫂！"听言笑嘻嘻地走了过来。

"你确定和哥哥去漠北，不回英亲王府了？"谢芳华问。

听言摇摇头："在英亲王府只能困在一方天地里，我虽然没出息、没本事，但也想跟着侯爷出去见识见识。年前小王爷没去成漠北十分恼恨，嘿嘿，我若是能去成漠北，以后回来就可以在他跟前显摆了。"

谢芳华失笑："照顾好哥哥。"

"好嘞，表嫂放心吧。"听言欢喜地点头，对于能跟着谢墨含去漠北十分高兴。

谢墨含笑了笑。

谢芳华不再多说，上了马车。

谢墨含的队伍向城门走去。街上清早便十分喧闹，有不少百姓都知道谢墨含要去漠北的消息，沿街相送。

"谢侯爷此去漠北，多多保重。"

"谢侯爷注意身体。"

"谢侯爷一路平安。"

……

百姓们对谢墨含都分外有好感，忠勇侯府这些年做了许多利民之事。

谢墨含挑开帘幕，对百姓们含笑点头。

谢芳华在车中坐着，心中暖暖的。千百年来，谢氏历经潮起潮落，哪怕分宗分族了，百姓也会永远记住谢氏。

可以这么说，没谢氏便没有如今的南秦。

228

谢氏曾经为国为民做的事，南秦高坐金銮殿上的皇帝不记得，但百姓都还是记得的。

谢墨含在百姓一路的珍重声中出了城。

走到城外五里处，谢墨含对谢芳华道："妹妹，别送了，回去吧。"

"秦铮定然在前面的送君亭等着送你，我与他一起回去。"谢芳华道。

谢墨含闻言笑了笑，点点头。

不多时，来到送君亭，听言在外面小声说："侯爷、表嫂，前面好多人。"

谢墨含闻言挑开帘幕，谢芳华顺着他挑开的帘幕看去，果然如听言所说，送君亭里有好多人。除了她知道的秦铮、程铭、宋方外，还有李沐清、王芫、郑译、秦倾，另外还有秦钰。

看到秦钰，谢芳华就不准备下车了。

谢墨含看了谢芳华一眼，慢慢地下了车。随着他下车，帘幕落下，遮住了谢芳华的身影。

"子归兄，我们可等你好一会儿了，你带这么多东西去漠北，何时才能到啊？"程铭先一步走过来，拍拍谢墨含的肩膀。

谢墨含无奈地笑道："这些东西都是云澜准备的。舅舅说漠北的稀缺之物大半是药材，无论是我还是士兵，都有需要，我只能带着走了。不过这些东西走镖局，耽搁不了我的行程。"

"子归兄身体不好，带药材是必须的。"宋方走过来，"漠北虽然环境恶劣，但是民风淳朴，当年武卫将军一去漠北都不想回来了，你不会也一去就是十几年吧？"

谢墨含失笑："说不准。食君之禄，忠君之事，只要漠北边境需要我，我就一日不敢懈怠。"

程铭啧啧了一声，回头对秦钰大声道："太子，你可听见了？子归兄不愧是你举荐的人。"

秦钰微笑："南秦虽然人才辈出，但是论底蕴、风骨，首推谢氏子归。"

谢墨含笑着摇摇头："太子过奖了。"

"太子的嘴什么时候这般会夸人了？我还是第一次听到。"秦铮懒洋洋地开口，"大舅兄去了漠北，看到了风雪中的北国美人，可别乐不思蜀。"

谢墨含无语地看着秦铮，忽然凑近他道："妹妹昨夜似乎没睡好，可我看你倒精神。"

秦铮眉目动了一下，脸色奇异，沉默了一下，微哼："好心来送你，既然你不领情，就算了。"话音刚落，他不再理谢墨含，向马车走去。

"堂兄大婚后还未曾进宫向父皇和母后行谢茶礼吧？毕竟你的婚事可是圣旨赐

229

婚，按理说，应该进宫谢恩的。"秦钰忽然道。

秦铮回头瞅了他一眼："皇叔养病，不好打扰。"

"父皇最近身子骨硬朗了许多，他一直疼你，定然不怕被你打扰。"秦钰慢慢地道，"就看堂兄有没有这份心去敬爱父皇了。"

"既然这样，我和内人明天就进宫向皇叔和皇婶行谢茶礼。"秦铮说话间已经来到了车前，挑开帷幕，看着里面的谢芳华。

谢芳华靠着车壁坐着，见他挑开帷幕，也看着他。

"走吧，跟我回府。"秦铮对她伸出手。

谢芳华将手放进他手里，被他轻轻一拽，下了车，站在他身旁。

"我骑马来的。"秦铮说，"你是坐车还是跟我骑马？"

谢芳华想了想："跟你骑马。"

秦铮点点头，对谢墨含说："大舅兄，我们回府了。既然太子亲自来送你，昭示天恩，你就多陪太子聊几句。"

"哥哥，你路上小心。"谢芳华有些不舍。

谢墨含点点头，对二人摆摆手。

秦铮抬手一招，一匹漂亮的红鬃马跑到了他身边，他揽着谢芳华翻身上马，二话不说，双腿一夹马腹，折返回城。

谢芳华除了谢墨含和秦铮，几乎没与任何人说一句话。

两人一骑很快就跑得没了踪影。

秦倾嘟囔："铮哥哥这也太着急了吧？不就是一晚上没见着嫂子吗，让我们跟她说一句话也吝啬，忒小气。"

"所谓一日不见如隔三秋，八皇子还没大婚，自然不能理解这种相思之苦。"程铭看了秦倾一眼，目光落在秦钰身上，"据说右相府的李小姐如今还在皇后宫里住着，太子的好事怕是要近了。太子什么时候请我们喝喜酒啊？"

秦钰目送秦铮和谢芳华离开，薄唇微抿，闻言面无表情地回头看着程铭："你的年纪似乎也不小了，父皇为了养病，朝事目前不太过问，十分清闲，不过指一两桩婚事还是累不到的。今日我回宫后说一声，让父皇给你指一桩婚事，如何？你看上哪家的小姐了，可以先对我说。"

程铭吓了一跳："我就是团泥巴，没大出息，可不敢劳动皇上给我指婚，太子还是顾着自己的事儿吧。"话音刚落，他伸手一拉宋方，"走了，咱们也回城吧。"

宋方点点头，对谢墨含抱拳："兄弟，关山遥远，一路保重。"

谢墨含点点头。

"李沐清，你要不要一起走？"程铭对一直没说话的李沐清喊了一声。

李沐清微笑着走过来："本来我拎了一壶酒，想和子归兄喝两杯，没想到今日来送行的人这么多，一壶酒倒不够分了。"话音刚落，他将酒壶给谢墨含，"你自己喝吧。"

谢墨含伸手接过，含笑道："多谢。"

李沐清拍拍谢墨含的肩，感慨不已："其实我是极想去漠北的，你什么时候若是不想在漠北待了，上书皇上，派我去替你。"

谢墨含笑着点点头。

李沐清不再多说，和程铭、宋方一起折返回城。

一行人离开后，来送行的只剩下秦钰、秦倾、王芜、郑译四人。

"太子朝政繁忙，早些回去吧。"谢墨含看向秦钰，语气平和。

秦钰走过来，对他笑笑："安平将军吕奕暴病身死，也就是说，漠北暂时不得安宁。虽然子归你身边有护卫，但我还是不大放心，我再送你一人随身相护吧。"

谢墨含一怔。

秦钰朝身后招手："初迟，你过来。"

初迟从暗中现身，站在了秦钰身后。

"这是初迟，子归兄你也认识。他是魅族人，说起来与令妹和云澜都有渊源。他在我身边，我寻常用不到他，实属浪费，如今就送给你吧。"秦钰道。

谢墨含惊讶地道："初迟医术高超，太子身边怎么能缺少这样的有才之人？送给我实在是可惜，我可不敢夺太子所爱。"

"我的所爱可不是他。"秦钰笑了一声，不容拒绝地道，"让你收下你就收下吧！你的身体好不容易有好转，我可不希望去了漠北，因为天气出什么事。有他在你身边，我才能少些担心。"

谢墨含惊疑不定："这……"

"你就别推托了，我还想着你在漠北平安待上一段时间，待有合适的人，我就尽快将你替换回来。"秦钰道，"毕竟你是太子辅臣，我还想将来重用你，不希望你出事。"

谢墨含知道推托不过，看了初迟一眼，问他："初迟公子跟我去漠北会很辛苦，不知是否甘愿？"

"甘愿！"初迟道。

"那就多谢太子了。"谢墨含对秦钰道谢。

秦钰对他拱拱手："一路保重。"

谢墨含也拱拱手，挥手招来牵马的人，翻身上马。

秦钰看了初迟一眼，初迟对他点点头，也招来一匹马，翻身上马。

谢墨含和初迟带着随从远去，秦钰却没有立即离开，而是目送他走远，直到走没了影，他才回身对秦倾等人道："走，回去吧。"

秦倾、王芫、郑译三人齐齐点头。

一行人折返回城。

此时，秦铮搂着谢芳华早已经入了城，直奔英亲王府。

一路上，秦铮没说话，谢芳华靠在他怀里，也没说话。

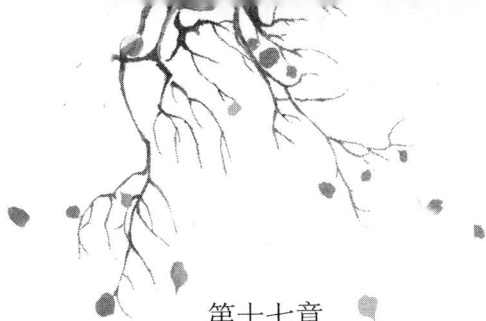

第十七章
# 围墙记事

回到英亲王府，秦铮带着她下马，甩了马缰，二人一起走回内院。

喜顺从正院方向匆匆赶来拦住二人："小王爷、小王妃，您二人回来了？王妃说您二人若是回来，立即去正院一趟。"

秦铮本来想直接回落梅居，闻言蹙眉："娘有事？"

"左相和夫人来了。"喜顺小声道。

秦铮点点头，拉着谢芳华向正院走去。

来到正院，里面隐隐传出说话声。

谢芳华看到正院外面站着不属于英亲王府的婢女婆子，想着左相和夫人应该是为了秦浩之事。

秦铮扫了一眼院外站着的人，没什么表情，拉着谢芳华进了画堂。

左相和左相夫人果然在座。除了这二人，还有英亲王、英亲王妃、刘侧妃以及秦浩。

二人进了屋，对英亲王和英亲王妃见礼，又对左相和夫人见礼。

英亲王妃笑着对谢芳华招手："华丫头过来。"

谢芳华撒出被秦铮拽着的手，走到英亲王妃身边。

英亲王妃拉住她的手，笑着问："将你哥哥送走了？"

"我们将哥哥送到送君亭，回来时哥哥还没走，这会儿应该启程了。"谢芳华道。

英亲王妃点点头："可带够了人和一应所用？"

"带够了。"谢芳华笑着道，"都是云澜哥哥准备的，十分周全。不过东西太多，哥哥带着不方便，走镖局。"

　　"漠北路远，准备周全了才好，免得到时候犯难。"英亲王妃说着，打量她，"昨天没睡好？气色有点儿差。"

　　"昨天和哥哥聊天聊得太晚了，是没睡好。"谢芳华忍不住脸红了一下。没睡好的真正原因是秦铮不在身边，她不太习惯。

　　英亲王妃似乎没发现她脸红，笑着道："叫你们俩来，是因为左相夫人有些话要问你。等她问完了，你尽管回房去休息。"

　　谢芳华颔首，看向左相夫人："夫人有什么话，尽管问吧。"

　　左相夫人站起身对谢芳华一礼，她眼圈通红，显然哭过："还要多谢小王妃昨天出手救了莹儿一命。"

　　谢芳华闻言笑了笑："夫人不必多礼，都是一家人。"

　　左相夫人伸手抹抹眼泪："莹儿的身体多久能养好？可会影响再怀孕？"

　　谢芳华知道，当娘的，最关心的是女儿的身子骨，她道："嫂子的身体若是好好养，三个月就能养好。这三个月里，不能行房、不能愁思、不能劳累、不能着凉，不要吃生冷食物也不要大补，膳食合宜就行。我昨天开了药方，按照药方用十天药就好。只要好好养着，不会影响再孕。"

　　"那就好。"左相夫人松了一口气，忍不住哭道，"可怜了我的闺女！以前外面的传言我还不信，如今总算是信了。"话音刚落，她看向秦浩，气恨交加，"娶进门就是你的媳妇儿，你是怎么跟我和老爷保证好好待她的？这才过门多少日子，就成了这副样子！"

　　"岳母恕罪，小婿以后不敢了！小婿这些日子以来真的是疼莹儿的，只是昨天出了点儿意外……"秦浩脸色灰白。

　　"出了点儿意外？这是小事吗？是我闺女的命！"左相夫人大怒。

　　"行了，你别说了！"左相喝住左相夫人。

　　左相夫人不甘心地住了口。

　　英亲王妃叹了口气，问左相夫人："夫人可问完了？"

　　左相夫人点点头。

　　"你们俩回去吧。一个个看起来昨天都没睡好，回去好好歇歇。"英亲王妃对秦铮和谢芳华摆手。

　　秦铮和谢芳华自然都不想多待，点点头，一起出了正院。

　　在一个离正院很远的无人处，谢芳华悄声问秦铮："你觉得左相和夫人会怎么处置这件事儿？"

　　秦铮嗤笑："能怎么处置？只能先将卢雪莹接回左相府养着了。"

234

"那对秦浩呢，会怎么办？"谢芳华又问。

"左相不是器重秦浩吗？"秦铮不以为然，"能怎么办？难道让秦浩休妻？不可能！左相府不可能弄得自己没脸。难道和离？那么卢雪莹以后如何再找个好的人家？即便卢雪莹同意，左相也不会让范阳卢氏有一个和离的女儿。秦浩若是知错能改，左相从此就抓住了他的把柄，捏住了他，那么以后在左相面前，他直不起腰来，这个女婿还不是任左相利用？"

谢芳华心里寒了寒："左相只想着拿捏秦浩？那他女儿的幸福呢？"

"幸福？"秦铮挑眉，不屑地道，"左相老奸巨猾，在这个位置久了，陪皇叔的年份太长了，眼中不是筹谋就是权柄，女儿的幸福值几个钱？"

谢芳华沉默了。

"左相的儿子不争气，在南秦京城小一辈里毫不出彩，是个软脚虾。"秦铮慢慢道，"你哥哥自然不必说，右相府的李沐清也是很出名的，永康侯府的燕亭长处也极多，就连程铭、宋方、王芜、郑译等都是有些本事的，可是你回京这么长时间了，可听说过左相府的卢智？"

谢芳华摇摇头，左相府就跟没这个公子似的。

"枉费左相给他起名为智，却给养成了废物。"秦铮冷笑，"秦浩虽然在内院里不是个东西，但在外面还是人模狗样的，颇有些才能。左相提拔他，也是想他退下来后，自己的一番事业有人顶上。再者，这么多年来，范阳卢氏对左相焉能没有点儿不满？为了未来的左相府门庭，他也不会奈秦浩何。"

"范阳卢氏为何对左相不满？"谢芳华久离京城，对这些事儿还真不知道。

"这些年来，左相其实一直在打压范阳卢氏，范阳卢氏好不容易培养了一个卢雪妍送进京，偏偏又无功而返被遣送回去。范阳卢氏的族人仰左相府鼻息，尤其是范阳卢氏的族长，这些年都要听左相的，久了谁都不愿意。"秦铮淡淡道，"有的人依靠族亲，将族亲当作后盾；也有的人依靠族亲，只不过把族亲当作脚底下的马镫。左相属于后者，他一直以来让整个范阳卢氏只扶持他一个左相府。"

谢芳华恍然，没想到范阳卢氏和左相内里有这个乾坤："所以说，左相的儿子不成器，他是扶持秦浩，当作半个儿子培养了？但是再怎么说，秦浩也是英亲王府的大公子啊，姓秦不姓卢，女婿怎么比得同宗子侄是一个姓氏。"

"这些年他将范阳卢氏踩得狠，卢雪妍被遣送回去，与他讨好秦钰有莫大的关系，范阳卢氏焉能不恨上他？关系已经到冰点了。"秦铮道，"亲生女儿和女婿，在他如今看来，比别人都亲近，是他的依靠。更何况秦浩和我一直不对付，正是他喜欢的，秦浩的身份也大有利用价值。"

谢芳华叹了口气，握住秦铮的手，身子靠着他："这些年来，你若是想置秦浩于死地，他早成一把灰了，可有些人就是看不到你的心软，非要继续对付你，着实可恨！"

秦铮猛地停住脚步，看着她。

谢芳华仰着脸看着他，柔声说："不过，别人看不到没关系，我看到就好了。"话音刚落，她又郑重地补充，"有我就好。"

秦铮目光微动，盯着她看了片刻，忽然压低声音问："昨天没睡好？"

谢芳华脸一红，点点头，小声说："你不在我身边，总觉得少了点儿什么，睡不踏实。"

秦铮的呼吸急促起来，他忽然拦腰将她抱起，嗓音微哑："我也没睡好。我们这就听娘的话，回去好好歇着。"

谢芳华被秦铮抱着，脸红如火烧，将脸埋进他怀里。

秦铮低头去看她，只看到她贴着他心口的头，看不到她的脸，就如大婚那一日，她这样依赖地埋在他胸前。他慢慢地低头，去吻她的额头。

谢芳华感觉额头发烫，伸手揪住他的衣袍，小声说："你先放我下来。现在是白天，在府内这副模样，若是传出去……"

"我还怕传出去？"秦铮不依她，抬起头抱着她往落梅居走，还刻意将脚步放慢。

谢芳华感觉心口渐渐发烫，身子动了动，但他抱得紧，她下不来，刚要着恼，忽然觉得这样的秦铮似乎出现了以前张扬轻狂的影子，心忽然安定下来，她安静地任他抱在怀里。

秦铮感觉到她的安静，低头看她。

谢芳华又揪住他的衣襟，小声说："我是怕你累到。"

秦铮脚步一顿，沉默片刻："这才多远的路，回到落梅居后，我还会更累。"

谢芳华身子彻底烧了起来，不再说话。

秦铮抱着她，脚步缓而稳地向落梅居走去。

一路上，有府中的下人看到二人，都露出惊异的目光，可是不过一会儿，就觉得小王爷和小王妃这样的情形理所当然，于是自觉地远远避开。

回到落梅居，玉灼、林七、品竹等见了也都当没看见，主动避开，不打扰二人。

进了房间，秦铮将谢芳华放在床上，身子随着压下来，吻她。

谢芳华红着脸，伸手搂住他的脖子。

过了片刻，秦铮哑着嗓子低声问："你累不累？"

谢芳华偏头，小声说："现在是白天……"

"没人敢来打扰。"秦铮摸着她的脸。

谢芳华心里挣扎着："那也不太好吧？"

秦铮看着她，见她的脸红得不像话，脖颈处的皮肤也露出比往日更深的粉色，这样的谢芳华让他实在想做些什么，可是看她那副若是做了什么便没脸见人的样子，他不由得失笑，从她身上滑下："算了，忍到天黑吧。"

谢芳华松了一口气。

秦铮伸手盖住她的眼睛："你昨天不是没睡好吗？现在赶紧睡。"

谢芳华点点头，身子往他怀里靠了靠，小声说："你抱着我睡。"

秦铮呼吸一窒，有些难受地说："你自己睡吧。"

谢芳华拿掉他的手，抬头看他："昨天就是因为你没在我身边我才没睡好，你若是不陪着我，我大约也睡不着。"

秦铮动了动，似乎无奈地叹息了一下，搂着她说："好吧，我抱着你，就在你身边，你睡吧。"

谢芳华闭上眼睛，安心地窝在他怀里睡去。

她是真的困了，身边的气息熟悉温暖，她觉得非常安心，很快就睡着了。

秦铮偏头，看着怀里的人儿。这么快就睡着了，说明她昨天真的没睡好，想他昨天也没睡好，后来还是半夜找了一壶烈酒喝了才睡着。

他看了她片刻，也闭上了眼睛。

世界上最幸福的事情，莫过于爱的人在自己的怀中安然熟睡。

不多时，秦铮也睡着了。

晌午时分，春兰来了落梅居，侍画立即迎上前，小声说："兰姨，您有事吗？小王爷和小王妃昨日都没睡好，正歇着呢。"

春兰一愣，没想到王妃让二人回来歇着，二人还真回来歇着了，她也压低声音："左相和夫人将大少奶奶接回府去了，王爷罚了大公子去跪祠堂，刘侧妃闭门思过三个月。王爷和王妃请小王爷和小王妃去正院用膳。"

侍画回头看了一眼，正屋没动静："小王妃昨天几乎一夜没睡，今天还不知道会睡到什么时候，这……"她看着春兰，"要不奴婢去喊醒他们？"

春兰立即摇头，笑着道："既然都歇着，就不用喊了，我去回王爷和王妃，等小王爷和小王妃醒了自己吃吧。"

侍画点点头。

春兰又出了落梅居。

二人将说话的声音都压到最低，又是在落梅居大门口，所以几乎没弄出动静。

谢芳华躺在秦铮怀里睡得香甜，自然没被惊动。秦铮倒是醒了，不过听了一会儿，见没别的事儿，便不理会，继续睡去。

落梅居内十分安静，侍画等人无声无息，没弄出一点儿动静。

天色将黑时，谢芳华才睡醒。这一觉睡得浑身舒爽，她睁开眼睛，看到秦铮不

237

知何时已经醒了，但是一动不动，依旧抱着她，静静地看着她。

谢芳华心下温暖，露出笑意："你什么时候醒的？"

"睡够了？"秦铮不答反问。

谢芳华点点头。

"睡够了就起来吃饭吧。"秦铮看着她。

谢芳华嗯了一声，从他怀里退出来，坐起身，见他还躺着不动，奇怪地问道："你不吃？"

秦铮的目光忽然幽深起来。

谢芳华眨眨眼睛："怎么了？"

秦铮不说话。

谢芳华将他上下打量了一遍，见他还保持着她睡着时的姿势，她枕着的那条胳膊平直地伸着，她忽然了然，笑着伸手给他揉按胳膊："是不是被我压麻了？"

秦铮轻轻哼了一声。

谢芳华笑着俯下头，轻轻吻了他的唇一下然后又快速移开，伸手将他拽起，轻轻给他捶肩、捶腿、捶胳膊，将他身子僵硬的地方都给他捶了一通，才柔声问："好了吗？"

"没好。"秦铮摇头。

谢芳华伸手推了他一把："明明就好了，还耍赖。"

秦铮忽然一把将她拽进怀里，低头吻她："是谁耍赖？天已经黑了，你说我们是先吃饭，还是……"

"先吃饭，我饿了。"谢芳华立即用手挡住他的唇。

"吃饭前该先吃点甜点吧？"秦铮果断地拿开她的手，低头将她吻住。

谢芳华只能红着脸任他吻着，想着他们两个人到底谁吃甜点啊。

片刻后，见谢芳华浑身虚软，秦铮才慢慢地放开她，将她拖到桌前坐好，对外面吩咐了一句。

侍画、侍墨早就等着二人醒来，闻言立即应声，向小厨房跑去。

不多时，二人端着饭菜进了屋。

荤素搭配，还有两大碗鸡汤。

谢芳华看到这些菜，偏头问侍画："你们……"

"回小姐，我们都吃过了，这是王妃吩咐兰姨特意让大厨房给您和小王爷做的。"侍画抿着嘴笑。

谢芳华愣了一下："可是我们哪里吃得了这么多？"

"王妃说您和小王爷要好好养身子。"侍画说完，笑着走了下去，意思不言而喻。

谢芳华顿时哭笑不得，扭头看秦铮。

秦铮嗯了一声："是该多吃些，否则没力气。"

谢芳华伸手掐秦铮。

秦铮握住她的手，拿起筷子夹了菜递到她嘴边。

谢芳华红着脸看了他一眼，张嘴吃了，然后在秦铮的示意下，也给他夹了一筷子菜。

二人你一口，我一口，吃了半个时辰，谢芳华吃不动了，才摇头："不吃了。"

秦铮放下筷子，拿过茶盏给她漱口，然后自己也漱了口，歪着头看她，目光颇深："如今吃完了，我们——"

"我们出去散步。"谢芳华立即打断他的话。吃了这么多东西，怎么能继续上床睡觉？

秦铮轻笑："好，去散步。"话音刚落，他伸手拉起她，出了房门。

傍晚，微风轻拂，带来丝丝清爽，落梅居的梅花散发出淡淡的清香。

谢芳华小声问："去哪里散步？"

"围着院墙绕三圈吧。"秦铮说。

谢芳华沉默了一下，笑着点头："好，听你的。"

秦铮拉着谢芳华，二人沿着房檐过去，走到最西边的院墙下，然后开始沿着院墙散步。

走着走着，谢芳华忽然注意到墙上似乎刻着东西，她拽住秦铮："这墙上画着东西。"

秦铮看着她："你想看？"

谢芳华看到那些划痕在墙根处，要想看清必须蹲下身子去看，她隐隐觉得划痕有些熟悉，点点头："嗯，我想看看。"

秦铮慢慢松开她的手。

谢芳华蹲下身，凑近了，这才看清墙上的划痕似乎是拿匕首划的，有小人儿像，有大人像，有老人像还有字。

她看了片刻，好笑地问道："这是你画的？"

秦铮嗯了一声。

"这是你什么时候画的？像是小时候。"谢芳华觉得有意思，从画中的内容猜测，小人儿是他，大人是英亲王妃，老人应该是德慈太后。

"落梅居刚建成，皇祖母来落梅居时。"秦铮说。

谢芳华点点头，觉得有趣，又往前走了一步，见前面还有图画，她问："这些呢，画的是什么时候的事？"

"皇祖母寿辰，在德安宫。"秦铮道。

谢芳华又点点头，看了片刻，又往前走了一步，前面还有，她又问，秦铮又答。

就这样，她围着院墙走了大半圈，一直看得兴味盎然。

当看完一幅画，又往前走了一步时，她忽然看到一行字，笑容顿时僵在了嘴角，她盯着那行字，许久都没动一下。

秦铮抬头去看，当目光落在那行字上后，他抿起嘴角，没说话。

谢芳华的眼眶忽然湿润了，她伸手去摸那行字，发现划痕极深，写的是："谢芳华，你到底什么时候回来？"

"这是什么时候？"谢芳华沉默了许久，才低声问秦铮。

秦铮的声音也极低："你走后的第三年。"

"那么久远啊……"谢芳华想着她到无名山的第三年在做什么。

那时候，她的确做了一件大事：和言宸达成协议，在无名山引发了一场动乱，言宸带着轻歌、七星等人离开了无名山，她则留了下来。也是从那时候开始，她受到了重用，从此在无名山横着走，打通了与外界的消息，才敢给爷爷和哥哥传递只言片语。

"是啊，那么久远。"秦铮目光飘远，看向西北方。

谢芳华回头，便看到他的目光似乎穿透了落梅居的围墙，一下子望到了无名山，她的心揪了起来：在她不知道的那些年里，他是否都如今日这般望着无名山的方向，想着她？

谢芳华在原地蹲了片刻，站起身，向前走了一步，又蹲下，墙根下依旧有匕首划出的图，她继续一幅一幅地看下去。

这些图记录了他经历的或重要或有趣的事，每隔几幅图，就会有一行字。

"谢芳华，你不会死在无名山了吧？"

"谢芳华，你若是死了，我怎么办？"

"谢芳华，你到底回不回来？"

"谢芳华，你什么时候才能回来？"

"谢芳华，你说，你到底还要让我等多久？"

……

后面围墙上大部分是这样的句子，字迹或深或浅。

最后是几行字排列在一处。

"谢芳华，八年了呢！"

"谢芳华，你再不回来，我就要忍不住去找你了。"

"谢芳华，你终于回来了。"

240

"谢芳华，你让我等得好辛苦，你回来后，我一定，一定，一定……算了，只要你嫁给我就好了。"

……

谢芳华看到最后一行字，伸手捂住脸，眼眶里忍了许久的泪水终于溃堤，她瞬间泪流满面。

秦铮！

秦铮！

秦铮！

在无名山的那些年，她踩着鲜血白骨挣扎求生，在那些心里没有他的日子里，原来，他竟是这样念着她，可是，她都不知道。

她从来不知道，有这样一个人，比爷爷和哥哥更盼着她回来。

在引天雷毁掉无名山回京后，她最不愿意回忆的便是那些不见血不能活的日子，那些九死一生，不知在鬼门关踏进踏出几遭的日子，那些肩负着重任、辛苦、酸楚、执念的日子，想来如一梦，她都不知道自己是怎么活过来的。

可是如今，看着这些字，她忽然觉得，那八年轻若云烟里才藏着她的重中之重。

她虽然一直知道秦铮对她的心，可是到今日方明白，他的心比她知道的深得多得多。

有这样一个人，她何其有幸！

秦铮站在谢芳华身后，看着蹲在地上捂着脸哭得无声的人儿，没有任何动作，只是一动不动地看着她哭。

这一刻，她的每一滴眼泪都是为他而流。

他八年的等待、煎熬、思念、挣扎……那些压抑得几乎发狂的日子，她的这些眼泪全部弥补了回来。

不，在她义无反顾地嫁给他的那一刻，他就已经觉得这么多年的付出是值得的了。

谢芳华蹲在地上哭了许久，直到腿麻了，她蹲不住，一屁股坐在地上时，秦铮才伸手拉起她低声问："哭够了？"

谢芳华伸手抱住他的腰，将自己偎进他的怀里，哽咽地摇头："还没有。"

"没有也不准再哭了。"秦铮伸手给她拭眼泪，"你再哭下去，该把院墙哭塌了。"

谢芳华伸手捶他。因为哭得太久，嗓子都哑了，她只能哽咽着道："我这么一点儿眼泪，怎么会哭塌院墙……"

秦铮叹了口气："哭不塌院墙，也会哭塌我的心。"

241

谢芳华闻言，眼泪又汹涌而出，尽数蹭到他胸前的衣服上。

"看来不能让你在这里待着了。"秦铮拦腰抱起她，向房间走去。

谢芳华拽住他的衣襟，将头埋在他的怀里，眼泪依旧止不住。

回到房间，秦铮将谢芳华放在床上，低头吻去她的眼泪。

谢芳华伸手去挡。

秦铮拿掉她的手，直到将她的眼泪都吻干，她的眼睛不再流泪，他才放开她，看着她，低声问："不哭了？"

谢芳华伸手打他："你这样还让我怎么哭？"

秦铮任她打，低头吻住她的唇，将她按在床褥上。

谢芳华轻轻喘息："我们都没好好散步……"

"明天一早起来再散步。"秦铮伸手解她的衣服，"现在先做要紧的。"

谢芳华红了脸，抬头，见天已经黑了，她小声说："窗帘。"

秦铮挥手，窗前挂起的帘幕唰地落了下来，室内顿时一片黑暗，他又挥手落下帷幔，低声说："如今好了？"

谢芳华不再说话。

秦铮扯开她的丝带，任欲望淹没他，再用他的火将谢芳华席卷燃烧。

情天幻海，欲海深深。

今日的谢芳华比往日动情，她紧紧地抱住秦铮，软绵绵地偎着他，将自己悉数交给他。

直到月上中天，帷幔内的春情才歇。

谢芳华浑身香汗淋淋，虽然累到极致却没有困意，她软软地窝在秦铮怀里，小声问："你就那么肯定我会回来？万一我回不来呢？"

秦铮通体舒畅，懒洋洋地抓着她的手把玩："头三年我不敢确定，后来便确定你能够回来。"

谢芳华仰脸："为什么？"

秦铮伸手点她的额头："你怎么变笨了呢？"

谢芳华不解地看着他。

秦铮叹了口气："你走后的三年内，你爷爷和哥哥都愁眉不展，因为无名山封闭，没有任何音信。然而三年后，忽然有一日，你爷爷和哥哥脸上的愁云没了，而我知道忠勇侯府在那一日没有什么喜事。后来皇叔得到密报，无名山数日前发生动乱，几乎折损了一半基业。皇叔去信责骂无名山三位宗师，三位宗师想着天高皇帝远，只说密报有误，出了点儿小事而已，已经掌控住了局势，没有大碍，皇叔只能作罢。"

谢芳华看着他："这些年你一直盯着爷爷和哥哥的动静？"

秦铮嗯了一声："后来，我派青岩去了一趟漠北，他得到的消息是无名山确实发生了一次大乱，也的确控制住了，不过有一件奇怪的事，就是江湖上突然新兴起了一个组织，这个组织十分隐秘，武功路数酷似皇室隐卫，但成员绝不是皇室隐卫。"

"他说的是天机阁？"谢芳华问。

秦铮点点头："后来，我便肯定你还活着，你只要活着，总有一日会回京。"

谢芳华点点头。

秦铮伸手搂紧她："只是没想到，让我等了这么多年。算到如今的话，已经九年了。"

谢芳华想了想，小声说："我去无名山的第三年，和言宸达成协议，我助他下山，他助我创立天机阁，以后为我所用。我俩一起制造了动乱，他带着一批人趁机走了，我则留在了无名山。"

"你为何当时不下山？"秦铮有些郁郁。

"该学的东西没学会，只学了个半吊子，我怎么能下山？"谢芳华往他怀里靠了靠，蹭了蹭他的身子，玩笑似的说，"那时候我不知道你在等我啊，若是知道，没准就下山了。"

秦铮好笑地道："忠勇侯府重若你的性命，就算你知道我在等你也不会回来，我在你心里还排不上号。"

谢芳华伸手捂住他的嘴，想反驳，又觉得他说的是事实，可是这般说出来让她心里更难受。她轻声道："以前忠勇侯府的确重若我的性命，你排不上号，可是从今以后不会了。哥哥的病已经好了，我虽然不会不管忠勇侯府，但是我回京这么长时间，该做的我都做了，以后就走一步看一步，看忠勇侯府的命数了。"

"你相信命数？"秦铮拿掉她的手。

谢芳华点头："自然要相信，我能重新活一回，就是命数。"

秦铮闻言不再说话。

谢芳华静静地靠在他怀里。新婚之夜过后，两个人再度谈心，态度平静坦然。

"睡吧。"过了半晌，秦铮拍拍她，"明日要进宫。"

谢芳华不想进宫，嘟起嘴："听秦钰的做什么？不进宫不行吗？"

秦铮拍拍她的脸："你若是不想进宫，我一个人去就是了。以前我没承袭小王爷的爵位可以无所顾忌，可是如今我承袭了爵位，又大婚成人了，便不能再让人诟病。"顿了顿，他冷笑，"好话和名声不能全被他占了，天下也不是只有他会做人。"

谢芳华闻言闭上眼睛："既然非进宫不可，那我还是和你一起去吧。"

秦铮嗯了一声，也闭上了眼睛。

一夜好眠。

第二日一早，天微亮，喜顺便来到落梅居。林七和玉灼都刚醒，一个正准备去小厨房做早饭，一个拿着扫把扫院子，见他来了，玉灼迎上前。

"宫里刚刚派人来传话，请小王爷和小王妃今日进宫。"喜顺小声说。

玉灼点点头，刚要说话，正屋的房门就打开了，秦铮从里面走出来，身子靠在门框上，看着喜顺说："去告诉来传话的人，我们吃过早饭就进宫。"

"是，小王爷。"喜顺立即应声，转身出了落梅居。

谢芳华随后从内室走出来，懒洋洋地靠着秦铮，看着满院落梅。

"练会儿剑？"秦铮转头问。

"好啊。"谢芳华点头。

"看你这副样子，还拿得住剑吗？"秦铮瞅着她软绵绵的模样，想着昨夜温香软玉在怀，目光又渐渐染上了颜色。

谢芳华娇嗔地看着他："一会儿让你试试我的厉害。"

秦铮轻笑："好啊，你可别舍不得打我。"

谢芳华闻言挑眉，须臾，伸手抽出袖剑，对着他斜刺过去。

秦铮顷刻间便退到了院中，堪堪避过。

谢芳华一招未得手，随后追到院中，秦铮随手折了一根梅枝，转眼间，二人便在梅树下打了起来。

侍画、侍墨等八人被惊动，都出来观看。

剑气纵横，衣袂纷飞，二人的招式都极快，令人眼花缭乱。

八人看得目不转睛。

玉灼早已经扔了扫把，看到精彩处，还大声叫好。

林七也在小厨房待不住了，拿着菜刀站在门口看着。

半个时辰后，谢芳华的袖剑割掉了秦铮的一缕发丝，她刚要得意地收手，秦铮丢了梅枝，抬手用气劲也削断了她的一缕青丝，握在了手中。

谢芳华瞪眼："你耍诈！"

"兵不厌诈。"秦铮气定神闲。

"你输了。"谢芳华指着地上被她的袖剑削断的梅枝。

"输了就输了，输给自己媳妇儿也不丢人。"秦铮扬了扬手中的一缕青丝。

谢芳华伸手去摸耳旁的半截青丝，不满地蹙眉："被你这样削断，我这缕头发还怎么梳？我削你的头发可没有削断这么多。"

"我给你梳。"秦铮道。

谢芳华还是不满，轻轻哼了一声，收了袖剑，扭头往里屋走。

秦铮跟在她身后来到门口，他还没进门，谢芳华砰地将门关上了，将他挡在了

244

门外。他讶然片刻，伸手推门，却推不动，原来门从里面插上了，他失笑："你将我关在外面，谁来帮你梳头？"

谢芳华在门内不吭声。

秦铮又道："我削断你的头发是有目的的，稍后把你的头发和我的头发结在一起，你做两个荷包，一个我挂着，一个你挂着……"

他话音未落，谢芳华伸手打开房门，看着他："怎么不是你来做荷包？"

秦铮伸手一把将她拽进怀里，低头吻她："男人绣荷包像什么样子？"

谢芳华想象了一下他拿着针线绣荷包的样子，刚一想，就扑哧一声笑了，伸手捶他："可是你也太欺负人了。"

秦铮将头发散开，全部放在她手里："你要的话，都给你削了做荷包。"

谢芳华甩开，又气又笑："我才不要一个秃子丈夫，怪难看的。"

秦铮伸手拉起她，向内室走去："消气了吗？那我给你绾发。"

谢芳华轻轻地哼了一声，然后忍不住笑了起来。

这样的早上，安静美好。

侍画悄声道："若小王爷手里拿的不是梅枝而是剑的话，小姐赢不了小王爷。"

侍墨点点头："小王爷的剑法虽然花样比较多，但是繁而不杂，让人看不出深浅，正好能克制小姐的剑招。"

"他对小姐的招式实在是太熟悉了。"品竹道。

品妍叹道："我们在小王爷手里怕是过不了十招。"

"十招都是抬举我们了。"品萱说。

几人听罢，无奈地叹息。剑术一道贵在悟性，她们没有那个天赋，不过今天看二人过招依然觉得酣畅淋漓，受益匪浅。

几人悄声谈论时，玉灼仰脸望天看了片刻，忽然拿起扔在地上的扫把，在院中耍了起来。

他弄出的动静第一时间就惊动了侍画等人，八人都看着他，看了片刻，忽然惊叹起来。

侍画说："玉灼比我们八人的悟性好多了。"

品竹笑着说："人比人气死人。不过我们也不用羡慕他，他是什么身份？自小就得王倾媚和玉启言培养，一个是王氏家族的人，一个是玉家的人。"

几人齐齐点了点头。

秦铮忽然在室内说："玉灼，你把我落梅居的梅花都扫没了的话，我就把你插在枝头当梅花。"

玉灼正耍得过瘾，大大的扫把一扫把扫过去一片梅花飘落，突然听到秦铮的喊声，他立即停手，看了正屋一眼，吓了一跳，立即扔了扫把，须臾，他又拾起扫把，对着正屋的方向吐吐舌头，默默地继续扫院子。

谢芳华在屋内看着院中，失笑："玉灼悟性真高。"

"从到我身边起，他就时常趁我不注意去找隐卫过招，何止是悟性高。"秦铮给她绾好发，一边画眉，一边漫不经心地道，"心思深着呢。"

谢芳华疑惑地嗯了一声。

"玉家和王家将来求他他都不会去的。"秦铮又道，"我总不能护他一辈子，他自己若是有了本事，何惧玉家和王家的人找来？受制于人和凌驾于人上之间如何选择，他懂得很。"

谢芳华笑着点头："这没什么不好，听言以前就是被你保护得太好了。"

秦铮不置可否。

梳洗妥当，林七端来饭菜，谢芳华蹙眉："怎么又是鸡汤？"

侍画笑着说："王妃吩咐的。"

谢芳华无奈，只能接过。

吃过早饭，二人一起出了房门，先去了正院。

英亲王妃早已经收拾妥当，见二人来到，笑着说："我也有好些日子没进宫了，今日跟你们一起进宫。皇上给了我一个好儿媳妇，我不去谢谢怎么行？"

谢芳华知道她是不放心自己和秦铮进宫，心里一暖，上前挽住她。

秦铮微微哼了一声，三人一起出了英亲王府。

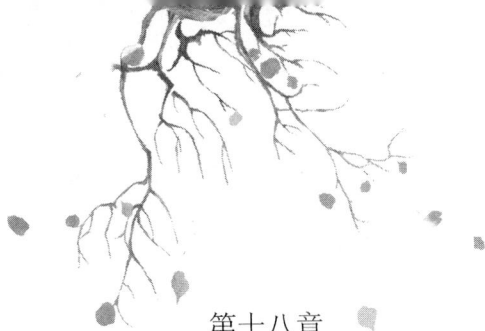

# 第十八章
# 谢茶之礼

秦铮骑马，英亲王妃和谢芳华坐马车。

马车内，英亲王妃握住谢芳华的手，小声问她："华丫头，你上个月的癸水是什么时候来的？"

谢芳华脸一红，看着英亲王妃。

"我就问问。"英亲王妃笑着道。

谢芳华想了想："上个月二十。"

英亲王妃闻言点头，细细算了一下，说道："如今已经初十了，还有十日。"

谢芳华的脸更红了："娘，怀孕哪有那么容易？"

英亲王妃笑着拍拍她的手："你别紧张，我没有急，孩子随缘，这我知道。"顿了顿，她道，"你们圆房了，随时都可能怀上，我是觉得以后啊这入口的食物、茶水以及一应所用，都要多注意，精细点儿。"

谢芳华红着脸点头："我懂医术，娘放心吧。"

"对，我晓得你懂医术，所以我这颗心能放下一半。"英亲王妃叹了口气，"如今的皇宫已经不是太后还健在时的皇宫了，入了宫，就等于入了龙潭虎穴。"

谢芳华忽然明白了英亲王妃的意思，于是反握住她的手："娘，别担心，我除了懂得医术，也是有自保能力的。"

英亲王妃点点头："皇上的病情时有反复，让人拿不准，太子又是那般，实在是让人……"她顿了顿，"自从太子监国后，现在对于皇宫的情况，我也是两眼一抹黑了。"

谢芳华想了想，低声说："今天见到皇上后，我就能看出他的病情到底如何了。"

英亲王妃拍拍她的手，不再说话。

不多时，马车来到宫门前停下。

谢芳华扶着英亲王妃下马车时，秦铮已经下了马。吴公公等在门口，见三人来到，立即颤着身子走上前，笑呵呵地请安："老奴给王妃请安，给小王爷请安，给小王妃请安。"

英亲王妃笑着摆摆手："公公这是等多久了？"

"老奴刚刚来。"吴权笑着说，"今日天气好，皇上和皇后娘娘一早就去了御花园，如今正等您带着小王爷和小王妃来呢。"

英亲王妃笑着点头，往宫门方向走，同时问道："皇上的身体大好了吗？"

"皇上的身子骨近些日子不错。"吴权道。

英亲王妃又笑着说："太子监国给皇上减轻了负担，皇上应该趁此时机好好地养身子，别刚好一点儿，就不认真地养了。"

"正是呢！"吴权笑呵呵地道，"不过老奴劝不住皇上。王妃一会儿见到皇上，可要劝两句，别让皇上太操劳了。"

英亲王妃颔首。

秦铮和谢芳华落后英亲王妃一步。吴权一边说话，一边在前面带路。

来到御花园，远远地便看见水榭轩台，一派繁华，当中一道明黄的身影和一道大红的身影分外醒目，正是皇帝和皇后，四周围绕着宫中妃嫔。

谢芳华扫了一眼，没见到秦钰，松了一口气。

走得近了，听到一片欢声笑语。

谢芳华仔细看去，发现除了皇后外，柳妃、沈妃等年纪大的妃嫔一个都不在，只有一群极其年轻的女子，大多是豆蔻年华，最大的女子看上去也不比她大多少。

她偏头看了秦铮一眼。

秦铮低声说："自古帝王，年迈昏聩，爱慕美色，荒唐颓废，果然如是。"

谢芳华一怔。

秦铮看着那道明黄的身影微微一叹："皇叔真的病了老了，时日不多了。"

谢芳华从秦铮的语气里听出了感慨。他是自小在皇帝跟前长大的，这么多年下来，多多少少是有感情的吧，毕竟是亲叔侄。虽然都说皇室无亲情，但是秦铮和别人不同。

英亲王妃停住脚步，看着那处。

吴权走了两步，发现英亲王妃没跟上，回头问道："王妃？"

英亲王妃的目光有些悠远，看了片刻，她问吴权："吴公公，皇上近来养病，

248

不是皇后娘娘伺候的吗？"

吴权立即垂下头，小声说："娘娘偶尔伺候。"

英亲王妃明白了，又问："这些女子都是哪里来的？"

吴权将声音压得更低了："三年前选秀，进了一批女子，当时因为柳妃娘娘和沈妃娘娘联手打压，那批女子几乎都没能出头，被遣去了静幽园。一个月前，皇后娘娘伺候的时候，皇上大发雷霆，嫌她伺候得不好，皇后娘娘……便从静幽园里挑了些女子，轮流伺候皇上……"

"这些女子伺候得还让皇上满意吗？"英亲王妃问。

吴权抬头看了英亲王妃一眼，点点头："皇上从那以后就没发过脾气。"

"走吧。"英亲王妃对吴权摆摆手。

吴权恭谨地引路。

来到近前，英亲王妃带着秦铮和谢芳华给皇帝和皇后行礼。

"免礼。"皇帝摆摆手，显然心情愉悦。

皇后也笑着说："自家人，皇嫂不必多礼。"

英亲王妃直起身，目光扫了一圈，笑道："看来我们今天是来对了，皇上和皇后都心情不错。"

"是啊，天气好，没有烦心事，让人心情好。"皇上话音刚落，看向秦铮和谢芳华，笑着说，"外面都传言小王爷和小王妃是一对璧人，朕也想见见，谁知左等右等都没等到你们自己送上门，还要朕特意派人去请。秦铮，你说，你是不是没将朕这个皇叔放在眼里？"

秦铮笑了一声："我们大婚才几天？热乎劲还没过呢。皇叔这是在吃您侄媳妇的醋吗？"

皇帝一噎，骂道："臭小子，以为你大婚了，正经了，原来还是一样混账，什么浑话都敢说。"

"我自小在皇叔面前就是如此，多年的习惯已经养成，长大了也改不了。"秦铮左右看了一眼，"今天带着媳妇儿来给您和皇婶行谢茶礼，您若是觉得茶不解渴换成醋，我是不介意的。"

皇帝又气又笑，伸手一指英亲王妃："你瞧瞧，这就是你的好儿子，他是专门进宫来气朕的吧？"

英亲王妃也觉得好笑，但是并不嗔怪自己的儿子，而是笑着说："大婚第二日，他就被叫进宫，深夜才回府，第三日又是回门日，华丫头住在了忠勇侯府。大婚才三日，小两口儿几乎都是分开睡的。第四日早早就起来送谢侯爷离京，这第五日也没能歇上一歇，就带着媳妇儿进宫请安了。我心疼儿子和儿媳妇，若是依我，准让他们多歇几日，皇上却召他们进宫了，而且他们一来您就挑理，连我也看不过去了，我可没觉得我儿子有错。"

"你看看，再不是前些日子闹着让朕将这个臭小子开除宗籍时的样子了。"皇帝对一旁的皇后说，"转眼人家又是亲母子了，朕辛苦劝说，又二下圣旨让她能娶到儿媳妇，合着什么好也没落着。"

皇后端庄地笑："王嫂疼儿子是出了名的，您想落什么好啊？不落埋怨就不错了。"

皇帝哼了一声："来人，端茶来。喝了他们的茶，让他们赶紧给我出宫，朕眼不见，心不烦。"

吴权应了一声"是"，一挥手，立即有人端来两杯茶，又在地上垫了蒲团。

秦铮拉着谢芳华上前，跪在蒲团上，有人立即将茶递给二人。

谢芳华接过茶看了一眼，又看向秦铮的茶，两杯茶水清澈碧绿，是上好的春茶，她收回视线，垂下头。

"皇叔请喝茶！"秦铮将茶杯端给皇帝。

皇帝点点头，伸手接过茶杯，正色对秦铮道："铮小子，你长大了，大婚后就成人了，如今又承袭了爵位，理当担负起英亲王府协助守护南秦江山的重任，不能再任性而为了。"

秦铮点点头："皇叔教导得是。"

皇帝见他比往日乖觉，甚是欣慰地颔首，一仰脖，喝了这杯茶。

秦铮偏头看谢芳华。

谢芳华将茶端上前："皇叔请喝茶。"

皇帝看着谢芳华，没立即接茶杯，而是道："你小时候是什么样子来着？朕一直自诩记忆力不错，却记不起你小时候的样子了。"

谢芳华看着他的眼睛道："我小时候便体弱，入宫没几次，每次都是在太后的宫里应个卯便出宫了。后来得了病，便再未踏出府门。"

"怪不得朕没多少印象。"皇帝颔首，意味深长地道，"长大后的你，给朕的印象实在是太深了。朕坐在南秦的帝王椅上，一直没觉得自己对谁看走眼过，但是对你，可真是看走眼了。"

谢芳华笑笑："我以前是一个深闺里养大的闺阁女子，弱不禁风，如今承蒙皇上圣旨赐婚、小王爷错爱，才成了小王妃，但无论我是什么身份，都只是一个女子，皇上这么说实在是太抬举我了。"

皇帝大笑："好，不愧是谢芳华，难怪能让铮小子费尽心机，哪怕拿南秦的江山威胁朕，也要朕二度下旨赐婚。"

谢芳华一怔，偏头看着秦铮。

秦铮不以为意。

"喝了你这杯茶，就意味着朕承认了你宗室媳妇的身份，你也入得族谱了。"皇帝端起茶，仰头。

谢芳华忽然扭过头，挥手一阵风扫过去，打翻了皇帝手中的茶。

啪的一声，茶盏落地而碎。

这一变故不过是顷刻间，众人听闻声响，齐齐一惊。

皇帝的衣袖上一片水渍，他看着碎裂的茶盏，面色猛地一沉，看着谢芳华，大怒："谢芳华，你这是何意？给朕敬茶，为何故意打翻茶盏？"

谢芳华抿唇看着皇帝，相比皇帝的恼怒，她的目光平静至极："皇叔说什么呢，我怎么不明白？我既然给您敬茶，怎么会打翻您的茶盏？是您手滑了，没抓住吧？"

皇帝沉着脸看着她："朕还没有老到昏聩的地步。"

谢芳华笑了笑，问秦铮："你看到是我打翻了皇叔的茶吗？"

秦铮奇怪地看向皇帝："皇叔，我媳妇儿一直在我身边，距离您这么远，她连身子都没动一下，怎么就打翻您的茶了？"

"娘，您看到我打翻皇叔的茶了吗？"谢芳华又问英亲王妃。

英亲王妃也奇怪地看向皇帝："皇上，您不喜欢华丫头，但圣旨赐婚的是您，如今我儿媳妇好好地给您敬茶，您做什么冤枉人？"

"朕冤枉人？"皇帝更是恼怒，问皇后，"你来说！"

皇后纳闷地道："皇上这些日子身子骨已经好很多了，人也精神了，不至于连茶盏都拿不住。"话音刚落，她又打量了谢芳华一下，"再说，皇上没理由冤枉人。"

"皇婶这话是什么意思？"秦铮腾地站了起来，同时一把将谢芳华拽起，脸色发寒，"皇叔没理由冤枉人，难道我媳妇儿就有理由打破茶盏了？"

皇后一噎。

"皇叔既然不稀罕这杯茶，那就算了！皇宫是天下最尊贵的地方，我媳妇儿命不硬，还真受不住这地儿的贵气。"秦铮拉着谢芳华转身，"侄儿告退了！"

"站住！"皇帝恼怒地喝了一声。

秦铮脚步不停，仿佛没听见，同时对英亲王妃道："娘，走了。"

"放肆！"皇帝额头上青筋猛跳，忽然气急咳嗽起来。

皇后立即上前轻拍皇帝的后背，给他顺气。

英亲王妃看皇帝咳嗽得撕心裂肺，待他好不容易止住咳嗽，秦铮和谢芳华已经走没影了。她叹了口气："皇上您病了、老了却还是要强，不服病、不服老，这可不行。您是一国之君，无论什么时候都该有肚量。您手滑，茶盏打翻了再倒一杯就是了，在小辈面前实在没有必要这样。"

251

"你……"皇帝伸手指着英亲王妃，脸沉得似乎要滴水。

"都说皇家无亲情，我一直以来是不信的，毕竟无论是皇宫还是英亲王府，这些年都是亲如一家。皇上和王爷兄友弟恭，子侄之间虽然性情不合，但也从没出过翻脸的大事，怜儿自小又是在皇宫里长大。"英亲王妃叹了口气，"可是如今，真是不同了。"

皇帝沉沉地看着英亲王妃，等着她把话说完。

"皇上，我们都老了，未来是好是坏，全在子女身上了。"英亲王妃又叹了口气，"生老病死，人之常情，不服病、不服老哪里行？"话音刚落，她转过身，"这皇宫以后没什么大事，我是不会来了。我想铮儿和华儿经此一回，也不乐意来了。皇上好自为之吧。"话音刚落，她转身离开。

"你站住！"皇帝怒喝。

英亲王妃仿佛没听见，头也不回，脚步也不顿一下。

皇帝死死地看着她，半晌，忽然起身，一脚踢翻了椅子，大怒："朕没病！"

椅子倒地发出一声巨响，四周的女子立即避开。

皇帝又踹翻了一把椅子，怒道："朕没老！"

有的女子躲避不及，被砸到脚，尖叫了一声。

皇帝一把抓起一个女子："你说，朕病了吗？"

那女子吓得一哆嗦，连忙摇头："皇上……您……没病。"

"朕老了吗？"皇帝又问。

那女子颤着身子继续摇头："您没老。"

"是啊，朕没病，朕没老。"皇帝放开她，踉跄地走了两步，眼看就要跌到地上。

吴权连忙上前扶住他："皇上小心。"

皇帝忽然回头指着那名女子，眼睛发红，发狂般道："你胡说！朕病得都动不了了，朕老得都走不动了，你竟然敢欺瞒朕！"

那女子吓得连忙伏跪在地。

"来人，将她给我拖出去，杖毙！"皇上挥手。

那女子脸一灰，吓得六神无主："皇上……"

"堵住她的嘴，朕不想再听她说话，拖下去！"皇帝怒不可遏，又咳嗽起来。

有侍卫上前利落地捂住了那名女子的嘴，她踢蹬了两下，便被强壮的侍卫大力拖了下去。

一众女子吓得面如死灰，大气也不敢出。

皇后一直端坐在椅子上没动，待皇帝的怒火发够了，咳嗽止了，她才站起身走到皇上身边，扶着他道："臣妾送您回寝宫歇着吧。"

"你生的逆子！"皇帝挥手打开她，怒喝。

皇后倒退了两步，板起脸："是王嫂和秦铮、谢芳华惹了您生气，关我的钰儿什么事？皇上莫不是真糊涂了，如今连人也识不清了？"话音刚落，她对吴权道："吴公公，还是你扶皇上回去吧，皇上累了。"

吴权点点头，扶住皇上："皇上，老奴扶您回去。"

"朕不回去！朕凭什么听这个妇人的！"皇帝恼怒地挥手。

吴权执着地扶住他不松手，小心地劝慰："太子这时候该下朝了，会送重要的奏折去寝宫。本来说好今日要在宫中设家宴，如今王妃、小王爷、小王妃都离宫了，这家宴也只能作罢了，得知会太子一声。"

皇帝闻言，怒气奇迹般消了，口中道："这个逆子，这个逆子……"说着，离开了水榭轩台。

皇后目送皇上由吴权扶着离开，她在原地站了片刻，对左右的年轻女子们道："以后你们都好好地伺候皇上，不该说的别说，不该做的别做，否则刚刚拖下去杖毙的人就是你们的下场。"

一众女子吓得颤着应声。

皇后挥手招来如意，由她扶着出了水榭轩台。

早先的热闹繁华转眼不再，如竹篮子里的水，一场空。

秦铮和谢芳华出了御花园后都没说话，默默地走了一段路，来到一处岔路口时，一名小太监匆匆走来，拦住二人见礼："小王爷、小王妃，太子殿下派奴才来传话，请小王爷和小王妃前往灵雀台一叙。"

秦铮嗤了一声："告诉他，今天爷没空。"

小太监脸一白，跪在地上："太子殿下说了，若是奴才拦不住您二人，奴才这项上人头就不用留着了，求小王爷、小王妃开恩！"

秦铮眯起眼睛："身为太子，用一条奴才的狗命来威胁人，他可真做得出来。"

那小太监跪在地上不说话。

"你以为你这条狗命就能拦住爷吗？"秦铮踢开他，拉着谢芳华往前走。

"奴才这条狗命是拦不住您，可是宫门已经关了，从现在起到午膳后，没有太子殿下的命令宫门不准打开，若进出任何一个人，宫门口的所有人一概论处。"

秦铮脚步顿住，冷笑："秦钰他这是要干什么？好好的太子不做，他是要找死吗？"

小太监大气也不敢出。

秦铮站了片刻，闲闲地挥手："行了，爷就看看秦钰拦住我们要干什么，今天的皇宫是龙潭还是虎穴，是不是我们有进没出了！"

小太监一声不吭，不敢搭话。

秦铮拉着谢芳华转道向灵雀台走去。

小太监见二人走向灵雀台，连忙从地上爬起，匆匆去报信了。

走了几步，谢芳华伸手拽住秦铮。

秦铮偏头看她。

谢芳华抿了抿唇，小声说："那杯茶水是我打翻的。"

秦铮点头："我看到了。"她就在他身边，她的一举一动他都能看到。

谢芳华凑到他耳边："那两杯茶水都没有问题，但是皇上的手指有问题。他说那番话，是为了引开你我的注意，同时手指蘸了茶水，若是喝进去，我猜测怕是当场就会出事，于是我打翻了他的茶盏。"

秦铮目光微暗，握住她的手紧了紧："我知道你不会无缘无故打翻茶盏，你既然愿意嫁给我，那么入宗室族谱，将名字写在我的名字旁边，肯定也是甘愿的。"

谢芳华点点头："我即便再不喜欢秦这个姓氏，但是我爱你，自然也要担着这个姓氏，可是那杯茶我不能让皇上喝。他若是当场出事，那么我大约就要落个谋害皇上的罪名了。我懂医毒之术，茶水无论有没有问题，只要经了我的手，我就逃不开这个罪名。"

秦铮脸色一黑，没说话。

谢芳华看着他。他本就聪明，自然知道这当中的利害：谁能想到皇上自己害自己也要拉下她？若是皇上喝下那杯茶，毒性当即发作，那么谋害皇帝的罪名就会当场落到她头上，秦铮和英亲王妃别说保她了，自己也要受牵连。

谁也不知道，刚刚那一瞬间，两杯茶水、一次谢茶礼，看着风平浪静，却暗藏着不见血的刀。

皇帝不惜用自己来引她入局。

这一招可谓狠辣，比对她直接下毒强多了。

谢芳华叹了口气："如今弄成这样，他不会再准许我入族谱了吧？"

秦铮伸手摸摸她的脸，低声说："我刚刚听你说爱我，不入族谱你也是我的妻子，又有什么干系。"

谢芳华脸一红，刚刚只顾着考虑皇帝的意图，脱口就说了出来。她的心加速跳了两下，她压制住羞涩，仰起脸："我就是爱你。"

秦铮眸中情感涌动，身子微微前倾，似乎要吻她。

谢芳华察觉出他的意图，立即后退了一步，红着脸道："这里是皇宫。"他们站在这里，四周看着没人，可是暗处指不定有多少双眼睛盯着呢。

秦铮不理会，一把将她拽到怀里，霸道地低头吻她："你是爷的媳妇儿，爷没偷没抢，想亲就亲，谁能奈我何？"说着，他将唇重重地压在了她的唇上。

谢芳华伸手打了他两下，最后只能红着脸由了他。

不过秦铮没过分，只狠狠吻了两下便放开了她。看着她的脸红如朝霞，秦铮的心情忽然好了起来，郁气一扫而光，他道："有什么下作手段，尽管使出来。我倒要看看，这南秦皇室是否以后都不走正路了，非邪门歪道不走。"

谢芳华红着脸揉揉眉心："娘还没出来。"

"不用担心娘，她进宫一趟，是要去太妃宫里坐坐的。"秦铮拉着她向前走去，"稍后她得到我们不能出宫的消息后，会找来的，某人的目标又不是她。"

谢芳华点点头。

二人来到灵雀台，灵雀台外站着几名宫女太监，见二人来了，连忙见礼。

秦铮拉着谢芳华走了进去，拾级而上。

灵雀台上，茶水、果点摆放在桌子上，除了几名伺候的宫女太监，并没有别人。

秦铮四下看了一眼，拉着谢芳华坐在桌前，对旁边挥手："去拿一盒棋来。"

有人应声，立即去了。

谢芳华偏头看他："拿棋做什么？"

秦铮冷笑一声："他一时半会儿来不了，我们总不能干等着。"

谢芳华不再说话。

不多时，有人拿来棋，放在桌案上，秦铮将棋盘摆好，将白子给谢芳华，自己用黑子。

二人你来我往下了起来。

果然如秦铮所料，大半个时辰过去了，秦钰并没有出现在灵雀台。

一盘棋下完，谢芳华输了一子，问秦铮："还下吗？"

"你想赢回来吗？"秦铮反问她。

"你是我丈夫，赢了我有什么光彩，我输了又如何，不想。"谢芳华摇头。

秦铮失笑，伸手一推棋盘："在这皇宫里，你心不静，再下十盘也是输。我身为你的丈夫，赢了的确也没光彩可言，算了。"

谢芳华没滋味地坐在椅子上看着他。秦钰强留下他们，到底是要做什么？总不会是想这样晾着他们。谢茶礼到底是皇帝的毒辣计谋还是秦钰的？她不喜这座皇宫，只要待在这里，就无法心静。

"跟你说说我小时候的事吧。"秦铮忽然说。

"你小时候的事？"谢芳华想起昨天，对他说，"我不是都知道了吗？"

"小时候在皇宫里的事。"秦铮看着她，"昨天那些算什么，不过是十之一二。"

谢芳华顿时觉得有了些滋味："好啊！"

秦铮对她笑笑，目光看向皇宫的一处。

谢芳华顺着他的视线看去，是德安宫，德慈太后的寝宫。她忽然有些遗憾，若是她在第一面见到秦铮时就注意到他，该多好啊。可以知道他小时候的事情，也能知道他小时候是什么样，不会到如今一片空白，对小时候的他只有微薄的了解，仅知道一个名字。

"我第一次见你是在皇祖母的德安宫。皇祖母让人给你端茶，你不喝；让人给你拿点心，你不吃，一板一眼地坐在那里。皇祖母就笑着说，不愧是忠勇侯府的小姐，果然不寻常，也只有谢氏嫡系一脉才有这样的德容闺仪。"秦铮说着，笑了一声，"我鲜少见皇祖母夸过人，当时就去看你，发现就是个木头模样的小破孩，德容闺仪是什么东西？没看出来。"

谢芳华顿时喷笑："我看起来真的很像一根木头？"

秦铮点点头："何止像，像极了。我自小在皇宫里长大，什么样的女人没见过？进了皇宫，再活泼的女子都会变成一板一眼、规规矩矩的木头，可是你这根木头看上去又和别人不同，别人至少会说话，有些笑模样，可是你丝毫没有，比所有的女人都要木。"

谢芳华好笑地道："我这样的木头，合该引不起你的注意才是。"

秦铮眨眨眼睛："是啊，我本来觉得你无趣，看了你两眼就没趣地出去玩了。"顿了顿，他又道，"那一日，皇宫里到处都是人，只有一个地方清静，就是这座灵雀台。在这里可以看到整座皇宫的风景，我就来了灵雀台。"

谢芳华看着他。

"我刚来不久就看到你从德安宫出来了，还是一板一眼的样子，直到来到灵雀台外，还是那副样子，连表情都没变过。我手中正巧拿着打鸟的弹弓，便放了一颗小珠子对着你打了过去。小珠子打碎了你的朱钗，你的头发当时就散了。"秦铮笑看着她。

谢芳华回忆了一会儿，似乎是有这么回事。

"若是一般的女孩子，一定会吓坏了，你却只看了一眼地上滚落的珠子和碎了的朱钗，便向灵雀台看来。我等着你质问我，可是你瞥了我一眼，什么也没说就走了。"秦铮有些郁闷地道。

谢芳华想着当年她重生后，对皇宫厌恶透顶，一刻都不愿意多待，笑看着秦铮问："你是不是从来没见过我这么好欺负的？"

秦铮拿过她的手，使劲地揉了揉："我是没见过这么讨厌的性子，就像往湖里扔了一颗石子，竟然激不起波澜。"

"我的手又不是面团。"谢芳华撤回手，嗔怪地瞪了他一眼。

秦铮满足地轻轻叹息一声："还是现在的你好，有血有肉，能说会笑，曾经我真怕你……"他顿住，不再说。

谢芳华想着她之所以改变，也是因为他，她的任何情绪，都因他而起。

"秦钰，听够了吧？听够了就出来！"秦铮忽然看向灵雀台外。

谢芳华转头看去。

"本来我还想再多听一些堂兄的儿时趣事，既然你让我出来那就由我接着说吧。"秦钰笑着从灵雀台外走进来，扫了谢芳华一眼，缓缓地道，"当年我在母后宫里，有人禀告了这件灵雀台的趣事。我就当笑话说给了大伯母听。"

"然后我娘就领着我去忠勇侯府道歉。"秦铮接过话，"你也缠着跟了去。"

"不过可惜，没见到芳华小姐。"秦钰道。

"她如今是你堂嫂。"秦铮冷冷地说。

秦钰笑了一声："入不了族谱的人，不算是皇室和宗室承认的儿媳，不是秦氏的人。堂兄让我喊堂嫂，是不是等入了族谱再说？"

秦铮眯起眼睛："秦钰，李如碧如今还在皇后的宫里住着吧？右相府的女儿已经到这般地步了，你若是抛弃她，天下还有何人会娶她？右相府的清贵门楣蒙了羞，右相老儿以后还如何抬得起头？你既然要那把椅子，又何必得罪天下士子？你要知道，右相占了天下士子的风评之首。"

秦钰不置可否，看了谢芳华一眼，肯定地道："她不会是我的皇后。"

谢芳华垂下脸。

秦铮的目光霎时如结了一层寒冰："皇叔一生都想要除去谢氏，保证南秦江山稳固，没想到他最中意的继承人心里却没有江山，只存着龌龊算计。秦钰，你自己掂量掂量，你心里若是污秽，如何坐得稳这把龙椅？"

秦钰扬眉："我从小和你学的东西是一样的，我会的，你也会。我心思不纯，有龌龊算计，你也有。我心里有污秽，你也有。只不过，你得到了想要的，所以能理直气壮地说我。我如今没得到，却不代表不能得到。你不必冠冕堂皇地教训我，你又年长我几个月？"

秦铮冷笑："我们虽然从小学的东西是一样的，可是身份不同，需要承担的责任自然不同。你会的东西，做出来会动摇根本；我会的东西，做出来，至少不会——"

"堂兄这是在说皇室和英亲王府不一样吗？"秦钰打断他的话，笑了一声，"你错了。在天下人的眼里，父皇这把椅子是英亲王府让出来的，坐在这把椅子上的是父皇，可是百姓的心里，是皇上和英亲王共天下。更何况，还有个凌驾于皇室和宗室之上的谢氏。这么多年来，南秦的江山只是父皇一人的吗？"

秦铮抿唇："这么多年来，我父王如何，有目共睹。从不做有违君恩之事，所行所止，哪一件不是听从皇命？你何必说出这种话。"

秦钰叹了口气："从小到大，你都比我天真多了。"

秦铮冷眼看着他。

秦钰又道："所以有时候我就不明白，你都是哪里来的好运。皇祖母疼你也就罢了，你还有个比我娘好的娘。我有时候想，若是当年父皇娶的人是大伯母，也许我就是你，也能肆意而为。"

秦铮冷着一张脸："秦钰，我看你是疯了，这样的话你也敢说？"

"我为何不敢说？"秦钰笑了笑，"你命好、运气好，所以，从来不去以己度人，只觉得这天下间的东西，只要你想要就一定能抓在手里。"顿了顿，他道，"当然，你也确实抓在手里了。只是你从来不去想，自己为什么这么命好、运气好。"

秦铮抿唇。

"在你的心里，我做什么，一定是为了这南秦江山，才对得起我的身份。"秦钰嘲讽一笑，忽然道，"堂兄，不如你我换换身份如何？这把椅子你来坐，你身边的人归我。"

秦铮忽然伸手拿起茶盏，对着秦钰扔了过去。

秦钰微微一侧身，茶盏擦着他的脸颊而过，啪的一声落在地上，碎了。

秦铮拉着谢芳华站起身，带着浓浓杀气看着他："秦钰，你做梦！什么人有什么命，你生来就是这种命，南秦江山就是你的责任，你就认命吧。"

"我若是不认命呢？"秦钰抬头看着他，"这些日子以来，我监国处理朝政，看着父皇日夜挣扎，被病魔折磨得不成样子还心心念念着江山，有美人环绕伺候，他却享受不来。我就想，他做了这么多年皇帝，是天下最尊贵的人，人人道他九五之尊，有享受不尽的荣华，有后宫粉黛三千，可是到头来他得到了什么？无非这一生空虚苦闷至极。"

"所以呢？你就以皇叔为鉴，想改一改你的命？"秦铮看着他。

秦钰笑着点头："是，我想改一改我的命。堂兄你心怀天下，英亲王府忠心不二，一心为南秦江山，不若就来坐这把椅子。我也想看看，你能将这南秦治理成什么样。"

秦铮忽然一脚踢翻了桌子："收起你的春秋大梦！"话音刚落，他再也懒得跟秦钰多说，又气又怒地拽着谢芳华离开了。

秦钰慢慢地道："是不是春秋大梦，迟早会知道的。我至今不知道责任是什么，既然你知道，不如你来教教我。"话音刚落，他嘲讽地笑道，"那把椅子，是否没世人想象的那么好？"

秦铮仿佛没听见，转眼就出了灵雀台，秦钰并没有拦着。

过了片刻，有侍卫来禀告："太子，小王爷要闯宫门。"

"给他开宫门，让他们出去。"秦钰淡淡吩咐道。

"是。"那侍卫退了下去。

秦钰又坐了片刻，挥手招来一人："去传话，请大伯父来一趟灵雀台。"

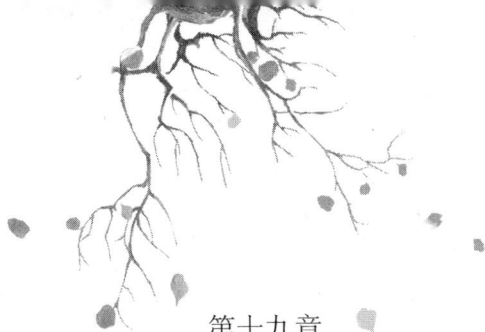

第十九章
# 不比从前

秦铮拽着谢芳华出了灵雀台,径直走向宫门。

一路上,秦铮脸色铁青,浑身散发着浓浓的怒意。

谢芳华抿着嘴角不说话,她没想到秦钰竟然会说出这种话。自古以来,太子都是恨不得早日登上皇位,秦钰却偏偏对皇位有了放弃的想法。虽然她和秦钰接触得不多,但是从刚刚的言谈间,她丝毫感觉不出他的假意,这才是让人心惊的地方。

来到宫门口,宫门紧闭,秦铮铁青着脸说:"开宫门。"

侍卫统领立即小心地上前:"小王爷,属下这就派人去请示太子殿下,没有太子殿下的旨意,您就算杀了宫门口的所有人,属下也不敢放您和小王妃出去。"

秦铮不说话,算是默认了。

侍卫统领立即挥手,有一名侍卫向灵雀台跑去。

秦铮站在宫门口,挥手招来一人:"你去传信,请我父王和母妃马上出宫回府。"

那人看着秦铮。

秦铮冷冷地瞅着他:"若是你先去禀告太子,你的一家老小都不用活了。我虽然不惯于杀人,但并不是不会杀人。"

那人身子一哆嗦,立即点头,跑着离开了。

谢芳华想着秦铮此举的用意。虽然她还猜不透他为何立即请英亲王和英亲王妃出宫,但是秦铮自小和秦钰一起长大,对他知之甚深,这么做必有缘由。

不多时,去灵雀台的那名侍卫匆匆跑来,对侍卫统领道:"太子殿下有命,开宫门放小王爷和小王妃出宫。"

侍卫统领一挥手，宫门立马打开了。

秦铮拉着谢芳华出了宫。宫门外停着不少马车，均是官员上朝乘坐的马车，显然入宫后，这些人也还未出宫，当然也有不少马拴在武将下马的柱子上。

秦铮伸手解下马缰，揽了谢芳华翻身上马，对一直等候在宫外的玉灼吩咐："我爹和我娘出来后，让他们立即回府。"

玉灼点头。

"无论是谁，无论什么原因被半路拦截，都让他们立即回府。"秦铮又补充道。

玉灼顿时觉得任务艰巨，重重地点头："放心吧表哥。"

秦铮一勒马缰，带着谢芳华离开了宫门口。

不多时，得到秦铮传信的英亲王和英亲王妃以为发生了什么大事，一起赶到了宫门口，却没见到二人，英亲王妃立即问守卫宫门的人："小王爷和小王妃呢？"

"已经出宫了。"有人道。

英亲王妃一把拽住英亲王："既然铮儿让咱们立即出宫回府，那就赶紧回府。"

英亲王有些踌躇："宫里还有事，左相、右相都在议事殿，我这么扔下人出宫不太好。"

"有什么不好的？你儿子这么多年可曾在宫里让人如此传话？定然是发生了什么，才有这不同寻常的举动。"英亲王妃低声说，"我刚刚听人说太子拦住他们，在灵雀台见了面。"

英亲王显然没关注这消息，一愣。

"快走。"英亲王妃强拉着他出了宫门。

玉灼焦急地等在宫门口，见英亲王和英亲王妃出了宫，松了一口气，连忙上前："王爷、王妃，快上车，小王爷吩咐了，无论什么人拦截，都务必先回府。"

"看来是真有事，快走。"英亲王妃立即拽着英亲王上车。

英亲王也觉得今日秦铮的表现不寻常，不像是往日从不将他这个父亲看在眼里的做派，他郑重起来，点点头，随着英亲王妃上了马车。

玉灼待二人坐好，立刻快马加鞭离开宫门向英亲王府奔去。

马车刚离宫，从宫门内追出一个小太监，见英亲王府的马车离开了立即骑了一匹马来追。

不多时，小太监就追上了英亲王府的马车，他高喊："王爷请留步！"

玉灼权当没听见，又使劲挥了一鞭子，马车快速地跑了起来。

那小太监又高喊了几声，见马车不停，情急之下纵马跃了数丈拦在车前，大声说："太子殿下有请王爷进宫议事！"

玉灼忽然一挥马鞭，啪的一声打在了小太监骑的马上，那匹马吃痛，撒开蹄子向前奔去。小太监惊呼一声，立即去拽马缰，可是玉灼力道很大，他这时怎么也拽不住那匹马。

玉灼见拦路的人离开，继续挥鞭向英亲王府而去。

因为马车太快，车内的英亲王和英亲王妃被颠得几乎坐不稳。

英亲王本来想训斥玉灼，让他慢点儿赶车，却听到了追来的马蹄声和小太监拦截的声音，他一愣。

英亲王妃脸色不好："果然是太子殿下有事。"话音刚落，她对车外吩咐，"别停车，快点儿赶车，早些回府。"

"好嘞。"玉灼又挥出一鞭子，马车穿街而过，街上的人纷纷避开。

皇宫距离英亲王府本来就不远，在玉灼的快马加鞭下，马车很快就到了英亲王府。

玉灼停住马车，英亲王和英亲王妃颤着身子下了马车。

英亲王无奈地道："到底出了什么事？我这一把老骨头都快颠散架了。"

英亲王妃拉着他往里走："铮儿的马拴在这里，他定然回府了，咱们去问问不就知道了。"话音刚落，她问门口的小厮："小王爷和小王妃呢？"

"回王爷、王妃，小王爷回府后交代说，您二人回来后立刻去正院，他们在正院等着了。"有人立即道。

英亲王妃点点头，拽着英亲王往里走。

立即有人上来卸了马车。玉灼抹抹汗，挥手："快关府门。"

立即有人将府门关闭。

喜顺从内院匆匆跑出来，迎上英亲王和王妃，一脸紧张："王爷、王妃，发生什么事了？小王爷回府时，脸色非常吓人，老奴这么多年来可从来没见过这样的小王爷。"

英亲王摇摇头，脚步不由得加快了。

英亲王妃心里更是火急火燎。

二人匆匆向正院走去。

来到正院，秦铮和谢芳华已经等在画堂。见二人回来，谢芳华松了一口气，看了秦铮一眼，见他坐着不动，她迎出屋门口："爹、娘。"

英亲王妃一把拉住她，小声问："华丫头，怎么了？可是出了什么事情？"

谢芳华看了英亲王一眼，见他也急急看来，她微叹了一口气："您二人回来就好，先进屋再说。"

英亲王妃点点头，与英亲王一起进了正屋。

英亲王坐下，打量秦铮："出了何事？"

秦铮一言不发。

英亲王只能看向谢芳华。

谢芳华想了想，便将今日在宫中发生的事情简单地说了一遍，主要说了谢茶礼时皇上手指蘸了茶水一事和秦钰对秦铮说的那番话。

她话音刚落，英亲王惊得腾地站了起来，难以置信地看着秦铮和谢芳华："当真如此？太子他……他……当真如此说？"

谢芳华颔首："不敢对爹和娘说一句谎话。"

英亲王摇头："这怎么可能？他可是太子！"

谢芳华不再言语。

英亲王妃大怒："我就奇怪，好端端的华丫头为什么会打翻茶盏！皇上有武功，只不过如今病了老了，但他还是能知道是自己手滑还是谁打翻了茶盏的。原来这里面竟然还有这样的事，他竟然不惜拿自己设陷阱也要害华丫头。真是……真是什么都做得出来！"

英亲王看向英亲王妃。

英亲王妃说着，更是怒火万丈："还有秦钰，他疯了不成？这样的想法也敢有？这样的话也敢说？什么皇室和英亲王府共天下？他这是想要对英亲王府诛心吗？这样的话要是传出去，天下人会如何看待英亲王府？万一引起朝野动荡，会有什么后果，他可知道？"

"荒唐！真是荒唐！"英亲王的脸也青了，怒道，"胡闹！"

"我看他就是疯魔了！自从回京后，想方设法阻拦铮儿和华丫头，大婚的事虽然做得隐秘，但朝中有几个人是傻瓜？风声还是传到了宫外，只是无人敢议论这件事情罢了。如今铮儿和华丫头都大婚了，也圆房了，他还不收手？他还想干什么？非要将这南秦江山搅得天翻地覆吗？"英亲王妃气得不行。

"我这就进宫去找他！"英亲王也气得不轻，提脚就要往外走去。

"您去找他？您找他怎么说？"秦铮这时才开口，声音沉沉。

英亲王脚步一顿："我自然要跟太子去理论一番。他是太子，怎么能如此任性而为？我一生忠心耿耿，忠于社稷，忠于南秦江山，为保祖宗基业而立世。我不能继承皇位，先皇当年才择优而选，选了当今圣上，岂是什么让了江山宝座？"

"理论？"秦铮冷笑一声，"父王，您确定您理论得过秦钰？"

英亲王一噎。

"我让您出宫，您却转眼就进宫，岂不是主动送上门？若是您不怕进宫出天大的事，您现在就进宫吧，我也不拦您。"秦铮沉着脸道，"反正您愚忠惯了，被他逼急了无奈之下没准一头撞死以示清白，那么我娘只能改嫁了。"

262

"你……"英亲王额头青筋乱跳，怒喝，"混账，你浑说什么？"

秦铮眯了眯眼睛："难道我说得不对？您是秦钰的对手？他今天既然敢把这番话这样对着我说出来，您能保证他不会做些什么？从我们走后，皇叔又发病了，整座皇宫，整个朝野，可以说都在太子的手里，您进宫后除了理论还能做什么？他逼急了您，您不撞死，又能拿什么表清白和忠心？"

英亲王一时没了声。

"反正我娘年轻得很，我也不在乎死了一个亲爹以及谁来做我后爹，反正我媳妇儿也娶了。"秦铮沉着脸道，"您不要忘了，您不是自己一个人，也不只是皇祖父钦封的英亲王府的王爷，您还是一个女人的丈夫、孩子们的父亲，您的所作所为，不该只想着自己。若您只想着朝纲、想着忠心、想着自己，那么我和我娘只能另谋出路了。反正我本来也不想继承英亲王府小王爷的爵位，我娘在英亲王府住了多年，也住腻了。"

英亲王的手不由得哆嗦起来："你……你说的这是什么话？有你这么跟我说话的吗？"

"那您告诉我，我该怎么跟您说话？"秦铮挑眉。

英亲王一时反驳不得，看向英亲王妃。

英亲王妃的脸色也很难看，见英亲王看来，她不客气地道："你别看我，我听儿子的。这孩子虽然从小调皮让我操碎了心，但是大事上可从来没让我劳神过。只有我儿子跟我一条心，你的心都在朝廷社稷上。"

"你……"英亲王气得身子发颤。

英亲王妃狠下心道："你今天敢不听儿子的，走出这扇府门，我后脚就和儿子离开。你死了，你看我敢不敢改嫁。"

"胡闹！"英亲王终于受不住，一屁股坐在了椅子上。

谢芳华看着三人，虽然觉得好笑，但是完全笑不出来——到底还是因为她，将英亲王府牵扯了进来。若不是因为她，秦铮和秦钰即便互相看不顺眼，也不必弄到这个地步。

牵扯了南秦的朝局社稷，牵扯了江山基业，她就是真真正正的祸水了。

她垂下头，心里忽然有些难受。

本来以为嫁给秦铮后，她就可以安心地陪在他身边。只要忠勇侯府平安无恙，她什么也不会做，心里只装着他，只好好地爱他，过着幸福而美满的生活，可这似乎是奢求，秦钰这是摆明了不想让他们好过。

在一番激烈的争执之后，四人齐齐沉默下来，画堂内分外寂静。

过了片刻，喜顺在外面道："王爷，太子殿下派人来传话，请您立马进宫。"

英亲王屁股抬了抬，又落下，看向英亲王妃。

263

英亲王妃瞅都没瞅英亲王一眼，而是看向秦铮。

秦铮淡淡出声："告诉来人，就说父王发了急病，太子殿下有要事的话，找别人吧。左相、右相都在宫中，再不济还有个永康侯。对了，还有裕谦王叔。"

喜顺愣了一下，偷偷往屋内看了一眼。

英亲王摆摆手，烦躁地道："去吧！"

喜顺应了一声"是"，连忙去回话了。他当英亲王府大管家十数年，自然敏感地意识到出了大事。

"难道让我一直装病？"英亲王又沉默片刻，忍不住看向秦铮。

秦铮伸手拉着谢芳华起身，面上的青色褪去，漫不经心地道："皇叔也病得够久了，你们是兄弟，他病了，你也病了，又有什么新奇？装着吧。"

"你……"英亲王见他要走，立即说，"可是朝堂……"

秦铮忽然冷笑，回头直直地看着英亲王："父皇，难道您想要我坐那把椅子去？"

"胡闹！"英亲王立即变了脸。

"您既然不想我去坐，那就乖乖地在府中装病。否则别说那把椅子坐不成，整个英亲王府的人都活不了，满门处斩，下了九泉，您就得意了，可以去找皇祖母喝茶了。"秦铮丢下一句话，出了画堂，向外走去。

英亲王的脸色又变了几变，没再言声。

英亲王妃看着英亲王的样子，冷冷地哼了一声："我早就告诉你，让你退下来，你偏偏说还不是时候。你现在给我说，什么时候是时候？现在秦钰还容得你退吗？他这不是要让位子，这是要我们满门的命！"

英亲王深深地叹了口气："怎么会这样……"

"怎么会这样？"英亲王妃气笑了，"王爷，自古皇子王孙无亲情，你别告诉我，你这么多年来被皇宫和英亲王府好得跟一家人一样的假象蒙蔽了。几个月前，皇上和皇后联合给铮儿下催情药，后来皇上又摆了龙门阵，今天若不是华丫头机敏，真让他自己饮毒，当场发作的话是个什么后果，你纵横朝堂几十年，该知道吧？"

英亲王脸色一灰，默不作声。

"你自己好好想想吧！"英亲王妃起身回了内室。

英亲王独自坐在画堂中。

这么多年来，人人都说忠勇侯府不易，头上悬着一把刀，可是有谁知道英亲王府也不易。

他每日上朝，体会最深：对皇帝不敢深，不敢浅，不敢冷，不敢热，不问到他甚至从来不敢多言，时刻小心翼翼。

264

他早已经累了，只是忘不掉父皇的临终之言，一定要护住南秦江山，哪怕委屈自己。

这么多年下来，他的确已经做得够多了。她说错了，他不是心里只有江山社稷，他心里也有家。以前蹉跎了那么多岁月，如今方醒悟，怎么能再毁掉这来之不易的幸福？

英亲王坐了许久，慢慢地闭上了眼睛，似乎一瞬间老了好几岁。

春兰跟着王妃进了内室，有些担忧地小声说："王妃，王爷他看起来不太好……"

英亲王妃揉揉额头，叹了口气："如今不比从前了，他会想明白的，不用理会他。"

秦铮和谢芳华出了正院，向落梅居走去。

秦铮抿着唇一言不发，神色一改早先的怒意，平静至极。

谢芳华被他拽着手，紧跟着他低着头走着，心里想了许多，又仿佛什么也没想。

走了一段路，来到廊桥水榭，秦铮脚下一拐，进了水榭。

谢芳华抬头看他。

秦铮停住脚步，看着湖面一动不动。

谢芳华顺着他的视线看向湖面，春末夏初，湖面一潭碧色，微风吹来，波光粼粼。

秦铮忽然伸手，不知道从哪里拿出一颗珠子，投入了湖里。

平静的湖面溅起一溜水花，分外好看。

"这湖面就相当于我们的心湖，别人往里面扔一颗珠子或者一块石头，激起或大或小的水花，这颗珠子或者这块石子还会引起连带反应，让平静的湖面荡漾开来，打破除了心以外的一切平静。"秦铮的声音不高不低，"然而，无论是多么大的石头，都不能一下子落到湖底，相对于我们肉眼看到的这些波澜，湖底很深，平静得不起丝毫波澜。"

谢芳华转头看他。

秦铮也慢慢地转过头来，伸手轻轻地抚摸她的脸，将她微微散乱的发丝捋到她的耳后，语气平静："我希望我的妻子无论什么时候心湖都是封死的，除了我，外界一丝一毫的干扰都到达不了她的心底，不受牵制、不受影响、不受谋算，只一心对我。"

谢芳华看着他，一时没言声。

"好吗？"秦铮低声问。

谢芳华的眸中爬上一丝湿意，她点点头，上前一步，身子偎进他怀里，点头："好。"

秦铮笑了笑，伸手抱住她。

谢芳华知道他心里应该是极其难受的，他一定不希望和秦钰弄成这般样子。从小到大，小打小闹就算了，涉及家国天下、百姓社稷，他从来就没想过去搅动、去破坏、去颠覆。然而，即便这般难受，他还是敏感地注意到她心下不好受，用这样的方式来宽慰她，给予她肯定。

她是他的妻子啊！

结发为夫妻，恩爱两不疑。

她感到眼睛酸涩，不由得在他的衣襟处蹭了蹭脸。

秦铮立即说："你别又往我的衣服上蹭眼泪啊，你说给我缝制衣服，还没缝制呢，你再蹭脏这件，就没的穿了。"

谢芳华生生将酸涩憋了回去，从他怀里退出来："走，反正今日无事，回去我给你缝制衣服。"

"那我做什么？"秦铮挑眉。

"你给我打下手。"谢芳华拉着他往回走。

秦铮点点头："好吧。"

二人找到了事情做，心里轻松不少，向落梅居走去。

喜顺打发走了秦钰派来请英亲王的人，吩咐守门的人将大门紧闭，王爷未好之前，府中闭门谢客。

若说皇宫是南秦京城权力的核心，那么英亲王府便是权力中心的旋涡。

英亲王发了急病的消息不胫而走，皇宫和京城各大府邸都得到了消息。

今日，英亲王府的小王爷秦铮和小王妃谢芳华进宫行谢茶礼，二人离开后，皇上便病了，不过半个时辰，英亲王从皇宫匆匆地出宫，然后就发了急病。众人纷纷猜测，秦铮和谢芳华进宫后一定发生了什么。

很多人自然而然地想到，定然是秦铮又气着皇上了，显然这回还闹得很大，否则不会连英亲王回府后也气得病了。

太子殿下派人去英亲王府请英亲王商量的不知道是何事，只能因此搁置下来，反而没有引起人们的注意。

秦钰派出去的人回宫传话时，秦钰依然在灵雀台坐着，听说英亲王发了急病，英亲王府内人仰马翻、闭门谢客的消息，他将茶盏放下，笑了一声："还以为秦铮有多大的胆子，原来也不过如此，这就吓着了吗？"

那人不敢吭声，甚至连大气也不敢出。

秦钰挥挥手："你再去一趟英亲王府，问问可缺什么药材，从宫里送过去。"

"是。"那人退了下去。

266

秦钰坐在灵雀台上看着皇宫的风景。这座皇宫，他从小看到大，越看越觉得寡淡无味。

吴权进了灵雀台，尽量放轻脚步："太子殿下，皇上请您过去寝宫。"

秦钰偏头看去，笑着问："父皇喊我做什么？"

吴权垂下头："小王妃敬茶，皇上说是她打翻了茶盏，可是小王妃不承认，小王爷带着小王妃走了，王妃又说了一些话，皇上很恼怒，让老奴喊您过去，老奴也没敢细问。"

"父皇还是太小看她了。"秦钰坐着没动，"你去回父皇，让他歇着吧，身体要紧。"

"太子殿下……"吴权还要说什么，看到秦钰淡漠的神色，住了口。

秦钰笑了笑："另外再传一句话给父皇，让他别折腾了，好好地养身子要紧，他能多支撑一时，作为他的儿子我也能撑一时，他若是折腾得散架了，这南秦的江山未来指不定会如何呢，没准也会散架，他还是好好惜命吧。"

吴权心神一凛。

秦钰见他没动，又笑道："一朝帝王，自己服毒害子侄小辈，传扬出去，父皇觉得史官会怎么记一笔？他这一生，除了江山和这把帝王椅什么也没得到，难道临了他还要毁了他兢兢业业用一切换来的名声，只是为了剔除我的心魔？未免太不划算了。"

吴权顿时道："老奴一定将这些话转给皇上。"

秦钰点点头，摆摆手。

吴权退出了灵雀台。

秦钰依旧坐在原地，目光时明时暗地看着整座皇宫的景色，雕梁画栋，层层叠叠，天下最尊贵的所在，看久了，也不过尔尔。

不知坐了多久，忽然有轻轻的脚步声传来，不像是伺候的人，秦钰慢慢地转过头。

只见李如碧身穿一袭绫罗，翠绿织锦，如春日里碧色的玉，她缓缓地走了进来，身后没有带伺候的婢女，仅她一人。

秦钰看到她，微微挑了挑眉梢。

李如碧慢慢走近，屈膝见礼："太子殿下。"

秦钰淡淡抬手，面容平静，语气温和平淡："李小姐怎么来了这里？"

"臣女是来请太子殿下一道旨意，准许我回府。"李如碧直起身子，有些无奈地道，"自从数日前进宫，臣女便一直没有回府，有些想家了。我同皇后娘娘提了几次，娘娘都岔开了话，我总不能这样一直在宫里住下去，还请太子殿下和皇后娘娘说一声。"

秦钰笑了笑："母后未免太热切了，看来很喜欢你。"

李如碧低头，不卑不亢："是皇后娘娘抬爱。"

秦钰看了李如碧片刻，忽然问："你会下棋吗？"

李如碧一愣。

秦钰忽然笑道："是我问错了。右相府的李小姐，琴棋书画理当甚是精通，否则也当不上京城双姝的名声了。"顿了顿，他又道，"时间还早，你若是要回去，也不差这一刻，过来陪我下一局棋吧。"

李如碧想了想，打量了一下秦钰，却看不出他的神色和想法，只能点点头。

灵雀台上摆了好几张桌子，其中有一张桌子和椅子呈翻倒破碎状态，但是无人收拾，就那样倒着。

秦钰所坐的这张桌子还完好。

李如碧绕开地上残破的桌子凳腿，缓缓走到秦钰面前坐下。

秦钰动手摆好棋盘，他执黑子，李如碧执白子。

二人都不说话，你来我往地静静下棋。

棋下到一半，秦钰忽然抬头看着李如碧，微笑："李小姐，堂兄大婚了，你的念想可断了？"

李如碧手一顿，啪嗒一声，棋子掉在棋盘上，她吓了一跳，抬头看向秦钰。

秦钰扫了一眼桌案上被掉落的棋子打乱的棋局，微微眯起眼睛："看来不用你回答了，念想还是没断。"

李如碧脸一白，立即摇头："太子殿下说错了，铮小王爷和臣女自始至终就没有任何关系。"

"是吗？"秦钰似笑非笑地看着她，"我记得多年前父皇考校课业，堂兄作了一篇《议君子论》，被太傅赞扬，李沐清将那篇论稿收了，后来到了你手里，至今还保存在你那里吧？"

李如碧的脸又是一白，手指紧紧地捏住衣袖，看着秦钰："以前这南秦京城里，多少人爱慕铮二公子，又有多少人爱慕四皇子。别说臣女，就是金燕郡主都有念想。然而，自从铮二公子变成铮小王爷，四皇子成了太子，臣女和金燕郡主的念想一样，都成死灰了。"

秦钰似乎没料到李如碧会扯出金燕，盯着她，一时间没说话。

"我知道太子不想娶臣女，臣女也从未想过高攀太子，但是希望太子有妥善的法子来解开这个局面。"李如碧站起身，离开座位，对秦钰屈了屈身，"如今这一局棋被太子和臣女给毁了，看来是进行不下去了，请太子准许臣女出宫。"

秦钰没有回答。

李如碧直起身，等着他准许。

过了片刻，秦钰扔了手中的棋子，对李如碧说："既然你说你的念想成死灰了，那么可还有想嫁的人？"

李如碧闭了闭眼睛，摇头："没有。"

秦钰笑笑："若是让你的念想死灰复燃呢，你觉得如何？"

李如碧面色一变，摇头："不如何。"顿了顿，她直视着秦钰，肯定地道，"臣女不想死灰复燃。"

秦钰站起身，走近李如碧。

李如碧陡然感觉到来自他的压力，忍不住想要后退，但还是一动不动地看着他。

秦钰在离她一步处站定，盯着她看了片刻，收起周身的情绪轻轻一叹："你其实很适合皇宫，适合凤鸾宫，适合太子妃之位，也适合皇后之位，只是可惜……"

李如碧终于退后了一步，没说话。

"你出宫吧，母后那里由我去说。你我的婚约目前怕是只能如此了。你暂且委屈一段时间，若是有中意的人，就说与我听；若是没有，以后……"秦钰顿住，沉默片刻，目光明明灭灭，"以后如何，就交给天意。"

李如碧一怔，不解地看着秦钰。

秦钰转过身，对她挥了挥手。

李如碧抿了抿嘴，道了声"臣女告退"，便出了灵雀台，向宫门走去。

李如碧离开后不久，如意匆匆进了灵雀台："奴婢给太子殿下请安。"

秦钰看着如意："母后找我有事？"

如意直起身："皇后娘娘派奴婢来请殿下您过去凤鸾宫一趟，有要事相商。"

"母后每次都有要事相商，可是我每次去了，她说的都是无关紧要的事。"秦钰看着如意，"姑姑可知道母后找我何事？"

如意垂下头："娘娘说了，这次不是因为李小姐，李小姐来找太子她知晓，也知晓您一定准她出宫，是为了别的事。"

秦钰停顿片刻，点点头，出了灵雀台，向凤鸾宫走去。

李如碧出了宫门便看到太子府的马车等在那里，一名小太监上前，恭谨地见礼："李小姐，奴才奉太子殿下的命令送您回府。"

李如碧慢慢地点了点头，上了马车。

太子府的马车向右相府而去。

来到右相府门口，李如碧下了马车，便见李沐清等在门口，她愣了一下，喊了一声："哥哥。"

李沐清微笑："我得到消息说你出宫了，本来要去接你，但听说太子殿下派人送你回来，我便在门口等你了。"话音刚落，他对身后使了个眼色，有人立即上前

269

打赏了赶车的小太监。

小太监道了谢，离开了右相府。

李如碧上前一步，挽住李沐清："哥哥，娘呢？"

"娘在等你。"李沐清和她一起往里走，"怎么今天突然回来了？昨日皇后娘娘不是说还打算让你多住些天吗？"

李如碧摇摇头："皇宫的气氛太闷，我还是不自在。皇后娘娘是抬爱于我，我是向太子请的旨，他准了我出宫。"

李沐清脚步顿住："太子对你说了什么？"

李如碧抿了抿唇，没言声。

"娘这些天没怎么睡好，比较担心你，见了娘之后就回院子好好休息吧。"李沐清见她不愿意说，也就不再问。

李如碧犹豫了一下，还是低声将今天和秦钰在灵雀台的事情跟李沐清说了，当然也包括秦钰对她说的话。

李沐清听罢沉默许久，他叹了口气："南秦的京城真是要不平静了，偏偏我们右相府还卷入其中。"话音刚落，他揉揉眉心，"爹说得不错，有些事情怪我，若不是我，你和右相府便不会卷进来。"

"怎么能怪你呢？"李如碧摇摇头，小声问，"哥，你对谢芳华还有没有……"

李沐清失笑："念想吗？"他摇摇头，"什么叫作念想？是念，是想，独独少了占，少了据为己有。我对谢芳华无非欣赏，觉得特别，移不开眼睛，喜欢外加那么一点儿想要罢了，但不足以成魔。不成魔便不叫爱。适时放弃对谁都好。"

李如碧低声说："不成魔便不叫爱吗？那太子对她是什么？"

李沐清闻言想了一会儿，摇头："我只知道秦铮对她是爱，不惜伤自己伤她，动用一切能动用的东西就为了娶到她。至少，我不及他。太子嘛……我对他知之不深。"

李如碧不再说话。

李沐清摸摸她的头："妹妹，你那么聪明，也是知晓的，两情相悦最好，是不是？若是不能两情相悦，强求来的东西定会害人害己。"

"哥，我没答应太子什么，你放心吧。"李如碧挺起脊背，"我总归是出身右相府，哪怕曾经差点儿误入歧途，可是那一次也叫我看清感情这种事是强求不来的。我以后只求能寻到那一心人，能够两情相悦。"

李沐清颔首："爹未必愿意你嫁入皇宫，既然太子无意，走一步看一步吧，总有转圜的余地。"

李如碧点点头，不再多说。

皇上被气得病倒，英亲王发了急病，南秦京城顷刻间便陷入了诡异的气氛中。

忠勇侯府内，崔允听到消息，担忧地问："不知道发生了什么事？情况是不是不太好？"

"不必理会，若是有事，华丫头应该会派人来传信，她没派人来说就是没事。"忠勇侯摆摆手，"该如何就如何。"

崔允点点头。

秦铮和谢芳华一回到落梅居，谢芳华便拉着秦铮去了库房，在库房内挑挑选选，选了十几匹上好的锦缎出来。

秦铮不但不嫌多，见谢芳华挑完要走，他还拽住她："就这么点儿？不再选点儿？"

谢芳华失笑："有我在，以后总少不了你穿的衣服，这些够我做一阵子了，也够你先穿一阵子了，以后有新进的上好锦缎，我再给你选来做就是了。"

秦铮闻言觉得有理，这才作罢，跟着谢芳华一起抱着这些锦缎回了房。

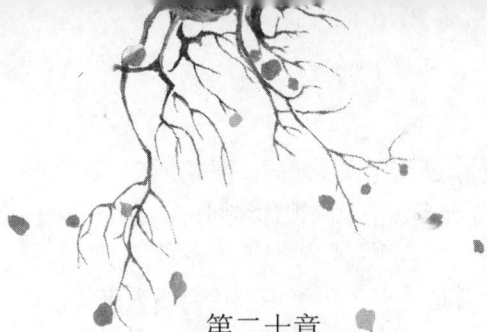

第二十章
# 都搅进来

回到房间后，谢芳华开始丈量尺寸，秦铮拿着剪刀帮她裁剪。

英亲王妃进了落梅居便看到屋中铺开了布匹，二人紧挨着，商量着尺寸样式和要绣的花样。

她本来愁容满面，看到他们这样，不由得露出了笑意。

谢芳华抬起头，见到英亲王妃，不由得面露讶异："娘怎么过来了？"

按理说，他们刚从正院回来，这个时辰她应该在和英亲王说话才是。

秦铮也抬头看去。

英亲王妃笑着问："你们这是在做衣服？"

"给他做衣服。"谢芳华笑着看了秦铮一眼，直觉英亲王妃这时候追过来，一定有事。

"出了什么事？"秦铮拿着剪子问。

英亲王妃坐下，叹了口气，对二人说："你们知道怜儿去了哪里吗？"

谢芳华一怔。秦怜？她有好几日没见到秦怜了，不由得感到奇怪："她不在府中吗？"

英亲王妃摇摇头。

秦铮嗤了一声："我还以为是什么事？原来是为她。您甭担心了，她跟着大舅兄去漠北了。"

"什么？"谢芳华一惊，看着秦铮，"她怎么会跟随哥哥去漠北了？"

英亲王妃瞪了秦铮一眼，嗔怪道："你既然知道怎么不告诉娘，就由得她去了漠北？她一个女孩子家，怎么能说离家出走就离家出走？你怎么不拦着她？"

"拦？"秦铮哼了一声，"为什么要拦？她也不小了，乐意出去走一遭，出去一趟又如何？她在京城里能做什么？不但不能做什么，以她的身份，不避开远走，难道要受夹缝气？"

英亲王妃一噎，半晌才说："那你也该告诉我啊！"

"告诉您又不能做什么。"秦铮不以为然。

英亲王妃瞪眼："她毕竟是女儿家，从来没出过京城，这万一……"

"不是有大舅兄在吗？我在她身边派了隐卫，也知会了大舅兄照看她，您放心吧。"秦铮拿着剪刀，一边裁布，一边慢悠悠地说，"您曾经跟我说过，您年轻的时候就想全天下走一遭，将名山大川、古迹胜地逛个遍，可是不承想嫁入了京城，多少年没踏出一步，如今您的女儿能有机会去外面看看，有何不好？"

英亲王妃面上的愁云渐渐散去，但还是有些担心："话虽然是这样说，但是她在皇宫中长大，不识人间疾苦，一直是衣来伸手饭来张口，谢侯爷去漠北是为军事，她跟着去，岂不是给他添麻烦？再说了，他在军营，总不能将她捆在身边处处照料，万一有个照料不到……"

"操心的命。"秦铮似乎懒得再跟她说。

谢芳华此时也回过神，对英亲王妃劝说道："哥哥行事周全，即便他去漠北是为军事，照看一个人也应该没大问题。再说了，既然派了隐卫在身边，就不会有大事。娘您就别担心了，她出去走走看看，的确比待在京城里好。"

英亲王妃拍拍谢芳华的手，叹了口气："这个孩子，她从小没在我身边长大，如今好不容易回府，我却一直没顾上她，好不容易等你们大婚了，她却一声不响地离家出走了……"

"以后日子还长着呢，娘有的是时间照看她。"谢芳华宽慰她。

"以后她就嫁人了，更用不着我了。在她身上，我总觉得亏欠许多。"英亲王妃不太好受。

秦铮轻轻哼了一声："她在皇宫闷了这么多年，早就想跳出牢笼了，放她出去玩就是对她的弥补了。若是不放心，您也跟去漠北。"

"胡说什么，娘怎么能去漠北？"英亲王妃瞪了秦铮一眼，询问他，"我问你，这丫头去之前是不是找过你？你肯定答应了她，否则她不会胆子这么大。"

秦铮不置可否："她若是不征得我的同意，还没踏出城门，我就能将她绑回来给您。"

英亲王妃顿时笑了："你这个当哥哥的想要弥补她，什么方法没有？偏偏放任她出京。"

秦铮不承认："我又不亏欠她，弥补她什么？是她天天在我面前让我心烦。"

"死鸭子嘴硬。"英亲王妃笑骂了一句，算是接受了秦怜去漠北的事，"既然你对她有安排，我就放心了。刚听说她出京时，我都要急出病了，毕竟是个手无寸铁的女孩子。"

秦铮不以为然："她都多大了！当年某个小女孩离京时才七岁，不只手无寸铁，还是……"

谢芳华一把捂住他的嘴："这怎么能比？"

秦铮住了嘴。

英亲王妃见秦铮被谢芳华捂住嘴，她的手拿开后他也不反驳，顿时又气又笑："果然是一物降一物，还就华丫头能制住你。"

"我爹呢？别告诉我你没吓住他，让他进宫了。"秦铮不客气地说。

"臭小子，都大婚了，说话还是这么不讨喜。"英亲王妃叹了口气，"你爹没进宫，听你的，装病，可是他心里难受，我让他自己静静。毕竟这么多年了，他心里也委屈。"

秦铮冷哼一声，沉默下来。

"接下来怎么办？难道就让你爹一直装病？"英亲王妃看着秦铮询问。

"一直装病有什么不好？"秦铮挑眉，神色淡漠，"爹也该歇歇了，这么多年日日操心国事，你们也未曾好好赏花弄月。"

"我们都一把年纪了，还赏花弄月？要被小辈笑死了。"英亲王妃笑着站起身，"算了，先这样吧，走一步看一步。你们不必送我了，我回去了。"

秦铮点点头，当真不送。

谢芳华却放下手中的布匹跟出门，挽住英亲王妃，小声说："娘别忧心，有一句话说得好，兵来将挡水来土掩。如今裕谦王留在京中，以后必得重用，爹操劳这么多年，是该歇歇，享享清闲了。"

"你说得有道理，娘明白，娘只盼着你和铮儿好，我就好了。"英亲王妃拍拍她，"回去吧，否则臭小子又该揪我的花了。"

谢芳华失笑。

英亲王妃出了落梅居。

谢芳华在院中站了片刻，转身回了屋。秦铮按照她早先丈量好的尺寸还在专心地裁剪，她从后面抱住他，柔声说："我在想，若是我们都退出京城避世的话，会不会很好？"

"是很好。"秦铮点点头，随即又冷笑，"不过有人容不得我们这样好。"

谢芳华沉默下来，将头靠在他的后背上。如今秦钰拿秦铮没办法，自然是因为秦铮手里攥着的东西，一旦攥着的东西被松开，秦钰掌控了主动，哪里还有他们的好日子？

就像忠勇侯府，这么多年一退再退，等退到皇室的刀刃能够封喉时，对方定不会手软，就如上一世。

至少在目前来说，无论是忠勇侯府还是英亲王府，都退不得。

"别偷懒了，过来给我缝衣服。"秦铮放下剪子，拍拍她的手。

谢芳华离开他的后背，转身去拿针线。

二人不用别人帮忙，侍画、侍墨等人只能无聊地待在院外跟玉灼和林七说闲话打发时间。

这一日，从皇宫到英亲王府再到京城各个府邸，气氛诡异而微妙。

当夜，雷鸣电闪，下起了大雨。

谢芳华被雷声惊醒，动了动身子，秦铮立即轻拍她："是打雷了，没事，继续睡。"

谢芳华安心地窝在他怀里待了一会儿，听着一阵一阵的雷鸣声没了困意，小声说："在无名山的时候，每逢打雷，我都想，若是一个大雷下来，会不会将整座山都给劈开。"

秦铮搂着她的手一紧。

"后来，打雷的时候，我就跑出去，观察雷电在山顶的落点。"谢芳华回忆着，直到腰间传来疼痛，她才拉回思绪，小声说，"你勒疼我了。"

秦铮语气不愉："你竟然在雷鸣电闪时去山顶？你就不怕出事？"

"那时候真没怕，我只想着怎么将无名山给毁了。"谢芳华轻声说，"因为无名山皇室隐卫的巢穴才是南秦皇权藏在暗处的刀，要想保住忠勇侯府，我必须先把这把刀给毁了。"

秦铮不言声。

谢芳华沉默了一会儿，又小声说："后来真让我找到了方法，观星象，天变、大雨、雷鸣、闪电，正是好时候。"

"八年呢。"秦铮偏头吻住她，低喃，"只要你回来就好。"

谢芳华心下触动，回应了他的吻。

秦铮忽然翻身将她压在身下，唇齿缠绵间，低声问："恢复过来了吗？"

谢芳华红着脸点点头。白天因为做衣服，两个人都累了，尤其是她，于是没做什么就睡了，如今被雷声惊醒，倒正是好时候，她伸手搂住他的脖子，轻轻贴向他的身子。

秦铮呼吸一室，将她困在自己身下，这样那样地变成他想看的模样。

外面雷鸣电闪，室内春宵几度。

帷幔内云困雨歇时已经几近天明，外面雷鸣电闪已经停了，但是大雨依旧在下。

谢芳华疲惫地在秦铮的怀里睡去，秦铮揽着她，抚摸了她柔滑的肌肤片刻，也闭上眼睛跟她一起睡去。

晌午时分，谢芳华醒来，发现秦铮已经不在身边，她伸手摸了摸，身边的被褥冰凉，她慢慢地坐起身挑开帷幔，见窗外大雨依旧下着。

她披衣下床，走到门口，打开房门。

门外，大雨哗哗，雨打落梅，地上尽是落梅的花瓣。

"侍画、侍墨！"谢芳华站在门口喊了一声。

"小姐，"侍画、侍墨从隔壁房间冲出来，"您醒了？"

"秦铮呢？"谢芳华问。

侍画、侍墨对看一眼，轻声说："一大早上有人来报，西山军营出了事，小王爷被喊走去西山军营了。"

谢芳华蹙眉："出了什么事？进来说。"昨天实在太累了，她早上竟然没听到丝毫动静。

侍画、侍墨进了屋，抖了抖身上片刻便染上的水渍，说："听说是发生了斗殴，打死了人。其中一个是范阳卢氏的子弟，叫卢艺，是左相的远房子侄，另一个人是永康侯夫人娘家的亲侄子，燕小侯爷的表兄，叫李昀。"

"谁死了？"谢芳华又问。

"范阳卢氏的子弟。"侍画道。

"我记得永康侯夫人的娘家是赵郡李氏，也就是说那个人是赵郡李氏的子弟了？"谢芳华道。

侍画点点头："据说叫李昀，他还是宫廷禁卫军李统领李澜的堂兄。"

谢芳华忽然道："右相也是出身李家，他们和右相可有关联？"

侍画愣了一下，点点头："奴婢知道小姐醒来要问，小王爷走后，奴婢就派人查了。右相虽然是李氏的分支，但究其根源也在赵郡李氏。只不过三代以来右相府自立门楣，赵郡李氏的人也不像范阳卢氏一样总是出现在百姓的视线中，又与右相府走动不多，所以渐渐被大家忘了。"

"我记得谢氏长房的敏夫人也出身赵郡李氏。"谢芳华想了想，又道。

侍画点点头："敏夫人和永康侯夫人其实是同族姐妹，只不过敏夫人是庶出，永康侯夫人是嫡出，赵郡李氏分支颇多，她们这一支跟永康侯夫人那支的关系比右相那支近些，加之永康侯夫人在燕小侯爷离京前性情和敏夫人相投，所以走动得近，而右相府自诩清贵，除了燕小侯爷和李公子，没人提起这茬亲戚，更没什么走动。"

谢芳华慢慢地坐下，想起除夕宫宴上，敏夫人和永康侯夫人那么亲近，原来是因为同族。她想了想，又问："可查到了斗殴的原因？"

"据说这卢艺颇有书生气，平常是个不太出彩的文弱之人，当初进西山军营，也是因为范阳卢氏想要锻炼子侄，还是走了左相的门路。他寻常在西山军营总是文质彬彬，常被人笑是娘娘腔。赵郡李氏这位李昀是今年刚进去的，据说和他没什么过节儿。昨天半夜，卢艺和李昀在练武场不知为何发生争执打了起来，李昀失手杀了卢艺。"侍画道。

谢芳华眯起眼睛："半夜在练武场？当时还有别人在场？"

"据说李昀武功极好，刚进军营一年便连升三级。"侍画道，"当时没人在场。卢艺被杀后，有人听到动静，才都知道了。"

谢芳华沉思片刻，忽然道："我记得王妃的表弟娶了赵郡李氏的嫡女？"

"回小姐，是的。赵郡李氏的嫡女嫁入了清河崔氏，是王妃的表弟妹，也是永康侯夫人的亲妹妹。依着这层关系，王妃这些年对永康侯夫人和敏夫人都很是礼遇。算起来和咱们王妃的关系也不远。"侍画道。

谢芳华忽然笑了："各大世家繁衍这么多年，到处是姻亲很正常。也就是说，范阳卢氏、左相府、右相府、赵郡李氏、清河崔氏、英亲王府，谢氏长房虽然被贬去了岭南以南的湿热之地，但是忠勇侯府里还有个谢林溪，而谢氏六房明夫人出身清河崔氏，这样联系起来，算是都搅进来了。"

侍画点点头。

"王爷和王妃也知道消息了吧？"谢芳华又问。

侍画、侍墨点头："应该知道了。"

谢芳华想着英亲王府刚刚闭门谢客便出了这么大的事。范阳卢氏死了子侄，一定不会善罢甘休，定要赵郡李氏给个交代，但是赵郡李氏这个李昀既然能一年内在军营中连升三级，定然是个有本事之人，赵郡李氏的人怎么愿意赔给范阳卢氏？这样一来，矛盾就出来了。

若是这件事儿处理不好，两大世家之间的矛盾就会激化，目前的平衡就可能被彻底打破。

她又问："正院可有什么动静？"

"王妃一个时辰前派人来问您起来了没，奴婢回了没有，就说让您歇着吧，什么时候起来了，派人告诉她一声。"侍画道。

"这会儿也晌午了，你去一趟正院，告诉娘，就说我收拾一下后，过去陪她用午膳。"谢芳华看了一眼天色说。

侍画点点头，拿着伞出了房门。

侍墨连忙端来清水，伺候谢芳华梳洗穿衣。

不多时，侍画回来禀告："王妃说等着小姐，雨太大，让您多穿点儿，别染了寒气。"

谢芳华点点头，收拾妥当，侍墨又拿出一件薄披风，她披上，撑着伞出了房门。

她刚到正院还没进院，喜顺打着伞匆匆走来，见到她连忙见礼："小王妃！"

"喜顺叔，你急匆匆的可是有什么事？"谢芳华停住脚步，询问喜顺。

"是永康侯夫人来了。她挺着大肚子，这么大的雨，老奴将她请进了客厅，就急急来禀报王妃了。"喜顺道。

谢芳华没想到永康侯夫人这么看重这个娘家侄子，竟然冒着大雨前来，她愣了一下，对他说："你去招待吧，一定要小心，别怠慢了，我进去和娘说一声。"

喜顺点点头，又匆匆去了。

谢芳华进了正屋，画堂内，英亲王和英亲王妃在座，桌上摆好了饭菜，正等着她。

见她来了，英亲王妃笑着招手，分外慈爱："是不是昨夜打雷，没睡好？"

谢芳华脸一红，低低咳嗽了一声："是有些没睡好。"

英亲王妃是过来人，从谢芳华眉目间的羞涩便看出昨夜两人定然缠绵了一番，她更是眉开眼笑："这雨来得急、下得大，看这样子估计要下上两天。"话音刚落，她对春兰吩咐，"赶紧给她解了披风，暖和暖和，驱驱寒气好吃饭。"

春兰笑着应了一声"是"，走到谢芳华面前。

谢芳华摆手制止，对英亲王妃正色说："娘，我刚刚到门口时遇到了喜顺叔，他来禀告说永康侯夫人挺着大肚子来咱们府了，要见您，如今在客厅。"

英亲王妃一愣："这么大的雨，她怎么来了？"话音刚落，随即反应过来，"是为了她侄子的事儿吧。"

"应该是。"谢芳华道，"您去见吗？"

"她挺着大肚子来一趟，我自然要去见。"英亲王妃站起身。

"我和娘一起去吧。"谢芳华道。

英亲王妃立即说："你早上没用膳吧？饿不饿？别跟我去了。"

"我不饿。"谢芳华摇头。

英亲王妃点点头，对英亲王说："王爷自己先用午膳吧，我和华丫头去见见她。"

"我等你们回来一起吃。"英亲王摆摆手，嘱咐道，"昨夜的事情没那么简单，牵连了这么多府邸，你别应承她什么。"

"我知道。"英亲王妃拉上谢芳华，二人打着伞出了房门。

雨依旧很大，尽管有排水沟，地面上还是积了一层水，即便打着伞，二人的裙摆也很快湿了。

英亲王妃道："她爱惜肚子里的那个孩子爱惜得跟什么似的，怎么这么大的雨却跑了过来？往常虽然听说她和娘家亲近，但也没听说对她这个侄子有多好。"

“娘去见见永康侯夫人，问问她就知道了。”谢芳华道。

英亲王妃点点头。

二人说话间来到了前厅。

喜顺正带着人招呼永康侯府来的人，见英亲王妃和谢芳华来了，下人连忙挑起帘子。

谢芳华迈进门，一眼便看到了挺着大肚子的永康侯夫人和站在她身边的燕岚。永康侯夫人怀孕已经半年有余，大约这些日子调理得好，虽然冒着雨前来，也不见虚弱无力，只是扶着肚子，坐在应该是喜顺临时从别处挪过来的软榻上，当然气色不是很好，眉眼间充斥着浓浓的忧虑。

“王妃！”燕岚见英亲王妃和谢芳华进来连忙起身请安，又对谢芳华眨眨眼睛，同样请安，“小王妃好。”

英亲王妃笑着摆摆手：“免礼。”

燕岚侧身让到一旁，去挽谢芳华的胳膊。

谢芳华打量了她一下，见她的气色还算不错，对她笑了笑，任她挽了手一起入座。

“王妃。”永康侯夫人要起身。

英亲王妃立即走过去制止了她，对她说：“坐着吧。这么大的雨，你挺着大肚子，怎么跑来了？若是有什么事，派燕岚这丫头过来说一声不就行了？”

永康侯夫人叹了口气：“昨夜的事你听说了吧？是为我那娘家的侄子，我不亲自走一趟怎么行？”她看了燕岚一眼，“小孩子家的，有些话不当说，更说不清楚。”

英亲王妃闻言看着她：“昨夜的事我是听说了，我家的小子也回西山军营了，但具体是怎么个情况，他没往府里传信，我也不知道。”话音刚落，她疑惑地问道，“这里面难道有什么不能说的话不成？”

永康侯夫人叹了口气，四下看了一眼。

英亲王妃会意，对客厅里伺候的人摆手：“你们都下去吧。”

“是。”春兰、翠荷等人都退到了门外。

英亲王妃又看了一眼谢芳华和燕岚：“这两个孩子就留在这里吧，不是外人。”

永康侯夫人看了谢芳华一眼，点点头，对她说：“我还没谢过小王妃的救命之恩。”

谢芳华见她对着自己的时候目光温和，再没有曾经的凌厉，于是也和气地道：“夫人客气了。”

“以前是我一时想不开，犯了浑，多谢小王妃大人不计小人过。”永康侯夫人道歉，语气诚挚。

"夫人言重了。"谢芳华笑笑。

"你当初是做得不太对，如今可便宜了我。"英亲王妃笑着接过话，对永康侯夫人说，"你就别说那么多了，经过这么多事，无论是永康侯还是你，还是燕岚这小丫头，都与华丫头有了不解之缘，也不是外人了，无须客套。"

"你说得对。"永康侯夫人笑着点点头，不再对谢芳华多言，而是对英亲王妃说，"你知道，我娘家的兄弟虽然不少，但是若说对我好、救过我命的，只有一位兄弟，这位兄弟就是如今出事的李昀的父亲，我的三哥。他身体不好，前年去了，膝下只有这么一个儿子。"

英亲王妃点点头，讶异地道："我是有所耳闻，但是知道得不详细，原来去年赵郡李氏折了的那位老爷是你三哥？"

永康侯夫人叹了口气："是我三哥。当初三哥咽气时，托付我多照料这个孩子。因这孩子从小习武，天赋不错，我就让侯爷将他送去了西山军营历练。他是去年进入军营，没想到仅仅一年就出了这事。"

英亲王妃点点头："你可知道这事是怎么发生的？"

"当初我送这孩子入军营时，是派了人跟随的。按理说，依着永康侯府在京城许多年的根基，要护一个孩子也不是多难，以前也从没出过事，偏偏就在昨夜出了这种事，而我派去他身边的人到现在都没有一人传回话来。"永康侯夫人看着英亲王妃，"你说奇怪不奇怪？"

"也就是说，现在你还不知道昨夜军营里具体发生了何事？"英亲王妃问。

永康侯夫人郑重地点点头："实话跟你说，我家侯爷是有不少暗桩在军营里的，派人送回来个信儿轻而易举才是，可是我等了一上午，实在坐不住了。"

英亲王妃闻言，面色也凝重起来："左相府那边可有动静？"

"我家侯爷和左相先后去了军营，如今还没消息传来。我只听说范阳卢氏的人得到消息，一早就进京了。赵郡李氏离得远，我给几个兄长传了消息回去，即便快马加鞭，也要明日才能到。"永康侯夫人道，"我隐约听说范阳卢氏的人要求左相一定要给卢艺讨个说法，杀人偿命。"

"南秦律法的确是杀人偿命，但是也要看因由。"英亲王妃拍拍她，"你别急。既然你家侯爷去了军营——"

永康侯夫人一把抓住英亲王妃的手，焦急地道："王妃，你知道的，因为我家那个臭小子不娶卢雪妍，开罪了范阳卢氏一族，我家自觉对不住人家，说话都没有底气，更何况杀人的是我那侄子。如今他无父母在身旁，族人要明日才来，我派到军营的人连个消息都传不出来，遑论护他了。我是怕侯爷去了也不管用，左相向来凌厉尖锐，万一将人在军营就地正法，那我怎么对得起我的哥哥？"

英亲王妃闻言觉得有理："你想让我如何帮你？"

"我请求王妃，传信让小王爷保护一二，先保住他的命再说，不要让他不明不白地就偿命。"永康侯夫人道，"这里面一定有什么阴谋，否则这孩子从来不与人交恶，怎么会大半夜杀人？况且如今连一个回来传信的人也没有。"

英亲王妃点点头："往军营里传信不难，我这就给他传信。他虽然没有西山军营的兵符，但是在西山军营待了这么长时间，应该还是能掌控一些事情的。再说了，事情不查明白，怎么能说偿命就偿命呢？即便左相严厉，也不会这么做，你是关心则乱了。"

"我怎么能不关心？三哥于我有救命之恩，况且这孩子是我让侯爷放入军营的，如今出了这么大的事，我有责任。"永康侯夫人松了一口气，"我知道小王爷不怕左相，所以才赶紧过来求你。"

"不知右相府可有什么动静，右相可去了西山军营？"英亲王妃又问。

永康侯夫人愣了一下，才想起右相与赵郡李氏的渊源来——毕竟同姓一李，她道："我没听说右相府有何动静。这右相……已经自立门户，向来不和赵郡李氏来往，会管吗？"

"总归是同姓一李。"英亲王妃拍拍她，"你怀着孕呢，就别多劳神了。我先派人去给铮小子传信，待他回信看看情况再说。你放心吧，我儿子的性情外人不知道，我这个当娘的了解得很。事情不弄个水落石出，他是不会任人偿命的，毕竟西山军营目前在外人眼里是他掌控着。"

永康侯夫人松了一口气，站起身："那我就等着信儿了。请王妃多费心，李昀这孩子我怎么着也要保下。"话音刚落，她又道，"哪怕是用我肚子里的这个孩子来——"

英亲王妃一惊，立即拦住她的话："不要胡说，你这个孩子保下来不容易。"

"三哥于我有救命之恩，当年若不是三哥，我早已经是一抔黄土了。"永康侯夫人咬牙，"我总要保下他的血脉。"

"行，你的心我明白。"英亲王妃叹了口气，点点头，"你先回去歇着吧，这件事情水太深，先看看是什么情况。"

永康侯夫人也明白，点点头，不再逗留，扶着腰告辞。

燕岚立即上前扶住她，对谢芳华说："我先将我娘送回去，若是有时间，我再过来找你。"

谢芳华对她摆摆手，和英亲王妃一起送二人出门。

看着永康侯府的马车没入雨帘中走得没了影，英亲王妃和谢芳华才打着伞返回。

英亲王妃道："这件事情若是闹大了，对朝局肯定有不小的影响。军营里出的

281

事向来不少，但若是小兵也就罢了，偏偏出事的是两大世家的公子，而铮儿偏偏就在西山军营，此事怕是不能善了。"

"爹刚闭门谢客，西山军营便出了这样的大事。"谢芳华笑笑，"若是能轻易了结，背后操纵这盘棋的人岂不是白费工夫？"

"你说的是……"英亲王妃脚步一顿，看着她。

"没凭没据，猜测而已。"谢芳华道，"但我就是觉得，这件事儿就是冲着秦铮、冲着英亲王府来的。"

英亲王妃点点头："我也有这种感觉——是冲着英亲王府来的。我想让你爹退出朝堂，他昨日也有了引退的意思，可是转眼西山军营便出了事。若是咱们英亲王府搅进了旋涡里，怕是以后我们的处境就难了。"

"在这京城里，谁家的处境不难？"谢芳华笑笑，挽住英亲王妃的手臂，"咱们先回去用膳，用完膳后，娘将京中各大府邸和有名望的各大世家的姻亲关系都跟我说说。"

"好，我有一个本子记着这些姻亲来往之事，吃完饭后给你看。"英亲王妃笑道，"你聪明，一看就明白。"

谢芳华笑着点点头。

二人回了正院，英亲王果然等着她们。见她们回来了，他立即询问情况。

英亲王妃将与永康侯夫人的谈话简单地说了。

英亲王听罢，沉默半晌，说道："她一个妇道人家都看出这件事情不简单了，这件事情就一定不简单，恐怕是……"

"恐怕是针对英亲王府。"英亲王妃看着他，"针对你，针对铮儿。"

英亲王叹息一声，不再言声。

英亲王妃喊来一人，让他给秦铮传信，那人离开后，她道："先吃饭吧。铮儿去了军营，这种事情听他的。你早晚要退下来，未来的门庭肯定要交给他，南秦的江山你也不能操心一辈子。"

英亲王点点头。

三人一起用膳。

饭后，英亲王妃拿出一个本子递给谢芳华。

谢芳华打开看了两眼，上面密密麻麻地记载着她要的东西。她道了一声"谢谢娘"，刚要告辞回落梅居，喜顺匆匆跑进院子，在外面道："小王妃，小王爷派人回来传话，请您去军营一趟。"

谢芳华一愣，让她去军营？

英亲王妃也愣了，对外面问："喜顺，你进来说话。铮儿让华丫头去军营做什么？"

喜顺进了画堂，对英亲王、王妃、谢芳华三人见礼，然后说："回王妃，是小王爷派人来传话让小王妃去西山军营一趟，回来接人的是玉灼，正在门口等着呢，说不进来了。据说之前请了京中的仵作去验尸，但仵作们对卢艺的死因说法不一致，永康侯就说小王妃懂医术，想请小王妃和孙太医一并去军营看看。"

谢芳华闻言看向英亲王和英亲王妃。

英亲王妃蹙眉："这么大的雨，西山军营可不近呢——"

"娘，既然如此，我就去一趟，我也正想去看看到底怎么回事。"谢芳华拦住英亲王妃的话，示意她放心，"既然秦铮派玉灼来接我，就是同意我去。"

"要不我跟你去吧？"英亲王妃道。

谢芳华顿时笑了："爹病了，您要留在府中照顾他，我自己去就行了，三十里地也不是太远，您就别折腾了。"

"那好吧。"英亲王妃点头。

谢芳华披好披风出了画堂，侍画、侍墨二人跟上她，小声说："小姐，要不要把品竹等人都喊上，跟您一起去？"

谢芳华想了想道："给轻歌传信，让他暗中随咱们一起去，品竹等人就留在落梅居吧。"

侍画点点头，知道言宸公子虽然离开了南秦，但是轻歌是留在京中随时听候小姐差遣的。

出了正院，很快就来到门口，玉灼的马车果然等在那里，见谢芳华来了，他道："表哥说让你多穿点儿，你如今穿这些是不是太少了？"

"就算下大雨，如今也是近夏天了，不冷。"谢芳华上了车，侍画、侍墨也坐上来后，她道，"走吧。"

玉灼点点头，一挥马鞭，马车离开了英亲王府。

因为雨下得太大，街上几乎没人行走，马顶着雨小跑着，不多时来到城门口，然后顺利地出了城，前往西山军营。

# 京门风月

## ❺ 九城烽烟

[下册]

西子情 著

青岛出版社

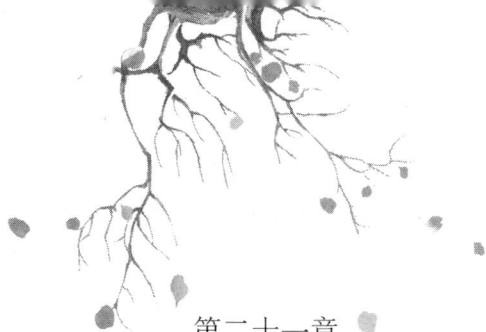

第二十一章
# 太医被杀

官道上积水颇深，大雨噼里啪啦地打在车顶上，发出连串响声。

路面极滑，即便是上好的马，踏着积水也跑不快。

走出城五里，前方停着一辆马车。

玉灼穿着雨披、戴着斗笠，他抖了抖斗笠上的水向前看去，看了片刻，对车内说："表嫂，好像是孙太医府邸的马车。"

谢芳华挑开帘幕向外看了一眼，的确是孙太医府邸的马车，她道："孙太医看来是先一步到了，在这里等着咱们，你上前知会一声，一起走吧。"

玉灼点点头，将车赶到近前。他不下车，对着车夫说："是孙太医府中的马车吗？"

车夫同样穿着雨披，戴着斗笠遮雨，低着头没应声。

玉灼又喊了两声，还是无人应答，他奇怪地扔了马鞭，下了车，向那辆车走去。

"玉灼，等等，你先站住别动。"谢芳华感觉出不对劲，喊住玉灼。

玉灼立即站住，回头看向谢芳华。

谢芳华对侍画、侍墨道："下车看看。"

二人也敏感地察觉到不对劲，点点头，一个挑起帘子，一个撑了伞，扶谢芳华下车。

谢芳华下了车，走到那辆马车前，伸手拿掉那人头上的斗笠，只见那人歪着头，闭着眼睛，胸前插了一把匕首，已经死去。

玉灼惊讶得睁大眼睛。

侍画、侍墨立即一左一右护住谢芳华，谨慎地看着这辆马车。

谢芳华抿唇看了这个车夫片刻，又上前一步，伸手挑开了帘幕。

车内的人正是孙太医。

孙太医靠着车坐着，胸前同样插着匕首，已经死去。

玉灼面色大变："这是孙太医？他被人杀了？"

侍画、侍墨惊骇地看着被杀死的车夫和孙太医，又立即左右看了一眼，见四下除了他们这一辆马车外再无别人，她们立刻问道："小姐，怎么办？"

谢芳华眯了眯眼睛，脸色发沉，对侍画、侍墨吩咐道："你们两个人现在就回城去京兆府报案。"

侍画、侍墨担心她的安全："那小姐您……"

"我和玉灼在这里等着。"谢芳华沉声说，"总不能不理会孙太医的死就去西山军营，既然被我们碰到，那我们也脱不了干系。"

"是，那小姐您小心一些。"侍画、侍墨看了玉灼一眼。

玉灼立即说："还是我去报案吧。"

"你留下来。"谢芳华摇头，对侍画、侍墨摆摆手，"卸了马车，你们骑马去。报完案后，去孙太医的府邸知会一声。"

侍画、侍墨点点头，走回去卸了马车，两人共乘一骑，快马加鞭向京城赶去。

玉灼看着眼前的情形："表嫂，我们呢？"

"我们去咱们车里等着。"谢芳华转身回到了自己的车前。

玉灼也跟着她到了车前，奇怪地说："我是自己回来送信的，到了咱们王府才派一个小厮去孙太医府邸传信。按理说，传了信后，你没耽搁，咱们就出府门了，孙太医得到消息不耽搁的话，应该跟你一起出城才对，他怎么会提前到了这里？"

"若不是提前到了这里，就不会死了。"谢芳华冷笑一声，"自然是有人先你一步传信，他才比我早出门。"

"表嫂，如今这么大的雨，什么痕迹都能被洗刷了，就算京兆尹来，能查出死因吗？"玉灼忧心忡忡，"不会冤枉咱们吧？"

谢芳华看着眼前哗哗落下的大雨，冷嘲道："发现案发现场的人就是凶手吗？那样的话，每年该有多少人被冤枉？"

玉灼点点头，看了一眼天色："本来是孙太医和咱们一起去西山军营，如今孙太医被杀了，我们滞留在这里，京兆尹得到消息就算立即赶来，也要一个时辰后了，还要录口供、做笔录，这样算下来，我们什么时候才能到西山军营？"

谢芳华不说话，低头沉思。

玉灼还想再说什么，见谢芳华的眉目时明时暗，似在想事情，他怕打断谢芳华的思路，不再言声。

半个时辰后，有一个少年骑马匆匆而来，马蹄踏进地面的坑洼中，溅起老高的水花。

少年十三四岁，比玉灼稍微大一些，但还显稚嫩。

"有一个人来了。"玉灼立即对谢芳华说。

谢芳华抬头看了一眼，道："他应该是孙太医的孙子。他来后，你看着他些，不要让他碰马车中的尸体，不要破坏现场。"

玉灼会意，连忙站起身。

那少年顷刻间便来到近前，大喊了两声"祖父"便翻身下马，甩了马缰，哭着冲向马车。

玉灼立刻上前拦住他。

那少年见前面挡了一个比自己稍小的少年，立即问："你是谁？"

玉灼道："我是英亲王府铮小王爷的书童，我们小王妃刚刚路过这里，发现孙太医被人害了，已经派人去京兆府报案了。你是谁？"

"我叫孙卓，车中这人是我祖父，你闪开。"孙卓挥手想打开玉灼。

玉灼毕竟自小习武，孙卓虽然也练过些骑马射箭的把式，但是不及玉灼，所以他没能打开玉灼。

"你做什么拦着我不让我上前？"孙卓大怒。

玉灼扣住他的手，声音清晰地提醒道："你可以看你祖父，但是不要破坏案发现场，等着京兆尹来好抓凶手破案。"

孙卓恼怒："等着京兆尹来破案？这里没有人，只有你在，是不是你杀了我祖父？"

玉灼也怒了："我发现你祖父在马车里被人杀了，难道就是我杀的？你比我还大呢，脑子是不是不好使？"

孙卓一噎："这么的大雨，只有你在这里，我祖父为何——"

"孙卓！"谢芳华挑开车帘，打断他的话。

孙卓被打断，一惊，转身看向了马车上坐着的谢芳华。

谢芳华看着他，面无表情地道："你是如何得到消息来这里的？怎么就你一个人？"

"是有一个女子说我祖父在这里被杀了，我就赶来了。我父亲外出，没在京中，母亲和二娘正坐车赶过来，在后面。"孙卓看着谢芳华，犹豫了一下，问道，"你是英亲王府的小王妃？"

"你祖父一把年纪了，无论是和英亲王府还是和忠勇侯府都交情深厚，我也不想他不明不白地被人杀害，所以，我发现的第一时间就命人去京兆府报案了，同时

287

让我的两名婢女知会孙太医府。去你府中报信的女子，应该就是我的一个婢女。"谢芳华平静地说，"我让玉灼拦着你，是怕你激动之下破坏现场。只要你不破坏现场，尽管上前。"

"要我如何相信你？毕竟只有你们在这里，四下没有别人。"孙卓又道。

"你祖父和我是要去西山军营的，他比我早出城，城门口的士兵可以做证，杀人的时间对不上。另外，杀人要有动机，我有什么动机害孙太医？再者，若是想要查个明白，等京兆尹来吧，此处应该属于他的管辖范围吧？目前你只能相信我。"谢芳华话音刚落，挥手落下帘幕，对玉灼说："玉灼闪开，让他上前。"

玉灼侧身让开。

孙卓立即走向马车。看到车夫被刺入匕首的胸口，他面色一变，颤抖着手挑开车帘，当看到里面被匕首插胸已经断气的孙太医时，孙卓大叫一声"祖父"，刚要上前去抱他，突然想起谢芳华的话来，又顿住手，扑通一声跪在地上哭了起来。

玉灼见他不乱动，还算懂事，便回车前避雨去了。

谢芳华看着孙卓跪在地上恸哭的模样，想着她回京后，被秦铮设计困在英亲王府，跟这位太医打的交道最多。他已经一把年纪，据说想要告老还乡，只是宫里皇上病着，一直不放人。没想到，如今孙太医就这么死了。

孙卓哭了半晌，直起身看向谢芳华的马车，随后走过去，哑着嗓子说："求小王妃指点，我该怎么做？我祖父到底是被谁杀的？您是否知道？"

谢芳华还没说话，城门方向传来一阵急促的马蹄声，似有好多人同时赶来。

玉灼闻声看去，说道："是京兆府来人了。"

孙卓也看向那些人，又急急地对谢芳华说："小王妃，京兆府真能破案吗？这么大的雨，若是找不出凶手怎么办？"

"会找出来的。"谢芳华淡淡道。

她的声音虽淡，却让孙卓有种安心的感觉，他重重地点头："一定要查出凶手！我祖父这么大年纪了，平时也未得罪什么人，怎么会被人这般杀死？"

说话间，那批人马来到近前，共有三十多人，清一色衙门服饰，其中一人一马当先，三十多岁，络腮胡子，戴着官帽，看起来是领头人，他的旁边是共乘一骑的侍画、侍墨。

"前面车里坐的可是小王妃？"那人下了马，上前对着马车行礼，"在下是京兆尹刘岸。"

谢芳华挑开车帘，撑着伞下了车，点点头："刘大人不必多礼。"

刘岸直起身，四下看了一眼，然后疑惑地问："小王妃的两名婢女来报案，说孙太医被……这是怎么回事？"

"我本来要去西山军营，路过此地，发现了孙太医的马车，车夫和他均死在车中。"谢芳华三言两语说罢，道，"现场丝毫没破坏，刘大人带了仵作来吧？"

刘岸点点头，招来两人吩咐了几句，那两人走向孙太医的马车。

谢芳华撑着伞站在原地，等着结论。

侍画、侍墨下了马来到谢芳华身边，二人浑身都是雨水，衣服已经湿透，她们小声说："奴婢二人进城报案很顺利，京兆尹刘大人听说后就来了。"话音刚落，二人又道，"我们报完案去孙太医府时，府中竟然已经得到了消息，说有一个女子提前去报信了。"

谢芳华眯了眯眼睛："查过那名女子是何人吗？"

"我已经传信，着人去查了。"侍画低声说。

谢芳华不再说话。

京兆尹到了马车前，惊呼一声："这是何人和老太医有仇，竟然一刀毙命？"

"祖父除了给宫里看诊，寻常贵裔府邸有事，只要求到祖父，他都会去，从没得罪过什么人。"孙卓愤恨地道，"不知为何今日竟然出了这样的事！"

"仵作，上前验尸。"刘岸退后一步，让开马车。

两名仵作上前，一人给孙太医验尸，一人给车夫验尸，片刻后，二人对换。验尸结束之后，两人商议了一下，对刘岸说出结论："回大人，孙太医是被人一刀毙命，杀人者显然会武功，在太医猝不及防之下正中太医心脏，约莫是一个时辰之前。这名车夫和孙太医一样，也是被人杀害，也是同一时间。"

"除了这些还有什么发现？"刘岸问。

两名仵作对看一眼，摇头："雨下得太大，暂时看不出别的。"

"再看不出别的吗？不能看出我祖父是被何人所杀？"孙卓立即问。

两名仵作摇摇头。

刘岸看向孙卓："你是孙太医的孙子？"

孙卓点点头。

刘岸感叹："刚刚来的途中，我看到孙太医家眷的马车了，应该快到了。先将孙太医的尸首抬回府中吧，毕竟孙太医是太医院的老太医，这桩被杀案案情重大，京兆府会呈报刑部破案。"

孙卓闻言看向谢芳华。

刘岸顺着他的视线也看向谢芳华，对她拱拱手："既然是小王妃发现了孙太医被杀，还请小王妃跟下官走一趟衙门，录个口供。"

谢芳华淡淡地看了刘岸一眼，没答话，转头问那两名仵作："你们确定你们的验尸结果准确？"

那二人一愣。

"京城的仵作就是这么草草验尸的吗？"谢芳华的声音沉了沉。

两名仵作面色一变，齐声道："我二人在这一行做了多年，验尸无数，小王妃质疑我二人的水准，这是从何说起？难道小王妃比我们更会验尸？"

　　"验尸我不会，但是我懂医术。"谢芳华撑着伞走上前，指了指那名车夫胸前的匕首，再指了指车中孙太医胸前的匕首，"你们看看，同样是一击毙命，这两把匕首插入的位置有何不同？"

　　那二人闻言疑惑地看去，仔细看了半晌，摇摇头，看向谢芳华："匕首都是正中心脏，没有什么不同。"

　　"从事仵作多年，被杀和自杀都看不出来？我看你们不用在这一行混了。"谢芳华冷冷地看了二人一眼，"这名车夫明明就是自杀，插入匕首时刻意模仿了孙太医胸口的匕首的插入位置，但还是有细微的偏差。正因为他对准的方位稍微偏了一些，所以他流的血比孙太医多，因为匕首插入后，他没有立即死去，而是过了片刻才死。"

　　"经过大雨的冲刷，他身上的血迹都没了，小王妃又是如何看出来的？"一名仵作道。

　　"他身上的血迹没了，车下的血迹却在，即便下着大雨，一时半会儿也洗刷不干净，尤其这处积水。你们可以看看车下，水坑里的水有多红，对比孙太医所在的位置，车下没多少血迹，就能看出来。"谢芳华道。

　　那两名仵作闻言立即趴下去看，这一看，二人的脸同时白了。

　　刘岸也弯身去看，发现果然如谢芳华所说。他转身，看向谢芳华："依照小王妃的意思，这个车夫是自杀？他为何自杀？是因为孙太医死了，他怕被牵连，还是因为他本身就是凶手？"

　　"这就需要查查这个车夫的身份了。"谢芳华淡淡道。

　　"小王妃说这个车夫是自杀，说匕首的位置有差别，我却看不出来。就算是同时杀两个人，两把匕首插入的位置也不可能分毫不差。"一名仵作道。

　　谢芳华看了那名仵作一眼，还没说话，远处又有一阵马蹄声传来，伴随着马蹄声而来的还有车轱辘压着地面快速行进的声音，她转头看去。

　　刘岸等人也齐齐转过头去。

　　只见马上的人披着雨披，戴着雨具，尽管包裹严实，还是能够认出正是右相府的公子李沐清。他身旁有两辆马车，正是孙太医的家眷乘坐的马车。在他们之后，还有一批人行来，身着刑部衙门的服饰，显然是刑部来人了。

　　看到李沐清，谢芳华的目光动了动。

　　不多时，李沐清来到近前，他翻身下马，走到谢芳华身边，对她温和地道："你没经历过这种事情，我过来看看。"

　　看着李沐清，听着他的话，谢芳华心下一暖。

孙太医被杀案，明显和西山军营杀人案有牵连。孙太医是在去西山军营的路上被杀的，而她随后出城，正好看到案发现场。这件案子牵扯甚广，除了范阳卢氏和赵郡李氏外，还有永康侯府、英亲王府、左相府等，背后定然有阴谋，本可置身事外却自己跳进来实属不明智。英亲王府是怎么都摆脱不了关系的，但是李沐清和右相府完全可以远离这场风暴，如今李沐清却主动出来助她，并且冒着这么大的雨。

"你不必来的，这些事情，我还是能应对的。"谢芳华低声说。

李沐清笑笑："我曾经说过的话，你可还记得？"

谢芳华抿了抿嘴，点点头："记得。"

"你记得就好，就不用我再重复一遍了。"话音刚落，李沐清对刘岸拱了拱手："刘大人，有什么需要帮忙的吗？"

刘岸对于李沐清冒雨出现在这里，一开始分外讶异，但见他来后直接走到谢芳华身边，便记起这位右相府的公子曾经求娶过忠勇侯府的芳华小姐，只可惜天意弄人，最后皇上二度下了赐婚的圣旨，将芳华小姐又许配给了如今的铮小王爷，而他的妹妹被赐婚给了如今的太子。

虽然太子和相府李小姐的大婚未提上日程，但有赐婚的圣旨在，难保李小姐不会成为太子妃，那么李沐清就是太子的大舅子，也许会成为未来的国舅。

虽然李沐清还未入朝，但是凭借他的才华和本事，前途不可限量，刘岸自然不敢得罪。

刘岸脑筋急转，连忙拱手说道："李公子来得正好。仵作毕竟是仵作，不懂武功，如今仵作所验的孙太医和这名车夫的死亡原因和小王妃提出的看法有出入，您是练武之人，可以帮着看上一看。"

李沐清点点头："力所能及之事，在下定然尽力相助。更何况孙太医与右相府也是交情深厚，不能任他年迈却这般被害，所以得到消息之后我就匆匆赶来了。"顿了顿，他又道，"我得到消息之后，派人去刑部报了案。刑部的人也已经来了，马上就到。"

"孙太医的身份不同于寻常百姓，这桩案子要由刑部接管，我这京兆尹怕是办不了这样的凶杀大案。青天白日之下竟然在京城边上杀人，实在可恶！"刘岸道。

李沐清点点头，走上前，仔细地查看孙太医和那名车夫的死因。

刘岸陪同他上前查看。

李沐清看了片刻后，说道："孙太医是被杀，这个车夫是自杀。懂武功的人都晓得，被杀的伤口和自杀的伤口还是有所不同的。"

那两名仵作闻言，脸更白了。

其中一人不甘心地道："李公子，您刚来就与小王妃谈过话吧？"

李沐清眯了眯眼睛，面对二人的质疑，他并没有恼怒，而是淡淡道："我和小王妃刚刚说话并没有避着人，刘大人和众位若是耳目好使，应该都听得清清楚楚。"

那人一噎。

李沐清又道："京中会武功的人不止我一人，刑部的人既然来了，让刑部武功极好的人看看就能看出一二。"

刘岸瞪了那两名仵作一眼，连忙道："李公子说得是。孙太医身份不同寻常，这么多年一直是太医院和皇上以及后宫必不可少的重要医者，关于他的死，一定要慎重再慎重。"

李沐清点点头，不再多言。

片刻间，刑部的人和孙太医的家眷都到了。

刑部来的大人叫韩述，他还没说话，孙太医的两个儿媳妇下了车后便哭着冲上前，对着被害的孙太医哭成一团。

孙卓眼看他娘和二娘要动孙太医的尸体，知道还没验完尸，便拦住二人说："娘、二娘，祖父是被人杀害，如今正在查案，您二人不要动祖父。"

"到底是哪个黑心的要杀公爹？这么多年来，公爹可没得罪过谁！"孙卓娘痛哭道。

孙卓摇摇头。

孙卓二娘接着哭道："大伯不在府中，公爹又出了事，我们府以后可怎么办？"

孙卓咬着唇道："娘、二娘，我一定能查出凶手给祖父报仇！你们先让开一些，让刑部的大人上前查案。"

二人一起点点头，哭着让到一边。

"小王妃、李公子！"韩述上前给谢芳华和李沐清见礼。

"韩大人。"二人依次还礼。

韩述转头看向刘岸："刘大人，目前是何情况？"

韩述比刘岸官大，刘岸连忙见礼，恭敬地回话，将自己来到之后的事情简略地说了一遍。

韩述听罢，说道："这么说，小王妃和李公子跟两名仵作验尸得出的结果不一样？"

"正是。"

"我也带了人来，让他们验验吧。"韩述对身后摆摆手。

有两名仵作立即上前，看了半晌，然后对看一眼，对韩述拱拱手："大人，我二人觉得小王妃和李公子说得有道理。孙太医是被杀，这名车夫是自杀。不过也可能有误，毕竟伤口的差别实在是太小了，还需要找武功高手来验证。"

292

韩述点点头，对后面的两名侍卫招招手："你们过来看看。"

那两名侍卫立即上前，看了片刻，齐齐出声："回大人，孙太医是被杀，这名车夫的确是自杀。一样的匕首，自杀和被杀造成的伤口是有区别的。"

"你们确定？"韩述问。

二人齐齐点头。

韩述看向刘岸："若车夫是自杀，便是一大疑点，先从这名车夫查起吧。"

刘岸连忙道："这等大案，自然是交给刑部彻查。"

韩述叹了口气："孙太医被杀，我要先去奏禀太子。"

刘岸闻言道："我听说太子在得到西山军营出事的消息后便赶去了，如今不在宫里。"

韩述颔首："这个我知道。"话音刚落，他看向谢芳华："小王妃，下官听说你和孙太医准备去西山军营。"

谢芳华点头。

"按理说，孙太医应该和你一起出城才是。"韩述道。

谢芳华看向玉灼。

玉灼立即解释了一遍原因，他解释完之后，又看向侍画和侍墨。

侍画和侍墨补充道："孙太医被杀，疑点重重。我们二人奉小姐之命前去京兆府报案，之后去孙太医府上的时候，发现他们已经得到了消息，据说是一个女子传的信，十分奇怪。"

"竟有这事？"韩述看向孙太医府的家眷。

孙卓立即道："是，一听说祖父被杀我就赶来了。小王妃说她指派了婢女去报案和传信，我本来以为那名女子是她的婢女，但是如今看到她们二人，我敢肯定，报信的那名女子，一定不是她们中的任何一人。"

"也就是说，在我来这里并发现孙太医之前，已经有人先一步知道了孙太医被杀的事情。"谢芳华道。

韩述点点头："这也是疑点。有一名女子在小王妃之前知道孙太医被杀了，可是竟然不去京兆府报案，也不去刑部报案，只知会了孙太医府，实在奇怪。"

"孙卓，你会绘画吧？"李沐清问孙卓。

孙卓点点头："我虽然自小和祖父学医，但也学过书法绘画。"

"你还记得那名女子的模样吗？"李沐清问。

"记得。当时那名女子只跟大门口的看门人说了一句，但我正好要出府，所以看了她一眼。"孙卓说，"那女子离开后，我告诉了我娘和二娘就骑马赶来了。"

"这样，你将她的模样画出来。"李沐清道。

孙卓点点头，立即对韩述道："韩大人，现在就回城吗？回去之后，我立刻就能将那名女子的模样画下来。"

韩述犹豫了一下，看向谢芳华："小王妃，天色不早了，您还打算去西山大营吗？"

"自然要去，韩大人还有什么需要我做的吗？"谢芳华问，"若是录口供，我的两名婢女可以代替我去。"

韩述连忙道："皇上又病倒了，但是孙太医被杀案实在是重大，我必须尽快禀告给太子殿下知道，因此必须立即去一趟西山军营面见太子。若是小王妃也去西山军营的话，下官正好与你同路。"

"那这里呢？"谢芳华问。

"刘大人既然在这里，还有刑部的这些人，让他们收拾好这里，把人带回去。"韩述道，"孙太医被杀，恐怕与西山军营的案子有牵连。我执掌刑部，若是想将这桩案子查个水落石出，早晚都要走一趟西山军营，不如现在就去。"

"也好。"谢芳华点头，看向李沐清。

李沐清颔首："我左右无事，和你去一趟西山军营吧。天色不早了，下这么大的雨，我不太放心。"

"多谢。"谢芳华也不推辞。

就此商定后，韩述将刘岸叫到一旁，二人商量片刻，他又叫来刑部的人，吩咐了一番。

孙卓立即上前来，看着谢芳华："小王妃，我祖父……"他顿住，咬了咬唇瓣，"你要去西山军营，那我祖父的案子，真能破吗？"

"只要是人做下的，就一定能破，更何况还有这么多线索。"谢芳华看着他，见一旁两个女人哭成一团，不像是能主事的样子，看来只有这么一个少年能挑起大梁了，没想到孙太医府上人丁这么单薄。她想了想，道，"这样吧，你先跟随刑部的人回去，我会传信回英亲王府，请王妃照应此事，同时尽早破案。"

"多谢小王妃！"孙卓恭恭敬敬地对她一礼。

他觉得若不是谢芳华，那个车夫是自杀的事情一定无法揭露。更何况他自小就跟在祖父身边接受教导，近来，祖父时常说起忠勇侯府的小姐不一般，医术出神入化，自己钻研了一辈子医术却不及她，真是天外有天、人外有人云云，还说若是有机会，他能跟她学一二，定然对他的医术大有裨益，言语间全是欣赏。所以，冷静下来后，比起京兆府和刑部，对于祖父被杀一案，他更相信谢芳华。

不多时，韩述已经吩咐完毕，玉灼重新套上马车，谢芳华坐进了车内。

李沐清和韩述都披上雨披，一起上了马。

一行人向西山大营而去。

离开案发现场后，侍画、侍墨低声对谢芳华说："多亏李公子请来了刑部的人，若没有李公子，小姐定然还会再耽搁许久，无法现在就去西山军营。"

谢芳华不语。

"小姐，今天这事实在奇怪，好端端的，孙太医竟然就这么被人杀了。"侍画又道，"京城各府邸此刻定然都已经得到了消息。您说，若是为了阻止孙太医去西山军营，那阻止孙太医一个人有什么用？就算他死了，还有小姐呢，小姐的医术可比孙太医高。"

"那不同。孙太医是太医院的老太医，在京中多年，从来不参与各府邸和宫闱之事。"侍墨道，"小姐就不同了，小姐医术虽高，但是无官阶，除了救过八皇子和永康侯夫人被议论过一番外，具体高明到什么程度外人都无从得知。"

侍画点点头，还想说什么，见谢芳华不言声，便住了嘴。

侍墨也不再出声。

谢芳华静静地靠着车壁坐着，一直不言语。

雨似乎更大了，噼里啪啦地打在车顶上。除了雨，大风也无情地敲打着赶路人。

过了一会儿，谢芳华忽然说："哥哥走了三天了吧？"

"是，小姐。"

"看起来这场雨下的范围挺大的，哥哥在路上应该也会赶上这样的雨。"谢芳华道。

侍画、侍墨点点头："小姐不必担心，这么大的风雨，若是顶不住，侯爷会找地方落脚的，毕竟还有怜郡主跟着。"

谢芳华颔首。

马车继续往前走，除了风雨敲打声，再无别的声音。

这样走了十几里路，刚拐上前往西山大营的山道，忽然山坡上传来一阵声响。

李沐清大喝一声："快后退！"

玉灼反应很快，立即拽紧马缰，马车倒退了好几步。

李沐清纵马上前，拦在马车前，挥手夺过马缰用力一勒，马车又噔噔噔地退了十几步。

紧接着传来巨大的砰砰声响，似乎有什么重物从山坡上滚落下来。

侍画、侍墨一惊，刚要出去，谢芳华抬手拦住二人，伸手挑开了帘幕，只见前方山坡上正有几十块巨石从半山腰处一路滚下来。刚刚若是躲避不及被巨石砸中，定然车毁人亡。

她面色一寒，转头去看李沐清。

李沐清也正勒着马缰向她看来。

玉灼的脸已经吓白了："这里……怎么会有山石滚落？"

"有山石滚落自然是人为！"谢芳华将拇指和食指放在唇边，轻轻吹了声口哨，身后十多米的暗处忽然有十数黑衣人现身，并如箭一般向半山腰巨石滚落的地方奔去。

李沐清本来也要喊人，见此放下手。

刑部的韩述也吓得够呛。刚刚他是和李沐清并肩骑行的，事情发生的第一时间李沐清将他的马推后了数步，自己则拦在他前面，他眼看着巨石堪堪从李沐清面前滚过去，李慕清的武功只要差那么一点儿，就会被巨石砸死。

巨石震天动地地响了一阵后，将面前的路彻底堵死。

"这……这条路上，怎么会……即便雨下得再大，这么多的大块山石也不可能一起滚落，偏偏还在我们路过之时。"韩述恼怒地道，"到底是什么人？岂有此理！"

"等片刻就知道了。"谢芳华沉静地道。

"今天的事情真是不同寻常。"李沐清忽然笑了，"多年来从没遇到过这么有意思的事情，先是昨日半夜西山军营杀人案，紧接着是孙太医被杀案，如今自己又遇上了巨石谋杀案。"

"西山军营和京城仅仅隔了三十里，这条路刚走了二十里，还差十里。这么巨大的石块，一块就是百来斤，搬完之后，天都黑了。"韩述道。

"天黑也要去军营，我倒要看看，西山军营有什么去不得的！"谢芳华冷笑。

韩述忽然发现，小王妃面容冷下来的时候，看起来分外凌厉肃杀，与寻常女子大为不同，遇上这等场面，若是寻常女子恐怕早吓得腿软了，怪不得能得铮小王爷费尽手段娶回府。

等了大约两盏茶时间，轻歌带着人返回，对谢芳华道："没见到人，巨石是早先就布置好的。山的另一头安装了机关，只要拉动铁绳巨石就会滚落。我们到时人已经没影了。"

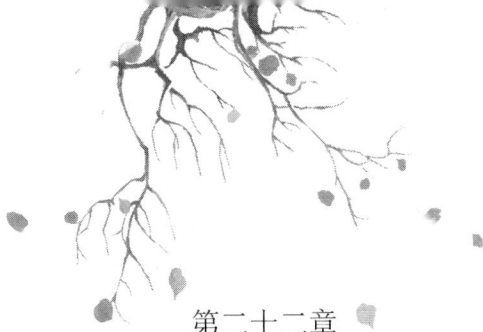

第二十二章
# 驭狼之术

谢芳华抿唇，没想到巨石滚落是因为设置了机关，她看向李沐清。

李沐清问轻歌："设置了什么样的机关？你可否描述一下？"

"是用机簧设了滚轮和铁索，只要拉动机簧，铁索拽动滚轮，滚轮前滚，撞上巨石，巨石就会顺着山坡滚落。"轻歌道，"滚轮大约有十个，一起滚动，加起来足有百斤重，才能撞下巨石。"

"这么巧妙的机关，不是一朝一夕能布置成的。"李沐清道。

谢芳华点点头。她也精通机关之术，知道若是布设这样的机关，除了需要精通奇门之术的人外，还要有一定数量的大力士，才能将巨石聚集到半山腰上。而且这里距离西山军营不过十里，能在京城和军营之间不声不响地完成这番安排，不是什么人都能做到的。

"表嫂，如今怎么办？"玉灼看着前面堆成一座小山的巨石，问道。

谢芳华没说话。

韩述道："这么多巨石，若是靠人力挪开，我们这几人就是挪到天黑也挪不完。"

李沐清点点头："有一个办法能尽快将这些巨石弄开，打通被堵上的道路。"

"李公子，什么办法？"韩述立即问。

"土火药。"李沐清道。

韩述面色一变："土火药可是军用之物，放在军库房里，没有皇上的令牌谁也拿不出来。"顿了顿，他又道，"就算我们现在回京去请旨，皇上答应给土火药，一来一回天也黑了。"

李沐清看向谢芳华。

谢芳华忽然说："天黑了又如何？"

韩述一怔。

谢芳华忽然眯起眼睛："杀孙太医、设巨石机关，无非阻拦去西山军营的人。为何阻拦？就算阻拦了今日，那么明日呢？不是一样要去？"

李沐清忽然接过话："明日也许就晚了。"

"对，明日也许就晚了。"谢芳华心神一凛，"有人不想孙太医去西山军营，也不想我去西山军营。"

韩述一惊："难道说背后做这些的人，怕孙太医和小王妃去了西山军营后发现什么？"

"据说西山军营的仵作不堪用，秦铮请我和孙太医去验尸。"谢芳华面色冷然，"尸体一定有问题。"

韩述立即道："这么说，今日我们一定要到达西山军营了？"

"嗯。"谢芳华点头。

"那这些巨石……"韩述咬牙，"难道我们搬开？"

"搬开倒不必。"谢芳华转头对轻歌说，"半个时辰之内能弄来火药吗？"

"能。"轻歌颔首。

谢芳华对他摆摆手。

轻歌的身影瞬间消失了。

韩述见此，大惊失色："小王妃，你这是要私自去弄土火药？火药可是军用之物，若是被皇上知道，那……私用军火，可是大罪！"

谢芳华淡淡地看着韩述："韩大人，西山军营案若不查个水落石出，会牵连多少府邸、多少人，你知道吧？另外，孙太医被杀案也许就因为这条被阻之路而不能真相大白。私用军火，皇上降罪我等几人，与案件的真相相比，孰轻孰重？"

韩述一噎。

"再说，这么大的雨，所有的痕迹都会被冲刷掉，别人能设连环障碍，我们为何不能悄无声息地用军火？拿不出证据，谁又能证明我们用了军火？"谢芳华看着他。

韩述一愣。

"韩大人若是怕担干系，就不该跟着我们走这一趟，现在回去还来得及。"谢芳华又道。

韩述脸色变幻片刻，看向李沐清。

李沐清对他一笑："是我考虑不周，将大人请出城，以致卷了进来，我十分抱

298

歉。小王妃说得对，大人若是现在离开回京还来得及。若是担心路上的安全，我派人护送大人回京。"

韩述似有挣扎，片刻后，还是摇摇头："小王妃说得对，这么大的案子若是不查个水落石出，会牵连无数人。就算……私用军火，也是因为事急从权。雨下得这么大，洗刷了痕迹的话，我们只要不承认，谁也拿不出我们用了火药的证据。"

"韩大人是聪明人，也是难得的正直之人，南秦朝堂就需要更多像大人这样秉公办事之人，这也是沐清前往刑部请大人走一趟的原因。"李沐清道。

"李公子过奖了。"韩述连忙摆手，"下官执掌刑部，在其位，担其责，对得起自己这一身官服罢了。"

谢芳华闻言，不由得对韩述另眼相看，能说出这番话的人，的确担得起李沐清的夸奖。

不到半个时辰，轻歌去而复返，出现在谢芳华面前："主子，火药拿来了。"

谢芳华看着他："这么快？"

轻歌凑近她，压低声音说："在云澜公子的府邸拿的，您知道，云澜公子的府邸在城外五里，他的府邸离这里最近。"

谢芳华点点头，对他道："炸吧。"

轻歌颔首，拿出土火药。

谢芳华摆手："都退后。"

玉灼立即勒着马缰绳使得马车倒退，韩述和李沐清跟着马车一起倒退。

轻歌将土火药逐一埋在巨石下雨淋不到的地方，埋好后，他退回谢芳华身边，取出火折子将手里的火把点燃，然后将火把朝着巨石缝隙下的引线扔了过去。

火把在被大雨浇熄前便落到了巨石下的引线上，紧接着，引线被点燃，砰砰砰数声震天动地的声响过后，巨石被炸得粉碎，碎屑有的飞到空中，有的溅开。

谢芳华、李沐清、轻歌、玉灼、侍墨、侍画均有武功，都挥手打开了溅到面前的碎石，可惜韩述只会些强身健体的招式，所以脸上、身上被划出了好几道口子，有些狼狈。

巨石炸开，震天动地地响了一阵后，四周便恢复平静，只有空气中还飘着浓浓的火药味。

"好厉害的火药。"韩述骇然地看着小山一样的巨石被炸了个粉碎，心有余悸地看向谢芳华身边的轻歌。

轻歌黑衣蒙面，只露出一双眼睛，扫也没扫韩述一眼。

"这样的土火药可比军库的土火药威力大多了。这还只用了一小袋，我见过军库里的土火药，若是要炸毁这些巨石，少说也要用三四袋，这……"韩述又看向谢芳华。

谢芳华不置可否，对轻歌摆手，轻歌立即隐去身形退了下去，她道："走吧。"

玉灼立即松开马缰，马车沿着炸开的通道向前行驶。

韩述看向李沐清。

李沐清笑了笑："韩大人，不是什么人都能开这个眼界的，你我今日有幸，请。"

韩述点点头，抹了抹额头的汗纵马上前，隐约可见他的身子轻颤着，可见刚才的震撼。

一行人走过之后，大雨很快就洗刷了刚刚留下的火药味，将地上的痕迹也一并冲洗个干净。

行出三里地左右，几人忽然听到了一道奇怪的声音。

谢芳华细听之下，面色一变，立即挑开帘幕对玉灼轻喝："停车。"

玉灼一哆嗦，立即勒住马缰，回头看向谢芳华："怎么了表嫂？"

谢芳华没说话，看向前方一片山坳，片刻后忽然问李沐清："你听到什么声音没有？"

李沐清也正看向那一处，面色凝重："好像是狼的声音。"

谢芳华心下一沉："若是你也听见了，那我就没听错，不只是狼的声音，还是狼群的声音。"

韩述大惊："京城方圆百里怎么会有狼群出现？"

他话音刚落，那处山坳中忽然又传来一声狼嚎，紧接着，狼嚎一声接一声地响起，一匹匹狼从山坳里露头，共有数百匹之多，在大雨中黑压压的一片。

狼群虽然距离还远，但是马已经不安地踢着蹄子颤动起来。

侍画、侍墨的脸顿时白了，她们一左一右将谢芳华护住："小姐，怎么办？我们快走吧！"

"走？跑得过狼吗？"谢芳华眯起眼睛。

侍画、侍墨顿时无声。

"狼怕火，快，点火把！"韩述大喊。

"韩大人，如今下着这么大的雨，即便我们撑着伞点火把，火把被风一刮加上雨的吹打很快就会熄灭。这不像刚刚点火药时只消片刻，只要狼群围上来，火把坚持不了多久。"李沐清道。

"那……那怎么办……"韩述使劲拽着马缰，他身下的坐骑已经不听他掌控，想要跑开。

谢芳华抿唇。

玉灼忽然小声说："表嫂，我学过狼语，可以驭狼，但是，我从来没驭过这么

300

多狼，不知道能不能控制它们……"

谢芳华本来思索的想法立即打住，对他道："你学过最好，一匹狼和一群狼本质上没什么区别。"话音刚落，她道，"你现在就开始，找到狼王，试着驾驭它。只要控制了狼王，群狼就不会攻击我们。"

玉灼重重地点点头，扔了马缰，忽然站起身，学着狼嚎高叫了一声。

本来正在向这边奔跑的狼群忽然顿了一下。

"管用的，玉灼。"侍画一喜。

玉灼又高叫了一声。

冒雨而来的狼群虽然有短暂的停顿，但也不过一瞬，随即又拥了过来。

玉灼一声又一声地叫着，连续不断。

不过片刻，群狼已经蜂拥来到距离谢芳华等人不足十丈处。

侍画、侍墨抽出腰间的剑，紧紧地护住谢芳华。

韩述已经吓得面如土色，李沐清也抽出腰间的剑护住韩述。

轻歌带着十几个人悄无声息地出现在马车后，人人面色肃穆，随时准备拔剑。

玉灼忽然一改之前的狼嚎，发出尖锐的声音，群狼忽然齐齐停住，打头的一匹大公狼抖了抖身上的狼毛，露出尖锐锋利的狼牙，一双眼睛在雨中冒着吃人的绿光，盯着玉灼。

玉灼伸出手，平稳地往外推，口中慢慢地说："退去，退……"

大公狼一动不动地站着，它身后的狼群也一动不动地站着。

玉灼眼睛紧紧地盯着头狼，手保持着推送的动作，口中一直说着"退去"。

过了片刻，大公狼忽然动了，但不是退后，反而向前迈了一步。

"退！"玉灼大喝一声，眼睛里冒出和狼王一样凶狠的光。

大公狼顿时又止步，头不安地晃着，尾巴用力地甩着，一双狼眼中露出挣扎。

"退！"玉灼又大喝了一声。

大公狼忽然又上前一步，然后又猛地止住，两条前腿忽然抬起，两条后腿着地，整个身子立起来，呈向前扑的捕食之势。

玉灼脸一白，眼看就要支撑不住了。

谢芳华低声说："稳住，让它退。"

玉灼又大喝了一声："退！"

大公狼浑身毛发竖起，用力地抖了抖，忽然掉转身子吼了一声，群狼跟着掉头，沿来路折返了回去。

韩述见此，长长地松了一口气，软软地趴在了马背上。

李沐清也松了一口气，将宝剑收回腰间。

玉灼腿一软，跌坐在马车上。

马踢了踢蹄子，安静下来。

侍画、侍墨松开了谢芳华，喜道："小姐，玉灼成功了，狼群真的走了！"

谢芳华一动不动，看着狼群离开的方向。

侍画、侍墨齐齐偏头看向她，见她目光飘忽，似乎看着狼群离开的方向又似乎没看，身子虽然坐着，但是分外僵硬，脸色隐隐发白。

二人对看一眼，齐齐低喊："小姐？"

谢芳华回过神，眼睛慢慢地聚焦，身子却忽然轻轻颤了起来。

侍画、侍墨又对看了一眼，分外奇怪。小姐不像是惧怕狼群之人，一直极其冷静，刚刚还让玉灼稳住，可是为何狼群撤去之后反而这样？她俩顿时担心起来，又齐声唤她："小姐？"

谢芳华慢慢地低下头，沉默片刻，忽然冷静下来，对身后道："去查为何会有大批狼群出现。京城距离西山军营不过三十里，方圆五十里内都要查个彻底，定要揪出些东西来。"

"是。"轻歌应了一声，一摆手，带着人退了下去。

谢芳华看了玉灼一眼，见他小脸刷白，身上的衣服已经湿透，她对侍画和侍墨道："你们去赶车。"然后又道，"玉灼进车里来。"

侍画、侍墨见她已经无事，一起出了车厢，见玉灼还跌坐在车前，伸手一推，将他推进了车里。

谢芳华伸手扣住玉灼的手腕。

玉灼吓了一跳："表嫂？"

"别动，我运功给你烘干衣服，否则一直穿着湿衣服容易发热。"谢芳华道。

玉灼点点头。

不出片刻，玉灼身上湿透的衣服渐渐被烘干。等衣服全干后，谢芳华放下手问他："你的驭狼术是谁教的？"

"我自己学的。"玉灼道。

"嗯？"谢芳华看着他。

"真的是我自己学的。"玉灼挠挠脑袋，"我读过一本《狼兽记》，上面说了驭狼术。我抓了一匹狼练过，发现真的能驾驭它便又多抓了几匹练习，但这是第一次对着几百匹狼施行，险些支撑不住。"

"《狼兽记》……"谢芳华抿唇，"是什么样的书？你可还记得？和我说说。"

玉灼眨眨眼睛："表嫂，你对驭狼有兴趣？"

谢芳华目光飘忽了一瞬，点点头。

玉灼立即说了起来："《狼兽记》上面记载……"

谢芳华静静地听着。

过了两盏茶，玉灼止住话，看着谢芳华，试探地问："表嫂，你若是想学，我可以教你。"

谢芳华摇摇头，低声道："若是我猜得不错的话，你的这本《狼兽记》只是一块绢布而已。"

玉灼立即睁大眼睛："你怎么猜到的？"

谢芳华靠在车壁上，不答话。

玉灼看着她，发现她有些不对劲，小心地问："表嫂，你……没事吧？是不是不舒服？"

谢芳华摇摇头："没事，你那块载有《狼兽记》的绢布可还在？"

玉灼点点头："在，但是我没随身带着，在平阳城的家里呢。"

谢芳华又沉默下来。

玉灼一脸担心地看着他。

过了一会儿，谢芳华道："你的《狼兽记》是在哪里得到的？"

玉灼想了想，说："是几年前表哥去平阳城，我央求他教我几招厉害的武功，他就给了我《狼兽记》。"

谢芳华忽然扣紧车壁，声音低哑地问道："是他……给你的？"

"是啊，是表哥给我的。"玉灼肯定地说。

谢芳华抿唇，慢慢地道："这么说，他知道你学会了驭狼术？"

玉灼点点头："我爹娘将我托付给表哥后，表哥曾问过我都会什么，我跟表哥说过这个。"

谢芳华忽然扯了扯嘴角："你都会什么？"

"王家的家传武功和玉家的家传武功我都会，除了武功还学了医术和毒术，但是这两样只能自救和自保，不精通，另外就是兵法和机关还有这项驭狼术。"

谢芳华笑笑："待今日事了，派个人去平阳城，将那《狼兽记》拿来给我看看可好？"

"好啊。"玉灼立即说，"我收藏在一处地方，这就告诉你，你派人去拿就是了。"话音刚落，他凑近她，小声地说了藏匿地址。

谢芳华点点头，表示记下了。

经过孙太医被杀、巨石机关拦截、群狼围攻三重凶险，其他人还好，韩述这个虽然掌管刑部多年，但未曾经历过这等生死一线场面的人有些吃不住了，趴在马上，浑身发软。

李沐清看着他，关心地问："韩大人，你没事吧？"

韩述无力地摇摇头。

"你是否身子不适？"李沐清又问。

韩述轻颤着说："我还坚持得住。已经不远了，这回应该再没事情了吧？"

李沐清摇头："说不准。"

韩述闻言，刚要坐直的身子又无力地趴回马上："到底是什么人？这般连环设伏是要置我们于死地啊！刚刚若不是玉灼驱走了群狼，我们现在怕是已经被狼群撕碎了。我活了半辈子，刑部的大案件也参与了不少，可是从来不曾见过今日这般凶险的情况。"

李沐清叹了口气："京城一直不平静，以前表面上还能粉饰太平，如今连这表象也没了。"

韩述跟着叹了口气。

李沐清看向西山军营的方向，目光仿佛穿透了如珠滚落的大雨，神色莫名。

过了一会儿，韩述忽然小声问："李公子，小王爷身边的书童是何来历，你可知道？"

李沐清点点头："他是太后母族王氏族内一个嫡出女子所生的孩子。"

韩述一怔："我掌管刑部，对各大世家的卷宗可谓了如指掌，是哪个女子？"

"王倾媚。"

韩述面色一变，声音又压低了几分："是和北齐玉家嫡子有牵扯的那个王倾媚？"

李沐清点点头。

韩述沉默片刻，忽然叹息一声："三百年前，天下大乱，各大世家择明主而投，王家投了秦，玉家投了齐，漠北一战，王家和玉家损失惨重。数年征战，军费损耗过巨，百姓苦不堪言，两方只能休战，南秦和北齐自此分庭抗礼，一晃就是三百年。王家和玉家视对方为仇敌，没想到这一代竟然出了个王倾媚和玉启言，怪不得他姓玉。"

李沐清不说话。

韩述又低声道："铮小王爷可真是天不怕地不怕，竟然堂而皇之地将这个玉灼收在身边做书童，一点儿也不怕皇上和太子责难。"

"你以为皇上和太子不知道？"李沐清摇摇头，"王家毕竟是太后的母族。"

韩述闻言仔细一想，顿时恍然："是啊，王家是太后的母族。自从南秦建朝后，王家除了出过一位帝师和送了一个太后进宫外一直甚是低调，只安于泰安，做着泰安伯。"

李沐清笑笑，不接话。

韩述亦不再多说，有些事情是不能说出来的。

谢芳华自从调养身体、恢复功力后，灵敏的耳目自然也回来了，韩述即便刻意压低声音，她也能听到车外的对话，心里想着，王家不是安于泰安伯，不过是不得不安于泰安伯。

说白了，王家男儿无大才之人，不能求鼎盛，若是再乱为，那么休养了二百八十年的王家也许会一朝倾覆，王家不能重蹈二百七十九年前的覆辙。

所以，王家只能求稳。

玉家和王家的情况又不同。玉家代代出英才，只不过这一代两个有才华之人先后出了事：一个是玉启言，另一个就是言宸。玉启言看中了仇敌的女儿，两人双双不容于家族，只能离家在外筑巢。言宸则是到了无名山，下山后，因被她的约定束缚，暗中为她建立天机阁，如今方回了玉家，却还是为她。

无论是王家还是玉家，内里都是一潭浑水。

其他世家如今也一样，比如范阳卢氏、赵郡李氏、清河崔氏等。其实，若论起来，谢氏自从分宗分族后没了利益等千丝万缕的牵扯，如今反而成了内部最平静的那个。

接下来的一段路再未遇到任何凶险之事，一行人顺利地来到了西山大营。

西山大营营门紧闭，门前有站岗的士兵，手拿长枪缨矛，在雨中神情肃穆。

侍画、侍墨停下马车，挑开帘幕，玉灼先跳下车，谢芳华随后打着伞也下了车。

李沐清和韩述下了马。

玉灼看了谢芳华一眼，见她点头，他上前说："奉小王爷之命，接了小王妃前来，速速通报。"

有一名士兵向里面走去。

等了多时，不见里面有人出来，谢芳华微微蹙眉，偏头看向李沐清。

李沐清面色凝重："不会是出了什么事情吧？"

谢芳华一凛。

韩述看了一眼天色，抖了抖身上已经被雨打湿半截的衣服："再有半个时辰天就黑了。"

谢芳华抿唇，提脚向里走。

她刚一动，守门的士兵齐齐拿着长枪上前，拦在了她面前，其中一人严肃地说："这里是军营，小王妃请止步，没有命令，不能踏入。"

"若是硬闯，是不是会获罪？"谢芳华问。

那名士兵提着长枪的手顿时一紧，众士兵一惊，心中警惕起来。

李沐清上前一步，对谢芳华说："擅闯军营自然有罪，即便你武功高也奈何不了蜂拥而上的士兵。驻扎了三十万大军的军营不是任人来去的摆设。既然是秦铮兄请你来这里，再等等。"

谢芳华点点头。凭他们几个人自然是闯不进去的，这个道理她懂。

时间一点点过去，眼见天要黑了，里面终于有了动静。

那名去报信的士兵走出来，和他一起出来的还有一个老太监。

谢芳华认出这个老太监正是吴权，她打量了他一下，见他一脸凝重地走出来，步履匆忙。

大门打开，吴权看了一眼，顾不得见礼，立即说："小王妃，快，随老奴进来！"

谢芳华闻言立即迈了进去。

李沐清和韩述、玉灼、侍画、侍墨等人跟在她身后。

吴权见李沐清和韩述跟进来，他并未阻止，只一边急匆匆地走着，一边说："小王妃，您怎么这时候才来？"

谢芳华看了他一眼："路上遇到点儿事儿。"

吴权回头看了谢芳华一眼，见她神情平淡，他又说："当时说的是孙太医一起来，难道雨下得太大，老太医没来？"

"孙太医先我一步出了城，在京城五里外的路上被人杀了。"谢芳华道。

吴权一惊，猛地停住了脚步。

谢芳华看了身后的韩述一眼："刑部的韩大人正是为此事而来。"

吴权不愧是陪伴皇帝多年、见惯生死的大总管，一惊之后，匆匆向前走去，不再询问。

谢芳华却看着他，有了想问的话："公公您怎么在这里？皇上难道也来了？"

吴权摇摇头："皇上没来。西山军营出了事，太子得到奏报，禀报了皇上，皇上派太子和老奴走一趟。"

谢芳华颔首："秦铮呢？如今在何处？"

吴权立即道："在大营内。"

谢芳华见他脚步匆匆，面容忧愁，追问道："公公，秦铮他是不是出了事？"

吴权脚步不停，点头："不瞒小王妃，是出了大事。"

"秦铮怎么了？"谢芳华上前一步，一把拽住了他。

"哎哟，小王妃您先别急。不是小王爷一个人出了事情，还有太子殿下。您懂医术，就盼着您来了。快去看看吧，您去看看就知道了，军中的大夫都看过了，不知是什么原因。太子殿下和小王爷两个时辰前就昏迷了，至今不醒。"

谢芳华一惊，还有秦钰？他也昏迷了？她立即松开吴权，顾不得再问，跟着他疾步向前走。

走过演练场，绕过一排排营房，来到一座高大的房屋前，这里就是统领平时处理公务的大堂，也是秦铮平时待的地方。

306

吴权回头看了谢芳华一眼，领着她走了进去。

屋内聚集了一群人，或坐或站，其中谢芳华认识的人有左相、永康侯、兵部尚书以及新上任的兵部侍郎崔意芝，余下几个老者和身着品级很高的军服的将领她从未见过。

吴权领着谢芳华进来后，对上首的人说道："小王妃来了，还有右相府的李公子和刑部的韩大人。"

基于谢芳华救了自己的女儿卢雪莹，左相见到她，和气地点了点头，问："只有小王妃来了？孙太医呢？"

吴权回头看谢芳华。

谢芳华回头看韩述。

韩述也见到了左相和永康侯，二人均比他官大，他连忙上前见礼："左相、侯爷，孙太医在来的路上被人杀害了。下官听说太子殿下在此，觉得孙太医的身份不同于寻常百姓，另外也因西山军营之事，孙太医才在来的路上被杀，所以下官一是来禀告太子，二是为查案而来。"

左相一怔，难以置信："孙太医被人杀了？"

永康侯则是大惊，看着韩述："韩大人，你怎么这么狼狈？"

众人也发现韩述脸上有几道口子，口子虽然不大，但被雨水一泡已经发白发肿，他身上的衣袍也有好几道口子。朝中大员这么狼狈实属罕见。

韩述叹了口气，心有余悸地道："一言难尽，下官和小王妃、李公子等人在路上遇到了连番谋杀，差点儿到不了这里。"

永康侯立即追问："怎么回事？"

话刚出口，谢芳华立即打断他，对吴权道："秦铮在哪里？带我去见他。"

"在内室，小王妃快请。"吴权连忙领着她向里面走去。

谢芳华快步跟上他。

李沐清自然跟在谢芳华身后。

左相站起身，也道："太子殿下和小王爷的安危要紧，其余的事情暂且搁下。"话音刚落，他跟在两人身后走了进去。

永康侯点点头，止住话，连忙跟了进去。

那几名老者对看一眼，也跟了进去。

进了内室后，谢芳华一眼便看到秦钰和秦铮并排躺在床上，闭着眼睛一动不动。她疾步走到近前，秦铮正好在窗边，她一把扣住了他的手。

谁知刚触到秦铮的手，他的手心处便传出一团紫光直击她的手，谢芳华猝不及防，被这团紫光弹得猛地后退。

因为太突然，谢芳华丝毫没有准备，幸好李沐清站在她身后，及时伸手托住了

307

她，她才没被弹出屋外或跌倒。

谢芳华站稳，低头看了一眼自己的手，只见手心处破了一个小洞，正有血流出。

李沐清也看到了，面色一紧，立即问："怎么回事？"

谢芳华摇摇头。

吴权从后面走上前，一见之下，哎哟了一声立即告罪："老奴该死，刚刚竟然忘了提醒小王妃！自从太子殿下和小王爷昏迷后就无人能碰，别人一碰，小王爷的身体就会自动释放出大力弹开碰触的人。"

谢芳华眯了眯眼睛："他是怎么昏迷的？"

"老奴陪太子殿下来到军营后，小王爷支持一个仵作的说法，要对范阳卢氏的卢艺剖尸。范阳卢氏的人自然不准，因为这样死者就没有完整的尸首入土。左相也不同意，太子殿下也认为不可行，但是小王爷说若不剖尸，怕是验不出真正的死因。总之，因为此事，二人起了口角进而动了手，结果同时昏迷了。"

"他们动手多久？过了多少招？"谢芳华问。

"没过几招就齐齐昏迷了。"吴权也甚是不解，"老奴就在一旁看着，不知为何。"

"他们起争执的地方在哪里？"谢芳华问。

"在外殿。"吴权道。

"既然他们不容人碰触，那是怎么移到床上来的？"谢芳华又问。

吴权立即道："小王爷不让人碰，但是太子殿下让人碰。不知为何，小王爷和太子殿下昏迷后，手掌吸在一起难以分开，挪动太子，小王爷自然跟着挪到床上了。"

谢芳华忽然上前一步，又去碰触秦铮。

吴权立即说："小王妃，小心！"

李沐清伸手拦住谢芳华："他如今十分奇怪，眉目间隐隐有气流滚动，经络中有真气乱窜，像是走火入魔。"

谢芳华摇摇头："他不是走火入魔。"话音刚落，她停了手，朝身后看了一眼，"除了吴公公、李公子外，都请出去。"

左相顿时面色不善："小王妃，这是何意？"

"救人！"谢芳华道，"我救人时，不喜欢有人在一旁看着。"话音刚落，她看向永康侯，"侯爷应该知道，我救侯爷夫人时，便不准人围观。"

永康侯点点头："左相，咱们出去等着吧。"

"小王妃确定能救太子和小王爷？"左相站着不动，"他们是怎么回事？"

"这就要问太子了。"谢芳华冷笑了一声，"左相若是好奇，等太子殿下醒来你问他。"

左相一噎。

谢芳华不再多言，摆明了让他们出去。

左相一拂袖转身走了出去，众人也随着他出了内室，只剩下吴权和李沐清。

谢芳华对李沐清说："不是走火入魔，是秦钰曾经要对我下同心咒，被秦铮给挡了，如今这是同心咒发作。"

李沐清一怔："竟有这事？"

谢芳华想到当日在平阳城，秦钰行事诡秘，她救七星不成，虽然伤了他但也被他算计，若不是秦铮将咒引到自己身上她便中咒了，后果不堪设想。这件事情当然被秦铮、秦钰合力给瞒下了，李沐清不知道也不奇怪，但是如今她需要他的帮忙。

"我能做什么？"惊讶过后，李沐清看着床上并排躺着的二人，问道。

"我虽然不知道同心咒的解法，但是觉得有一个办法可以一试。即便解不开同心咒也能分开他们，一旦分开他们自然就会醒来。"谢芳华道。

"什么办法？"李沐清问。

"秦钰心口的血，"谢芳华道，"你帮我放些。"

李沐清一愣。

吴权大惊失色："小王妃，这可使不得啊！这可是太子，身体发肤受之圣上和皇后——"

"吴公公，"谢芳华打断他，"皇上这些日子其实是在装病吧？"

吴权身子一颤，惊骇地看着谢芳华。

谢芳华笑了笑，转头对李沐清道："你若是不敢动手，那么只能我亲自来了。"

李沐清也惊了片刻，见吴权在谢芳华说了那句话后立即垂下头，不敢再阻拦，他摇头，抽出匕首跳到床的里侧，在秦钰的心口上轻轻划了一刀，那里顿时有鲜血流了出来。

谢芳华没拿碗，她催动功力，用真气牵引鲜血来到秦铮的眉心处。

秦铮的眉心处隐隐有一个红豆大小的颗粒，顷刻间就将秦钰的血吸收了进去。

大约半盏茶后，秦钰的手忽然动了动。

谢芳华立即对李沐清道："收手！"

李沐清撤回匕首，跳下床。

谢芳华刚要撤回手，秦钰忽然睁开眼睛，伸手去攥谢芳华的手。然而旁边伸出一只手，比他快一步攥住了她的手。

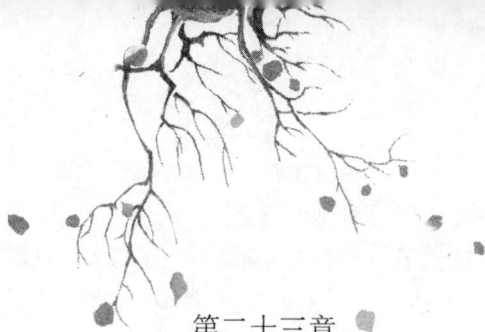

第二十三章
# 死无对证

那正是秦铮的手，谢芳华被他握住，这回并没有被他弹开。

他体内乱窜的气流似乎一下子平静下来，再无波动。

谢芳华暗暗松了一口气，低声问他："能自己起来吗？"

"你拽我起来。"秦铮道。

谢芳华点点头，伸手将他拽了起来，他慢慢地下了床，回头看向床上。

秦钰的心口被鲜血染红了一片，而且血还在流，他伸出的手不知何时收了回去，垂放在身侧。秦钰安静地躺在床上，偏着头看向谢芳华。

秦铮冷笑："你催动同心咒，把自己也搭了进去，到底打的什么主意？"

秦钰眯了眯眼睛，没答他的话，目光定在谢芳华脸上："你竟然用这种方法破除同心咒？"

"若不是怕伤到他，我今天就不是只放你心口这点儿血，而是剜出你的心，拿出那母咒碾死。"谢芳华想起被他下同心咒的情形，语气冷冽地道。

秦钰忽然笑了，笑容里带着微微的嘲弄："你对他就这么好，却恨不得我死？"

谢芳华抿唇："他是我丈夫，而你是太子。"

"你心中不是有大仁大义吗？我是储君，若是我死了，南秦岂不是要乱上一乱？"秦钰盯着她，"原来你用来教训我的那些话不过是只针对我，说给我听的。其实你自己心里是不以为然的。"

"你是太子，如何能与我一样？我就是一个弱质女流而已，国家大义什么的挂在嘴边也就算了，真要如何，天下都该笑话了。"谢芳华冷声道，"我如今只知道，谁若是伤我丈夫，我不会让他好过。"

"你是弱质女流吗？"秦钰嗤笑，看向秦铮："听她这样说，你心中是不是十分得意？"

秦铮看着他，不说话。

秦钰又道："我早就说过，你未必比我善良，心机、手段一样不少，只不过你是真的命好。"话音刚落，他对谢芳华道，"你放了我心口的血，就不管包扎了吗？我若是死了，他也活不成。"

"捅你一刀都没死，这么一点儿血能死人？"谢芳华从怀中拿出一个瓶子，递给吴权："这是止血药。"

吴权颤抖着接过，白着脸说："老奴不会包扎啊！"

"军营里不是有大夫吗？"谢芳华拽着秦铮向外走去。

吴权看向秦钰："这……若是喊大夫，太子殿下的伤就会传出去……"

"若是让人知道，为救他而伤了我这个太子，你猜天下人会如何说你？"秦钰看着谢芳华。

"我有什么怕被人说的？"谢芳华不买账。

"那英亲王府呢？英亲王府就不怕被人说？"秦钰似笑非笑地看着她，"你们不怕，大伯父就不怕？他就算不心疼我，是否也要顾念南秦江山？这么多年来，他勤勤恳恳，不敢行差踏错一步，难道到头来却要因为你而被人诟病？"

谢芳华顿住脚步，猛地转过头："秦钰，你威胁起人来可真是一套一套的。身为太子，你不觉得这样做很无耻？"

"他背后也做了不少无耻之事，只不过都没拿到你面前罢了。有时候，他做的较我更甚，你说过他无耻吗？"秦钰看着她。

谢芳华抿唇不语。

秦钰笑了一声："看来只不过是对人不对事而已，在你眼里他做什么都是对的，我做什么都是错的，哪怕是同样的事。"

"至少他还有良知，还会心软，还有底线，你呢？"谢芳华忍不住恼怒起来，"这种时候，你放着军营杀人案不管，催动同心咒让他和你一起昏迷，你安的是什么心？"

秦钰面色一沉："你怎么不问问他，他要做什么？卢艺可是范阳卢氏的子嗣，岂能说剖尸就剖尸？范阳卢氏的人不同意，左相也不同意，他要强行解剖，死者为大，难道要让卢艺死了都保不了全尸？你知道我若是允许他这样做的后果吗？"

"我只知道，他说要剖尸，必有因由。"谢芳华道。

秦钰被气笑了："是，他做什么都有因由。"

谢芳华别过头不理他，伸手拽秦铮："我们出去。"

秦铮看向秦钰，语气淡漠："卢艺到底是怎么死的，别人可能不清楚，但你我心里都清楚。尤其尸体是怎么回事，不信你看不出来。"

秦钰看着他："看出来又如何？你要彻底拆穿不成？"

"彻底拆穿有何不可？"秦铮冷声道。

"拆穿了对谁都没好处。"秦钰道，"你就不怕牵连英亲王府？"

"有何可怕？"秦铮道。

"那南秦江山呢？都是秦氏子孙，你忘了皇祖母当初的教诲了？"秦钰激动之下，心口又有血涌出。

吴权吓得连忙叫道："太子息怒，不可激动！"话音刚落，他见谢芳华真没有要管的意思，试探地问，"老奴这就去找军中大夫？"

"公公不必去找军中大夫，我来给太子包扎吧。"李沐清道，"我虽然对医术一知半解，但包扎伤口还是在行的。"

"哎哟，倒是忘了李公子了，您给太子包扎正好。"吴权连忙将药递给李沐清。

李沐清接过药，来到床前。

秦钰似乎才看到李沐清，看了他一眼，忽然勾唇："她倒是相信你。"

李沐清温和地道："太子还是不要乱动的好，我先给你止血。"

秦钰不再说话。

"我没忘记皇祖母的教诲，但是我看你已经忘了。"秦铮见李沐清解开秦钰心口处的衣襟，丢下一句话拉着谢芳华转身走了出去。

二人出了内室，在外室静候的众人齐齐看去，当看向秦铮好模好样地牵着谢芳华的手走出来时，他们立刻上前见礼。

左相询问："小王爷，太子殿下可好了？"

"好了。"秦铮颔首。

左相立即问："您和太子殿下是怎么回事？怎么突然一起晕倒了？小王妃又是用了什么办法救醒了你们？"

"你若是好奇，现在就进里面去问太子。"秦铮摆出无可奉告的表情。

左相一噎。

永康侯立即过来："小王爷，您真没事了？"

秦铮点点头。

"您和太子没事就好！若是你们出了事，皇上一准雷霆震怒，我们这些人都免不了被皇上责难。"永康侯一副谢天谢地的表情，"多亏了小王妃。"

谢芳华看了一眼永康侯，问："卢艺的尸首呢？"

312

永康侯看向秦铮，见他也看过来，立即道："太子和小王爷昏迷后，尸首暂且被看管起来了。"

"将尸首抬来这里。"秦铮又吩咐。

一个老者立即走过来，急道："小王爷，我等不准你剖尸！卢艺已经死得够惨了，难道还要让他死无全尸？我们范阳卢氏的子孙虽然没什么出息，但是也由不得人如此欺负！"

"谁欺负你范阳卢氏了？"秦铮挑眉看过去。

那老者立即道："谁不知道赵郡李氏和清河崔氏、英亲王府、忠勇侯府都有姻亲？只我范阳卢氏一门多年来不四处结姻亲。小王爷自然向着赵郡李氏，想要为李昀开脱杀人罪名。"

秦铮冷笑："国有国法，家有家规。李昀若是真杀了人，谁也包庇不了，但若是中间另有隐情呢？草草定案岂不是让真正的凶手逍遥法外？"

"可是查案归查案，我们绝对不许将卢艺剖尸！"那老者强硬地道。

其他老者纷纷应和。

左相也道："小王爷，剖尸往往是对十恶不赦之人，而卢艺不是十恶不赦之人。更何况他在军中一直无过错却平白被杀，到头来还被剖尸，这无论如何也说不过去。若是小王爷执意而为，本相就算拼死也要拦下小王爷。"

"以我的医术，未必要剖尸。"谢芳华道，"几位不必急。"

几位老者齐齐看向谢芳华。

秦铮摆手，强硬地说："去将尸体带过来。"

"是！"有人立即去了。

几位老者对看一眼，还想再拦，这时，秦钰从内室走了出来，对谢芳华说："只要不剖尸，你如何验，我都赞同。"

几位老者顿时将阻拦的话吞回口中，齐齐对秦钰见礼。

"太子殿下，您没事吧？"左相上前，对秦钰尤为关心。

"无碍。"秦钰温和地摆摆手，面色看不出异常。

左相打量了秦钰一眼，心下虽然奇怪，但知道有些事情若是秦钰和秦铮不说，就不用问。

李沐清、吴权随后走出来，二人也是神色如常，看不出什么。

不多时，有人将卢艺的尸体抬到厅内。

谢芳华走上前，只见卢艺十分瘦弱，看着如一个文弱书生，实在不像是身体强壮能参军的人，不知道当初范阳卢氏是怎么将他送入军营的。

她走上前，围着卢艺转了一圈，随后对两旁的人说："给我拿手套、钳子、剪子、针线来。"

一听说剪子，一位老者立即上前："小王妃，不准破坏我侄孙的尸体！"

谢芳华抬起头，看了他一眼，肯定地说："我不会破坏他的尸体。"

那位老者不相信："那你拿剪子做什么？"

"剪子自有用处。"谢芳华道。

那位老者看向秦钰："太子……"

"卢公少安毋躁。"秦钰对他道。

那位老者只能后退一步。

谢芳华目光扫了一圈，又看向天空，见天边仅剩一丝微弱的亮光，道："还有一炷香的时间。"

"什么一炷香的时间？"秦钰问道。

"一炷香之后，这具尸体即便无人解剖，也会尸骨无存。"谢芳华道。

"什么？"几位老者齐齐一惊。

卢勇立即道："小王妃，话不可以乱说。"

谢芳华冷笑："我从来不会乱说话。这具尸体应该是中虫蛊之术死的，在今日辰时又被人下了离尸散。中了离尸散，六个时辰之内，尸体能保持完好；六个时辰之后就会尸骨无存，连毛发都剩不下。"

众人闻言大惊。

"小王妃，你不要危言耸听！"其中一位老者白了脸。

谢芳华淡淡地看了他一眼："我就事实而论，不是危言耸听。"

"小王妃，你说的虫蛊之术是怎么回事？"左相问。

"左相还记得法佛寺的那场大火和谋杀案吗？"谢芳华看着左相，见他点头，她道，"当时法佛寺的无忘大师先是刺杀秦铮，后来身死，就是因为虫蛊之术，和如今卢艺中的虫蛊是一样的，据说这是魅族咒术中一种以虫控制人的术。"

左相面色一变："我还记得当日无忘的尸首忽然消失了，后来法佛寺的大火谋杀案不了了之，卢艺怎么会和无忘中了一样的虫蛊？"

"这就要问施咒者了。"谢芳华道。

"小王妃怎么会识得这种虫蛊之术？你确定就是这个？"一个老者问。

谢芳华淡淡道："学医者，医术古籍若是钻研不透也就不必言医了。"

那老者顿时无言。

"另外，你说今日辰时有人给他下了离尸散？辰时他早就死去了啊。"左相又道。

"这就要问有什么人接触过尸体，给他下了离尸散了。"谢芳华点点头道。

"离尸散是什么？竟然能够让尸体尸骨无存？它和化尸粉不一样？"左相又问。

"化尸粉是让尸体当场消失的一种药粉，效力十分强劲，但是会剩下毛发。离尸散则不同，它能在六个时辰内让尸体慢慢分离再逐一化去，连毛发都不剩。"谢芳华道。

"小王妃，你说的这些早先仵作一直验不出来，如今这里只有你一个验尸之人，你怎么能让我等信服你说的是对的？"左相又追问。

"我要的东西拿来了吗？"谢芳华不答话，对身后问。

"回小王妃，您要的东西都拿来了。"有人上前，递上谢芳华要的东西。

谢芳华挽起袖子，戴好手套，拿起针，将线穿上。她扫视了一圈，对众人道："我现在就让你们信服。不过我做这件事情时任何人都不准出声，否则就是阻挠我查明真相，可以当作凶手论处。"

众人闻言，面色齐齐一变。

"韩大人掌管刑部，孙太医谋杀案和这件案子明显有牵连，可以算作一桩案子。韩大人向来有'铁面无私，刚正不阿'的美誉，我觉得请韩大人来帮忙应该没有人有异议吧。"谢芳华看向韩述，"这也是让大家相信这件事情的公正性，毕竟孙太医被人杀了，我一人难以服众。"

"好！"韩述颔首，立即上前一步，"我来帮小王妃做个见证。"

谢芳华点头，对吴权说："吴公公，请上前帮我将这个人心口处的衣服扒开。"

吴权连忙上前："小王妃有指示，老奴就算手脚笨，也得赶紧帮忙。"话音刚落，他扒开了卢艺心口处的衣服。

卢艺心口的皮肤完好，看不出丝毫异样。

谢芳华捏起针，先是在自己的手腕上轻轻地刺了一下，一滴血珠掉在了卢艺的心口上，紧接着，她拿着这根针刺入卢艺的心口，然后直起身，将针上穿着线的另一端交给一旁站着的韩述："韩大人，拿稳了，一会儿不管看见什么，你的手都不要动。"

韩述坚定地点点头。

"再去拿一个盘子和一个碗来。"谢芳华又吩咐。

有人立即去了。

众人都看着她，不明所以，很多人都紧紧地盯着卢艺的心口。

过了片刻，他们突然发现卢艺的心口奇异地鼓起了一个小包，紧接着，一条血红色的小虫蠕动着从针口处冒了出来。

有的人顿时睁大眼睛，有的人险些惊呼出声，有的人几乎站不稳。

这条红色的小虫十分诡异地喝掉了谢芳华刚刚滴落在卢艺心口上的血，紧接着，它不知餍足一般顺着针往上爬，同时很快地吸干了针上的所有血迹，然后顺着

315

线一直往上爬。

韩述整具身子已经僵了，手几乎拿不稳线的另一端。幸好他今日经历过巨石谋杀和群狼围攻，所以还算镇定，见那条红色的小虫子越来越接近，很快就要到他的手指处，他白着脸看向谢芳华。

谢芳华早已经拿过剪子，轻轻地剪断了韩述手中的线，然后用钳子快且轻地夹出针，针线和那条小红虫一齐掉进了盘子里，她拿碗快速地扣在了盘子上。

韩述长舒了一口气，身子晃了晃，身后的人立刻上前扶住他。

谢芳华手托着盘子看向众人："这就是他身体里的虫蛊，被我引出来了，时间刚刚好。"

众人都惊骇地看着她手里被盘子和碗一起扣住的小红虫，还没来得及平复一下心情，忽然卢艺的四肢快速崩开，数声哧哧声响过后，不过片刻，整个人便消失了，连毛发都不剩，只剩下一摊水。

有两个人惊呼一声，当场晕死过去。

谢芳华冷笑："这回是否证明我说得没错？有人杀了孙太医，半路设重重障碍拦截我，无非想等时辰过了，卢艺的尸体消失，便能来个死无对证了。"

还没晕倒的人都骇立当地。当然，惊骇的人里不包括秦铮、秦钰、李沐清三人，这三人皆有着泰山崩于前而面不改色的气度。

过了好一会儿，一位老者急呼："卢艺！"

又一位老者醒过神，颤抖着手指着谢芳华："小王妃，你到底作了什么妖法？"

"妖法？"谢芳华冷笑，"范阳卢氏如今只剩下老迈昏聩的人了吗？年轻的、有脑子有眼睛的人都死绝了不成？我验尸而已，到头来这盆脏水是要往我身上泼？"

她话语凌厉，眼神冷寒，气势逼人。

那位老者看着她，被她的气势所震，抖着胡子，一副随时会昏过去的架势。

谢芳华转头看向卢勇："左相，你也认为我是作了妖法？"

卢勇此时已经回过神来，看看地上，那里本来躺着一具尸体，如今真的变成了一摊水。他抬头看向谢芳华，见她一双眸子冷冷清清，似嘲似讽，顿时心神一醒，看向秦钰。

秦钰一言不发，面上没什么表情。

他又看向秦铮。

秦铮脸色沉静，同样看不出表情。

他稳了稳心神，斟酌着开口："老臣不懂得医术，对于魅族的咒术也仅仅是知道而已。小王妃是闺阁女子，却能知晓这等奇异虫蛊还知晓离尸散，实在是让人刮

316

目相看。"

　　他绝口不提到底是不是她作法，只说这些不是她一个闺阁女子应该知道的事，一下子让众人都疑惑起来。

　　一般的女子，养在深闺，自然只知道琴棋书画、针织女红、诗词歌赋等小女儿之事，这等事情，如此诡秘，不只耸人听闻，更是令亲眼看到的人毕生难忘，的确不是闺阁女子应该知道的。

　　众人看向谢芳华的目光都带着惊疑和揣测。

　　谢芳华不以为意，淡淡地道："忠勇侯府的藏书不说百万，也有十数万册，几乎囊括了天下所有的书籍。我虽然是深闺女子，但是卧病在床的那些年里足不出户，只能读书来打发时间，读医书、毒书、药书来自救有什么可奇怪的吗？魅族的虫蛊之术，我自然也读了些。"顿了顿，她盯着左相，"左相这是在质疑我忠勇侯府小姐的身份？"

　　卢勇没想到她这般轻描淡写地说出了原因，一时间只能讷讷地道："今日之事，实在是令人惊骇。我族内侄就这么尸骨无存，实在是——"

　　"我早就告诉你们了，是你们不信。"谢芳华截住他的话。

　　卢勇一时无言以对，看向太子："太子殿下……"

　　"太子殿下，要给我们做主啊！"一个老者扑通一声跪在了地上。

　　另外几个老者也立即跪在了地上，含泪道："太子殿下，我族内侄孙这回竟然连尸体都没了，我等回去怎么对他父母交代？求太子殿下做主！"

　　秦钰抿了抿唇，看了谢芳华一眼，道："你们要我怎样做主？"

　　几位老者齐声道："小王妃她——"

　　"放肆！"秦铮忽然恼怒地抽出自己腰间的佩剑，转眼那柄剑就插在了几位老者面前的地上，他冷冷地看着跪在地上的几名老者道，"验明死因了不想着追查，反而要给验明尸体的人泼脏水？你们范阳卢氏真是活到头了！"

　　那几位老者看着还在颤动的宝剑，仿佛那把剑插在了他们身上，顿时吓得抖了起来。

　　"你这是做什么？"秦钰转头，不满地问秦铮。

　　"我做什么？你应该看看他们要做什么才是！"秦铮冷笑，"我看不见得是老迈昏聩，而是老奸巨猾。没准这个卢艺就是他们范阳卢氏自己杀死的，却用来污蔑别人。"

　　这话一出口，众人齐齐一惊。

　　那几位老者立刻瞪着秦铮，灰白着脸指着他："小王爷，你竟然……竟然血口喷人！"

　　"只准你们血口喷人，就不准我血口喷人？"秦铮看着他们，"范阳卢氏费尽心思送一个弱不禁风的人进军营，到底安的什么心？如今这个人死了，你们不追查凶手，却口口声声质问我的小王妃，到底是何居心？你们自己说说！"

几位老者噎住，气得颤抖着身子，似乎要昏过去。

众人的视线也成功地被引到这几个人身上，在众人揣测的目光下，一位老者终于先受不住，厥了过去。

紧接着，又有一位老者厥了过去。

二人厥过去后，还剩下三位老者，那三位老者连忙对着晕过去的两位老者惊呼。

一时间，大堂里乱作一团。

秦钰对吴权摆摆手："几位老人得到消息从范阳卢氏连夜赶来京城，这一日又未曾得歇，疲劳加惊吓，看来实在是累了，先安排个地方让他们歇息吧。"

"是。"吴权立即带着人抬了那两名昏过去的老者下去。

另外三名老者不走，齐齐对秦钰恳求："太子殿下，请您做主！"

"堂兄说得对。小王妃是被请来验明死因的，如今既然已经验明，就不该泼她脏水。更何况有吴公公和韩大人打下手，韩大人是出了名的清正廉洁、刚正不阿、秉公办案，吴公公是父皇身边的近身大总管，就算信不过小王妃，也该信得过他们。"话音刚落，秦钰摆摆手，"三位下去歇着吧。既然有韩大人在此，这件案子自然交给刑部办理。"

三人还想再说，但看到秦钰的脸色，只能点点头，跟着吴公公走了下去。

三人一走，秦铮拿回插在地上的剑，伸手拽上谢芳华，向外走去。

秦钰一怔："你要去哪里？"

"回府！"秦铮道。

"回英亲王府？"秦钰看着他。

"嗯。"秦铮头也不回。

秦钰立即上前一步拦在了门口，蹙眉看着秦铮："这件案子如今还没头没尾，你这时候为何走？"

秦铮看着他，脸色难看："当初我来西山军营，皇叔说了我是来历练的，可以随时来，也可以随时走。我一在军中没有编制和官职，二未插手军中事务，这件案子没头没尾的，关我什么事？该做的我已经做了，帮忙查案不说，还连累我的小王妃今日辛苦跑来一趟，路上被人连番截杀，如今我不走，难道留下来容许某些人不识好歹，不感谢帮忙之恩，反而泼我小王妃的脏水不成？"

秦钰一噎。

秦铮挥手打开他："闪开。"

秦钰抬手挡住他："你不能走！"

318

秦铮冷笑："爷凭什么不能走？爷来得了也走得了，要你管？"

秦钰面色阴沉地看着他："你虽然无编制、官职亦无权力，但是你身在军营多时，如今军营出了事你自然不该走。"顿了顿，他又补充道，"至少这件案子查清前，你不能走。"

"笑话！"秦铮嘲讽地看着他，"昨夜案发时我可没在西山军营，今日一早被召来这里已经是尽心了，凭什么这件案子查清前我不能走？秦钰，你虽然是太子，但目前还管不着我要走。我又不是刑部的人，凭什么要留下来跟着查案？"

"秦铮！"秦钰隐隐动了怒气。

秦铮眯了眯眼睛，看着秦钰，忽然笑了："若太子殿下真不想我走，你可以下一道命令，这件案子由我全权负责，任何人不准干预查案。若是你不同意，当爷在这里只是个摆设，那就闪开。"

秦钰抿唇："这桩案子要交给刑部和大理寺一起来审。"

"那你就滚开。"秦铮不客气地挥手。

这回秦钰没有强硬地阻拦，秦铮拉着谢芳华出了房间。

侍画、侍墨守在外面，见二人出来，立即将伞递给二人。

秦铮接过伞，将谢芳华搂在怀里，两人打着一把伞向外走去。

"你们不能扔下我啊，我也跟你们走，我更不是该待在这里的人。"李沐清说着话，追出门。

秦钰面色一沉，但也没有拦李沐清。

"喂，李公子、小王妃……"韩述见秦铮、谢芳华、李沐清三人说走就走，他是与李沐清和谢芳华一起来的，一时间不知所措地喊了一声，然后看向秦钰。

秦钰脸色极差，看了韩述一眼："韩大人若是愿意走，也可以。"

韩述吓得一哆嗦，连忙道："臣和小王妃、李公子一起来这里，是为了孙太医被杀案，如今……自然不能走。"

秦钰面色稍霁，坐下："韩大人，你说孙太医被杀是怎么回事？你仔细说说。"

韩述闻言点头，连忙将孙太医被杀之事以及他和李沐清、谢芳华来这里的路上被人截杀之事仔细地与秦钰说了一遍。

秦钰听罢蹙眉："你说孙太医是被杀，赶车的车夫是自杀？"

韩述点头："小王妃和右相府的李公子都这样说，我又找了两名护卫，护卫也证实是这样。"

"这么说，那个车夫是有问题的。"秦钰道。

韩述额首："目前这是一大线索，还需要进一步调查。"

秦钰思索片刻，又问："你们又遇到了巨石机关截杀案和群狼围攻截杀案，抓到人了吗？"

韩述摇摇头："并没有抓到人。"顿了顿，他小心地补充，"不过，小王妃令自己的护卫去查了，说方圆五十里，掘地三尺也要查出蛛丝马迹来。"

"玉灼……"秦钰沉默片刻，又问，"你当时亲眼所见是玉灼使用了驭狼术？"

"是亲眼所见，太子殿下。下官这大半辈子从未遇到这等可怕的事情，数百匹狼，若不是玉灼我们就会被狼群给撕碎拆吃入腹。"韩述想起这件事儿，依旧心有余悸。

"你描述一下，他当时是怎样使用驭狼术的？"秦钰又道。

韩述一愣，连忙道："太子殿下，这……下官描述不出来啊，当时只是觉得太惊险了。"

秦钰看了他一眼，见他似乎真不知道怎么形容，便笑了笑，摆手："算了。"

韩述松了一口气。

秦钰看向左相和永康侯："今日天色晚了，左相和侯爷是住在军营还是……"

左相向外看了一眼，道："天已经彻底黑了，这么大的雨下了一日，山路定然难走，臣觉得还是在这里住一晚吧，太子也住一晚吧。"

永康侯立即道："臣觉得臣还是回府吧，否则夫人会担心……"

"侯爷，您不要命了！若是离开的话，刚刚怎么不与小王爷、小王妃、李公子一起离开，也好有个照应，如今离开的话……"韩述害怕地道，"独自上路的话，下官反正是不敢。"

永康侯看向秦钰："太子……不回京了？"

秦钰想了想，摆手："今日不回京了。卢艺的尸体被离尸散弄得尸骨无存，这等事情要好好地查查，左右京中无事，我就在这里待一晚吧。"

"太子在这里也能稳定军心。"有一位将领道，"这卢艺中的虫蛊以及被离尸散化尸实在是耸人听闻，若是传扬开一定会引起士兵的恐慌。"

"那我也……"永康侯犹豫半晌，咬牙，"我也留下住一晚吧。"

秦钰点点头："都留下吧。将李昀收押看好，明日一早再行彻查。"

"是！"有人立即垂首应道。

"那从卢艺身上引出来的小红虫是否被小王妃带走了？"左相忽然道。

众人这才又想起那条虫子，顿时起了一身的鸡皮疙瘩，有人道："应该是吧，当时那虫子就在小王妃手里的盘子和碗里扣着，小王爷将她拽走，她似乎就拿着走了。"

"那是咒虫，她不拿走，我们这里谁敢碰那东西？"秦钰扫了众人一眼。

众人都害怕地退后一步。那么可怕的虫子，谁敢去碰啊！

秦钰转身向内室走去，对安置好范阳卢氏几位老者回来的吴公公吩咐道："先安置了吧。"

吴权点点头，连忙跟上他。

立即有人将左相、永康侯、韩述等人安排住下。

外面的大雨下了一日又半夜，不但没有停止，还有越下越大的势头。

秦铮和谢芳华撑着伞，玉灼掌着灯，一行人出了西山军营的大门，上了门口的马车。

二人刚坐上车，李沐清随后跳上车，对秦铮说："来的路上我一直在外面淋雨，没好意思挤进来避雨，如今你在，我就不用避嫌了吧。"

秦铮瞅了他一眼，对他道："多谢了。"

李沐清向外看了一眼，故作纳闷的表情："天都已经黑了啊，这一天都没太阳啊，太阳更不可能打西边出来啊？这么多年我可是头一次听见你谢我。"

秦铮嗤了一声："不愿意听你可以下车。"

"当然愿意听。"李沐清笑笑，抖抖衣袖，盯着谢芳华手里的盘子和碗，"你带着这个东西出来了，怎么才能养活它？早先没看清，再给我看看。"

谢芳华对他挑眉："你不怕它钻你身体里去？"

李沐清摇头："我总觉得这条虫子很奇怪。"

谢芳华看着他笑笑，伸手拿开了扣在盘子上的碗。

李沐清一见之下顿时愣了："这是怎么回事？死了？"

谢芳华摇头："它不是死了，而是根本就没有什么虫子。"

李沐清惊讶又疑惑地看着她，十分不解。

谢芳华看着碟子内已经干了的一滴血，嘲讽地一笑，将盘子扔在车内，对他解释道："这种虫蛊会在蚕食人心之后自动解体而死，卢艺已经死了一天半了，他体内即便有虫子也早就死了，又怎么可能被我引出来？我不过是使用了一个障眼法。你们看见的这条虫子，其实是用我拿针戳破自己手腕的那滴血凝成的一条小红虫。"

李沐清更惊奇了，看了秦铮一眼，见秦铮静静地坐着，似乎一点儿也不奇怪，他难以置信地道："你连我的眼睛都蒙蔽了，是怎么做到的？我可是亲眼看着这虫子爬出来，顺着线要爬到韩大人手上时被你收了。"

"我学过一门心法，叫作冰凝诀。使用这门心法能将水凝成冰，所以我当时只不过是趁着气氛紧张，没人注意，将那粒血珠化成了小虫子的模样，再操纵它爬向韩大人的手罢了。"谢芳华笑笑，"很简单的，你若是想再见识一番的话，我现在还能给你演示一遍。"

李沐清看着谢芳华，一时间无言。

谢芳华好笑地看着他："你只是没想到我会作假，所以才觉得奇怪，但又说不出哪里奇怪。"

"是啊。"李沐清苦笑，"连我都被蒙蔽了，这事不是真的也是真的了。"话音刚落，他疑惑地问道，"你为何要作假？"

"不作假的话，这桩案子恐怕真要成为一桩死无对证的悬案了，背后耍阴谋的人岂不是就得逞了？"谢芳华道，"秦铮为何执意剖尸？自然是知道卢艺被虫子蚕食了心，只要剖尸便能得到他死亡的真相，可是范阳卢氏的人不准剖尸，百般阻拦，而卢艺又中了离尸散，六个时辰内不查明真相的话他的尸体一旦被化去就真的死无对证了。既然卢艺本身就中了虫蛊，我索性作假证明，大家亲眼见到虫子爬出来，不相信也得相信了。"

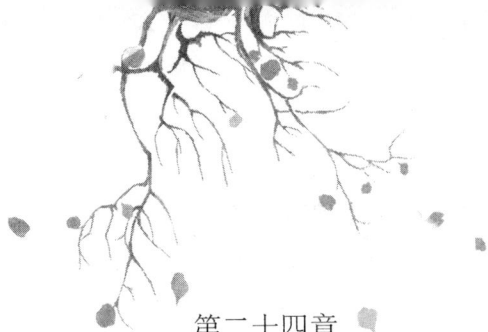

第二十四章
# 连夜回城

李沐清听罢，彻底无言。

谢芳华想，事情到了这一步，很多事已经清楚了。

有人用虫蛊之术杀了卢艺嫁祸给李昀，让范阳卢氏对上赵郡李氏，范阳卢氏的人非要李昀偿命。偏偏李昀虽然早就死了爹，但是背后站着永康侯夫人这个亲姑姑，她对他并不比对自己的孩子差，甚至更好，那么永康侯夫人定然会四处拉人求助，到那时，清河崔氏、英亲王府甚至忠勇侯府都会被卷进来。

仵作验不出尸体的死因，自然是因为没接触过这种魅族咒术，不过魅族对绝大部分人而言本就只存在于传说中，就算是知晓魅族的人对咒术也是知之甚少，有的人甚至闻所未闻。这种离奇的死法，仵作查验不出痕迹，人们只能相信有人亲眼见到李昀杀死了卢艺这个证据。

秦铮识破了卢艺的死因，但他只能通过剖尸来验证自己的猜测，偏偏范阳卢氏的人拼命阻止，秦钰又催动了同心咒和秦铮一起陷入昏迷，使得剖尸无法进行。

孙太医和她赶往军营，可是孙太医前脚出门后脚就被人杀了，应该是想陷害后面的她，耽搁她的时间，不让她及时赶到军营，偏偏没阻住她，于是背后之人只能在路上设巨石机关，又引群狼围攻她，能杀了她最好，杀不了也要让她误了时辰。时辰一到，尸体彻底分解，也算达到了死无对证的目的。

这连番的暗中布局，又利用了瓢泼大雨的天气，可谓一环套一环。

只不过她化解了群狼围攻后，立即决定让轻歌在方圆五十里内掘地三尺彻查，一个目的是保证自己平安到达军营，另一个目的自然是找出背后之人的蛛丝马迹。

如今总算破了背后之人这场阴谋的一角，证明卢艺死于虫蛊，又被人下了离尸散，接下来，应该寻找证据，顺藤摸瓜了。

"刚说京城要开始不平静，转眼间就已经不平静了。"李沐清叹了口气，看向秦铮，"你可知道是什么人做的？"

秦铮沉默不语。

李沐清瞅着他："可是太子？"

秦铮依旧不语。

李沐清看向谢芳华，有些不明白秦铮这是怎么了。

谢芳华瞅了秦铮一眼："这件事情应该不是秦钰做的吧，是不是？"

秦铮抬起头，看了看二人，抿了抿唇。

"吴权一直不离皇上左右，这一次却跟着秦钰去了西山军营，不是很奇怪吗？"谢芳华笑笑，"你和秦钰争执的时候若是将这件事情掀个底朝天，会牵连英亲王府。是谁想动英亲王府？"

秦铮嗤笑："英亲王府是谁想动就能动的吗？"

谢芳华看着他："若是皇上想动呢？"

"任何人想动，包括皇叔，都要英亲王府的人答应才行。"秦铮道。

谢芳华不再言语，低下头。

李沐清叹息道："若这件事是皇上背后做的，难怪太子……"他顿住，看向谢芳华，"早先在营房内，你说皇上的病是装的？"

谢芳华点点头。

"你怎么知晓？是用医术看出来的？"李沐清低声问。

"他的确病了，但不至于发作得这么急、这么快，短短时间内就虚弱至下不了床的地步。虽然我还不明白他用什么手段伪装到连我也看不出来的地步，但我敢肯定，他的病就目前来说，绝对是装的。"谢芳华解释道，"去皇宫行谢茶礼时，我打翻了茶盏，若是一个真正的病人，他不会发现是我动的手，因为当时我和秦铮挨得极近，手也靠得极近，他若真病得没心力了，不该当时就能准确地针对我，怎么都会牵扯上秦铮才是。"

李沐清蹙眉："这也不能说明他是装病，毕竟皇上的确是文武兼备，眼睛若是没花，也能察觉是你。"

谢芳华摇摇头："这是其一。其二是，我会观面相。医者说望闻问切，'望'为何排在首位？自然是先看面色。一个人是不是真正有病，面上的气色就能看出三分。他虽然垂垂老矣，很像是久卧病榻，但是我从他面上看不出丝毫病发之气。"

李沐清颔首："这个说法更合理些。"

"毕竟我也曾经装病过，还是用药引发的病。"谢芳华又补充道，"若是林太妃真的躲过了皇上的耳目将药包拿来给我验明从而发现他只有两年寿命的话，他这回这般装病是为何？若是林太妃没有躲过他的耳目，皇上故意让人知道他的病，如今再装病又是为何？"

李沐清闻言，面色顿时凝重起来。

谢芳华笑道："咱们这南秦京城越来越有意思了。"

李沐清叹了口气，看向秦铮："你一直不说话，是知道什么，还是心情不好？"

秦铮瞥了李沐清一眼，靠着车壁闭上了眼睛："累了。"

谢芳华想起他清早便赶去西山军营，这么一天下来的确挺累的。她低声道："我们不吵你了，你若是累就先睡一会儿吧。"

秦铮点点头。

谢芳华不再说话。

李沐清见此，也不言语了。

车外，侍画、侍墨和玉灼三人挤在车前，两个人一左一右提着罩灯，一个人专心地赶着车。

大雨下得大，路面又湿又滑，加上是山路，马每走一步都要先试探好几下，这样行路自然是极慢的。

走出一段路后，玉灼小声埋怨："不知道表哥咋想的，这么大的雨还回什么城啊，住在军营不就好了？难道军营里还找不出房间来安置我们？"

侍画、侍墨不言声。

"万一再有人出来截杀，我们躲得过吗？"玉灼又小声道。

侍画、侍墨闻言顿时警觉起来。

谢芳华在车内听闻，压低声音道："不用担心，尽管赶路，就怕截杀的人不出现。真要是出现才好，我们如今不必着急赶去军营验尸，长夜漫漫，有的是时间捉拿下手的人。"

玉灼闻言顿时也打起了精神："对啊。"

"回城的路上不见得有截杀。"李沐清也压低声音道。

谢芳华不置可否。

马车平稳地顶着大雨走了一个时辰才出了山道，上了官道。

官道好走多了，玉灼挥起马鞭，马踏着水跑了起来，又快又稳。

半个时辰后，一行人平安来到了城门前。

玉灼纳闷："这回怎么没有人截杀？这一路上也太平静了！"

侍画、侍墨没搭话，想着小姐安排轻歌彻查之后，还有哪个不怕死的敢再动。

如今没动手，那就是变聪明了。

马车进了城，李沐清道："行了，停车，我就在这里下车吧。"

"不用停，先送李公子回府。"谢芳华道。

李沐清看了谢芳华一眼，忽然笑了："没几步路，我骑马回去就行了，反正马在后面跟着。"

"既然没几步路，送你去右相府之后我们再回英亲王府也没什么。"谢芳华道。

"好吧。"李沐清不再多言。

玉灼听话地转了道，不多时来到右相府门口，李沐清见秦铮还闭着眼睛睡着，他对谢芳华道："有事情再找我。"

谢芳华点点头。

李沐清下了车，进了右相府。

玉灼赶着车往英亲王府走，走了一段路，秦铮忽然睁开眼睛，对谢芳华道："先去永康侯府，将李昀没事的消息告诉永康侯夫人。"

谢芳华一怔。

秦铮伸手将她抱在怀里，低声道："燕亭不在府中，永康侯如今在军营，这么大的雨永康侯也没办法往回传消息。若是永康侯夫人因为担心李昀有个三长两短，你少不得还要劳神一番给她保命。"

谢芳华点点头，靠在他怀里："你说得对，先去永康侯府吧。"

秦铮不再说话。

玉灼听闻，立即转了马车向永康侯府而去。

来到永康侯府，叩了门，有人迎出来，玉灼道："我们小王爷来给侯爷夫人送个信，就说李昀没事，让她安心，侯爷今夜宿在军营了。"

那门房一喜，连忙说："多谢小王爷！我们夫人已经等了一天了，还没歇下呢。夫人早就嘱咐了，说若是侯爷的人报信回来，就赶紧知会她。我这就去知会夫人。"

玉灼点点头，赶着马车离开了永康侯府。

回到英亲王府，玉灼将车停下上前叩门。他的手还没碰到门环，门便从里面打开了，喜顺打着伞探出脑袋，哎哟了一声："王妃说小王爷和小王妃一准回府我还不信，这么大的雨，天都这么晚了，路又不好走，没想到还真被王妃说对了。"

侍画、侍墨跳下车，挑开车帘。

秦铮揽着谢芳华下了车，打着伞往里面走。

喜顺在一旁跟着，一边往里面走，一边道："王爷和王妃还没睡，还等着您二人回来呢，让你们回来后去正院。"

秦铮嗯了一声。

二人撑着伞来到正院，果然见正院亮着灯，英亲王和英亲王妃在画堂内坐着，两人都抻着脖子向外望，显然已经得到了消息。

春兰挑开帘子："这么大的雨，小王爷、小王妃，快进来。"

秦铮和谢芳华进了屋，英亲王妃立即起身迎上前："怎么这时候才回来？"

秦铮放下伞，没说话。

谢芳华刚要答话，见秦铮为了护着她半边身子都湿了，立即问："娘，您这里有他的衣服吗？让他先换下，免得着凉。"

"有！"英亲王妃立即说，"春兰，快去拿他的衣服。"

"不用了。"秦铮摆摆手，"我们这就回去。"

英亲王妃瞪眼："你先去换了衣服！我得好好问问你们今天发生的事。"

"你去换吧，我和爹娘说。"谢芳华伸手推他。

秦铮站着不动，谢芳华看着他，秦铮被她看了片刻，只能转身进了里屋。

英亲王妃见谢芳华衣服干松，拉着她坐下，亲自给她倒了杯水："累不累？若是累……"

"谢谢娘，不累。"谢芳华摇头，端起水喝了一口，见二人都看着她，她放下水杯，将今天出门后发生的事情有详有略地叙述了一遍。

秦铮很快就从里屋出来了，坐在谢芳华身边，春兰立即为他倒了一杯茶。

秦铮端起杯子，一边喝水一边听谢芳华说话，当谢芳华说到有人设了巨石截杀她时，英亲王妃吓得直抽气，他则脸色发冷。

将事情原原本本地说完，谢芳华住了口："我经历的事情就是这样。"话音刚落，她看了秦铮一眼，"他一早就去了西山大营，在那里发生了什么，我也不知晓。"

英亲王妃伸手握住谢芳华的手，又将她打量了一遍，见她毫发无损才松了一口气："到底是谁，竟然这么狠辣！那些巨石你若是躲避不及，岂不是就被砸烂了？还有，到底是哪里来的那么多狼？谁弄的狼群？"

谢芳华摇摇头："我派人去查了，有消息的话，定会来报给我知道。"

英亲王妃点点头，松开手，看向秦铮："你来说说。"

秦铮淡淡道："也没什么。我一早去了军营，我到的时候秦钰也到了。我先审了李昀一番，他不承认杀了卢艺，只说他本来在房中睡得好好的，不明白为什么之后到了练兵场，待他清醒时，就是有人喊他杀人了，然后他就发现卢艺死在了他面前。后来，他就被人看押起来，其余的他一无所知。有仵作验尸，但是也没验出个所以然来。有一个仵作说要剖尸检验，但是范阳卢氏的几个老头子来了，跟死的是他们的爹似的拼命阻挠，左相也不同意，再后来……"他顿了顿，"华儿就去了，

327

后面的事情你们都知道了。"

"你说得倒简单。"英亲王妃瞪了他一眼，转头看向英亲王。

英亲王叹了口气："这里可是南秦京城，驻扎着三十万兵马的西山军营怎么会出牵扯范围这么广的人命案？"

"王爷，您不会还天真地以为南秦京城的水一直很平静吧？"谢芳华看着他。

英亲王揉揉额头，对秦铮道："太子不让你出军营，你说只要他将这件案子交给你全权处理你就会待在军营，如今你回来了，说明太子没答应？"

英亲王妃冷哼一声："他敢答应吗？这背后指不定还有他的手笔呢。想一想，这么大的雨，没有点儿本事，谁敢作下这么大的连环案？"

"你说太子？"英亲王一惊。

英亲王妃不接话。

英亲王思索片刻，摇摇头："太子也是我看着长大的，这个孩子其实心术还是很正的。"

"他心术正？"英亲王妃哼笑，"也就你说他心术正吧。别忘了你如今是为什么装病的，还不是因为他，他哪里心术正了？"

"事情不能看表面。"英亲王摇头，看向秦铮，"你说，这件事情该怎么办？"

"这么大的案子，刑部和大理寺就算联手，破得了吗？就算破得了，有人敢去深究吗？"秦铮冷笑一声，伸手将谢芳华拽起来，"您二人早点儿休息吧，我们也累了，回去休息了。至于这件案子，父王您病着，没有心力，而我如今已经不算是军营里的人，无事一身轻，前一段时间忙得要死，接下来可以好好休息两天了。"

他说完拉着谢芳华打着伞出了正屋。

英亲王妃喊了他两声，他头也没回，谢芳华被他拽着，只能跟着他走了。

"这个混账，说的是什么话！"英亲王生气地看着秦铮冒雨出了正院，很快就走没了影，他只能瞪眼。

"我儿子也没说错。行了，我们去睡吧，真是累死了。"英亲王妃转身进了里屋。

英亲王又瞪向哗啦作响的门帘，瞪了片刻，深深地叹了口气，跟进了里屋。

侍画、侍墨、玉灼三人提着罩灯开路，秦铮和谢芳华走在后面，一路无话，回到了落梅居。

来到门口，品竹等人迎出来："小姐，奴婢们知道您二人回来了，熬了姜汤，烧了热水，您和小王爷沐浴去了寒气喝了姜汤再睡吧，免得染了寒气发热。"

谢芳华点点头，和秦铮一起进了屋。

秦铮和谢芳华进屋后，品竹便带着人抬来了两个大木桶放到屏风后，桶里面盛着温热的水，水面上漂着花瓣。品妍端了两碗姜汤，放在桌案上。

做完一切，见秦铮和谢芳华没什么吩咐，下人们关上门退了下去。

谢芳华脱了外衣，搭在衣架上，回头对秦铮说："先喝姜汤吧。"

秦铮点点头，坐在桌前。

谢芳华也坐下来，双手捧着姜汤，小口地喝着。

秦铮没立即喝，而是静静地看着她。

谢芳华感觉到他的视线好半晌没离开，抬起头问他："怎么了？"

秦铮摇摇头，收回视线，也端起姜汤来喝。

谢芳华见他不说话，也不再言语。

过了一会儿，秦铮将姜汤喝下一半，忽然问："冰凝诀是在无名山学的吗？"

谢芳华眉目动了一下，摇头："不是。"

"嗯？"秦铮看着她。

谢芳华已经将一碗姜汤喝完，因为姜汤比较烫，她却一气喝完了，很快就出了一层薄汗，她道："这冰凝诀的功法是我在我娘的藏书柜里看到的。我重生后她就死了，所以算是我自学的吧。"

秦铮点点头。

"怎么了？你觉得有什么不对的？"谢芳华看着他问。

秦铮喝光了姜汤，放下碗，摇头："没有觉得不对的地方，只是好奇，问一下罢了。"话音刚落，他伸手拉起她，"走吧，我们去沐浴。"

谢芳华脸一红，但还是跟着他走到屏风后。

屏风后没有另外掌灯，只有内室的灯光隐隐照进来。

秦铮慢慢地脱了衣服，回过神时，见谢芳华已经进了浴桶，只露出纤细的脖颈，他顿时笑了："你的动作倒是快。"

谢芳华咳嗽了一声，扭过头不看他。

秦铮褪尽了衣服，没进自己的浴桶，而是跨入了谢芳华所在的浴桶。

谢芳华一惊，低呼："你怎么——"

"嘘。"秦铮伸手捂住她的嘴，身子没入水中，抱住她柔滑的身子，低声说，"我累了，不想自己洗，我觉得你也累了，不如一起洗，你帮我洗，我帮你洗。"

谢芳华被他捂住嘴，红着脸说不出话来。

秦铮放开她的嘴，抱住她低笑："我们成亲圆房也好几日了，你不会到现在还害羞吧？"

看了他一眼，谢芳华红着脸说："你自己不害羞的话，我害羞什么？"

秦铮扳过她的头，低头吻住她。

本来木桶内的水就热，盛了两个人，热度更是腾腾地上升，加之刚喝了姜汤，

329

谢芳华感觉整个人都火辣辣的，她想推开秦铮却又舍不得，最后还是伸手勾住了他的脖子。

秦铮呼吸一窒，搂着她的手紧了紧，加深了这个吻。

过了片刻，谢芳华觉得喘不过气来秦铮才放开她，他将头枕在她的肩上，沙哑着声音说："还有力气帮我洗吗？没力气的话，我们回床上算了。"

谢芳华喘息片刻，伸手捶他。

"看来还是有力气的。"秦铮轻笑。

谢芳华伸手轻轻撩水，轻轻搓着他的背。

秦铮静静待了片刻，手也动了，同样撩着水，抚摸着谢芳华的后背。

过了片刻，秦铮叹息："这样真要命。"

"嗯？"谢芳华捻碎了指尖的花瓣，顺着他的腰往下洗。

秦铮一把拽住她的手，忽然轻轻使力将她扔去了旁边那个木桶。

谢芳华掉进那个木桶里，好半晌才回过神来，看着秦铮："你干什么？不想在那里洗了？要换地方？"

"不敢让你洗了。"秦铮闭上眼睛，长长地舒了一口气，"让你洗简直是要我的命。"

谢芳华不解。

秦铮睁开眼睛，忽然伸出手臂去摸她，两个木桶本来就靠得近，他伸手就能够到谢芳华。他轻轻地撩拨了两下，谢芳华的身子顿时战栗起来。她一边躲开他的手，一边嗔怪地看向他，眸子里水盈盈的。他叹了口气："就是这样，明白了吗？再一起洗的话，我就忍不住了。"

谢芳华顿时恍然，别开脸，羞恼地小声说："你那叫自作自受。"

秦铮点头，他的确是自作自受，他又闭上眼睛，不言声了。

谢芳华看着他，屏风后光线微弱，他靠在木桶里，宁静如一幅美好的画，她咚咚跳的心渐渐地平静下来，也学着他的姿势靠着木桶，头微微仰着，闭上了眼睛。

过了一会儿，不知是因为太疲惫还是因为太静谧，谢芳华竟然睡着了。

秦铮睁开眼睛看着她，嘴角微微露出笑意，又在桶中待了片刻，出了木桶，将她从桶中轻轻捞起抱在怀里，一把扯过大块的绢布，将她整个裹住。

谢芳华动了动，似乎要醒来。

秦铮低声说："不洗了，睡吧。"

谢芳华嗯了一声，头窝在他怀里，任他帮她擦净身上的水珠，安心地继续睡着。

秦铮将谢芳华放回床上，又将自己身上的水擦干，上了床，将她抱在怀里。

谢芳华往他怀里靠了靠，呢喃了一声。

虽然她的声音很低，但秦铮清楚地听到了她说的话，一时间心神巨震，偏头瞅着她，见她已经睡得熟了，他静静地看了她许久，才低头在她的唇瓣上轻轻吻了一下，闭上了眼睛。

她说："意安。"

意安……

竟然说的是意安……

外面的雨依旧下着，并且下得很大，衬得室内越发静了，静得只能听到怀里的娇人儿浅浅的呼吸声。

过了许久，三更鼓响了，秦铮才渐渐睡了过去。

谢芳华一觉睡醒，慢慢地睁开眼睛偏过头，见秦铮依旧睡着，外面的天灰蒙蒙的，看起来像是亮了，只不过雨依旧下得大，看不出什么时辰了。

她动了动身子，发现出了一身凉汗，她伸手轻轻拿掉秦铮的手，感觉他的眉目动了动，她贴在他耳边轻声说："你再睡一会儿，我起来喝水。"

秦铮舒展眉目，继续睡去。

谢芳华慢慢地坐起身，轻轻下了地，披上衣服走到桌前，从暖壶里倒了一杯水，站在窗前捧着杯子喝水。

今日的雨不比昨日的小，这样大的雨已经下了一日两夜，再下下去的话恐怕有的地方要闹水灾了。

她将一杯水喝尽，转回头看向床上，帷幔内，秦铮依旧睡着，眉头轻蹙着，似乎不太安稳，但也没有要醒的模样。

她站在窗前隔着帷幔看了他许久才放下水杯穿戴妥当，拿着伞轻轻打开房门走了出去。

侍画、侍墨听到声音，立即赶来，还没开口，谢芳华便说："小点儿声，他还在睡。"

侍画、侍墨连忙点头，压低声音："小姐，如今还不到辰时，您怎么醒得这样早？"

"睡不着了。"谢芳华看着落梅居的梅花被大雨打得七零八落，地面上落了厚厚的一层，她看了片刻道，"轻歌有消息传来吗？"

侍画、侍墨点点头，侍画从衣袖中拿出一张字条递给谢芳华。

谢芳华打开来，见里面只写了一行字，她看罢，抬手将字条化成粉末，再将手伸到伞外，雨立即打下，将她的手洗刷了个干净。她撤回手，对二人说："我去书房一趟，你们给轻歌传信。"话音刚落，她招手示意侍画上前。

侍画走上前，她对侍画低声耳语了两句，侍画连忙点头。

谢芳华打着伞向小书房走去。

来到小书房，她推开书房的门，入眼的便是挂在墙上的那幅画，她静静地看了片刻，放下伞，关上房门走了进去。

曾经作为听音时，她来过这间小书房，当时里面显得有些空荡。她嫁进来时，嫁妆里带了不少书，都被安排来填充这间小书房了，所以如今书房倒显得拥挤了些。

她沿着一排排书架前行，目光从一本本书上掠过，当走到第三排书架前时，她从最里面抽出一本书来。

是一本讲述野史怪闻的游记。

书皮有些旧，页面已经泛黄，从外表看和一般的书没什么不同，只不过打开后，每一页都有人点评。写点评的人字迹潦草随意，似乎只是看完后闲闲写上几笔，却点评得相当犀利。

谢芳华拿着这本书靠在墙壁上轻轻翻看起来。

当看到一半时，书房门被人推开，她听到动静抬头，见秦铮站在门口看着她，脸色不太好。他没打伞，衣服上淋了些雨，头发也有些湿，似乎因为来得太急，呼吸有些急促。

谢芳华看着他，先是微笑："你醒了？"然后看着他蹙眉，"来这里怎么没打伞？"

秦铮关上房门朝她走来，走到近前时，脸色依旧难看："你怎么不声不响地就起了床，不喊醒我？"

"你昨夜大概没睡好，我醒来后睡不着了，见你还睡着，不想吵醒你，便来了这里找书看。"谢芳华放下书，拂了拂他身上和头发上的水珠。被她拂过的地方，水珠立刻消失，一片干松。

"找了什么书看？"秦铮面色稍霁。

谢芳华拿给他："这本书。"

秦铮看到之后愣了一下，微微抿唇，问道："这么多书，怎么单单只找了这本？"

谢芳华笑着说："我是想随意地找一本，看来看去就看到了这本，一看里面有你的批注，便拿过来看了。"顿了顿，她问，"你什么时候批注了这本书？"

秦铮想了想："几年前吧。"

"到底是几年前？"谢芳华追问。

"记不清了。"秦铮将她手中的书放下，"这里凉，你穿得这么少，回去吧。"

"这本书拿上。"谢芳华重新将书拿在手中，见他看着她，她笑着说，"反正你又不去西山军营了，我也闲着无事，看书打发时间。"

"你还要给我做衣服。"秦铮对于她拿上书倒没什么意见，拉着她往外走。

"放心，少不了你穿的。"谢芳华失笑。

走到门口，秦铮拿起伞，将自己和谢芳华罩在伞下，出了小书房。

回了正屋，进了房间，侍画、侍墨端来清水，二人梳洗完毕，侍画、侍墨又端来饭菜。二人用过早饭，谢芳华要看书，秦铮拿掉她的书，拉着她做衣服。

谢芳华无奈，只能又拿出锦缎、针线，秦铮在一旁打下手。

不知不觉，一个上午便过去了。

晌午，春兰前来请二人去正院用午膳，二人打着伞出了落梅居。

路过水榭碧湖，只见碧湖的水足足涨了一丈，若是再涨一丈就几乎与地面齐平了。

谢芳华看着依旧不止的大雨说："观天色，这场雨怕是还要下上两天两夜，这样下去的话，怕是会有很多地方受灾。"

秦铮点点头。

二人来到正院，英亲王和英亲王妃已经在桌前等着了。英亲王脸色不好，英亲王妃脸色也极差，见二人来了，英亲王妃招呼二人吃饭。

"娘，这是怎么了？吵架了？"秦铮坐下来，问道。

英亲王妃气得哼了一声，瞪了英亲王一眼："你爹他忧国忧民，看着这么大的雨，一夜不睡，让我也睡不好。早上起来就想冲进宫去，被我硬拦下了，他心中不快，拿我作筏子生气呢。"

秦铮嗤笑一声，对英亲王说："您一把年纪了，冲进宫能管什么？难道跑出去治水不成？"

"我一把年纪也身体硬朗，出去治水也行。"英亲王道。

"就算您出去治水，您懂治水吗？治得了吗？"秦铮反问。

英亲王一噎，但还是道："南秦不知道多少人正在饱受水淹之苦，多少良田刚刚种上，若是被这场大水冲了的话，今年的收成肯定好不了，到时百姓颠沛流离，政局必然动荡，可怎生是好？"

"操的心可真多。"秦铮嗤了一声，"这些应该皇叔操心。您本来是王爷，却操心皇帝应该操心的事儿，我看您现在就自杀算了，省得命不长。"

"你……"英亲王脸色一变，怒道，"胡言乱语什么？"

"我说错了？"秦铮看了他一眼，给谢芳华盛了一碗鸡汤，放在她面前，对英亲王道，"我看您还是别操心了，皇叔的病是装的。"

"什么？"英亲王一惊。

英亲王妃也惊了，立即问："怎么回事？"

秦铮看了谢芳华一眼，不再说话。

谢芳华心中无奈，每次秦铮这样看她一眼的时候，就是把事情推给她来说了，

333

不知道他是懒得费口舌还是觉得她比较有说服力。她面对二人的目光，说道："我那日进宫行谢茶礼的时候，观了皇上的面相，觉得他十有八九是装病。"

英亲王一愣："这是为何？"

"怎么会？你早先不是……"英亲王妃看着谢芳华，"那药包……"

"皇上的确得了病，但不至于这么快发作。我当初对您说，按照那药渣来推算，应该还有不足两年的命数，但是您不觉得这病发作得太突然了吗？皇上似乎马上就要宾天了。"谢芳华道，"前一阵子，您知道，我与皇上接触得少，没有特别近距离去查看，谢茶礼时我才看出，他有病不假，但目前表现出的症状和他得的病的症状不同——面相看不出灰败之象，像是服用了某种药物引发的表象。"

"你确定？"英亲王立即问。

谢芳华颔首："我的医术虽然不是出神入化，但也自认天下少有人能在我面前制造假象。"顿了顿，她道，"毕竟我也装过病。"

英亲王闻言不说话了。

英亲王妃恼怒地道："他到底要干什么？"

"所以，您就老实在家装病吧。若是装不下去，我不介意让她开一服药，让您真病了，省得您折腾自己也折腾得我娘不得踏实。"秦铮道。

"我同意。"英亲王妃说，"华丫头，你一会儿吃完饭就给他开一服药，我宁愿守在床前照顾他，也不想被他吵得头疼。"

谢芳华笑笑，没说话。

英亲王沉默半晌，叹了口气："这么多年下来，我自认为还是了解皇上的，如今却是越来越不了解了。"顿了顿，他道，"也罢，让我真病了算了。"

英亲王妃这回没再拿言语刺激他，没言声。

谢芳华见秦铮不受影响地吃着饭，她也默默地吃饭。

饭后，英亲王自己却提议："华丫头，给我开一服药。"

谢芳华看了一眼英亲王妃，见她眼底下有一小片青色，又看向秦铮，见他并不反对，她点点头，从怀中拿出一个玉瓶，递给英亲王："瓶子里面有十颗药，三天服一颗，能够让您病上一个月。这种药的伤害小一些，而且不是医术极高的医者看不出来，您除了每天会睡上大半天外，其余的无碍。"

英亲王妃伸手接过："我盯着你服用。"

英亲王叹了口气。

"你想想，你如今还能动弹，若是百年之后呢？南秦江山如何，你还管得了吗？"英亲王妃看着他说，"至于操心，还是留给皇上去操心，你就省省吧。"

英亲王点点头。

谢芳华想，英亲王对南秦江山来说真是一个好王爷，若他不是天生脚跛的话，

334

这个皇位就是他的，在他的治理下，南秦江山不见得是如今这副样子。

皇上明明还有两年寿命，不到病变的时候，却让其提前发作，不知道打的什么主意，但是从明里暗里一连串的事情来看，不是针对忠勇侯府，就是针对英亲王府。

英亲王纵横朝堂也有大半生了，他只是为了南秦江山而已，又不是真的傻，如今听说皇上装病，他无奈之下只能真的把自己弄病了。

在他之前的大半生里，可能从来不曾装过病，也不曾算计过谁。

本来她对英亲王没多大好感，如今对他倒是不由得崇敬起来。明明皇位是他的，上天给了他一个富贵滔天的出身，却没给他皇帝的命，这么多年，他一步步走来也不容易。

她看向秦铮，暗暗想着，在秦铮的心里，对他的父亲应该也是极其敬重的吧，哪怕英亲王曾经器重秦浩，大部分原因也是秦铮太过狂妄顽劣而秦浩的表面功夫做得太好。

想起秦浩，她问：“大哥呢？最近怎么不见他？”

英亲王说：“秦浩啊，爹对他动了家法，后来又罚他在祠堂跪了一日一夜，病了，在紫荆苑养着呢。”

谢芳华点点头。

“走了。”秦铮站起身，伸手去拉谢芳华，准备离开。

就在这时，外面传来喜顺的声音：“小王爷，太子的随侍来了，说请您和小王妃再去一趟西山军营。”

秦铮挥手：“告诉他，不去。”

喜顺立即道：“太子的随侍说，昨夜西山军营又死了一个人，那个人是刑部的韩述大人，死在了自己的床上。仵作验尸，同样验不出什么来。”

秦铮眯起眼睛，伸手挑开门帘，看着外面：“韩述死了？”

喜顺打着伞，大雨哗哗地顺着他的伞往地上泼，他点点头：“太子的随侍是这样说的。太子同时传了一句话，说昨天小王爷说的事情他答应了，军营的案子、孙太医的案子还有今天的案子都交由小王爷一人处理，刑部和大理寺协助彻查。”

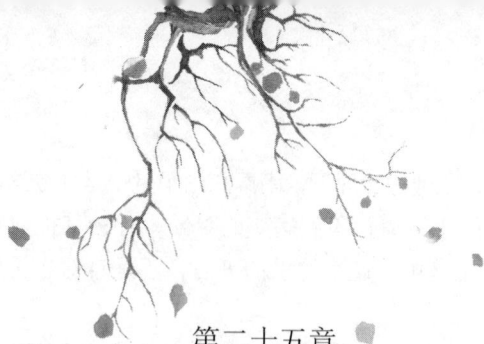

# 第二十五章

# 金针穿心

秦钰答应了！

为什么？

是因为韩述悄无声息地死了吗？

昨天还好端端的一个人，今天怎么就死了，还是死在军营里自己的床上，仵作同样验不出任何蛛丝马迹来？

谢芳华偏头看向秦铮。

秦铮脸色微沉："你去回话，就说我和小王妃现在就去军营。"

喜顺连忙应声，打着伞转身匆匆去了。

英亲王一拍桌案："岂有此理！孙太医和韩大人都是朝中有品级的大员，竟然就这么被人杀了！到底是什么人这般心狠手辣？"

"你激动什么？"英亲王妃推了英亲王一把，"你给我坐下。"

英亲王对英亲王妃瞪眼。

"皇上还好好地待在宫里呢，太子也好模好样地待在西山军营呢，如今既然他让人来喊铮儿和华儿，交给他们就是了。"话音刚落，英亲王妃对谢芳华和秦铮说："你们要去的话，小心点儿，多带点儿隐卫。"

"娘放心吧。"谢芳华点头。

"可惜了韩大人这么一个刚正不阿的官员。"英亲王妃惋惜地说，"竟然就这么死了。"

秦铮脸色发寒，拉着谢芳华打着伞出了房门。

侍画、侍墨、玉灼连忙跟上二人。

去西山军营没什么需要准备的，所以秦铮和谢芳华径直来到府门口，喜顺早已经吩咐人备好了马车。二人上了马车，侍画、侍墨、玉灼三人依旧坐在车前，马车离开了英亲王府。

马车顺畅地来到城门口，只见右相府的马车已经等在那里。

李沐清从车中探出头："是不是要去西山军营？我也去。"

玉灼回头对车里的秦铮说："表哥，是李公子，说要跟去军营。"

"他的消息倒很快，一起去吧。"秦铮颔首。

玉灼对李沐清车前赶车的随从招了招手，当先赶着车出了城，李沐清的马车随后跟上。

两辆马车出了城后都径直上了官道，前往西山军营。

因大雨下了一日两夜，如今还下得极大，官道上无人，所以虽然冒着雨，但两辆马车踏着水跑得极快。

半个时辰后，马车上了山路。

在昨天遇到机关巨石的地方，玉灼、侍画、侍墨三人都打起十二分的精神，注意着四下的动静，但是并没有什么事情发生，平安度过。

在昨天遇到狼群围攻的地方也没发生什么事，同样平安地度过了。

到西山军营一路顺畅。

看到军营就在眼前，玉灼悄声对侍画、侍墨说："今天好奇怪，没有截杀。"

侍画、侍墨瞪了他一眼："没有截杀不好吗？"

"不是不好，而是有些奇怪。"玉灼挠挠头。

侍画、侍墨想起今天天还没亮时轻歌传来的那张字条，往车里看了看，没再言声。

马车在军营大门前停下。

军营的大门开着，有一位将军带着几个士兵等在大门口，见秦铮和谢芳华来了，立马上前："小王爷、小王妃。"

秦铮和谢芳华下了车向里面看了一眼，军营十分安静，在大雨中却给人一种死寂的感觉。不是肃杀，而是死寂，这可不是什么好现象。

秦铮点点头，往里面走。

那名将军看到了随后下车的李沐清，张了张嘴，说："太子殿下只请了小王爷和小王妃，这李公子……"

"他随我一起查案。"秦铮头也不回地道。

那将军立即住了嘴，连忙请李沐清进军营。

李沐清笑了笑，撑着伞跟着秦铮和谢芳华一起走了进去。

随着三人的进入，军营的门缓缓地合上。

走过练兵场，来到大营，吴权已经站在门口等候，见秦铮和谢芳华来了连忙见礼："小王爷、小王妃，你们总算来了。"话音刚落，又对李沐清见礼："李公子也来了。"

李沐清笑着还礼。

秦铮看了一眼吴权。

吴权立即让开："太子殿下正在里面等着呢。可怜了韩大人，不知发生了什么，竟然就这般悄无声息地死了，小王妃快进去看看吧。"

秦铮拉着谢芳华走了进去。

室内，秦钰、左相、永康侯、范阳卢氏的几位老者都在座。

秦钰的气色极差，见秦铮和谢芳华来了，他站起身："韩大人还在他住的房间。"

秦铮看了他一眼，冷笑："你在军营里坐镇，竟然还让人悄无声息地死了，是不是有点儿可笑？"

秦钰抿唇："夜里，我并没有听到任何动静。"

"小王爷，这个老奴做证，夜里我就睡在太子殿下房间的外榻上，也没听到任何动静。"吴权立即道，"左相和侯爷一左一右地住在太子殿下的两边，韩大人就住在侯爷旁边的房间。"

永康侯脸色青白："我因为担心府中的夫人，夜里没怎么睡，可是丝毫没听到隔壁韩大人的动静，但是一早醒来，人就死了。"说着，他满面惊骇，"实在是吓人！"

"韩大人另一侧睡着谁？"秦铮又问。

"回小王爷，是我。"那个领秦铮和谢芳华来的将军道。

秦铮看了他一眼，点点头。

吴权领着秦铮等一行人来到韩述所住的房间，房门口有几名侍卫看守，见秦铮、秦钰等人来了，立即让开。

秦铮当先走了进去。

谢芳华跟着秦铮迈过门槛，入眼处，房间的布置很简单，帷幔被挑起，韩述无声无息地躺在大床上。

秦铮来到床前，仔仔细细地看了韩述一眼，然后偏头看向谢芳华。

谢芳华打量着韩述，他像是睡着了，但已经没了呼吸，面色和生前一样，没什么改变。她对秦铮道："将他翻过身来。"

秦铮点头，轻轻抬手，韩述翻了个身。

他是和衣睡的，衣服有些皱。

谢芳华看了片刻，又给韩述号脉，半晌后，没说话。

"怎么回事？他可是和卢艺一样，中了虫蛊？"秦钰问。

谢芳华摇头："不是。"

秦钰一怔："我看他这般死去的面相和卢艺没有不同，怎么会不是虫蛊之术？那他是如何死的？"

"他是死于金针刺中背心的穴道，一针刺穿了心。"谢芳华道。

秦钰眯眼："金针？怎么看出来的？"

谢芳华让开身，对秦钰道："应该是极细的一根针，你现在对着他的后背运功，用内力吸，应该能从他的后背吸出一根针来。"

秦钰疑惑地道："刚刚仵作验尸，将韩大人全身都验了，若是有针眼应该能发现。"

"武功极高，内力极好，运针手法极快，金针细如牛毛的话，不见得会留下明显的针眼。"谢芳华拉着秦钰让到一旁，"不信的话，你有武功，可以现在就动手检验，看我说得对不对。"

秦钰点点头，撩开韩述后背的衣衫。

众人抬头看去，见韩述后背光滑，没有任何异常，真的看不出有针眼。

秦钰也打量片刻，然后指着后背某处问谢芳华："是这里？"

谢芳华点头。

秦钰将手平放在韩述后背上方半尺处，然后凝聚内力，对着韩述的后背做出吸的姿势。

众人都一眨不眨地盯着韩述的后背和秦钰的手。

过了片刻，只见一根细如牛毛的针果然从韩述的后背被缓缓地拔了出来，众人齐齐惊呼。

秦钰的面色变了变，将细如牛毛的金针吸到手里，拿手指捏住举到空中，然后抬头看去。这根金针太细了，若是扔在地上，眼神不好的人大约半天都找不到。他看着谢芳华："你只是观韩大人面相加把脉，怎么就确定凶器是一根这么细的金针？"

众人惊骇之后，也都疑惑地看着谢芳华。

"我给韩大人把脉，探出他死于心跳停止，可是他全身上下没有不通之处，只有心脏处有些堵塞，而他定然不是立刻就死的，所以我揣测应该是有什么东西击中了心脏，但是他又未受重伤，那么只有一种可能，就是被尖利的东西穿透了心脏。这种尖利的东西从外表丝毫看不出来，那么还能是什么？应该是细如牛毛的针了。"谢芳华解释，"所以我猜测，应该是一根金针。"

秦钰点点头："说得有理。"

左相开口："小王妃，你为何说韩大人中了金针没立即死？靠医术当真连这也能探查出来？"

谢芳华摇摇头："我的医术虽然不错，但也不是什么都能探查出来，只不过是在用医术探查的同时，还思考了环境和韩大人本身留下的线索而已。"

"什么线索？"秦钰立即问。

谢芳华伸手捏起韩述身上的衣衫，对秦钰道："韩大人昨日夜里，应该起来打开了窗子。"

"嗯？"秦钰一愣。

永康侯立即道："不可能，我就住在他隔壁，韩大人一晚上没动静。"

"侯爷确定真没动静？"谢芳华回头看永康侯，"一点儿动静都没有？"

永康侯一噎，仔细想想，然后犹豫地摇摇头："我是没听到什么动静，但是一点儿动静也没有，这……却是不敢保证了。"

谢芳华淡淡道："军营的房屋都极其结实，若不是大的动静，一个人下床打开窗子这种细微的声音，隔壁若是不特别注意凝神静听，是很难听见的。"

"也是。"永康侯觉得有理。

"你为何说他半夜起来打开过窗子？"秦钰疑惑。

"因为他和衣而睡，里衣上的褶皱不全是睡觉压的，还有一些是因为淋了雨。因为昨夜雨大，他应该不曾踏出房门，否则衣服就不会仅仅是沾了些雨，染些潮气了。我猜测，他半夜应该打开过窗子，时间不太长，风夹着雨顺着窗子吹进来，他身上穿的上好的锦衣沾了些水汽，才会是如今这皱皱巴巴的样子，衣服有些地方摸着还发涩。"谢芳华道。

秦钰伸手摸了摸："的确。"

"他为何半夜开窗子？"永康侯感到很奇怪。

谢芳华道："这就要问半夜里发生了什么不为人知的事了，而且就在他的窗外。否则这么大的雨，韩大人为何半夜开窗子？"

秦钰脸色难看："你能查出他是何时开窗子，何时死的？"

"子时。"谢芳华道，"他开窗不到半盏茶时间，这是根据他的衣服被潮气浸湿的程度推断出来的。然后他应该是转过身要拿什么东西或者要干什么，没立即关窗子，而在他转身时，有金针从他后背刺入。"

秦钰皱眉："既然是被金针刺入，他应该痛呼才是，若是没痛呼，那就是立即死了，可是也应该死在原地，不该是好好地躺在床上，早上才被人发现他死了。"

"问题就出在你手里这根金针上。"谢芳华道，"因为金针太细，韩大人是个不懂武功之人，被武功极高的人突然灌注内力的话，被这么细如牛毛的金针刺入，可能在他的感觉里就是后背一瞬间疼了那么一小下，疼痛之后还能照常做一些事

340

情，那么关上窗子再走回床前躺下，完全能做到。"

众人听罢唏嘘。

秦钰闻言看向秦铮："我丝毫没听到动静，而且因为我住在这里，这排营房外面是我的隐卫，守了一圈，足有百人，外围就是五百士兵了。"

"那么就是昨日靠近这排营房的人，或者是本来就住在这里的人，抑或是守着这排营房的人干的。"秦铮道，"毕竟这针可不能凭空生出来，韩大人也不是因什么虫蛊之术死的。"

秦钰抿唇，点点头。

永康侯奇怪地道："就算是韩大人窗外有什么声音，他打开窗子看一眼，应该也会立即关上，可是他没立即关窗子，而是背过身，是做了什么？"

谢芳华观察着这间房间，发现物品都摆得很整齐。

李沐清此时开口了："韩大人若是听到动静，半夜起来，应该是先掌灯，掌了灯后打开窗子，然后可能灯忽然灭了，他背过身去重新掌灯。就在这时，有人出手，拿金针杀人。而后正如小王妃所说，他可能只感觉后背突然疼了一下，心悸了那么一会儿，便觉不出什么了，于是他又关上窗子，熄了灯上床睡了。"

秦钰点点头："有道理，布置这间屋子一应所用的人说，这个房间里只有灯被动过，不在原来摆放的位置。"

"可是韩大人房间的窗外到底能有什么动静？我就在他隔壁，为何我没听到动静？"永康侯道。

"你若是听到，死的就是你了。"秦铮道。

永康侯吓得面色大变。

"侯爷原来就这么大的胆子。"秦铮瞥了永康侯一眼，走到窗前，打开窗子向外看去。

谢芳华跟着秦铮来到窗前，入眼处没有任何遮挡物，一片空旷，准确地说这一排屋舍前面都很空旷，连遮阴的树木都没有。

秦铮看了一眼，扭回头对秦钰嘲笑道："能在百名隐卫和五百士兵的看守下杀人，还是这个位置，你说，逃过隐卫的视线可能吗？"

秦钰的脸色寒了寒。

"这些案子，你确定都交给我破？"秦铮又挑眉。

秦钰沉默片刻，点点头。

"你可想好了，别后悔。"秦铮伸手关上窗子，阻隔了外面风雨带来的水汽。

秦钰看了谢芳华一眼，道："你身边有个神医，除了会医毒之术，还比仵作都会验尸，聪明果敢，心智超群。这些案子就算给别人，别人也破不了，恐怕还是要请你和她帮忙。请不动你就只能停滞不前，可是这些案子容不得停滞不前，必须破了，尤其是如今还死了刑部的韩大人。若是案子破不了，这些事情又是发生在军营，很可能导致三十万大军军心不稳，日夜恐慌，若是再有事情，后果不堪设想。"

"你清楚就好。"秦铮冷冷地道，"既然交给我了，那么任何人都不准插手，你也不行。"

"这雨下得这么大，目前还没有停止的势头，我在军营便收到了各地递上来的加急奏折，已经堆了一堆了。"秦钰道，"如此灾情怎么能置之不理？接下来我要处理灾情，没工夫审理案子，交给你最好。"

秦铮点点头："既然如此，昨日守卫你的百名隐卫你都要给我留在这儿，并把这些人的名字都写下来。另外，你带来的所有人都要留在这里。"话音刚落，他道，"包括月落和吴公公。"

吴权一惊："小王爷，老奴昨夜真的守在太子房外啊！您不放我回去，谁伺候皇上？"

秦铮看着他："你离开两日了，皇叔依旧好好的，没了你皇叔照样有人伺候。"

吴权立即看向秦钰："太子，那您回城怎么办？没人在身边怎么行？"

"我的人送他回去。"秦铮看着秦钰，"敢不敢？"

"有何不敢？"秦钰挑眉，对吴权吩咐道，"你就留在这里吧，我回城后会和父皇说清楚。"话音刚落，他补充道，"我带来的所有人包括月落都留在这里。"

吴权住了嘴。

秦钰转身出了房间。

秦铮对外面打了个响指，吩咐道："青岩，送太子回京，未来一段时间你跟在太子殿下身边。"

青岩立即应声："是！"

秦钰说走就走，撑着伞很快就出了营房。

范阳卢氏几名老者见太子竟然将这件案子就这样交给铮小王爷了，心下大骇，连忙追出去："太子，您就这么走了，铮小王爷实在是……"

秦钰停住脚步，回头看着几人，语气不轻不重地道："本宫自小和小王爷一起长大，他是什么脾性我最是了解。这件案子交到别人手里也许就含混过去了，但是交给他一定会查个水落石出。"

几位老者齐齐一悚。

"卢艺之死，尸骨无存，本宫相信交给他才能给你们范阳卢氏一个交代。"秦钰丢下一句话，撑着伞转身，一个人走向大营门口。

范阳卢氏的几位老者对看一眼，这时雨忽然又大了起来，几人齐齐折返回来，只这么片刻工夫便淋了一身雨。

几人回来之后也顾不得抖搂身上的雨，对左相卢勇说："左相，你看……"

卢勇看了秦铮一眼，缓声道："几位叔公久不居京城，对铮小王爷不了解也属正常。铮小王爷虽然玩世不恭，但是一旦对某件事情认真起来，定然会做得极好。所以几位叔公就放心吧，他一定会给卢艺一个公道的。"

几位老者闻言齐齐住了口。

秦铮从韩述所住的房间出来，来到大堂，对一名士兵吩咐："去将李昀提来。"

那名士兵应了一声，立即去了。

秦铮偏头低声问谢芳华："我若是想让李昀说实话，且是在不清醒的情况下让他将内心的话说出来，你有什么办法没有？比如用什么药。"

谢芳华思索了一下："用药倒是有办法，但我没有随身带着，若是开一服方子熬药的话，怕是得耽误许多工夫。"

"再没别的办法了？"秦铮道，"我不想太耽搁时间。"

"还有一种办法。"谢芳华斟酌了片刻，对他低声道，"我会一种催眠术，是在无名山学的，虽然不十分精纯，但若是用来探知李昀的内心应该足够了。"

"好，就用这种催眠术。"秦铮道。

谢芳华点点头。

左相、永康侯、李沐清、范阳卢氏的几位老者以及军中的几名将领见秦铮和谢芳华低头耳语，都在猜测他们要怎样破这桩案子。

不多时，有人将李昀带到。

李昀一出来，谢芳华便打量了他一下，只见他外形俊朗，眉目线条冷硬，身子骨一看就极其结实，是块练武的好材料。大约是关了两日，所以他的神色虽然冷峻，但有些颓靡，气色极差。

"好你个李昀，你说，你为何要杀卢艺？"一位范阳卢氏的老者跳出来，伸手指着李昀。

李昀脚步一顿，看着那老者，冷硬地说："我没有杀他！"

"有人亲眼所见，你还狡辩？"那老者气得印堂发青，"你说，你是不是会什么虫蛊之术？"

"我不会什么虫蛊之术，也没有杀他。"李昀又道。

那老者劈手就要打他。

永康侯上前一步，挡住老者："有小王爷和小王妃在此审案，到底是不是李昀所杀，定然会查个水落石出，你这般跳出来是想做什么？"

"谁不知道小王爷、小王妃和你永康侯府关系好？谁不知道这个李昀是你夫人

343

的娘家侄子？侯爷这是要包庇罪犯吗？"那老者立即道。

"你……"永康侯气得直瞪眼。

秦铮冷笑一声，看着那名老者，忽然道："范阳卢氏……"顿了顿，他扬眉，"是心虚了吗？怕我查出来其实是自家人害死自家人？"

几位老者闻言面色齐变。

其中一人又惊又怒："小王爷，我们范阳卢氏死了侄孙，自然恨不得手刃仇人！你这么含血喷人，是什么意思？"

"他未必就是你的仇人。"秦铮道。

"可是不管为何，卢艺是死在他面前，难道能说跟他一点儿关系也没有？"那老者道。

"韩大人不声不响地死在这里，凡是住在和靠近这排营房的人都有嫌疑，难道不等查个水落石出，我就将这些人都杀了不成？"秦铮看着他。

那老者一噎。

"左相，难怪你们范阳卢氏一年不如一年，原来执掌家族的人这样糊涂。"秦铮看向左相。

左相也有些怒意，回头对几位老者道："几位叔公少安毋躁！这里幸好是军营的大堂，不是刑部和大理寺的大堂，否则容不得任何人喧哗。"

那老者闻言住了口，退后了一步。

经他一搅和，这座营房内的气氛顿时冷凝了些。

秦铮对李昀上下打量一眼，道："李昀，你确定你没杀卢艺？"

"回小王爷，没有。"李昀道。

"你可还记得当日的经过？"秦铮说。

李昀摇摇头，又点点头，开口道："我明明记得那日夜里不当值，便早早睡下了，可是再醒来居然发现自己站在练兵场，卢艺死在我面前。巡夜的士兵说是我杀死了卢艺，之后就将我关押了起来。"

"你被关押后，可有人接触过你？"秦铮又问。

李昀想了想，摇头："被小王爷和太子殿下提审了一次后，再无人见到我，这两日都在军营的暗牢里，除了暗牢里的人，我再没见过任何人。"

秦铮颔首："也就是说，你自己都不明白发生了什么事，你怎么会在练兵场，卢艺怎么死的，对不对？"

李昀点点头。

"那好，我现在就给你一个证明自己清白的机会。"秦铮伸手指指旁边，"小王妃会医术，她可以让你在睡眠中说出真正的经过。也就是说，你目前所说的若是和你睡眠中所说的不符的话，你知道后果。"

李昀看向谢芳华。

谢芳华淡淡地看着他："都说君子坦荡荡，你若真没杀人，那么我的医术肯定能还你一个清白。"

"好，"李昀立即说，"请小王爷和小王妃做主。我所言非虚，的确没有杀人。"

秦铮点点头。

"我要怎么才能睡着？"李昀问。

"你躺在地上就行，我会让你睡着的。"谢芳华说。

李昀闻言，立即躺到地上，闭上了眼睛。

谢芳华站起身，来到他身边，对他说："你睁开眼睛看着我。"

李昀立即睁开了眼睛。

谢芳华看着他的眼睛，对他轻声说话，同时运功，在掌心凝了一圈气，罩住他的眉心。

过了片刻，李昀似乎抵挡不住困意，缓缓地闭上了眼睛。

又过了一会儿，他安然地睡着了。

"这就行？"范阳卢氏一个老者又不干了，"小王妃，你不要仗着我等不懂医术，就随意糊弄，为他开脱罪名。"

谢芳华站起身，看着那名老者道："你可以上来随便对他拳打脚踢几下，若是能将他踢醒或者用别的办法证明我在糊弄人，那我立马就走，这件案子我永不插手。"

那老者闻言立即上前对着李昀一阵拳打脚踢，李昀依然一动不动，睡得很熟，在场的人都能听见他均匀的呼吸声。

"你们可以一起来。"谢芳华又对另外几位老者道。

那几位老者对看一眼，有的上去踢打李昀，有的往上拽他，但是无论怎么弄他，他都跟没了知觉一般，沉沉地睡着。

"好了，够了吧？"谢芳华见几位老者踢打了一会儿还嫌不够，大有要拿剑捅李昀的架势，冷笑着开口。

永康侯也坐不住了，大怒："范阳卢氏，堂堂世家大族，族中长辈竟然是这般难看的模样，实在是令人觉得范阳卢氏不值一钱！"

"几位叔公，够了！"左相也看不下去了。

几位老者只能青着脸喘着粗气住了手。

"开始问他吧。"秦铮扫视了一圈，面无表情地开口。

谢芳华重新靠近李昀，轻声开口："李昀，是不是你杀了卢艺？"

李昀的声音木木的："不是，我没有杀他。"

"你和卢艺有过节儿吗？"谢芳华又问。

李昀的声音依旧木木的："没有。"

"下大雨的第一天晚上，你都做了什么？"谢芳华又问。

"不是我当值，我就回房睡了。"李昀说。

"夜里呢？你还做了什么？"谢芳华追问。

"夜里……"李昀茫然地道，"没做什么。"

"你再好好地想想，当天夜里，子时前后，你是怎么从房间里出去，去了练兵场的？"谢芳华又问，"你是怎么见到卢艺的？"

李昀似乎陷入深深的思考里，过了片刻，他的额头开始有大颗大颗的汗珠子滚落。

"想起来了吗？"谢芳华又问。

李昀忽然激灵了一下，呼吸似乎骤然停了一会儿，然后惊恐地大叫起来："是卢艺！卢艺跳窗子进来要杀我，我竟然……竟然打不过他，然后……然后……"他用力地回想，"后来他将我打晕了……我再醒来时，就发现自己在练兵场，巡逻兵说我杀人了……"

谢芳华眯了眯眼睛："然后呢？"

李昀的声音又变得木木的："然后，惊动了许多人，将我押了起来，一直关在暗牢……"

"他胡说！卢艺怎么可能跳进他的房间要杀他？一派胡言！"范阳卢氏的一个老者大叫。

秦铮忽然冷冷地瞥去一眼，目光中带着杀意。

那位老者顿时住了口。

"还能再问出别的吗？"秦铮又问。

"还想问什么，你可以现在就问他。"谢芳华道。

秦铮想了想，问李昀："在你的心里，被你杀死的卢艺是一个什么样的人？"

李昀大声反驳："我没有杀卢艺，明明是他要杀我！"

"好，我相信你没有杀卢艺，那你回答我，卢艺是一个什么样的人？"秦铮又道。

"卢艺……"李昀似乎又进入自己的思绪里，过了片刻，极其不屑地道，"胆小、怕事、懦弱、一无是处。"

"这样一个一无是处的人，为何在要杀你的时候，你打不过他？"秦铮又问。

"我不知道为什么。他明明只会三脚猫的武功，可是那日夜里，他很厉害，我打不过。"李昀似乎又陷入了深深的疑惑里。

秦铮不再说话，对谢芳华摆摆手。

谢芳华轻轻挥手，将内力凝聚一团，罩在李昀眉心处的那团青色烟气被她牵引出来，然后她轻轻推了推李昀，李昀悠悠醒转。

他醒来后迷茫地看着四周，过了一会儿，似乎想起了什么，立即看向秦铮："小王爷。"

秦铮抬手，示意他站起身。

李昀从地上爬起来，还没站起身，又跌了回去，他一脸困惑，似乎不明白自己怎么浑身疼痛。

秦铮看着他道："小王妃用医术探查过，你的确没有杀卢艺，相反，是卢艺半夜潜入你的房间要杀你。"

李昀啊了一声，似乎难以置信："我和他无冤无仇……"

"刚刚你在沉睡中也是这样说的。"秦铮道，"至于卢艺为何要杀你……"他看向谢芳华："你觉得呢？"

谢芳华道："卢艺是被虫蛊之术所控。被虫蛊之术控制的人，就如一具被人操控的人偶，下虫蛊的人想让他做什么他就会做什么。所以当日夜里，卢艺被虫蛊之术所控潜入李昀房中要杀他，是有可能的。"

"荒谬！"范阳卢氏的老者大怒，"怎么现在事情反过来，变成我侄孙卢艺杀人了？这简直荒谬！"

谢芳华忽然看着那位老者道："此事是否荒谬，一测就知。这位老者想必在范阳卢氏地位极高，我的医术的施行对象不分男女老少，若是你不信李昀睡着之后所说的内心话，可以躺下来让我试试。"

那老者一惊，顿时后退了一步。

谢芳华笑笑："你放心，我对范阳卢氏的秘辛没什么兴趣，提问肯定只针对这件案子。"

那名老者骇然："小王妃，我不知道你用了什么手段，但我范阳卢氏是受害人，如今你在这里颠倒黑白，就不怕传扬出去，百姓们说你妖言惑众，说你是妖女吗？"

"我用的是医术，若是范阳卢氏能找来一个比我医术更好的人，我也不必费心了。"谢芳华冷笑，"我倒不知道用医术破案，什么时候成妖女了，你真是抬举我了。"

秦铮忽然寒声开口："来人！"

有两人立即从外面走了进来。

"将范阳卢氏这几个给我拿下！"秦铮吩咐，"我倒要看看，他们上蹿下跳，跟卢艺被杀这件案子，到底有没有关系。"

"是！"有人立即上前。

左相腾地站了起来："小王爷，你不能这样！"

"嗯？左相觉得我不能这样？那我能哪样？"秦铮眯了眯眼睛，"范阳卢氏这

347

几人若是没有问题，我自当给他们一个交代，但若是有问题，那么范阳卢氏一门饶恕！"

左相道："他们也是因为卢艺死了，心痛之下才如此。"

秦铮冷笑："左相，你在朝多少年了，什么样的人没见过。我自小生在京城，长在皇宫，什么样的人没见过。死了个侄孙而已，范阳卢氏犯得着揪着李昀不放？明明已经查出虫蛊之术了，偏偏还说是他杀了人要将他置于死地，到底背后打的什么主意？你若是不知道也就罢了，你若是知道的话，就算你是左相，待我查个水落石出后也要将你问罪，你可清楚？"

"你……"左相脸色铁青，却说不出话来。

"让他们几人昏睡中说出内心话，你可还能做到？"秦铮转头看向谢芳华，问道。

"能。"谢芳华点头。

秦铮摆手："那就开始吧。"

"若不是范阳卢氏做的，小王爷，你当如何？"左相又开口，"范阳卢氏如今虽然不比从前，但也是堂堂世家大族。"

"若不是他们自己人害自己人的话，他们骂我的小王妃是妖女这件事儿就作罢，否则……"秦铮冷哼一声。

左相看到秦铮对那几个已经被人敲昏过去的老者露出杀意，知道他们骂谢芳华惹怒了秦铮，他本来还想拦阻秦铮，此时只好住了口。

那几名老者被人逐一放在地上，谢芳华走上前，同时对几人实施催眠术。

一时间，室内静寂无声，只有她的声音飘荡。

过了一会儿，谢芳华对秦铮道："好了，可以问了。"

"卢艺的虫蛊是怎么中的？"秦铮从座位上站起身，对几人开口。

"什……什么虫蛊之术……"一个老者惊恐地说。

"就是用一条小虫子控制人的心。"秦铮解释。

"小虫子……小虫子……"那老者似乎在进行激烈的挣扎，过了一会儿，道，"卢艺就是范阳卢氏的一个废物，死了就死了……只要你答应我们，将卢勇拉下马，扶持我族中有出息的子嗣上去……我们就配合你……"

左相卢勇面色一变。

"配合谁？配合什么？"秦铮又问。

"配合……配合……"那人挣扎着，"配合"二字说了十几遍，后面的话语却怎么也说不出来。

秦铮盯着他又问了一遍。

忽然，那名老者猛地蹬了一下腿，断了气。

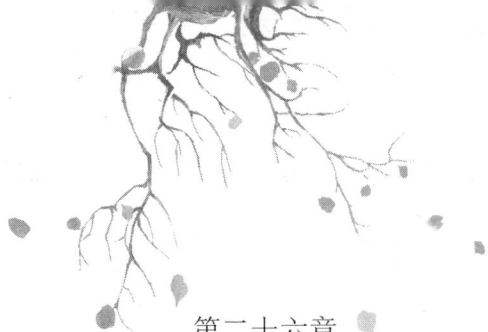

## 第二十六章
# 背后动机

谢芳华面色一变，立即上前给那名老者把脉。

然而当她到近前时，那名老者已经气绝。

她抬起头，对秦铮道："人死了！"

秦铮眯起眼睛："为何？"

谢芳华道："按理说，我用的这种催眠术不可能死人。"话音刚落，她看了好好的李昀一眼，"就算年纪大了，也不会死人。除非……"

"除非什么？"

谢芳华看着他道："除非，这个名字和这件事儿是他心底不能说的秘密，挣扎之下，一口气上不来，就气绝了。"

秦铮挑眉。

谢芳华抿唇，看着地上这名老者道："他语气惊恐，神色惊恐，说明内心感到深深的恐惧，说出来的后果怕是比死还恐怖。"

秦铮冷笑一声："我倒要看看，天下还有何种令人觉得比死还恐怖的事情。"话音刚落，他上前一步，靠近另一个老者，问道，"回答我，是谁答应了你们，只要将卢勇拉下马，就扶持你族中有出息的子嗣上去？"

那老者开口："是……是……是……"

他半晌也没说出来，额头却有大滴的汗珠子滚落，面色也越来越惊恐。

谢芳华立即道："再不停止，这个人也会死。"

"死就死！"秦铮面色阴沉，一把揪住那老者的衣领，"说，是谁？若是你不说，我就定下你们范阳卢氏背后搞阴谋、祸乱军营的罪，诛了范阳卢氏九族！"

"不要！"那老者惊恐地叫了一声。

"说！"秦铮凌厉地看着他。

"是……我不知道他是谁……"那老者的惊恐之色愈来愈浓重，"他很厉害，黑衣蒙面，看不见他的长相，他身上有一个钵，钵里放着小虫子，只要将虫子放在人的身上，就能驱使那个人去做他想做的事情……"

"他是什么时候找上范阳卢氏的？"秦铮揪住他的衣领不松手。

"是……是在去年……"那老者道。

"去年什么时候？"秦铮又问。

"去年这个时候……"那老者又道。

"范阳卢氏不知道他是谁，竟然也敢将全族的命赌上？"秦铮又问。

"卢勇就是一个白眼狼！当年为了他的相位，族中对他何等费心，可是他呢，这么多年给过族中什么？他不但不帮助卢氏，反而踩着同族的肩膀享受荣华富贵……"那老者道。

左相卢勇在一旁忍不住了，大怒："这也要问问族里这些年都想要我做什么！我食君之禄，忠君之事，先国后家，族中长辈呢？想要我以权谋私！人心不足蛇吞象。我这些年已经多加照拂了，若是没有我的照拂，以范阳卢氏子息日渐凋零的趋势，早已经完了。"

秦铮偏头看了卢勇一眼，淡淡道："左相太激动了。"

左相一噎，铁青着脸不再说话。

谢芳华看了卢勇一眼，想着从今日爆出来的消息来看，左相和范阳卢氏的矛盾已经不可调和了，否则范阳卢氏的这几个老头子也不会为了踩下卢勇另觅人选而背后与人合作搞这些阴谋，这次左相的面子算是丢尽了。

"所以，你们不惜一族人的性命也要拖左相下马？"秦铮挑眉，"一族人的性命比不过左相这个官位？"

那老者摇头："那人说万无一失……"

"好一个万无一失。"秦铮冷笑，"你凭什么相信他？就凭他身上有几条虫子？"

那老者听到虫子，顿时又露出惊恐之色来，似乎正在进行天人交战。

"不说我就定了范阳卢氏的罪，诛杀满门，而左相还会是高高在上的左相，不受丝毫牵连。"秦铮又使劲揪住他的衣领。

"我……我相信他……是因为……是因为……"那人蹬几下腿，也没了声。

秦铮松开手，看向谢芳华。

谢芳华看了一眼道："气绝了。"

众人唏嘘，又死了一个。

范阳卢氏这一次来了五个人，如今死了两个，还剩下三个人。

"都死了也要查！"秦铮又揪起一个老者的衣领，"为何相信他能拖左相下马，给范阳卢氏想要的利益？不说的话，我现在就杀了你！"

那人惊恐起来："不要杀我……"

"不杀你也可以，说！"秦铮继续逼问。

"我说……说……说……"那老者挣扎片刻，也一蹬腿，死了。

秦铮皱眉，冷着脸放开手。

营房内一时无人说话，明明是夏天，却分外阴冷。

秦铮又伸出手，揪住第四个老者的衣领，冷声道："我今天倒要看看，到底是什么人，让人惧怕至此！"

谢芳华伸手拦住他，轻声道："估计这两个人都死了也问不出什么来，不如迂回问些别的？"

秦铮看着她。

"比如，孙太医被杀案、巨石机关案、群狼围攻案、韩大人被杀案。"谢芳华道。

秦铮点点头，问道："孙太医是你杀的吗？"

那老者摇头："不是。"

"除了将卢艺送来军营，范阳卢氏还做了什么？"秦铮又问。

"等着卢艺死，卢艺死了之后，范阳卢氏找杀他的人偿命……"那老者道。

秦铮脸色冷寒："还有呢？"

"没……没有了……"那老者道。

秦铮看向谢芳华。

谢芳华说："只能这样了。不能让这五个人都死了，总要留两个。"

秦铮点点头，撤回身子，站起身看向左相："左相以为此事如何处理？"

左相此时已经平静下来，对秦铮拱了拱手："既然卢艺之死不关李昀的事，李昀应该无罪释放。不过，孙太医之死、巨石机关案、群狼围攻案、韩大人之死案，究竟是何人所为，都要查个一清二楚。"

秦铮点点头："左相以为，接下来该如何展开调查呢？毕竟此事也与你有关。"

左相的脸色不太好："太子殿下将此案全权交给了小王爷，小王爷想要怎样查，便怎样查。若是有需要本官配合的地方，本官自然不遗余力。"

"范阳卢氏……"秦铮走了两步，转过身道，"稍后这两个活着的人醒来就交给左相处置吧。这三个已经死了的人，你也一并处置了吧。"

左相立即道："小王爷做主就是了。毕竟是范阳卢氏同族宗亲，我总应该避嫌。"

秦铮笑了笑："左相不必避嫌，大义灭亲才是忠君爱国。这桩案子也不能因为催眠术让他们说了一番心里话便草草地结了，必须等所有的案子都水落石出后，才奏请皇叔，下旨降罪。"

左相颔首："既然如此，这几位叔公交给下官就是了。"

秦铮见他答应了，对谢芳华道："将剩余的这两个人弄醒吧。"

谢芳华点点头，将地上两个活着的老者弄醒。

那两个老者醒来之后，茫然地看向四周，然后对看一眼，又看向地上躺着的那三个老者，露出惊慌之色："你们……你们对我们做了什么？"

"左相留下来解释吧。"秦铮伸手拉着谢芳华向外走去。

"小王爷！"范阳卢氏的老者大叫一声。

秦铮权当没听见，拿着伞带着谢芳华出了营房。

来到营房外，他伸手一指："我们去那里看看。"

谢芳华顺着他的手看去，只见正是韩述所住房间的窗下，她点点头，跟着他走了过去。

二人来到窗下，沿着窗前的墙看了片刻。

秦铮问："可有看出什么来？"

谢芳华摇摇头："什么痕迹也没有。"

秦铮低声道："秦钰带了百名隐卫，你有什么办法揪出人来吗？"

谢芳华抿唇，想了想道："隐卫因为自小被培养，心智不同常人，皇室隐卫较寻常府邸的隐卫更甚，都能抵抗催眠术一类的东西，对他们实施催眠术无用。更何况，一百人——"

"你的催眠术自然不能再用了，耗损身体。"秦铮打断她的话。

谢芳华看着他："不如先将那些隐卫叫出来，我们过目一遍。"

秦铮点点头，轻喊："月落。"

月落应声出来，立在秦铮身后："小王爷！"

"将那一百隐卫喊出来。"秦铮吩咐。

月落四下看了一眼，点点头，轻轻打了个响指，百名黑衣人立刻齐刷刷现了身，均是黑衣蒙面，只露出一双眼睛。

秦铮撑着伞，透过雨水看着他们："昨夜你们守在这里，可看到有人在这扇窗前用金针杀了韩述？"

百人异口同声地摇头："没有。"

秦铮挑眉："没有的话，金针从哪里来的？"

百人齐齐摇头。

"昨夜你也在？"秦铮看向月落。

月落颔首，也是不解："回小王爷，昨夜我也在，真不曾听到韩大人房里有过什么动静。"

秦铮扫视了这百人一圈，然后回头吩咐："来人，将昨夜守在这排营房外围的当值士兵都喊出来，让他们依次站好。"

有人应了一声，下去了。

不多时，五百名士兵依次排排站好。

秦铮拉着谢芳华，打着伞走向五百名士兵。

从所有士兵面前走了一遭后，秦铮又回头对一名将领摆手："都下去吧。"

那名将领带着五百士兵退了下去。

秦铮又在雨中看了百名隐卫半晌，然后对月落摆摆手："你们也下去吧。"

月落一挥手，那百人也退了下去。他却没退下去，对秦铮道："小王爷，这百名隐卫负责护卫太子殿下的安全，受殿下一人差遣，自小跟随殿下，韩大人之死，一定与这些人无关。"

秦铮看着他："那么你来告诉我，是什么人在什么情况下能躲过百名隐卫和五百士兵的视线，无声无息地杀了韩大人？"

月落看向韩述所在的房间，也是大惑不解。

"半夜下这么大的雨，即便没有雷鸣电闪，也会有哗哗的声响，所以有些细微的动静未必能听见。"谢芳华道，"只是，若是这百名隐卫没问题的话……"她顿了顿，冷笑，"韩大人后背刺入的金针，总不能是金针自己进去的。"

这时，李沐清忽然撑着伞走出来道："也许是我们考虑的方向错了。"

"嗯？"秦铮看着他。

谢芳华也看向他。

"韩大人是打开过窗子，看了一眼，又关上了窗子，然后躺回床上，但这些可能是凶手制造的表象，也许答案还是要去韩大人所在的房间里找，比如暗室，再比如别的机关。"李沐清道。

"你说得有理。"秦铮点头，"百名隐卫是秦钰的人，总不是摆设。"

"对，也许是我武断了。就算推断出韩大人开过窗子，衣服受潮，金针也未必就是那时候射入的。"谢芳华对秦铮道，"我们再去韩大人的房间看一遍。"

秦铮点点头，对月落说："你也跟我进来。"

"是！"月落垂首。

几人又一起回了营房。

进了营房后，那三个死去的老者已经被盖上了黑布，另外两名老者一脸灰白地

353

跪在地上正哭着向左相求情，左相的脸色十分难看。

秦铮看了一眼，没说话，径直拉着谢芳华又去了韩述的房间。

来到韩述的房间后，秦铮对月落说："将韩大人的尸体从床上挪走，四处检查。"

月落点头，将韩述的尸体挪到地下，开始四处检查。

谢芳华跟着月落，从床板到墙壁再到地面，甚至将大床挪开，把屋中所有的器具都检查了个遍，还是没找到蛛丝马迹。

秦铮脸色发沉。

李沐清也疑惑地道："真是奇怪。"

谢芳华又站到窗前，打开窗子看向窗外，半晌后，说："杀人总要有动机。有人杀了韩大人，动机是什么？"

秦铮忽然眯起眼睛。

谢芳华继续道："就比如孙太医被杀，我被拦截，都是因为想来个死无对证，陷害赵郡李氏，而陷害赵郡李氏的目的呢？是范阳卢氏闹着要赔命，闹大了再顺势拉左相下马。另外，韩大人呢？就算太子说将刑部的案子交给韩大人，韩大人也还没开始查案，为何就被杀了？"

秦铮皱眉沉思。

李沐清想了想道："韩大人定然有非死不可的理由，凶手才对他下了杀手。"

韩述有什么非死不可的理由？

谢芳华对这位刑部的韩大人知之不深，只知道他为官二十年，清正廉洁，刚正不阿，任何刑案在他手里都办得利落，官声从未因任何一件案子受到影响，这一次竟然在军营里悄无声息地死了，还是在秦钰坐镇军营的情况下。

一根金针，从背部穿透心脏，他半夜开过窗子，可是百名隐卫和五百士兵无人发现凶手，实在匪夷所思。

"他有什么非死不可的理由？"秦铮看向李沐清。

李沐清想了片刻，沉声道："昨日孙太医死在城外五里处，京兆府去了人，我怕小王妃有麻烦便去了刑部，正好赶上韩大人在刑部，于是他带着人跟我走了一趟。孙太医不同于寻常官员，而且这件事情起因在军营，所以他跟着来了一趟，打算将此事禀告太子。"

"然后人就死了。"秦铮接过话。

"我与你和小王妃是一同离开的，后面的事情要先了解清楚。"李沐清道，"毕竟从咱们走后到入夜，中间还有些时辰。"

秦铮颔首，招来吴权："吴公公，你来说说，昨日我们走后韩大人都做了什么？"

吴权想了想，告罪道："回小王爷，老奴一直跟在太子殿下身边，您和小王妃、李公子走后，因为天已经黑了，太子吩咐大家休息，老奴自然就去伺候太子了。"

秦铮点点头，道："去喊永康侯和左相。"

吴权应声走了出去，不多时，永康侯和左相走了进来。永康侯面上轻松，自然是因为李昀被无罪释放，他对自己的夫人有了交代，心情也好了不少。左相则不同于永康侯，面色沉郁，自然是因为范阳卢氏竟然是这件事情的起因，还搬石头砸了自己的脚。

"你们说说，昨日我们离开后，韩大人都做了什么，或者你们都做了什么？"秦铮道。

永康侯看了一眼左相，先开口道："昨天太子殿下说了安置之后就去了自己的寝室。我因为担心夫人，也无心再聊，就回了房间，倒是左相和韩大人似乎坐在一起聊天了。"

秦铮看向左相。

左相脸色不好地道："我向韩大人了解了一下孙太医之死的详情，但没说几句话，范阳卢氏的几位叔公来找我，我和他便打住了话，散了场。"

李沐清立即道："相爷还记得都和韩大人说了什么吗？"

左相想了想，道："也没什么，就说了他和李公子出城的时候遇到了孙太医府中的家眷，就再没继续往下说。"

李沐清忽然道："我明白了。"

"你明白什么了？"秦铮看向李沐清。

李沐清转头看了秦铮一眼，对他道："如今已经到了夏季，这样的大雨天，尸体不宜在这里久放，先将韩大人的尸体运回京中吧。另外，有些案子还是要刑部和大理寺配合才能审。"

秦铮颔首："你说得有理。"话音刚落，他对吴权摆摆手，"吩咐下去，好好地收拾一番，带着韩大人回京。"

吴权一愣："小王爷，若是我等都回京的话，那这里……"

"这里什么？"秦铮问。

吴权道："军营啊，驻扎了三十万兵马的军营，万一军心涣散……"

"我现在负责的是查案，又不是掌管军营。"秦铮嗤了一声，"不过是出了一点小乱子而已，军营该如何就如何。"

吴权担忧地道："万一再出事，毕竟是虫蛊之术，实在吓人……"

"那你就留在这里看守吧。"秦铮道。

吴权立即骇然地道："小王爷，您快别开老奴的玩笑了，老奴哪有这个本事！"

"那你就闭嘴。"秦铮瞥了他一眼。

吴权立即噤声，匆匆跑下去吩咐人收拾了。

左相、永康侯对于离开军营没意见。韩大人刚住一晚就死了，这第二晚，他们是不敢住了。

尤其是永康侯，他对秦铮道："小王爷，背后那人指使卢艺找上李昀，可见李昀也是关键，依下官之意，不能让李昀再在军营待着了。"

"嗯，李昀从今日起就跟在我身边吧。"秦铮随口道。

永康侯一惊："小王爷？"

秦铮偏头看他："侯爷不乐意？"顿了顿，他道，"给你带回府也行，你确定能保他安然无恙？"

永康侯一噎，脑筋转了转，立即道："听小王爷的，李昀能够大难不死，全仰仗小王爷。"

秦铮微微哼了一声。

半个时辰后，一切收拾妥当，韩述被装在密封的车里，范阳卢氏死去的那三位老者也被装进了车里，其余两位活着的老者被两名护卫押上车，左相、永康侯、吴权也分别上了车。

李沐清来时虽然是乘坐自己的马车，回城却挤进了秦铮和谢芳华的马车。

离开军营，走了一段路后，谢芳华看着李沐清低声问："你是不是发现了什么？"

秦铮也看着李沐清。

李沐清点点头："我觉得韩大人之死应该是和孙太医有关。"

"孙太医？"谢芳华问。

李沐清颔首："你别忘了，韩大人执掌刑部多年，对于办案十分敏感，他一定是发现了什么。左相找他聊孙太医之死，可是聊了几句就被范阳卢氏的几人打断了，当时正好说到孙太医的家眷。"

谢芳华点头："当日你是和刑部的人一起来的。"

"对。这样说起来，我大约也忽略了一些事。"李沐清道。

"什么事？"秦铮问。

"孙太医的家眷。在得知孙太医死后，他的两个儿媳妇如今想来一个是真哭，一个是假哭。"李沐清道。

"嗯？"秦铮挑眉。

"现在回想起来是这样。"李沐清道，"不过当时我的心思不在孙太医的家眷上，所以未曾留神细听。更何况当时雨大，两位夫人都在马车里，所以分不清谁真哭、谁假哭。"

"所以你才建议既然在军营里找不出韩大人的死因，那么就回京从孙太医身上找？"秦铮问。

"嗯，我正是这个意思。"李沐清道。

"当时你说那个车夫是自杀？"秦铮又看向谢芳华。

"是，孙太医是被杀，那个车夫是自杀。"谢芳华道，"所以，那个车夫定然有问题。"

"如今那个自杀的车夫呢？"秦铮问。

"韩大人派人带回刑部了，应该放在停尸房。"谢芳华道。

"回京之后，就从孙太医的府邸查起吧。"秦铮冷笑，"我倒要看看，这背后之人是谁，到底有多大本事！"

谢芳华寻思片刻，低声说："皇上拿一切换了江山，总不至于想临终前将其毁掉。"

秦铮忽然有些疲惫，嗯了一声。

"法佛寺失火，有人要刺杀你，无忘大师的尸体中了虫蛊又消失，而几个月后，又在卢艺的身上再见虫蛊，这些都和魅族有关。"谢芳华道。

"魅族……"秦铮的脸色有些晦暗。

谢芳华看着他，抿了抿唇："传言说魅族灭绝了，如今看来不尽然。除了我们知道的那些人，还有不知道的人在暗中一直做着什么。"

秦铮伸手握住她的手："总能查明白的。"

谢芳华不再说话。

大雨下了三日，道路十分不好走，有的地方已经需要蹚水而过。

水声哗哗，这场雨似乎无休无止。

一路顺畅地回到了京城，天色已晚，秦铮对谢芳华说："我和沐清去一趟韩大人的府邸，将人送回去，然后去一趟孙太医的府邸，你就不必去了，先回府吧。"

谢芳华看着他："我不累。"

"若是事事依靠媳妇儿，我也太没用了。"秦铮道。

谢芳华失笑。

李沐清看着秦铮："你是那种怕媳妇儿强过自己的人吗？"

秦铮瞥了他一眼："下车。这辆马车送她回府，我们坐你的车。"

"好吧。"李沐清对谢芳华眨眨眼睛，跳下了车。

谢芳华伸手拽住秦铮的衣袖，低声说："那你要早点儿回府。"

"嗯。"秦铮点头，也跳下了马车。

秦铮在车外吩咐了玉灼一声，马车便脱离了队伍，向英亲王府而去。

过了一会儿，侍画、侍墨进来，对谢芳华低声说："小姐，小王爷上了李公子

357

的马车，带着韩大人的尸体转道去韩府了，范阳卢氏那两个活着的老者被押去刑部的大牢了，左相带着范阳卢氏那三个已死的老者回了左相府，永康侯也回府了，吴公公回宫了。"

谢芳华点点头。

"那个李昀骑马跟在咱们车后，跟着咱们一起回府。刚刚小王爷在外面说，回府后，让您将他先安置在离落梅居不远的院子里。"侍画又道。

谢芳华颔首。

马车顺畅地回到了英亲王府。

喜顺显然一早就得到了消息，马车刚停下他便从里面迎出来："小王妃，您回来了？"

谢芳华点点头，对身后一指："这是李昀，小王爷说他暂时住在咱们府中，喜顺叔，你将他安置了吧，院落离落梅居近些。"

"好嘞。"喜顺打量了李昀一眼，连忙点头，口中道，"王妃知道您回来，等着您呢。"

谢芳华颔首，撑着伞进了内院。

来到正院，迈过门槛，英亲王妃果然在等，见她回来立即上前握住她的手："铮儿没回来？"

"嗯，他和李公子去送韩大人了，还要去孙太医的府邸查案，大约晚些时候回来。"谢芳华道。

英亲王妃拉着她坐下，追问："韩大人是怎么死的查出来了吗？"

谢芳华道："是金针穿透心脏而死，但是凶手是何人没查出来。"

"金针也能杀人？"英亲王一惊，"杀人过程是怎样的？"

谢芳华摇摇头："目前没查出来。"

英亲王妃皱眉，看着谢芳华："你和铮儿还有右相府的李小子都极其聪明，竟然没查出韩大人的被杀过程？"

"我只查出死于高手灌注了内力的金针，但具体是什么人杀的没有查出。韩大人所在的房间和窗外没有任何痕迹，我们连他睡的床都挪开了，还是一无所获。"谢芳华道。

英亲王妃面色凝重："先有孙太医被杀，又有韩大人被杀，朝中一下子就少了两个官员，还都是重要职务，凶手却没查出来，实在让人忧心。"顿了顿，她道，"那个李昀呢？"

谢芳华将对李昀施行催眠术，又对范阳卢氏几名老者施行催眠术的事情说了一遍。

"催眠术？"英亲王妃面色一变，握住谢芳华的手紧了紧，"华丫头，你说你

358

用了催眠术才让李昀和范阳卢氏说出实话？"

谢芳华点头。

英亲王妃忽然露出愁容："你这两日查案的事一定会被泄露出去，到时候怕是要被很多人所知了，尤其是你会催眠术这件事。"

谢芳华看着她："娘您知道催眠术？"

英亲王妃点点头："我知道有一本古卷孤本，据说是囊括天下秘术之书，其中就有催眠术。据说这本孤本被分成了三份，一部分在无名山，一部分在皇宫，一部分在忠勇侯府。"

谢芳华心下一动。

英亲王妃攥住她的手："华丫头，你那些年不在府中这件事儿，到目前为止都有谁知道？"

谢芳华想了想："除了咱们两府的自己人，应该也就李沐清和秦钰了。"

英亲王妃叹了口气："你以后还是小心点儿。你现在太显眼了，忠勇侯府的小姐会的东西连孙太医和京城所有的仵作都不会，这不是好事。"

谢芳华抿唇："娘放心吧，我有分寸。"

英亲王妃点点头，对她低声道："无名山的那卷孤本，是不是被你得了？"

"是被我得了。"谢芳华道，"除了无名山的孤本，还有皇宫的那卷孤本，我虽然没拿出来，但也看过了。"

"等于说你得到了整本书？"英亲王妃问。

谢芳华点点头。

英亲王妃沉默片刻，深深地叹了口气："大约也是天意。"

谢芳华看着她。

"据说这本孤本是从魅族传出来的，被誉为魅族之宝，是魅族的根基。千年前，魅族还不被世人所知，过着隐士的生活，直到几百年前，魅族有人入世走动，才渐渐被外界所知。"英亲王妃道，"魅族人有着能活万物的血脉，还有着寻常人闻所未闻的咒术，他们在寻常人眼里的形象，可想而知。"

谢芳华静静地听着。

英亲王妃看向她："在这片大陆上生活的人，虽然不少会些武功，但在魅族血脉面前都是凡夫俗子。你说，这样一个种族，各国的当权者知道了它的强大，会如何？"

谢芳华立即道："争夺，或者，毁灭？"

"是啊，能为其所用就争夺到自己手里；不能为其所用就毁灭。"英亲王妃道，"魅族毕竟还是太小了，避世太久，没有争天下之心又无自保之力，不是成为某些人的工具，就是被毁灭。"

谢芳华心神一凛："娘的意思是，魅族被灭族不是什么天劫天道天意，而是人为？"

"天意是既定的结局。魅族有什么样的因，各国当权者有什么样的因，就种什么样的果。一切都是顺应因果走向而发生的，怎么能说不是天意天劫？"英亲王妃道。

谢芳华沉默下来。

"你身上有魅族的血脉，却又得了这一本孤本的全本。"英亲王妃看着她，语重心长地说，"华丫头，我只希望你和铮儿好好地过日子，你一定要凡事小心。"

谢芳华点点头："娘，您别太忧心了，我会凡事小心的。"

"从法佛寺失火，到如今这串连环谋杀案，可见背后黑手的用心极其险恶。"英亲王妃拍拍她，"又不知道皇上到底是打着什么主意，铮儿如今大肆彻查这件案子，以他的性情，要么不管，要管就管个彻底，所以未来会如何还真是说不准。"

"爹呢？"谢芳华问。

"他吃了你给的药，昏睡过去了。"英亲王妃道，"过一阵子看看形势，他若是能退下来最好。"

谢芳华点头。

二人又聊了一些别的话，之后谢芳华出了正院，回了落梅居。

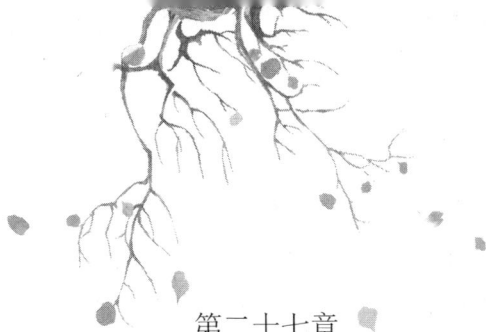

第二十七章
# 深夜前往

　　谢芳华刚进房间换了宽松的衣服，喜顺便前来禀告：燕岚来了。

　　谢芳华看了一眼天色，天虽然还没黑，但也有些晚了，这时候永康侯已经回府了，燕岚来做什么？她对外面道："将燕小郡主请进来。"

　　喜顺应声，连忙去了。

　　不多时，燕岚撑着伞进了落梅居。

　　谢芳华在画堂等着她，见她急匆匆地进来，脸色有些差，立即问："出了什么事？是不是侯爷夫人有恙，动了胎气？"

　　"不是我娘。"燕岚放下伞，对她道，"我父亲回府了，我娘知道李昀表哥平安总算是踏实下来，知道小王爷将李昀表哥带回了英亲王府，本来想让我明日陪她来谢你和小王爷，但是我另有要事，便赶忙来了。"

　　"什么事？"谢芳华问。

　　"是金燕，她出事了。"燕岚道。

　　谢芳华一怔："金燕不是去了百里外的丽云庵吗？出了什么事？"

　　"据说她从昨天下午一直睡到今天晌午，怎么摇她都不醒，跟随她去的家仆和婢女才慌了，连忙给京里报信，大长公主府此时乱成了一团。你知道，大长公主最宝贝这个女儿，若是她出了点儿什么事，大长公主不用活了。"燕岚道，"我得到了消息，就想跟着大长公主去丽云庵看她，但我不懂医术，就算去了也只能看看她，不管什么用，我想着你已经回京了就过来找你。毕竟孙太医死了，京中的太医一时间也没有更好的了。"

谢芳华闻言道："是什么时候传回来的消息？"

"刚刚。大长公主府的人正备车准备前往呢。"燕岚道。

谢芳华想着，她进宫待嫁，金燕和燕岚不管出于什么目的都陪她进宫搅了一场浑水。那两日有她们在身边，她确实多了一丝安心。如今金燕有事，燕岚来找她，她自然不能袖手旁观。

谢芳华点点头："你说得对，我懂些医术，兴许帮得上忙。坐车太慢了，我们骑马去吧。"

燕岚立即点头："你快换衣服收拾一下，我们现在就走。"

谢芳华颔首，对侍画、侍墨道："你们先去告诉娘一声，就说我要和燕小郡主去一趟丽云庵。另外，再让玉灼去一趟韩府，告诉小王爷一声。吩咐喜顺备马。"

"是。"侍画、侍墨立即去了。

谢芳华进里屋换衣服。

品竹闻信进了屋，对谢芳华小声说："小姐，我们八人一起跟您去吧。世子留下我们是保护您的，除了侍画、侍墨外，我们几个每日都闲在府中。如今天色晚了，又下着这么大的雨，您要去百里之外，奴婢们不放心。"

谢芳华想了想，忽然问："你们是不是有八人自小一起练的阵法和剑法？"

"有的。"品竹立即道，"虽然我们每个人的武功都不高，但是合在一起，就算是轻歌那样的高手，也未必是我们八人合璧的对手。"

"好，你们都收拾一下，跟我一起去吧。记得穿上雨披，也给燕小郡主找一件。"谢芳华答应了。

品竹一喜，立即欢快地应"是"，转身跑了出去。

谢芳华换了一身轻便的锦衣，又将需要随身携带的药瓶检查了一遍，才走出去。

燕岚看着她："小王爷让你去吗？"

"应该让去。"谢芳华笑了一下。

燕岚看了一眼天色："天都黑了，要走夜路，又这么大的雨……"

"没事！"谢芳华拿出两颗夜明珠，将其中一颗递给燕岚。

燕岚接过夜明珠："这个好，雨下得再大它也能照明，不怕雨打。"

谢芳华点点头。

品竹等人已经收拾妥当，拿来雨披，谢芳华示意燕岚穿上。

燕岚也不客气，一边穿一边说："还是你考虑得周全，我只顾着着急了。"

谢芳华穿好雨披，侍画、侍墨也回来了，对她道："小姐，王妃说您要去她不拦您，但是要您多带些护卫。她已经帮您点好了两百护卫，说您一定要带上，否则大雨黑天，最近京城的事情又这么多，她不放心。"

“好！”谢芳华点头。

“玉灼已经去告诉小王爷了，咱们等小王爷回话再走吧。”侍画又道。

“你们穿戴妥当，咱们先出去，去府门口等。”谢芳华道。

侍画、侍墨点点头，连忙去穿上雨披。收拾妥当，一行人出了落梅居。

燕岚回头瞅了一眼，见八名婢女都跟着。秦铮和谢芳华大婚那日她就见识过了，知道这八名婢女都会武功。

出了落梅居，来到大门口，正赶上玉灼匆匆回来了，他喘得上气不接下气：“表嫂，表哥答应了，说让我跟着您去。另外，月落带着太子的百名隐卫护送您一起去。”

谢芳华一怔：“月落和太子的百名隐卫？”

玉灼点点头：“表哥说，金燕郡主毕竟是皇家人，如今出了事，太子殿下应该出点儿力。”话音刚落，他伸手往后一指，“月落跟来了。”

他话音刚落，月落应声现身，对谢芳华垂首见礼：“小王妃！”

“你禀告你家太子了吗？”谢芳华问。

“在得到消息时已经传信回去了，太子殿下目前将我等交给小王爷，一切听小王爷差遣。”月落道。

“好。”谢芳华摆摆手。

月落隐去了暗处。

谢芳华示意燕岚上马。

燕岚本来对于这么大的雨走夜路赶去百里外还有些发怵，但是一看到谢芳华带了八名婢女随身不说，英亲王妃还派了两百府兵高手护卫，还有太子殿下身边的第一隐卫和百名隐卫暗中跟随，她顿时觉得来了底气，翻身上马。

一行人很快离开了英亲王府。

两匹马刚走出这条街，只见一人骑马拦在路中。

谢芳华细看之下竟然是谢云澜，她勒住马缰，讶异地问：“云澜哥哥，你怎么在这里？”

谢云澜同样穿着锦衣，披着雨披，显然已经在这里等了一会儿了，见到谢芳华，他扫了一眼她身后的众人，对她道：“我得到消息，知道你要去丽云庵，我与你一起去。”

谢芳华一愣，这才明白他等在这里的目的，立即道：“你身体不好，这么大的雨，若是染了寒气……”

“只要焚心不发作便没大碍，秦铮不跟着，你一个人去我不放心。”谢云澜道。

谢芳华点点头：“那好吧。”

燕岚多看了谢云澜几眼，凑近谢芳华小声说："关心你的人真多。从哥哥走后，就没人关心我了。"

谢芳华笑了笑："永康侯府有不少同族至亲，只不过你和人家都不亲近罢了。"

"也是，我一直以来太跋扈了，很多时候自恃身份，将他们都不看在眼里，我爹娘又疼我，所以哥哥走后我才发现没人理我了。"燕岚叹了口气。

谢芳华伸手拍拍她："你哥哥会回来的。"

燕岚点头。

因为大雨，街上无人，谢芳华、谢云澜、燕岚并骑，身后跟着侍画等八名婢女，再之后是两百护卫。

一行人出了城门，径直上了官道，前往丽云庵。

走了一段路后，看到前面有一队人马。

燕岚道："也是急急赶路，应该是大长公主府的队伍。"

谢芳华点点头。

追上这支队伍后，燕岚勒住马缰，高声喊："前面可是大长公主？"

她喊了一声后，那支队伍的护卫府兵统领立即扬声问："什么人？"

"谢芳华和燕岚。听说金燕郡主在丽云庵有恙，我们前去看看。"燕岚大声道。

那护卫统领一听，又冒着雨仔细地辨认了一番，认出了燕岚、谢芳华、谢云澜，然后走到中间那辆马车前禀告。

马车的帘子被挑开，大长公主探出脸，对他吩咐："先停车，让开路，让他们上前来。"

护卫统领一挥手，队伍立刻让出一条路来。

谢芳华和燕岚催马上前。

谢芳华首先开口："大姑姑！"

燕岚随后道："大长公主！"

谢云澜也过来见礼。

"你们也要去丽云庵看燕儿？"大长公主大约是心急如焚，所以气色不太好。

燕岚将她得到消息去找谢芳华的考量说了，然后道："我们三人情同姐妹，知道金燕出了事，正好小王妃医术好，所以我觉得耽误不得，拉她一起去看看。"

大长公主似乎这才想起谢芳华的医术来，立即道："对对，看我都忙糊涂了，还让人去太医院揪了两名太医。"话音刚落，她道，"多谢你们了，咱们快上路吧！"

谢芳华道："大姑姑，您的队伍行走得有些慢，我们先行一步。"

大长公主立即喊："来人，给我牵一匹马来，我也骑马。"

"公主，您的身体……还是坐车吧。"燕岚立即道。

"我当初年轻的时候，骑马射箭不输于你们，虽然好多年没赶过路了，不过这区区百里路，我还受得住。"大长公主道。

燕岚不再言语。

有人牵来马，大长公主在车上穿上雨披，对谢芳华道："走吧。"

谢芳华颔首，看了侍画等人一眼："你们跟在大姑姑左右，护好她。"

"是，小姐。"八人齐应声。

谢芳华和燕岚、谢云澜在前，大长公主在三人之后，侍画等八人左右护住大长公主，其余两府护卫紧随其后。

队伍浩浩荡荡，有数百人之多。

行了一个时辰后，入夜了，雨势丝毫不减，官道上都是水，十分难走。

谢芳华、燕岚、谢云澜陆续拿出夜明珠。

四周顿时亮如白昼。

又行了半个时辰，出了官道，进入了山道。

因一连下了两三日的雨，山道两侧不停有碎石滑落，行走十分困难。

谢芳华目测了一下前方的山路，问燕岚："你可去过丽云庵？"

燕岚摇摇头。

谢云澜道："从此处到丽云庵还有三十里，而且都是山路，崎岖陡峭，有的地方仅容一车一马行走，必要的时候我们要下马步行。"

大长公主道："前些天送燕儿来的时候，天气晴好，路没这么难走。其实还有别的庵堂比丽云庵要好，但是她想要找个清静的地方，就选择了丽云庵。正因为路不好走，去丽云庵的闲杂人也少。"

谢芳华点头。

又走了一段路，果然越往前越难走，马蹄十分容易打滑，半个时辰后，众人只能下马步行。

谢芳华走这样的路自然没问题，燕岚也还好，大长公主却吃不消。

走了一段路后，谢芳华道："大姑姑，您还是上马吧！我让两个婢女来牵马。"

大长公主点点头，侍画、侍墨过来给她牵马。

虽然只是三十里的山路，但因为冒着大雨，又是夜间行路，还要照顾大长公主，一行人走了两个多时辰才到山脚下。

路虽然不好走，但好在一路顺畅。

已经是深夜时分，丽云庵的院落中还亮着灯。从山下往山上看，丽云庵正坐落于半山腰的凹处，是个不算大的尼姑庵，没有几处院落。

众人拴好马匹，徒步上山，来到丽云庵门前，有人上去敲门。

刚敲了两下，便有人从里面打开门，是一个仆从打扮的男子，见到大长公主，一喜："公主，您来了？"

大长公主已经有气无力，对他摆手："快，带我们去见郡主！"

那人连忙带路。

进入庵堂后，有女尼迎出来，对大长公主说了金燕小郡主被送来后，开始好好的，不明白为何，从昨日晌午就昏睡不醒。早上众人以为她只是抄经书累了便没喊醒她，直到中午人还没醒这才急了，见怎么喊都喊不醒，于是赶紧给大长公主府传了信。

"如今呢？"大长公主立即问。

"人还昏睡着。"女尼道。

大长公主越发急了，从昨日晌午睡到了今日深夜，若是正常人，不可能睡这么久。

女尼领着一行人匆匆来到了一处院落，进了坐北朝南的一间正房。

里面掌着灯，金燕的贴身婢女守在屋里屋外。

大长公主先迈进屋，谢芳华和燕岚跟着进了屋。谢云澜不方便进入，在外间的厅堂止了步。

屋中，金燕躺在床上，沉沉地睡着。

大长公主扑到床前，伸手摇晃她，焦急地喊："燕儿，娘来了，快醒醒！"

金燕依旧睡得沉，不吭声。

大长公主又喊了半天，见金燕依旧沉沉地睡着，她回转身，看向谢芳华："小王妃，快，过来看看她到底怎么了！"

谢芳华点点头，走上前，上下打量了金燕一遍，伸手去给她号脉。

一名贴身伺候金燕的婢女在一旁红着眼圈轻声道："昨日吃过午饭后，郡主说她困乏，奴婢以为郡主刚刚来到丽云庵，对环境还不适应，让她睡下了。晚上我来看过一次，见郡主睡得沉，就没打扰。今日一早，郡主还在睡，我就觉得不太对劲，于是去请了庵中懂些医术的女尼。女尼来看过后，说郡主不像是生病了，就是在睡觉，奴婢又等了些时候，实在是不敢再等了，这才传信回府。"

话音刚落，她跪在地上向大长公主请罪，哭着说："公主，您责罚奴婢吧，都是奴婢没照顾好郡主！"

大长公主此时一心盯着谢芳华，心中又忧又急，摆摆手："你先起来，让小王妃看看到底是怎么回事！若真是你伺候不周，我定不饶你！"

"是。"那婢女连忙站起身。

谢芳华把脉片刻，抿着唇，慢慢地撤回了手。

大长公主小心翼翼地看着她，急切地问："燕儿怎么样？得了什么病？可诊断出来了？"

谢芳华抬头看了大长公主一眼，母亲为女儿焦急担忧变得憔悴不堪的模样一览无遗，似乎只要自己说出什么不好的话来，她就会立马晕倒在地。谢芳华点点头。

大长公主一喜："你诊断出她的病了？"见她的脸色不大好，大长公主立即收了喜色，忧急地抓住她的手，"她……什么病？能不能救？"

"是不是……不好救？"燕岚在一旁也有些忧急。

谢芳华摇头："她是梦魇了，在梦里醒不过来，我有办法救醒她。"顿了顿，她又道，"也不是太难。"

大长公主顿时松了一口气："那你快救她。"

"既然不是太难，那你……"燕岚看着谢芳华，总觉得她的脸色实在是太差了。

"需要花费一番工夫，还需要云澜哥哥帮忙。"谢芳华道，"不过他不方便踏入女子闺阁。"

"这有什么，不打紧，只要能救好燕儿。"大长公主立即道。

"既然大姑姑不反对，那就请云澜哥哥进来吧。不过你们都要出去，我救郡主需要安静的环境。"谢芳华道。

"好，我们这就出去！"大长公主立即转身走了出去。

燕岚看了谢芳华一眼，低声说："真的不需要我帮忙吗？我不吵你。"

谢芳华摇摇头："不需要你帮忙，你出去之后，帮我把外面守好，任何人不能踏进。"

"好，你只管救她，我一定帮你守好。"燕岚走了出去。

不多时，屋中人除了谢芳华都去了外面。

谢芳华听到大长公主在外面跟谢云澜说话，请他进来救人。谢云澜犹豫了一下答应了，不多时便走了进来，进来后，将房门关上，走到谢芳华身边，低声问她："需要我做什么？"

谢芳华脸色难看："云澜哥哥，她中了入梦咒，还中了催眠术。"

谢云澜一愣，随即看着她："入梦咒这个我听赵柯说过，是魅族一种极其低级的咒术——在人睡着时，施咒者可以用这个咒任意地构造那个人的梦境。至于催眠术，我却不知道。"

谢芳华道："有一本古卷孤本，囊括了天下秘术，其中就有催眠术。这本孤本被分成三部分，一部分在无名山，一部分在皇宫，一部分在忠勇侯府。我偶然间得到了一部分，学会了其中的催眠术。"

谢云澜一惊："这本孤本我听过，竟然被你得到了。"

谢芳华转回头，看向床上的金燕，压低声音说："入梦咒这种小咒，应该和齐云雪对李沐清下的媚术差不多，我们的血就能够解掉。"

谢云澜忽然问："有什么不妥吗？"

谢芳华点点头："我觉得金燕中入梦咒和催眠术应该是一场阴谋，可能是试探我，也可能是想确定什么。"

谢云澜看着她，面色顿时凝重起来。

"我们若是解了入梦咒，那么我们的身份就确定了。若是解了催眠术，那么就能肯定那本孤本在我手里。"谢芳华道，"看来是冲着我们的身份而来。"

谢云澜闻言，薄唇紧紧地抿起，沉默片刻，问："那救还是不救？"

谢芳华叹了口气："金燕性情不坏，当初若不是她，秦铮中锁情引就出事了，我欠了她一个情。我大婚之日，她又陪我进宫，即便不是为了姐妹情分，另有原因，但在我来说又是一个人情。我既然能救她，就不能袖手不管。"

谢云澜点点头。

"况且，我也想知道背后的是何人，想做什么。军营卢艺虫蛊案、孙太医被杀案、巨石机关案、群狼围攻案、韩大人被杀案，甚至还能追溯到法佛寺大火案、无忘尸首消失案，这些案子之间有着密不可分的联系。"谢芳华道。

谢云澜颔首："那就救吧。我们身份暴露就暴露了，总不至于怕了那背后之人。"

谢芳华点头，神情有些凝重："云澜哥哥，我叫你进来的意思是我们要做好心理准备，也许从今日起会遇到很多麻烦。"

"不怕。"谢云澜拍拍她的肩膀。

谢芳华心下稍暖："我们先解了入梦咒，我再解催眠术。"

"好！"谢云澜颔首。

谢芳华从怀中拿出匕首在手上轻轻一划，然后立即掰开金燕的嘴将血滴入，同时将匕首递给谢云澜。

谢云澜接过匕首，也在手上轻轻一划，将血和谢芳华的血一起滴入金燕口中。

滴了五六滴之后，谢芳华觉得差不多了，按住伤口。

谢云澜也撤回手。

谢芳华将匕首收入怀中，开始给金燕解催眠术。

催眠术极其耗费精力，谢芳华白日里又给范阳卢氏的几位老者实施了催眠术，奔波回府后未曾休息又赶来丽云庵，自然有些疲惫，解开催眠术便有些吃力。

整整一炷香之后，她才将催眠术解开，这时她浑身已经被汗水浸湿，身子还晃了晃。

谢云澜立即扶住她："怎么样？"

谢芳华有些虚弱地道："还好。"

"她什么时候醒来？"谢云澜问，"我先扶你去坐下。"

谢芳华摇头："她这就醒了。"

谢芳华话音刚落，床上的金燕果然醒了。她迷茫地睁开眼睛，当看到谢芳华和谢云澜站在床前时，她愣了一下，大约以为看花眼了，又闭了一下眼睛再睁开，见二人还在，她疑惑地问："谢芳华？你们……怎么在这里？"

因为睡得太久，金燕的嗓子变得有些沙哑。

谢芳华对她道："你已经睡了一日一夜了。"顿了顿，她又道，"至于为什么，我如今没力气，让大长公主过来说给你听吧。"

"我娘？"金燕一惊。

"嗯，大姑姑来了，这里还是丽云庵。"谢芳华说完，对谢云澜道："云澜哥哥，你出去吧，告诉大长公主金燕郡主好了，请她们进来吧。"

"那你……"谢云澜看着她。

"我休息片刻就好。"谢芳华道。

谢云澜见她脸色发白，一身虚汗，问道："带了衣服吗？要不要把衣服换下？"

谢芳华摇摇头。

"我带了很多衣服来，也有几身新衣服，一会儿给芳华妹妹换上。"金燕虽然不解，但还算镇定，慢慢地坐起身，看着谢芳华道。

谢云澜闻言颔首，走了出去。

他刚出去，外面的大长公主和燕岚就急急地问起了情况，知道金燕救好了之后，两人立即冲进屋。

"我的儿，你总算没事了，吓死娘了！"大长公主来到床前，一把将金燕抱住。

金燕任她抱了一会儿，开口说："娘，我到底是怎么了？如今什么时辰？您和芳华妹妹……"顿了顿，她也看到了燕岚，又说，"还有燕岚，你们怎么都来了？"

大长公主立即将自己一知道她昏睡了这么久的消息就赶来了，路上遇到谢芳华和燕岚的事儿说了一遍，说罢，对她道："真是多亏小王妃救醒了你！"

"我怎么会梦魇？"金燕不解。

"你睡了这么久，可有做什么梦？"谢芳华问。

"梦……"金燕低头一想，忽然面色一变，片刻后，她白着脸道，"是梦到了一些东西……"话音刚落，她低喃，"原来是梦……"

"你梦到了什么？"大长公主立即问。

金燕脸色极差，片刻后，她转了话题："芳华妹妹为了救我，浑身都湿透了。"话音刚落，金燕对她的贴身婢女吩咐道，"快找出我的新衣服，让她赶紧换了。"

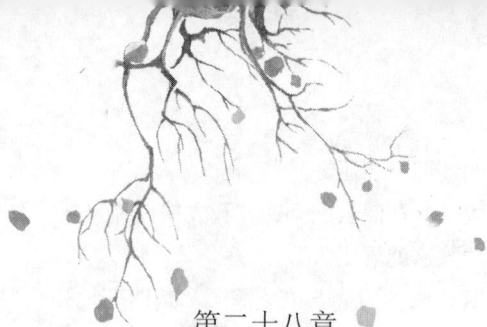

第二十八章
# 步步为营

金燕的婢女连忙找了一套金燕未穿过的衣裙递给谢芳华。

谢芳华也不客气，转到屏风后将衣服换了。

大长公主对于金燕梦到了什么自然不关心，她受了这么大的惊吓，只要金燕好模好样的她就宽心了。

谢芳华走出屏风，虚弱地坐在椅子上。

"今天多亏了你，救她想必很费心力。"大长公主和金燕说了一会儿话，看向谢芳华，分外感激，"大姑姑记着你的情。"

"大姑姑客气了！"谢芳华笑了笑，"别说英亲王府和大长公主府是至亲，就算只冲金燕郡主和我相交的情分，我也是要救的。"

"行，有你这句话，大姑姑就不说谢了。"大长公主站起身，"我们折腾了一场都累了，这丽云庵虽然小，但是也能容纳些人，还有几个时辰天才亮，暂且在这里将就一晚吧。"

谢芳华点点头。

"娘，让燕岚妹妹和芳华妹妹都在我这里休息，您去隔壁房间吧。"金燕说。

"好。云澜公子也辛苦了一趟，我出去安置一番。"大长公主说完，走了出去。

房中只剩下谢芳华、金燕、燕岚三人。

侍画、侍墨等八大婢女和伺候金燕的婢女在外屋休息。

"芳华，你还好吧？"燕岚见金燕好了，谢芳华却虚弱至极，担心地问。

"耗费了些内力和心神，休息两个时辰就好。"谢芳华道。

"那你快上床歇着。"金燕连忙跳下床，"我睡了这么久，先活动活动。"

谢芳华也不客气，上了床。

燕岚跟着她一起挤上床，一边用手捶腿，一边埋怨金燕："你怎么会梦魇了呢？你不知道，外面下了两三日大雨了，通往丽云庵的这条路难走得很，有十几里路我们都是徒步的，我的脚都磨起泡了。"

"对不住，让你们担心了，还辛苦折腾一趟。"金燕倒了两杯热水，递给谢芳华和燕岚。

谢芳华和燕岚也的确渴了，都不客气地端起来就喝。

金燕又给自己倒了一杯，喝了两口，才不解地说："我从来没梦魇过，怎么就梦魇了呢？"

谢芳华看着她："你仔细想想，昨日晌午，你接触过什么人或东西，或者出了什么事情，之后，你便觉得困。"

金燕想了想，摇头："没有啊，我吃过午饭后觉得很困，就睡下了。"

"你午饭吃了什么可还记得？"谢芳华问。

金燕想了想："就是寺里的素斋。"

"这座丽云庵里都有哪些人？"谢芳华又问。

"这丽云庵上上下下也不过十几个人，一个老庵主，四个老尼姑，这五人都有白头发了，其余的据说有的是嫁人后被夫家不容，出家做了姑子；有的是从小被收养的孤儿，自小在丽云庵长大，最小的才十二岁。"金燕道，"我刚来这里没几日，除了跟老庵主念经外，其余人只不过见了一两面。"

谢芳华点点头："丽云庵这么偏僻，靠什么为生？"

"据说有几亩薄田，姑子们自己种田，另外就如我一般，有富家小姐来庵中小住些时日，捐些香油钱。"金燕道。

谢芳华点点头。

金燕看着她："你说我是梦魇了？到底是怎么回事？是否有人要害我？"

"你能跟我说说，你做了什么梦吗？"谢芳华不答话，反而问道。

金燕闻言，本来稍好的面色一白。

"很可怕的梦？不好说？"谢芳华问。

燕岚也好奇地看着金燕，忽然说："你一定是梦到太子了。"

"你怎么知道？"金燕吓了一跳。

"我自然是猜的。你心心念念的是太子，有所思自然有所梦。"燕岚道，"况且，就算你说忘了他，这么长久的执念，哪里是几日时间就能忘的。"

金燕低下头："我确实梦到了钰表哥。"

"梦到了什么？"谢芳华问。

金燕犹豫了一下，还是说："梦到了他娶我，我们大婚。"

"怪不得你醒不过来。"燕岚叹息。

谢芳华看着她："只梦到了这个？可还梦到了什么？为何想到那个梦，你便有惧意？"

金燕抬头看了她一眼，咬了一下唇："梦到了大婚之日，他杀了我，新娘换成了你。"

谢芳华眯了眯眼睛。

燕岚也惊了："你怎么会做这样的梦？"

金燕的脸色越发白了。

谢芳华看着她道："刚刚大姑姑在，我怕她担心，没细说你这次的病。"

金燕一怔。

"你梦到的一切场景都是有人用入梦咒给你虚构的。确切地说，不是你梦魇了，是你中了别人的入梦咒。"谢芳华道。

金燕疑惑地看着她："什么是入梦咒？"

"是魅族的一种低级的小咒术。"谢芳华道，"这种小咒术不是以虫蛊为引，而是以迷幻药为媒介。你中了迷幻药之后，那个人趁机对着你的眼睛，用你的血施了咒术，掌控了你的思维，也就是你的梦境。"

金燕一惊。

"所以，你要仔细想想，你用了午膳后，是否立即感到不适，见了什么人才入睡。另外，你的中指是否破了？是怎么破的？"谢芳华道。

金燕立即低头看向自己的中指，只见上面有一道小口子，她一哆嗦。

"真有小口子？"燕岚立即对金燕招手，"你快过来，我看看。"

金燕走到床边，将中指递到燕岚面前。

"真的是中指破了。"燕岚惊道，"你这是被什么人给算计了？你一点儿印象也没有？"

金燕不言声，盯着一处，似乎在用力回想，片刻后，她不确定地道："我记得昨日我在老庵主处抄经书，后来跟老庵主一起用的午饭。吃过午饭后，我就觉得困，从老庵主处回来的路上是遇到了些人，但具体都遇到过谁，记不起了。"

"你记不起，你的婢女呢？"燕岚说。

"你说灵香？我喊她进来问问。"话音刚落，金燕朝外面喊了一声。

灵香在喊声落下后匆匆走了进来，屈膝："郡主，您有什么吩咐？"

"我问你，我这手指是怎么破的？"金燕问。

灵香想了想，说："在离开老庵主的房间的时候，您扶了一下门框，后来我就见您的手流血了，要给您包扎，您说小伤，不碍事，我看着伤口确实也不大就算了。"话音刚落，她问，"郡主，您忘了吗？"

"好像是有这么回事！"金燕道。

燕岚看向谢芳华。

谢芳华问灵香："门框上有什么东西，怎么会划到手？"

"门框上没什么东西，大约是木门的木刺，毕竟这座丽云庵该修葺了。"灵香道，"当时发现郡主的手指出血了，我还特意看了看门框。"

"那你们出了老庵主的房间后，都遇到了什么人？"谢芳华问。

"是陆续遇到了一些人，但具体都有什么人奴婢不记得了，毕竟雨太大了。"灵香道。

谢芳华点点头。

金燕见她没什么要问的了，便摆摆手，让灵香下去了。

"是不是那个老庵主有问题？既然你是在她那里吃的午饭，迷幻药定然是她下的。"燕岚道。

谢芳华不说话。

"那个老庵主呢？咱们来后，她一直没出现，一定有问题。"燕岚道。

金燕看向谢芳华，疑惑地道："老庵主慈眉善目，不像是做坏事的人。再说我娘捐了一大笔香油钱，她为何要暗害我？"

"现在就应该把那老庵主拿下问罪。"燕岚说，"知人知面不知心，没准看着慈眉善目，其实内里黑心黑肺。"

"芳华妹妹，你在想什么？"金燕看向谢芳华。

谢芳华摇摇头，说道："明日一早再说吧。"

"万一今天晚上她跑了呢！"燕岚说，"谁还傻子似的等着被抓啊。"

"一个白发的老尼姑能跑到哪儿去？我们带了这么多人上山。"谢芳华躺下，倦倦地对燕岚说，"你不累吗？睡吧。"

"累啊！"燕岚嘟起嘴，"可到底是谁害的金燕？为什么要给她下你所说的入梦咒，还拖入了太子和你？实在是匪夷所思。"

"知道我喜欢钰表哥的人太多了，也有很多人知道他喜欢芳华妹妹，但是对我下入梦咒有什么目的？想从我的身上得到什么？"金燕也是大为疑惑。

谢芳华淡淡道："不是想从你身上得到什么，是想引我来丽云庵，从我身上得到什么。"

金燕一惊。

燕岚也惊了："是这样？"

"大长公主府刚得到消息，你便也得到了消息，消息是怎么得到的？"谢芳华

373

忽然问燕岚。

"是我爹得到的消息。他从西山大营回府后，我正陪着我娘，有人向他禀告此事，我自然就知道了。"燕岚说。

"那是你自己想起来要找我一起来丽云庵的吗？"谢芳华问。

燕岚挠挠脑袋："我听说后就想跟着大长公主来丽云庵。我娘拦着我，说这么大的雨，我不懂医术，跟着来捣什么乱。我就想到了你，又知道你也回京了，就过去找你了。"顿了顿，她肯定地说，"是我自己想起来要找你一起来丽云庵的。"

谢芳华忽然笑了："看来整座京城各大府邸、西山军营，再加上这小小的丽云庵，遍布眼线。背后之人算计人心极其精准，步步为营啊。"

"什么意思？"燕岚看着谢芳华，"是我府里有内奸？"

"恐怕不止一个永康侯府，还有大长公主府、忠勇侯府。"谢芳华想着，谢云澜又正巧拦在必经之路上等着她。他来了，正好能和她血脉合为一体，救醒金燕。真是一环扣一环。

燕岚忽然害怕起来："这些日子，孙太医被人杀了，韩大人也被人杀了。既然是故意引你来这里，是不是我们在这里不安全啊！"

"现在知道怕了？"谢芳华对她笑笑，"放心睡吧，至少今晚上不会出什么事儿。"

燕岚稍微放下心："是什么人要对付你？绕了一个这么大的圈子。"她看了一眼金燕，"连她在丽云庵这么偏僻的地方都被利用了。"

"人情就是软肋，背后之人定然极其熟悉京中各大关系网，极其聪明诡辩，懂得算计人心。"谢芳华闭上了眼睛，"知道你一定会去找我，知道我一定会来。"

燕岚激灵灵地打了个寒战，看向金燕。

金燕脸色也发白："是不是钰表哥？钰表哥他为了你……"

"不是他。"谢芳华肯定地道。

"那是……"金燕没想到谢芳华说得这么肯定，一时愣怔。

"总会查明白的。"谢芳华不想再多揣测。

金燕住了口。

谢芳华实在太累了，不多时，便睡着了。

燕岚也累得够呛，虽然有些害怕，但谢芳华睡着后，她也很快就睡着了。

金燕睡得太久，一时没困意，便拥着被子坐在床边，仔细地想她从京城来丽云庵之后发生的事儿，想了许久也没想出所以然来，见天要亮了才闭上了眼睛。

第二日，大雨依旧未停。

谢芳华醒来后，见燕岚和金燕都睡着，便轻轻地穿好衣服下了地，出了房间。

侍画等人也已经起来了，见她出来，迎上前，低声说："小姐，大长公主一早带着人去了老庵主处，奴婢刚刚得到消息，老庵主昨夜死了。"

谢芳华并不感到意外，点点头："除了她，还有谁也死了？"

"还有一个小尼姑。"侍画低声道。

"怎么死的？"谢芳华问。

"老庵主的房屋年头太久了，据说是下雨支撑不住，半边房屋塌了，砸死了老庵主，还砸死了给她守夜的小尼姑。"侍画道。

"我们去看看。"谢芳华道。

侍画连忙拿过雨披给她披上："山上的风大，没办法打伞。"

谢芳华点点头，一边往外走一边问："云澜哥哥呢？"

"已经去了老庵主的住处。"侍画说。

谢芳华不再多言，由侍画领路，去了老庵主的住处。

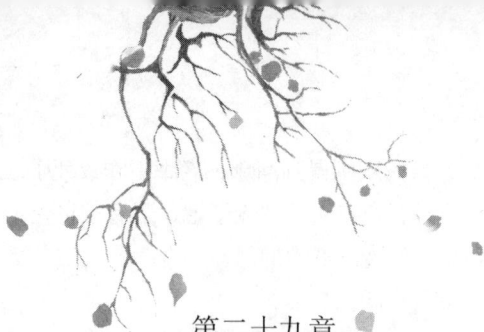

第二十九章
# 山体滑坡

来到老庵主的住处，谢芳华一眼便看到塌了一半的房屋。

丽云庵年久失修，这么大的雨，房屋倒塌也是正常的。

只不过昨夜谢芳华将金燕救醒，今日老庵主的房屋就塌了，而且那日午时金燕还是在她的住处吃的午饭，被划破了手指，然后就中了入梦咒和催眠术陷入昏迷，这就令人深思了。

一群姑子正在断断续续地哭，还有一群护卫正试图从废墟中挖出老庵主的尸体。

大长公主和谢云澜披着雨披站在外围，谢芳华刚到，二人就看见了她。

"芳华，你醒了？"谢云澜打量着她的气色，关心地问，"昨日你为了救郡主累坏了，现在感觉如何？好些了吗？"

"好多了。"谢芳华颔首，"云澜哥哥昨夜睡得可好？"

谢云澜颔首："昨日我也有些累了，你睡下后，我也睡下了。"

"芳华，你说这老庵主的房屋怎么就塌了呢？"大长公主毕竟是宫里长大的，总感觉这事太巧了，让她觉得金燕的梦魇定然和这倒塌的房屋有关。

谢芳华扫视了一圈哭成一片的姑子，正如金燕所说，有十多个人，又扫了一眼废墟，问道："这房屋是什么时候塌的？"

"据说是昨日夜里。大家都睡熟了，故而无人发现。"大长公主道，"今日清早，庵中的姑子才发现。"

"房屋倒塌，应该有很大的声音。"谢芳华道。

大长公主点头："是啊，我昨日睡得沉，没听到什么声音。"

谢云澜此时开口道："咱们都住在丽云庵最后面的院落，离老庵主的居所有些远，再加之夜里大雨，山风太大，我们带来的人只顾守卫自己的院落，无人发现很正常。"

谢芳华点头。

"燕儿呢？燕岚呢？还睡着？"大长公主见只有谢芳华一个人来了，不由得问道。

谢芳华点头："嗯，还在睡，我没吵醒她们。"

"这丽云庵是不能待了，稍后我们就启程。"大长公主道。

谢芳华点点头。

不多时，老庵主和那个小姑子的尸体被从废墟里挖了出来。

那群姑子立即扑上去，哭成一片。

谢芳华看了一眼，道："先选一间空屋子，我给这两个人验尸。"

有人立即抬了这一老一少的尸体进了一间庵堂。

谢芳华上前检查这两人的死因，的确是被砸死的，死亡时间是子时三刻，正是她入睡之后。

"怎么样？"谢云澜上前询问，"可有什么不对劲？"

谢芳华道："她们是被砸死的没错，没有什么不对劲。"

谢云澜抿了抿唇："关于金燕郡主，这件事情还要往下查吗？"

谢芳华看向大长公主："大姑姑，郡主梦魇不是偶然，这老庵主和小姑子的死也不是偶然，您觉得这件事情要往下查呢，还是到此为止？"

"金燕梦魇毕竟不是什么好事，有损女儿家的闺誉，我觉得就不查了吧。"大长公主叹了口气，"只要燕儿平安。"

谢芳华点点头："那就听大姑姑的，不查了吧。"

大长公主拉过谢芳华的手，拍了拍。

谢云澜闻言也没什么异议。

一行人回到后院，金燕和燕岚已经醒来，正要前往老庵主的住处，见到他们回来，立即止了步。金燕急急地问："娘，据说老庵主所在的房屋塌了，她被砸死了？"

大长公主点点头："嗯，除了她外，还砸死了一个守夜的小姑子。"

"就算房屋年久失修，可是我看那些廊柱都很结实，怎么说倒塌就倒塌了？是不是什么人故意做的，要杀人灭口？"金燕问。

"我带着人查了，老庵主的房屋的确是年久失修，大雨连绵之下，承受不住，塌了。另外，芳华也查了老庵主的尸体，是被房屋砸死的。"大长公主不欲再多说，摆摆手，"你吩咐人赶紧去收拾，咱们这就下山回府。"

"娘？"金燕看着大长公主，"我被入梦……"她刚想将话冲口而出，又立即改了，"我被梦魇住，定然是有人背后……"

"你梦魇已经够吓人了，还说这些有的没的？"大长公主打断她的话，"快去收拾，跟我回府。芳华比你年纪小，但是比你稳重。你非要闹着来丽云庵，娘依了你，结果险些出事，以后不准你再任性了。"

金燕见大长公主语气凌厉，只能住了口，看向谢芳华。

谢芳华对她道："大姑姑说得对，我们收拾一下下山吧。"

金燕见谢芳华都这样说了，虽然不查清楚就这样回府不甘心，但还是依言去收拾了。

燕岚凑近谢芳华，小声问："怎么回事？昨夜咱们刚说这老庵主有问题，她就被倒塌的房屋砸死了，这其中肯定有阴谋。"

谢芳华道："这件事情你就不必理会了，我们即刻启程回京。"

"连早饭也不吃了吗？"燕岚揉揉肚子，"我都饿了。"

"先拿点心垫一垫吧，去山下吃。"谢芳华道。

燕岚点点头："好吧。"

半个时辰后，金燕、大长公主等人收拾好行李，一行人离开了丽云庵。

丽云庵死了老庵主，开始忙着设灵堂装棺，断断续续的哭声直到谢芳华等人远离丽云庵之后才彻底消失。

虽然依旧下着大雨，但是白天的路总比夜里的好走，下山也快。

一个时辰后，众人到了山下一座小镇上。

选了一座门面稍好的酒楼，大长公主吩咐人包了整座楼，让跟随的护卫等一起用饭。

这家酒楼装潢雅致，店面干净，在这样的小镇上，难得能有这样的酒楼。

大长公主、谢芳华、金燕、燕岚等人上了二楼的雅间，谢云澜也未避嫌，一起进了雅间。

众人落座后，点了菜，刚吃到一半，忽然听到酒楼外有一队人马疾驰而过。

大长公主向外看了一眼，说道："是官兵，何事这么急？"

谢芳华对外面喊："侍画、侍墨，去打听一下，官兵这么急，可是哪里出了事？"

"是！"二人应声，连忙去了。

不多时，侍画、侍墨匆匆回来，脸色发白："小姐，是丽云庵。"

"嗯？"谢芳华看着她们。

"据说在一个时辰前，丽云庵所在的山发生了山体滑坡，因为丽云庵坐落在半山腰，整座庵都被埋在了泥土下。"侍画道。

"什么？"金燕腾地站了起来。

燕岚的筷子啪地掉在了地上。

大长公主也吓了一跳，对二人问道："你们打听到的消息可准确？"

"回公主，准确。"二人齐齐回话。

大长公主偏头看向谢芳华："怎么会这样？"

谢芳华抿唇，问二人："咱们下山也不过一个多时辰，既然是一个时辰前发生的事，府衙的官兵怎么这么快就得了消息？"

"据说有一个小尼姑幸免于难，跑下山来去衙门报了案，请求去丽云庵救人。"侍画道。

"咱们也快去看看。"金燕立即说。

燕岚跟着站起身："我们离开时丽云庵还好好的，怎么就发生了山体滑坡？竟然还将整座丽云庵给埋了，怎么会有这么不可思议的事？丽云庵虽然不大，但也不小啊。"

谢芳华坐着没动，也未言语。

大长公主想了想，后怕地说："都先坐下。幸好我们早一步下了山，若是我们也在庵里，会有什么后果你们两个可想过？"

"娘！"金燕的脸也白了，"难道我们就不管了？"

燕岚也看着大长公主。

"怎么管？这么大的雨，难道我们再冲去山上？你知道多危险吗？"大长公主摇头，"既然有府衙的官兵前去，我们就不必管了。"

"十几条人命呢！"金燕说。

"就算有一百条人命，你是个手无寸铁还需要别人保护的弱质女流，去了能管什么用？"大长公主低喝。

金燕一噎，看向谢芳华："芳华妹妹！"

谢芳华放下筷子，对众人道："这样的事情出了，自然不能不管，但是正如大姑姑所说，你们去了也帮不上什么忙。"顿了顿，她看向谢云澜，"这样吧，云澜哥哥，让大姑姑她们回去，我们再走一趟丽云庵。"

"好！"谢云澜颔首。

"我也要跟你去。"金燕立即说。

"你去做什么？除了捣乱还是捣乱！"大长公主恼怒地训斥了金燕一句，"你不准去！"

"娘！"金燕的眼圈红了，"这件事情因我而起，若不是我要来丽云庵，丽云庵也不见得会遭此大难，这一定是有人背后——"

"住口！"大长公主啪地一拍桌子，怒喝，"你只是梦魇了一时醒不过来而已，丽云庵的任何事都跟你没关系！"话音刚落，她道，"你现在就跟我回京！"

金燕似乎从来没见大长公主对她如此凌厉，顿时噤了声。

大长公主转回头对谢芳华说："芳华，你也随我回京吧。丽云庵的事情已经报给了衙门，有官兵去，咱们都不必去了。你虽然和燕儿、燕岚有些不同，但到底是女子，万一遇到危险，让我怎么跟王嫂和铮哥儿交代？"

"大姑姑，咱们刚出丽云庵，丽云庵就发生了这样的事，总要有人去看看。更何况府衙官兵既然去了，到底是天灾还是人祸，迟早会弄清楚。而我们刚出丽云庵，若是人祸，我们也脱不了干系。"谢芳华道，"您放心吧，有云澜哥哥陪我带着人去，不会出事的。"

"既然这样……"大长公主有些犹豫，"那你小心点儿。"

谢芳华颔首，站起身，侍画、侍墨立即上前伺候她披上雨披。

燕岚上前两步，凑近她，小声开口："我——"

"你也回去。若是长久不回去，侯爷夫人会担心的，她还怀着身孕。"谢芳华截住她的话。

燕岚闻言也觉得有理，只能住了口。

"大姑姑，我昨晚离开王府时娘给我配了两百护卫，这些人都留给您，和您府中的护卫一起护送您回京。"谢芳华道。

"不行，王嫂给你的人，还是你自己留着。"大长公主一怔，立即拒绝。

"我再上山，带着太多人不方便，况且我有隐卫。"谢芳华道，"最近无论是京城内还是京城外，都不甚太平——孙太医青天白日被杀，韩大人又死得莫名其妙，您身份尊贵，况且金燕、燕岚都不懂武功，我不太放心，您就听我的吧。"

"这……"大长公主有些感动，"你这孩子，考虑了我们，那你呢？你在外才最危险。"

谢芳华笑笑："我不会有事的。"话音刚落，她对谢云澜说，"走吧云澜哥哥。"

谢云澜颔首，二人一起出了酒楼。

谢云澜、谢芳华上了马，除了侍画、侍墨等八名婢女外，所有的护卫都留给了大长公主。

二人离开后，大长公主叹了口气，对金燕和燕岚问道："你们还吃得下吗？"

金燕和燕岚摇摇头。

"我也吃不下了，咱们启程吧。"大长公主道。

"娘，您就让芳华妹妹自己这样去了？我们这样回京，不管不问的……"金燕咬着唇说。

大长公主面上现出凝重和愁容，压低声音说："你们不明白，你梦魇这件事儿哪有那么简单？娘不想继续查下去也是不想我们大长公主府卷入其中。京城内外接连出事，今年真是多事之秋。"

"娘，您可知道是什么人在背后做的？"金燕闻言凑近大长公主。

燕岚也竖着耳朵听。

大长公主摇摇头："我也不知道是什么人，只是觉得自从西山军营出了事，孙太医、韩大人一桩桩事情接连发生，如今又到了你身上，你能平安被芳华救了，有惊无险，娘就谢天谢地了。若不是筹谋已久，加上背后之人太过强大，怎么能有这等本事弄出这些事？也许还会有更大的阴谋，我们还是不掺和的好。"

"可芳华是因为我而来，我们退出来，她却卷进去……"金燕担忧谢芳华的安全。

燕岚也说："是啊，我也担心芳华。"

"就算不是因为你的事，她恐怕也难排除在外。"大长公主又深深地叹了口气，"她本来就是忠勇侯府的小姐，如今又是英亲王府的小王妃，和你们都不同。"

金燕、燕岚闻言住了口。

"走吧！"大长公主喊人来给自己和金燕她们披上雨披。

金燕、燕岚只能跟着她离开了酒楼，大长公主府的护卫和英亲王府的护卫，几百人合在一起，浩浩荡荡离开了小镇。

谢云澜和谢芳华轻车简从，纵马驰出小镇，径直向丽云庵而去。

大约走出十里地，便追上了前面一队百人的官兵。

"何人要上山？这条是通往丽云庵的路，从现在起封锁了，任何人不准上山！"前方一个兵头模样的人喊道。

谢芳华回头看了侍画一眼。

侍画接收到谢芳华的目光，立即在她身后大声道："是英亲王府的小王妃！听说丽云庵山体滑坡，将整座庵都埋了，上山去看看情况！"

"英亲王府的小王妃？"那人打量着谢芳华。

谢芳华坐在马上，披着雨披，虽然下着大雨，但她气质高贵，沉静安稳。

那人又疑惑地道："我未曾见过英亲王府的小王妃，你可有……"

他话音未落，谢芳华拿出了腰牌。

那人上前几步，看清腰牌后连忙见礼："原来真的是英亲王府的小王妃！小王妃恕罪，小的有眼不识泰山——"

谢芳华摆摆手，打断他的话："我和大长公主等人一个时辰之前刚从山上下来，那时丽云庵尚且完好，我想上去看看是怎么回事。"

"小王妃，据说山上很危险，是山体滑坡，有泥石流，您还是别上去了。"那人劝道。

"无碍，我跟你们一起上去看看情况。"谢芳华道，"英亲王和忠勇侯都忠君为国，为黎民百姓谋福祉，若是他们在这里也会不顾安危立即上山去查看情况。我虽然是一介女流，但山上毕竟有十几条人命。"

那人顿时肃然起敬："小王妃，小的们负责开路，您既然要去，就跟在我们后面吧。"

谢芳华点点头。

那人一挥手，一队人马继续向前走去。

谢芳华和谢云澜对看一眼，与侍画、侍墨等人跟在其后，一起上山。

半个时辰后，一行人急行军来到了丽云庵脚下。

放眼望去，山坡上满是碎石泥流，哪里还能看到丽云庵的影子？而且碎石和泥流依旧在往下滑，如水浆一般，所过之处，山石树木通通被埋入其中。

"小王妃，这里真是危险啊，您还是快折回去吧！"那兵头骇然地看了片刻，走过来劝说谢芳华。

谢芳华摇摇头："无碍，我们从左侧的山峦曲道上山去看看。"

那兵头只能住了口。

谢芳华偏头看向谢云澜。

谢云澜对她点点头，与她一起从左侧的山峦曲道向山上走去。

那队士兵见此，连忙跟在了他们身后。

来到山顶，放眼望去，依稀能看到被泥石流掩埋的丽云庵的影子，树倒屋塌，山石依旧在缓缓滑动，整座山体似乎也跟着颤动，要想就近查看救人根本就不可能。

"这可怎么办？根本就靠近不了。"领头的兵士道。

"你们都守在这里，云澜哥哥，我们去看看。"谢芳华对谢云澜道。

谢云澜点点头。

"小姐，还是让我们去吧，太危险了！"侍画、侍墨等八人立即上前，拽住谢芳华。

"你们八人等在这里，我和云澜哥哥前去。"谢芳华吩咐，"去找两根大约三尺长的粗树枝来给我们用。"

"小姐！"侍画等人依然拽着她。

"都别说了！"谢芳华摆手，"就算让你们去，你们也探查不出什么来。"

侍画等人立即住了口。

"你们放心吧，有我在，不会让芳华出事的。"谢云澜道。

侍画等人见谢芳华坚持，只好去找粗树枝。

不多时，众人找来两根粗树枝，谢芳华接过一根，递给谢云澜一根，对他道："云澜哥哥，我们用它来支撑，必要的时候，就看我们的轻功了。你记住，一定不能被卷入泥流中，泥流是有黏性的，一旦被卷入，我们就会被埋在里面。"

"好。"谢云澜颔首。

"小王妃，您还是别去了，如此犯险，一旦您出事，小的们的小命也将不保！"那人见谢芳华真要过去，连忙劝说。

谢芳华摆手，示意他不要多说，之后和谢云澜对看一眼，二人一起向对面被埋在泥石流中的丽云庵走去。

二人武功极好，且有粗树枝支撑，又以没被掩埋的高大巨石为落脚点，虽然行走艰难了一些，但一炷香之后也到了丽云庵所在的地方。

谢芳华四处看了一圈，问谢云澜："云澜哥哥，你看呢？这是天灾还是人祸？"

谢云澜面色凝重："看着像是天灾，这么大的雨，山体出现滑坡也正常。看来这里没有活人了。脚下的山体似乎还有动摇，我们必须立刻离开这里。"

"我却觉得，不是天灾。"谢芳华面色一沉，忽然说，"山背面，我们现在过去。"

谢云澜一愣："你的意思是？"

"山背面应该有人。"谢芳华说着，向山背面行去。

谢云澜立即跟上她，数十个起落后，二人刚来到山顶，山顶的山石突然崩塌。

谢芳华一惊，一块崩裂的山石朝她砸来。

"芳华！"谢云澜面色一变，立即倾身上前去挡。

只听砰的一声，那块飞来的山石砸到了谢云澜的后背上。

"云澜哥哥！"谢芳华伸手扶住他，但刚刚那块山石的冲击太大，她脚下一个不稳，两人一起向山下栽去。

泥石流尾随二人汹涌奔去。

谢云澜回头看了一眼，面色一变，伸手去推谢芳华："芳华，快放开我！"

谢芳华抿着唇不说话。脚下再踩不到支撑点，她只能拖着谢云澜用尽全力向山下滚落。

"放开我！两个人速度慢，恐怕躲不开。"谢云澜推不开她，声音沙哑，几乎是在求她，"芳华听话，这样下去，我们两个人都得死。"

"云澜哥哥，你知道我不可能放开你的。"谢芳华咬着牙吐出一句话，眼见泥浆要将他们二人一起裹住，她忽然变了方向，拖着谢云澜向斜侧的山崖而去。

谢云澜看清方向，面色一变："芳华，你忘了秦铮了？你们刚大婚！"

383

谢芳华动作略微一顿："没忘，我们不会死的。"

谢云澜住了口。

谢芳华说话间已经拖着谢云澜来到了山崖边，毫不犹豫地带着他一起跳了下去。

脚下没了支撑，风夹杂着雨呼啸而过。

身后，泥石流汹涌而来，沿着崖壁流下。

"若真死了呢？"谢云澜说，"这一处的山崖高达万丈，崖下似乎没有水。"

谢芳华摇头："没有水也不会死。"

谢云澜看着她，她的手一直紧紧地拽着他，即便在最危险、差点就被泥石流裹住的时候她也没有松手。她身上的雨披在翻滚时已经破碎，头上的发髻早已经散开，然而风吹雨打也无法动摇她的坚毅神色。他抿了抿唇："为何这么肯定？"

谢芳华不说话。

谢云澜闭上眼睛，也不再说话。

风雨如刀子一般，刺得骨头生疼。

在即将与地面接触之时，谢云澜忽然一把将她抱住，转了个身，自己在下。

砰的一声，二人一起栽到了地面上。

混浊的泥水一瞬间水花四溅，二人掉在了水坑里。

片刻后，谢芳华将谢云澜从泥水里拖出来，大雨淋下，不断冲刷着泥水，她第一时间扳正谢云澜的身子，恶狠狠地看着他说："云澜哥哥，你现在该告诉我了吧，你为何想死？"

谢云澜抿唇。

谢芳华看着他："我自己完全可以打开那块巨石，但是你偏偏过来帮我用后背挡，巨石砸中你，你重伤之下便无力气躲开迸发的泥石流了。为什么要这么做？"

谢云澜低下头，一言不发。

"你难道不知道，我既然在你身边，就一定不会让你死吗？"谢芳华死死地瞪着他，"还是说你心里其实是想我陪你一起死？"

谢云澜依旧不语。

"你一心求死，已经想不到大雨下了三天三夜，低洼的谷里一定会积水成湖。山崖下长年累月无人迹，落叶、泥土长期堆积就形成了淤泥，加上大量的雨水，就会变成泥水坑，即便掉下来也死不了人，顶多受些伤罢了，所以我才这么肯定我们不会死。"谢芳华盯着他，"只是我不明白，你为什么竟然一心求死？"

谢云澜不答话。

"云澜哥哥，我信你，视你如亲人，你就是这么对我的？"谢芳华眼眶发红，死死地盯着谢云澜，"大婚前你都对我说过什么，你如今可还记得？别告诉我你已经都忘了，或者说那些话，根本就是骗我的？"

谢云澜依旧不答话。

谢芳华伸手猛地推了他一把。

谢云澜一个趔趄，猛地吐出一口血来。

谢芳华看着他，见他站立的地方已经成了一片血水，早先那块巨石一定砸伤了他的后背。她紧抿了一下嘴角，上前一步，伸手拽着他离开。

"去哪里？"谢云澜声音沙哑地说。

"我们找个地方避雨，给你包扎伤口。"谢芳华道。

谢云澜不再说话。

谢芳华沿着崖谷走了两三里路才找到一处崖洞，拽着谢云澜进了崖洞。

这处崖洞够宽，足够容纳三四个人。

谢芳华扶着谢云澜坐下。外面下着大雨，根本没办法寻找枯枝生火，她只能催动内力，先将谢云澜和她的衣服烘干，然后扯开他的外衣，只见他的后背血肉模糊。

她伸手扯了自己的裙摆，从怀中拿出药，给他包扎。

其间，谢云澜一声不吭。

片刻后，谢芳华将他的后背包好，又伸手给他把脉，然后抬头看向他的眉心，焚心似乎又要发作了，隐隐有气线在跳动。

她拿出袖剑割破手腕，将血往他嘴里喂。

谢云澜扭头躲开。

谢芳华恼怒地道："你即便要死，也别死在我面前！"

谢云澜身子一僵。

谢芳华将他扳正，强行将血灌入他嘴里。

空气中弥漫着淡淡的药香和血腥味。过了许久，谢云澜眉心浮动的气线才沉下去。

谢芳华撤回手，身子一软，倒在了地上。

"芳华！"谢云澜伸手去拽她。

"别碰我！"谢芳华低喝。

谢云澜的手僵住。

谢芳华歇了一会儿才给手腕止血，但并没有起身，而是在地上静静地躺着。

谢云澜慢慢地撤回手，身子靠着墙壁，脸色晦暗。

一时间，谁也不说话。

过了许久，谢芳华坐起身，看着谢云澜："你若是因为焚心之术，我一定会想到办法的。"

谢云澜声音喑哑："我活着也了无生趣，焚心能不能解，也不是那么打紧。"

谢芳华大怒，腾地站起身："我谢芳华何德何能，能让云澜哥哥你至此？我在无名山八年，回京才多久，见你才多久，你便矢志不渝了吗？"

谢云澜忽然抬头，看着她道："你这一世是见我没多久。"

谢芳华一惊，看着他："你……什么意思？"

谢云澜的目光忽然飘远，似在回忆，神情痛苦："我的意思是，我有上一世的记忆。"

谢芳华脑子里轰的一声炸开了，身子晃了晃，几乎站立不稳。

云澜哥哥……

他竟然有上一世的记忆？

他怎么会有上一世的记忆？

他……

她的喉咙仿佛被什么哽住了，她看着他，脸色变了几变，身子剧烈地颤动着，再也说不出话来。

谢云澜看着她，崖洞外的风雨吹进来，她被吹得衣袂扬起，发丝凌乱。他看了片刻，低声说："你再也不是上一世柔弱的人儿了，可你就是你，哪怕重活一世，有些东西变了，你的心却没有变。"

谢芳华张了张口，还是没发出声音。

"你想想，若我没有前一世的记忆，又怎么会在你初见我时，便能容你靠近？"谢云澜看着她，"无论你是天真无邪的闺阁女，还是踩着无名山的白骨爬出来的冷情人，你见到我后一次又一次的转变，我都能很好地接受，芳华，你就不曾想过这是为什么吗？"

谢芳华看着他，脸一时间白得几乎透明。

"你开始是为了谢氏刻意装作不谙世事的深闺女儿，我虽然知道是伪装，那时却是分外怀念。后来我焚心毒发，你突然找回了些记忆，便一改伪装，变回了沉静的你，但是对我，你却真正亲近起来。"谢云澜道，"我那时看着你，既高兴又悲伤。"

谢芳华忽然别开头，红着眼睛，压抑着情绪说："你为何不告诉我？"

谢云澜闭了闭眼睛："你已经喜欢上了秦铮，我就算告诉你，又能如何？难道回到上一世我们的结局吗？"

谢芳华想起上一世她和谢云澜的结局，他焚心发作，她血尽而亡，她霎时泪流满面。

"你想对我好的心的确一直在，但是在你的心里真正需要抉择时，我抵不过秦铮。"谢云澜看着她，"我的确是想死，这样的机会实在难得。"

谢芳华猛地转过头："就算我喜欢秦铮，就算我嫁给他，谁说你就不会再有喜欢的女子了？"

谢云澜惨淡一笑："活了两世，无论你是什么样，都入了我的心，世间还有什么样的女子能将我心里的你剔除取代？甚至这一世没见你时，任何女子，我只要靠近就恶心不止。芳华，你说这样的我活着还有何趣味？"

谢芳华看着他，忽然没了反驳的话。

"老夫人恨紫云道长你是知道的，可你知道她最恨他之处是什么吗？"谢云澜看着她。

谢芳华脑中现出谢氏米粮老夫人临终时的情形。当时，她握着他们的手，让她和秦铮取消婚约嫁给谢云澜，之后又断断续续混沌不清地说了一句让她大惑不解的话。她只知道，老夫人很恨紫云道长，似乎是恨他毁了谢云澜。

谢云澜却忽然住了口，话锋一转："有些事情还是不知道的好，不知道才会幸福。"顿了顿，他又道，"既然你不知道，就真的没必要知道了。"

谢芳华看着他："你觉得，到现在，我还不需要知道吗？"

谢云澜摇头："不需要知道。"话音刚落，他忽然抬手，一阵风朝谢芳华拂去。

谢芳华想要躲开，却已经躲避不及，她眼前一黑，倒在了地上。

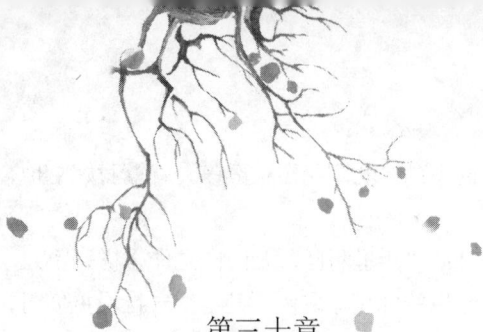

第三十章
# 只准一次

"小王妃，醒醒！"

谢芳华迷迷糊糊中感觉有人在摇晃她，耳边传来一道声音，极其熟悉。她慢慢地睁开眼睛，见月落正扶着她的肩膀摇晃。

"您终于醒了！"月落见她醒来，立即松了手，后退两步。

谢芳华四下打量一眼，见还是在那个山洞里，可是眼前除了月落，并没有见到谢云澜，她立即问："你怎么会在这里？"

"在下奉小王爷之命保护您，您出事后，在下带着人沿着这片山峦找了过来。"月落抹抹额头的汗，"找了一夜，总算是将您找到了。"

"一夜？"谢芳华这才发现他的衣服上有好几道不知是被枯枝还是被山石划破的口子，模样十分狼狈。

"是。昨日晌午，您和云澜公子为了探查丽云庵之事遇到了山石滑坡，在下当时营救不及，后来带着人将这片山谷搜遍了，刚刚才在这里找到您。"月落道。

"云澜……哥哥呢？你可看到了他？"谢芳华问。

月落摇摇头："我刚刚找到这里不久，只看到了您，没看到云澜公子。"话音刚落，他道，"我带着人几乎将这片山林翻遍了。"

谢芳华四下看了一眼，这座山洞与她昏迷前别无二致，她闭了闭眼："可给秦铮传信了？"

"昨日夜里已经给小王爷传信了。"月落道，"小王爷连夜便赶来了，正带着人搜山。在下刚刚找到您，还没给他传信，这就去给小王爷传信。"

谢芳华点点头。

月落转身走了出去。

谢芳华见洞外下了数日的大雨终于停了，她试图站起身，却感觉酸软无力，又跌了回去。

不多时，月落又从外面进来，见她跌坐在地上，赶紧过去伸手扶她。

谢芳华任他扶起，对他道："不下雨了吗？将我扶到洞外。"

月落点点头："今日一早大雨才停。若不是昨夜下大雨，便能早些找到您了。"

谢芳华不说话。

月落扶着谢芳华来到洞外。雨后，山谷中处处流水，有些地方甚至已经积水成河。

她放眼看去，除了树木、荒草、偌大的水坑外再无一人。她收回视线，懒洋洋地靠在石壁上。

不多时，半空中有烟花炸开。

月落立即道："小王爷看到我放出的信号了，这是回应，他应该很快就赶来。"

谢芳华点点头，看着高耸入云的山崖："这么高的山崖，你是怎么将信号放出去的？"

"有一只鸟飞上去，将信号弹炸开。"月落道，"小王爷看来就在附近。"

谢芳华不再说话。

果然，半个时辰后，秦铮比月落更显狼狈地出现在了谢芳华面前。

谢芳华看着匆匆赶来的秦铮，感觉似乎好久好久没见他了。她从无名山回京的时候，他还是一个弱冠少年，如今他已经是她的丈夫了。

秦铮！

是秦铮！

就是他！

秦铮看到谢芳华后，一阵风似的卷到了她面前，她还没来得及看清他的面容，便被他一把拽进了怀里。

谢芳华感觉到他身上冰冷的温度和湿气，眼眶一酸，也伸手紧紧地将他抱住，低低地喊了一声："秦铮。"

"我在！"秦铮将她的身子箍紧，似乎要将她揉进他的怀里，声音沙哑。

谢芳华又喊了一声"秦铮"。

"我在！"秦铮的嗓子哑得厉害。

谢芳华又喊了一声。

"我在、我在、我在……"秦铮连续说了好几遍，越发将她圈紧。

谢芳华将脸贴在他的心口，听着他的心跳。

过了许久，秦铮才慢慢地放开她，拦腰将她抱起："我们出谷。"

谢芳华嗯了一声，将脸埋在他怀里。

秦铮再未说话，只抱着谢芳华往外走。谢芳华也未说话，听着他脚踩在草地上，发出沙沙的声响。

走了许久，谢芳华低声问："还有多久出谷？你放我下来吧，我自己走。"

"不远了。"秦铮低头看了她一眼，"我不累，抱着你走。"

谢芳华不再言语。

又走了大约两炷香的工夫，前方传来侍画、侍墨等八名婢女的声音："小姐！"

谢芳华听着她们一个个嗓音沙哑，像是哭过，她示意秦铮将她放下来。

秦铮抱着她不松手，没有放下她的意思。

不多时，侍画等人便迎到了近前："小姐，您怎么样？奴婢们……"

"我很好，没事。"谢芳华看着八人，看起来也是找了她一夜，十分狼狈，她摇摇头。

秦铮看了八人一眼，打了个口哨，一匹马奔跑过来。

他抱着谢芳华上马，对八人道："先去离这里最近的绵镇。"

侍画等人齐齐点头。

秦铮搂紧谢芳华，打马冲出了谷。

这片山谷虽然常年人迹罕至，但并不是没有出口的死谷，只不过入口难找，出口难出罢了。

秦铮知道谢芳华身体虚弱，刻意放慢了马速。

半个时辰后，两人终于走出了这片山峦，来到绵镇。

进了绵镇后，秦铮寻了一家客栈，包了一间小院。他抱着谢芳华进了小院，对随后跟上来的侍画等人吩咐："去吩咐店家烧两桶热水来。"

"是，小王爷！"侍画连忙去了。

秦铮将谢芳华往床上放。

谢芳华立即拦住她："将我放下吧，我身上都是泥，脏了人家的床。"

"脏了赔就是了。"秦铮不理会，径自将她放在了床上。

谢芳华只能依了他。

秦铮将她放下后，在床头坐了下来，眼睛一眨不眨地盯着她。

谢芳华看着他，低声说："对不起，让你担心了。"

"你既然知道让我担心，这样的事情，只准这一次。"秦铮抿唇。

谢芳华点了点头。

秦铮复又将她抱在怀里，再没说话。

谢芳华靠在他怀里，一时也不知道该说什么。从月落给他传信到他找到她，这一路他并未问她一句都发生了什么事，他到底是知晓，还是不知晓……

"小王爷，水好了，现在抬进来吗？"侍画在门外问。

秦铮放开谢芳华："抬进来。"

侍画带着人抬了两桶水进来，放到了屏风后："小王爷、小姐，奴婢先吩咐人去弄饭菜，您二人沐浴后再喊奴婢进来收拾。"

"去吧。"谢芳华点头。

侍画走出去，关上了房门。

秦铮将谢芳华身上的衣服扯掉，复又抱起她，走到屏风后，将她放入木桶里。然后，他转身走了出去，对外面说："去买两套衣服和一套崭新的被褥来。"

"是！"有人应声，立即去了。

秦铮转身走回屏风后，扯了外衣，进了另外一个浴桶。

热水包裹着皮肤，谢芳华冰凉的身子暖和了几分，想了想，开口询问："大姑姑、金燕、燕岚平安回京了吗？"

秦铮疲惫地靠着桶边闭上了眼睛："她们在途中遇到了刺杀，不过你将娘派给你的英亲王府的护卫都给了她们，那些护卫可以说以一敌三，除了燕岚受了重伤外，整体算是有惊无险。"

"燕岚的伤要不要紧？"谢芳华问。

"性命无碍。"秦铮道。

谢芳华微微松了一口气，抿了抿唇："到底是什么人？竟然步步为营，展开连环刺杀！你那天去孙太医府邸，可查出了些眉目？"

秦铮脸色沉暗："孙太医被杀是因为他的二儿媳妇有了外心，与家中的车夫偷情。孙太医发现后还没来得及处置便被请去军营。那个女人抓住了这个机会，要那个车夫杀了孙太医。那个车夫本来有些武功，趁孙太医没有防备杀了他。车夫杀了孙太医后，怕连累家中的寡母和幼弟，于是伪造了他也被杀的现场。"

"竟然是这样？"谢芳华有些难以置信。

秦铮点点头。

"那韩大人呢？"

"还没线索。"秦铮道。

"其余的事情呢？"谢芳华又问。

秦铮抬头看她："押送到刑部大牢的范阳卢氏的两位老者死在狱中了。左相怜悯同族血脉，上书皇叔，请求对范阳卢氏网开一面。皇叔昨日上了早朝，在早朝上下旨，范阳卢氏三代以内，不准任何人再入朝为官。"

"这算是匆匆将范阳卢氏处置了，也就是将西山军营的杀人案结案了？"谢芳华看着他，"韩大人之案，还有背后之人呢？"

"自然不算结案，只不过稳定西山军营的军心而已。"秦铮道。

"秦钰呢？"谢芳华问道。

"秦钰亲自前往各州县治水了。"秦铮道，"下了这么多日的大雨，南秦多处闹起了水灾。从各朝中官员到各州县官员都要逐层监督治水。若是太子不亲自督促治水，下面的官员稍有疏忽，怕是有流民不满，发生暴乱。"

谢芳华闻言不再言语。

"小王爷，您让买的东西已经买回来了。"有人在外面道。

"拿进来。"秦铮吩咐。

有人推开门，快速地将东西放进去，然后关上门退了出去。

秦铮从浴桶中出来，裹了一方棉巾走出屏风，径自换上衣服，又将谢芳华的衣裙拿进来，放在一旁的架子上，对她说："你在山中待得太久，寒气入体，多泡些时候再出来。"

谢芳华点点头。

秦铮又从屏风后走了出去，将床上弄脏的被褥撤下，换上新的，然后走到窗前，对外面喊："来人。"

"小王爷！"有人应声。

"给英亲王府和忠勇侯府都送个信儿，就说小王妃平安。"秦铮吩咐道。

"是！"那人见他不再吩咐，退了下去。

秦铮站在窗前，看着窗外，过了许久，转身走回床前，躺在床上。

谢芳华在木桶内又泡了两盏茶的工夫才出了木桶，将衣裙穿戴妥当，从屏风后走出去，只见秦铮躺在床上，呼吸均匀，显然是睡着了。

她轻轻踱步，来到床前端详他。即便睡着了，他的眉头仍旧紧紧地蹙着。她看了片刻，轻轻地坐在床头。

从昨日到今日，他得到消息从京城奔波而来，又冒雨找了她一夜，一定很累了，可是见到她，他什么都没问，什么都没说。

昨日，她和云澜哥哥遇到山石崩塌掉下山崖是午时。后来，她给云澜哥哥包扎了后背的伤口，又压制住了焚心，应该是未时了。再后来，他挥手点了她的睡穴，今早她才在月落的摇晃中醒来。

云澜哥哥为什么点她睡穴？为了她不再追问？

可是如今他又去了哪里？

她坐在床头，静静地想了片刻，站起身来到门口，打开房门。

392

"小姐！"侍画、侍墨也已经收拾了一番，见她出来，立即低声开口。

谢芳华看着她们一脸疲惫，关上房门，示意二人去院中的树下说话。

二人点点头，跟着她来到院中的一棵枣树下。

"我们出事后，你们都做了什么？"谢芳华低声问。

侍画、侍墨对看一眼，也压低声音："小姐，您和云澜公子出事后，我们吓坏了，但是离得远，根本帮不上什么忙。等我们到你们出事的地点时，一切都停止了，我们只好分头沿着山峦找。当时没想到你们会跳崖……"

谢芳华点点头："当时跳崖迫不得已。"

"半夜，小王爷来了。小王爷分析说您和云澜公子应该是坠崖了，让我们下山，搜查各个山谷。"侍画道，"搜查了一夜，总算找到了您。"

谢芳华压低声音："秦铮赶来时，是什么模样？"

侍画左右看了一眼，低声说："当时夜里太黑，又下着雨，奴婢只感觉小王爷吓人，没敢仔细看他的表情，而且主要是自责没保护好小姐，我们没用……"

谢芳华摆摆手："不怪你们。"

侍画看着她："小姐，您明知道有危险，为何还非要前去？"

谢芳华抿了抿唇，看了一眼丽云庵的方向，声音有些低沉："我是疑惑。"

侍画看着她。

"你们搜山，一直没看到云澜哥哥？"谢芳华又问。

侍画摇摇头："不曾见到云澜公子。"话音刚落，她小心地看着谢芳华，"小姐，云澜公子是和您一起跳下山崖的吗？他不会是出了什么事吧？"

谢芳华想着谢云澜去了哪里。

他对她坦白有前世的记忆之后便点了她的睡穴，是不想让她知道什么事吗？

是不是以后都不打算再见她了？

她的面前如笼罩着重重迷雾，有些东西看不清、看不透、看不懂。

"小姐？"侍画、侍墨见她怔怔地站着，看着远方，眸子里一片雾色，久久不语，两人不由得担心起来，轻声开口，"您是担心云澜公子吗？除了奴婢八人，其余人并没有撤回，依旧在追查云澜公子的下落。"

谢芳华抿唇："我是有些担心。"

"因您对轻歌另有安排，加上太子身边的月落带着皇室隐卫暗中跟随，所以当日从京城出来去丽云庵，轻歌便没有跟随。"侍画低声建议，"小姐，若是我们忠勇侯府的护卫不够，您看——"

"暂且由你们安排人查找吧。"谢芳华打断她的话，摇摇头。

侍画不再言语。

谢芳华又在树下站了片刻，轻喊："月落。"

"小王妃。"月落应声出现在她面前。

谢芳华上下打量他，见他已经收拾了一番，不复早先的狼狈，她道："从京城出来到丽云庵，你是否一直在暗中跟随我？"

"回小王妃，是。"月落垂首。

"我问你，你既然在暗中，可曾发现异常之事？"谢芳华道，"比如，丽云庵老庵主的住处为何倒塌？后来丽云庵所在的山体发生滑坡，我和云澜哥哥一起去查看，你在暗中可注意到什么动静或者不对劲之处？"

月落想了想，看了她一眼。

谢芳华从他那一眼中看出了些情绪波动，道："但说无妨！"

月落犹豫了一下，压低声音说："到了丽云庵，您救醒了金燕郡主歇息之后，子时刚过，我便听到前山院传来房屋坍塌的声响，本想禀告您，问问是否要去查看，云澜公子拦住了我。"

谢芳华嗯了一声，看向他："云澜哥哥说了什么？"

"他说，您为救金燕郡主损耗颇大，太累了，应该是刚睡着，不要打扰您了。"月落道。

"还有呢？"谢芳华问。

月落想了想，又道："我问是否需要派人去查看，云澜公子说，既已是事实，看也无用，天亮再说吧。我觉得有理，便没去。"

谢芳华点点头："还有呢？"

月落的面色忽然凝重起来："昨日深夜，您和云澜公子掉下悬崖后，我们沿山搜索，发现不像是真正的山体滑坡，倒像是有人埋了火药故意炸了整座丽云庵。虽然大雨中像是山体滑坡，也没留下火药的痕迹，但是细看之下依然能看出其实是人祸，只不过做这一切的人对地势和地貌十分熟悉，所以一般人不易察觉。"

"还有呢？"谢芳华似乎完全不意外，继续追问。

"还有就是……"月落看了一眼正屋，见没什么动静，低声说，"我们在山上搜寻不到您和云澜公子的下落，便下了山谷中搜索，发现已经有人先我们一步在山谷内搜索过了，我发现了有人在水草间新蹚出来的痕迹。"

谢芳华眯了眯眼睛："你们是何时反应过来要下山谷搜查的？"

"大约在您和云澜公子失踪两个时辰之后。"月落道，"按理说我们反应过来不算晚，但是您落入的山谷太隐秘太深了，我们沿着连绵的山峦搜查，方向不对，耽搁了很多时间，以至于今早才找到您。"

谢芳华点点头："从痕迹上能判断出是什么人吗？"

月落摇摇头："除了水草上的些微痕迹，再查不出其他痕迹，判断不出是什么人。"

"你觉得云澜哥哥的失踪可与头一批人有关？"谢芳华问。

"我找到您时，您在山洞里昏睡，在下推测，和您一起掉到谷中的人是云澜公子。您既然安好，他应该也是安好的，也许和他有关。"月落道，"毕竟，旁处没见到水草踩踏的痕迹，只有您所在的山谷有，而我们并没有看到他，只看到了您一人，可能是在我们找到之前，先一步离开了。"

谢芳华抿唇："这些，你可告诉秦铮了？"

月落垂下头："小王爷没问。"

"可告诉秦钰了？"谢芳华又问。

月落看着脚下的地面："刚刚已经给太子殿下传信了。"

"你下去吧。"谢芳华摆摆手。

月落退了下去。

谢芳华又在原地站了片刻，转身向屋里走去。

侍墨眼见谢芳华要进屋，低声问："小姐，饭菜已经做好了，您和小王爷……"

"他睡着了，我进屋看看。他若是醒了，我喊你们；若是没醒，就等他醒了再说。"谢芳华想了想道。

二人齐齐点头。

谢芳华轻轻推开门，进了房间。里屋内，秦铮呼吸均匀，还在睡着。她关上房门，走到床前站着看了他片刻，慢慢地脱了鞋，上了床，倚着枕头靠在床头。

大约半个时辰后，她的手被一只手握住。

谢芳华偏头，见秦铮已经醒来，小睡了一觉之后，他身上的疲惫明显消散了不少，她对他微笑："醒了？"

秦铮点点头。

"可是饿了？我吩咐人端饭菜来。"谢芳华问。

秦铮抓着她的手，紧紧地握着，不说话。

"嗯？"谢芳华看着他，见他不语，用另一只手给他号脉。

秦铮忽然好笑："娶个懂医术的妻子便是这样方便吗，等于随身携带了一个太医？"

"太医不及我。"谢芳华道。

秦铮挑了一下眉，笑道："嗯，太医是不及你。"顿了顿，他又道，"但也没你这般自夸的。"

谢芳华刚要再跟他玩笑一句，忽然觉得脉象不对，蹙眉："你受伤了？怎么回事？"

"来寻你的途中遇到了些人，交了手，没什么大碍。"秦铮轻描淡写地道。

谢芳华虽然听他说得轻巧，但是根据脉象，她能感觉到内伤不轻，于是问道："什么样的高手，竟然能用内力伤你？"

秦铮摇摇头："不知道。"

谢芳华眯起眼睛："凭你，竟然猜不出是什么人、什么身份？"

秦铮好笑地看着她："我竟不知，在你心里，你夫君我无所不知无所不能啊！"

谢芳华瞪了他一眼，撤回手，绷起脸说："伤得不轻，你还有心情开玩笑，我若是不给你诊脉，你就不请大夫了吗？"话音刚落，她忽然又大怒，"明明受伤了还非要一路抱着我！你真是一点儿也不——"

秦铮忽然伸手捂住了她的嘴："喋喋不休，成婆婆了。"

谢芳华打掉他的手："秦铮！"

秦铮慢慢坐起身，将她一把拽进怀里，低声说："以后我不准你以身犯险了。无论你有什么解不开的事情，都要多想想我。比起你出事，我被谁伤了算什么。"

谢芳华忽然觉得没了立场，心口有些闷，眼眶有些酸，她点点头："嗯。"

秦铮又抱了片刻才放开她，伸手点了一下她的额头，叹了一声："就算这一辈子是冤孽，我也认了。"

谢芳华看着他："我是冤孽？"

"我是！"秦铮话音刚落，对外面喊："端饭菜来。"便不再跟谢芳华说话，拉着她下了床，走到桌前。

侍画、侍墨在外面应了一声，立即去了。

秦铮坐在桌前，一连倒了三杯茶，全端起来一口气喝了。

谢芳华铺开宣纸，提笔快速写了一服药方，见秦铮看来，她道："你必须喝药。"

秦铮对她挑了挑眉："为防染上风寒，你也给自己开一服药吃。"

谢芳华刚想说自己没关系，触到他的目光又吞了回去，点点头，给自己也开了一服方子。

不多时，侍画、侍墨端来饭菜，摆在桌上，谢芳华将两服方子递给二人，二人拿着药方下去了。

饭后，秦铮道："今日歇一日，明日我们回京。"

谢芳华点点头。

秦铮不再说话，靠着椅子闭目养神。

谢芳华看了他片刻，见他始终没有开口的意思，忍不住问："你就没有什么要问我的吗？"

秦铮睁开眼睛："你若是愿意说，自然会跟我说；若是不愿意说，我问了你也不愿说。"

谢芳华垂下眼睫，盯着桌面看了一会儿，忽然说："秦铮，你的心结解开了吗？"

秦铮不语。

谢芳华抬头看他："还没解开吗？"

秦铮也看着她，对望片刻，他笑了笑："有些事情，跟心结无关。"

谢芳华扯了扯嘴角，又垂下头，沉默片刻，将她从京中出来到丽云庵，救了金燕后下了丽云庵，再度上丽云庵，最后掉落悬崖之事说了一遍，但是说到谢云澜的两世记忆时，她还是将这段给瞒下了。

秦铮听罢，久久不语。

谢芳华看着他，又沉默片刻，低声道："云澜哥哥……不知如今身在何处，是否无事……"

"他不会有事的。"秦铮道。

谢芳华看着他。

秦铮拿起一个茶盏，握在手里，在桌上轻轻一捻，茶盏打了好几个转，然后稳稳地停住，他道："赵柯是魅族人。"

谢芳华一怔，看着秦铮。赵柯竟然是魅族人？

秦铮抬头看她，见她愣怔，他扬眉："很意外？"

谢芳华点点头。她的确感到意外，没想到赵柯竟然是魅族人。她抿了抿嘴，低声问："你是怎么知道的？"

"王倾媚和玉启言在平阳城待了十多年，他们两个择一城而居，自然要将那一城人的底细摸个清楚。起初，二人是为了躲避王家和玉家的干扰，渐渐地便养成了喜欢挖掘人底细的习惯。"秦铮道，"他们走时，扔了一份消息簿给我，其中记载了赵柯的身份。"

谢芳华点点头："也就是说，你早就知道赵柯的身份了？"

秦铮嗯了一声。

"赵柯既然是魅族人，他是什么时候跟在云澜哥哥身边的？"谢芳华又问。

"三四年前，谢云澜离京居住到平阳城时吧。"秦铮想了想，"不过这是在明处现身的时间，至于以前在暗处是否跟随，就不得而知了。"

谢芳华点点头。

秦铮看着她："你若是真担心他，我吩咐人去寻他就是。"

谢芳华沉默片刻，轻轻叹了口气："算了，既然赵柯是魅族人，他一直跟随在云澜哥哥身边照看，保他平安，如今你又说他定然无事，就不必去寻了。"

秦铮沉默片刻，忽然说："我虽然说他应该无事，但也难保没有变化。"

谢芳华抬头看秦铮，见他的脸色明明暗暗，她的手指轻轻蜷缩了一下："云澜哥哥与我还是不同，我是女儿家，总归是流着谢氏的血，如今又嫁给了你，是真正的英亲王府的人了，而云澜哥哥没有丝毫谢氏的血脉，是真正的魅族王室后裔。"

秦铮看着她，静待她说下去。

"我有你、爷爷、哥哥、忠勇侯府、英亲王府，我就算不遵魅族的规矩祖训，也有你们做依靠，但是自从谢氏米粮老夫人去了，云澜哥哥就无人可依了。"谢芳华顿了顿，继续道，"他若是有什么选择，我不该自私地一再阻止。他若是被谁救走，既然平安无事，就先这样吧。"

秦铮点点头："你能想通就好。"

谢芳华不再言语。

"小姐，小王爷和您的药熬好了。"侍画、侍墨在门外道。

"端进来。"

侍画、侍墨端着药进来，一碗放在秦铮面前，一碗放在谢芳华面前。

谢芳华见汤药温度适中，端起碗，一口气喝了。她放下药碗之后，见秦铮一动不动地看着她，她催促道："温度适中，快喝了吧。你刚刚没睡多大一会儿，喝了药继续去床上歇着。"

秦铮低下头，端起药一口气喝了，之后放下药碗站起身，一把拽起她，霸道地说："你陪我一起。"

谢芳华露出些许笑意，顺从地点了点头。

二人来到床边，秦铮抱着她躺下，闭上了眼睛。

静静地躺了片刻，不多时，秦铮真的睡着了。

谢芳华了无困意，盯着屋顶，脑中有很多事情来回乱窜，过了许久，她才慢慢地闭上了眼睛。

傍晚时分，月落在窗外道："小王爷！"

秦铮闭着眼睛不睁开，问："何事？"

月落低声道："从京城传来消息，据说忠勇侯府的老侯爷不太好……"

谢芳华本就没睡着，闻言腾地坐起身，下了地，快步来到窗前伸手打开窗子，看着窗外站着的月落急急地问道："我爷爷他怎么了？"

月落垂首："回小王妃，连日大雨，据说老侯爷本就身体不好，乍听闻您在丽云庵出事，惊急之下，晕厥了过去。"

谢芳华立即问："什么时候的事？"

"刚刚传来的消息，飞鸽传书，最少是两个时辰之前的事情了。"月落道。

谢芳华转头看向秦铮："我出事的消息没瞒着爷爷？"

"爷爷虽然老了，但也不是闭目塞听，忠勇侯府自有消息来源，瞒也瞒不

398

住。"秦铮已经下了床，来到她身边，对她道，"我们现在即刻启程，快马加鞭赶回去。"

谢芳华点点头。

秦铮对月落摆摆手，月落退了下去。

谢芳华喊来侍画、侍墨，吩咐下去。

一盏茶后，收拾妥当，秦铮、谢芳华快马加鞭，离开了绵镇，前往京城。

大雨过后，官道的水还未散去，依然不好走。

入夜时分一行人才走了五十里，距离京城还有六十里。

秦铮和谢芳华两骑并行，匆匆奔驰，侍画、侍墨等八人跟在身后，月落带着隐卫暗中追随。

又走出十里，秦铮忽然对谢芳华说："别走了，不对劲。"

谢芳华也觉出不对劲了。京城百里内的官道，她不仅自己多次行走过，也与秦铮一起走过数次，每一段的风景都不一样，但是自从过了一片树林后，行了十里地，似乎风景都是一样的。

就像是他们一直在这段路上循环一样。

秦铮勒住马缰，目光扫向周围。

谢芳华也勒住马缰，随着他四处看了一圈。

身后，侍画、侍墨等八人也警惕地看向四周。

谢芳华看了片刻后，对秦铮道："你可看出什么来了？"

"阴阳五行阵。"秦铮吐出几个字，嗤笑一声，"爷小时候就玩过这个阵，没想到有朝一日有人会将这个阵用在我身上。不过这个阵确实改得精妙，似是而非，让我入阵后才发现。"

谢芳华眯了眯眼睛。

秦铮抽出腰间的匕首轻轻一挥，啊的一声，某处响起惨叫声。

瞬间，景象变幻，秦铮和谢芳华等人这才发现自己不是走在官道上，而是在一处草坡上，前方是一片枫树林，他们的位置离枫树林不过十丈。

"我果然没看错铮小王爷，这等阵法在你眼里确实是小儿科。"林内忽然有一道苍老的声音响起。

秦铮慢慢拢回衣袖，脸色发寒："前方何人？爷不喜欢藏头缩尾之人，你若是不出来，这片枫树林，爷就放一把火烧了，看你还能不能藏着与我说话！"

林中忽然传出一阵苍老的大笑声："你这小儿，纵火烧林就不怕引火烧身？毕竟草木无情，烧了我，你也跑不了，这可是一座荒山。"

"阁下考虑得可真周到！"秦铮冷笑一声，"你设了阵法，引我们前来，意欲何为？"

"和你的小王妃谈一件事情。"那苍老的声音道。

秦铮偏头看了谢芳华一眼。

谢芳华沉静地道："你是何人？要和我谈什么事情？"

"你不必知道我是何人，只要将你手中的秘术孤本交出来就行。"那苍老的声音道。

谢芳华眯了眯眼睛："我不知道什么秘术孤本。"

"谢芳华，你最好交出来，否则你想见你爷爷，来日去黄泉见吧！"那苍老的声音厉声警告。

谢芳华面色一寒，勒紧了手中的马缰。

秦铮盯着前方的枫叶林："忠勇侯府的老侯爷是什么人都能要了他的性命吗？我就不信了！"

"忠勇侯府如今就是一具空壳子，剩下一个老头子罢了。凭我的手段，如何要不了他的命？"那老者不屑地大笑，"你若是不信，只管不交，我保证忠勇侯活不过明日一早。"

谢芳华抿唇，不接话。

"怎么样？交不交？"那老者问。

谢芳华依旧不言声。

"你若是说个'不'字，就等着为忠勇侯收尸吧！"那老者又道。

谢芳华忽然开口："你怎么知道秘术的孤本在我手里？"

那老者哈哈大笑："谢芳华，我诸多试探都被你看破，又怎么会不知道那本孤本在你手中，还被你学会了？"

"这么说，西山军营杀人、韩大人被杀、金燕郡主入梦、丽云庵遭遇山体滑坡，都是你在背后施为？"谢芳华问，"只是为了找出秘术的孤本？"

"不错！"那老者道。

"你到底是何人？意欲何为？"谢芳华声音冷冽。

"我已经说过，你不必知道我是谁。至于我意欲何为……"那苍老的声音忽然带上了一股杀气，"你以后就知道了。"

谢芳华忽然冷笑一声："你就这么笃定我会将这孤本给你？"

"难道你不要忠勇侯的性命了？"那老者道。

"爷爷年纪大了，本就活不了几年了。"谢芳华看着枫林，"他老人家未必希望我如此轻易地便受制于人。"

那老者大笑："谢氏世家大族，钟鸣鼎食，都说忠勇侯府诗礼传家，尊孝道仁义，嫡出小姐孝顺贤德，若是传扬出去，忠勇侯含辛茹苦抚养成人的孙女不顾他的命，你觉得后果会如何？天下人会如何唾弃你？"

"一个是人是鬼都不知道的家伙，拿爷爷威胁我，迫我就范，我若是如此简单就范，才是太天真了！"谢芳华冷笑一声，"天下人的看法我从不曾在意，也不怕谁去多加两笔。"顿了顿，她又道，"忠勇侯府有忠勇侯府的骨气，爷爷自不会怪我。"

"果然不愧是忠勇侯府的女儿！"那老者忽然勃然大怒，"若是再加上你哥哥的性命呢？"

"我哥哥已经远离京城。"谢芳华道。

"远离京城他便能安然无恙？我若是想杀他，也是轻而易举。"那老者道。

"你既然能杀了我爷爷，又能杀了我哥哥，又何惧出来与我一见？"谢芳华嘲讽道，"只摆了个小阵法，还被我夫君轻易地破了，如今又只会藏头缩尾在背后威胁人，看来也没什么本事。"

"你个小娃子，我便让你知道知道厉害！"那老者恼怒地道。

话音刚落，树林内霎时狂风大作，须臾，有数道金光对着谢芳华射来。

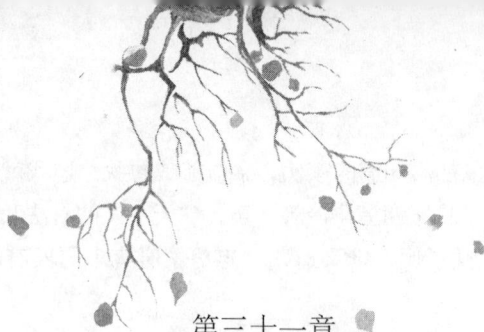

# 第三十一章

# 恩爱不疑

谢芳华面色一变。

秦铮忽然纵马挡在了她面前，迎着金光运足内力拍出一掌。

谢芳华也上前一步，袖剑脱手飞出。

只听哧哧数声，数枚刀片在二人面前落下。

秦铮的手臂被刀片划了一道口子，鲜血汩汩流出。

谢芳华伸手按住秦铮的手，只见手臂上的伤口几可见骨。她快速地出手点了他手臂的两处穴道，急急地问道："还有哪里受伤了？"

秦铮摇摇头。

谢芳华忽然目光犀利地看着枫林："无名山被毁了，没想到还有僵尸活着爬出来。不知阁下是三位宗师中的哪位？"

秦铮忽然看向谢芳华，似是万分惊异。

树林内静默了一瞬，忽然，那老者大笑道："早先有人查出，无名山混进了一个女娃子，那个女娃子就是忠勇侯的孙女，我还不信，原来那个女娃子真的是你。怪不得你能拿到秘术的孤本。"

谢芳华冷笑一声："古印、藏锋、持奉，别告诉我三位都活着。"

"无名山数百年的基业，岂是说毁就毁的？小娃子太天真了！"那位老者道，"不过也要感谢你毁了无名山，否则我们还不能出来做想做的事情。"顿了顿，他又道，"现在既然被你看破了身份，别说你爷爷和你哥哥的命，就算是你的命也要留在这里了。"

谢芳华眯起眼睛："皇室隐卫的三位宗师，看来也不是忠于南秦江山。"

那老者哼笑一声："少说废话，交出秘术孤本，留你们一命！"

"秘术的孤本早已经被我烧了，如今就在我的脑海里。"谢芳华镇定地坐在马上，"谁放过谁还不一定呢。"话音刚落，她忽然拿出火石，将火把点燃，然后将挂在马鞍前的袋子里的一个水桶拿出来，猛地向前一泼，将火把扔向前方。

原来那个水桶中装的是油，火把遇到浇到地上的油顿时着了起来，加上正是顺风，地上又都是草木，火立刻随风扑向树林。

"走！"谢芳华拽了一把秦铮，掉转马头。

秦铮点点头，与谢芳华一起挥鞭，向来时的方向折返。

侍画、侍墨等人惊醒，连忙跟在二人身后。

"好你个谢芳华，竟然真敢纵火！"那老者又惊又怒，似乎想要追出来，但熊熊燃烧的火将他挡在了这片树林内，他狂怒道，"今日你不识抬举，我定杀你爷爷、哥哥和谢氏满门！"

谢芳华忽然勒住马缰驻足。前世，她似乎听过相同的话。

秦铮见谢芳华停住，也勒住马缰回头看她。

后方，火已经点燃了整片山林，借着风势，火海还有蔓延的趋势，谢芳华的脸在火光的照耀下分外苍白。

秦铮打马回走几步，来到她身边，低声问："怎么了？"

谢芳华僵硬地端坐在马上，表情愣怔，仿佛没听见秦铮的问话。

秦铮疑惑地凑近她，伸手握住她的手："怎么不走了？"

谢芳华的手冰凉刺骨，她忽然惊醒，挣开秦铮的手，回头看向后方。

火光冲天，大火肆虐。

看着看着，她的脑中忽然现出一幅场景：黑暗的密室内，有人对她说："谢芳华，今日你不识抬举，就让谢氏满门为你的不识抬举陪葬吧！"

后来，谢氏满门当真为她的不识抬举陪葬了。

举族倾覆，白骨成山，血流成河，南秦再无一人姓谢……

她的身子晃了晃。

"怎么了？"秦铮重新扣住她的手。

谢芳华慢慢地转过头，看着秦铮。

秦铮清俊的容颜在后方火光的映衬下也微显苍白，一双眸子紧紧地锁着她，里面的担忧一览无遗。

谢芳华看了他片刻，摇摇头，低声说："没事，刚刚乍然知道是他们，太震惊了。"

秦铮伸手将她拽到自己的马上，紧紧地抱在怀里："我们必须赶快离开这里，否则大火随时可能随着风向变化包围我们。"

谢芳华点点头。

秦铮双腿一夹马腹，搂着谢芳华纵马离开。

大约奔走了半个时辰，来到一条河边，秦铮勒住马缰，对谢芳华道："回京的路被阻，我们若是想回京，怕是要等到明日了。"

"明日就明日。"谢芳华翻身下了马。

"那爷爷……"秦铮也下了马，松开马缰，看着她。

谢芳华看了他一眼，低声道："我出京前对忠勇侯府做了安排，爷爷不会有事的。"顿了顿，她解释道，"爷爷病了应该是背后之人假传出的消息。我之所以听到消息后急急赶回京，是想看看背后之人到底是何人，有何阴谋，为何处处算计我。"

秦铮蹙眉："是这样？"

谢芳华点头。

秦铮看着她："你既然做了安排，为何不对我说？我看你急着赶回京，还以为……"

"我看你太累。"谢芳华道。

"是吗？"秦铮挑眉。

谢芳华抿唇，移开目光看向后方，只看到红了半边天，但是距离太远，已经看不到火光，她道："没想到是无名山的三位宗师，是为了我手中的秘术孤本。"

秦铮不言语。

谢芳华看着被映红的天空片刻，转头问秦铮："你可知道他们一直活着？"

秦铮脸色难看，摇摇头："我以为无名山毁了，他们也被毁了。"

谢芳华不解："我的确是毁了无名山，但是他们如何还活着？"

秦铮负手而立，也看着那被映红的半边天空，寻思片刻，沉声道："皇室隐卫不止无名山一处巢穴，无名山只不过天下皆知罢了。"

谢芳华一惊："是这样？"

秦铮点点头。

"为何一直不曾听人提起？你也未曾与我说过。"谢芳华看着他。

秦铮沉默片刻，道："我也是近来才知道。"

谢芳华看着他，见他面上又显出那种冷寂昏暗的神情，她忽然道："秦铮，我发现自从我们成为夫妻后，我与你的距离反而越来越远了。"

秦铮看着她，眉目微凝："为何这么觉得？"

谢芳华看着他，他的目光比黑夜还要幽寂，她笑了笑，轻声道："你以前要我坦诚相待，我也坦诚相待了，若有丝毫保留，就觉得对你不住，可是这么长时间以来，你对我可坦诚相待了？"

秦铮抿唇："你想知道什么，自可问我，你问我的事，我知无不言。"

404

谢芳华盯着他看了片刻，忽然背过身子，声音极轻："是吗？"

"是！"秦铮颔首。

谢芳华沉默片刻，低声道："我以前看你，觉得你这个人虽然性格复杂，脾气古怪，让人琢磨不透，但至少我还看得清你的心。然而自从你在宫中被皇帝布下的龙门阵所伤，我进宫又出宫，在云澜哥哥的府邸，你与我断情，从那以后我便觉得再也看不透你了。你整个人就如罩着迷雾，一重又一重，像是换了一个人。"

"是吗？"秦铮走近一步，站在她身后。

谢芳华点点头："是。"

秦铮沉默下来，不再言语。

谢芳华盯着前方的水面看了片刻，慢慢转身，对上他的眼睛："当初你娶我，到底和皇上交换了什么条件？"

秦铮蹙眉："怎么忽然想起来问这件事？"

"我若是不问，你便什么都不说是不是？"谢芳华看着他。

秦铮抿唇不语。

谢芳华忽然怒了："你不是说，我问你，你自当告诉我，知无不言吗，怎么转眼便不兑现了？"

秦铮偏头，须臾，忽然笑了，伸手将她抱在怀里，紧紧搂住："还能是什么条件？他若是不让我娶你，我就毁了南秦江山呗。你知道，南秦江山对皇叔来说有多重要。"

谢芳华摇摇头："秦铮，你别骗我，你知道南秦江山对皇上来说有多重要。皇上看着你长大，你的性情他也了解，就算他不同意你也不会对南秦江山如何，否则你会自觉对不起南秦的列祖列宗和你的皇祖母德慈太后。"

秦铮蹙眉。

谢芳华伸手打开他的手，目光紧紧地锁着他："你实话告诉我，皇上的第二道圣旨，是你通过什么方式逼着他下的？"

秦铮哎了一声："媳妇儿，你碰到我的伤口了。"

谢芳华板着脸看着他："南秦江山是否已经被皇室隐卫掌控，或者说皇上是否已经被皇室隐卫掌控？你能让皇上下第二道圣旨，定然是交换了什么，只不过和你交换的人不是皇上，而是掌控皇室隐卫的某个人。你此番和秦钰联手，也是因为皇室隐卫威胁到了南秦江山，是不是？"

秦铮慢慢地收起笑容。

"西山军营案、孙太医被杀案、韩大人被杀案、金燕入梦咒、丽云庵滑坡，以及你来救我的路上被人截杀，你受了内伤，是因为你和皇室隐卫宗师交了手……"谢芳华盯着他，"你何等聪明，应该早就知道无名山虽然被我毁了，但是三位宗师

405

没被我杀死，是不是？"

秦铮抿唇，沉默不语。

谢芳华看着他："秦铮，我们还是不是夫妻？"

"自然是夫妻！"秦铮立即道。

"我虽然对夫妻相处之道不懂，但也知道，夫妻相处应该不是我们这样——我想靠近你，却怎么感觉都有距离，我被阻在门外，靠近你不得。"谢芳华低头看着脚下，"你是否后悔娶我？"

"你在胡思乱想什么？"秦铮上前一步，有些恼怒，"我怎么会后悔娶你？"

"那你……"谢芳华看着他。

秦铮叹了口气："言宸离京时对我说，切勿让你多思多想耗费心神，这样对身体调养不利，有些事情，我便未对你说，免得让你劳神。更何况很多事情对我来说也如迷雾一般，一知半解，告诉你只会让你与我一起费神，不说也罢。"

"是这样吗？"谢芳华盯着她。

秦铮伸手揉揉她的头，恼怒地道："自然是这样。爷费尽心思，用尽手段才将你娶回来，我若不是心悦你，此生非你不可，焉能如此？"

谢芳华抬手去抚头发："你把我的头发弄乱了！"

秦铮又气又笑："你都质疑我了，惹我生气，我还会顾及你的头发乱不乱？"

谢芳华见他恼怒，也觉得自己有点儿理亏。秦铮对她之心自然无须置疑，只是她乍然知道无名山三位宗师没死，一时间想起些事情，加之最近发生的诸多事情如被重重迷雾笼罩一般让她心下烦乱，猛然感觉什么都似真似幻，看不清，就连秦铮也让她觉得看不清了，才会如此。

她想到此，手覆在额头上，有些无力地道："对不起，是我不对，最近事情实在太多了，我难免胡思乱想……"

"用不着道歉。"秦铮伸手拿掉她的手，将她抱在怀里，"谢芳华，无论什么时候你都不必对我道歉。我是你的丈夫，你要时刻记着，结发为夫妻，恩爱两不疑。我们大婚，我能够娶到你，你能够嫁给我，实属不易，我们还要携手走完这人生百年。"

谢芳华眼眶微湿，伸手也抱住他，将头埋在他怀里，重重地点了点头："嗯。"

"任何人、任何事都不可能分开我们，你且记住。"秦铮又道。

谢芳华又点了点头。

秦铮又紧紧搂着她半晌，才慢慢放开她，手轻轻敲了一下她的额头："你可真不让爷省心。"

谢芳华咬唇。

秦铮低头，轻轻去吻她的嘴角。谢芳华吓了一跳，向后退了一步，秦铮一把拽

406

过她，重新搂在怀里，加深了这个吻。

谢芳华霎时有些眩晕，伸手打了他两下，躲开他，红着脸低声说："侍画她们还在不远处，你别乱动。"

"她们不敢乱看。"秦铮虽然如此说，但还是意犹未尽地放开了她。

谢芳华不敢抬头看他，看着脚尖。

秦铮轻笑，握住她的手对她道："离天亮还早，不远处有一户农家，我们翻山过去，借宿一夜吧。"

"山野农家让外人借宿吗？"谢芳华看着他。

"别人兴许不让，但那对老夫妻我认识，以前狩猎的时候在那里住过。"秦铮道。

谢芳华看了一眼天色，点点头，然后又看向后方："这把火烧了一片山林，不知道什么时候会熄灭，会不会烧到人家。"

"那片山林没有人家，而且山林起火，附近的县衙官兵会得到消息赶去救火，放心，火势蔓延不太大。"秦铮道。

"早先那片林子里到底有几个人？是否那三位宗师都在？"谢芳华又道。

"应该只有一人，若是有三人的话何惧你我的武功？早就出林子了，不会躲藏。"秦铮道，"不过你这一把火放得好，他们就算逃出火海，也会被扒一层皮，短期内会消停些。"

"你现在可以实话告诉我了吧，我们大婚，你到底是怎么做到让皇上下第二道圣旨的？"谢芳华又问。

秦铮揉揉额头："真想知道？"

谢芳华点头。

秦铮道："你刚刚的猜测不全对。皇室隐卫中的确有人控制了皇叔，但未能完全控制住。皇叔是什么样的人？他的脾气其实极烈，虽然被那把龙椅磨平了一些戾气，但到底坐了多年，有着帝王的尊严。他一直隐忍不发，我察觉后，对他如实说了秦钰对我下同心咒之事，若是他不下旨赐婚的话，我就拖着秦钰一起去死。要说对不起列祖列宗的话，人人有份，不是只我一人。更何况他已经老了，要保住南秦江山，心有余而力不足，能靠的只有我们。"

谢芳华似有所悟地点点头："那么，你和皇上达成的协议是你保住南秦的江山，他下旨赐婚，同意你娶我？"

秦铮打了个响指，吃草的马立即跑过来，他揽着谢芳华翻身上马，点头："不错。"

"那为何谢茶礼时他要以伤害自己来算计我？"谢芳华又道。

"应该不是皇叔的本意。"秦铮道，"是有人想要你的命。"

谢芳华忽然笑了："没想到我的命这么值钱，竟然让皇室隐卫幕后的主控人步步算计。"

秦铮冷哼一声，搂紧她："你的命自然值钱。"

谢芳华顿了顿："如今看来不仅想要我的命，还想要我手中的秘术孤本。"

秦铮将头枕在谢芳华的肩上，双腿一夹马腹，纵马向山坡走去，同时问："你手中的秘术孤本是什么时候得到的？"

"无名山放着那卷孤本的三分之一，忠勇侯府藏有那卷孤本的三分之一，除夕宫宴，秦怜带我去了皇宫的藏书阁，我又拿到了最后的三分之一。"谢芳华道，"就这样，无意间都被我得到了。"

"看来真是天意了。"秦铮道。

"你相信天意？"谢芳华将身子靠在他怀里。

秦铮嗯了一声，听不出情绪。

谢芳华不再说话。若说这世上真有天意，她也相信，毕竟若没有紫云道长逆天改命，她如今还在黄泉路上数着彼岸花，走向奈何桥，一旦喝了孟婆汤，就再不是忠勇侯府的小姐，再不是谢芳华了，前尘往事，尽数成灰。

那样的话，她就不会认识秦铮，不会再记得秦铮，不会嫁给他……

她想着想着，心便绞痛起来，转身，伸手紧紧地抱住秦铮的腰。

"怎么了？"秦铮低头看着她。

谢芳华摇摇头。

秦铮看了她片刻，也一手搂紧她，一手纵马向山上驰去。

走了三四里路后，在半山腰处出现了三间由草木搭建而成的茅草屋，屋子四周围着篱笆栅栏。

来到门前，秦铮抱着谢芳华下马，伸手叩门。

门响了几声后，从里面传出一个老者的声音："谁啊？"

"是我，秦铮。"秦铮回话。

"秦铮？铮……二公子？"那老者说着，连忙起身，披衣下床。

"什么二公子？是小王爷。"一个微老的女声说着，也跟着披衣出了门。

不多时，门从里面打开，走出一男一女两个老者都是五十多岁的年纪。看清楚秦铮时，两人有些惊异："原来真的是您，您怎么来了？"不等秦铮答话，又看向谢芳华，"这位是……"

秦铮笑笑："半夜路过，叨扰了，她是我媳妇儿。"

"是忠勇侯府的小姐？"那老者恍然。

"是小王妃！"那婆婆更正道。

"哎呀，身份而已，都一样。你个老婆子，就爱和我唱反调。"老者说着，连忙将二人请进了小院，又对后面跟着的侍画等人道，"这几位姑娘……"

"一起的。"秦铮道。

"可是茅舍太小，这几位姑娘怕是……"那老者有些为难。

"没关系，老人家，我们不用睡觉，将就半夜就好。"侍画连忙道，"只要我家小王爷和小王妃有休息之处就好。"

"几位姑娘若是不嫌弃，就在柴房将就一晚吧。"那老者闻言，连忙将八人也请进了院子。

一番寒暄之后，秦铮和谢芳华在一间房间里安顿下来。躺在床上，秦铮将谢芳华压在身下，低声说："本不该半夜来打扰两位老人家，奈何我想你了。"

谢芳华脸腾地红了，伸手推他："不行。"

秦铮不容她多说，伸手扯掉她的衣带，低头吻住了她。

谢芳华推拒不过，只能任秦铮为所欲为。

春宵苦短。

第二日，直到日上三竿，谢芳华才从沉睡中醒来。

她睁开眼睛，见身边已经无人，她伸手摸了摸，身边的被褥有些凉意，屋中也无人，外面隐隐有说话声，声音极低，细听之下，发现是侍画等人和那位老妇人。她披衣起身，穿戴妥当，出了房门。

院外，侍画、侍墨等人正在帮那位老妇人择野菜。

"小姐，您醒啦？"听到动静，侍画、侍墨立即站起身，迎上前。

"小王妃！"那老妇人连忙起身见礼。

"昨夜叨扰您了，不必多礼。"谢芳华笑着伸手托起她。

"小王妃真是天仙一般的人儿。"那老妇人打量着谢芳华，"昨夜天色晚，我这眼睛花，没看清楚，还跟我家老头子叨咕，说今日一定仔细地看看。这一看啊，可不是仙女下凡吗？小王爷真是好福气。"

谢芳华微笑，四下扫了一眼，没见到秦铮的影子，问道："秦铮呢？"

"回小姐，小王爷一早便和老人家去山中打猎了。"侍画连忙说，"走时嘱咐我们不得吵醒您，说您昨夜累了，让您多睡些时候。"

谢芳华想起昨夜，脸顿时红了："他可说了什么时候回来？"

"说晌午之前，应是快了。"侍画伸手扶住她，"奴婢伺候您梳洗吧！"

谢芳华点点头。

侍画、侍墨等人打水的打水，伺候净面的伺候净面，梳头的梳头，围着谢芳华帮她打理。

那位老妇人在一旁看着，好生羡慕："富贵人家到底不同，小王妃真是好福气。"

谢芳华看着她微笑："您二老在这山中居住了多少年了？"

"我们啊，几十年了！我和老头子靠打猎、砍柴为生。几年前认识小王爷后，小王爷送了我们几亩田地，后来就种田为生，鲜少出去打猎了。"老夫人坐在台阶

409

上说。

"只您二老？可有儿女？"谢芳华问。

老妇人点点头，又摇摇头："我们俩有一个儿子，几年前狩猎的时候遇到了狼群，没躲掉，葬身狼口了。他死时还没娶妻，自然没留后，只剩下我们俩。"

谢芳华一愣："狼群？"

老妇人点点头："是遇到了狼群。当初我那老头子和儿子一起去的，幸好遇到了小王爷，若不是小王爷救了我家老头子一命，我就会死了儿子又死了丈夫，也就随他们去了，活不到现在了。小王爷是好人，明明是金尊玉贵的人儿，可心肠是真好，没有半点儿看不起我们。赶走了狼群后，又嘱咐老头子别再出去打猎了，送了几亩田地给我们过活。"

"这里距离城镇不远，狼群是哪里来的？"谢芳华疑惑地问道。

老妇人摇摇头："不知。"

"您说几年前，到底是几年前？"谢芳华又问。

老妇人想了想，又掰着指头算了算："大约是七年前。"

"时间很长了。"谢芳华笑着说。

"可不是？久到我都忘了我那儿子的模样了。"老妇人叹了口气，"如今他怕是早就转世投胎了。"

"定然会再托生个好人家。"谢芳华劝慰道。

"嗯，盼他来生别再生在我们这样的穷苦人家，只愿他生在富贵人家，做富贵人家的公子爷，就像小王爷和小王妃您二人这么好命。"老妇人道。

谢芳华闻言笑了笑："富贵人家有时候反而不如寻常百姓能快活度日。"

老妇人咦了一声："小王妃和小王爷不是恩爱非常吗？难道不如意？"

谢芳华失笑："我们自然是两情相悦，只是因为身份，肩上担负的责任也多。我只向往平平淡淡的生活，若是能与您二老一样，在山野中种几亩田地，狩猎、砍柴、平静度日也是极好的。虽然对您二老来说稀松平常，可是对我们来说却是难如登天。"

老妇人闻言有些稀奇："原来小王妃这么一个蜜罐里长大的人儿，偏生喜欢我们这样的生活。"话音刚落，她乐呵呵地说，"我知道富贵人家规矩多，也是不易，各有各的苦和甜。"

谢芳华笑着点头："正是。"

二人正说着话，外面传来马蹄声。

侍画向外望了一眼，说道："小王爷回来了！"

谢芳华也偏头向外看去，不多时，果然见两匹马在门口停下，秦铮和一位老者从马上下来。两匹马前挂着几只兔子，其中一匹马后面还拖着一头野猪。

410

秦铮轻袍缓带，俊逸风流，下了马后，径直进了院子，脚步轻快地向谢芳华走来。

老妇人笑着对谢芳华说："哎哟，我从来没见过像小王爷这样俊的公子爷。不只长得好、脾气好、品行好功夫更好，那些世家大族的公子都不及小王爷。"

谢芳华闻言轻笑，但还是点头附和："我也觉得我夫君是天下最出色的公子爷。"

侍画、侍墨等人闻言，一个个抿着嘴笑个不停。

秦铮走进来，正巧听见两人的话，不由得失笑，他来到近前，伸手点点谢芳华的额头："别人夸也就罢了，你是我的人也这样夸我，不觉得害臊？"

"不觉得！"谢芳华摇头，一本正经地说，"你本来就很好。"

这下，秦铮的眉梢眼角都挂上了浓浓的笑意，他伸手抱了抱她，用两个人才能听见的声音问："昨夜你一直说累，今日睡到什么时候才起床？怎么不多睡会儿？还累吗？"

谢芳华的脸顿时红如火烧，声音细若蚊蝇："不累了，刚起床不久。"

秦铮笑着点头，小声说："回家之后饶不了你！"

谢芳华觉得脸都快烧着了，伸手推了他一把。

秦铮趁势退开些，对侍画、侍墨吩咐道："你们帮老人家把马上的猎物卸下来，吃过午饭我们就启程。"

"是，小王爷！"侍画、侍墨连忙去了。

"小王爷、小王妃一会儿就走吗？不多住一晚？"老妇人闻言，有些舍不得地说。

秦铮笑着摇头："我们出来办事，离京久了，家里人难免担心，这里距离京城不远，得闲了自然会来看您二老。"

"小王爷和小王妃都是贵人，贵人尊贵，要做的事情也多，那我老婆子就不留了，赶紧去给你们做饭。"老妇人拾起择好的菜，向厨房走去。

侍画、侍墨等八人来到门口，帮助老者卸猎物。

秦铮伸手握住谢芳华的手，将她拽进了屋。

进屋后，关上房门，秦铮将谢芳华抱在怀里，低头便是一记深吻。

直到谢芳华被他吻得几乎透不过气来时，他才放开她，目光温柔，嗓音低哑醉人："我在你心里，真的是天下最好的公子爷？"

"自然！"谢芳华红着脸点头。

秦铮笑容扩大，又俯下身吻她。

谢芳华喘息着躲避，小声说："别闹了，一会儿我没办法出去见人了……"

秦铮不依不饶，又吻了她片刻才放开她，抱着她说："从来不知道你这么调皮！"

"你才是！"谢芳华不满地瞪他。

秦铮看着她，她的脸如烟霞，眉目如画，目光盈盈，盛着满满的笑意和温柔的爱意，他轻轻叹了一口气，满足地说："我秦铮何德何能，得你如此相待？"

谢芳华抬头看他。

"此生得你，再无所求。"秦铮又道。

谢芳华看到他眼中满满的都是她，爱意一览无遗，她也道："我也是。此生得你，再无所求。"

秦铮又低头吻她。

谢芳华伸手挡住，小声说："不要啦。"

秦铮拿掉她的手，重重一吻之后对她说："昨夜大火将那片山林都烧了，拦阻我们的皇室隐卫宗师是持奉，他被烧伤了。"

谢芳华看着他："如今他人在哪里？"

秦铮摇摇头："昨日你我离开后，月落在暗中跟随他但跟丢了，不过肯定在京城方圆百里之内，不是太远。"

谢芳华点头："无名山的三位宗师有开山立派的本事，月落也是出自皇室隐卫，本事自然不及。持奉虽然被烧伤，但是功力仍在，跟丢了也正常。"

"那些案子，回去之后，还是要尽早结掉。至于皇室隐卫这些阴暗之事，不宜显露人前。"秦铮抿唇，"免得朝野动荡，百姓恐慌，影响国政民生。"

谢芳华颔首："既然是他们背后施为，你想好怎样了结了吗？"

"拔不出树根，也要砍了树梢、树干。"秦铮点头，"我是有了想法，还需要你配合，待路上我们再细说。"

"好！"谢芳华点头。

吃过饭后，秦铮、谢芳华辞别了两位老人家。

途中路过那片山林时，只见焦土，不见生机。

谢芳华看着，叹了口气："昨夜我看他不会善罢甘休，才出此下策，放火烧了山林。按理说，草木也有心，此计实属不该。"

秦铮和谢芳华共乘一骑，闻言伸手搂紧她："你做得对。若不是你先发制人，我们就要受制于人，此计也是迫不得已。现在是夏天，这些树木刚经过两日前的大雨，损伤不多，休养些日子，还是能恢复生机。只不过当时风大，火势看着猛烈，其实杀伤力没那么大。若是冬日，持奉就算功力再高深，被大火包围也早就死在里面了。"

谢芳华点点头。

"你看，你这般心软，我以后更要操心你了。"秦铮笑着说。

谢芳华忽然有些恍惚，身子微僵。

"怎么了？"秦铮察觉她有些不对劲。

谢芳华愣怔片刻，扭头问："你刚刚……说什么？"

"我说，你这般心软，我以后更要操心你了。"秦铮伸手摸摸她的额头，"我发现你最近总是时不时走神，着实让人担心。"

谢芳华伸手握住他的手，指尖轻轻地颤了两下，没言声。

"大约你是思虑太过，劳心伤神。"秦铮抱紧她，将她在怀里摆了一个舒服的姿势抱稳，轻声道，"慢些走，天黑前进城就行了。你累了就睡一觉，昨夜我吵得你没能睡好。"

谢芳华顺从地点点头，窝在他怀里，闭上了眼睛。

不多时，她真的睡着了。

虽然睡着了，脑海中却来回地闪过些画面……

夕阳西下时，一行人顺利地到了京城。

喜顺带着人在城门口翘首以盼，见到秦铮和谢芳华回来了连忙欢喜地迎上前："小王爷、小王妃，您二人总算是平安回来了，王妃担心得寝食难安，都望眼欲穿了！"话音刚落，他试探地问，"小王妃没事吧？"

秦铮看了他一眼，摇头："她没事，你回去禀告我娘吧。"

喜顺连连点头，欢喜地向英亲王府跑去。

谢芳华醒来，睁开眼睛看着面前的城墙，一时间有些恍惚。

秦铮轻轻敲了她的额头一下，低声问："醒了？"

谢芳华转头，看着他。

"怎么一副迷糊的样子，不认识我了一般。"秦铮好笑地看着她。

谢芳华盯着他看了片刻，目光才慢慢地凝定，伸手抱住他，往他怀里偎了偎，轻声问："我睡了一路？"

"嗯，睡得很沉。"秦铮道，"若不是喜顺吵醒你，你应该还在睡。"

谢芳华扯了扯嘴角，不再说话。

秦铮带着她进了城，在通往英亲王府和忠勇侯府两条路的岔路口问："先去忠勇侯府看爷爷？"

谢芳华点点头："好！"

秦铮带着她向忠勇侯府而去。

不多时，来到忠勇侯府，秦铮揽着谢芳华翻身下马。门童见是他们，立即打开门请二人进入，同时有人匆匆跑去内院禀告。

秦铮握住谢芳华的手，往里面走。

谢芳华跟着他刚走不远，她眼前一黑，身子一软，向地上倒去。

秦铮一惊，手疾眼快地托住了她。

谢芳华倒在他怀里，不省人事。

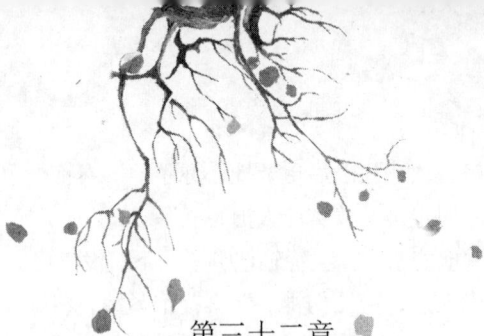

# 第三十二章
# 忧思过甚

谢芳华晕倒，忠勇侯府顿时炸开了锅。

秦铮面色大变，拦腰抱起谢芳华，对身后喊："快去请大夫！"

侍画、侍墨刚迈进门，闻言面色陡变，立即转身出了府门匆匆向太医院而去。

谢林溪得到秦铮和谢芳华回府的消息，欢喜地迎了出来，便见到了谢芳华晕倒的这一幕，他也吓坏了，连忙上前对秦铮问道："芳华妹妹怎么了？"

秦铮摇摇头。

"咱们府中也有大夫，我现在就让人去喊。"谢林溪话音刚落，转身招来一个仆从，焦急地吩咐，"快去喊大夫，请他到……荣福堂。"

"是！"那人立即撒开腿跑去喊大夫。

谢林溪回身，对秦铮道："老侯爷听说你们回来了很是高兴，这里离荣福堂最近，先带芳华妹妹去荣福堂吧。"

秦铮点点头，抱着谢芳华向荣福堂走去。

因谢芳华突然晕倒，谢林溪和秦铮二人也不多言，匆匆赶往荣福堂。

来到荣福堂门口，福婶迎了出来，见秦铮抱着昏迷不醒的谢芳华，吓了一跳："小王爷，小姐这是……怎么了？"

"早先还无事，不知为何刚到府中便突然晕倒了。"秦铮说着，抱着谢芳华向内走去。

崔允从堂内迎了出来，闻言连忙亲手挑开帘幕。

秦铮喊了一声"舅舅"，便抱着谢芳华迈进门。

忠勇侯正在桌前坐着，见秦铮抱着不省人事的谢芳华进屋，他愣了一下，蹙眉："铮小子，这是怎么了？"

福婶连忙将床榻抚平整。

秦铮将谢芳华放在床榻上，回身对忠勇侯喊了一声"爷爷"，然后摇摇头："不知为何突然晕倒。"

"已经去请府中的大夫了。"谢林溪连忙道。

忠勇侯点点头，摆摆手，示意秦铮坐下。

秦铮坐在床头，伸手握住谢芳华的手，看着她。

"云澜那小子没与你们一同回来？"崔允向院外看了又看，回身问秦铮。

秦铮抿唇，摇摇头："我赶去丽云庵后，只在崖谷中找到了她，没见到云澜兄。"

崔允面色一变："云澜小子出事了？"话音刚落，他看向忠勇侯。

忠勇侯看了秦铮一眼，见他忧急地看着谢芳华，于是摆摆手："其余的事稍后再说，先等大夫来，看看华丫头怎么回事！"

崔允点点头。

不多时，有一位医者拿着药箱匆匆走了进来。

福婶连忙迎出去，将人请进里屋。

那位医者四十多岁，进来后先给忠勇侯、崔允、秦铮等人见礼。

"先别多礼了！快过去给华丫头看看，她为何晕倒？"忠勇侯摆摆手。

那人连忙走到床前。

秦铮坐在床头没移动，他抬头看了医者一眼，放开她的手说："看仔细些。"

医者点点头，伸手给谢芳华把脉。

屋中一时间无人说话，落针可闻。

医者把脉片刻后，又面色凝重地换了另外一只手，众人见此，心都提到了嗓子眼。

秦铮板着脸，抿着唇。

过了片刻，医者撤回手，对秦铮拱了拱手，说道："在下给小王妃把脉，体虚若竭，忧思过甚，劳心伤脾，乱意腹损，这身体……不太好啊！"

秦铮面色一变，伸手扣住他的肩膀："你说清楚些！"

医者连忙道："在下医术不精，从脉象上看，小王妃是近日来忧思过甚，伤了脾，如今突然昏迷，则是神思受了某种冲击……"

"你是说，她突然受了刺激？"秦铮立即问。

医者点点头："可以这么说。"

秦铮猛地伸手，用力推了他一掌："胡言乱语！"

医者承受不住秦铮的掌风，被打出丈远，跌坐在地上，连忙道："在下诊脉，脉象确实如此显示。"

秦铮恼怒地质问他："她早先好好的，回来时睡了一路，到家门口才醒来，这一路我一直抱着她，她如何会受冲击？能受什么刺激？"

医者闻言，讷讷地说不出话来。

崔允闻言有些纳闷："照你这样说，华丫头一直好好的，是突然晕倒了？"

秦铮抿唇不语。

谢林溪疑惑地开口："这位医者医术很好，老侯爷前日染了风寒，他开了一服药，吃过后便好了。"话音刚落，他看向那医者："你所言可是实话？"

"在下说的自然是实话。"医者看了秦铮一眼，又看了床上的谢芳华一眼，小声说，"在下可是小王妃派来看顾老侯爷身体的人，如何会说假话？小王妃是在下的主子。"

秦铮一怔，蹙眉："你是她派来的人？"

医者点点头，如实说："在下奉轻歌公子的安排而来，出自天机阁。"

秦铮闻言抿唇。

"几日前，府中的确来了一批人，说是芳华妹妹的吩咐。"谢林溪对秦铮道，"都安排他们住下了。这两日妹妹在丽云庵遇险，府中也不甚平静，幸好有他们在，才没出事。"

秦铮不再言语。

"铮小子，你与我们说说你们这两日在外的经历。"忠勇侯捋了捋胡子。

秦铮慢慢地坐下，将谢芳华向他阐述的事情始末简单地说了一遍，又将他如何找到谢芳华，昨日夜间回京遇到无名山宗师持奉，以及宿在山野人家，今日才回京之事简略说了一遍。

忠勇侯听罢面色凝重："你是说无名山虽然毁了，但那三位宗师还活着，且出了无名山？"

秦铮颔首。

忠勇侯看向崔允。

崔允的脸色也不好看："数百年前南秦先祖建朝，改了很多前朝的体制政策，但是为帝王监控百官的隐卫制度却延续了下来，还专门设立了皇室隐卫基地。三百年来，虽然有些小风波，但都安稳度过了。皇室隐卫一直是皇室的一把刀，奉命行事，没出过大事。如今看来，时间太久了也不安稳。"

忠勇侯点点头："皇室隐卫建立时，设立了三处隐山作为隐卫基地。一处是天岭山，一处是蒂峰山，一处就是无名山。三方互相牵制，各有所司，立于三个方位，共同守护皇城。无名山因一直以来是公然选隐卫，早已被世人所知。无名山也

416

是最大的皇室隐卫巢穴，其余两座山一直低调，除了皇室子嗣和几个世家大族的嫡系一脉外，再无人知。三百年下来，世人渐渐只知无名山，倒不知其他二山了。"

崔允忧心忡忡地道："如今无名山被毁了，三位宗师既然活着，那……"

忠勇侯看向秦铮。

秦铮低着头，看着地面，似乎陷入了某种思绪中，根本没听二人说话。

"小王爷，太医来了！"侍画、侍墨这时带着两名太医院的太医匆匆进了荣福堂。

秦铮闻声立即道："请进来！"

侍画、侍墨挑开门帘，两名满头大汗、气喘吁吁的太医从外面走了进来，给忠勇侯和崔允、秦铮见礼。

忠勇侯摆摆手。

秦铮看了二人一眼："仔细诊脉，如实说来。"

"是，小王爷！"两名太医顾不得歇息，连忙上前查看谢芳华的病情。

二人轮番诊脉后，对看一眼，其中一人道："小王爷，小王妃体虚若竭，思虑过甚，肾脾有损，情况不是太好。"

"怎么个不好法？"秦铮脸色发冷。

另一人连忙道："需要好好将养些时日，不要再劳神。"

"她为何昏迷？"秦铮又问。

一人立即道："我二人给小王妃诊脉，发现她脉象不稳，似是受了冲击，心血不足，导致昏迷。"

"她今日并没有发生什么事，睡了一路，是如何受了冲击？"秦铮问。

那两名太医对看一眼，也露出疑惑的神情。

"你确定没发生什么事？"崔允问秦铮。

秦铮没答话。

侍画看了秦铮一眼，立即道："这一路上的确没发生任何事，小姐睡了一路。至于……"她顿住，想了想，猜测道，"会不会是小姐坠落山崖时落下了病症？"

"找到她时你们没请大夫？"崔允立即不悦地看着秦铮。

侍画低声说："小姐好模好样的，而且小姐自己就是大夫……"

崔允冷哼一声，对秦铮道："你对华丫头太不尽心了！"

秦铮沉默不语。

侍画也赶紧住了口。

"这个丫头自小就心思多，忧思过甚也是由来已久。言宸在这府中时便时时盯着她调理，我本以为好了，没想到更严重了。"忠勇侯缓缓开口，"这也怨不得铮小子，是她自己心思重，不听话，东奔西跑，不得安宁，才弄出事端。"

"何时能醒？"崔允问两位太医。

二人对看一眼，齐齐道："说不定，也许稍后就会醒，也许要明日、后日……"

"可需要用药？"忠勇侯问。

"这……"二人有些犹豫，"小王妃的身体与常人不同，我二人不敢随意开药。"

"不吃药的话，能醒吗？"谢林溪看了秦铮一眼，连忙问。

二人点点头："能醒。小王妃只是一时受不住冲击才会昏迷不醒。她的身体不太好，脾肾受损，也是因为长久以来思虑过甚，这个需要慢慢将养。小王妃本来就医术卓绝，孙太医生前都称赞不已，我等自然不敢乱给小王妃用药，最好还是等小王妃病好了自己再开药方。"

忠勇侯看向秦铮："铮小子，你以为如何？"

"等她醒来吧。"秦铮道。

忠勇侯颔首，示意谢林溪送两位太医出府。

谢林溪送两位太医出了荣福堂，向府外走去。

秦铮转头，对早先那名医者道："你可有办法让她赶紧醒来？"

那名医者似乎是对秦铮不相信他的医术十分不满，木着脸摇头："我家主子回京之前身体一直不错，没出大碍，她如今的病症，都是回京后落下的。"

言外之意，都是因为秦铮，尤其是那三箭。

秦铮看着他，不但没恼，反而道："你可敢给她开药方？"

那医者本来还想不给面子冷言冷语两句，但忧心谢芳华的身体，还是点了点头："言宸公子离京时，特意将我召来见了一面，主子的病情我是知道一二的。虽然主子的身体目前不大好，但也没到太严重的地步。"

秦铮点点头："那么你就开一服药给她喝。"

那医者颔首。

侍画、侍墨连忙走到桌前为他铺纸研墨。

那医者很快就开了一服药方，二人连忙拿着下去了，他转身，看着床上不省人事的谢芳华，说道："不过是有些奇怪。"

"奇怪什么？"崔允问。

那医者道："主子突然昏迷不醒，虽然脉象显示是受了冲击，但不像是因为坠崖，毕竟坠崖是两日前之事，于理不通。"

"若是受惊呢？"秦铮问，"昨日夜晚，她受了些惊吓。"

"小王爷说的可是无名山宗师拦路之事？"那医者问。

秦铮点点头。

那医者想了想："也有可能。"顿了顿，他又道，"心腹之事，过满则溢。就如一个杯子装水，水若是装得太满，杯子便受不住了。小王妃如今就是受不住的症结。所以，小王爷以后对小王妃还是要谨慎相待些，切莫让她过于忧劳。身劳心劳，脾肾皆劳，长久下去，大不妙。"

"我晓得了！"秦铮摆摆手。

那医者转身走了出去。

忠勇侯长长叹了口气："小丫头不听话，也是我老头子老了，无用了，她都出嫁了，这府中的事儿还要她来操心。"

崔允也叹了口气，说道："不知含儿如今走到哪里了。几日前连续下大雨，定然耽搁了行程，这几日也不见有书信传回来。"

"他行事稳妥，应该无事。"忠勇侯摇摇头，"云澜小子才让人不放心。"

他话音刚落，床上的谢芳华忽然迷迷糊糊地喊："云澜哥哥……"

秦铮猛地转过头看向她。

她又喊了两声，忽然眼角有泪滚滚地流下来，霎时湿了整张脸。

屋中众人都惊呆了。

忠勇侯和崔允对看一眼，又齐齐看向秦铮。

秦铮的薄唇紧紧地抿起，伸手按住她的手，攥在手里，凑近她低声说："他不会有事的，放心吧！"

谢芳华嘴角动了动，似乎想说什么，但挣扎片刻，终是没说，又昏昏沉沉地睡了过去。

秦铮低头看着她，掏出绢帕轻轻帮她拭掉眼角的泪。

屋内一时间无人说话，安静至极。

过了片刻，忠勇侯咳嗽了一声，对秦铮道："铮小子，你也累了，带华丫头去她的院子休息吧。"

秦铮点点头，伸手抱起谢芳华出了房门。

等二人没了踪影，崔允看向忠勇侯："您说，他们小两口不会是出了什么问题吧？"

"什么问题？"忠勇侯问。

"就是感情之事。"崔允担忧地道，"否则为何好好的，华丫头会晕倒？大婚前好不容易调理好的身体，怎么短短时日内就到了如斯田地？"

忠勇侯叹了口气："也难说。"

"我跟去看看，再说说铮小子，定然是他的原因。他射了华丫头三箭，华丫头还一心嫁给他。我听闻的一直是华丫头对他甚是亲近，却看不出他对她有多好……"崔允说着，就要出门。

"别去了！"忠勇侯拦住他，"铮小子对华丫头的心，我老头子是过来人，而你一直未娶妻，这夫妻间的事啊，如人饮水，冷暖自知，有什么事等华丫头醒来再问她就是了。"

"可是……"崔允还是担心。

"别可是了。"忠勇侯摆摆手，"近来太子将那些案子都交给他彻查，他本就费心费力，如今华丫头又出了事，他更累了，就让他歇歇吧。"

"您就是疼他。"崔允有些不满，但还是坐了下来，没再去寻秦铮。

秦铮抱着谢芳华出了荣福堂后，径直向海棠苑走去。

谢林溪随后追出来，对他问道："今夜你和芳华妹妹是否就住在府中了？若是住在府中，就要派人去英亲王府知会一声，免得王爷和王妃担心。"

秦铮点点头："就住在府中了，劳烦林溪兄派人去知会一声。"

谢林溪颔首，转身去了。

秦铮抱着谢芳华回到海棠苑，进了房间，将她放在床上，自己在床头坐了下来。

虽然谢芳华已经出嫁，不在府中，但她的闺阁一直留着，打扫得干净整洁。

谢芳华无声无息地躺着，犹如睡着了一般。

"小王爷，王妃听闻小姐昏倒，已经来府里了。"侍画在外面轻声禀告。

秦铮嗯了一声。

不多时，英亲王妃带着春兰等婢女，由谢林溪陪同，匆匆进了海棠苑。

来到正屋，一迈进画堂她便焦急地问秦铮："铮儿，华丫头怎么样了？"

秦铮抬头看了英亲王妃一眼，抿了抿唇："说是忧思过甚，伤了脾肾，又突然受到冲击，才昏迷不醒。"

英亲王妃闻言埋怨道："都是金燕那个丫头！去尼姑庵散心也就罢了，偏偏选了个那么偏僻的地方。若不是因为她，华丫头也不会连夜赶路，还坠落悬崖。大婚后这么多事压下来，你没闲着，她也没闲着，奔波之下自然受不住，真是苦了她了。"

秦铮不说话。

英亲王妃走上前，伸手握住谢芳华的手，摸摸她的脸："真是的，都瘦了。"

秦铮抿唇。

"这京中近来怎么就这么乱！到底是什么人在背后搞出这么些事情来，你可查出来了？"英亲王妃说着，沉下脸，"我看啊，这一连串事情像是冲着你和华丫头来的。"

秦铮依旧不语。

"你倒是说话啊！与我说说，这几日都发生了什么事？我在京中先是听到山体

420

滑坡，泥石流将整座丽云庵都毁了，然后就听说华丫头留下来查看原因，大长公主被人截杀，燕岚那丫头伤得很重，勉强捡了一条命回来，紧接着又是山体崩塌，华丫头和云澜公子失踪的消息。你出去寻人，好不容易传回平安无事的消息，我刚在祠堂给太后上了香，便听闻几十里外的山林着了大火。今天好不容易盼到你们回来，华丫头竟然又昏迷不醒，还请了太医……"英亲王妃说了一连串的话，"当初还不如我跟着，也免得不明情况，担心得寝食难安。"

秦铮招招手："侍画，你过来，将事情的始末对王妃说一遍。"

侍画连忙走了过来，将那日她随同谢芳华前往丽云庵，到今日进府后她突然昏迷，至今不省人事之事通通说了一遍，尽量说得详略得当。

英亲王妃听罢，脸色十分难看，对秦铮问道："你是说，无名山毁了，三位宗师竟然还活着？西山军营李昀杀人案、韩大人被杀案，还有丽云庵之事，这些事情的幕后主谋竟然是他们？"

"不是十分确定。"秦铮道，"事情没那么简单。"

英亲王妃闻言面色凝重："持奉拦截华丫头，竟然要秘术的孤本？他要来何用？那囊括了天下秘术的孤本不是魅族至宝吗？难道，他与魅族有牵扯？"

"也许。"秦铮道。

英亲王妃寻思片刻，道："华丫头放了火将他烧伤，虽然他短时间内不会再找上门，但是肯定不会善罢甘休。"

秦铮不语。

"皇上可知道无名山三位宗师还活着？"英亲王妃又问。

秦铮揉揉眉心："就看他们所谋到底是为何了。若他们谋的是皇叔的宝座，那么皇叔也许已经知道；若是他们谋的不是他的宝座，他大约不知道。"顿了顿，他道，"若不是昨日她道出无名山三位宗师的身份，我也不晓得。"

"你才知道他们还活着？"英亲王妃惊异地问道。

秦铮点点头。

"你手里不是一直有……"英亲王妃看着他，"你没掌控京城内外的形势？"

秦铮忽然笑了："娘，我手里有的东西，是不能随便动用的。"话音刚落，他似乎有些无奈，"您怎么和她一样，也认为我无所不知无所不能？我是人，不是神，怎么能凡事都未卜先知？更何况……"他抿了抿唇，"皇室隐卫与南秦一样繁衍了三百年，本就强大，加之隐秘，可谓是敌在明，我在暗，有些事情哪里是那么好掌控的？"

"也是。"英亲王妃住了嘴，看着他，"那如今该怎么办？"

"等等秦钰吧。"秦铮叹了口气。

"等他？"英亲王妃看着他，"等他什么？"

"等他治水回来。"秦铮嗤了一声，"这是他未来要继承的江山，总不能我帮他担了责任挡了箭。"

英亲王妃叹了口气："大雨下了好多天，各地都发大水，太子出京治水，没有十天半个月不见得能回来。"

"十天半个月差不多。前一段时间发生了很多事，如今持奉受伤且暴露了身份，肯定会消停一阵。"秦铮道，"只要有所谋，就还是人，是人就没什么可怕的。怕的是如她所说的活僵尸，没人性，就不知会如何了，这才真的让人忧心。"

"你有主意就好！"英亲王妃点点头，"只是别再让华丫头劳神了，这样下去可不行。你们已经大婚了，得要孩子。我还急着抱孙子呢。这么不省心下去，她累坏了身体可怎生是好？"

秦铮看了她一眼："急什么？"

英亲王妃劈手给了他一巴掌："臭小子，我说的话你别当耳旁风！我和你爹一把年纪了，辛辛苦苦盼着你长大成人，我们也好含饴弄孙，怎么能不急？我告诉你，你必须把华丫头的身体给我养好。你是男人，那些破案查案的事你就该挡在她面前，为她遮风挡雨，不该再拖着她累到她，听到了没有？"

秦铮点点头："听到了。"

英亲王妃见他乖觉地应了，不再难为他，站起身对他道："既然华丫头如今昏迷着，就别挪动她了，你们在侯府住下吧。待她醒了，好转了，再回府。"顿了顿，她又道，"我回府与你爹商量商量。皇室隐卫的内情我也不大清楚，你爹自小在先皇和先太后身边长大，定然知道些我们不知道的内情。"

秦铮颔首。

英亲王妃又嘱咐了秦铮两句，不再多待，出了海棠苑。

英亲王妃离开后，侍画端了两碗药来到门口，轻声说："小王爷，您的药和小姐的药都熬好了。"

秦铮向外看了一眼："端进来。"

侍画端着药进了屋，将一碗药递给秦铮："这是您的药。小姐开药方时就嘱咐了，让您必须坚持服几天，否则会落下病根。"

秦铮接过药碗，一口气喝了。

侍画又将谢芳华的药端给他，他对侍画摆摆手，侍画走了出去。他张口喝了一口，低下头，以唇撬开谢芳华的唇，渡给她。

秦铮和谢芳华前脚踏入南秦京城，后脚便有人循声找上门。

一是孙太医的孙子，二是韩大人的儿子，三是永康侯。

三人在忠勇侯府门口撞到了一起，对看一眼，还是孙太医的孙子上前叩门。

守门人探出头，看了三人一眼，心中甚是奇怪。

孙太医的孙子连忙说："我听说小王爷和小王妃回府了，我要见他们。"

韩大人的儿子也道："我也是来见小王爷和小王妃的。"

永康侯点点头："本侯也是。"

守门人闻言犹犹豫豫地道："小王爷和小王妃不久前是回来了，但是在踏入府中后小王妃便晕倒了，如今不省人事，恐怕小王爷没空见三位。"

三人齐齐一怔。

"小王妃晕倒了？为何？"永康侯立即问。

那守门人道："小人也不知。刚刚请太医来看过了，走时连连摇头，府中如今一片愁云惨雾，小王爷和老侯爷、舅老爷都忧急不已……"

"小王妃可是在京外受了重伤？"永康侯惊道。

守门人摇摇头："小人不知。"

"这……"永康侯转头看向韩大人的儿子。

韩大人的儿子思忖片刻，对守门人道："可否通禀林溪公子一声，请他出来一见？"

"小人这就去通禀。"守门人闻言立即去了。

"韩公子来此找小王爷和小王妃可是为了韩大人被杀案？"永康侯询问道。

"正是！"韩公子点点头，"家父不能就这么不明不白地被人杀了，小王爷全权负责彻查此案，在下听闻小王爷为了小王妃出京，刚刚回来，就立即找来了。这么热的天，可是家父尸骨未寒，在下如何忍心将家父匆匆安葬？"

永康侯点点头，叹了口气："可惜了朝中一位刚正不阿的好官，韩大人这样的好官为数不多。"

韩公子的眼圈更红了："不知道是什么人如此丧心病狂！家父虽然刚正，但是这么多年来并未开罪过什么人，何苦要杀了家父？"

永康侯拍拍他的肩膀："小王爷脾气虽然古怪不定，但是眼里揉不得沙子，定然会查个水落石出，还韩大人一个公道。"

韩公子点点头："侯爷您来找小王爷是为了……"

永康侯叹了口气："我是来请小王妃去看看燕岚的伤势。小王妃如今既然受伤昏迷，怕是不能再劳烦她了。"

"小王妃的医术当真绝顶？"韩公子问。

"自然！我夫人已经一脚踏进鬼门关，都被小王妃给拽回来了。"永康侯道。

"家母因为家父之死，茶饭不思，几度昏厥，伤了身体……"韩公子叹了口气，"太医院的太医开了几服药，却无甚效果。"

"待小王妃好些，请她过府看看吧。"永康侯道。

韩公子点点头。

孙太医的孙子孙卓红着眼眶站在一旁听着二人说话，并不插话。

"孙卓，孙太医的案子已经被小王爷查明了，你今日来此找小王爷，却是为何？"永康侯出声询问。

孙卓抿了抿唇："我总觉得我祖父的死没那么简单。"

"哦？"永康侯和韩公子一起看着他。

孙卓犹豫了一下道："我二娘向来胆小，虽然被我祖父发现她和那仆从偷情，但念在她孀居多年，也不会将她送官，顶多动些家法惩治一番，断然不会要我二娘的命。我二娘其实甚是孝顺祖父，在祖父面前向来乖觉。我总觉得不是她指使那仆从杀人，她的胆子没那么大，也念着祖父对她的好，不会这么狠心毒辣地杀死祖父。"

"这人啊，知人知面难知心，也说不准。"永康侯道。

韩公子道："不错，最毒妇人心。"

孙卓摇摇头："我总觉得不是二娘杀的，我娘也与我一般想法，所以我来找小王爷，请小王爷继续查查。"

永康侯、韩公子见他小小年纪，说话条理分明，一时间有些感慨孙太医有个好孙子。

不多时，谢林溪从府内匆匆走出来。

韩公子见到谢林溪，连忙道："林溪兄。"

"韩兄！"谢林溪和他相互见礼，又对永康侯拱拱手，"侯爷。"然后看了一眼孙卓，"孙少爷。"

一番寒暄后，谢林溪请三人入府小坐。

韩公子摇摇头，说明来意。

谢林溪闻言有些犯难，但还是实话实说："芳华妹妹刚入府便晕倒了，至今还未醒来。小王爷一直在看顾她，此时怕是无心理会别的事。"

"小王妃何时会醒来？"韩公子连忙问。

谢林溪摇摇头："说不准。"

韩公子顿时愁容满面："林溪兄，你知道，如今天太热，就算拿冰镇着尸体，也搁不了多久。我父亲尸骨未寒，如何能匆匆下葬？"

谢林溪闻言颇为理解："这样，你三人先入府小坐，我去寻小王爷，将情况与他说一声，看看小王爷的意思。"

"多谢林溪兄了！"韩公子连忙拜谢。

永康侯摆摆手："我是来请小王妃的，我的情况就不必对小王爷说了。现在知道小王妃不方便，不过既然来了，还是要进府拜见一下老侯爷。听说老侯爷染了风寒，如今可大好了？"

424

"老侯爷一切安好。"谢林溪做了个请的手势。

三人一起进了府。

谢林溪将三人迎进前厅，吩咐婢女准备茶点之后，便亲自去了海棠苑。

海棠苑内，秦铮给谢芳华喂过药，便靠在她身边闭上眼睛，长长的睫毛下落下一片阴影。

侍画、侍墨等人也累了，在不打扰二人的情况下，各自回房休息去了。

谢林溪进了海棠苑后，感觉海棠苑静悄悄的，他犹豫了一下，还是走了进来。

侍画被惊动，从厢房探出头，小声问："林溪公子？您有何事？"

"我找小王爷有些事情。"谢林溪也压低声音，"小王爷呢？"

"小王爷也累了，应该守着小姐在休息。"侍画犹豫了一下，小声道，"若是很重要的事情，奴婢去知会一声？"

谢林溪点点头："韩公子为了韩大人之事前来拜访。天气太热了，但是韩大人的案子还没查明，不好安葬。韩公子心中焦急，故而来寻小王爷。死者为大，我不好直接推了，只得来找小王爷。"

侍画连忙道："既然如此，奴婢去禀报一声。"

谢林溪颔首。

侍画走到门口，对里面轻轻喊了一声："小王爷！"

秦铮并没有睡着，自然听到了二人说话，他睁开眼睛向外看了一眼，低声道："你让林溪兄去转告韩牧，让他尽管择日安葬韩大人。同时告知他，韩大人被杀案牵扯太大，短时间内无法结案，不过我一定会查个水落石出，以慰韩大人在天之灵。"

"是！"侍画连忙点头。

"还有孙太医的孙子孙卓，说孙太医的案子仍有疑点，他二娘不像是会蓄谋杀害孙太医之人。"谢林溪已经来到门外，低声道。

"孙太医的案子会再查，如今不过是初步论断，未曾真正结案，让他宽心。"秦铮又道。

谢林溪闻言颔首："好。那你好好休息，芳华妹妹若是醒来，派人知会我等一声，我去转告他二人。"

秦铮嗯了一声。

谢林溪离开了海棠苑。

韩公子得了秦铮的话，立即回府去准备韩大人的丧事了。

孙卓听了秦铮的话，也告辞出了忠勇侯府。

永康侯与老侯爷在荣福堂小坐了片刻，回了永康侯府。

他离开后，崔允对忠勇侯道："奇怪，同行的三人，为何大长公主、金燕郡主没受伤，偏偏燕岚受了伤？"

忠勇侯摇摇头："当时情况如何，谁晓得。"

"李昀虽是赵郡李氏人，但是和永康侯府亲近，西山军营一案，背后之人拿他作筏子。如今李昀无罪释放，燕岚却受了重伤。背后之人出手对付永康侯府的动机到底是什么？"崔允又道。

忠勇侯哼了一声："如今不明白，总有一日会明白。明白之后，谁死谁活就难定了。"

崔允一惊："老侯爷何出此言？"

忠勇侯叹了口气："我活了一辈子，自诩多少风浪都看过，如今对这京城内外的情势竟然越看越糊涂。但愿南秦的局势能恢复平稳，否则遭殃的是黎民百姓。"

"老侯爷心善。"崔允跟着叹了口气。

第二日一早，吴权来了忠勇侯府，带了皇上口谕，请秦铮进宫。

谢芳华昏迷了半日一夜，至今未醒，谢林溪将皇上请秦铮进宫的消息递到海棠苑时，秦铮神色疲惫地问："可说了什么事？"

谢林溪摇头："吴公公并没有说。"

秦铮回头看了一眼，谢芳华依旧无声无息地躺在床上，他摇摇头："华儿至今昏迷不醒，告诉吴公公，待她醒了，我再进宫给皇叔请安。"

谢林溪颔首，转身去了。

他离开后，秦铮又疲惫地躺在床头，握住谢芳华的手，凑近她，轻轻吻着："谢芳华，你醒醒，别再睡了。到底有什么解不开的心事，难道有我重要吗？你再不醒来，我便不喝药了，你开的那些苦药实在难喝。"

谢林溪听了秦铮之言，前去府门口打发吴权。

吴权听闻之后苦着脸："小王妃的病可是很严重？"

谢林溪点点头："从昨日进府后便一直昏迷到现在。太医看过了，说身体着实不好，需要仔细将养。"

吴权踌躇地道："可是皇上说一定要请小王爷进宫，有要事相商。"

谢林溪叹了口气："若不然，我带公公亲自去一趟海棠苑？不过芳华妹妹不醒转，小王爷怕是放不下她，不会与您进宫的。"

吴权想了想，道："也是。"顿了顿，他向府内望了望，"这样吧，我先回去禀告皇上再说。"

谢林溪拱手，恭送他离开。

吴权上了马车，离开了忠勇侯府门口，向皇宫而去。

426

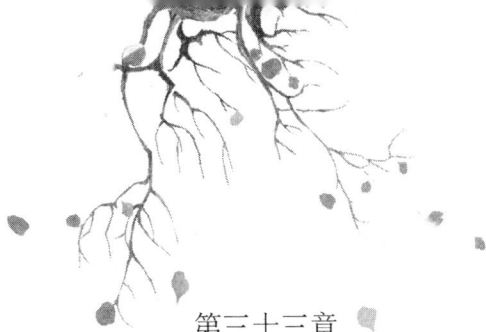

第三十三章
# 相守到老

谢林溪见吴权走远，转身进了府，吩咐人关好府门，闭门谢客。

大约过了一个时辰，有人传回消息，说皇上出宫了，玉辇向忠勇侯府而来。

谢林溪第一时间禀告了忠勇侯。

崔允正在荣福堂，闻言惊异地道："皇上已经病了俩月有余，一直在宫中养病，如今为何突然来忠勇侯府了？"

"早先吴公公奉了皇上之命前来请小王爷，小王爷因为芳华妹妹没进宫。"谢林溪猜测，"也许，皇上是亲自来找小王爷的。"

忠勇侯点点头，摆摆手："咱们准备一番，出去接驾。即便是来找铮小子的，也是来忠勇侯府，君臣之礼不可废。"

崔允颔首。

果然，不出片刻，外面传来一声高喊："皇上驾到！"

忠勇侯、崔允、谢林溪以及府中一众仆从连忙大开府门，出去接驾。

皇帝身穿常服，下了玉辇后，对忠勇侯摆摆手："老侯爷免礼，崔爱卿免礼。"

忠勇侯、崔允叩谢皇恩之后连忙起身。

"这位是谢氏长房的谢林溪？"皇帝的目光落在谢林溪身上。

谢林溪垂着头连忙道："正是！"

皇帝看了他片刻，说道："太子将你留在京中，跟朕回禀时说你文武双全，如今却在忠勇侯府招待朋客，打理琐碎之事，岂不是埋没了人才？"

谢林溪连忙道："太子过奖了，林溪并无什么才华，虽有些许本事，比别人却是小巫见大巫。"

"你无须过谦，谢氏长房未曾迁移出京前，朕也偶尔听闻你的才名。"皇帝道，"太子离京治水，朝中只剩八皇子一人支撑，八皇子年少，很多事情还需要朕来操劳。朕近来身体不好，身边需要一个辅助文书、伺候奏折之人。这样，从明日起，你跟在朕身边吧。"

谢林溪一惊，连忙惶恐地道："在下无多少能力，不堪大用，不敢到皇上面前班门弄斧。"

皇帝哦了一声，板起脸："你不愿意？"

谢林溪抬头，看向忠勇侯。

忠勇侯面色不动，不给予指示。

谢林溪垂下头，低声道："回皇上，我这条贱命是太子留下的，太子将我送给了芳华小姐，芳华小姐让我在府中打理庶务。"

"你的意思是，朕要你，要经过谢芳华的同意？"皇帝沉下脸。

谢林溪垂首，沉默以对。

皇帝哼了一声："普天之下，莫非王土；率土之滨，莫非王臣。在南秦的土地上，朕想要一人，还有敢不同意的？谢林溪，你这是藐视朕，觉得朕要不起你吗？"

谢林溪咬了咬牙，轻声道："士者不同于侍者。谢氏长房一门虽然被降罪，但也流着世家大族的血液，林溪自小读圣贤之书，研孔孟之道，尊天理纲常。帝者，虽握生杀予夺大权，但也不能随意挥刀。在下虽是罪人之后，但亦有傲骨。如今太子既已将我送与芳华小姐，自当听芳华小姐安排。她若是同意，在下自然会前往皇上身边伴驾。"

皇帝猛地一甩袖："你这是在说朕无理取闹？"

谢林溪垂首："在下绝无此意。"

忠勇侯见皇帝脸色发沉，赶紧咳嗽了一声，上前一步将谢林溪挡在身后，出声问道："皇上突然驾临，可是有事？"

皇帝看了他一眼，沉声道："听说华丫头出京一趟，在丽云庵出了事，朕特意来看看。"

忠勇侯连忙道谢："多谢皇上挂念，华丫头至今还昏迷不醒。"

"带路吧，朕前去看看她。"皇帝道。

崔允立即道："皇上，华丫头昏迷，无法接驾，您是天子贵体，还是——"

"无须多言，朕去看看。"皇帝摆摆手，阻止了他的话，示意带路。

崔允看向忠勇侯。

忠勇侯颔首，当先给皇帝带路，向海棠苑而去。

皇帝的仪仗队浩浩荡荡进了府，径直走向海棠苑。

海棠苑内，秦铮早已经得到了消息，他脸色难看地从床上起身，整了整被压得出现褶皱的软袍，出了内室。

不多时，皇帝来到了海棠苑。

秦铮打开房门，站在门口，看着由忠勇侯陪同走进来的皇帝，挑眉："皇叔身子骨好了？怎么不在宫里待着，来忠勇侯府闲逛？"

皇帝见他衣冠不整，眉眼间疲乏至极，显然未曾休息好，神色有些萎靡，虽然依旧如往昔一般在他面前说话不正经，但明显懒于应付，便轻轻哼了一声："朕派人请你，你不进宫，朕也来看看华丫头到底病成了什么模样，让你守在床前寸步不离。"

秦铮闻言让出门口："那您就进来看看吧。"

皇帝怀疑地看了他一眼，当真进了屋。

来到里屋，帷幔挑起，床上的谢芳华无声无息地躺着，脸色惨白，没有光泽。

皇帝走到床前看了片刻，回头对秦铮蹙眉："据说找太医看过了，什么症状？"

"劳神伤脾，忧思过甚。"秦铮道，"心神受损严重，连日来又受了惊吓，以致昏迷不醒。"

皇帝闻言沉默片刻，对他道："听说忠勇侯府海棠亭的海棠花十分瑰丽，乃府中一绝，你陪朕去看看。"

秦铮站着不动。

"别告诉朕你好不容易娶个媳妇儿，片刻也离不开。"皇帝沉下脸。

"皇叔说片刻就片刻，可别耽搁太久。"秦铮转身走了出去。

皇帝哼了一声，随他一起迈出房门，同时对忠勇侯道："老侯爷不必陪着朕了，你年纪大了，回去歇着吧，朕也不是外人。"

忠勇侯笑着点点头。

秦铮和皇帝一同去了后院的海棠亭。

崔允待皇帝和秦铮进了后院，看向忠勇侯。

忠勇侯示意他进屋，二人来到里屋，看了谢芳华片刻，又一同走了出去。

一盏茶后，皇帝和秦铮一起出了海棠苑。

皇帝的脸色极其难看，他走出海棠亭后，冷着脸一甩袖子，吩咐道："起驾回宫。"

吴权连忙招呼随侍跟上，忠勇侯、崔允一起恭送皇帝离开。

不多时，皇帝离开了忠勇侯府。

秦铮脸色如常地进了屋，来到床前，伸手抓住谢芳华的手，气闷地道："皇叔说你若是再不醒，我守在你床前什么也做不了，他就要下旨把你给休了，重新赐给我一个女人！"

谢芳华依旧无声无息地躺着。

"喂，谢芳华，你听到了没有？"秦铮伸手摇晃她，"你不能睡个没完没了！那死老头子说到做到，若是他真抽风给我送一个女人的话——"

"不行！"谢芳华忽然开口。

秦铮一愣，立即住了口，低头看她。

谢芳华的眉头紧紧地蹙着，眼睛闭着，唇瓣紧紧地抿着，似乎在挣扎着想要醒来，可是过了片刻，似乎抗争不过，又没了动静。

秦铮又伸手摇晃她："不行什么？你这样躺着说不行管什么用？要想说不行，也该起来对皇叔竖眉瞪眼大声地说！"

谢芳华被他摇晃半晌，终于又有了动静，慢慢地、费力地将眼睛睁开了一条缝。

秦铮立即伸手拽起她，捧着她的脸："谢芳华，你看看我，别再睡了。你再这么睡下去，等有朝一日你睁开眼睛时，我就成老头子了。"

谢芳华慢慢地睁开眼，目光渐渐地聚焦，怔怔地瞅着秦铮。

秦铮一眨不眨地盯着她："醒了吗？"

谢芳华盯着他看了片刻，无力地伸手去摸他的脸，轻声问："秦铮？"

秦铮松了一口气："你总算醒了，原来得用这种方法。早知道这样，我一定不任由你睡这么久，我生怕你醒不来……"

谢芳华的手摸上秦铮的眉眼、下颌、锁骨……似乎想要体会一把真实的触感，过了半晌，她眼泪簌簌落下，伸手抱住他："秦铮，秦铮，秦铮……"

秦铮看着她，皱眉："哭什么？"

谢芳华哭着道："我做了一个梦，以为再也见不到你了，幸好……"

秦铮身子一僵，嗓音忽然变得低哑："做了什么梦？"

谢芳华摇摇头，抱着他不再言语。

秦铮等了半晌，见她泪水滚滚流下，很快就浸湿了他的衣襟，他叹了口气："一个梦而已，我好好地在这里呢。你本来就忧思过甚，疲劳过度，别哭了。你若是哭坏了身子，我找谁哭去？"

谢芳华仿佛没听到秦铮的话，眼泪依旧汹涌流下，如江河开闸，怎么也止不住。

秦铮又说了两句，见她的眼泪依旧不停，只好捧起她的头，低头去吻她的眼睛。

谢芳华伸手推开他，将头紧紧地埋在他怀里，手死死地抱住他的腰，泪水大片大片地打湿了秦铮胸前的衣襟。

入夏的衣服本就单薄，很快秦铮的胸前就湿透了，他都能感觉到她泪水滚烫的温度。

秦铮见她如此，推不动也阻止不得，只能任由她在他怀里哭。

心被烫得如火烧。

本来介意她昏迷时喊"云澜哥哥"，如今这点芥蒂也被这泪水给冲得无影无踪了。

他感觉得出，这些泪水都是为他而流。

有些东西在这一刻似乎沉得无法负荷。

秦铮薄唇紧紧地抿起，静静地看着怀里哭成泪人的人儿，这是谢芳华，他的妻子。

他的妻子！

他的妻子！

过了许久，谢芳华依旧在哭，她的身子因为她的痛哭轻轻地战栗起来。

秦铮终于忍不住，强硬地将她从他怀里拽出来，看着她已经哭得红肿的眼睛，无奈又心痛地说："好啦，别再哭了，你再这么哭下去我也忍不住了。都说男儿有泪不轻弹，可是你再这么哭的话，我也想哭了。怎么办？难道要我们两个抱着一起哭？"

谢芳华抽抽搭搭地看着他，因为哭得太厉害，以至于眼泪怎么都止不住，她只能红着眼睛不说话。

秦铮掏出绢帕，轻轻地给她擦拭眼泪。

谢芳华一把推开他。

秦铮看着她。

谢芳华抿了抿唇，伸手拽过他的衣袖，往自己的脸上抹去。

秦铮身子一僵，静静地看了她片刻，忽然失笑："我这件衣服从你昏迷之后就没再换过，脏得不行，你还用来擦眼泪，不嫌不干净吗？"

谢芳华不说话，拿着他的衣袖使劲在脸上擦，意思不言而喻。

秦铮扔了手中的帕子，笑容飘忽地道："以后这块帕子是不是没用处了，只用我的衣袖就够了？"

谢芳华放下他的袖子，又伸手抱住他，将头埋在他怀里，不说话。

秦铮见自己的袖子短短时间内就和胸前的衣襟一样湿了一大片，可以看出，刚刚她用袖子擦脸时，又在不停地流泪。他抿了抿嘴，伸手拍拍她的后背："这可不太像你，怎么跟个小孩子一样？难道你睡了一觉后就换了一个人？"

431

谢芳华不说话。

"我的妻子是冷清、冷静、克制的人，她的眼泪值钱得很，哪里能轻易流出来？你告诉我，你把她弄去哪儿了？快还给我！"秦铮又道。

谢芳华的眼泪又流了出来，抱着他的腰的手紧了紧，依旧不说话。

秦铮长长地叹息一声："别再哭了。稍后爷爷、舅舅、林溪兄知道你醒了的消息过来看你，以为是我欺负了你，打我的话，我岂不是有口难辩？"

"你就是欺负了我。"谢芳华终于开口了，声音哑得厉害，一句话说得断断续续的。

秦铮眨眨眼睛，低头看着她："我一直守在你床前，喂水喂药，寝食难安，盼着你醒，连你的头发都不敢碰，哪里还敢欺负你？"

谢芳华闭上眼睛，重复道："你就是欺负了我。"

秦铮露出无辜的表情。

谢芳华又复述了一遍："你就是欺负了我。"

秦铮无奈地应和她："好了，你别哭了，是我不对，是我欺负了你。若不是我那日非要闹你累着你，也不会将你累得昏迷不醒。"

谢芳华抱着他的手忽然在他的衣带处拽了拽，她的声音极低："秦铮，我说的不是这个。"

"嗯？"秦铮低头看着她。

谢芳华张了张嘴，又闭上，不再言语，也不再哭了。

秦铮见她整个人似乎突然之间陷入了一种奇异的平静，他看着她，微笑："那你说的是哪个？是皇叔刚刚走时对我撂下的话吗？"

谢芳华沉默了一会儿，嗯了一声。

秦铮失笑："皇叔吓唬我，我吓唬你，但是这招管用，你总算是醒了，看来我还是要去谢谢皇叔。"

谢芳华不言语，又扯过他的衣袖擦眼泪。

秦铮叹息："我这件衣服还是你亲手缝制的呢，给你擦眼泪好舍不得。你怎么不用你的衣服擦？"

谢芳华忽然笑了，笑容中似乎带着赌气的成分，她看着他，红着眼睛说："以后就用你的衣袖来擦眼泪，擦坏了我再给你缝制，就是不用帕子。"

秦铮伸手摸摸她的脸："别告诉我你以后会时常这样哭给我看，爷可受不住。"

谢芳华轻轻哼了一声，又用他的衣袖使劲地擦了擦才松开，对他说："我就是要时常哭给你看，你受不住也要受着。"

秦铮伸手扶额："天，好不讲理！"

谢芳华立即道："就是这么不讲理，难道你要休了我？"

秦铮摇头："都娶回来了，姑且忍着吧！"

谢芳华破涕为笑。

秦铮伸手拽她："你都躺了许久了，饿了吧？喂东西你也吃不进去，只能喂你药和水。既然醒了就快起床，别躺着了，我吩咐人去端饭菜。"

谢芳华点点头，就着他的手下了床。

秦铮对外喊了一声，侍画、侍墨早已经听到了屋中的动静，但是没得召唤，不好进去，此时听到秦铮的吩咐，侍画、侍墨连忙推门进来。

"小姐，您终于醒了！"侍画、侍墨看到谢芳华红肿的眼睛，吓了一跳。

谢芳华看了二人一眼，笑了笑："没事，做了一个梦，有些吓到了。"

侍画、侍墨看了秦铮一眼，见他无奈地笑着摇头，这才心下一松。

"去准备饭菜。另外去荣福堂知会一声，就说她醒了。"秦铮吩咐道。

侍画、侍墨点头："品竹她们都在外面守着，我去告诉她们一声，让她们去做，奴婢二人伺候小姐和小王爷梳洗换衣。"

谢芳华看了秦铮一眼，见他的衣服被她的泪水弄得一塌糊涂，她忍不住好笑，对二人摆摆手："你们出去吧，不用你们伺候，将水端进来就行。"

二人对看一眼，走了出去。

须臾，有人去厨房吩咐准备饭菜，有人前去荣福堂禀告忠勇侯。因谢芳华醒来，整个海棠苑一改沉闷的气氛，顿时有了生机。

"你把她们都打发出去，谁来伺候你？"秦铮看着谢芳华。

谢芳华走到衣柜旁，从里面翻出一套衣服，递给他："我来伺候你。"

秦铮笑着摇摇头，伸手接过衣服，转身去了屏风后。

谢芳华跟着他到了屏风后，见他要解衣，她伸手帮他。

秦铮伸手按住她的手："你刚刚醒来，躺了这么久，筋骨是不是都是僵的？不用你了，我自己换吧。你快去洗洗脸，稍后爷爷、舅舅来，我怕把他们吓到。"

"你这么害怕爷爷和舅舅为难你？"谢芳华看着他。

秦铮煞有介事地点点头："你不知道你回府后突然晕倒，爷爷和舅舅看我时的脸色有多难看。我就算脸皮再厚，也受不住他们的眼神。"

"好吧。"谢芳华失笑，转身走了出去。

侍画、侍墨端来清水，谢芳华走到水盆前净面。

她低下头，将手伸进水里，看着水中的影像，目光飘忽，久久没有动静。

"小姐？"侍画在一旁轻轻喊她。

谢芳华偏头看了侍画一眼，对她扯了扯嘴角，轻声问："哥哥可有消息传来？"

侍画摇摇头："还没有。"

谢芳华不再说话，低头净面。

侍画犹豫了一下，凑近她，悄声说："不过小姐您吩咐人去平阳城取的东西取回来了，如今就在我手里，您现在要看吗？"

谢芳华手一顿，又偏头看向她。

侍画肯定地点点头。

谢芳华向屏风后看去一眼，看不到秦铮，只能依稀听见他穿衣服的窸窣声，她收回视线，对侍画道："等我空了找你要。"

侍画颔首。

谢芳华洗了脸，走到梳妆镜前，侍画连忙过来帮忙，谢芳华摆摆手，示意要自己动手梳妆。

不多时，秦铮从屏风后走了出来。

谢芳华对侍画吩咐道："去重新端一盆水来，让小王爷也净净面。"

侍画应声，转身去了，不多时，重新端来一盆清水。

秦铮顺从地走过去净面梳洗，完事后，来到谢芳华身后，从镜中看着她："用我帮你吗？"

"你先打理自己吧。"谢芳华对他嘟了一下嘴，瞟了他一眼，"明明是个俊秀的公子，如今邋遢得都快认不出来了。我不过就是……"她说到这，偏头问他，"我昏睡了多久？"

"昨日到今日。"秦铮道。

谢芳华瞪眼："才这么短的时间，哪里是你说的很久，你怎么就把自己折腾成这副样子了？"

秦铮叹了口气："你突然昏倒，太医诊脉，说你思虑过甚，劳累伤脾，身体亏损太过，我岂能不被吓到？"顿了顿，他将手按在她的肩上，低声说，"而且你昏迷后一直喊着我的名字，我看你难受，怎么会好受？真是寝食难安，度日如年，以后不要再这样吓我了。"

谢芳华闻言，伸手给自己把脉。

秦铮看着她。

片刻后，她撤回手，笑着道："到底是哪个太医吓唬你了？我的身体哪里有他说的那么严重？前些天劳累了一些是真的，有些体虚，养两日就好。"

秦铮轻叱一声："你懂医术，难道就要欺负我不懂医术？"话音刚落，他轻哼一声，"开始是你安排在忠勇侯府的大夫给你诊脉，我还不信，然后太医来了，一样的说法，我才信了。你哪里只是身体虚弱，是思虑过甚，伤了脾肾，这还不严重？如果这都不算严重，那你告诉我，什么叫作严重？"

谢芳华转身看着他："正因为我懂医术，对自己的身体状况才了若指掌。言宸给我调理那么久，再不好没道理。他的医术如何你又不是不知道，你不相信我，总要相信他吧？"

"说什么也没用。总之从今以后，你好好调养身体就是了。至于京城内外乱七八糟的事，你就不必理会了，"秦铮摆摆手，强调，"更不要多思多想。"

谢芳华抿唇。

秦铮看着她，挑了挑眉："你已经把我折腾成这副自己都快认不出来的模样了，还不好好养身体？对我的说法，你难道还有意见？"

谢芳华无言以对，片刻后，扭过头去，无奈地笑道："好，听你的，我不再理会就是了。"

"这就对了！"秦铮见她应允，伸手拿过玉步摇，插到她绾好的发髻上。

谢芳华放下手，对着镜子中高高绾起的云鬟和她身后站着的秦铮看了片刻后，慢慢站起身，伸手将他拽过来坐在椅子上："我来给你束发。"

秦铮懒洋洋地坐好，点点头："你是该伺候我。我守着你煎熬了一日一夜，好不容易把你守醒，这时候浑身酸疼。"

谢芳华不再说话，给他束发，很快收拾妥当后，又伸手给他捶肩。

秦铮按住她的手，没说话。

谢芳华见手被他按住，从镜中看了他一眼，见他的神色虽然懒洋洋的，眉目间却隐约带着情绪，似在极力克制。她将身子靠近他的后背，环住他，头放在他的肩上，轻声说："秦铮，我们这一世会好好的，会相守到老，是不是？"

秦铮点头："是！"

忠勇侯、崔允、谢林溪等人得到谢芳华醒来的消息，匆匆赶来了海棠苑。

听到外面的动静，谢芳华直起身，伸手去拉秦铮，同时不满地嘟囔："他们来得好快。"

秦铮站起身，抬手弹了她的脑门一下："你突然晕倒，谁不担心？"

谢芳华看了他一眼，将不满收了回去，不再吱声了。

二人迎到门口，忠勇侯、崔允等人已经快步走了进来。

迎面碰上，谢芳华看着几人，眨了眨眼睛，按顺序喊："爷爷、舅舅、林溪哥哥、福婶。"

"哎哟，我的好小姐，你醒了就好！"福婶眼眶发红，抢先说道，"本来就没几两肉，如今更瘦了，让人看着都心疼，以后可要好好地养着。"

谢芳华对她笑着点头："嗯，以后我多注意。"

"怎么眼珠子这么红？"忠勇侯皱眉。

崔允看着她："好像哭过？"

435

谢芳华摸摸脸："做了个噩梦，被吓哭了，才醒了。"

"华丫头，不是这小子气你才哭的？"崔允不满地指着秦铮。

秦铮闻言无奈地看着谢芳华，眼中的意思是："你看，我没说错吧，舅舅看到我就没好脸色。"

谢芳华摇头，伸手挽住秦铮，对崔允反驳道："舅舅，你以后可不能随意冤枉人。我昏倒了又不怪他，不准你冤枉他。"

崔允转头看向忠勇侯："老侯爷，古话果然没错，女儿家果然外向。她都被累得昏迷不醒了，竟然还向着这个臭小子。"

忠勇侯瞅了二人一眼，哼了一声："醒了就好。吃过饭赶紧收拾收拾，回去吧！"

谢芳华立即问："回哪里？"

"当然是回英亲王府，难道你还要在娘家继续住着不成？"忠勇侯瞪了她一眼，"你要吓人也要回英亲王府去吓人，我一把老骨头，可禁不起你吓。"

谢芳华嘟嘴："我刚醒来您就赶我，有您这样的爷爷吗？"话音刚落，她不满地道，"我都怀疑我是不是您的亲孙女。"

"若不是亲孙女，早将你打出去了！有你这样的孙女，真是操不完的心。"忠勇侯说着，走进屋。

崔允跟进屋。

谢林溪笑了笑："芳华妹妹，你醒来就好了。这两日我们都还好，只是辛苦了秦铮兄，守在你床前，茶饭不思，寝食不安。"

"林溪哥哥！"谢芳华看了秦铮一眼，请他也进屋。

一行人进了画堂刚坐下，侍画随后进来问："老侯爷、舅老爷，正在给小姐准备饭菜，您几人是一起吃，还是……"

"吃午饭虽然有些早，但是一起在这里用吧。"忠勇侯看了崔允一眼，道，"我们这两日被这丫头弄得没了胃口，如今她醒了，我们也有胃口了。"

崔允点头。

侍画笑着应了一声，连忙去了。

"你昏迷之后，这个臭小子便沉着一张脸守着你，我们只能从侍画、侍墨几个丫头口里听了些前几日发生的事情。"忠勇侯喝了一口茶，对谢芳华道，"你既然醒了，就与我说说，到底怎么回事？云澜那小子怎么至今还没消息？"

提到谢云澜，谢芳华本来要喝茶的手一顿，没言声。

"是不是他出了什么事？"崔允担心地问。

谢芳华小小地喝了一口茶，摇摇头，低声说："我也不晓得云澜哥哥到底在哪里。"话音刚落，她犹豫了一下，还是将谢云澜为她挡了砸来的巨石，她万般无奈之下只能拖着他跳下悬崖之事说了一遍。

"你说云澜那小子要自杀？"崔允顿时惊了。

"当时的情况，我本来能躲开，以他的功力也完全可以打开巨石，可是他偏偏替我挡了下来。"谢芳华捧着茶杯的手轻轻战栗，"若不是我拖着他跳崖，当时他就会被埋在泥石流下，那样必死无疑。"

"这个小子，可是因为焚心无解？"崔允唏嘘，看向忠勇侯。

忠勇侯面色凝重："云澜不像是会自杀之人，不该做出这样的事情。"

谢芳华眼眶忽然湿了，一瞬间有些哽咽："爷爷为什么觉得他不像是会自杀之人？云澜哥哥虽然聪敏，但心思重，又深受焚心之苦，或许还有什么我们不知道的他不能承受之事……"

"从他到忠勇侯府住下，接手你手中的庶务起，就一直有条不紊地做着，我没看出任何不对劲的地方，就连你大婚，他也……"崔允说着，看了秦铮一眼，见他面色如常，才继续道，"也十分平静，不像是被什么所苦，不能承受。"

"继续派人查探他的下落吧。"忠勇侯道，"这孩子的确背负得太多了。照你所说，他既然随你掉下悬崖，你没出事，他也应该没出事，该是被人救走了。"

谢芳华点点头。

"皇上特意来了忠勇侯府一趟，进门后说看重林溪才华，要他前去身边伺候笔墨。林溪以太子将他送你了，他的事情你做主为由推拒了。你怎么看？"忠勇侯又问。

谢芳华看了谢林溪一眼，见他微微抿着唇，她扯了扯嘴角道："如今正是多事之秋，林溪哥哥还是哪里都不要去，皇上的身边更是不能去。有时候，一旦被卷入朝事中，便难以抽身。我觉得，还是等时局稳定了，到那时，林溪哥哥若是有入朝的想法，再做打算不迟。"

谢林溪点点头："我暂且没有入朝的想法，芳华妹妹说得对，以后再说。"

"皇上今日来忠勇侯府，主要是为了你吧？喊你进宫你没去，便单独到这里来寻你了。"忠勇侯看向秦铮，"皇上找你，所为何事，能说吗？"

秦铮懒洋洋地道："还不是为了那些案子。让我尽快破案，不准耽搁。"话音刚落，他轻哼一声，"当我是神探吗？"

忠勇侯闻言道："为了南秦江山，你的确是该尽快破案。京城内外接连出事，必须尽快拿出个说法稳定朝局，免得人心惶惶。自从孙太医、韩大人接连被杀，朝中的大臣最近都提心吊胆的。"

秦铮没说话。

忠勇侯看了一眼谢芳华，继续道："华丫头既然醒了，就好好养着。你呢，吃过饭后，赶紧去处理事情。太子不在朝中，八皇子又年纪轻，有些事情，你不去做，何人去做？韩大人是好官，早些查出凶手，以慰他在天之灵。"

秦铮颔首。

这时，侍画、侍墨端来饭菜，忠勇侯住了口。

谢芳华虽然刚醒，但是也不觉得饿，捧着稀粥喝了一碗，又吃了两口青菜，便放下筷子。

"吃这么少？"秦铮皱眉。

"她刚醒来，不宜多食，不吃就不吃吧。"忠勇侯道。

秦铮闻言不再言语。

吃过饭，还未到午时。

忠勇侯大手一挥，赶秦铮和谢芳华回英亲王府。

谢芳华不想走，坐着不动，小声说："爷爷，我再住一日吧。"

"有什么好住的？"忠勇侯摆手。

谢芳华看着他："我想和您说说话。"

"不爱听你说话。"忠勇侯道。

谢芳华瞪着他，见他一副拿定主意要赶她走的样子，她才气闷地道："我是有事情和您说！"

"那你现在就说。"忠勇侯看着她。

谢芳华无言片刻，才揉了揉眉心道："我有那么招您不喜吗？我刚醒来，您就赶我。"

"你待在这里，这个臭小子就不会走。皇上有多久没出宫了？为了你们特意来了侯府。"忠勇侯吹了吹胡子，"你哥哥离开了，你嫁出去了，忠勇侯府好不容易平静两日，你们一来，把人都招来了。"

谢芳华闻言沉默了一下："好吧，那我现在就和您说。"

忠勇侯点点头。

谢芳华道："我想了想，觉得您既然三年前就已经退下了，如今年事已高，也不理会朝政了，舅舅也已经解甲归田，林溪哥哥目前也没有入朝的打算，您为了哥哥和我，已经多年没出府了，我已然大婚，哥哥短时间内要待在漠北，无法定亲，不如您趁此机会，出去游历一番吧。"

忠勇侯一愣。

崔允讶异地道："华丫头，你让老侯爷出京？"

"不只是让爷爷，还有舅舅和林溪哥哥，你们三人一起。"谢芳华道。

崔允更是惊讶，看了谢林溪一眼，见他也微愣，崔允问道："为何？明明在府中待得好好的。"

"今年京城起了诸多事端，忠勇侯府又处在这么一个让人瞩目的位置，我觉得，不如爷爷外出走走，远离纷争。反正谢氏已经分宗分族了，哥哥也已经入朝为官为朝廷效力，爷爷有了接班人，年纪又大了，日日困在府中也没多大趣味。舅舅常年戍边，只知漠北，不知天下有多少景色。林溪哥哥几乎从未到过京城百里之外的地方吧？既然如此，出去转转有何不好？"谢芳华道。

"你说得也有道理，可是我们都走了，谁来看家？"忠勇侯蹙眉。

"我不是还在京城吗？英亲王府和忠勇侯府隔了两条街而已，又不远。"谢芳华看着他，"您在府中待了多少年没出去了，就不想出去转转？再说了，就算你们都不在，谁还会把忠勇侯府偷走不成？"

"这是你的意思？"忠勇侯看向秦铮，见他一直没说话，遂问道，"铮小子，也是你的意思？"

秦铮笑了笑："她刚刚醒来，未曾与我提起这件事儿，不过我觉得说得也有道理。"话音刚落，他看了谢芳华一眼，"只是正因为爷爷年迈，外出游历，多有不便，谁来照料？更何况，去哪里游历，总要有个方向。"

谢芳华道："听说南秦以东，海那边也有一片土地，人杰地灵。爷爷去过北齐，南秦各地以前也走过，不甚新鲜，不如就去东海，渡海去看看外面的世界。毕竟爷爷年岁已大，垂垂老矣，多看看也不枉此生。"

忠勇侯闻言动容："传说过了东海，有另外一片土地，难道是真的？"

"爷爷去看看不就知道了？不去验证，哪里知道是否是真的。"谢芳华道。

忠勇侯转头看向崔允。

崔允也有些动容："据说东海很大，很少有人前去，我们真可以去？怎么去？"

"坐船啊！"谢芳华道，"上好的铁皮制作的船，据说在海上航行一个月就可以到了，也不见得有多难。"

"若真是能去东海，我也想去看看。"谢林溪也来了精神。

忠勇侯捋着胡子想了想，对谢芳华问道："你怎么突然有了这个想法？"

谢芳华看了秦铮一眼，道："他不让我多思多想，但是我怎么忍得住？保住忠勇侯府一直以来是我的心愿，如今哥哥去了漠北，我更要仔细地照看您。"顿了顿，她如实地道，"更甚至，无名山三位宗师未死，此回被我烧伤了一位，肯定会怀恨在心。爷爷若是外出游历，总好过一直待在忠勇侯府。"

忠勇侯点点头。

"若是忠勇侯府和谢氏威胁不了皇权了，那么皇上还会想方设法非要置忠勇侯府于死地吗？所以，不如把忠勇侯府空出来算了，爷爷避世吧。"谢芳华又道。

忠勇侯又思索片刻，抬头看秦铮："你怎么想？"

秦铮笑道："外面天宽地广，我也想去看看，只是我们不知何年何月才能出去，爷爷先去替我们探探路也好。"

忠勇侯又看向崔允和谢林溪。

二人齐齐点头。

忠勇侯对谢芳华道："好，那就听你的。什么时候走？"

"爷爷先将府中悄悄安排一下，别弄出动静，其他的等我来安排吧。"谢芳华道。

忠勇侯吹胡子："你还要劳神？"

秦铮道："我来安排吧。"

"这算什么劳神？只要忠勇侯府保住，爷爷、舅舅、哥哥、林溪哥哥等人平安，我以后就不用太劳神了。"谢芳华转头对秦铮道，"你只管忙破案的事情。你放心，为了你我能一世相守，我定然会照顾好自己，再不乱来。"

秦铮闻言只能由她："那好，就你来安排吧。"

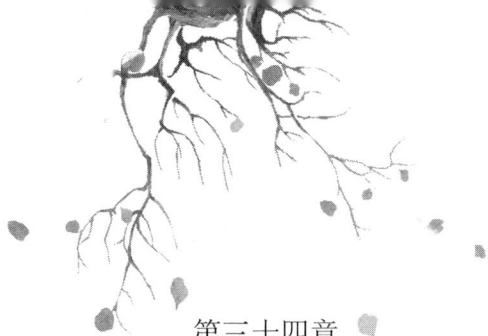

第三十四章
# 两百年前

　　忠勇侯、崔允、谢林溪三人离开京城外出游历的事情很快就敲定了。

　　谢芳华和秦铮又与三人闲坐了片刻，便被忠勇侯赶出了侯府。

　　出了忠勇侯府的大门，谢芳华转身，看着烫金牌匾，目露伤感。

　　秦铮握着她的手紧了紧。

　　谢芳华压下伤感，转回头对秦铮不满地嘀咕："我一定跟爷爷犯冲，也和忠勇侯府犯冲，爷爷若是走了，以后没什么事情我就不回来了。"

　　秦铮好笑地摸摸她的头："不总想着回娘家的媳妇儿才是好媳妇儿。你以后就安心地在落梅居待着吧，那里才是你的家。"

　　"不是我们的家吗？"谢芳华看着他。

　　"嗯，是我们的家。"秦铮笑着点头。

　　谢芳华伸手抱住他的腰，将身子偎进他怀里，低低地喊："秦铮。"

　　"嗯。"秦铮应了一声，看着她，"光天化日之下搂搂抱抱，有人看着呢，不怕被笑话吗？"

　　谢芳华摇摇头："不怕。"

　　秦铮好笑："到底是从什么时候起，爷的脸皮没你的脸皮厚了？这可怎么办？"

　　谢芳华抬起头，娇嗔地瞪了他一眼，感受到四周看过来的视线，不好意思地从他怀里退出来，伸手拉起他的手上了马车。

　　帘幕落下，遮住了侍画、侍墨等人捂嘴偷笑的动作。

　　马车离开忠勇侯府门口，向英亲王府而去。

秦铮懒洋洋地靠着车壁坐着，谢芳华一改往日靠在他身边的习惯，将头枕在他腿上，同样懒洋洋地躺在车厢内，仰着头看着他。

秦铮轻轻摸着谢芳华的脸，从眉眼到脸部轮廓，指腹带着轻柔与温存，目光温柔如水。

谢芳华眼睛一眨不眨地看着他，似乎怎么也看不够：他面容清俊，眉目温柔，眼中只有她。

过了片刻，秦铮低下头，轻吻她的嘴角。

谢芳华双手手臂伸出，勾住他的脖子，唇瓣轻轻张开，迎合他的吻。

缠绵多情，温柔缱绻。

一吻之后，两个人四目相对，都有些动情。

谢芳华呼吸紊乱，将手伸进秦铮的衣服内，无意识地勾画着。

秦铮呼吸时轻时重，目光渐渐幽暗，他忽然伸手扣住谢芳华的手，将她拽开，哑着嗓子说："你再调皮下去，我就忍不住了。"

谢芳华痴痴地瞅着他，小声说："没想你忍。"

秦铮呼吸一窒，死死地扣住她的手，咬牙道："这里是马车！"

谢芳华脸微红，不说话，目光盈盈地看着他。

秦铮忽然低头，狠狠地在她的唇瓣上又吻了一下，然后伸手盖在她的眼睛上，手掌甚至将她整张脸都盖住了大半，他胸腹起伏，呼吸急促："若不是你身体不好，又刚刚醒来，就算快回府了，我也定不饶你！"

谢芳华咬唇，小声说："我的身体没严重到那种程度……"

秦铮克制着心口往上涌的火，哑着嗓子警告："你给我规规矩矩地好好调养，别想再吓我！"

谢芳华叹了口气，乖乖躺着不再乱动。

过了片刻，秦铮才平复呼吸，看着她说："你最知道怎么折磨我。"

谢芳华不满地反驳："我只是想你了。"

秦铮心神一荡，呼吸又紊乱片刻，他勉强压制住，强硬地命令："你不准再说话！"

谢芳华住了嘴。

秦铮也不再说话。

车厢内陷入了一种奇异的安静。

过了片刻，马车停下，外面侍画轻声说："小王爷、小姐，回府了。"

她话音刚落，英亲王妃的声音便传来："华丫头刚刚醒来，怎么就急着回府了？我听到有人传话还不信，赶忙出来看看，原来是真的。"

谢芳华听到英亲王妃的声音，躺着的身子立即坐了起来，伸手整理云鬓。

442

秦铮轻笑了一声。

谢芳华闻声抬头看他，见他倚着车壁看着她，眸中尽是浓浓的笑意。

"你笑什么？"谢芳华问。

秦铮笑着摇摇头，对她招手："过来一些，我帮你弄。"

谢芳华立即凑近他。

秦铮的手指灵巧地拨弄了两下，便把她躺着时弄乱的云鬓发钗轻轻扶稳并打理整齐，然后伸手挑开帘幕，当先跳下马车，又伸手将她轻轻拽下马车。

英亲王府门口站着一群人，以英亲王妃为首，后面跟着喜顺、春兰等。

"娘！"秦铮懒洋洋地喊了一声。

"娘！"谢芳华有片刻恍惚，也喊了一声。

英亲王妃上前一步，伸手拉住谢芳华，打量她："怎么没多在侯府住两日？"

谢芳华感觉到王妃的手十分温暖，她摇摇头："爷爷嫌弃我给他添乱，刚醒来便把我赶回来了。"

"这个老侯爷，真是的。"英亲王妃闻言顿时笑了，"回来了也好，我还担心得不行，本来打算吃过午饭再去侯府看你如何了，如今你醒来了就好。"说着，拉着她往府内走。

谢芳华松开秦铮的手，任由英亲王妃拉着，往府内走去。

英亲王府的大门她走过多次，唯独这一次，感觉有些不同。

"身子感觉如何？可还好？"英亲王妃担心地问。

谢芳华摇摇头："您别担心，前些日子有些劳累而已，太医夸大其词了。我懂医术，调养几日就好，没那么严重。"

"那就好，我们女人一定要爱惜自己的身体。"英亲王妃拍拍她的手，隐晦地说，"如今不注意，将来后悔莫及。"

谢芳华明白她的意思，笑着点点头："您放心，我晓得，以后一定多加注意。"

英亲王妃回头看了秦铮一眼："皇上今早跑去忠勇侯府了，找你何事？"

"案子的事。"秦铮道。

"是催促你尽快破案还是其他？"英亲王妃问。

秦铮不带情绪地道："都有。"

英亲王妃刚想说什么，看了左右一眼，改了口："回正院再说。"

秦铮点头。

进了正院，迈过门槛，英亲王已经在画堂里等着。见秦铮和谢芳华回来，他打量了二人两眼，和蔼地对谢芳华说："女儿家是不宜劳神太过，以后好好将养，万不可再冒失了。"

谢芳华点点头。

443

英亲王妃拉着谢芳华坐下，对她笑道："听说你昏倒了，王爷也极是担心，只是他对外宣称闭门养病，不好去侯府看你。"

"让爹担心了，我无大碍。"谢芳华笑了笑。

"无大碍就好。"英亲王点点头，看向秦铮，"你娘将无名山三位宗师之事与我说了。"

秦铮挑眉。

英亲王面色凝重："无名山毁了之后，我第一时间得到的消息是无人存活，可是如今三位宗师竟然都活着，而且一直在暗中，并未现身，这里面怕是有我们不知道的筹谋。"

秦铮不说话。

谢芳华看了秦铮一眼，也没说话。

"我听你娘说，持奉是冲着你手中魅族的秘术孤本而来？"英亲王看向谢芳华，询问道。

谢芳华点点头："他要我交出秘术孤本。"

"无名山的宗师竟然一心想要魅族的至宝，到底是为何，我再三猜想之下，觉得也许和两百年前的一件旧事有关。"英亲王道。

谢芳华看着英亲王："爹指的是什么旧事？"

"那件旧事，真的是旧事了，我也只是从先皇和母后口中隐约听闻一二。"英亲王道，"也和谢氏有关。"

谢芳华顿时坐直了身子，隐约觉得，英亲王说的旧事，她也知晓一二。

"两百年前，谢氏出了一位天纵奇才，名叫谢灵渊，是谢家嫡系一脉的子嗣。"英亲王看着她，"你应该知道他，就是至今被人提起来还称赞不已的回绝大师。他圆寂后，天子换袍，举国恸哭。"

谢芳华点点头："我是知晓他。"

"回绝大师抄录了一本《心经》，据说《心经》里暗藏《天机图》，若是参透《天机图》，便能窥破天机，进而推算出南秦江山的命数。"英亲王道，"其实《天机图》不只能推算出南秦江山的命数，也能推演出天下万物的命数和所有人的命数机缘。"

谢芳华眯了眯眼睛。

"传言前朝太祖皇帝和魅族公主有情，但碍于魅族的族规，所以未曾缔结连理，但互赠了彼此最珍视的物品作为信物。前朝太祖赠的是国策。魅族公主送了前朝太祖皇帝一个金矿预言。世人都闻'金'而动，却不知道金矿只是幌子，预言才是本质。金矿预言说的不是金矿，而是《天机图》。"英亲王道。

谢芳华微怔："就是回绝大师在《心经》里暗藏的《天机图》？"

444

"不错！"英亲王颔首，"后来魅族公主在回魅族的路上离奇死亡，那卷魅梵文抄写的国策和金矿预言便不知道流落在了何方。"

谢芳华抿唇。

"直至南秦建朝，谢氏出了个举世瞩目的奇才——回绝大师。"英亲王继续道，"后来不知因何而起，天下流传出魅梵文抄写的前朝国策和金矿预言都在他手里的消息。这等宝物自然惊动了南秦皇室和北齐皇室。直到法佛寺失火，回绝大师突然圆寂，传言这两件宝物与他一起离开了尘世，流言才自此销声匿迹。"

"然而两国皇室自然没有百姓那么天真，都认定这两样均在谢氏，毕竟回绝大师是谢氏的人。"谢芳华接话道。

英亲王点点头："是有这等猜测。"

"所以南秦皇室一直密谋对付谢氏，明明知道谢氏忠心为国，可还是想除去，除了谢氏繁盛、子嗣多才者众外，还有一点就是因为魅梵文的国策和《天机图》。"谢芳华道，"就像回绝大师的《心经》里其实藏着《天机图》，国策也不见得是真正的国策。"

英亲王一怔，看着谢芳华："你可是知道什么？"

谢芳华摇摇头："我不知道什么，只是觉得，前朝国策而已，不至于引起多方争夺，其中定有秘密，尤其前朝国策是用魅梵文写的。"

"也许吧。"英亲王点点头，"当年为了前朝国策和《天机图》，皇室三座隐山的宗师都出动了。最后法佛寺大火时，三座隐山的宗师无一幸存，都和回绝大师一起圆寂了。"

谢芳华一惊："竟然有这种事？"

英亲王叹了口气："这是皇室秘辛，我依稀记得听先皇和母后提过。"

英亲王妃这时忽然道："华丫头说，她手中的秘术孤本一部分来自无名山，一部分来自皇室藏书阁，一部分来自忠勇侯府，难道孤本三分有什么隐秘缘由不成？"

英亲王摇摇头，模棱两可地道："应该有联系。也许当年的国策里存放的便是这秘术孤本也未可知。"

英亲王妃又转头，对谢芳华问道："华丫头，秘术孤本，你真记在了心里？"

谢芳华点点头："不止秘术孤本我记在了心里，回绝大师抄录的《心经》也被我得到，看过之后扔进火炉里毁了。"

英亲王和英亲王妃闻言齐齐一惊。

"是真的。"谢芳华道，"春节夜里我曾去过法佛寺，在皇上派人去拿《心经》时，抢先得到了它。"顿了顿，她道，"与我同去的人是李沐清，他亲眼看着我烧毁的，可以做证。"

英亲王和英亲王妃又齐齐叹息一声，看向秦铮。

秦铮面色不改，神色懒散："毁得好，害人的东西留着只会是祸害。"

英亲王和英亲王妃对看一眼，一时无言。

谢芳华沉默片刻，对英亲王道："爹的意思是，不只是无名山三位宗师，还有另外两位隐山宗师也想要这两样东西，如今查出这两样东西在我手中，定然会不遗余力抢夺，可是他们拿到是要做什么？是为了南秦皇室，还是自己另有所图？如今的他们对南秦皇室可还忠心？"

"我最近不曾进宫去见皇上，不知皇上是否知晓个中内情，对皇室隐山、隐卫是否还能掌控……"英亲王摇摇头，看向秦铮，"你今日见了皇上，可看出皇上是如何想法？"

"自从无名山被毁后，其他两座隐山自此再无信息传来。"秦铮淡淡道，"待秦钰治水回来，他准备退位。"

谢芳华抬头去看秦铮，只见他脸色寡淡得看不出一丝情绪。

皇上要退位？

自古虽有帝王待太子能执政后便退位让出宝座，但数朝数代屈指可数。如今皇上竟然有了提前退位之心？为何？是他老了，掌控不住皇室隐卫了？还是觉得自己时日无多，想提前交给秦钰看看被他治理下的江山？

无论如何，这都是一件值得多方揣测的事情。

英亲王闻言更是大惊，坐着的身子腾地站了起来，看着秦铮："你说什么？"

秦铮看了英亲王一眼，重复道："皇叔说，待秦钰治水回来，他打算退位。"

英亲王难以置信地看着他。

英亲王妃也怀疑地问："皇上当真如此说？"

秦铮嗤笑一声："我还说假话不成？他的确是这个意思。"

"为何？"英亲王立即问。

秦铮闲散地看了英亲王一眼："父王，您活到现在，可觉得自己老了，有些事情力不从心了？"

英亲王一愣，须臾，有些无力地点点头。

"皇叔大约也如此想。"秦铮道，"他坐在这个宝座上，也已经力不从心了。"

英亲王闻言慢慢地坐回椅子上。

英亲王妃看了英亲王一眼，叹了口气："皇上退位可是大事，也不能单单听皇上一人之言，文武百官的谏言也是要听的。说是退位，也不是一时半刻的事。"

秦铮不语。

英亲王妃又偏头看向谢芳华，温和地道："你刚刚醒来，都说了不能操心劳神，还拖着你在这里说事，赶紧回去歇着吧。"

"我不累。"谢芳华道。

"铮儿气色不大好，你昏睡期间，他定然寝食难安，你们都回去吧。"英亲王妃摆摆手，"俗话说，车到山前必有路。无论是因为两百年前的事情牵扯到现在还是因为你的身份，抑或因为别的身份，暂时都不必理会，好好养身体要紧。"

　　谢芳华看向秦铮，见他的气色的确不大好，点点头站起身。

　　秦铮没有异议，伸手拉着谢芳华出了正院。

　　二人离开正院走得没了影，英亲王妃才对英亲王道："若是皇上当真掌控不住皇室隐卫了，那么皇室隐卫到底想要做什么？是夺了南秦江山，还是……"

　　英亲王面色凝重："当年先皇和母后在世时，母后就私下对先皇提议过，将三座隐山封掉，但和南秦江山一起繁衍至今的隐山如何可能说封就封？隐山和皇室隐卫被誉为南秦皇室的半壁屏障，哪能轻易摘除？更何况，还有和南秦国力不相上下的北齐一直虎视眈眈。若是南秦江山失去一半的屏障，一旦北齐进犯，南秦危矣。"

　　"可是如今呢？无名山被毁，三位宗师仍旧活着，可是不再听命于皇上。也许就是因为他们，京城内外才被搅得乌烟瘴气。"英亲王妃道，"再这样下去，后果怕是不堪设想。"

　　"他们应该是冲着华丫头而来。"英亲王道，"暂且再观望数日，等太子回来吧。"

　　英亲王妃点点头，叹了口气。

　　秦铮和谢芳华出了正院，一路谁也没说话，携手回到了落梅居。

　　二人刚到落梅居门口，本来抱着树枝打秋千的白青和紫夜见二人回来，立马噌噌地跑了过来，一个拽着秦铮的衣摆，一个拽着谢芳华的裙摆，呜呜出声。

　　谢芳华蹲下身，伸手去摸白青。

　　秦铮也蹲下身，伸手去摸紫夜。

　　白狐和紫貂的脑袋不停地蹭二人的手，口中呜呜，像是被抛弃了很久的孩子正在对二人哭诉。

　　谢芳华看着两个小东西，忽然对秦铮说："若是我们有了孩子，把他扔在家里，我们出门回来，他是不是也会这样，十分委屈，哭诉我们不该扔下他？"

　　秦铮闻言转头看向谢芳华。

　　谢芳华也偏头看着他，小声问："你说是不是？"

　　秦铮点点头："也许是。"

　　谢芳华微笑："秦铮，我们要个孩子吧，好不好？"

　　秦铮看进她的眼底，里面似乎藏了一湖碧水，水面非常平静，他伸手摸摸她的头："你先把身子养好。"

　　谢芳华咬唇，伸手拽住他的衣袖："我身子没那么差，真的可以的。"

　　秦铮不说话。

　　谢芳华拽着他衣袖的手紧了紧："你的药，不要吃了好不好？"

秦铮拧眉。

谢芳华看着他："我知道你吃了避子药，怕损伤我的身体。你是让言宸给你开的药方子对不对？我起初是没发现，但是那日给你号脉便察觉了。言宸的医术虽然比我高明，但也不过一二分而已，我细查之下也是能发现的。"

秦铮抿唇。

谢芳华靠近他："秦铮，我想要一个我们的孩子，小小的人儿，眉眼像你，性情像你，任何地方都像你。"

"那你呢？"秦铮看着她。

谢芳华摇摇头："我没有什么优点，不像我也罢。"

秦铮忽然被气笑了，伸手一把将她拽起，看着她道："你没什么优点，却让我非你不可，你若是有了优点，我岂不是更要受你折磨了？"

谢芳华拽着他的手臂摇晃："行不行？"

"不行！"秦铮摇头。

谢芳华瞪眼："为什么？你不想要一个我们的孩子？"

秦铮不答话，拽着她往里屋走。

谢芳华被他拽着走了两步，连问了两句，见他不打算答复，气恼地挣脱他的手："我已经说过了，我——"

"你的身体就算受得住也不行。"秦铮转身，凝视着她，"你说这一世定要与我相守到老，那么你就得听我的。如今还不是时候，不要胡来。"

谢芳华抿唇，不吭声。

秦铮伸手拽她。

谢芳华气闷地打开他的手。

秦铮看着她的样子好笑，伸手指指自己："我守着你寝食难安，如今你倒是精神了，看看我，可还能看？"

谢芳华见他神情疲惫，她气闷顿消，任他拽着手，进了里屋。

房间内一如两人离开前的样子，整洁干净。

秦铮看了一眼床铺，问她："天色还早，你是随我睡片刻，还是……"

谢芳华立即道："我陪你。"

秦铮点头，扯了外衣，拽着她躺到床上。

帷幔落下，秦铮闭上眼睛，不多时便发出均匀的呼吸声。

谢芳华躺在他身前，抬头看着他。果然是疲乏至极，这么片刻竟然就睡着了。她静静地瞅着他，目光一寸也舍不得移开。

过了片刻，她伸手用力地拧了自己的另一条手臂一下，结果痛得轻轻哎了一声。

秦铮惊醒，立即问："怎么了？"

谢芳华连忙摇头，将手缩进衣袖里："没事，你继续睡。"

秦铮怀疑地看着她。

谢芳华肯定地摇头，轻声说："真的没事，你继续睡。"话音刚落，见他不睡，她起身下地，站在床前道，"我不困，还是不吵你了。我去重新开两服药方，给我们煎药。"

秦铮笑了一下："得用的人多的是，哪里用得到你煎药？"

"你也说了天色还早，我睡不着，你却疲乏，为免吵到你，煎药也是件事儿不是？还能消磨时间。"谢芳华伸手拍拍他，"你快睡，你睡着了我再去。"

秦铮点头，算是同意了，又闭上了眼睛。

不多时，他便又睡着了。

谢芳华轻轻地转身，出了房门。

侍画见谢芳华出门，立即迎上前，小声问："小姐，您没歇着？"

"他累了，歇下了，我刚醒来，不累。"谢芳华道，"我听说在忠勇侯府时吴良开了药方子给我？拿给我看看。"

侍画点点头，连忙将药方子递给了她。

谢芳华看了两眼，改动了两味药，递给她："按照这服方子煎药。"

侍画应声。

"秦铮的药方子呢？"谢芳华又问。

侍画连忙拿了出来："也在奴婢这里。您虽然昏迷了，但是这两日，奴婢受您嘱咐，一直盯着小王爷用药。"

谢芳华点点头，拿过药方子，也改了两味药："按照这服方子，服用七日。"

侍画颔首。

"走吧，我与你一起去小厨房。"谢芳华转身向小厨房走去。

侍画喊来侍墨，吩咐她去取药换药，自己则跟在谢芳华身后进了小厨房。

谢芳华蹲下身生火炉，侍画洗刷煎药的药锅。不多时，侍墨将药取来，正好炉火也生好了，谢芳华坐在火炉前，打着蒲扇煎药。

"其实奴婢来做这些就行了，小姐您该去歇着。"侍画小声说。

"我在房里也是吵他，不如出来找些事情做。"谢芳华看着火炉上咕咕冒泡的汤药，忽然顿了一下，说，"侍墨去守着门，侍画将从平阳城取来的东西拿出来吧。"

侍墨闻言连忙去门口守着。

侍画立即从怀里掏出一件由绢帕裹着的物事，递给谢芳华，悄声说："这是按照玉灼给的地址找到的。"

谢芳华摊开绢帕，里面有一块叠着的绢布，她缓缓打开绢布，里面记载着的字赫然出现在眼前。

她看了一眼后，手一抖，绢布掉在了地上，她的身子晃了晃。

"小姐？"侍画担忧地看着她。

谢芳华怔怔地坐着，看着地上的绢布出神。

"您怎么了？这《狼兽记》可有不妥之处？"侍画小声问。她总感觉，自从那日亲眼见到玉灼的驭狼术之后，小姐便反常起来。

谢芳华不答话，目光似乎聚焦在了绢布上无法移开。

侍画不解，有些担忧地看着谢芳华，但又不敢再吵她。

过了半晌，谢芳华才慢慢地弯下身，用微微颤抖的手拾起地上的绢帕，指尖轻轻触摸着绢布。绢布上有星星点点的血红，像是绣上去的梅花。她静静地看了片刻，对侍画道："你去将玉灼喊来。"

侍画小声问："小姐，您没事吧？"

"没事。"谢芳华摇摇头。

侍画转身去了。

不多时，玉灼被喊了进来，他笑嘻嘻地看着谢芳华："表嫂，你喊我？"

谢芳华目光温和，笑容如常，对他招招手："你过来，我且问你，这块绢布秦铮给你时便是这副样子吗？"

玉灼疑惑地看了一眼，点头："是啊，就是这样子。"

"我说的是，这上面，怎么好像……染了血？"谢芳华问。

玉灼挠挠头："我也不知道，表哥给我时便是这副样子了。"顿了顿，他道，"是血吗？我一直以为这是故意绘的落梅居的梅花。"

"你再回想一下，当时他可有说什么？"谢芳华沉默片刻，抖了抖绢帕。

玉灼想了想，又用力地挠了挠脑袋，最后摇摇头："是好几年前的事了，我不记得了。"话音刚落，他疑惑地问，"表嫂，怎么了？你若是想知道什么，直接问表哥就好了嘛，他一定会告诉你的。"

"是啊，他会告诉我的。"谢芳华忽然笑了，对他说，"我想学驭狼术，你既然学会了，这块绢帕送给我如何？我给你一本剑谱来交换。"

玉灼立即问："什么剑谱？"

"若是学会了这本剑谱，两年后，飞雁不见得是你的对手。"谢芳华道。

"换！"玉灼大喜。

谢芳华转身对侍画道："去将我嫁妆里的那本清绝剑谱拿出来给玉灼。"

"是！"侍画连忙去了。

不多时，侍画拿来了那本剑谱，递给玉灼，玉灼高兴地捧着走了。

谢芳华拿着那块绢布又看了片刻，慢慢地将绢布收了起来放入怀里，转头问侍画："你可去过法佛寺后山的碧天崖顶？"

450

侍画摇摇头："小姐，您可是有事吩咐？"

谢芳华沉默片刻，抿了抿唇，本来想吩咐什么，但犹豫之后又改了口："派人去打探一下，外公离开南秦有些日子了，如今走到哪里了？再去给轻歌传信，让他立即安排，今夜就将爷爷、舅舅、林溪哥哥送出城。"

"今夜？"侍画一怔。

谢芳华颔首，目光落在火炉上："同时给言宸传一封信去，请天机阁的天、地二老来一趟京城，就说我有要事需要他们去办。"

侍画打量着谢芳华的神色，见她面容沉静，侍画立即点头："是！"

秦铮是真的累了，所以谢芳华熬好了两服汤药回房时，他还睡着。

谢芳华便又退出房间，顺着房檐走到西边的墙下，围墙上依旧刻着那些图画和印记。

她一边触摸着墙上的痕迹，一边慢慢地沿着围墙走了一圈，最后在一处墙根下蹲下身，靠着围墙坐了下来。

侍画靠近她，小声说："小姐，地上凉。"

谢芳华摇摇头。

"您就算要坐在这里，也该让奴婢去拿块垫子来。"侍画又道，"您的身体本来就虚弱，若是小王爷醒来看到您这般坐在这里，该怪奴婢没伺候好您了。"

"那你就去拿块垫子来。"谢芳华道。

侍画见她打定主意要坐在这里，只能去了。

不多时，侍画拿来一块厚厚的垫子，垫在了谢芳华身下。

谢芳华坐在垫子上，对她摆摆手："你去吧，我一个人在这里静静。"

侍画点点头，去忙别的了。

谢芳华后背靠在墙上，整个人依附着围墙，闭上眼睛，任风吹来，任梅花瓣飘来，任思绪在她脑中、心里翻滚。

大约过了半个时辰，房门打开，秦铮从里面走出来，一眼便看到谢芳华坐在围墙下。

门口离围墙不是太远，但也不近，透过落梅树的缝隙，依稀能看到她华丽的衣摆和素淡的面容。风吹来，落梅纷飞，她靠着围墙坐着，像是与围墙融为一体。

这样的谢芳华，任何人见了都会生出满腹心思。

他静静地看了她片刻，提脚走了过去。

听到他的脚步声，谢芳华转头看去，第一时间对他露出明媚的笑："醒了？"

秦铮脚步顿住，看着她明媚的脸，似乎他之前所见的都是一场幻觉，他抿了抿唇，看着她问："怎么跑来这里坐着？"

"觉得在这里坐着更能感觉到你对我的爱重，多坐一刻，便感觉爱又重了一点儿。"谢芳华道。

秦铮笑了一声，嘴角弯了弯："刚刚在想什么？"

谢芳华摇摇头："没想什么。"

"嗯？"秦铮挑眉。

谢芳华眨了眨眼睛，伸手指着这一面围墙道："就是有些事情不大理解。"

"说说看。"秦铮看着她。

谢芳华伸手一指："你看啊，你在那么小的时候，怎么就记住了我，且爱上了我，且等我那么多年？那么小便知道情爱的滋味了吗？"

秦铮嗤笑："原来是在想这个。"

谢芳华仰着脸看着他："难道不该疑惑吗？垂髫之童，便知风月，实在匪夷所思。"

秦铮上前一步，和她一起坐在墙下，后背靠着围墙，紧挨着她，漫不经心地说："我不是对你说过了吗？当年我拿弹弓打掉了你头上的朱钗，看着你那镇定的小模样，便觉得有趣。再后来，我跟踪你出了京城，本想看看你要做什么，没想到你是要混入皇室隐卫中，我本来也觉得有趣，可是不察之下被秦浩所害，险些在乱葬岗丧命。从那时候起，我便记住了你，再也忘不掉了，长久积攒下来，竟然成了执念，不将你娶到手誓不罢休。"

"是这样吗？"谢芳华歪着头看着他。

秦铮伸手弹了她的额头一下："不是这样还是因为什么？你来与我说说。"

谢芳华不满地瞪了他一眼："我近日本来脑子就不太灵光，再被你弹下去，更笨了。"

"笨点儿好，免得你成日里胡思乱想，熬坏了身子。"秦铮道。

谢芳华将头靠在他身上，幽幽地道："秦铮，我近来脑子里时不时会跳出一些画面。你上次也说，我出身忠勇侯府，你出身英亲王府，上一世，我没去无名山，与这一世不一样，应该时常进宫才是，怎么会不识得你？我能记起云澜哥哥，也该还有更多记忆，对不对？"

秦铮抿唇，伸手摸摸她的头："那你的脑子里时不时会跳出什么画面？"

谢芳华摇头："乱得很，跳出来也就是那么一瞬，摸不到、抓不着的感觉。"

"所以才使你困惑不解，百般忧思？"秦铮问。

谢芳华嗯了一声："也许吧。我总觉得脑子很乱，有什么在搅动我的心思，让我总觉得忘了很多事，可越是去想大脑越是一片空白，不想的时候反而又会跳出来。"

"那就不要想了。前世的事，想不起来有什么打紧？"秦铮伸手将她抱在怀里，"重要的是今生。上天给一个重生的机会何其不易，何必让前世累及今生？"

顿了顿，他又道，"更何况，你的记忆里没我，不想也罢。"

谢芳华揉揉眉心，小声说："你怎么就知道我的记忆里没你呢？"

秦铮低头亲她："你说你前世血尽而亡，可见没我，若是我在怎么能让你处于那般境地？"

谢芳华咬唇。

秦铮撬开她的贝齿吻她，呼吸微微浊重："别胡思乱想了。你再这样乱想下去，那些苦药汤都白喝了，身子什么时候能养好？"

谢芳华点点头，伸手推他："这是院外。"

"爷的地盘，想如何就如何。"秦铮说着，但还是将谢芳华抱起，向屋里走去。

他进屋，关上房门，来到床前，将谢芳华放倒，身子跟着压了上去，一边吻着她，一边声音暗哑地说："本来舍不得累你，你却不听话非要胡思乱想，我看还是让你人累一些好了，人累的时候，心便累不起来了……"他说着，便解开她的丝带，华丽的软罩烟裙散落，露出莹白如玉的肌肤。

谢芳华伸手抱住他，头颈蹭了蹭他的脖颈，声音绵软："秦铮、秦铮、秦铮……"

"再喊下去，骨头都被你喊酥了。"秦铮轻笑，狠狠地吻住了她。

日头虽然将落，但还是白日，外面光线极亮。

窗前的帘子落下，室内立刻变得昏暗，帷幔一重重落下，掩住了一床春情。

薄了日光，负了月光。

情话绵绵，羞了娇颜。

直到谢芳华累得手指头都抬不起来时秦铮才放过她，拥着她睡去。

一夜酣然。

谢芳华再度醒来时已经日上三竿。她睁开眼睛，伸手去摸身边的被褥，发现一片冰凉，在屋中看了一圈，没有秦铮的影子。她拥着被子坐起身，感觉浑身酸痛，疲乏至极，于是懒洋洋地在床上坐了片刻才披衣下床，穿戴妥当后打开了房门。

"小姐，您醒啦？"侍画、侍墨立即上前。

谢芳华靠着门框。外面晴空朗日，落梅居静静地沐浴着阳光，这样明媚的天气，却不见秦铮。她问："秦铮呢？去哪里了？"

"小姐果然刚醒来就问小王爷。"侍画抿着嘴笑，"小王爷清晨就被刑部的人喊走了，走时嘱咐了我们，说小姐若是问起，就告诉您他去了刑部，估计除了刑部外，大理寺的人也赶着找他，想来要忙上一日，让您晌午若是不想出院子，就自己在落梅居吃午饭，不必等他了，晚上他尽量早些回来。"

谢芳华点点头："又是为了那些案子？"

"应该是。"侍画道，"小王爷还嘱咐了，让小姐不要多思多想，好好养身子，那些案子不必管了。"

谢芳华揉揉眉心，颔首。

侍画又上前一步，凑到她耳边小声说："昨夜轻歌已经安排老侯爷、舅老爷、林溪公子出了京城，除了带走大批侯府隐卫外，天机阁还会在暗中随扈护卫。他让小姐放心，一定将老侯爷、舅老爷、林溪公子安全送到您指定的地方。"

"嗯。"谢芳华点头。

"可查到外公、哥哥和言宸的下落了？"谢芳华问。

"崔老前辈已经出了北齐，向西而去，暂时还没有具体的下落。"侍画小声道，"不过侯爷和言宸公子如今在临安。临安的水很大，桥塌路毁，他们被拦在了临安。恰巧太子殿下前去治水，如今与侯爷和言宸公子赶在了一处。"

"太子治水竟然去了那么远的地方？"谢芳华挑眉。

"临安是南秦产粮草的重地，这次临安受灾很重，直接影响了未来一年整个南秦的粮草供应，尤其是军部的供给。太子殿下亲自带着富商豪绅和各府邸捐赠的银两，一路调配分拨，各地官员负责配合，据说已经到了临安。因临安受灾重，侯爷也动用了谢氏在临安的商铺赈灾。"侍画道。

谢芳华点头："怪不得秦钰急匆匆去治水了，粮草兵马，农业收成，直接影响到今年的国力。"

"是呢。"侍画道，"没有十天半个月，太子殿下怕是没办法回京，而临安灾情重，咱们谢侯爷恐怕也要在临安耽搁些时日才能启程去漠北接管军权了。"

"我记得哥哥身边跟着秦钰派给他的初迟？"谢芳华问。

侍画点点头："初迟是一直跟着侯爷的。"

谢芳华揉了揉眉心："从京城到临安八百里的路程也不是太远，给言宸传的信应该今日夜间就能到吧？言宸回信的话，明日夜间或者后日早上差不多能到，那么……"

她正思考着，喜顺匆匆进了落梅居，见到她之后立即说："小王妃，皇上派人来召您立即进宫。"

"嗯？"谢芳华看着他，"为何？"

"是吴公公来传的话，原因没说。"喜顺看了她一眼，"老奴早得了王妃的吩咐，说只要是小王妃这边的事情，都先去她那里回禀一声。刚刚王妃说让老奴帮您推了，就说您身体不适，可是小王爷今早出门时又吩咐老奴，说任何人寻您的事都不要瞒着您，让您自己做主，老奴只能来了。"

谢芳华想了想，对他道："我的确身体不适，不便进宫，推了吧。"

"是！"喜顺匆匆走了。

侍画见喜顺离开，靠近谢芳华悄声说："小姐，昨日皇上才见了小王爷，今日就匆匆找您，准不是什么好事，皇上一直不喜欢您。"

谢芳华笑了笑："应该是为了忠勇侯府之事。"

侍画一惊："小姐秘密安排老侯爷、舅老爷、林溪公子出京，皇上知道了？"

"皇室隐卫这些年一直盯着忠勇侯府，忠勇侯府有风吹草动都瞒不住皇上。"谢芳华道，"况且，他们离开之事又不是特别隐秘。"

侍画有些担忧："小姐，皇上会不会责难您？"

谢芳华不以为意："我们忠勇侯府又没有犯罪，爷爷、舅舅、林溪哥哥身无官职，当然能自由出入京城，他就算责难，又能怎么发难？"

侍画点点头。

谢芳华想了想，又吩咐道："你去一趟正院，告诉王妃，就说我昨夜将爷爷、舅舅、林溪哥哥送走了，一是为了忠勇侯府避世，二是免得隐山宗师出手对付年迈的爷爷。务必说明皇上应该得到了消息，为了此事才来找我。"

"是。"侍画应声，立即向外走去。

谢芳华又在门口站了片刻才转身回了房，侍墨跟进屋伺候她梳洗。

不多时，侍画回来，禀告道："小姐，王妃说知道了，昨夜老侯爷临走前派人给她传了话。她说京中这么乱，老侯爷多年来被困在京中，如今出外游历避世也好，是上上之策，只是沿途一定要保护好自己，皇上能得到消息，那么别人也能得到消息。"

谢芳华站在窗前，看着窗外的阳光洒进来，照在仙客来上，她的目光忽然凌厉起来："别人若是得到消息才好，我就怕他们得不到消息。"

侍画不解地看着她。

这时，侍墨端了午膳进来，谢芳华回转身，坐在桌前。

用过午膳后，谢芳华靠在椅子上闭目养神。

不多久，府门外忽然传来一声高喊："皇后娘娘驾到！"

谢芳华当没听见，静静地坐着。

不多时，侍画推开门进来，小声说："小姐，皇后娘娘来咱们府中了，说是听说您身体不适，亲自前来府中探望您。王妃迎了出去，皇后娘娘没进正院，直接向咱们落梅居来了。"

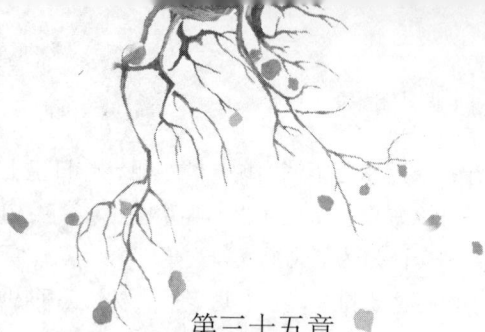

# 第三十五章

# 临安疫情

皇后亲自前来找她，为何？

谢芳华站起身，走到菱花镜前，拿出梳妆匣，抹了脂粉，轻轻在脸上上妆。

侍画不解地站在谢芳华身后看着她。

不过片刻，英亲王妃陪着皇后已经来到了门口，皇后脚步匆匆，似乎十分急切。

英亲王妃的声音传来："皇后，您匆匆而来，要见华丫头，到底所为何事？华丫头身体不好，刚从昏迷中醒来，状态不佳。"

"王嫂，我确有急事，待我见到小王妃再与你和她细说。"皇后一边走进房间，一边说。

英亲王妃心下疑惑，只能住了口。

谢芳华放下梳妆匣子，站起身，"虚弱"地看了站在她身后的侍画一眼。

侍画睁大眼睛，她就站在小姐身后，只看到小姐轻轻抹了一层粉，在面部揉按片刻，竟然转眼间就将自己弄得面色苍白、气色极差，若不是亲眼所见，她会真当小姐大病了一场。她连忙伸手扶住谢芳华，小声说："小姐？"

"扶我出去。"谢芳华将半个身子的重量都倚在侍画身上，声音显得非常虚弱。

侍画点头，小心地扶着谢芳华向外走去。

二人来到门口，正巧皇后和英亲王妃一行人来到。

帘幕打开，皇后一眼便看到了由婢女搀扶着迎出来的谢芳华，脸色苍白得跟鬼一般，若不是她长得极好，又是青天白日的，猛一看真能吓死人。皇后一惊，看着她："小王妃？"

"皇婶！"谢芳华虚弱地见礼。

"你这是……"皇后看着她。

谢芳华扯了扯嘴角："我只是身体有些许不适，并无大碍。"然后，她示意侍画让开，"请皇婶和母妃进屋。"

皇后转头看向英亲王妃。

英亲王妃也愣了一下，不过转眼便明白了，她叹了口气："我刚刚都与你说了，华丫头刚从昏迷中醒来，身体不适。先进屋再说吧。"

皇后只能进了屋。

来到画堂，三人落座，侍画、侍墨等人端茶倒水。

谢芳华拿出绢帕，低低咳嗽了两声，虚弱地道："我身体不适，未曾远迎，在皇婶面前失礼了，皇婶不要见怪。"

"自家人，不必那么多礼，况且你身体不适，还顾忌那么多虚礼做什么？"皇后打量了谢芳华两眼，见她的气色真是差极了，的确像是刚从昏迷中醒来的样子，皇后叹了口气，"我是有事情找你。"

谢芳华看着她："早先皇叔派人来宣我进宫，我刚醒来，实在疲乏，无力进宫，不想皇婶这么快就来了。不知道是什么事，这般急切？"

"皇后，可是华丫头哪里做得不妥？"英亲王妃话中的意思是：可是来问罪的？

皇后执掌后宫多年，自然听明白了英亲王妃的意思，若自己是来问罪的，她定然不让。皇后摇摇头："皇嫂误会了。小王妃为了京城内外连番出现的案子奔波，累坏了自己，理当表彰，我哪里还会问罪？皇上今日找她是另有事情。皇上身体也不好，忧急之下病情更重，出宫不得，只能我跑一趟了。"

"哦？"英亲王妃纳闷，"另有什么事？"

"不久前，皇上得到急报，临安大水后似是发生了瘟疫。"皇后低声道，"太子怕引起百姓恐慌，造成动乱，暂且命人封锁了临安城，还未曾递消息给京中。"

"什么？"谢芳华一惊，看着皇后。

皇后对她点点头，忧心忡忡地道："你知晓的，皇上在太子身边安插了人，虽然太子还未传来加急奏折，但是消息已经在第一时间传回来了。皇上本来打算等太子回京后对他交付重任，自己退位，让太子登基。我身为太子的嫡亲母后，如今只担心我儿子的安危。孙太医不久前被杀，京中的太医院里再无好太医，就算前去怕是也控制不住疫情。皇上斟酌之下派人来请你，但你未进宫，我只能亲自来了。"

谢芳华想起谢墨含在临安城，面色微变。

英亲王妃立即道："皇后，这可是真的？临安大水灾情严重这事我隐隐听闻，但是未曾听说临安闹瘟疫。"

"目前只说似是发生了瘟疫。这一次雨下得太大，水灾普遍发生，临安尤重，不只良田被淹、房舍倒塌，大水还淹死了不少人。钰儿前去治水，虽然去得快并及时地进行了处理，但是也出了状况。"皇后说着，红了眼眶，"王嫂，皇上还有好几个儿子，可我只有钰儿啊！他虽然聪颖，但是对瘟疫没有经验，若是出了事，我这个做母亲的还怎么活！"

英亲王妃闻言看向谢芳华。

谢芳华没作声。

皇后又道："我听闻谢侯爷近日也被大水拦阻在了临安？"

"那岂不是怜儿也在临安？"英亲王妃面色微变。

谢芳华点点头："我刚得到消息，哥哥的确被拦阻在了临安，但我还未曾得到临安发生疫情的消息。"顿了顿，她道，"皇婶暂勿恐慌，我哥哥临走前，太子将初迟送给了我哥哥，既然我哥哥在临安，那么初迟应该也在临安。初迟公子医术极好，前一段时间京中各大府邸突发疾病却在短时间迅速得到控制就可看出他的医术。太子未向京中递送加急奏折求助，想来临安的情况没那么糟糕，暂时应该是在能控制的范围内。"

皇后闻言面色稍松："我担心钰儿是在硬撑，这孩子虽然聪敏，但是骨子里过于硬气。"

"是皇上要你来找华丫头的？想要华丫头去临安一趟？因为她的医术？"英亲王妃寻思片刻，看着皇后问。

"是皇上得到消息后，觉得事关钰儿安危，而且临安距离京城不是太远，八百里地而已，若是真的发生瘟疫，还是不能过于张扬，以免走漏消息，造成南秦百姓恐慌。"皇后诚实地道，"皇上喊了我去，让我来见小王妃，毕竟小王妃的医术有目共睹。而且谢侯爷也被困在临安，不说太子的安危，就是看在谢侯爷的分上，小王妃也不会坐视不管。更何况还有怜儿，她也在临安。"

英亲王妃叹了口气："你也看到了，华丫头这般状况，哪里出得了京城？她若是这么出京，我又要多担一份心。临安本就有那么多人在，不必非得让她去吧？瘟疫可不是闹着玩的。"

"王嫂，初迟的医术到底是真有本事，还是流于表面，不能只靠那一次来判断。万一临安真有瘟疫，咱们也不能不管啊！"皇后的眼眶湿润了，"我别无办法，只能来找王嫂了。"

"皇后也别忧急，钰儿虽然骨子里硬气，但断然不是不知轻重之人。他是皇上培养的太子，未来江山的继承人，知道孰轻孰重。既然他未曾给京中递信，要么是

458

事情还没发生，要么是临安还在控制之中。若是事态不能控制，他势必会寻求救援。"英亲王妃道，"暂且等等。"

"话虽然这么说，可都是为人父母的，难道王嫂就不忧急怜儿？就算她不在你身边长大，但可是你的亲生女儿啊！"皇后有些急。

英亲王妃闻言脸色微沉："皇后，怜儿是我生的，什么时候都是我的女儿，她的性命我自然忧急，但是事情没到不可控制的时候，你身为一国之母，不要先乱了阵脚。"

皇后一噎。

英亲王妃又道："况且，你和皇上可知无名山虽然被毁了，三位隐卫宗师却还活着的事？三日前，持奉宗师借由皇室隐卫假传忠勇侯府老侯爷病重的消息，骗铮儿和华丫头回京，却在回京途中设阵拦截。再往前推两日，铮儿深夜前往丽云庵去救华丫头，也遭到拦截刺杀。"

皇后大惊："竟有这等事情？"

英亲王妃点点头："所以，隐卫如今传来的消息还能说完全可靠吗？"

皇后面色大变："皇室隐卫一直以来忠于皇室，这……多少年了，深受倚重，怎么可能？"

"正因为多少年来过分依靠，才致使人心不古。"英亲王妃叹了口气，"你想想，最近一段时间，京城内外接连出了这么多事，天下什么人有本事在我们眼皮子底下搅动风云？这么多年来，南秦和北齐分庭抗礼，北齐虽然有心插手，但也不可能闹得这么大。如今若没有皇室隐卫搅动，断不可能这么乱。"

皇后的脸色渐渐发白："那……这可怎么办？"

"越是这等时候，越该稳重，不要自乱阵脚。"英亲王妃道，"你也在宫中待了多年了，王嫂今日给你一句忠告。你安安稳稳地待在宫中，不要掺和进这些事里。秦钰长大了，已经能自己独立处理事情了，漠北转了一圈都回来了，但他若是想继承皇位，就更要磨砺。你在宫中平安，他在外才能踏实做事。"

皇后本来忧急的面色渐渐缓和下来，沉默片刻，有些惭愧地道："在王嫂面前，我向来是自愧弗如。"顿了顿，她低声道，"怪不得皇上这么多年一直念着你。"

"胡言乱语！"英亲王妃低斥一声。

皇后看着她，平静地道："我的确不如你，这么多年来，别人不敢说，但是我有自知之明。先太后有眼光，为了王爷生生斩断了皇上的情。先太后不能给王爷皇位，却给了他一位贤内助，由你牵制着皇上，让王爷一生无忧，王爷比皇上有福气。"

"你今日这是怎么了？说话越发没个样子，什么浑话都敢说了！"英亲王妃板起脸，"当着孩子的面说这些，你不脸红我还脸红呢。行了，若没有别的事，你就起驾回宫吧。"

皇后闻言看向谢芳华。

谢芳华支着胳膊，虚弱地坐在那里，气色越发差了。

皇后看了她一眼，叹了口气："既然如此，我就先回宫了。临安的事，咱们先等消息吧。小王妃自己精通医术，赶快把自己养好，万一临安真有瘟疫，这京中无好医者，怕是还要你去。"

"皇婶说得是，我会好好将养的。"谢芳华点点头。

皇后又看向英亲王妃，英亲王妃站起身："我送皇后出府。"

皇后点点头，二人一前一后出了落梅居。

待二人身影走远，谢芳华招来侍画，低声嘱咐："去查查，看看临安是否真有不对劲，是否是瘟疫的前兆。另外再查查宫里皇上身边的情况。"

"是。"侍画连忙去了。

英亲王妃送走皇后，又来到了落梅居。

谢芳华已经将脸上的粉洗掉，坐在画堂里侍弄那盆仙客来。

英亲王妃进来后，打量她一眼，松了一口气："刚刚初看你的样子，我也吓了一跳。"顿了顿，她压低声音，"你说这事是否是皇室隐卫背后放出的假消息，故布疑阵？"

谢芳华摇摇头："还不清楚，我已经让人去打探消息了。"

英亲王妃揉揉眉心："真是一日也不能消停。"

谢芳华不置可否。

"铮儿走时可说了什么时候回来？"英亲王妃问。

"说是晚上回来。"谢芳华道。

"大水之后若是处理不好，的确会起瘟疫。若真是发生瘟疫，对如今的南秦京城来说，就是雪上加霜。希望这件事情不是真的，否则可真是性命攸关。"英亲王妃道。

谢芳华点点头，低声说："言宸是随哥哥一起离开的，哥哥被困在临安，他应该也在临安。娘您放心吧，有言宸在，临安就算有瘟疫，也能控制。"

"对了，我竟然忘记言宸公子了！"英亲王妃一喜，不过随即又担忧起来，"据说他的身份是北齐的小国舅、玉贵妃的亲弟弟、玉家的嫡子，这个身份……若是……"

谢芳华肯定地摇头："就算他是北齐玉家的人，是北齐的小国舅，也不会视人命如草芥，不会见死不救。既然我让他跟随哥哥一起离京，他就是我信得过的人。"

英亲王妃点点头："是你信得过的人就好，这样我也能放宽心，少担忧些怜儿这丫头。"

"秦铮既然让哥哥带妹妹出京，哥哥自然会照看好她，您且放心。"谢芳华道。

英亲王妃颔首。

二人又闲聊片刻，侍画从外面走进来，看了英亲王妃一眼。

谢芳华摆摆手："娘不是外人，打探出什么事情了？说吧。"

"回小姐，关于临安的情况短时间内还没打探出什么来，但是京中的情况打探出来一些。皇上派人来宣您进宫之前，的确得到了一份皇室隐卫传回的急报，后来您没进宫，吴公公回去禀了皇上后，皇上就派人去请了皇后。与皇后娘娘自己的说法相符。"侍画道。

谢芳华点点头："还有吗？"

侍画点点头："裕谦王不久前进了宫，如今在宫中面见皇上。"

"裕谦王？"英亲王妃接过话，"他不是一直在找孙子吗，今日怎么进宫去见皇上了？所为何事可打探到了？"

侍画摇摇头："裕谦王和皇上在宫中密谈，支开了伺候的人。"

"秦毅的孩子至今下落不明，据说从出事后裕谦王府一直在找。"英亲王妃道，"从京城内外接连发生西山军营案、孙太医被杀案、韩大人被杀案、丽云庵案、大长公主被刺杀案等，这件事儿反而被忽视了。"英亲王妃道，"如今他进宫，不知所为何事。"

"你去查查裕谦王府近来的情况。"谢芳华思索片刻，吩咐侍画。

侍画应声，转身去了。

"自从裕谦王妃进京，来了一趟英亲王府求我后，我再未见过她。"英亲王妃想了想道，"今日时辰还早得很，不如我去裕谦王府一趟，看看她。"

谢芳华笑着点头："甚好，咱们虽然帮了忙，但未能帮着找到孩子，理当去看看。"

"那你先歇着，我这就去裕谦王府一趟。"英亲王妃站起身，丢下一句话，出了房门。

英亲王妃离开后，谢芳华转身回了房，懒洋洋地躺在软榻上，继续闭目养神。

不多时，侍画回来，对谢芳华禀告道："小姐，近来裕谦王府一直在四处找孩子，将裕谦王府带来京中的势力都发动起来了，除了进宫求皇上外，还向很多家族寻求帮助。我们英亲王府和忠勇侯府只是其中之一，他们还拜访了左、右相府以及永康侯府等和裕谦王有交往的府邸，这段时间各大府邸或多或少都在帮着找孩子。"

谢芳华忽然眯起眼睛，对侍画问道："你说，裕谦王府这孩子丢得是否太及

461

时了？"

侍画一怔："小姐您的意思是？"

"我的意思是，裕谦王府丢了孩子之后，京城内外便出了一系列事件。因为裕谦王府丢孩子，除了皇宫、英亲王府、忠勇侯府还有京中各大府邸，或多或少都出动人帮忙了。京城内外各大势力不约而同有所动作，就造成了这次寻不到蛛丝马迹，找不出幕后主使人，自然很难破案。"谢芳华道。

侍画恍然："似乎是这样。小姐，您不说，奴婢还没看出来。"

谢芳华面色微凝："若不是刚刚让你探探宫中的动向，恰巧赶上裕谦王进宫，我几乎将裕谦王府给忘了。明里裕谦王府丢了嫡孙，事关重大，四处查找孩子下落，让人很自然地觉得有些事情裕谦王府自顾不暇，该无力参与到其他事情当中才是，偏偏……"

"小姐，您是说，京中近来的变故，有裕谦王府在背后密谋？"侍画小声说。

"不是主谋，也有推波助澜之嫌。"谢芳华的目光冷了下来，"你去找玉灼，让他寻到秦铮，将此事知会秦铮一声。至于宫中的事情，就算是关起门来说话，我们查不到不代表秦铮查不到，他可是在宫中长大的。"

"奴婢这就去。"侍画闻言，连忙转身出了房门。

不多时，玉灼便出了落梅居。

谢芳华又闭目养神片刻，忽然对外面喊："侍墨。"

"小姐。"侍墨应声走了进来。

"你去查查李沐清最近在做什么。"谢芳华吩咐。

"是。"侍墨转身去了。

片刻后，侍墨回来禀告道："小姐，那日从西山军营回来后，右相府的李公子和小王爷一起去了一趟孙太医府和刑部。后来，您为了金燕郡主和燕小郡主出京了，得知您出事，小王爷将手头的事儿都丢给李公子了。这些日子，李公子忙着彻查那些案子呢，不过似乎没有收获。今日，小王爷在刑部，他在大理寺。"

"李如碧呢？"谢芳华又问。

"李小姐从宫中回府后便闭门不出，再未露面，和右相夫人一起礼佛呢。"侍墨道。

谢芳华点点头，对她摆摆手。

侍墨退出了房间。

半个时辰后，玉灼从外面回了府，来到窗下小声说："表嫂，我见到了表哥，他说知晓了，让您好好养着，别操心。"

谢芳华嗯了一声："只说了这些，再没说别的？"

玉灼挠挠脑袋："他正在忙，听我说了之后，只点点头说知道了，再没说别的。"

谢芳华不再言声。

玉灼离开窗前，去做自己的事情了。

又过一个时辰，英亲王妃从外面回来，匆匆进了落梅居，见到谢芳华后，她脸色极差地道："裕谦王妃不对劲。丢了孩子没找到，身为祖母，不是该茶饭不思、日渐消瘦，她还有心学插花吗？然而我去时正巧赶上裕谦王妃在学插花。有这等闲心，若不是她没心没肺、冷血无情，就是孩子根本没丢，不知道背后有什么阴谋。"

听了英亲王妃的话，谢芳华道："果然。"

英亲王妃一怔，看着她："华丫头，你可是知道什么了？"

谢芳华伸手拉英亲王妃坐下，对她说："娘，我只是觉得京中发生这么多事儿，背后和裕谦王府定然脱不开关系。您想，裕谦王丢了孙子，不只找了皇上、英亲王府、忠勇侯府，还找了京中其他府邸，各方势力在前一段时间都有动作。随便糊弄他也罢，是真有交情帮他找孩子也罢，总归是都活动了，还牵扯上了京城内外的势力。在这之后便出现了一系列刺杀案，而他丢了子嗣反而容易被人忽视这其中的关联，也许丢了孩子是在混淆视听。"

"好个裕谦王府！"英亲王妃一拍茶几，恼怒地道，"他们是要干什么？搅乱南秦江山吗？"

"如今也只是我的猜测，还作不得准，娘您也少安毋躁。"谢芳华轻声道，"我已经将这件事情命人知会秦铮了，他应该有主意。"

英亲王妃闻言压下火气，拍拍她的手："裕谦王是因太子进的京，若他真与背后之人有牵扯，不知太子知不知道。若是太子授意，那么……"她说到这，住了口，满目忧色。

谢芳华笑了笑："太子若是拿南秦江山来开玩笑，也就不配为君了。"

英亲王妃点点头。

"裕谦王也姓秦，也是南秦宗室。"谢芳华又道，"秦钰用裕谦王，他又怎么会不知这是一把双刃剑？"顿了顿，她问，"娘可知道，当年为何裕谦王的封地在岭南？"

"这个我知道。"英亲王妃道，"当年王爷因为脚跛，无权继承皇位，众位皇子争相拉拢太后和王爷。当今皇上聪敏好学、才华满腹，与谢世子齐名。皇室里出来这么一位皇子，他就算不争也会成为众皇子的眼中钉。德慈太后在众皇子中选中了当今皇上，皇上还是经过了明里暗里的拼杀，才终于登上皇位。"

谢芳华点点头，这些她知晓。

"当年皇室兄弟众多，那一场夺位之争后，死的死，伤的伤，发配的发配，最后唯有裕谦王留下也是有原因的——他并未参与争夺皇位，还主动交出手里的东西，明哲保身。"英亲王妃道，"若是依照太后的意思，裕谦王也不能留，但是王爷性慈，觉得其他兄弟都下场惨烈，若是连不喜纷争只求自保的裕谦王都不放过的话，只会给皇上留下薄恩寡德之名，受千载诟病。皇上觉得有理，遂将裕谦王留了下来，封地设在了岭南。"

谢芳华颔首。

"这么多年来，裕谦王一直在岭南，太后也在归天前下了懿旨，让裕谦王不必进京参加葬礼。"英亲王妃道，"所以四年前裕谦王才没回来。直到今年，皇上借着王爷寿辰将裕谦王调进了京城，据说是秦钰的意思。这是皇上登基后的多年来裕谦王第一次进京。"

"岭南其实是个天高皇帝远的地方。"谢芳华道，"而且据我所知，岭南人才辈出。"

英亲王妃看着她："华丫头，你是说裕谦王有不臣之心？"

"这要问太子了。"谢芳华摇摇头，"太子既然敢用他，必定有敢用的道理。"

英亲王妃叹了口气，揉揉眉心："不说这些了，你快歇着吧。说了不让你烦心，我却一有事情就想先找你商量。"

谢芳华笑着摇头："无碍的。"

英亲王妃拍拍她，站起身，又嘱咐了两句，才出了落梅居。

谢芳华又坐了片刻才躺回床上，不多时便睡着了。

不知睡了多久，感觉脸上有东西，她挥手扒拉开，然而不多时那东西又在她的眉眼处乱动，她伸手一把抓住，睁开了眼睛。

入眼处，一根手指被她抓在手里，她慢慢偏头，便看到秦铮懒洋洋地坐在床边，正似笑非笑地瞅着她："醒了？"

谢芳华眨了眨眼睛，抓着他的手指晃了晃："你什么时候回来的？"

"半个时辰了！"秦铮看着她，"我看天都黑了，你一直不醒，生怕你睡到明天早上，只能喊醒你了。"

谢芳华慢慢坐起身，见屋中已经掌了灯，外面漆黑一片："什么时辰了？"

"戌时了。"秦铮道。

谢芳华吓了一跳："这么晚了吗？我睡了半日？"

秦铮轻笑："似乎是。"

谢芳华松开他的手指，又懒洋洋地躺回去："难得睡个无梦的好觉。"

"还想睡？"秦铮看着她。

谢芳华打了个哈欠，嗯了一声。

秦铮伸手拽她："不准睡了，起来用晚饭。李沐清的庄子送了他几尾黄花鱼，他知道你最近身子不大妥当，派人送了过来，我让厨房做了。"

"黄花鱼啊！"谢芳华立即坐了起来。

"他倒是晓得你的某些爱好！"秦铮弹了一下她的脑门，有些吃醋地站起身，下了床。

谢芳华揉揉头，让自己清醒了些，跟着他跳下床："今日有什么收获？"

"没什么收获。"秦铮坐在桌前，倒了一杯茶递给她。

谢芳华看着他。他出去一天，怎么可能没有收获，只是不想跟她说罢了。她扁扁嘴，端起茶水来喝。他不说，她也不再问了。

不多时，侍画、侍墨端来晚饭。

谢芳华见菜里果然有黄花鱼，拿起筷子，笑着说："黄花鱼产于东海，李沐清的庄子竟然能弄到这种鱼，看来是有人去过东海了。"

秦铮挑了挑眉："送鱼时，他说他有一家水产铺子，专门在东海沿线进行捕捞，你若是有什么需要只管找他求助。"

谢芳华失笑："看来爷爷、舅舅、林溪哥哥去东海的消息传开了。"

秦铮不置可否。

"既然他都如此说了，我还真有点儿事情找他帮忙。"谢芳华想了想，"明日让他来咱们府上一趟吧，我当面与他说。"

"不行。"秦铮断然道，"你找他做什么？我帮你传话。"

谢芳华抬头看他。

秦铮微微哼了一声："免得他没安好心。"

谢芳华好笑："那劳烦夫君告诉李公子，若是他海船多的话，借我十艘。"

秦铮挑眉："你要这么多海船做什么？"

谢芳华故作神秘地道："护送爷爷出海啊，我自己虽然备了两艘，但怎么够？"

"行，明日我告诉他。"秦铮应允。

二人又闲话几句，便专心地吃晚膳。

晚膳后，秦铮有些疲乏地坐在椅子上，谢芳华吩咐人撤走了桌子上的残羹后，站起身，走到秦铮身后伸手帮他按肩捶背。

秦铮分外享受地道："爷本来想着娶回来一位姑奶奶，需要我伺候，没想到意外收获颇多。如此看来，是贤内助了。"

谢芳华听他如此说，猛地捶了他一下。

秦铮嗞了一声，嘟囔："不禁夸。"

谢芳华好笑，动作立刻放柔。

过了片刻，秦铮竟然坐在椅子上睡着了。

谢芳华慢慢地放下手，静静地看着他。他这些日子该有多累，总是这样很快就睡着了……

她认识的秦铮，应该是少年风流，纵马扬鞭，潇洒肆意，不该是这样背负着朝中责任，头上被压了一件又一件事情，仿佛被磨平了少年的肆意，让人感觉分外沉重。

她看了他片刻，想喊醒他，却又觉得他好不容易睡着，不忍将他喊醒，想来想去还是决定让他先睡一会儿。

她转身走到窗前，静静地看着窗外的夜色。

不多时，侍画在门口轻声道："小姐。"

谢芳华转身走了出去，打开房门看着她："何事？"

"言宸公子的信。"侍画伸手递上一封信。

谢芳华伸手接过，慢慢打开信封，里面掉出一张信笺，落在了地上。她弯身捡起那张信笺，只见上面写着一行字，落款是秦钰。

她看罢蹙眉，将信笺收起，又去看言宸的来信，信中同样只有寥寥几句话。

谢芳华看完，面色凝重。

"小姐，是不是有事情？"侍画低声问。

谢芳华点点头："临安城的确发生了瘟疫，已经开始死人了。"

侍画一惊，面色大变："那侯爷？"

"哥哥暂且无事。"谢芳华抿唇，"瘟疫一旦起来，一人之力怕是难以控制住。"顿了顿，她又道，"更何况言宸是北齐小国舅的身份似乎已经泄露，若是有人趁着瘟疫拿来做文章的话，后果可想而知。"

"那怎么办？"侍画轻声询问，"难道小姐要亲自去临安城？您的身体刚刚好了一点……"

"既然真是瘟疫，即便我身体不适，也不得不去。"谢芳华将信笺收起，对侍画说，"你去准备吧，我和秦铮商量一番便启程。"

"是！"侍画退了下去。

谢芳华回到房间，见秦铮已经醒来，正向门口看来，显然是被刚刚她和侍画说话吵醒的，她将手中的信笺递给他："临安大水后暴发了瘟疫。"

秦铮挑眉，伸手接过信笺。

谢芳华坐在他旁边，等着他看完信笺再说话。

秦铮看罢，眉头皱起："秦钰在临安，大舅兄在临安，言宸在临安，初迟在临安，他们几人都在临安，难道控制不住瘟疫？"

谢芳华道："言宸毕竟是北齐小国舅，身份不便。"

"有太子殿下在，难道还镇不住区区流言？"秦铮冷哼，"秦钰真是越来越废物了！"

谢芳华看着他："哥哥和妹妹都在临安，咱们不能不管。瘟疫不可小视，自古就有瘟疫能毁一座城池的记载，瘟疫万一失去控制，后果不堪设想。况且临安到底是个什么情况，我觉得我应该去看看。"顿了顿，她又道，"另外，我也有一件事情想与你商议。"

"嗯？"秦铮看着她，"还有事情？"

谢芳华抿了抿唇："我本来也打算养个几日之后出一趟远门，如今既然临安瘟疫，我就提前出去吧。"

秦铮眯了眯眼睛。

"持奉已经撂下话，我不交出魅族的秘术孤本，便要我好看，要忠勇侯府好看，要谢氏好看。如今我秘密地将爷爷、舅舅、林溪哥哥送走，可是这个消息迟早会散播出去，那么沿途定然有人截杀他们。虽然我都做了安排，但是不离京亲自去看看情况，终归不放心。"谢芳华道，"总要出去看看。"

秦铮立即道："不准。"

谢芳华看着他，低声说："秦铮，我这一日想了又想，我被你保护在落梅居内，的确平静无忧，但是我不可能心安理得地待在你的保护伞下。我的心愿就是护住忠勇侯府，护住谢氏，护住亲近之人。如今朝局动荡，京城内外不得安宁，环境一日不安，我的心就一日不会安。俗话说心病还须心药医。我既然找到了些苗头，就断然不能放过。"

秦铮皱眉看着她："爷爷、舅舅、林溪兄虽然是你安排派人护送离开的，但我也另外做了安排，你放心，他们不会有事。另外，关于临安，秦钰若是连一城的瘟疫都控制不好，那么这皇位他以后如何坐得稳？你只管好好地在府中养着。"

谢芳华伸手抓他的手："我保证我会完好无损地回来。"

"那也不行！"秦铮断然道。

谢芳华看着他："今日你早上离开时，嘱咐了喜顺，说有事情或有什么人找我，都不许瞒我，如今你这又是做什么？"

"谢芳华，上次金燕在丽云庵，我准你去了，可是给我传回来的消息是什么？是丽云庵遭遇山体滑坡，你出了事！你可懂得，我在悬崖下找到你时，那种失而复得的心情？"秦铮看着她，"你当时拽着谢云澜落下悬崖，我听你说起经过时，你可知我有多心痛？你昏迷不醒人事不知却喊着谢云澜的名字时，你可知我有多难受？如今临安瘟疫，有秦钰在，有大舅兄在，尤其有言宸和初迟这两个医术高超的人在，你还担心什么？"

谢芳华猛地抬头，看着他。

"或许你根本就是想借此机会出府？你知道有人在找你，你想只身引出背后之人。那么，你可知道其中的凶险？你置我于何地？"秦铮道，"我是否会担惊受怕、茶饭不思、寝食难安，你都不考虑吗？"

　　谢芳华张了张口，一时无言。

　　秦铮伸手去摸她的脸："我等了多年，盼你回京，又千方百计将你困在王府，就为了得到你的心，之后又不惜付出惨重的代价，就为了娶你。我们刚大婚几日，便接连出了这么多事。你好好想想，到现在，我们可有一日安稳过？"

　　谢芳华抿唇。

　　"你知道我为何要射你那三箭吗？"秦铮忽然问。

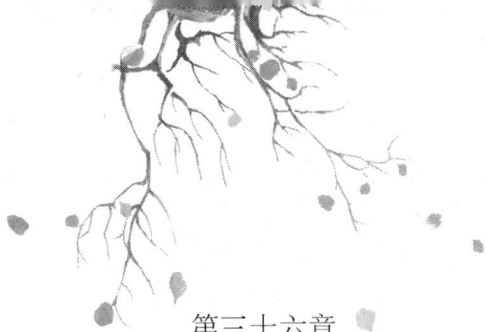

第三十六章
# 誓死不娶

谢芳华看着他。

秦铮的目光定在她的眉眼上，他看了她片刻，道："你一直感觉，从那一日起我变了，射了你三箭后，我落下了心结。没错，我是落下了心结，但是，你如今是否还不明白我为何要射你三箭？"话音刚落，他忽然轻声道，"谢芳华，你可能想了很多理由，但你可想过，在那一刻，我是想放弃你的？"

谢芳华腾地站了起来，难以置信地看着秦铮："你……你说什么？"

秦铮目光幽幽，平静中透着沉痛和苍凉："就是射你那三箭时，我是想放弃你的。"

"你……"谢芳华看着他，好半晌才开口，"为……什么？"

秦铮忽然笑了："为了成全你和谢云澜。"

谢芳华面色大变："云澜哥哥他只是我的……"

"他只是你比亲哥哥还亲的哥哥吗？"秦铮接过话，冷笑，"真是这样吗？若是这样的话，你为何会心心念念都是他？"

谢芳华急急地道："那是因为我有前世的记忆，已经与你说过了，记忆太深，以至于……"

"记忆太深，以至于到了今世，这一辈子，你都抛不开记忆吗？以至于，你要刻骨铭心地记住他吗？"秦铮接过话，语气忽然凌厉起来，"那我呢？我是什么？"

"你自然是不同的。"谢芳华立即道。

秦铮惨笑："我不同？"顿了顿，他笑出声，挑眉，"和他相比，我哪里不同了？是因为你喜欢我吗？难道你不喜欢他？不，或者不能说喜欢，要说爱。你对我的是爱，对他的就不是吗？若是爱有个深浅之分，你自己来分分，你对他是记在心底深处的，那你对我的爱有多深？能撼动他在你心里的地位分毫吗？”

谢芳华踉跄了一步，眼圈发红："秦铮，你怎么能这样对比？"

"那你说，我该怎样对比？你爱我，嫁给我，我已觉得上天厚待我，对上天感激无比。你既然选择了我，那么这一生就应该是认定我了。"秦铮看着她，"可是呢，大婚后你心心念念的却还不是我。你心里装的东西太多了，我这个夫君在你心里能占多大的地方？你自己说！"

谢芳华忽然背转身子，哽咽地道："秦铮，你说我心里装的东西多，但你呢？难道你心里装的东西就不多吗？你敢说你全心全意只爱我一人？"

"我敢说！"秦铮断然道。

谢芳华忽然伸手抹去眼泪，冷声说："你的爱有多重？前世和今生不同吗？"

秦铮一怔，看着她。

谢芳华猛地转过身："你对我说，我们前世怎么可能不认识。你说对了，我们前世的确认识，但是前世云澜哥哥焚心发作而死，我则守在他床前血尽而死，这般结局，你当是为何？"

秦铮皱眉。

"你以为我近来忧思过甚，劳心伤脾是为何？是我脑中不停地窜出的前世画面一直困扰着我，难以理顺、难以想通。但是这两日静下心来，我还是想通了一些事情。"谢芳华看着他，"前世我们自然认识，不止认识，前世的我们与今生的我们关系并没有多少不同。"

秦铮挑眉。

"秦铮，你是英亲王府的小王爷，我是忠勇侯府的嫡出小姐，我俩是德慈太后在世时懿旨定下的姻缘。"谢芳华看着他，"我及笄后，一直在府中待嫁，等着你来娶我，可是后来我等到的是什么，你可知道？"

秦铮看着她，静听她说下去。

"我等来的是忠勇侯府被灭门，谢氏被诛九族，爷爷、哥哥身死，白骨成山，血流成河。"谢芳华泪流满面，"我被云澜哥哥所救，苟且偷生。然而在杳无人迹的深山里，我也能感受到南秦京城传来的喜乐。你可知那喜乐是什么？"

秦铮不语。

谢芳华大声道："是你小王爷另有所娶，十里红妆，大婚的喜乐！"

秦铮立即道："怎么可能？"

谢芳华惨笑："怎么可能？"她后退了一步，"我也觉得不可能。"顿了顿，她看着秦铮，轻声说，"铮小王爷，可这就是事实啊。"

秦铮断然道："不可能！"

"想知道你娶的人是谁吗？"谢芳华看着他，幽幽地问。

秦铮冷声道："不要胡言乱语！"

谢芳华扯了扯嘴角："是李如碧，右相府的小姐李如碧，李沐清的妹妹，右相的女儿。前世似乎她也是先许给了秦钰，可是后来娶她的人是你。这一世我虽然嫁给你了，但是从南秦京城最近出现了这么多事来看，与前世也没多少不同。前一世谢氏和忠勇侯府被灭门前，我记得京中就出现了很多大案子。后来，牵扯来，牵扯去，却牵扯到了忠勇侯府身上。谢氏一朝被诛尽，情况何等惨烈？我与你那时是已经订婚，如今是已经大婚，但是，历史重来一次，也许小处有些许偏差，但终究是一样的结局。"

秦铮大怒："你胡说什么？我秦铮说一是一，说二是二，只要是认定的人，就算是天皇老子想拆散，也是不可能的！既然答应了皇祖母订下的婚约，我自然不会弃你另娶。哪怕忠勇侯府被灭，我也会娶你，怎么可能去娶李如碧？"

"我也不想相信的。"谢芳华闭了闭眼，泪流不止，"所以在想起的那一刻，我才昏迷过去，人事不知。在昏迷的那夜，无数画面在我脑海中乱窜。你说我对云澜哥哥刻骨铭心，难以忘记，也算说对了，可是秦铮，前一世尽管我守在床前，眼睁睁看着云澜哥哥死去，我也没有以身救他，只陪他血尽而死，这是为什么？是因为你，因为我爱的人是你！"

秦铮倒退了一步。

"这两日我一直在想，上一世的无数画面表明，铮小王爷对我的爱重丝毫不比这一世少，后来为何却弃我另娶？我百思不得其解。"谢芳华睁开眼睛，看着他，"反复想了两日，我终于明白了。"

"你明白了什么？"秦铮的脸色有些难看。

"我明白了在铮小王爷心里，女人再爱，也是轻于江山的。"谢芳华看着他，"你自小在宫里长大，先皇和德慈太后情深意重，对你这个嫡系的亲孙子自然爱重有加，大力培养。比之秦钰，给你灌输的不惜一切也要守护南秦江山的责任感肯定更多，正如对英亲王。"

秦铮不言语，看着她。

"前一世应该和今世一样，不是南秦皇室想要忠勇侯府九族的命，而是背后另有极其厉害的人。也许是如今已经露出些许苗头的隐山隐卫宗师，也许另有其人，总之，南秦皇室已经掌控不住这个天下了。在谢氏和南秦江山的抉择中，你定然选择南秦江山，因为这是你秦家祖辈传下来的基业。后来谢氏被诛九族，南秦虽然国力衰退，但好在保住了江山。这里面有你铮小王爷的功劳。"谢芳华道，"你舍我、舍忠勇侯府，而救南秦皇室、救南秦江山，这份担当，的确不枉先皇和德慈太后对你的教导和喜爱。"

"你冷静一下,这是你的猜测,不是事实。"秦铮沉声道。

谢芳华忽然恼怒起来,伸手拿起桌子上的杯子,猛地摔在地上:"秦铮,你让我如何冷静?!我本不想过早地将事情摊开,可是你今日偏要起头对我说那些话。那好,摊开就摊开。我知道你对我近来忧思过多已经难以忍受,我对我自己也忍受不了了!"

杯子啪的一声落在了地上,摔成数块。

秦铮面色大变,上前一步,伸手去拽她:"我本意只是想让你好好待在家里养身子,并没有不能忍受你,我是心疼——"

"收起你的心疼!"谢芳华反手打开他的手,冷笑着看着他,"秦铮,你很累吧?很疲乏吧?为了娶我,耗尽心力吧?如今肩上搁着诸多负担吧?你说你曾经射我那三箭是想要放弃我,将我推给云澜哥哥,可是权衡之后还是决定娶我,也是因为我发现自己爱上了你、放不下你,决意要嫁给你吧?你娶我之前就一直很辛苦,娶我之后更是步步艰辛,我就是扫把星,只会让你寝食难安,你这又是何必呢?"

秦铮恼怒地道:"少胡言乱语!我有些话是气话,并不是——"

谢芳华猛地挥手:"你住口!"

秦铮立即住了口。

谢芳华脸色冰寒地看着他:"秦铮,我两世竟然都爱上了你,而我两世想必都让你筋疲力尽、痛苦不堪。若是没有我谢芳华,你秦铮自当活得好好的,也不必如此辛苦。"

秦铮抿紧嘴角:"你到底想要说什么?"

"我想说的是,没有了谢芳华,你秦铮自然会过得好好的。"谢芳华看着他,"南秦江山是你的责任,我和忠勇侯府一旦牵扯进去,就是你的负担。既然早晚有一日会步入历史的轨道,如今弄得这般痛苦又是何必?"

秦铮盯着她:"你是想……离开我?"

"我不能不管忠勇侯府,不能忘记云澜哥哥。你有你的责任,我有我的坚持。也许应了那句话,道不同不相为谋。"谢芳华看着他,"秦铮,你有多爱我,爱到能经受住南秦江山倒塌?我有多爱你,爱到能经受住忠勇侯府及至亲覆灭?如今细细想来是我错了,我不该坚持嫁你,可是,那时我还没恢复记忆,如今……就这样吧!"

"什么就这样?"秦铮伸手去抓她。

谢芳华已经先他一步出手。她用的是极其奇异的手法,只见一缕青烟将秦铮捆住,他竟动弹不得。她看着他陡变的脸,低声道:"秦铮,我多想与你就这样平静相守,可是你我终究情深缘浅。我走了,你珍重。"

"你站住!"秦铮的眼睛已经红了,又急又怒,"你用的是什么武功?"

谢芳华慢慢转过身，轻声道："是魅族秘术。你的武功虽然高于我，但是不懂魅族秘术，自然不是我的对手。"

"你将爷爷、舅舅、林溪兄甚至福婶都秘密送走，是为了离开京城、离开我？这两日，你就是在做这个准备？"秦铮忽然道。

谢芳华点点头，满目伤色："是啊，那日我醒来记起了太多事，便有了主张。"顿了顿，她转过身，向外走去，同时轻声道，"秦铮，我会派人安排好，请皇上下旨，令你给我一封休书。反正我也未曾入你秦氏族谱，休妻与赐婚一样，都是一道圣旨的事，简单得很。"

"我不准！"秦铮看着谢芳华出了房门，珠帘随着她的走出轻轻作响，他大喊。

谢芳华仿佛没听到，头也不回出了画堂，她来到门口，轻喊："侍画。"

"小姐！"侍画应声出现。

"都准备好了吗？"谢芳华问。

侍画向里面看了一眼，慢慢地点了点头。

"既然准备好了，现在就启程。"谢芳华说着，迈出了门槛。

"小姐，您和小王爷……"侍画提脚跟上她，担忧地轻声问。

刚刚屋里的动静，她隐隐听到了些。

"他会给我一封休书。"谢芳华声音微凉，"以后我们再没关系，除了必要的事情，不要在我面前提他。"

侍画面色一变，脱口惊呼："小姐？"

谢芳华不再说话，似乎一刻也不想留，脚步匆匆地出了落梅居。

她走到落梅居门口时，秦铮又大喊了一声，声音撕心裂肺："谢芳华，你给我站住！"

谢芳华回头看了一眼，轻轻抬手，一缕淡青的烟雾顺着窗子的缝隙飘进了房间。

秦铮的声音堪堪噎在喉咙里，再也发不出。他拼命挣扎，可是无论他如何用力都无法挣脱，那缕细细的青烟将他捆住，让他动弹不得。

他一时急红了眼，怒火攻心，身子砰的一声栽到了地上。

他倒下的身子恰巧撞到了桌椅，桌椅随之被打翻，发出剧烈的声响。

侍画吓了一跳，立即道："小姐，小王爷他……"

谢芳华面无表情，转身出了落梅居。

侍画还想再说，但见谢芳华拿定了主意，她回身看向身后跟着的侍墨等人。侍墨对她摇摇头，示意她听小姐的，她只能住了口，跟随谢芳华匆匆出了落梅居。

玉灼和林七闻声跑出来便看到了谢芳华离开的身影，二人对看一眼，感觉不对劲，连忙向正屋跑去。

来到正屋，只见桌子打翻，秦铮不省人事地倒在地上。

473

二人连忙上前，一个喊"表哥"，一个喊"小王爷"，喊了半晌，秦铮依然无声无息。

"你先守着表哥，我去追表嫂。"玉灼对林七吩咐了一句，匆匆跑了出去。

他追出落梅居，追到英亲王府门口，追上了正要上马的谢芳华，气喘吁吁地拦在她的马前："表嫂，我表哥栽倒在了地上，不省人事。你……你们……"

谢芳华看着他，语气平静："他只是暂且昏过去了，应该出不了大事，你若是不放心可以去太医院请太医过府给他看。"

"表嫂，那你……你这是要去哪里？"玉灼虽然年纪小，但是也感觉到情况不妙。

"我要赶去临安城。"谢芳华翻身上马，端坐在马上，扫了一眼英亲王府的朱红大门和烫金牌匾，对他道，"你既然来了，正好帮我给王妃传句话，就说我与秦铮情深缘浅，能做她几日的儿媳妇，是我几辈子修来的福分。皇上的圣旨休书很快会传到英亲王府，圣旨休书一旦下达，请王妃不必阻拦，我心意已决。"

玉灼一听，吓得脸都白了："休……休书？"

谢芳华不再多言，双腿一夹马腹，身下的坐骑四蹄扬起，离开了英亲王府门口。

侍画、侍墨、品竹、品萱等八人一人一骑，跟随在她身后。

沿街响起一连串马蹄声，嗒嗒作响，在夜里分外清晰。

玉灼大喊了一声"表嫂"，可是谢芳华头也不回，转眼就离开了这条街道，向城门方向远去。他顿时手足无措，焦急地抓住一名守门的人喊："快去请太医！"

那人也知道发生了大事，连忙点头，向太医院跑去。

玉灼撒腿就往正院跑去。

落梅居和英亲王府的大门口因为谢芳华的离开闹出了不小的动静，正院内的英亲王和英亲王妃自然得到了消息，本来打算歇下的二人匆匆起身，出了房间。

英亲王妃打开门，喊春兰："快去问问，出了什么事？"

春兰应声，刚走几步便见玉灼气喘吁吁地跑着来到正院，见到英亲王妃，立即喊："王妃，快去看看吧，不好了"

"怎么不好了？你慢慢说。"英亲王妃立即问。

玉灼喘了口气，连忙将秦铮晕倒在房间，他追出去，谢芳华让他传的那一番话叙述了一遍。

英亲王妃听罢，身子晃了晃，脸色发白："什么？皇上会下旨休妻？这是为何？华丫头……她真这样说？出了什么事？"

玉灼摇摇头，他也不知道出了什么事，只说："我和林七在院外，隐约听到屋内表哥和表嫂不知因何事起了争执，之后表哥晕厥，表嫂带着她的婢女离开了。"

"快，命人去追华丫头！"英亲王妃立即道。

"王妃，奴婢觉得，还是先把小王爷救醒问问情况吧。小王爷都没拦住小王妃，我们派何人去拦？难道王妃亲自去追不成？"春兰也惊了一跳，听说秦铮晕厥了，她自小看着秦铮长大，自然心疼，连忙说。

"我去追也无不可！"英亲王妃提着裙摆向外走去，一边走一边急声道，"备马，我去追！"

英亲王随后跟了出来，一把拽住英亲王妃："你先别急。春兰说得对，先救醒秦铮，看看什么情况再说。"

"王爷，华丫头喜欢铮儿，我身为女人更能感同身受。铮儿射了她三箭，她还执意要嫁给他，这份爱重普天下试问有哪个女子能做到？现在闹成这样，一定是出了什么事。她今日一直好好的，不会无缘无故说出这样一番话然后离开。"英亲王妃打开英亲王的手，"你就留在府中，赶紧找太医救醒铮儿。我带着人去追华丫头，再晚的话，她出了城，天这么黑了，万一出什么事可怎么办？"

"还是本王去追吧。"英亲王闻言，立即道。

"华丫头与我亲近，你追去，她就算有事也不会与你说，还是我去吧。"英亲王妃说着，匆匆出了正院，同时吩咐人："快备马，将马厩里最快的那匹冬青牵出来。"

"是！"喜顺闻声赶来，连忙去了。

春兰是英亲王妃的贴身伺候之人，见王妃执意要追去，她连忙跟了出去，同时嘱咐英亲王："王爷，您现在赶快去落梅居。小王爷的身体也一直不好，您问清楚事情就好，可千万别对小王爷发火！"

"本王知道了，你照顾好王妃！"英亲王摆摆手。

春兰点头，连忙去了。

不多时，英亲王妃骑着最快的马出了府，一队府兵跟在她身后随扈，向城门方向追去。

英亲王府的动静闹得太大，没多少时间各个府邸便得到了消息。

一时间，很多人都疑惑不解，不知道英亲王府出了什么事，谢芳华和秦铮出了什么事。

太医不多时便被请来了英亲王府，进了大门后连喘息的工夫都没有便被急急地拽去了落梅居。

林七此时已经将秦铮放在了床上，见英亲王和太医前后脚来到，他白着脸让开："无论我怎么喊小王爷，小王爷就是不醒。"

"太医快给他看看！"英亲王道。

这名太医今日在太医院当值，急急忙忙被请来，如今见秦铮昏迷不醒，连忙上前为他把脉。

片刻后，他长舒了一口气，对英亲王拱手："回王爷，小王爷这是急火攻心，导致一时昏迷，有些损伤，并无大碍。"

　　英亲王松了一口气："他何时会醒来？"

　　太医道："扎一针便可苏醒。就看王爷的了，王爷若是不急，想要小王爷慢慢醒，两三个时辰之后，他应该会自己醒来。王爷若是着急，那么下官扎一针，一炷香的工夫，小王爷就可醒来。"

　　"那你就扎一针，让他快些醒来。"英亲王道。

　　那太医点点头，拿过药箱取出针，在秦铮的穴道上施针。

　　"这针对他的身体无损吧？"英亲王问。

　　太医摇摇头："无损，王爷大可放心。"顿了顿，他又道，"不过臣给小王爷号脉，发现他内伤未愈，又添心伤，形势不太好。一定要爱惜身体，好好调养，切不可疏忽大意，否则易成大害啊。"

　　英亲王闻言颔首，脸色不大好。

　　林七在一旁听着，大气也不敢出。

　　一炷香后，秦铮果然睁开了眼睛。

　　"醒了，小王爷醒了！"太医拔掉他穴道上的针，对秦铮道，"小王爷有哪里不适吗？"

　　秦铮刚睁开眼睛时，目光清亮，然而扫了一眼，看到英亲王、太医、林七以及地上倒翻的桌椅时，他似乎想起了什么，一瞬间目光灰了，像是蒙上了一层乌云。

　　"想来没有不适了，劳烦你了。"英亲王对太医道。

　　太医也知道应该是英亲王府发生了什么事，既然救醒了人，再待下去多有不便，便顺势告辞："不劳烦，下官告辞了。"

　　"林七，送太医出府，厚赏。"英亲王对林七吩咐道。

　　林七应了一声，连忙拿了重金送太医出府，那太医推辞了一番，还是收下了，然后出了落梅居。

　　屋中只剩下英亲王和秦铮时，英亲王看着秦铮道："到底是怎么回事？华丫头为何急急出府，连夜离京？"

　　秦铮一言不发。

　　英亲王微怒："你到底做了什么？上一次你射她三箭，如今又做了什么伤了她的心？既然辛苦筹谋将人娶了回来，为何不好好爱她？"

　　秦铮闭上眼睛，不吭声。

　　"你倒是说话啊！"英亲王看着他的样子，又急又恼，"你娘已经追出去了，她骑的是冬青，不知是否能追上。"

　　秦铮仍旧一言不发。

476

英亲王盯着他又问了几句，见他依旧不开口，英亲王拿他没法子，只能恼怒地道："你也不小了，有什么事情不能好好说，偏生要折腾成这副样子？你们大婚何其不易，早先不是好好的吗？如今这又是做什么？"

秦铮忽然咳嗽一声，身子一偏，一口血吐到了床沿上。

英亲王大惊，喊了一声："秦铮！"

秦铮慢慢睁开眼睛，眼中全不见光亮，灰蒙蒙的一片，他抬头看着英亲王，哑着嗓子说："爹，我誓死不娶李如碧！"

英亲王看着他喷出一大口血，将床沿、地面都染红了，这时又听到他的话，顿时惊异不已："你……你说什么？李如碧？右相府的小姐？她怎么了？"

秦铮看着他，又重复了一遍："我誓死不娶李如碧！"

英亲王有些糊涂："这关李如碧什么事？是谁让你娶她的？她不是许给秦钰了吗？难道这中间出了什么事情不成？"

秦铮又道："我誓死不娶李如碧！"

英亲王看着他。英亲王从来不曾见过秦铮这副样子，哪怕是射了谢芳华三箭，他也只是把自己关在屋子里，任由自己昏迷不醒，醒来后，整个人冷了一些沉寂了一些罢了。这个儿子的性情自小就与常人不同，肆意张扬，这般模样他是真的没见过。

他整个人气息灰暗，似乎被抽干了精神，有些脆弱，让他这个做父亲的有心想要责备他也说不出口。

英亲王叹息一声，软了口气："到底出了什么事情？是皇上还是太子，还是别的什么人？"

秦铮的目光寻不到焦点，他看上去毫无神采，更不答英亲王的话。

英亲王站在床前看着他的模样，只能干着急。

过了片刻，外面忽然传来一声高喊："圣旨到！"

英亲王一惊。深更半夜，这时候竟然来了圣旨？他转头看着秦铮。

秦铮忽然想起什么，腾地从床上坐了起来，跳下床提脚向外走去。

"铮儿！"英亲王喊了一声。

秦铮脚步不停，头也不回，转眼便冲出了落梅居。

英亲王只能随后急急跟出。

夜风刮过，吹乱了秦铮的头发，吹干了他嘴角和胸前的鲜血。

他冲到大门口，果然见吴权拿着圣旨站在那里。

吴权乍一见到秦铮，吓了一跳，怀疑自己看花了眼："小王爷？"

秦铮脸色森寒，死死地盯着他手里的圣旨问："什么圣旨？"

吴权看到他似乎眼光都能吃人的样子，吓得后退了一步，为难地说："是皇

477

上……给您的圣旨。"

"拿来我看！"秦铮伸手，示意他将圣旨递给自己。

"小王爷，圣旨……还没宣读。"吴权的手有些发颤。

"给我！"秦铮一把扯过圣旨。

吴权只能将圣旨给他，同时退了数步，离他远了些。

秦铮拿过圣旨，快速地打开看了一遍后，猛地抬头看着吴权，声音里带着冻死人的寒意："这真是皇叔下的圣旨？"

"回小王爷，这真是皇上下的圣旨。"吴权见英亲王随后赶来，像是看到了救星，苦着脸转移话题，"王爷，您……近来身体可好？"

英亲王走上前，尽量心平气和地对吴权问道："吴公公，是什么圣旨，这么晚还送过来？"

吴权看了秦铮一眼，一时不敢接话。

秦铮勃然大怒："皇叔当圣旨是什么？这么昏庸无道，朝令夕改！他说赐婚，下一道圣旨便赐婚了；他说让谁休妻，下一道圣旨便休妻了？就算是君王，天下哪有这般道理？我看皇叔是病得不轻。"

英亲王大惊，立即上前一步，去看秦铮手里的圣旨："什么？这是休妻的圣旨？"

秦铮不等英亲王看到，抬手就将圣旨撕了个粉碎，然后大喊："来人，牵马来！"

英亲王面色大变："铮儿，你要干什么？"

秦铮脸色如冰，吐出两个字："进宫。"

英亲王看着他一副要杀人的样子，知道阻拦不住，立即喊："来人，也给本王牵一匹马来！"

有人立即应声去了。

吴权小心翼翼地看着二人："小王爷和王爷……要进宫？"

秦铮目光凌厉地瞅了他一眼，忽然抬手猛地拍出一掌。

吴权被秦铮的掌风拍出老远，像是断了线的风筝，砰的一声撞到墙上，当场吐了一大口鲜血昏死过去。

跟随吴权一起来宣旨的小太监人人失色，腿都软了，扑通扑通地跪在了地上。

这时，有人牵来马。

秦铮看也不看那几名小太监一眼，翻身上马，马匹撒开蹄子，向皇宫而去。

英亲王随后上了马，但没秦铮快，生生被他落下了大半条街。

英亲王府和皇宫两处的动静使得整座京城一时间如泼了一瓢水的沸油锅。

消息如滚雪球一样滚开来，南秦京城各大府邸的人都震惊了。

秦铮纵马来到宫门口时，宫门紧闭，已经落锁。

"开宫门！"他勒住马缰，对守门的人高喊。

守卫宫门的人从宫墙上探出头，看了一眼秦铮。他森寒的脸色即便在夜里也极其醒目，周身的气息冷冽得如出鞘的剑，守卫顿时吓了一跳，将身子缩了回去，赶紧去禀告侍卫统领。

"开宫门！"秦铮又大喝。

不多时，侍卫统领从宫墙上探出头，连忙道："回小王爷，宫里已经落锁。皇上刚刚下了旨意，未来三日，免早朝，宫门不开，文武百官休假三日。"

"什么？"秦铮眯起眼睛。

那侍卫统领道："未来三日里，皇上闭宫门，不见任何人。"

秦铮的脸色顿时如覆了一层霜雪："为何？"

"皇上身体不适。"侍卫统领道，"小王爷若是有什么事情，可交由在下传达。"

秦铮冷笑一声："皇叔身体不适吗？身体不适还有闲心管别人家的闲事？还有闲心下圣旨休书？"他说着，忽然拿过马前的弓箭，拉弓搭箭，对着那侍卫统领冷声警告，"开宫门，否则你就以身抵皇命吧！"

那侍卫统领面色大变，骇然地看着秦铮："小王爷，自古皇宫乃天子重地，就算您贵为小王爷，自小在宫里长大，也不能乱了君臣之道！在下死不足惜，可是小王爷难道要背上谋反的骂名？"

"谋反？"秦铮眯起眼睛，手中的箭忽然射了出去。

哧的一声，箭射中了宫墙上那名侍卫统领的左胸，侍卫统领应声倒下。

宫墙上的侍卫顿时个个骇然，惊惶地看着秦铮。

"给你们半盏茶的时间，立即开宫门，否则我不介意今天背上藐视皇权、血染宫门的罪名。"秦铮冷冽地道。

"小王爷，一……一盏茶，奴才这就去禀告皇上。"副统领颤着音说完一句话，立即下了宫墙，匆匆向皇帝的寝宫疾奔而去。

守卫宫墙的人这些年换了一批又一批，但是从来没有人敢得罪秦铮。秦铮历来是想进宫就进宫，想出宫就出宫，皇宫对别人来说是威严的重地，但是对他来说就跟他的家一样，皇权的威严在他眼里，从小到大，都如粪土一般。

所有人都深信，以秦铮今日这般气势，说血染宫门就一定会血染宫门。

以秦铮的箭术，若不是有心留了侍卫统领一命，他的箭射中的就不是左胸而是心口了。

第三十七章
# 昭告天下

不多时，英亲王纵马追来，见秦铮森寒着脸站在宫门口，他喊了一声："秦铮！"

秦铮偏头看了英亲王一眼，没说话。

"宫门既然落锁了，有什么事情，明日再说吧。"英亲王看着秦铮的样子，生怕他做出轰动天下的大事来。

"宫门要闭三日，我可等不了三日。"秦铮冷声道。

英亲王惊异地问道："宫门要闭三日？为何？"

"这就要问皇叔了，据说是他亲自下的旨意。"秦铮语气冰寒，"身体不适还能下圣旨休书。我倒要看看，皇叔的身体到底不适到什么地步了，以致这般昏庸无道！"

"铮儿！"英亲王闻言低喝，"祸从口出，不可如此说皇上。"

秦铮冷笑："他既然做了，还怕别人说？我不但要说，若是他今日不开宫门见我，我就血洗宫门！"

英亲王闻言大骇，脸都白了，催马上前一步，急急地道："不可如此！"

秦铮抿唇，不再说话，一副打定主意的样子，面色冷如冰封。

英亲王心里发急，对宫墙上的护卫道："本王要见皇上，快去通报！"

"回王爷，已经去通报了。"有侍卫连忙答道，"您和……小王爷稍等片刻。"

英亲王闻言收回视线，对秦铮道："你先冷静一下。这中间怕是有什么事情，皇上才会如此。否则他亲自下了赐婚圣旨，不是一道，而是两道，本就令人惊异，如今你们大婚才几日，他又这般下旨休妻，实在是太过儿戏，传扬出去，惊世骇俗。皇上一直在意史书评价，此举若是载入史册，后世评说实在不可预料。"

秦铮冷着脸不说话。

英亲王见他虽然不语，但看模样应该多少听进去了一些，遂不再言语。

一盏茶后，有人高喊："皇上吩咐，打开宫门，请王爷和小王爷进宫。"

圣旨一下达，宫门口的侍卫齐齐松了一口气，如逃过一劫般，连忙打开宫门。

随着宫门打开，秦铮也不下马，径直策马冲过了宫门。

英亲王大惊，刚要阻拦，秦铮已经进去了，他怕自己下马反而赶不及阻拦秦铮，无奈之下只能跟着策马冲过宫门。

秦铮径直来到皇帝寝宫前，翻身下马，扔了马鞭，冷着脸问守卫在宫门口的人："皇叔呢？可在殿内？"

"回小王爷，皇上在殿内。"有一人立即道。

秦铮大踏步冲了进去。

寝殿里弥漫着一股浓郁的药味，皇帝靠着靠枕半躺在明黄的帐子内，见秦铮来了，他看了秦铮一眼，面色发沉："你非要闯宫门见朕，可是为了圣旨之事？"

秦铮站在窗前，冷着脸看着他："是谁下圣旨说让我今生不准休妻的？这才几日，您就下圣旨休妻了？告诉我，这是怎么回事？"

皇帝冷哼一声，斜眼看着他，面上隐隐泛着怒意："你还问我是怎么回事？为何不问问你自己？你做了什么，让朕被逼着下了命你休妻的旨意？"

秦铮眯着眼睛："谁逼迫得了您？您不是九五之尊吗？圣旨当儿戏一般！"

"谁逼迫得了朕？"皇帝恼怒地一拍床板，"朕这个皇帝做得还不窝囊吗？朕是九五之尊吗？朕如今就是牢笼里待宰的羔羊，谁想威胁朕都威胁得了。朕的金口玉言有谁当真？你当真吗？你若是听命的话，今日就不会不顾朕关闭宫门的旨意，不惜血洗宫门也要硬闯了！"

秦铮脸色阴沉："那您告诉我，谁逼迫了您？"

"还有谁？当然是你的好媳妇儿！"皇帝又猛地拍了一下床板，将龙床拍得哐哐直响，大怒，"你还来问责朕？你怎么不问问她，问问她做了什么？"

秦铮看着他，身子震了一下："她……做了什么？"

"她派人闯入皇宫，让朕立即下达一道圣旨休书到英亲王府。若是朕不下达，她就动用谢氏的所有势力，切断南秦一切经济命脉，从粮草到商铺，从京城到南秦各地。谢氏掌握的所有经济命脉一旦被切断，你可知道是什么后果？如今大雨刚停几日，南秦大半地方都受了灾，尤其是临安还暴发了瘟疫，这时候供应一旦断裂，无异于雪上加霜，南秦上下的情势会恶化到什么地步可想而知！"皇帝怒道。

"她……竟然这样？"秦铮有些难以置信。

"你还不相信吗？"皇帝额头上青筋直跳，"她还说了，与其让别人为了毁掉

481

南秦江山，不惜以谢氏不忠来做引子，使得谢氏被动挨打，一退再退，结果还是无处容身，最终九族尽灭，背负千载不臣罪名，含冤莫辩，还不如真正坐实罪名，也免得被冤屈至死。反正她是女子，她不在乎天下是谁家的，她只在乎忠勇侯府和她至亲之人的性命。"

秦铮的薄唇紧紧抿起。

"她这样决绝，你让朕如何能不下旨？"皇帝恼怒地道，"难道你要朕看着南秦江山在朕手里覆灭？难道任由她切断南秦所有的经济命脉？那样的话，南秦动荡，百姓惶恐，朕还没闭眼睛，这江山就乱了。"

秦铮的身子震了震。

"朕不知道你们到底发生了什么事，但是朕知道她的决心之大，不惜以南秦江山威胁朕，是吃定朕一定会受她掣肘了！"皇帝沉着脸看着他，"你竟然还跑来威胁朕？你以为朕愿意下旨不成？"

秦铮的目中渐渐泛起血红，他本来蓄着一腔怒气，此时却像是泄了所有的力气，身子踉跄了两下，几乎站立不稳。

皇帝看着他的样子，怒气不减："朕真是小看谢芳华了！忠勇侯府如今人去楼空，她也已经离开京城了是不是？忠勇侯府要造反吗？"

秦铮一声不吭。

皇帝还想再说什么，忽然一口气岔了，猛地咳嗽起来，片刻后，明黄的绢帕上染满了血迹。

秦铮看着他。皇帝这些日子越发瘦了，这般模样，像是个垂垂老矣的老头，明黄绢帕上的血迹极其刺目。

皇帝止了咳嗽，也不避讳秦铮，将绢帕扔进香炉内，不多时，香炉内便冒起了烟，有些呛人。

皇帝又咳嗽起来，不过这会儿他压抑住了，没再咳出血。

秦铮看了一眼香炉，眼中的灰色又重了些："她派来的是什么人？在哪里？"

"不知道是什么人！不知道在哪里！"皇帝道。

"皇宫是您的地盘，连什么人都看不出，也留不住？"秦铮看着他。

皇帝又大怒，扯过床头的枕头对秦铮砸了过去，额头青筋直跳："皇宫是朕的地盘没错，但那是以前，以前！朕若是能知道什么人，能留住那人，早就将他五马分尸了，还容得你来问！"

秦铮没躲开，枕头正好砸在了他的身上，他的身子晃了晃。

"你给朕滚！朕不想再看到你！"皇帝对他挥挥手。

秦铮站着不动。

"你不走还要做什么？朕已经再没什么能告诉你的了！"皇帝更加恼怒。

秦铮沉默片刻，冷声道："我知道皇室有一份关于三座隐山和所有隐卫的卷宗，凡是入隐山成为隐卫的人都登记在册。如今您既然有心无力，觉得自己是笼中任人宰割的羔羊了，那份卷宗看来也无用了，不如给我吧。"

"什么？"皇帝拔高声音，"你要隐山、隐卫的卷宗？"

秦铮点头。

"不行！"皇帝断然拒绝。

秦铮冷冷地道："皇叔，若您不想南秦真的大乱，就将这份卷宗给我。"

"朕若是不给你这份卷宗，南秦就大乱了？"皇帝怒不可遏。

"临安暴发瘟疫，秦钰在临安脱不开身，京城如今只有我和秦倾在。秦倾少不更事，您应该清楚他挑不起大梁。若是我此时离开京城，再不管朝事，您当知道京中会乱成什么样子。"秦铮语气冰冷，"孙太医、韩大人先后被杀，案子至今未结，从朝中到军中到百姓，人心惶惶。您如今有心无力，若是我撒手不管，您清楚后果吧？京中乱，南秦必乱。隐山、隐卫已经是一颗毒瘤，若是您还看不清形势，因为舍不得还要留在手中，难道真要国家覆灭您才有颜面去九泉见秦氏的列祖列宗？"

皇帝对秦铮怒目而视，却也没反驳。

秦铮等着他做决定。

过了片刻，皇帝收起怒意，沉声问："你和谢芳华不是好好的吗，到底出了什么事？"

"这是我们的私事！"秦铮道。

"你们的私事？"皇帝哼了一声，一拍床板，"你们的私事都已经牵连南秦江山了，还是私事？！"

秦铮抿唇："那也是私事！"

皇帝看着他："看你的样子，是不想休了她？但是休书已下，断然不能再收回，而且已经通令各州县张贴告示，昭告天下了。"

"您竟然昭告天下？"秦铮面色极寒。

"这是谢芳华的要求！"皇帝冷笑一声，"她说若是看不见告示，便等同于没下圣旨，她一样要切断南秦的经济命脉。"

秦铮脸色发白。

"告示在今天夜间就会张贴出去，所以明日一早，南秦上下，甚至北齐，怕是都会知道，你秦铮休了谢芳华。然而圣旨是朕下的，天下没人知道是谢芳华自愿被休，只会揣测朕如何！"皇帝面上又隐隐泛起怒意，"谢芳华似乎对朕厌恶到了极点，知道朕最看重南秦江山，看重后世评说，于是偏要用这招，后世史官指不定如何记载朕出尔反尔，朝令夕改，拿圣旨做荒唐事儿！"

秦铮不说话。

皇帝慢慢压下怒意，冷笑着看着秦铮："你这个小子，自小嚣张狂傲，肆意而为。这些年南秦上下，论横行无忌，你认第一，没人敢认第二，但那是以前。如今的谢芳华，你看看，她嚣张吗？她肆意吗？她狂傲吗？她横行无忌吗？哪一点都能踩到你的头上！朕本来以为，直到闭上眼睛，这一辈子都看不到有人能压制住你了，没想到还真出来个她，真是出人意料！"

秦铮紧紧地抿着唇，脸色异常发白，不接话。

皇帝哼了一声，口气温和了些："若不是朕自小看着你长大，知道你对皇权无心，就算是京城真的乱也断然不会将隐山、隐卫的卷宗给你。"话音刚落，他补充道，"不过你要起誓，朕将这份卷宗给你之后，只准你一人过目，不能第二人看。你可能做到？"

"能！"秦铮当即起誓。

皇帝待他起誓过后，在身下的床板上敲了敲，过了一会儿，从里面滑出一块黑色的令牌，他将令牌递给秦铮："这是皇室隐卫的密令。朕如今也不知还能调动多少隐卫，但是皇陵的一支暗卫是先皇留下的，应该可以调遣，朕暂且也交给你。你拿着这块令牌前去皇陵。开启皇陵后，先皇牌位下的暗格里，放着记载了所有隐山与隐卫的卷宗。"

秦铮看了皇上一眼，伸手接过令牌。

皇帝对他摆摆手："王兄可跟随你进宫了？是否在殿外？你出去后，让王兄进来。"

秦铮点点头，转身走了出去。

出了皇帝寝殿，果然见英亲王站在寝殿外。见他出来，英亲王立即上前，压低声音问："你没将皇上怎样吧？"

秦铮见英亲王的鬓角已经有了白发，但比之寝殿内那位小他几岁的弟弟还是要年轻许多。皇位果然是一把杀人的刀，英亲王虽然也是尽心辅佐皇帝，但到底不如坐在皇位上的人压力大。他心中说不出是什么滋味，只摇摇头："没有。"

英亲王大大地松了一口气。

"皇叔请您进去叙话。"秦铮又说了一句，然后提脚向宫外走去。

"你要去哪里？"英亲王立即问。

秦铮顿了一下，说："回府。"

秦铮未等英亲王，便纵马出了皇宫。

一众禁卫军没听到皇上寝宫内传来动静，彻底松了一口气。在他们的心里，宁可得罪鬼怪，也不能得罪秦铮，这就是一尊瘟神，侍卫统领被射了一箭也只能挨着，没人给他做主。

出了皇宫后，秦铮并没有去皇陵，而是径直回了英亲王府。

半途中，一匹马从斜刺里窜出来，堪堪拦在了他的马前。

秦铮勒住马缰抬头看去，见是李沐清，秦铮面无表情地看着他。

"怎么回事？"李沐清急急地问道。

秦铮抿唇不语。

"我听闻皇上下了圣旨，让你……休妻？据说还要昭告天下，告示已经被连夜发往各州县，要求立刻张贴出去？"李沐清看着他，"这件事情是真的？为什么？"

秦铮冷声道："我也想知道为什么。"

"我得到消息，说小王妃连夜出京了？"李沐清又问，"你怎么能不知道为什么？她一个女子，连夜出京，万一出了什么事情，怎么办？京城内外近来这么乱……"

秦铮一言不发。

李沐清又焦急地说了两句，见秦铮还是不言语，他恼怒地道："你倒是说话啊！难道连我也不能说？当日若不是看她心里真有你，非你不可，我怎么会甘心退让，不再争取，让她嫁给你？你们不是一直好好的吗？如今你又做了什么？"

"我做了什么？"秦铮冷笑一声，嘲讽地看着李沐清，"为什么你们每个人都来质问我，问我做了什么？为什么没有人去问她？问问她弃我而去，到底想做什么？"

李沐清一怔："她……弃你而去？"

"你既然想知道，我就告诉你——这一切都是她所为。她派人去了皇叔面前，拿谢氏势力和整个南秦的经济命脉威胁皇叔，让皇叔下一道圣旨休书，昭告天下我休了她。"秦铮说着，声音越发冰冷，"自此她天高地远，与我再无瓜葛。"

"什么？"李沐清露出难以置信的神色。

"你不信是不是？"秦铮看着他，面容在夜色下显得尤为冷寂，似嘲似讽，"我也不信，可这就是事实。我闯宫门质问皇叔，才从他口中问出下圣旨休书的缘由，我想血洗皇宫都没有立场。她做得决绝，不给我留丝毫余地。"

"为什么？"李沐清还是难以相信，"她明明就是爱你的，你射她三箭，她依然要嫁给你。早先不是好好的吗？如今……怎么会转眼就反目？"

秦铮目光幽冷，眼里忽然迸发出杀意："你妹妹李如碧，你最好看好她，今生只要让我再见到她，我势必会亲手杀了她！"

李沐清一愣，看着秦铮，说这句话的时候，丝毫不加掩饰的森冷杀意从他身上散发出来。李沐清自小跟秦铮就很熟悉，知道此时的他真会说到做到。李沐清大惑不解："为什么？妹妹从宫里回来后，一直陪同母亲吃斋念佛，安静得很。难道她在我不知道的情况下做了什么不成？你们的事儿，和她有关？"

"我今生都不想和她有任何关系！你最好告诉她，告诉右相府！她若是想死，就尽管到我面前来！"秦铮丢下一句狠话，再不和李沐清多说，纵马绕开他向英亲王府而去。

李沐清一头雾水，喂了一声，秦铮已经头也不回地纵马走远，李沐清眉峰皱起，掉转马头回了右相府。

进了右相府的门，见书房里亮着灯，他径直去了书房。

李沐清在门外深吸一口气，轻叩了三下。

"进来！"右相的声音在书房内响起。

李沐清推开门，没有立即走进去，而是在门口站定，喊了一声："父亲！"

"怎么不进来？"右相正在看奏本，没见他走进来，回头看了一眼。

"孩儿身上有寒气，为免染给父亲，就在这里说吧。"李沐清伸手关上房门。

"你不是刚刚回府吗，又出府了？"右相打量着李沐清，忽然问，"是为了英亲王府之事？英亲王府到底出了什么事？"

李沐清点点头，又摇摇头："秦铮刚从宫里回来，孩儿半路拦住了他，但没问出到底出了什么事。不过他说了几句很奇怪的话，孩儿不解，特意回来问父亲。"

"什么奇怪的话？"右相问。

李沐清道："他警告我，也让我转告父亲，今生都不想和妹妹有任何关系。还让我们看好妹妹，说今生不要让妹妹见到他，若是让他再见到妹妹，他势必会亲手杀了妹妹。"

右相大惊，奇怪地问："为什么？你妹妹哪里开罪他了？"

李沐清摇摇头："我也不晓得，不懂他这话是什么意思，所以才特地回来问父亲。是不是我忙于京中案子的这段时间里，妹妹背后做了什么，惹恼了他？"

右相摇头："你妹妹从宫里回来后一直陪你母亲在府中吃斋念佛，极其安静。你母亲最近甚是忧心，怕你妹妹以后都这么静下来，连笑也不会了，闷坏了可如何是好。"

李沐清闻言疑惑不解："那这是为何？"

右相也是一头雾水："右相府和英亲王府素来交好，无冤无仇，你妹妹心仪秦铮没错，但自从秦铮大婚后，她已经有心灰意懒之态。她不是不明事理之人，不会再做出什么出格之事啊。"顿了顿，他回想道，"更何况，数月前皇上和皇后对秦铮下催情引，性命攸关之际秦铮都不肯与你妹妹欢好，直到谢芳华进宫，那时你妹妹就死了心。"

李沐清面色凝重："可是我与秦铮自小相熟，他不是无的放矢之人。今日提起妹妹，杀气重重，却不言原因，若不是因为妹妹有什么地方引起他的不满甚至愤恨，他何至于如此？就算当初令他厌恶至极的卢雪莹，他也未曾显出这般杀意。"

右相闻言神色也凝重了："都在京中，以后不碰面，焉能做到？"

李沐清抿唇。

右相思忖片刻，又道："我刚刚得到消息，谢芳华连夜出城，英亲王妃随后追出了城。皇上命秦铮休妻的圣旨下达英亲王府后，秦铮和王爷都进宫了。据说宫门当时早就落锁了，皇上传旨休朝三日，可秦铮还是射伤了侍卫统领，硬闯进宫。"顿了顿，他又疑惑地道，"皇上为何突然下了圣旨休书？这中间到底出了什么事？秦铮和谢芳华刚大婚没几日啊！我在朝中二十年，这不像是皇上会做出的事。"

李沐清垂下眼睑，摇摇头："儿臣也不晓得皇上为何下旨。"

"据说秦铮除了射了侍卫统领那一箭外，进宫后和皇上在寝宫中交谈时并没有弄出大动静，随后，王爷留在了宫中，秦铮出了宫。"右相看着李沐清，"你拦住秦铮时，没问他原因？若是皇上之错，秦铮定然会揪住不放，以他的性情，非掀翻皇宫不可。"

李沐清依然摇头："他面色极差，只警告了妹妹，并未多说别的便回府了。"

"没去追谢芳华？"右相又问。

李沐清摇头："没有。"

右相左想右想，还是想不明白，他揉揉眉心："如今南秦各地受灾严重，太子前往临安城之后却因疫情困于临安。按理说，朝中如今事情繁多，正值不可松懈之际，皇上却一反常态，休朝三日，这也令人不解。"话音刚落，他摆摆手，"罢了，既然揣摩不透，就静观其变吧。"

李沐清点点头。

"这个时辰你妹妹应该还没歇下，你随我去问问她。这个丫头自小就有主意，趁我们不察做了什么也说不准，毕竟她性子执拗，又喜欢秦铮多年。"右相又道。

李沐清想了想，摇头："父亲自己去吧，孩儿想出城一趟。"

"嗯？"右相看着他。

李沐清叹了口气："我不放心谢芳华。近来京中这一连串的案子，细查之下，隐隐都是冲着她而来。如今她深夜离京，万一有人对她不利，她一个女子，虽然有些本事，但也要防着别人暗算。"

右相闻言不赞同地竖起眉头："秦铮与她是夫妻，他都不出城去追，你去做什么？"

"秦铮与她如今已经不是夫妻了。"李沐清道，"皇上圣旨已下，还传令各州县张贴告示，明日一早，休书之事便天下皆知。"

"那我也不准你去！"右相断然道，"早先她与秦铮纠缠之时，你参与争夺，我念在他们婚约作废，爱美之心，人皆有之，我是过来人，知道个中滋味，你既然心仪她我也就不阻拦，才任由你掺和。如今，被休了的女子与你毫不匹配，你休要再生念头。"

李沐清闻言苦笑："父亲，您想什么呢？孩儿并未因此起心思，而是曾经对谢芳华说过，她一旦有事，我以兄长身份护之。更何况我与子归兄交好，子归兄如今不在京中，她出此大事，我理当去看看，不该置之不理。君子当重诺，这也是父亲一直教导孩儿的话。"

"你……"右相闻言，一时无以反驳，只能瞪着李沐清。

李沐清对他深施一礼："请父亲准孩儿出京。"顿了顿，他又道，"秦铮不肯说出要杀妹妹的缘由，待我见到谢芳华，她兴许会说，也许就能解开这个结。否则，难道此后妹妹真要一直避着秦铮？同在京中，就算妹妹再小心，如何能完全避开？避得了一时，难道真要避一世？"

右相闻言寻思片刻，摆摆手："罢了，你说得也对，那你去吧，深更半夜，多带些人，小心一些。"

"多谢父亲！"李沐清再不耽搁，转身出了书房。

出了书房后，他深吸一口气，看了一眼夜空，连衣服也未换，径直向府门走去。

不多时，他带着护卫出了右相府，向城门而去。

右相又在书房待了片刻，叹息一声，去了李如碧的院子。

李如碧正捧着一卷书在罩灯下阅读，见右相来了，连忙起身："父亲，天色已晚，您怎么还没歇下？"

右相见她站在灯下，容貌秀美，亭亭玉立，温婉贤淑，这样的女儿家当真是万里难出其一，偏偏秦铮看不上。不但秦铮看不上，太子也看不上。与谢芳华对比之下，虽然面前站着的是他的亲生女儿，他也不得不承认，谢芳华无论是容貌还是生来的贵气，确实略胜他女儿一筹，但是论性情，他觉得谢芳华不及他女儿。谢芳华是看着温婉，实则性烈，若论宜室宜家，他觉得还是自己女儿好。

然而秦铮和秦钰都是人中龙凤，生在天下顶级的富贵之地，又自幼在宫里长大，不说皇上的六宫粉黛，就是京中的红粉也算是阅遍了，这样端庄的大家闺秀他们早就看腻了，就像再好的糕点放在他们面前，也不过是较好而已。而谢芳华无论是举止做派还是性情，都别具一格，和京中的大家闺秀们比较起来，就犹如鹤立鸡群。

真正的少年英雄自然更喜欢不好掌控的女子。

他在门口站了片刻，收起情绪，温和地道："怎么这么晚还没睡？"

李如碧笑着摇摇头："天色还早，女儿睡不着，便多读了一会儿书。"

右相点头："以后读书白日读就可以了，不要熬得这么晚。"话音刚落，他走过来坐下。

李如碧吩咐婢女上茶，亲手帮右相斟了一杯茶。

右相端起来喝了一口，放下茶盏，对她询问道："碧儿，近来你可有私下做出什么事？"

488

李如碧心思通透，知道右相这个时候来自然是有事找她，她摇摇头，疑惑地问："父亲这么晚来见女儿，可是有事情？女儿近来除了陪娘礼佛，不曾做什么。"

"当真？"右相问。

李如碧肯定地点头："不敢欺瞒父亲。"

右相打量李如碧片刻，见她眼神诚恳，他更是不解。

"出了什么事？事关女儿？请父亲言明。"李如碧探询地看着右相。

右相犹豫了一下，还是将秦铮说给李沐清的话转达给了李如碧听。

李如碧听罢，脸色微白："这是为何？"

右相摇摇头。

李如碧身子发颤："女儿自问早已经对铮小王爷死心，如今断无念想。女儿其实很佩服谢芳华，自认不如她处良多，可是……女儿近来不觉得开罪于他啊！"

右相见她不像作伪，有些心疼，神情凝重地道："今日夜晚，谢芳华突然带着八名婢女离开英亲王府出了京，随后英亲王妃带人追出了京。二人刚走，英亲王府的人便前去太医院请了太医给秦铮看诊。太医离开后，皇上让秦铮休妻的圣旨到了英亲王府。随后秦铮大怒，冲进了皇宫。之后你哥哥等在他出宫的路上拦住他，他对你哥哥说了这样一番话。凭你哥哥与秦铮自小的交情，他十分肯定地说，秦铮提到你时杀气很重，不似作假。"

李如碧白着脸听着，一时间心神巨震。

"此事疑团重重，真是令人大为不解。既然你也不明白缘由，那暂且不要理会。你哥哥已经出京了，等他见到谢芳华后看看她怎么说吧。这段时间，你还是留在府中继续陪你娘礼佛吧。"右相道。

李如碧目中隐约含泪，但是极力忍着："女儿听爹的。"

右相见她如此，知道这件事对她的打击不亚于皇上、皇后对秦铮下催情引之事，他站起身，拍拍她的肩膀："好孩子，委屈你了。"

李如碧摇摇头。

"别多想，早些歇着吧。"右相又劝慰了一句，出了李如碧的院子。

右相离开后，李如碧转身扑到了床榻上，将脸埋进被子里哭了起来，却压抑着不敢出声，这种压抑更让她伤心至极。

谢芳华出了南城，走出五里地之后，城门口又有了动静，一队人马冲出。

侍画、侍墨回头看去，半晌之后才隐约看出是英亲王府的府兵，二人立即一左一右来到谢芳华马侧禀告："小姐，后面像是英亲王府的人追来了，不知道是不是小王爷……"

谢芳华面无表情，淡淡道："不是他，应该是王妃。"

侍画、侍墨一惊："小姐，王妃连夜出城，是为追您而来，怎么办？"

"不用理会。"谢芳华道。

"若是王妃一直追下去呢？"侍画、侍墨对看一眼，轻声问。

"再走三十里就到了九环山，我在那里布置一个阵法就能拦住王妃。然后我们转入另一条山路，她再查不到踪迹，便没办法追了。"谢芳华道。

侍画、侍墨闻言顿时噤了声。

品竹等人在后面不约而同地想着，小姐明明甚爱小王爷，敬重王妃，如今这般决然，到底为何？就连她们这些近身伺候之人都看不明白。

一行人继续前行，身后英亲王妃带着府兵一路追赶。

英亲王妃点的这一队是英亲王府内经受过特殊训练的精锐骑兵，擅长追踪和骑射，英亲王妃骑的又是万里挑一的宝马，而谢芳华的骑术虽好，马匹也是千里挑一，奈何侍画等人拖了后腿，所以，走出三十里地来到九环山时，两队人马之间的距离已经拉近到不足三里。

英亲王妃在身后喊："华丫头，留步！"

谢芳华仿若未闻。

侍画、侍墨等人也尽量不回头去看。

英亲王府的这队精锐骑兵一起高喊："小王妃，请留步！"

声响震天。

谢芳华绕到山峦后，忽然勒住马缰翻身下马，对侍画等人摆手，八人会意，立即从她身后绕过，退远了些。

谢芳华抽出袖剑，劈了九根断木，又抬手挪了九块巨石，随后从头上抽出一支发钗，斩为九段，开始摆阵。

侍画、侍墨也学过些阵法，但在她身后，却看不明白小姐要摆什么阵法。

片刻后，谢芳华所在的地方渐渐升起大雾，不多时，大雾蔓延开来，将她的身影笼罩在雾中。半盏茶后，这条通道完全被大雾遮盖住了。

侍画、侍墨站在外围，眼看着远处逐渐被浓雾覆盖，直至什么也看不见，不禁惊奇万分。

片刻后，谢芳华从浓浓的雾气中走出来，并没有立即上马前行，而是站在外围静候。

不多时，一阵急促的马蹄声传来。

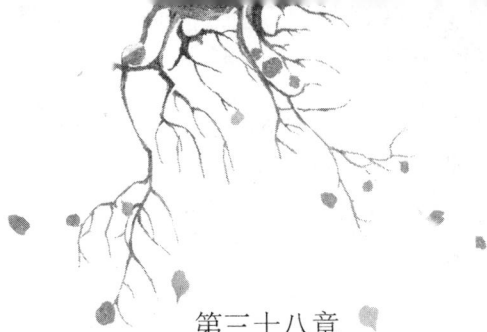

# 第三十八章
# 天下哗然

"王妃小心，前方有大雾！"有一人大喊了一声。

英亲王妃勒住马缰，看着前方山峦拐角处的浓雾，面色焦急："这里的雾怎么这么大？华丫头冲进雾里了？"

"这处只有这一条通路，小王妃应该是冒着大雾前行了。"一人道。

"走，追！"英亲王妃闻言冲进雾中。

两名护卫一左一右护卫着她。

过了片刻，那人喊："王妃，不能再追了，雾越来越大，属下距离您这么近都快看不见您了！"

"不行，追！"英亲王妃道，"雾这么大，华丫头既然能冒雾前行，我们也能。"

一众护卫见她执着，都没了声，护着她向前走。

又过了片刻，一人忽然说："王妃，不对劲。"

"嗯？怎么不对劲？"英亲王妃立即问。

"属下觉得，我们这么长时间走了这么远，好像没有前行半步，而是在原地转圈。"那人说着，忽然恍然大悟，"这像是阵法。"

英亲王妃一惊："什么？"

"是的，王妃，这像是阵法，是以雾迷惑人的一种阵法。我们看着像是一直冒着雾前行，实则是在原地绕圈。这个阵法实在太玄妙了。"那人又道，"属下自幼随师父研习过阵法，略懂一二。"

"既然是阵法，那你可能破阵？"英亲王妃立即追问。

那人摇摇头："这等阵法实在高妙，属下不曾听闻此阵，也是第一次见识，找不到阵眼，方位、门路一无所知，只能凭借自小研习阵法，推断出是个阵法。若说破阵，就算研究上三天三夜属下也破解不了此阵。"

英亲王妃闻言，沉默了好半晌才开口："照你这么说，我也觉得是个阵法。今日天气极好，这里不算是深山，按理说不该起这么大的雾。这应该是华丫头为了阻止我继续追下去设的阵法。"

众人闻言都不说话，都在暗想，小王妃竟然会这么高明的阵法，真是厉害。

"华丫头，你在不在？"英亲王妃又喊了一声。

谢芳华站在阵外，不言不语。

"华丫头，你和铮儿好不容易结为夫妻，其间受了多少磨难，不是都过来了吗？只要你们夫妻一心，世界上哪里有过不去的坎？"英亲王妃动之以情，晓之以理，"听娘的话，回来吧！若是铮儿哪里对你不住，娘替你收拾他。"

谢芳华唇瓣微抿，不言声。

"我自己的儿子我自己清楚，他心里除了你，没有第二个人。若是你们之间有什么误会，摊了开好生说说。你们刚大婚没几日，好日子一天也不曾过上，娘不信你是心里没他才这么决绝。所谓十年修得同船渡，百年修得共枕眠，你们怎么会是情深缘浅？明明就是有缘有情，情深缘深！"

谢芳华依旧不答话。

英亲王妃又道："至于你说皇上会下圣旨休书，到底是为何？皇上为你们大婚，已经下了两道赐婚圣旨，难道还要再下一道圣旨休书？皇上下二道圣旨时让铮儿此生不得休妻，如今却下旨逼他休妻，等于出尔反尔，打自己巴掌。君王的大忌就是言而无信，皇上是不会这样做的。你随我回京，我自会为你找皇上讨回公道！"

谢芳华闭了闭眼睛，依然没言语。

侍画、侍墨等八人屏息凝神，不敢吱声，连大气也不敢喘。

英亲王妃又说了一番话，谢芳华依旧不出声。

春兰终于忍不住走上前，来到英亲王妃身边，劝道："王妃，小王妃应该是走了。"

英亲王妃叹了口气："到底是出了什么事情，这个孩子为什么这么决绝？只给我留了一句话。刚刚我和她之间的距离已经不足三里，她就不能与我说说缘由？"

春兰也很不解："小王妃不像是狠心绝情之人，小王爷射她三箭，她都义无反顾地嫁给小王爷，也许是迫不得已吧。"顿了顿，她劝道，"王妃，京中和府中如今不知道变成什么样子了，小王爷不知道醒来没有，既然破不了阵，咱们还是回去吧，总不能一直困在这里。兴许回到京中，就能了解实情。"

"既然入了阵，怎么才能出去？"英亲王妃有些不甘心，但觉得春兰说得有道理，她确实也担心京中的秦铮。

"你既然能看破这是阵法，就算破解不了，能否带我们出去？"春兰问那人。

那人点头道："回王妃，这个阵法属下说设得奇妙，原因就在这里。前路不能走，后方却处处是空门，我们只要按照原路折返就能出阵了。"那人道，"若这阵法真是小王妃设的，应该是意在阻拦您的追赶，并无意困住您。"

"华丫头这般做法，看来的确是不想我再追下去。"英亲王妃闻言叹了口气，摆摆手，"罢了，我们不追了，回京吧。"

众人齐齐应是。

不多时，一行人出了阵。

英亲王妃出了阵后，看着前方，前方依旧浓雾弥漫，什么也看不见。

"小王妃真是有才，别说女子，一般男子也设不出这样的阵法。"春兰敬佩地道。

英亲王妃点点头："当年玉婉也甚是有才，不过比之芳华还是差些，果真是青出于蓝而胜于蓝。可惜……"她说到这里，顿住，一挥手，一行人原路折返。

春兰和护卫跟在英亲王妃左右和身后，马蹄声不多时便渐渐远去了。

谢芳华站在原地，看着她亲手摆设的阵法。浓雾环绕，她看不见雾那边的人，那边的人也看不见她。

她站了许久都没有离去的意思。

侍画、侍墨担心地看着她，小声喊道："小姐？"

谢芳华慢慢收回视线，偏头："咱们继续赶路吧。"

"那这阵……"侍画小声问。

"天明之后，雾自然会散去，阵不攻自破。"谢芳华翻身上马，向前行去。

侍画、侍墨等人闻言也上了马，跟在她身后。

英亲王妃带着护卫折返到距离九环山十里处时，一队人马迎面而来。借着火把，英亲王妃看清了一马当先的李沐清，李沐清那边也看清了英亲王妃。

李沐清当先勒住马缰，翻身下马见礼："王妃！"

英亲王妃也勒住马缰，擦了擦额头的汗，疑惑地问："李小子，你怎么深夜出京了？可是有要紧的事儿？"

李沐清看了一眼英亲王妃所带的人，没见到想见的人的身影，他收整情绪，如实地道："我听闻王府出了事，小王妃和王妃深夜出了城，我自幼和秦铮兄交好，他不能离开京中，我不放心，追过来看看，免得出事。"

英亲王妃闻言面色一暖："你这孩子有心了！"

"王妃可追到小王妃了？"李沐清问。

英亲王妃摇摇头，也如实相告："我本来快追上华丫头了，可是在九环山，她摆了阵法，我身边的人只能看破阵法却无法破解，无奈之下只能折返。看来她是下定决心不让我追上。"

李沐清闻言思索片刻，对英亲王妃道："您离开京城后，京中出了一些事情。"

"嗯？出了什么事情？"英亲王妃闻言，心中一紧。

李沐清见她着急，连忙将谢芳华和英亲王妃先后出京，太医到落梅居救醒秦铮后，秦铮接到皇上的休妻圣旨于是硬闯宫门，以及他遇到出宫的秦铮，秦铮对他说的话简略地说了一遍，着重说了秦铮对他满带杀气的警告。

英亲王妃听罢，疑惑不解："你妹妹可是做了什么事情惹恼了铮儿？这孩子不像是会说出这番话的人。这么多年来，卢雪莹对他围追堵截，他也只是厌恶不喜，最后用了强硬的手段将她推给秦浩，也未曾喊打喊杀啊！"

李沐清点头："这也是我的不解之处。我回府问过父亲，父亲说妹妹近来随我娘吃斋念佛，不曾出府走动，也不曾做过什么，不知道哪里开罪了秦铮兄，甚至要杀我妹妹。"

英亲王妃思忖片刻，对他道："铮儿不是没有容人之量的人，这么多年来，别说卢雪莹，就是秦浩，他也念在手足的分上屡屡放过。以他的性情，会说出这般话来，一定是你妹妹做了什么让他愤恨至极的事情。"

"我和秦铮兄自小一起长大，对他的性情很了解，的确如王妃所说。只是我拦住他询问，却不能从他口中撬出半个字。如今我征得父亲准许出京，一是担心小王妃的安危，二也是想问问她缘由。"李沐清道，"毕竟同在京中，我妹妹不可能真避着秦铮兄一辈子不见。另外，这件事儿也关系到以后右相府和英亲王府的两家之好。"

"你说得对。"英亲王妃点点头，面色凝重，"不过如今没办法追上华丫头，她摆设的阵太过厉害，那雾气像是自然生成。"

"秦铮兄冲进宫中，王爷也陪着入了宫。后来秦铮兄从宫中出来，据说皇上将王爷留在宫中叙话。对了，还有一事，就是您离开后，皇上下圣旨休书后又下了一道命令，让各州县张贴关于秦铮兄休妻之事的告示，明日一早这件事儿便天下皆知了。"李沐清又道。

"什么？"英亲王妃面色大变，气怒交加，"皇上这是要做什么？要逼死人吗？"

李沐清连忙宽慰道："王妃也别太急。事已至此，您还是先回京吧，看看是否能让皇上收回告示。我去看看小王妃布置了什么阵，我也会些阵法，看看是否能破解。这里交给我，一旦有消息，我会给您传信。"

"也好！劳烦你了！"英亲王妃连忙点头，也觉得当务之急是赶回京中。

李沐清挥手，让身后的人让出一条路。

英亲王妃不再耽误，急急策马带着人奔回京城。

马蹄声远去，李沐清微叹了一口气："王妃为了秦铮能亲自追谢芳华追出京，若是同样的事情发生在我身上，我娘怕是连府门都未必肯踏出一步，这便是区别了。"

他的声音虽然不高，但是左右亲近之人还是听得到的，都看着他。

有人小声道："公子，咱们要继续追吗？"

"自然！"李沐清翻身上马，向前行去。

一众亲卫齐齐跟上他。

奔出十里地，来到九环山，前方果然浓雾弥漫，看不到路。

"公子，果然是大雾。"一人看了一眼，对李沐清问道，"您可能破解？"

李沐清端坐在马上，朝前方看了片刻，摇摇头："我也破解不了。"

"那怎么办？"那人立即问，"难道我们也要折回去？"

李沐清摇摇头："不用折返，我们只能等。"

"等？"那人看着他。

李沐清点点头，看着浓浓雾气道："等到天明，太阳出来，这雾自然就散了。雾一散，阵不攻自破。"

"为何？"那人不解，"这雾不是阵法引发的吗？难道阵法中的雾是真雾？也需要太阳和风一晒一吹才能散？"

李沐清颔首："这雾是真雾。我之所以说破不了这个阵，原因就是这个阵不是普通的迷雾阵，而是一种极其古老的阵法，据说传自魅族，叫作九阳九阴阵，我也是在一本古籍上见到过，而且只有寥寥几笔。这个阵据说是具有魅族王室血脉之人引草木灵气汇聚而成。里面有九九八十一道双关卡，一为阳关，一为阴关，一旦踏入，就如入了轮回道、鬼门关，有死无生。"

一番话令众人大惊。

"不过，这个阵经过布阵之人的修改，只设了生门，没设死门，所以就算进入阵内也死不了。而且布阵之人定了时辰，意在拦阻，不在杀人，时辰到了之后，雾就散了，阵自然就破了。"李沐清似叹似赞，"能将魅族的上古阵法做如此精妙的修改，且运用自如，那么……"

后面的话，他顿住没说。

英亲王妃心急如焚，一路快马加鞭返回京城，到京城时，已经是深夜。

守城的士兵见到英亲王妃回城，连忙给她打开城门。

英亲王妃冲进城后，马不停蹄，径直回了英亲王府。

英亲王府朱红的大门紧闭，门前的石狮子和玉麒麟无声无息地矗立在夜色中。门房见王妃回来了，连忙打开大门。

英亲王妃翻身下马，急急地抓住一人问："铮儿呢？他怎么样了？"

那人连忙说："回王妃，小王爷从宫里出来后便回了落梅居，再未出来。"

"王爷呢？"英亲王妃又问。

"王爷跟随小王爷进宫后还未回来，如今还在宫里。"那人道。

英亲王妃闻言，疾步向落梅居走去。

"王妃，您慢点儿！"春兰急急地跟在英亲王妃身后，气喘吁吁地喊，"快来人，给王妃掌灯照路！"

有人匆匆忙忙去取了罩灯，在前头小跑着，一路向落梅居而去。

来到落梅居，只见院门紧闭，里面一片漆黑，什么动静也没有。

春兰连忙上前喊："开门，王妃来了！"

林七和玉灼都没睡。这样的日子，英亲王府出了这么大的事，秦铮自从回来便将自己关进房间里谁也不见，二人担心他，也无心睡觉，此时听到王妃回来了，连忙跑到门口给她开门。

英亲王妃对二人问道："铮儿呢？在哪里？"

"回王妃，小王爷回来便将自己关进了屋，谁也不见，屋内也一直没掌灯。"林七小声说。

英亲王妃点点头，快步往里走。

玉灼跟上英亲王妃，小声问："王妃，表嫂呢？您追上她了吗？"

"没有。"英亲王妃答道。

玉灼的精神气顿时散了几分，不再问了。

英亲王妃来到门口，伸手推门，门从里面插着，纹丝不动，她出声喊："铮儿，给娘开门。"

喊声落，里面没人答话。

英亲王妃又连喊了几声，里面还是没有动静。

春兰上前，忧急地道："王妃，小王爷不会是出了什么事吧？毕竟他的身体近来多有损伤，不大好。"

"你们两个过来，给我撞开门。"英亲王妃对玉灼和林七招手。

二人也担心秦铮，闻言连忙上前。

玉灼有武功，林七虽然只学了三脚猫的武功，是个半吊子，但好在有力气，二人合力，不多时便将门给撞开了。

房门一打开，英亲王妃便提着裙摆快步冲了进去。

496

春兰、玉灼、林七三人跟着走了进去。

画堂内没人，中屋没人，里屋同样没人。

英亲王妃看了一圈后，对春兰道："掌灯。"

春兰连忙拿出火石，摸到桌前掌上灯。

灯亮之后，几人将内外几间屋子都搜遍了也没见半个人影。

秦铮不在屋中！

春兰焦急地道："王妃，怎么不见小王爷？小王爷去了哪里？他是不是心急之下也去追小王妃了？"

英亲王妃摇摇头："不可能，京城与临安城之间只有一条路，咱们路上既然能碰见李沐清，若是铮儿也追去，岂能碰不到他？"

"那小王爷怎么不在房中？可别出了什么事情。"春兰道。

英亲王妃冲回京城本来全靠一股劲，如今撞开秦铮的房门，见屋内空空如也，她反而冷静下来，吩咐道："你们去找找，将书房、落梅居各处都找一遍。"

"是！"春兰、玉灼、林七三人连忙往外走。

"等等，动静小点儿。"英亲王妃嘱咐道。

三人会意，应了一声，连忙去了。

英亲王妃坐在桌前，稍事休息，同时打量着屋中的情形，见与往日相比没什么变化。

片刻后，春兰三人回来，对英亲王妃摇头："王妃，落梅居都找遍了，不见小王爷。"话音刚落，她试探地问，"要不要将府中都翻找一遍。"

英亲王妃摇摇头："不必了。"

"那小王爷……去哪里了？万一出了什么事，可怎么办？"春兰担忧地道。

"不愧是看着他长大，你比我还担心他。"英亲王妃伸手拍拍春兰的肩膀，"他已经长大了，知道什么事情可为，什么事情不可为。如今既然不在落梅居，不管去了哪里，应该都清楚自己是在做什么，我们担心也是枉然。"

春兰闻言红了眼眶，忍不住埋怨道："小王妃也真是的，就这么扔下小王爷走了。小王爷对小王妃的心咱们都看在眼里，有一百二十分的情，不少给一丝一毫，她怎么就那么狠心？竟然连王妃追去都决绝不见，奴婢真是想不明白。"

英亲王妃闻言叹了口气："你也别埋怨华丫头，身为忠勇侯府的女儿，她一直以来活得最是不易，可以说比京城甚至比天下所有的女儿家都辛苦，她今日离开必有道理。更何况皇上已经下了休书……"话音未落，她腾地站了起来，"对，圣旨休书，昭告天下……快，走，进宫去找皇上！"

说着，英亲王妃连忙冲出房门，向外急急走去。

春兰也恍然，连忙跟了出去。

出了房门，英亲王妃疾走几步，又猛地停住脚步，伸手将玉灼和林七招到身边，对二人吩咐道："将房门关上，你们两个守好落梅居，小王爷不在落梅居之事不得张扬，若是有人来问，就依照早先的说法——小王爷闭门不出。"

"是！"林七和玉灼自然能领会这段话的用意，齐齐点头。

英亲王妃交代完，带着春兰冲出了落梅居，没回自己的正院，而是径直又冲出了府门，骑马向皇宫而去。

夜晚的京城甚是安静，一阵马蹄声掠过，惊起了谁家的犬吠。

一声犬吠响起，一条街的犬都跟着叫了起来。

英亲王妃很快就来到宫门口。夜晚的宫门依旧掌着灯，夜色将宫墙映衬得沧桑沉重。

英亲王妃勒住马缰，对着宫门的守卫高喊："开宫门，我有急事要见皇上！"

见英亲王妃来了，副统领上了宫墙，恭敬地回话："王妃稍等片刻，在下去请示皇上。"

"好，你告诉皇上，必须开宫门见我！今日无论如何，我都要见到皇上，皇上不见我的话我就闯宫门。"英亲王妃放出狠话。

副统领连连点头，想着不愧是母子，铮小王爷的某些脾气一定是继承了英亲王妃。王爷的性情较为温和，轻易不发脾气，英亲王妃虽然看着温和，但其实不是个好说话的主，小王爷更是青出于蓝胜于蓝。

副统领来到皇帝寝宫外，见寝宫内亮着灯，他尽量压下着急的心情，用平稳的语调禀告道："皇上，英亲王妃在宫门外请求见皇上。"

"嗯？"皇帝的声音忽然沉沉地响起，"已经深夜了，她进宫来做什么？"

"说是有急事要见皇上，若是皇上不见的话……"副统领深吸一口气，"王妃说她就闯宫门。"

皇帝闻言恼怒地道："果然是母子，一个一个都来威胁为难朕！真以为朕拿他们无可奈何了吗？"

"皇上息怒！"英亲王的声音响起，有些哑，"她早先出京去追华丫头了，如今想必刚回来，情急之下也顾不得这时正是深夜了。"

"都是被你惯的！"皇帝怒斥一声。

英亲王无奈地道："是，都是臣惯的。"顿了顿，他又道，"皇上若是不想见她，我出宫拦住她吧。"

皇帝闻言沉默了一会儿，思忖片刻，摆摆手："你去拦住她吧！她星夜回宫，急急来见朕，不用问朕也知道她是来干什么的。一定是听说了昭告天下的休书，威胁朕收回圣旨来了。"话音刚落，他冷哼一声，"朕若是真做得了主，也不至于让他们一个个跑来威胁朕。果真不是一家人，不进一家门。"

"那皇上歇着吧，臣出宫了。"英亲王站起身告辞。

皇帝点点头。

英亲王出了皇帝寝宫，看了一眼天色，长舒一口气，径直向宫外走去。

来到宫门口，打开宫门，他一眼便见到英亲王妃骑在马上，风尘仆仆，夜色下一脸清寒。他恍惚了一下，喊了一声："紫菁。"

英亲王妃见出来的人是英亲王，将他上下打量了一遍，见除了气色差些外，无伤无损，她立即下了马对他问道："你怎么出宫了？皇上不见我？"

"先回府吧。回府后我与你细说。"英亲王伸手握住她的手，"手这么凉，身子想必也是冰冷的，回去让人熬一碗姜汤。"

英亲王妃心中一暖，摇摇头："不冷。我问你，皇上当真下了命令，还传令各州县将圣旨休书昭告天下？"

英亲王点点头。

"他怎么可以？他下圣旨还不够，竟然还要张贴告示昭告天下，他要干什么？"英亲王妃得到英亲王肯定的回答，顿时急了。

"你别急，先跟我回府，此事另有隐情，不好在这里说。"英亲王连忙拥住她。

英亲王妃听到另有隐情，安静下来，看向英亲王。

"先回府！"英亲王道。

英亲王妃看了一眼宫门，见随着英亲王出来，宫门又紧紧地关上了，她恼恨地瞪了一眼，和英亲王一起上马，共乘一骑，返回英亲王府。

二人回到英亲王府，进了正院，英亲王妃立刻关上房门，迫不及待地问英亲王："到底怎么回事？"

英亲王叹了口气："铮儿和华丫头到底发生什么事情，我至今不知，只从皇上处得知，华丫头出府前派人进了宫，威胁皇上下圣旨休书，还放狠话说若是皇上不下圣旨，她将调动谢氏所有的势力切断南秦经济命脉。"

"什么？"英亲王妃大惊。

英亲王见她难以置信，摇摇头道："我乍听到时，也如你一般难以置信，但是你我都深知皇上不是喜欢扯谎之人。皇位多年来束缚着他，说话便是金口玉言，岂能随意捏造？"顿了顿，他又道，"你知道的，谢氏繁衍数百年，势力遍布南秦，士农工商皆有谢氏之人，即便不是完全掌控了南秦经济命脉，也是掌控了半壁江山，分宗分族不过是表面而已，实际上还是拧成一股绳。南秦的经济命脉一旦被切断，后果不堪设想。"

"怎么会这样？"英亲王妃脸色发白，"华丫头为何如此决绝？"

"这就要问铮儿了，他们的事只有他们自己知道。"英亲王道。

"我回京后先回了府中，玉灼和林七说铮儿从皇宫出来后就回了落梅居，闭门不出。"英亲王妃低声道，"我去了落梅居，让他们撞开房门，发现铮儿并没有在屋里。"

英亲王一怔："那他去了哪里？"

英亲王妃摇摇头："你且与我说说铮儿进宫后的事。"

英亲王点点头，将秦铮冲进宫，进了皇帝寝宫，质问皇帝之事简略地说了一遍。至于皇上后来和秦铮具体谈了什么，他在寝殿外，一无所知。

英亲王妃听罢，叹了口气："皇上后来留你在宫中，可说了什么话？"

英亲王摇摇头："铮儿离开后，皇上将我叫进去，先是训斥了铮儿几句，后来，他息了怒气，与我聊起了闲话。"

"闲话？"英亲王妃不解地看着他。

英亲王点点头，感慨道："这把龙椅和这江山将皇上磨得老了，熬得病了，如今已经力不从心了。想当年的皇上是何等意气风发，先皇和母后之所以选择他，也是看中他的确有才华，堪当大任。"顿了顿，英亲王又道，"我比他年长几岁，如今虽然两鬓也有了白发，但身体还算硬朗。这么多年来，他心里憋了很多事，连个说话的人也没有，算起来，我还是最适合跟他闲聊几句的那个人。"

"都什么时候了，皇上竟然还有心闲话家常！"英亲王妃不满地道。

"皇上说他管不了了，也不管了，让我也不必管了。江山代有才人出，一代新人换旧人。我们已经是旧人，就让新一辈的孩子去折腾吧。"英亲王疲惫地拍拍英亲王妃的肩膀，"你没追上华丫头？"

英亲王妃点点头，将谢芳华摆了阵阻拦她之事简略地说了一遍，又说了李沐清追去之事，同时将秦铮对李如碧撂出的狠话"再见必杀"之事也说了。

英亲王听罢大为不解。

英亲王妃一时也想不明白。

夫妻二人对坐着，一时愁容满面，相顾无言。

直至三更，英亲王才道："罢了，你折腾一趟也累了，若是折腾病了可怎生是好？先歇着吧！皇上休朝三日，文武百官皆不上朝。明日我约右相出府谈谈，看看那右相府的李小姐到底是个什么情况。"

英亲王妃的确累了，闻言疲惫地点点头。

这一夜，英亲王府直到三更才熄灯，京中有几大府邸因为英亲王府突然出事，不明其由，也是深夜才歇下。

玉灼和林七守在落梅居内，秦铮一夜未归。

第二日清早，早早起来的百姓们便看到了京城大街小巷张贴的告示——秦铮奉旨休妻。

一时间，京中的百姓们惊异不已，纷纷揣测皇上为何突然下这样一道圣旨休书，是意在侮辱忠勇侯府，还是小王妃真的做错了什么，以至于皇上在他们大婚后短短几日便又下了休妻的旨意，还昭告天下？

除了京城，其他各地也张贴了告示。不得不说官府的力量是强大的，皇帝是昨日傍晚下的命令，京城方圆千里内各州县的百姓们第二日一早便看到了告示上的圣旨休书。

这道圣旨休书比两道赐婚圣旨掀起的风波还大，主要是实在令人猝不及防。很多地方秦铮和谢芳华大婚的喜庆余韵还没有散去，便出现了这样的圣旨休书，京城方圆千里内如炸开了锅。

一时间，天下哗然。

天明时分，果然雾散阵破。

李沐清围绕摆设九阳九阴阵的地方转了许久，捡齐了九段发钗，又朝前方的九环山看了许久，才收起九段发钗，翻身上马，带着人沿着山路追去。

谢芳华带着侍画、侍墨等人连夜赶路，天明时分已经走到距离京城五百里的地方。

从山道踏上官道后，便能听到路上三三两两经过的行人议论告示上所述的圣旨休书之事。

秦铮休了妻子谢芳华，以后再无干系，各自嫁娶。

这样一道圣旨休书在两人大婚没几日便发布出来已是罕见，而古往今来，从未有将休书以圣旨形式昭告天下之说，自然令人震惊至极。

一直到入了城，身边都不乏议论之声。

城内更是熙熙攘攘，因圣旨之事讨论得热火朝天。

大街小巷都张贴着告示，每张告示前都里三层外三层围满了人。

侍画、侍墨等人看着熙来攘往的人潮，听着不绝于耳的议论声，都偷眼看谢芳华。

谢芳华早已经在出山路之后便取出面纱戴上，只露出一双眸子，眼神有些清冷，整个人十分沉静，只扫了一眼告示，便择了一家酒楼走了进去。

一大清早，酒楼内空空荡荡的，没有什么人。

谢芳华回头看了一眼，示意侍画上前说话。

侍画连忙走上前，对掌柜的说："有空房间吗？我家小姐想在这里休息半日，午后便离开。"

掌柜的打量了谢芳华几眼，连忙笑着说："有房间，几位姑娘请随我上楼。"

来到二楼一间雅间前，掌柜的打开房门，只见里面十分宽敞，装饰雅致，器具都干净整洁。

谢芳华走了进去。

侍画先给谢芳华要了一桶水，又点了些饭菜，掌柜的连忙下去吩咐人准备。

不多时，有人抬了一桶水进来。

谢芳华去屏风后沐浴。连夜走山路，染了一身寒气，现在被热水包裹，寒意总算被冲淡了些。

半个时辰后，她从木桶中出来，饭菜也恰巧被端进了房间。

用过饭菜，谢芳华对侍画、侍墨等人道："再要一间房间，都歇歇。午后赶路，今日一定要到临安城。"

八人点点头。

谢芳华躺在床上，虽然疲惫至极，却没什么困意，所以她只是闭上眼睛，静静地躺着。

窗户临街，关于圣旨休书的谈论声不时透过窗子飘进耳里。

有人说：圣旨休书既然下了，那么铮小王爷和芳华小姐自此真的再无干系了吧？

有人说：那是自然的，肯定再没关系了！

有人说：据说当初为了娶芳华小姐，铮小王爷据理力争，受了好一番折磨，如今才大婚没几日，皇上就下了圣旨休书，铮小王爷同意吗？

有人说：铮小王爷不同意能怎么办？那可是皇上啊，难道铮小王爷反了皇上不成？

有人立即捂住那人的嘴，警告：嘘，你不要命了，这话也敢说！

一时间，人群的声音小了些。

然而不多时，他们又压制不住对此事的好奇，继续肆意谈论起来。

隐隐可以听出，指责皇帝者居多。百姓们茶余饭后大多爱看戏，而这件事情就跟戏本子上演的棒打鸳鸯一样。自古以来，男子休妻后不耽误娶婆，女子被休后却不同，难再寻到好人家嫁出去，所以无论多少人言谈间为谢芳华抱不平，都只能惋惜，这样出身在钟鸣鼎食之家谢氏的金尊玉贵的小姐，偏偏也躲不开被休的命运。

在这件事情里，她就是一个弱女子，无数人对她的遭遇唏嘘不已。

谢芳华躺在床上，无声地笑了笑，似嘲似讽，过了片刻，反而定下心，睡着了。

一觉睡到晌午，用过午饭，谢芳华准备离开。

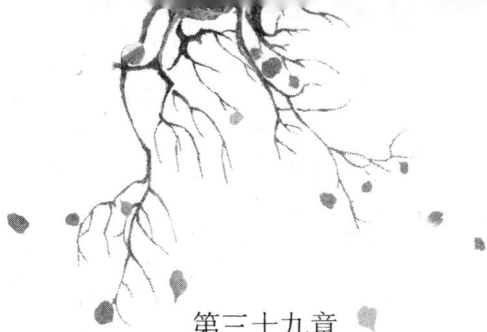

# 第三十九章

# 一举击杀

这时，那掌柜的走进来，对谢芳华恭敬地一礼："芳华小姐，我家公子刚刚传了信来，请小人转告芳华小姐，让小姐在这里再休息半日，等等我家公子。"

谢芳华挑眉："你家公子？"

"回芳华小姐，我家公子是右相府李公子，如今正在赶来的路上。"那掌柜的立即道。

谢芳华闻言看着他："原来这家酒楼是李沐清的，怪不得我觉得装饰有些熟悉。"

那掌柜的立即拱手道："我家公子昨夜便追随您出了京，只不过在九环山受阻了，今日辰时才从九环山离开。我一早就得到信息，说您若是到了这里，就请暂留一日。"

"你让他回去吧。"谢芳华摇摇头。

那掌柜的一愣，连忙道："公子披星戴月，急急赶来，也是担心您。公子传信，请您千万等他一等。"

谢芳华叹了口气："李沐清重诺，我心领了，只是如今天下都在谈论圣旨休书一事，为了他的声誉，暂且还是不要靠近我的好，免得被殃及。"话音刚落，她对掌柜的道，"你家公子是聪明人，你告诉他回去吧，若是有需要，我自会请他相助。"

掌柜的一愣，也考虑到自家公子的声誉："这……"

谢芳华摆摆手，示意他不必多说，之后出了房间。

侍画、侍墨等八人立即跟在她身后下了楼。

一行人很快离开这家酒楼，出了城。

掌柜在谢芳华走后，连忙飞鸽传书给李沐清。

一个时辰后，李沐清接到了飞鸽传书。他解下绑在鸽子腿上的信纸，看了一眼，笑了笑。

"公子？"一名亲随看着他。

"我若是怕被殃及，便不会追出京城了。"李沐清撕掉信纸，一阵风吹来，碎片飘散开去。他道："继续赶路。"

众人都点点头。

谢芳华出了城，纵马继续向临安城方向奔去，走出一百里后，前方出现了一片山坳。山坳中林木茂密，中间是一条土道。先是淋了好久的大雨，又经过几日太阳暴晒，土道上行人和车马留下的凹痕已经干裂。

谢芳华忽然勒住马缰。

侍画、侍墨等人见她停下，也立即勒住马缰，看着她："小姐，是要休息一下吗？"

谢芳华看着前方的林木，不说话。

侍画、侍墨等人追随她有一段时间了，对她的习惯有几分熟悉，见她如此，顿时警醒起来，觉得前方定然是有什么事儿，否则小姐不会露出如此表情。

过了片刻，谢芳华对几人道："你们等在这里。"

几人一惊："小姐？"

"听我的吩咐，等在这里，没有我的吩咐，不准跟来。"谢芳华强硬地命令了一句，双腿一夹马腹，冲进了山坳。

侍画、侍墨看着她离开，心下发急，但是碍于她的吩咐，又不敢跟去，只能干瞪眼。

谢芳华纵马走了大约半盏茶后，来到这片山坳最低洼处，忽然，一张大网从两旁的树上飞快地罩下，正对着谢芳华这一人一马。

谢芳华抽出袖剑，挥剑去砍。袖剑本是削铁如泥的宝剑，在触到网时却砍不动，转眼间，一人一马就被罩在了网下。

马侧着倒下，谢芳华的一条腿被压在马身下，整个人也和马一样仰倒在地。

网瞬间收紧，将一人一马紧紧地裹在网中，马蹄子踢蹬了两下便动弹不得。

"什么人？"谢芳华恼怒地低喝。

这张大网是机关控制的，大网罩下，却不见人影，显然有人在暗中操纵机关。

谢芳华喊声落下，树林内忽然传出一声冷笑："谢芳华，还以为你有多大的本事，没想到这小小一张网便将你套住了。你这叫不叫自投罗网？"

"你是什么人？"谢芳华又大喝一声。

"我是谁你听不出来？你在无名山待了多年，本座的声音你听不出？"那个又冷又木的声音嘲笑道，"持奉那个笨蛋说你心狠手辣，极有本事，如今看来是他没本事吧？本座看你好拿得很。"

"原来是藏锋宗师。"谢芳华恍然，"我一个小女子，即便学了些本事，自然也不及宗师您的本事大。"顿了顿，她看着罩住她的网道，"不过这网是什么材质？我手中拿的可是削铁如泥的宝剑，竟不能砍动这网丝毫。"

藏锋哼了一声："这是金蝉丝网，你手中即便拿的是宝剑也削不断。这网砍不断、烧不断，拿来给你用，省了本座一番功夫。"

谢芳华笑了笑："真是劳烦宗师这么费心思拿我了。"

藏锋从暗处走出来，一身黑袍，还蒙着面，像地狱里走出的魔鬼，在如此晴朗的白日里，他周身也是阴冷冷的鬼气。他走到谢芳华面前，打量了谢芳华一眼，冷冷地道："若不是持奉夸大你的本事，本座何至于在这里守株待兔两日，费了好一番心思。"

"藏锋宗师原来已经等了两日了，这么说我一从京城出来，宗师便知道我必然经过这里。"谢芳华看着他，似乎也被他周身的气息感染，脸变得有些白。

藏锋很满意她目光中的微微惧意，点头："自然。你要去临安城，必定要经过此路，本座不在这里等，在哪里等？"

"我出京城，皇上并未阻止我离开，怎么，皇室隐卫的宗师这是擅作主张，还是奉了皇命，不在京城杀我，要来这种偏远之地杀我？"谢芳华问。

"杀你？"藏锋摇摇头，"本座不杀你。"

"不杀？"谢芳华看着他。

"只要你交出魅族的秘术，本座便饶你不死。"藏锋居高临下地道。

"我若是不交呢？"谢芳华问。

"不交我便让谢氏一门去死，你的爷爷、哥哥、兄弟姐妹乃至谢氏所有人，都将为你的愚蠢付出代价。"藏锋神情肃杀。

"我爷爷已经被我派人护送走了。"谢芳华说。

"护送去东海？"藏锋笑了起来，难听的笑声甚至惊走了栖息在树梢的鸟儿，"无知小儿，自以为在无名山待了几年翅膀便硬了吗？告诉你，你爷爷只会葬身海底。"

谢芳华忽然面色大变："你对我爷爷做了什么？"

"只要你识时务，你爷爷便可以不死。"藏锋阴恻恻地看着她，"否则本座就要让你知道你不识时务的下场。"

谢芳华的身子忽然颤了起来。

505

"怎么样？交不交出魅族秘术？"藏锋满意地看着她因恐惧而收缩的瞳孔。

谢芳华尽量不让自己颤抖，可是控制不住，好半晌她才重新找回声音："我再问宗师一次，到底是皇上要截杀我，取魅族秘术，还是宗师自己想要秘术？"

"皇上？"藏锋大笑起来，"你说南秦的皇帝老儿吗？无能之辈，还妄想继续掌控我们，做梦！"

谢芳华看着他："我不明白，宗师要魅族秘术做什么？"

"你不用套我的话，不用管我要秘术做什么，只将你手里的秘术给我就是了。"藏锋看着她，"否则我就让你亲眼看着你们谢氏的人一个一个死去。据说你很是看重谢氏满门，那么我就一个一个杀了他们。"

"宗师竟然连我一心要护谢氏满门都知晓。"谢芳华脸色一灰，咬牙道，"我将魅族秘术给你，你若是出尔反尔，再杀了谢氏全族，我也拿你没办法。宗师精明，我谢芳华也不傻。"

"嗯，你的确比一般女子聪明。"藏锋看着她，"本座还看不上谢氏，只要你告诉我魅族秘术，我答应你，不杀谢氏就是。"

谢芳华顿时大怒："我谢氏流传了上千年，如今已是世家大族，底蕴丰厚，甚至掌控了南秦的半壁江山。我动动手指头，就能切断南秦的经济命脉，你竟然如此看不上我谢氏，侮辱谢氏，还想我给你魅族秘术？"

藏锋闻言冷冷地大笑："弱质女流，徒有些小聪明而已，只比世间大多数愚蠢的女子强一些，但也强得有限。放眼天下，别说你区区谢氏，就是南秦、北齐、诸多小国加起来，也不及一个魅族。"

"魅族不是早就灭亡了吗？"谢芳华犹自愤怒地瞪着藏锋，"据说魅族是一个小国，别说南秦和北齐相加，就是我们谢氏的十之一二都赶不上，能有这么重要？宗师莫不是在无名山的活死人地狱待久了，脑子都糊涂了？"

"混账！"藏锋大怒，"你竟然敢说本座糊涂？"

"不是糊涂是什么？魅族区区小国，而且早就亡国了，现在天下间除了苟延残喘的几人外，哪里还有魅族的丁点儿痕迹？"谢芳华不屑地道，"连南秦、北齐、谢氏都看不上，宗师不是糊涂是什么？"

藏锋本来极为恼怒，闻言忽然大笑："你这女子，果然是井底之蛙，不懂魅族宝物，十个天下都不及。"笑罢，他阴恻恻地道，"少废话，快交出魅族秘术，饶你和谢氏不死。"

"若是拿了魅族秘术，宗师真的会放过谢氏、放过我？"谢芳华怀疑地问。

"自然，本座说话一言九鼎。"藏锋道。

"宗师拿了魅族秘术之后要做什么？"谢芳华又问。

藏锋忽然抽出宝剑，对准谢芳华的脸："你不交出秘术，本座自然不会杀

506

你，但是，除了杀光谢氏满门外，本座还会折磨你，不如先划花你这张脸？"话音刚落，他晃了一下手中泛着寒光的剑，阴狠地问，"本座问你，你到底交不交秘术？"

"我没说不交。"谢芳华立即惧怕地道，"宗师既然说话一言九鼎，承诺不杀谢氏和我，胳膊拧不过大腿，况且我爷爷的性命还握在宗师您的手中，我自然不敢不交。您先将剑拿开，放开我，我将秘术给您。"

藏锋将剑拿开一些，阴冷地道："你少耍心机！本座放开你，你岂不是跑了？"

"秘术藏在我心里，我需要写下来。宗师既然这么轻易就捆住了我，还怕我跑了不成？我不是您的对手，能跑到哪里去？"谢芳华道。

"你既然记在心里，不用你写下来，只须口口相传，告诉我就行。"藏锋不吃这一套。

谢芳华闻言咬唇："只有宗师您一个人在这里吗？若是我说出来，被别人听到呢？"

"只有本座在这里，你尽管说，没有人会听到。"藏锋肯定地道。

"还是小心些吧。宗师，您靠近一些，我低声说给您听。"话音刚落，谢芳华补充道，"不过您要先发誓，得到秘术后，不对谢氏和我动手，否则天打雷劈，不得好死。"

"好！"藏锋立即对天发誓，颇有些迫不及待。

谢芳华见他很快就发完誓，来到她面前，在离她只有一步处蹲下身，全身唯一露出的眼睛里尽是灼热的光芒。她心里冷笑一声，忽然出手，一道青光从她手心快速飞出，瞬间缠上了他的脖颈。

藏锋大惊，立即挥剑，可是已经晚了。

一是他放松了警惕，二是谢芳华出手太快。尤其是这道青光缠住了他的脖颈后，转眼便浓密了三倍，将他整个人包裹在青光中。

他给谢芳华罩了一张有形的网，却没料到谢芳华给他罩了一张无形的网。

转眼间，他整个人便动弹不得，只能拼命地挣扎。然而随着他的挣扎青光聚成的网却越勒越紧，他空有一身真气和本事，这一刻却全然施展不出。

藏锋看着谢芳华，眸中的惊恐越来越浓重。

"这是……是……魅族秘术……你竟然会魅族秘术？"

藏锋惊异，难以置信，没想到他要的东西如今却被谢芳华运用在他身上。

这是他在用那张大网罩住她后，得意之余全然没想到的。本来是她受制于自己，转眼却是自己落在了她的手中，且没有丝毫反抗之力。

一时间，他又惊又怒。

谢芳华看着藏锋，嘴角微微露出一丝笑意，手下的青光却丝毫不放松，每一丝青光都如利剑一般，一寸一寸地凌迟着藏锋。谢芳华语气平和："藏锋宗师，你说，今日是你杀了我，还是我杀了你？"

"你敢！"藏锋大叫一声，却因为青光缠得紧，勒住他的脖颈，以至于声音不再冰冷木然，变得艰涩难听。

"我敢！"谢芳华干脆地道。

"你的爷爷，你的舅舅，你谢氏一门……不顾了？"藏锋虽然惊怒，但此时并没有太大的惧意，似乎吃定了谢芳华不会杀他，"你若是杀了我，自然会有人杀这些人。"

谢芳华冷笑："我既然敢杀你，自然有本事保住他们。这里死的是你，别处同样谁去谁死。"

藏锋忽然大笑："你一个弱女子好大的口气！你……可知道杀你爷爷的是谁？"

"你可以告诉我。"谢芳华道。

"做梦！"藏锋阴狠地看着她。

"我早晚会查出来的。既然宗师你不说，就别怪我手下不留情了。你死后，我会帮你焚尸，黄泉路上不用太感谢我。"谢芳华忽然手腕一转，青光瞬间带上了丝丝杀意。这股杀意虽然来得快，但是也来得缠绵，如温柔的刀，一片片割着藏锋的身体。

藏锋切身感受到了谢芳华的杀意，这才意识到她是真的要杀了他，他的一双眸子里终于现出惊骇恐惧。

谢芳华心里想，原来无名山的活僵尸也是怕死的。

"住手！"藏锋痛苦地喊，"你若是不杀我，我就告诉你——"

谢芳华看着他，轻轻地说："晚了。"

话音刚落，她再不给他机会，青光化成的千万片刀刃不停地切割着他的身体，将他身上所有的血管筋骨寸寸削断。不出一盏茶，藏锋便成了血人，目光渐渐散乱，最后闭上了眼睛。

藏锋彻底断了气！

谢芳华慢慢撤回手，藏锋的身子轰的一声倒在了地上，转眼便将地面染作血河。

她看也不看他一眼，身子一软，手腕无力地垂放在地上。

过了片刻，她抬手，轻轻地吹了声口哨，一只鸟从密林中钻出来，站在她面前，她低声说："去喊侍画她们八人进来。"

那鸟懂得人语，立即抖着翅膀飞了出去。

一炷香后，侍画、侍墨等人匆匆纵马奔来，见到被大网罩住的谢芳华和她面前倒在血泊里看不清模样的血人，两人面色大变，齐齐下马，焦急地喊："小姐！"

谢芳华睁开眼睛，示意她们帮她解开绳网。

侍画等人连忙动手。绳网虽然系得密实，但也难不住几人，没用多少工夫便将谢芳华从丝网里解救了出来。她身下的马也得到解救，站起身，踢了踢蹄子，嫌恶地离开了原地，离藏锋的尸体远了些。

谢芳华浑身无力，侍画、侍墨将她扶起，见她脸色苍白，身体似乎极其虚弱，一副随时要晕倒的模样，他们吓坏了，连忙喊："小姐，您怎么样？您不要吓奴婢们！"

谢芳华摇摇头："我只是损耗太过，没事儿，休息一会儿就好，不用担心。"

"真的？"侍画连忙问。

"真的。"谢芳华点点头，伸手一指不远处的一棵大树，"扶我到那里坐下，然后你们几个人将这个人的尸体搜一遍，看看他身上带着什么东西，搜完后，将尸体焚烧处理了。"

"小姐，这个人是谁？"侍画问。

"无名山三位宗师之一的藏锋。"谢芳华道。

侍画等人闻言大惊。她们都知道无名山的宗师据传十分厉害，武功已经出神入化，没想到小姐竟然将这个人给杀死了，怪不得身体损耗至此。在她们没看到的地方，小姐一定经过了一场九死一生的恶战。她们连忙将谢芳华扶到那棵树下坐着。

谢芳华靠着树坐下后，闭上眼睛，虚弱地对几人道："去吧，小心一些。他人虽然死了，身上兴许还会有毒虫或毒药，你们别伤着。"

"是。"侍画、侍墨、侍蓝、侍晚四人一起走了过去。

品竹等四人留下来陪谢芳华。

品竹看她十分难受，小声说："小姐，奴婢给您传些内力吧。"

谢芳华摇摇头："不是内力的事儿，内力此时对我来说不管用。"

品竹不解："那您是用什么将藏锋杀死的？"

"魅族的秘术。"谢芳华疲惫至极地道，"我损耗的不是内力，而是心血。"

品竹听闻"心血"二字，大惊失色："小姐，那怎么办？您一看就是心血损耗极多，可怎么补回来？"

谢芳华摇摇头："今日不能赶路了，待将这里收拾好，先寻个地方，我引内息自我修复，一夜之间应该可以好转个七八分。"

品竹闻言立即一喜："能修复就好！"

谢芳华笑笑，不再说话。

那边，侍画、侍墨等四人先用剑将藏锋的面巾挑开，露出一张神色惊骇、充满了不甘心的脸，这张脸平平无奇，扔在人堆里根本认不出。四人看了一眼，又用剑挑开他的外衣，确定没有什么毒物后，才取出特制的手套，对他进行搜身。

片刻后，她们从他怀里搜出了一堆东西。

有几个瓶子、两个竹筒、一支木笛，还有一本黑色的本子以及一卷牛皮纸。

侍画抱着这些东西向谢芳华走去。

侍墨、侍晚、侍蓝三人用火石将藏锋的尸体点燃，尸体遇火，顿时哧哧地响了起来。

侍画来到谢芳华面前，将东西放下，轻声说："小姐，从这个人身上搜出这些东西。"

谢芳华点点头，睁开眼睛，慢慢伸出手，一一拿过来检查。

几个瓶子里装的是药物，有毒药也有灵药，以谢芳华的医术很好辨别。

两个竹筒是封闭的，里面分别养了一对小虫子，一对红色的，一对黑色的，那支木笛应该就是引导竹筒里的虫子所用。

那本黑色的本子是用梵文书写，记录的全是人名。有的人名已经划去，有的人名则用不同的笔迹书写。谢芳华在上面看到了孙太医和韩大人的名字，已经被划掉了，范阳卢氏那几人也被划掉了。另外，上面除了有南秦的官员和各大世家主要人物的名字外竟然还有北齐的人名，言宸的名字赫然在目，就排在第一位，尚未划去。

这是否说明上面记载的是他们要杀的人？

不同笔迹表示这个人有不同的作用？

谢芳华拿着这本本子翻看了片刻，放下，又拿起另一卷牛皮纸展开，只见里面是一片空白。她伸手摸摸纸张，片刻后，对侍画道："将火石给我。"

侍画立即拿了火石给她。

谢芳华将牛皮纸卷点燃，片刻后，四个边角被烧破，她从里面抽出一张薄薄的纸来。

是一张地图。

谢芳华凝视了片刻，疲惫地将纸放下，对侍画道："帮我把这些收起来。"

侍画应声，连忙动手将这些东西都收了起来。

谢芳华重新闭上眼睛，不远处传来尸体烧焦的气味，十分难闻。

半个时辰后，尸体化成了灰，侍墨等三人回来对谢芳华道："小姐，藏锋的尸体都烧干净了。地上那些骨灰……"

"风一吹就散了。"谢芳华睁开眼睛，吩咐，"找一个离这里远一点儿、林木深一些的地方，我要在那里休息片刻。"

几人齐齐点头。

侍画、侍墨扶起谢芳华上马，向前方一座深山中走去。

走了大约半个时辰，众人在一片浓密的林木前停了下来。侍画低声问："小姐，这里怎么样？"

谢芳华点头，虚弱地道："就这里吧。"

侍画、侍墨将谢芳华扶下马，品竹等人连忙找了一个合适的地方，收拾出一块空地来，又斩了些干草铺在空地上。

谢芳华盘膝坐在干草上，慢慢地调动仅剩的微薄术力，修复受损的血脉和心脉。

她本不想立即杀了藏锋，想要从他口中多套出些有价值的东西来，可是后来突然发现她的魅术的杀伤力在减退。藏锋武功太高，她本就受困在网中，若是再耽搁，恐怕不但没办法杀掉藏锋，弄不好的话还会给他机会逃出生天，那么，她就麻烦了。

所以，她才会说"晚了"，再也不给他机会，一举杀了他。

杀死一个无名山的宗师，也飞速地耗尽了她本就不多的术力。

对于魅族的秘术，她从得到之日起心底便存在反感和抵触，虽然学了，但未深学，只不过是凭着自己本身的血脉占了先天优势，无师自通会了三分。

这三分用来杀一个人，尤其是无名山的宗师，自然是极其辛苦的。

看来这一回，她不想学也要学了。

今日若不是藏锋大意，不靠近她，凭着她那点微薄的秘术，不见得能奈何他。

谢芳华止住思绪，不再多想，渐渐入了定。

不多时，她所坐的地方渐渐聚起一层青色的雾。那青色的雾十分浅淡，若不仔细辨认几乎看不出，比她杀藏锋之时浓密的雾气浅淡了不知多少。

侍画、侍墨等人围在谢芳华四周，不敢打扰她。

天色渐渐沉下来时，四周山林中依稀响起动物的叫声。

侍画伸手召来另外七人，低声说："咱们八人在这一处布置个阵法吧，万一有什么人来打扰小姐，也可以应付一二。毕竟小姐杀了那个藏锋，如今虽然离那处地点远了，但保不准再有人找来这里。"

七人觉得有理，齐齐点头。

八人聚在一起商量了一阵，确定了一个阵法，之后围绕谢芳华开始布阵。

一个时辰后，八人将阵布好，然后齐齐跳进阵内，按照东、东南、南、西南、西、西北、北、东北的方位，每个人占据一个方位。

谢芳华已经沉浸到秘术里，对八人所做的这一切无知无觉，周身青色的雾随着她修习秘术渐渐聚拢，由依稀可辨到渐渐浓厚。

入夜时分，谢芳华周身聚拢的雾气已经将她整个人笼罩住，即便侍画等八人距离她不远也难以看到她了。

侍画、侍墨等人越来越惊奇，想着魅族秘术果然玄妙，怪不得世人提起魅族皆讳莫如深。

子时，阵外忽然传来马蹄声。

侍画、侍墨等人立即打起精神，警惕起来。

不多时，当马蹄声听起来就在不远处时，有一人出声了："公子，痕迹到这里就没了。"

一人嗯了一声。

侍画、侍墨等人听出那仅仅出了一声的人是李沐清，齐齐露出讶异之色，暗暗想：小姐已经拒绝了李公子，让他不要追来了，难道他没听进小姐之言，还是追来了？

虽然认出是李沐清，不过有阵法掩护，八人屏息凝神，谁也没出去，更没吱声。

"奇怪，痕迹到这里就没了，这座荒山前不着村后不着店的，她们来这里做什么？"早先开口那人疑惑地道，"公子，您是不是判断错了？"

李沐清摇头，吩咐道："将火把递给我。"

那人连忙递给他一支火把。

李沐清翻身下马，举着火把踱了几步，目光忽然落在侍画等人摆阵处。那里林木深深，雾气浓郁，他抿了抿唇，走上前，站在阵外温声道："芳华，你可在阵里？"

谢芳华沉浸在秘术里，自然听不见他的话。

"侍画，你可在？"李沐清又道。

侍画不言声。

"侍墨呢？有哪位在？"李沐清又问。

依旧无人答话。

"公子，既然无人答话，破阵看看吧。"一人靠近李沐清，跃跃欲试地道，"您若是懒得动手，让属下来。这阵看起来挺精妙，属下刚刚都不曾发觉。"

"不得胡闹！"李沐清摆手制止。

那人道："指不定这阵中无人呢。您喊了两三遍了，都没人答话。"

李沐清微微蹙眉，想了想，温声道："这布阵的手法依稀有子归兄手法的影子，所以我猜测这个阵不是芳华布的，而子归兄布的阵较这个阵要精妙许多，所以我猜测，这个阵的布阵之人是子归兄送给芳华调教的婢女，应是芳华的八名近身婢女才能支撑起这个八方阵。既然她们八人在，那么芳华定然在这里。"

阵内八人对看一眼，无人说话。

李沐清又道："我猜想，芳华一定是出了事情，在这里调息养伤。沐清别无恶意，哪位姑娘此时听着，请出来一叙。"

阵内依然无人应答。

"既然无人应声，想必事态较为严重，请恕我实在担心，这便破阵进去了。"李沐清将火把递给身旁之人，就要破阵。

侍画等人见他道破谢墨含教给她们的阵法，心知这阵法是拦不住他了，八人对看一眼，侍画和侍墨齐齐离开方位跳出阵外，拱手见礼："李公子。"

"果然是你们。"李沐清微微一笑。

侍画恭谨地道："李公子恕罪，我家小姐的确是受了内伤，如今正在运功调息，不能受任何打扰，奴婢们才未曾立即出来。"

"她受的内伤重吗？"李沐清面色微变，"谁在给她疗伤？可需要我用内功助她？"

侍画摇摇头："小姐自己在运功调息，说我们帮不上忙，她内力特殊，只能自己调息。您恐怕也帮不上忙。"

李沐清闻言立即问："她可有大碍？"

"今日情况极差，才找了这处地方调息，要看明日小姐是否能好个七七八八。"侍画道，"否则还是不能立即赶路。"

李沐清点点头，看了一眼面前的阵，见浓雾缭绕，什么也看不见，他问："我一路追来，在后方十里外的密林看到些痕迹，料想你们走了没多远，于是沿着痕迹一路找来。你们在那里遇到了什么危险，芳华竟然伤重至此？"

侍画犹豫了一下，想着这位右相府的李公子一直对小姐极好，小姐也十分信任她，应该可信，便低声道："我们碰到了无名山三位宗师之一的藏锋宗师。"

李沐清面色一变："怎么是他？"

"当时小姐将我们八人都留在了密林外，我们便没亲眼见到打斗的情形。待小姐喊我们去时，我们看到小姐被罩在金蝉丝制成的网里，地上躺着一个血人，就是被小姐杀死的藏锋宗师。"侍画道，"当时小姐受了极重的伤，几乎无力站起来。"

李沐清的面色凝重起来："怪不得伤得这么重，不能再赶路，要择地养伤，原来碰到的是无名山未死的宗师。若不是被此事耽搁，我此时也追不上你们。"

"李公子怎么没有折返回京？小姐不是让人给您传信了吗？"侍画疑惑地问道。

李沐清笑笑："出了这么大的事儿，她一人出来，我不甚放心，加上秦铮兄无法离开京城，我只能代他出来。虽然你家小姐怕连累于我，但我不是怕被连累之人，是以一路追来，一是怕她出事，二是看看是否能帮她处理些事情，三是我也想了解一下她和秦铮兄到底出了什么事。"

侍画闻言摇摇头："我们也不知道小姐和小王爷到底出了什么事，明明好好的，突然就争执起来，小姐愤而离府，据说我们离开时，小王爷昏迷了过去。"

李沐清知道侍画所言非虚，点了点头："既然这样，等你家小姐调息一番之后再说吧。"话音刚落，他吩咐身后的护卫，"大家都累了，就在这里择地休息吧。"

领头那人一摆手，一队护卫齐齐下马，各自找地方休息。

侍画、侍墨知道李沐清既然这般追来，自然是不会走了，便不再多说，齐齐一礼，走回阵中。

阵内，谢芳华依然静坐在浓雾中，对外面发生的一切一无所知。

李沐清从九环山出来一直在赶路，赶了一日半夜，着实累了，这时也寻了一处地方休息。

天明时分，谢芳华周身的浓雾渐渐散去，她闭着的眼睛缓缓睁开。

侍画等人一直注意着她的动静，见她收功，连忙靠拢过来，齐声问道："小姐，怎么样？"

谢芳华的气色依旧不是很好，但较之昨日杀死藏锋之后大有改观，虽然依旧不太精神，但是不至于说话都疲软无力，她点点头："好多了，恢复了三四分。"

"怎么才恢复三四分？"品竹一愣，"您不是说能恢复七八分吗？"

"是我高估了自己控制秘术的能力，也低估了本身的损耗。"谢芳华叹了口气，"不过赶路应该是没问题了。"

"真能赶路吗？"品竹小声说，"什么也不如您的身体重要。若是不能赶路，再休息一日吧。"

"我能休息，临安城却不能。"谢芳华摇摇头，慢慢地站起身。

"小姐，李公子昨夜子时循着痕迹找来了这里，如今就在阵外。"侍画低声说。

谢芳华微微抿唇，道："也在意料之中，李沐清不是我一句话就会轻易折返的人。"话音刚落，她摆摆手，"撤了阵，出去吧。"

侍画、侍墨等人齐齐颔首。

谢芳华缓步走出阵。

她走出阵后，一眼便看到李沐清靠在不远处的树干上。清晨山风凉寒，雾气有些大，他一身玄青色锦袍，周身被夜雾和山风侵蚀，泛着丝丝凉意。他一路追来，虽然休整了半夜，但气色依然因为劳累而有些差。

右相府的公子金尊玉贵，本不必来这等山林苦地。

她停住脚步，看着他。

李沐清本来看着另一个方向，听到动静，转过头来，当见到谢芳华走出，站在阵外看着他时，他立即直起身，走上前："怎么样？伤势可恢复了？"

谢芳华点点头："恢复了几分。"

"无名山的宗师之厉害，一直有传闻，你能杀了他，还能全身而退，已经十分不易了。"李沐清很是自责，"我快一点儿追来就好了。只是被你设在九环山的阵法拦住，没办法走得更快。"

"那个阵法本来是为了拦王妃，没想到拦住了你。"谢芳华笑笑，"辛苦追来做什么？我不会有事的。"

"还说不会有事？看看你的气色，实在是差极了，运功一夜才恢复了三分。"李沐清皱眉，"这样吧，只运功调息也不成，前方二十里有一座城镇，我们进城找一家药店，你必须服用汤药，用来辅助修复内伤。"

谢芳华摇摇头："不用，我身上带着药，咱们打些野味烤了吃，然后便赶路吧。"

"要去临安城？"李沐清眉头微凝，"还是你的身体重要，不急在一时半刻，毕竟太子和子归兄都在临安了。"

"正因为哥哥在临安，我才不放心。"谢芳华道。

李沐清见她坚持，无奈地问："身体真没什么事？能赶路？"

"能，放心吧。"谢芳华点头。

李沐清不再多言，对身后的人摆摆手，吩咐了一声，有人立即去打野味了。

侍画、侍墨等人撤了阵后，在不远处找了山泉，众人一齐动手，宰杀并清洗野兔、野鸡等物，然后架上火烤。

李沐清趁此机会低声问谢芳华："你和秦铮兄到底是怎么回事？怎么会弄到这种境地？"

谢芳华看了他一眼，摇摇头。

李沐清见她不打算说，心下有些担忧："对我你还要隐瞒吗？世间没有解决不了的事情，你们大婚何等不易，怎么能轻言放弃？如今关于休书的告示天下皆知，你是否清楚你们以后再没有关系了？芳华，这可不是闹着玩的事情！"

谢芳华闭了闭眼："我不是要对你隐瞒，只是一言难尽，有些事情没办法说。"顿了顿，她点头，"我知道这不是闹着玩的事儿。"

李沐清一怔，看着她："也就是说，你是在十分清醒的情况下做的决定？我听秦铮兄说，此事是你的主张？为何？"

谢芳华摇摇头，不想说。

李沐清见她面容冷清，此时因为他的话，她的气色又差了些，他一时忧心不已，犹豫片刻，对她低声道："你出京后，英亲王府请了太医，随后皇上下了圣旨休书，之后秦铮兄撕毁了圣旨，闯进宫。当时皇上已经下旨，闭朝三日，任何人都不见，但是秦铮兄射伤了侍卫统领，强行闯进宫。他出宫后，我在半路拦截住他，他与我说了一些话。"

谢芳华看着他。

李沐清想了想，将拦住秦铮时的情形和他说的话叙述了一遍。当说到秦铮说再见李如碧一定杀了她时，他看着谢芳华，低声道："你们之间，是否因为我妹妹生了什么误会？她近来一直在府中陪我娘吃斋念佛，我并未发觉她做过什么。可是她背着我和父亲，私下做了什么？"

谢芳华闻言愣在原地。

李沐清看着她，静待她说话。

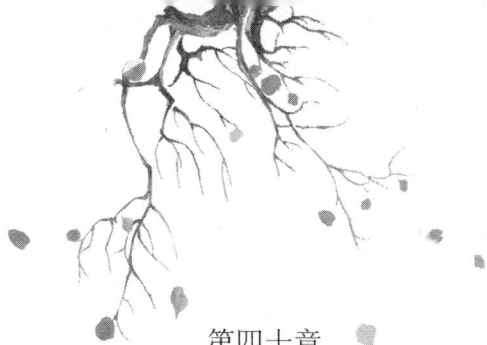

第四十章
# 凤鸾之主

　　过了片刻，谢芳华低下头看着地面。清晨，太阳还没升起，草木枝叶上都挂了一层露水，让人感觉到丝丝凉意。她沉默许久，才道："我未曾想到他会如此对李小姐，其实不关她的事。"

　　李沐清不解。

　　谢芳华抬起头，看着他道："你放心，我会派人传信回京，告诉他不要如此。李小姐该如何依旧如何，别因我使得她难以立足，否则倒是我的错了。"

　　李沐清看着她。

　　谢芳华叹了口气，转身走向侍画等人，不再与他多说。

　　李沐清见她走远，知道再也问不出什么，只能作罢。

　　吃过野味，一行人启程。

　　谢芳华身上内伤未愈，赶路的速度自然不快，巳时才到下一座城池。众人皆不需要休息，便继续赶路。

　　谢芳华戴着面纱，李沐清也买了一方斗笠遮面。

　　一行人畅通无阻地进城又出城。

　　虽然已经过了一日夜，但是休书告示的热度还没有退去，依稀能听到路上的行人在谈论。

　　晌午时分，众人在一处酒家稍事休息，之后又启程了。

　　入夜时，距离临安城还有一百里。

　　李沐清见天色已黑，看了一眼前方，对谢芳华道："已经走了一天了，你的身体吃不消，休息一下吧，哪怕只休息半夜也好。"

谢芳华见众人都露出疲惫之色，点了点头。

李沐清带着众人进了自己名下的酒楼，单独辟了一处院落让一行人住下。

休息了半夜之后，正准备继续行路时，一只鹰在院落上空盘旋了一会儿，冲进院子落在了谢芳华的肩头。

谢芳华认出是言宸的信鹰，立即解掉绑在它腿上的绳子，取出信笺。

信笺打开，上面只写了一行字——"勿来临安"。

谢芳华蹙眉。言宸鲜少给她传这么简短、且不说明缘由的信。字迹像是匆忙之下书写的，也就是说，他写这封信笺时应该是没有时间给她解释了。

到底是出了什么事，才让她勿去临安？

谢芳华拿着信笺看了许久，心中揣测不已。

"小姐，都准备好了，启程吗？"侍画在门外轻声问。

谢芳华销毁信笺，沉默片刻，慢慢地道："告诉李公子，我的身体突然不适，今夜不继续赶路了。"

侍画一怔，立即推开门走进来，焦急地看着谢芳华："小姐，您哪里不适？要不要紧？"

谢芳华摇摇头："不要紧，就是感觉心口疼，体虚气闷，可能刚刚起得急了些，大约是太疲乏导致的。你出去告诉李公子，我多睡一觉可能就好了。"

侍画闻言放下心，走了出去。

李沐清已经收拾妥当打算启程，听侍画说明情况后，也不由得感到担忧："她可开了药方？我觉得还是煎一服药喝下才好。"

侍画点点头："奴婢也觉得要喝药，可是小姐不听。"

"我去劝劝她。"李沐清走出房间，来到谢芳华门前，伸手叩门。

谢芳华轻声道："请进。"

李沐清推开门走进去时，谢芳华似乎正准备回床上去睡觉，见他走进来，她从床前转过身看着他，他立即说："我刚刚听侍画说你不舒服，过来看看你。"

"无大碍。"谢芳华摇摇头。

"不能拿自己的身体不当一回事，还是要配合汤药调理。这样，你现在就自己开一服药方，在这座城里，我名下有药店，我命人去抓药。"李沐清坚持地道，"听我的。"

谢芳华点点头："好吧。"话音刚落，她走到桌前，提笔写了一服药方递给李沐清。

李沐清伸手接过，对她说："你先歇下，等药煎好了我让侍画给你送过来。"

谢芳华点点头："有劳了。"

"跟我不必说这种话，我只希望你好好的。"李沐清说完，转身走了出去。

房门关上，屋中静了下来，谢芳华听到院外李沐清在吩咐人去抓药，她转身躺回了床上。

一个时辰后，侍画在外面敲房门："小姐！"

房内无人应声。

侍画又轻轻喊了一声，依旧无人应答。

侍画心下担忧，伸手推开房门。里面一片漆黑，她摸索着走到桌前掌上灯，回身走到床前，刚要再喊，忽然一愣，立即伸手挑开帷幔。

帷幔内空无一人。

侍画回身，在房间内大喊："小姐！"

房间内空无一人。

侍画找了一遍，立即大声喊："李公子、侍墨，来人！"

侍墨听到动静立即冲进屋，在她之后，李沐清等人也匆匆地冲了进来。

"怎么了？"侍墨立即问，"出了什么事情？"话音刚落，她一惊，"小姐呢？"

侍画摇摇头："小姐不见了。"

"小姐怎么会不见？"侍墨感到很奇怪。

"什么时候不见的？"李沐清走到床前，见帷幔内还有人睡过之后凹下去的痕迹，他伸手摸了摸，被褥冰凉。他回身扫视了屋子一圈，没有发现任何异样。他的目光又落在窗子上，窗子完好地关着。

"刚刚奴婢进来送药，喊了小姐两声，屋中无人应答，奴婢才发现小姐不见了。"侍画焦急又恼恨地道，"咱们一直在院子里，到底是什么人绑走了小姐，咱们怎么连半丝声音也没听见？"

"是啊。"侍墨也焦急起来，"是不是无名山的宗师又来了？宗师武功那么高，若是悄无声息地带走小姐，我们武功低微，的确难以发现。"

"怎么办？"品竹等人闻言，脸都白了。

李沐清在房中走了一圈，在窗前停住脚步，伸手打开窗子又慢慢关上，片刻后，他道："芳华应该是自己离开的。"

"什么？"侍画等人一愣。

品竹立即道："小姐身体受损严重，怎么可能自己离开？"

李沐清抿唇："她应该是从窗子走的，这扇窗子打开无声，关闭无声。虽然她的身体受了损伤，但已经恢复了三分，若是刻意避开我们，在我们不察之下独自离开也是有可能的。"顿了顿，他道，"这座院子里只剩下我的护卫，已经感受不到一直暗中跟随你家小姐的隐卫的气息，应该是随着她走了。"

"小姐怎么会扔下我们？"侍画急了，"奴婢们哪里做错了？！"

李沐清回头看了八人一眼，见人人除了面色忧急外还眼圈发红，他叹了口气："你们哪里也没做错，应该是我连累你们了。我执意追来，她不喜我跟随，便避开我独自离开了。"

侍画等人闻言觉得有理，都埋怨地看着李沐清。

品竹更是不快地道："李公子，既然是因为你我家小姐才独自离开，你要赶快帮我们把小姐找到。小姐的身体受损严重，才恢复几分，她独自离开，万一遇到危险怎么办？"

"不错，万一再遇到无名山的宗师呢？死了一位，还有两位呢。"品萱接口道。

"是啊，无名山的宗师盯上了小姐，一直要杀小姐。小姐曾经纵火烧了持奉，前日晚上又一举击杀了藏锋，还有一位宗师呢。"侍蓝道。

"恐怕是不止无名山的宗师想要杀小姐。"侍晚忧心地道。

众人齐齐点头，都看着李沐清。

李沐清揉揉眉心，看着八人道："你们先别急，她有隐卫相护，又向来小心，短时间内应该出不了大事。我这就命人查找，看看她去了哪个方向。"

"小姐一直要去临安城的啊。"侍画立即道。

侍墨点头，接过话："我觉得我们应该立即启程赶往临安城。小姐离开最多不过一个时辰，若是我们快的话，还能追上。"

"就怕不是去临安了。"李沐清说。

八人都看向他。

李沐清想了一下，又道："也说不准。临安出了疫情，她急着前去，也有道理。"话音刚落，他对外面喊了一声。

有人应声出现："公子。"

"去查查芳华小姐是什么时候离开这里的？今夜可有人出城？看看是否能循着踪迹查到她的下落。"李沐清吩咐。

"是。"那人立即去了。

李沐清转身对侍画等八人道："你们是先去临安，还是跟我在这里等消息？"

侍画等人对看一眼，一时都拿不定主意。

"你们若是先去临安，我一得到消息，立即告知你们。你们若是等在这里，那就一起追查她的去向。"李沐清道。

侍画想了想，说道："李公子，容我们商议一下。"

"好。"李沐清转身走出房间。

侍画看着七人道："小姐不喜李公子跟着，没道理她独自离开了，我们却与李公子在一起。我的想法是我们先去临安，沿途调查小姐的下落。另外，侯爷在临安，我们到那里也能找侯爷拿个主意。你们说呢？"

侍墨颔首："我赞同。"

"说得有理。"品竹等人跟着点头。

八人商量妥当，出门辞别李沐清。

李沐清似乎早已经料到，点点头，嘱咐八人小心。

八人出了院落，骑马向城门而去。

现在是二更天，城门自然关着，但是八人自有办法，不多时便出了城。

八人走后，李沐清在院落里站了许久，直到有一人落在他身后，禀告道："公子，很是奇怪。"

"什么地方奇怪？说说。"李沐清回头看了一眼。

那人道："这所院落里没有任何芳华小姐离开时可能留下的踪迹，城内也悄无声息，城门内外都不见痕迹，什么也查不出来，根本无从知道芳华小姐去了哪里。"

"凭你们也查不出来？"李沐清凝眉。

那人点点头："暂且查不到。"

"你们自小与我一起长大，经我一手培养，既然查不到，那就是查不到了。"李沐清伸手揉揉眉心，长叹道，"她到底是不信任我，还是怕连累我，竟然不辞而别？"

那人疑惑地道："芳华小姐当真离开了吗？可是我们一直守在这里，为何没见到人出去？"

李沐清四下扫了一眼，语气似敬服似叹息："以她的本事，要做到离开这里不被我发现也是有可能的。毕竟……"说到这里，他顿住不说了，沉默片刻，摆摆手，"继续查，今夜查不到，明日天亮之后，总有踪迹可循。"

"是！"那人退了下去。

李沐清又在院中站了片刻，才回了屋。

侍画、侍墨等八人出城后，径直纵马向临安城驰去，一路寻着谢芳华的踪迹走出百里。然而，临安城已经近在眼前，却不见谢芳华的踪影。

黎明前，八人来到临安城下。

城门紧闭，整座城池在夜色下显得十分沉寂，空气中弥漫着一股难闻的味道。

"掩上口鼻。"侍画警觉地提醒大家。

另外七人顿时警醒起来，想起临安城正在闹瘟疫，立即拿出面巾掩住口鼻。

侍画轻喊："开城门。"

有守城的士兵从城墙上探出头，见是八名女子，立即问："什么人？太子殿下吩咐，闭城十日，任何人不准进城。离开吧！"

侍画立即道："我们乃忠勇侯府的婢女，要见谢侯爷。"

守城的士兵闻言想了想，说道："那你们稍等片刻，容我去通禀。"

"多谢了。"侍画拱手。

守城的士兵立即去了。

大约等了两炷香，那名士兵回来了，一挥手，吩咐人打开城门。

侍画、侍墨等人进了城，对那人问道："谢侯爷在哪里？劳烦告知。"

"小人给几位姑娘引路。"那人立即道。

侍画等人道了谢，跟着那人进了城，向城内走去。

城内的街道很干净，连犬声都不闻，十分静谧，但是空气中有一种不寻常的气息，带着腐败和霉烂的气味。

那守城的士兵领着人来到知县府衙门前，对侍画等人拱手："姑娘们进去吧，谢侯爷在这里。"

侍画等人连忙走了进去。

刚走几步，听言便从内院跑了出来，急急地道："是不是小王妃来了？"

侍画等人看到听言，又听到他的话，心里齐齐咯噔了一声，想着李公子猜对了，小姐果然没来临安，她们摇摇头。

"小王妃没来？"听言见几人摇头，一愣，看着几人，不解地道，"那你们怎么……"

"没有。"侍画道，"侯爷呢？"

"在屋里。"听言让出路。

侍画等人连忙走到门口，齐齐对着门内见礼："侯爷。"

谢墨含的声音在屋内响起："进来说话。"

侍画等人进了屋，眼见谢墨含躺在床上，脸色苍白，像是得了大病，八人齐齐一惊："侯爷，您怎么了？"

谢墨含摇摇头，不答反问："妹妹哪里去了？怎么未与你们一起来？"

侍画立即将谢芳华出京后的事情说了一遍，说到她昨夜独自离开，她们无奈之下找来这里时，她跪在地上请罪："侯爷，是我们无用，没有照顾好小姐！她独自离开，我们也未能发现，请侯爷降罪！"

"请侯爷降罪！"侍墨等人也齐齐跪在地上请罪。

谢墨含听到谢芳华杀了藏锋后，沉默了好一会儿才摆摆手，虚弱地道："你们起来吧。芳华独自离开，必有道理，怪不得你们。"

"都是我们武功低微，太过无用。"侍画等人不肯起身。

"她有心避着你们独自离开，你们武功再高怕是也不管用。沐清兄武功倒是高呢，不也没发觉她独自离开？"谢墨含咳嗽了一声，无力地道，"都别跪着了，起来。"

侍画等人对看一眼，齐齐站起身。

品竹看着谢墨含，焦急地问："侯爷，您这是怎么了？"

"染了风寒。无碍。"谢墨含道。

"真的是染了风寒吗？"侍晚看着他，小心翼翼地说，"我们进城时，感觉空气都有味道了，瘟疫很严重吗？您是否……"她顿了顿，"言宸公子呢？"

谢墨含摇摇头："我的确是染了风寒，不曾沾染瘟疫。前些日子跟着太子治水，又赶上瘟疫暴发，我这具身体经不得操劳，是以染了风寒。沾染瘟疫的人如今都被太子隔离了。言宸在研究疫情配药。"

八人闻言齐齐松了一口气。

"你们一路赶来这里，想必也累了，芳华的事情你们不必管了，去休息吧。回头等言宸过来，我与他讨论一番，看看芳华可能去了哪里。"谢墨含想了想，对八人挥挥手。

八人点点头，见到了谢墨含，就如有了主心骨，八人不忍多说让拖着病体的他更加劳累，齐齐退了下去。

侍画等八人离开后，谢墨含面上现出忧色。

天明时分，言宸一身疲惫地从外面回来，径直来到谢墨含的房间。

"怎么样？可有想出办法控制疫情蔓延？"谢墨含见他回来，立即问。

言宸点点头："想出办法了，只是缺少一味药。"

"什么药？"谢墨含立即问。

"黑紫草。"言宸道。

"这种药十分稀缺吗？"谢墨含问。

言宸摇摇头："也不是极其稀缺，只是似乎都被人提前收购走了。最起码临安城方圆五百里之内目前都找不到这种草。"

谢墨含面色一变："什么人提前收购了？"

言宸摇头："秦钰正在派人查。"

"你是刚刚研究出来需要用到黑紫草，为何有人提前一步将黑紫草收购一空？"谢墨含惊疑地道，"难道这里的瘟疫是人为所致？只有黑紫草可以解？"

"就算不是人为所致，也是有人想毁了这座临安城，或者说想毁了这座临安城里的人。"言宸面色凝重，"幕后人定然有医术极其高绝的医者在身边，应是比我的医术还要高，我研究两日才想到要用黑紫草，终究晚了一步，黑紫草被人提前搜刮一空了。"

谢墨含有些忧急："城内还能撑上几日？"

"最多三日。"言宸道。

"三日之期太短。目前方圆五百里内都没有黑紫草，必须在最短时间内找到黑紫草才行，否则临安十几万人性命危矣，临安要真正成为一座白骨城了。"谢墨含猛地咳嗽起来。

言宸点点头。

"到底是什么人！"谢墨含恼恨地道，"就算是冲着太子殿下、冲着我谢氏而来，也不该连累十几万人一起陪我们送命！其心太狠、手段太毒，就不怕天诛吗？！"

"若是没了人性，又岂会怕天诛？"言宸抿唇，转了话头，"我听说芳华的八名婢女连夜赶来了这里？她们可有什么话带来？"

"说到这个，你不回来，我天亮后也会派人去找你，正要与你说此事。"谢墨含平息了恼怒，忧心地道，"本来芳华都已经到百里外了，昨夜子时打算启程，后来不知为何突然独自避开侍画等八人离开了。侍画等人猜测是因为李沐清一直追随，她不喜他追随又拒绝不了，只能连她们都扔下刻意避开了。"

言宸闻言思索起来。

谢墨含又将侍画等人对他说的事情阐述了一遍，话音刚落，他叹道："如今告示传遍了南秦，圣旨休书之事已经天下皆知，已经板上钉钉了，然而此事真是让人不解。我给秦铮去了封信，至今没得到他的回应，本来打算芳华来到后问问她何故，如今她却在负伤后独自离开了，真是让人忧心。"

"芳华自有主意，你不必多思多虑，先养好身体。"言宸劝了一句。

"你与她有联络之法吧？"谢墨含看着言宸，他本就是心思聪明之人，见言宸听到这个消息没如他一般露出焦急之色，不由得问道。

言宸点点头："不过短期内不会用。"

谢墨含看着他。

言宸低声道："临安危险，我们身边更危险，她不来临安最好不过。"

"也是！"谢墨含闻言心神一醒，面色凝重地点点头。

二人话音刚落，外面突然有人跑进院子，急匆匆地大喊："言宸公子，快，快，不好了！"

言宸看向外面，同时站起身，走到门口，问："何事？"

"有暴民作乱，放出染了瘟疫被关起来的人，那些人冲了出来，其中一人抓伤了太子殿下！初迟公子不在，出城去寻药了，如今只有您在了，您快去看看吧！"那人急急地道。

言宸闻言立即点头，快步向外走去。

谢墨含也坐不住了，从床上起身，喊："来人。"

听言连忙跑了进来："侯爷。"

"帮我着衣，随我前去看看太子殿下。"谢墨含吩咐他。

听言立即不情愿地道："侯爷，您的身体本就不好，虽然以前的老病根是拔除了，但是近来一直操劳，未曾休养过来。如今外面危险，又有暴乱，您还是别出去为好。您这身体若是染上瘟疫，哪里挺得住？您没看多少壮汉染了瘟疫都挺不过去死了吗？"

谢墨含摇摇头："太子身系一城安危，这个时候他不能有事。他若是有事，我染上瘟疫会死只是小事，这一城的人谁都活不成才是大事。"

"有这么严重吗？"听言骇了一跳，小声嘟囔。

"我身体不经折腾，一场风寒便病倒了，如今在临安疫情面前有心无力，能做的有限，还是要靠太子。他若是出事，谁来救临安百姓？"谢墨含板起脸，训斥听言，"还不快些！"

听言立即噤了声，连忙帮他着衣，片刻后，扶着他出了房门。

出了临安县衙，二人上了马车，走出两条街，便看到前方某家府门前乱糟糟一片，有很多士兵押着挣扎叫嚷的人离开，地上有大片打斗后的血迹，可见早先这里的情况有多糟糕。

马车来到门前时，士兵们已经带走了闹事的人和所有尸体。

谢墨含下了马车后，士兵们都知晓他的身份，连忙见礼，并请他进去。

谢墨含径直向府内走去，来到一间主屋门前。进了屋后，只见秦钰半躺在躺椅上，手臂被抓破了几道口子，言宸正在给他处理伤口。他通身溢满了疲惫，气色极差，抿着唇任由言宸处理。

"太子，怎么会发生这样的事情？"谢墨含疾步走进来，问道。

秦钰见他来了，微微蹙眉："墨含，你身体不好，怎么来了这里？没什么大事。"

"听说出了事，我不放心，过来看看。"谢墨含虚虚给秦钰见了一礼，走过来看他手臂上的伤口，同时问言宸，"怎么样？可有什么问题？"

"暂时还说不准。"言宸道，"要观察半日看看。"

谢墨含皱眉，看着秦钰："太子不只自己有武功，身边也有高手护卫，怎么就让人近身，还抓伤了你？"

秦钰面色微寒："那个人是高手。"他顿了顿，叹了口气，"你知道，自从月落和青岩调换了之后，我身边除了秦铮的人再没有皇室隐卫，而早先言宸兄刚调配出能抑制瘟疫的药方，因为缺少黑紫草，我便将青岩和其他人都派了出去，没想到他们刚走，幕后之人便得到了消息。"

谢墨含面色一变："这么说，幕后之人就在这座城里？"

秦钰道："不是城内就是城外不远处。否则我派出人去寻找黑紫草还不足半个时辰，暴民便闹事了，时间真是刚刚好。"

"那个抓伤你之人呢？"谢墨含问。

"杀了。"秦钰道。

"被你杀了？"谢墨含看着他，"怎么没留活口？"

"嗯，那人武功高绝，当时情况紧急，若是不杀他，我便性命不保。"秦钰道，"只能将他杀了。另外，他是染了瘟疫之人，不杀不行。"

"那个被杀之人如今在哪里？"谢墨含道，"也许从他的尸体上能找到什么线索。"

"已经被我命人先收起来了，一般人不可靠近。言宸兄是医者，稍后去验验吧。"秦钰道。

"太子信任我便好。"言宸给秦钰的手臂涂抹了药粉。

秦钰淡淡一笑："你虽然是北齐的小国舅，但是因了芳华的关系，一直滞留南秦襄助她。如今我身系整个临安，子归兄身体又欠佳，你就算不喜我也不会任由子归兄出事，否则就辜负了她的托付。我自然信你，你只管去验。"

言宸抬头看了秦钰一眼，默认了他说的话，快速给他包扎完，然后走了出去。

"幸好有言宸。"谢墨含见言宸走出门，低声说。

秦钰笑着点头："自然是幸好有他，否则她也不会这么放心你待在这里，不急匆匆地赶来，反而去做别的事情了。"

谢墨含闻言一愣："太子这话何意？"

"子归兄，你这么聪明，怎么可能不知道我这话何意？"秦钰看向窗外，"临安城的解救之法不在临安城内，而是在临安城外。她就算来了临安城，没有黑紫草也无用武之地，只能如我们一般被圈在一张网里。所以不如不来。"

谢墨含看着他："你的意思是说，妹妹不来这里，是因为言宸……"

秦钰不答话，反而笑笑，道："南秦各州县如今都贴满了圣旨休书，南秦人都知道秦铮和芳华自此再不是夫妻，再无干系了。"顿了顿，他又看向谢墨含，"子归兄，绕了一圈，是否说明她和秦铮还是无缘？"

谢墨含看着秦钰，不言声。

秦钰也不在意他不接话，继续道："兴许我真与她有缘也说不定。"

谢墨含心里咯噔一声，连忙道："太子，秦铮兄和舍妹虽然如今走到了这步田地，但内情如何还未可知。况且舍妹已经是嫁作人妇之人，就算她如今和秦铮兄不做夫妻了，也配不上太子殿下，你万万不可再生出这般念头。你的未婚妻和准太子妃是右相府的李小姐。如今京中也乱作一团，若是右相府得到了什么风声，右相毕竟在朝中多年，若是心灰意懒，那么朝中的情况更是不堪设想。"

"子归兄，我都不怕，你怕什么？"秦钰失笑。

谢墨含立即道："南秦江山，千万子民，太子要谨慎行事，万不可——"

"行了，行了。子归兄，你我年岁相当，你年纪轻轻的，怎么如朝中那些老头子一般，口口声声不离朝局、不离江山、不离南秦？"秦钰摆摆手，无奈地制止谢云澜。

谢云澜一噎，只能住了口，但是依然极其不赞同地看着秦钰。

秦钰勾起嘴角，露出嘲讽的笑，道："南秦繁衍近三百年了，是继续繁衍还是

526

衰落就看如今了。一个王朝持续至今，繁华之下掩盖着多少肮脏和腐朽。若是不大刀阔斧地整治，拔掉些东西，祛除蛀虫，那么江山必败，国必亡。可是怎么样才能除去这些腐朽？一味压制？能起到作用吗？"

谢墨含抿唇，思忖不语。

秦钰摇摇头："打压和抑制是皇祖父时的政策，到了父皇这一代，已经掌控不住了。有些人、有些东西已经迫不及待了。如今父皇年事已高不说，且已经病入膏肓，有心无力了。"话音刚落，他道，"到我头上，我如今只是太子，未曾即位，离江山可以说是一步之遥，也可以说是一万步之遥。"

谢墨含点点头。

"我的想法是，让那些阴暗的东西全部冒出来，不成功便成仁。"秦钰云淡风轻地道。

谢墨含了然，沉默片刻，颔首："太子说得极是。既已威胁到江山，掌控不住，不如除去。既要除去，该当不留余地。"

"也许我此生踏不出临安城了，会命丧此地。生命如此脆弱，谁能保证谁死谁活？芳华既然和秦铮不是夫妻了，我想想芳华，又有何不可？"秦钰又转了回来，"说不准我们注定是夫妻呢。"

谢墨含无语地看着秦钰。

秦钰忽然对他神秘一笑："子归兄，你知道法佛寺普云大师曾经给我和秦铮批命，有一局卦后卦吗？"

谢墨含疑惑："何谓卦后卦？"

"就是他批命之后，又卜了一卦。"秦钰笑道，"当时秦铮气愤之下离开了。你知道他的性情，他不喜佛道之人，虽信此卦，但不买算卦之人的账。我则留了下来，请普云大师又卜了个后卦。"

"未曾听闻。"谢墨含讶异地道。

"因为这卦只有我和普云知道，未曾传出去，你自然不曾听闻。"秦钰看着他，"卦后卦说：凤鸾之主，谢氏之女。"

凤鸾之主，谢氏之女。

凤鸾即凤鸾宫，是正宫皇后的居所，所谓母仪天下之位。

谢氏之女，南秦谢氏有诸多女子，但真正能称为谢小姐的只有一人，即谢芳华。

这八个字，任谁听闻，第一时间便能猜透其意。

谢墨含闻言大惊，怎么也没料到是这样的卦后卦，他看着秦钰，一时失了声。

话音刚落，秦钰笑了笑："不过，这卦最后还有一言卦补，普云大师说：天意弄人，如我如他。"

谢墨含仔细揣摩，不解其意，疑惑地问："这是何意？"

527

"当年我也不懂，问普云大师这是何意，普云大师说他也观不透，对我说，也许到时候我就明白了。"秦钰闭上眼睛，疲惫地道，"如今我算是明白了几分。"

谢墨含看着秦钰，试探着问："说的是当下时局？"

秦钰笑了一下："说的是天意。"

谢墨含思忖片刻，依旧不解。

秦钰却不再多说，闭目养神。

谢墨含知晓他从京城出来，一路治水，来到临安城之后，临安城又染了瘟疫，一直未曾好好休息，今早又折腾了这一场，实在疲乏了，也不好再打扰他，便站起身走了出去。

来到门口，言宸正从暗房里走出来。

"可验完了？"谢墨含低声问。

言宸点点头。

"如何？"谢墨含问。

言宸摇摇头："那个人的确染了瘟疫，已经两日了，除了被秦钰一剑击杀，其余什么也查不出来，周身别无一物。"

"这个人的身份呢？"谢墨含道。

"这个就需要太子下令查临安城的户籍卷宗了。"言宸道，"另外，我建议将这些染了瘟疫的尸体和今早暴乱留下的尸体立即焚烧，凡是接触过今日暴乱者的人都隔离关押。否则一旦全城染上瘟疫，就算三日内黑紫草送到，也救治不及。"

"太子太累了，这些事情我来处理吧。"谢墨含道。

言宸看了他一眼："侯爷更要保重身体，你刚才已经与太子接触了，稍后我给你换一服药方，必须赶紧煎药服下。你若是出事，我难以对芳华交代。别说一座临安城，就是十座临安城也不及你的命重要。她这些年辛苦支撑，无非为了老侯爷和你。"

"我晓得。"谢墨含颔首。

言宸转身走了。

谢墨含对听言吩咐道："你去将临安城府台和县衙各官员都喊来太子的议事厅。"

听言虽然有些不满他这么操劳，但还是立即去了。

谢墨含向议事厅走去。

他刚走不远，秦怜从外面匆匆跑进来，见到他，气喘吁吁地喊："谢墨含。"

谢墨含停住脚步转头，见到秦怜，微微蹙眉："怜郡主，你不好生在院子里待着，怎么来了这里？"

"我听说秦钰哥哥出事了，我不放心。"秦怜急急地道，"他怎么样了？伤得

528

可严重？"

"不太严重，但是因被染上瘟疫的人抓伤，需要观察半日。"谢墨含隐晦地道。

秦怜面色一变："秦钰哥哥如今在哪里？"

谢墨含道："在房里，不过你还是不要进去了。你哥哥让我好生照顾你，如今临安城疫情蔓延，若是不小心染上……"

他话音未落，秦怜已经摆摆手，不等他说完，便向秦钰的房间跑去。

谢墨含喊了一声，秦怜仿若未闻，冲进了房间。

谢墨含揉揉额头，知道阻止不了，便任由她去了，自己继续向议事厅走去。

秦怜冲进里屋，见秦钰躺在软榻上闭着眼睛，似乎是睡着了。她推开门，虽然弄的动静大，但是也没吵醒他，她将想说的话吞了回去，放轻脚步走上前。

秦钰的胳膊搭在软榻边沿，被纱布包裹的地方隐约有血迹。

秦怜皱着眉头看了一会儿便转身走了出去，轻轻地关上了房门。

"谢侯爷哪里去了？"秦怜出来没见到谢墨含，抓住一人问道。

"去议事厅了。"那人道。

秦怜匆匆向议事厅跑去。

来到议事厅，只有谢墨含一人，听言去喊的那些人还没来，她对谢墨含道："我不要在院子里闷着了，我要帮助你们处理事情。"

谢墨含摇头："你是郡主，又是女儿家，金尊玉贵，这些事情不该让你抛头露面，还是回去歇着吧。若是你觉得无趣，芳华的八名婢女昨夜来了这里，你可以让她们陪着你。"

"嫂子也是女儿家，她怎么就能抛头露面？我这个郡主又不比她这个忠勇侯府的小姐金贵，怎么就不能了？"秦怜瞪眼，"更何况，你不是病着吗？秦钰哥哥让你好好养着，你怎么不听话，还出来操劳？"

"芳华和你怎么能比？我和你又怎么相同？"谢墨含觉得头疼。

"我不管！你别小看我，我在皇宫里长大，并不是不知世事的女子，如今临安城危在旦夕，我能出一份力是一份力。"秦怜执拗地道，"告诉你，赶我也不走。"

谢墨含无奈地看着她，只能作罢："我同意你在这里帮我，但是不经我准许，不准私自行事。否则临安城解了危难后，我便请太子将你带回京，不准你再随我去漠北。"

"好！"秦怜答应得痛快。

两盏茶后，临安城府台和县衙各官员陆续到了议事厅。

半日后，言宸又进了秦钰的房间，当看到他眉心和胳膊隐隐露出黑色时，言宸微微抿唇。

529

秦钰已经醒来，看着他问道："我这是染了瘟疫的征兆？"

言宸点点头。

秦钰看着手臂，抿了抿唇，忽然轻笑："看来真是要杀我。"

言宸不语。

秦钰招呼他落座，神色如常地叙话："你说，从旁观人的角度看，南秦没了我，谁还能继承基业？"

言宸看了他一眼，淡淡道："除了八皇子，诸皇子皆无能。不过八皇子年纪小，不堪大任，南秦如今的形势又等不及他磨炼长大。"

秦钰颔首："既然皇子无能，那宗室呢？"

言宸挑眉。

"比如秦铮？"秦钰看着他。

言宸点点头，不带情绪地道："南秦宗室子嗣里，秦铮算是出类拔萃的一人，无人能出其右。"他顿了顿，补充道，"但是也要看他是否想要江山。"

秦钰忽然大笑。

言宸看着他，不再说话。

秦钰笑了片刻，收起笑意，摇头道："他即便不想要江山，也不会弃南秦江山于不顾。"顿了顿，他似是带有什么情绪地道，"我最讨厌的就是他这一点，明明对皇位不屑一顾，偏偏还要守护它不让它毁掉；明明讨厌英亲王府的出身，偏偏做着太后和大伯父期望他肩负起责任的事；明明不喜欢装模作样守着规矩，偏偏遇到大事时比谁都规矩。从小到大，外人看其表，我看其里，越看越觉得他讨人厌。"

言宸闻言不置可否。

"我身为皇子，做着皇子该做的事，他不是皇子，却做着我该做的事，你说，我可能喜欢他吗？"秦钰话音刚落，见言宸还不语，忽然似笑非笑地道，"据说小国舅多年在外，远离北齐和玉家，但是玉家的权力被你暗中掌控。以小国舅之能，明明喜欢芳华，为何不一争？"

言宸忽然站起身，冷下脸道："太子还是多担心担心自己染上的瘟疫吧。若是明日一早还没有解药，你就只能卧榻，口不能言，耳不能听，和那些染了瘟疫的人一样。若是继续得不到救治，就只能等死了。在疾病面前，没有太子，没有贫民，人人平等。"

话音刚落，他转身走了出去。随着他的离开，帘幕哗哗作响。

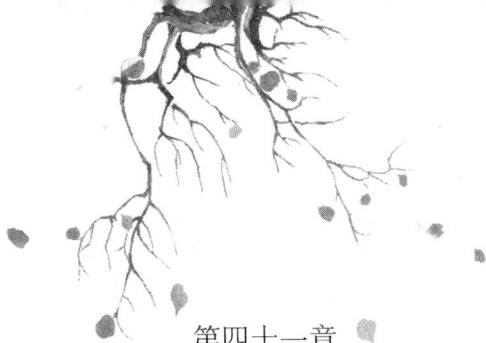

# 第四十一章

# 毁天岭山

秦钰哑然失笑。

言宸走出房门，迎面碰到一起来的谢墨含和秦怜。

"我秦钰哥哥怎么样？"秦怜立即对言宸询问道。

言宸看了她一眼，不答话，而是对谢墨含道："太子染上了瘟疫，你稍后与他说话时最好站在门外离他远一些。若是你也染上瘟疫，那么就没人能救这临安城了。"话音刚落，他提脚离开了。

谢墨含面色大变。

秦怜大惊，立即上前一步，拦住言宸："你……你说什么？秦钰哥哥……他染了瘟疫？"

言宸面色不大好，警告道："郡主最好也不要靠近太子。如今临安城方圆五百里内都没有黑紫草，太子染了瘟疫就和普通人一样，没有药照样没的救，你也一样。"

秦怜的小脸唰的一下子就白了："怎么会这样，秦钰哥哥武功那么高……"

"武功不能抵抗瘟疫。"言宸挥手打开她，向前走去。

秦怜趔趄了一下，险些站不稳。

谢墨含抬手扶住她，脸色也极差："我们先进去看看，总能想到办法。"

秦怜点点头。

二人进了屋，穿过画堂，向里走去。在里屋门口处，二人的脚步都没停，径直挑开门帘往里走去。

"站住，别进来！"秦钰喝止了二人。

"秦钰哥哥！"秦怜顿时红了眼圈。

谢墨含停住脚步，看着秦钰："太子。"

"事情都处理好了？"秦钰问谢墨含。

谢墨含点点头："该处理的都处理了，只是有的士兵也染上了瘟疫，目前人心惶惶。我已经命人严守城门，以防城内百姓被有心人煽动蜂拥出城，那就麻烦了。"

秦钰思忖片刻，忽然道："墨含，你去一趟城门，将我染了瘟疫的消息散布出去。"

谢墨含一惊。

秦钰道："有人用染了瘟疫的高手死士来伤我，就是想要我染上瘟疫，因此，越隐瞒我的病情，越会有人拿来做文章，不如公布出去，就说神医已经找到了治疗瘟疫的方法，只是少一味药，方圆五百里内都没有这种药，我已经命人去找了，一定可以找到，让大家少安毋躁，我誓与临安城共存亡。"

谢墨含闻言颔首："也只能如此了。背后之人一计不成又来一计，真是防不胜防。"

"正因为防不胜防才要主动出击，堵死所有可能被设计的路。"秦钰摆摆手，"怜儿跟着墨含一起去。"

秦怜想了想，说："秦钰哥哥，我想出城去找解药！"

秦钰断然道："不行。"

"我们都等在这里，等于被关在笼子里，不出去找解药，难道等死吗？"秦怜道。

"已经有人出去找解药了，用不到你。"秦钰看着秦怜，温和地道，"你听话，待在这里。如今我身边的人都派出去了，我染了瘟疫，墨含带病处理事情，你留在这里坐镇帮助处理些事情，比出去找解药更有用。"

秦怜闻言立即道："这么说，你不将我闷在院子里，同意我帮忙处理事情了？"

"现在形势危急，也没人可用了。"秦钰叹了口气。

秦怜不满，本来想说他两句，但见他染了瘟疫，若是没有黑紫草，性命堪忧，她只能住口，催促谢墨含："我们走吧！"

谢墨含点点头，与秦怜一起出了院子。

半个时辰后，太子被有心人陷害、染了瘟疫的消息在平阳城炸开，百姓们闻之色变，人人惶恐。

谢墨含带病公布了消息之后，又按照秦钰所说，将他"誓与临安城共存亡"的话掷地有声地说出，同时表示自己和怜郡主跟太子一样，誓与临安城共存亡，瘟疫不解，不离临安。

此言一出，临安城的百姓们顿时又安静下来。

南秦最尊贵的太子殿下、尊贵的忠勇侯府继承人谢侯爷、尊贵的怜郡主陪他们同生共死，临安城的瘟疫、天空笼罩的阴云、空气中的霉味和因染了瘟疫被看押起来的人都似乎没那么令人恐惧了。

谢墨含又调遣临安城的士兵进行了一番布置，之后一身疲惫地回了下榻处。

秦怜则打起全副精神，带着临安一众官员安排城内的巡逻，从此时起，不准任何地方再发生作乱之事。

秦怜在最吃人的皇宫中长大，虽然淘气，有些任性，但跟谢墨含出来后，在临安城经历了这么多事，经过一番磨砺，这会儿铆足了劲要帮秦钰和谢墨含一起顶起临安城，而且真将临安城的秩序维持得像模像样。

第二日，临安城方圆五百里内没有黑紫草和太子染了瘟疫的消息传到了南秦京城。

南秦京城瞬间炸开了锅。

皇帝闭朝已经两日，这两日里，圣旨休书的告示贴遍了南秦，从京城到地方各州县，整个南秦沸沸扬扬，盖住了前期尚不确定的临安瘟疫的消息。

如今，临安城瘟疫的消息如晴空一道霹雳，瞬间在南秦京城上空炸响。

朝野上下、京中百姓，一时间惶恐至极。

大清早，英亲王，左、右丞相，永康侯等大小官员齐聚在宫门外。

临安之危，必须立即想办法解决。

虽然三日闭朝时间还未到，但是皇帝已经得到了临安城危、秦钰染了瘟疫之事，一时间大急，吩咐打开宫门，早朝。

金銮殿上，群臣就位。

左相提议："皇上，当务之急是赶紧命人将黑紫草运往临安城，先救太子和临安城百姓。"

右相出列："臣附议。"

英亲王、永康侯等人齐齐道："臣等也附议"

皇帝准奏，并即刻下旨，命人前往国库去取黑紫草，同时下令，派遣人去京中各大药房取黑紫草。

半个时辰后，看管御药房的官员匆匆跑来，脸上血色全无，惶恐地请罪："皇上，御药房存储的黑紫草不知……不知哪里去了！"

皇帝大惊，一拍金椅扶手，大怒："不知哪里去了？你是怎么看管御药房的？"

那官员道："小人两日前清点诸类药物，黑紫草还在，这两日小人一直在御药房……实在不知道黑紫草是何时丢的……"

"来人，将他给朕拖出去砍了！"皇帝怒喝。

"皇上饶命！"那人脸一灰，连忙大喊。

有人立即上前押住他，拖了下去。

英亲王、右相这等见不得生杀之人此刻都未给那人求情，毕竟太子染了瘟疫，临安城十几万百姓危在旦夕，皇宫御药房的黑紫草却都不见了。以此推测，南秦如今还能找到黑紫草吗？

果然，那人被拉出去后，前往京城各大药房去找黑紫草的人回来了，齐齐禀告说京城各大药房都没有黑紫草了。

京城各大药房可以说囊括了天下各类药物，如今竟然都没有黑紫草！

百官骇然。

左相上前一步，抓住一人急问："为何没有黑紫草？"

那人连忙回道："回丞相，据说黑紫草在三日前已经被人强行买走了，药店掌柜的和伙计不敢声张。"

"什么人强行买走了？"左相又问。

那人摇摇头："据说黑衣蒙面，不知是何人。"

左相松开那人，又看向回来禀告的其余人。

其余人也连连点头，说京中药房均遭遇了一样的情况。

皇帝闻言大怒："南秦京城，除了御药房，民间药房不下百家，难道家家如此吗？给朕去挨家搜，京城内找不到，给朕到京外去找，快去！"

"是！"之前被派出去的众人领命，匆匆跑了下去。

"岂有此理！"皇帝怒不可遏，"御药房的黑紫草不翼而飞，京中各大药房的黑紫草被人暗中夺走，药房的人还不敢声张，到底是什么人干的？"

右相此时出列："皇上息怒，此事已出，您急也无用。依臣看，朝中大小官员、各大族府邸都有自己的私库药房，先看看其中是否有黑紫草，背后之人总不能将各个府邸的黑紫草都搜刮一空。"

"右相言之有理。"英亲王道，"当务之急是赶快找到黑紫草。"

左相连连点头，急急地道："皇上，只要有一株黑紫草就好，先赶紧救太子啊！太子身负江山传承、帝业延续，不能出事。"

皇帝点点头，摆摆手："众卿赶紧回府，各自清点自家府邸，看看是否有黑紫草。"

众人领命，连忙退了早朝，匆匆出了宫，往自家府邸赶。

英亲王和左相、右相以及永康侯走在众人之后，几人皆是忧心忡忡。

左相试探地问："王爷，您的病可大好了？"

英亲王叹了口气，隐晦地道："这等时候，本王的小病算什么，不好也得好了。"

左相听明白了英亲王的言外之意——这种时候，想装病也不能了，想辞官引退颐养天年更不可能了。他点点头，又问："铮小王爷不知在做什么？"

"他能做什么？"英亲王提起秦铮就一副恨铁不成钢的恼怒模样，"本王当初就不太看好他和华丫头的婚事，可是王妃一力主张，他又任性要娶，本王也只能应了。如今刚大婚几日便出了诸多事情，甚至闹到皇上颁下圣旨休书的地步，实在……唉……"

"到底是小王爷和小王妃闹了矛盾，闹到休妻的地步，还是皇上一力主张？"左相近两日派了不少人去打探，也没打探出个眉目来。

"具体如何，本王都不清楚。"英亲王头疼地道。

"着实辛苦王爷了。本相在想，小王爷自从两日前进宫一趟，再未露面，如今临安城出了这等大事，小王爷该出来了吧。"左相道，"小王爷虽然和太子从小到大不对付，但是近来小王爷在京中查案，太子去外地治水，互相配合，关系有缓和的迹象。"

英亲王摇摇头："他将自己关在落梅居，谁也不见，本王自从那日之后，再没见到他。"

"以小王爷之能，定然能找到黑紫草。"左相绕了半天，回归目的，道，"本相不记得府中有收藏这种药物，派个长随回府找夫人查看药库房就是，本相随王爷去一趟王府吧，这等时候还是要请小王爷出来啊。儿女情长毕竟是小事，南秦的江山基业才是大事。"

英亲王颔首："左相说得甚是有道理，那你随我回府吧，他自小被太后和王妃惯坏了，本王说不动他。"

左相见英亲王痛快地答应了，伸手招来长随，吩咐了一句，便随英亲王前往英亲王府了。

看着英亲王和左相一同离开，右相和永康侯对看一眼。

永康侯道："左相对太子真是忠心耿耿，出了这等事情，他最忧急，连一直看不顺眼的铮小王爷都不惜放下身段去求出来找黑紫草。对比看来，你这个准岳父还不如他忧急。"

右相摇摇头："哪里有什么准岳父。太子一直无心碧儿，我这个准岳父恐怕当不上。"

"相爷何出此言？皇上圣旨赐婚，太子并没有异议，只不过近来京城内外事情多，他从漠北回京又不甚久，婚事才未筹备起来。"永康侯道。

535

"侯爷在京中一直是通透之人，心里明镜似的，又作何装作不知其中缘由？"右相一脸疲惫地道，"明人不说暗话。太子不会娶碧儿的，取消婚事是早晚之事。"

永康侯咳嗽一声："相爷以前说话最喜绕弯子，近来大有变化啊。"

右相闻言叹了口气："江山危，朝局荡，你我这些离风波中心最近的棋子能不能全身而退都说不准，没准哪天一把白骨便交待了。"

永康侯闻言也忧心忡忡："活了这么多年，数今年事情最多、闹得最大、情况最罕见。一个不好，万一真成了末代王朝的话，你我别指望青史留名了，都是末代罪臣。"

"嘘，这话你也敢说！"右相连忙制止永康侯。

永康侯顿时噤了声。

二人四下看了一眼，幸好无人走过，于是就此打住，心里却都觉得，京城的诸多案子和临安城的瘟疫只怕是风暴的开端，未来是何模样谁也说不准。

右相道："只盼太子平安，临安城安然度过此次危机，否则南秦折损一个太子，无异于折损百万兵甲。"

永康侯点点头。

右相又道："希望左相能请动铮小王爷。"

永康侯拍拍右相的肩膀："对铮小王爷，你大可放心，他是先皇和先太后培养出来的嫡孙，看起来玩世不恭，可是真到这种时候，他决计不会袖手不管。哪怕他和太子不对付，也会先国后私。"

"这点我信。"右相点点头，又想起什么，叹了口气，"只是可惜了。"

"可惜什么？"永康侯问。

左相看向一处："忠勇侯府。"

永康侯闻言跟着叹了口气："是啊，不知道这背后之事跟忠勇侯府有没有牵扯。毕竟，不久前，老侯爷、武卫将军都悄悄离京了，忠勇侯府如今人去楼空。再想到谢氏早已经分宗分族，几百年的世家大族，仿佛无声无息就散了一般。"

"别的姓氏散了我信，忠勇侯府嘛……"右相摇摇头。

"快走吧！皇上还在等黑紫草的消息，你我赶紧回府去找。我夫人怀孕后，药物堆成山，但因芳华小姐说是药三分毒，要我夫人用药膳滋补，那些药物就没用多少，其中有黑紫草也说不定。"永康侯道。

右相颔首。

二人分头回了府。

二人不过说话的工夫，左相和英亲王已经匆匆踏进了英亲王府。

英亲王妃在府内已经得到了消息，正命人清查药库房。

左相进府后，对守门人询问道："王妃呢？"

"回王爷，在药库房。"那人立即道。

英亲王看了左相一眼，左相道："黑紫草要紧，若是方便的话，我与王爷一起去药库房看看。"

"好！"英亲王自然应允。

二人来到药库房外，只见外面的草药已经堆成了一座小山，英亲王妃正在指挥人从库房里往外搬药并检查。

"怎么样，可有黑紫草？"英亲王急忙上前询问。

英亲王妃抹了抹额头的汗，先对左相打了招呼，然后对英亲王摇摇头："已经查了三分之二的药材，里面还剩一小部分，目前还没找到。"

"府中的草药可有进项的单子？"英亲王问，"查查单子。"

"自从去年底，事情多，我对府中便疏于管理，更何况年后至今，一直诸事缠身，尤其是前段时间，忙了两场大婚，很多东西都乱作一团，哪里还顾得上什么草药的进项单子？本来打算闲下来之后让两位儿媳妇帮我料理家务，将府中好好打理一番，谁知道一个两个都……"英亲王妃止住话。

英亲王一时无言。

左相闻言想起如今还在府内养伤的自家女儿，一时也无言。

三人又等了两盏茶工夫，所有的草药都被搬了出来，没有黑紫草。

英亲王脸色奇差："皇宫御药房里没有黑紫草，京城百家药房的黑紫草怕是都被人搜刮殆尽了，连咱们府中都不见黑紫草，那么其他府，怕是不容乐观。"

"太子和临安城十几万百姓的性命啊！"左相本来觉得偌大的英亲王府总该有黑紫草，而且英亲王府的护卫甚至比皇宫还要厉害，有人能从皇宫的御药房盗走黑紫草，但是未必能从英亲王府带走片瓦，可是如今英亲王府也没有黑紫草。

"铮儿还关在房里没出来？"英亲王问英亲王妃。

英亲王妃的气色也极差，担忧地道："还没出来。这么大的事，他受的打击不轻，怕是一时半会儿想不明白。"

"容不得他想不明白了！就算不说太子，临安城十几万条性命他也不能置之不理。"英亲王说着，匆匆向落梅居走去。

英亲王妃喊了一声，英亲王对她摆摆手，示意她不必管了。

左相连忙跟着英亲王往落梅居走。

英亲王妃站在原地想了想，终究不放心，对春兰招手："快，你先抄假山后的近路去落梅居一趟，看看铮儿回来了没有。"

春兰点点头，连忙去了。

英亲王妃吩咐人将草药重新收进药库房，提着裙摆追上英亲王和左相，一同向

537

落梅居走去。

春兰赶在英亲王和左相前头来到落梅居，进门之后就抓住林七问："小王爷回来没有？"

林七摇摇头。

春兰立即焦急地道："王爷和左相来了，为太子在临安城染了瘟疫和找不到黑紫草之事来请小王爷出手。如今小王爷不在，这可怎么办？"

林七闻言手足无措，赶紧喊玉灼。

玉灼跑过来，挠挠脑袋，想了片刻，摊摊手："只能说小王爷刚刚出去了。"

"刚刚？"春兰道。

玉灼点点头："不然怎么办？王爷带着左相来了，我们总不能说小王爷一直没在府中吧。"

春兰闻言也觉得有理，听到脚步声过来，她连忙闪身躲进了小厨房。

玉灼和林七对看一眼，迎了出去。

"铮儿呢？"英亲王大踏步来到门口，见到玉灼和林七，立即问。

玉灼和林七摇摇头。

英亲王绕开二人，径直向屋内走去。

屋子里干净整洁。英亲王喊了一声，见无人应答，向里面走去。

左相顾不得那么多了，跟着英亲王往里走。

英亲王妃落在后面，看玉灼和林七的神态就知道秦铮还没回来，她也暗暗焦急。一走两日，无影无踪，又是在圣旨休书昭告天下之后心情极差的情况下，她这个当娘的这两日也是寝食难安。

英亲王在屋子里找了一圈，不见秦铮的身影，于是又走出问二人："小王爷哪里去了？"

玉灼道："今早小王爷还在屋里，我们也不知道什么时候出去的，刚才我和林七打扫屋子时，人便不见了。"

"他出门没让人跟着？"英亲王问。

玉灼摇摇头。

英亲王看向英亲王妃。

英亲王妃道："你别看我，我哪里知道他去哪里了？这些日子，孩子受的打击大，把自己关在屋里谁也不见，如今大约是想开了，才出去了。"

"府中既无黑紫草，又找不到小王爷。"左相对英亲王道，"王爷，咱们还是赶紧再进宫吧，然后看看各府的情况，若是都没有黑紫草，总要想办法啊，太子可不能出事！"

"不错！"英亲王颔首。

二人又匆匆离开落梅居，出了英亲王府，上了马车，急急向皇宫驶去。

二人刚走不多会儿，英亲王妃正要离开，墙外跃进一道黑影，弄出些微动静。她猛地回头，待看清来人时，一喜："铮儿！"

秦铮翻墙而进，刚站稳身子，便见到了院中的英亲王妃。

他看了一眼，喊了一声："娘！"

英亲王妃连忙走上前打量他。他一身黑衣，走得近了，一股血腥味忽然飘来，她面色大变："你又受伤了？"

秦铮摆手："别人的血。"

"当真？"英亲王妃低声问。

秦铮嗯了一声。

"快进屋！"英亲王妃连忙让出门口，示意他赶快进屋。

秦铮走进屋，来到画堂，将手里的东西放在桌案上，便向里屋走去。

"这是什么？"英亲王妃看着他扔在桌子上的东西，见那团东西上面血迹斑斑，她疑惑地问。

"卷宗！"秦铮说着，进了里屋。

英亲王妃知道他要去换衣服，连忙对站在门外的玉灼和林七吩咐："快，去烧热水，让他赶紧沐浴。"

"热水有，这就去抬！"林七和玉灼答应了一声，连忙小跑着去了。

不多时，二人抬了一桶水进里屋，放在屏风后。

秦铮扯了里外衣扔给玉灼："拿去烧了。"

玉灼连忙点头，抱着血衣出了内室。

英亲王妃见玉灼出来，对他招手："你看到没有，他真没受伤？"

"好像后背有轻微的剑伤，但是只破了一小道口子，没看到其他的伤。"玉灼小声道。

英亲王妃闻言松了一口气，对他摆手："他让你烧掉，你就别拿出院子，去小厨房，动作快点儿，烧得干净些。"

"晓得了。"玉灼出了房门。

英亲王妃伸手去拿卷宗，手伸到一半又退回来，坐在椅子上等着秦铮出来。

两盏茶后，秦铮沐浴完，换了一身干净的衣服，从里屋走了出来。

英亲王妃见他眼圈下有一片浓浓的黑影，给他倒了一杯水，低声说："这两日你去哪里了？"

"去了一趟隐山。"秦铮坐下，端起水杯，漫不经心地道。

英亲王妃吓了一跳，睁大眼睛："你说什么？你去了……隐山？皇室隐卫的隐山？"

秦铮喝了一口水，嗯了一声。

"你去了哪座隐山？去那里干什么？"英亲王妃紧张地盯着他问。

"天岭山。"秦铮一口气将一杯水喝尽，自己又倒了一杯，"去看看。"

"那里岂能是随便去的地方！"英亲王妃看着他，"你去看看？看什么？看隐卫宗师？"

"看看还有多少东西活着，多少作古了。"秦铮漫不经心地道。

英亲王妃看着他，怒道："你好好说话，到底去做什么？皇上知道你去隐山吗？自古以来，皇室宗室的子嗣没有皇命不得去隐山！"

"我是在好好与你说话，真的就是去看看。"秦铮又端起一杯水喝尽，身子疲惫地靠在椅子上，摇摇头，"皇叔不知道我去隐山。"顿了顿，他嘲笑道，"如今隐山都不听皇命了，他的皇命还能束缚谁？"

英亲王妃心里咯噔一下："没有皇命你是怎么进隐山的？"

"按照皇陵里隐山、隐卫的卷宗和地图混进去的。"秦铮道。

"你又是怎么进入皇陵的？没有皇命，皇陵也不是轻易能进去的。"英亲王妃看着他。

"皇叔给了我令牌。"秦铮道。

英亲王妃闻言不解："皇上怎么会将进入皇陵的令牌给了你？据我所知，进入皇陵必须有皇室隐卫的密令，那可不是普通的令牌。皇陵里有一支暗卫，是先皇留下的，只传给了皇上，代表着南秦皇位的传承，就算你父王是嫡子也不知道。"

"如今形势危急，已经威胁到了南秦江山，秦钰又被困在临安城，皇叔若是想保住南秦江山和祖宗基业，不给我还能给谁？"秦铮嗤笑一声，"谁爱要他这块破密令，用完了就还给他了。"

英亲王妃松了一口气："那你去天岭山可有收获？"

秦铮挑眉："捡了一条命回来，算不算得上收获？"

英亲王妃闻言，劈手给了他一巴掌："好好说话！这两日你无影无踪，我担心得寝食难安，现在还说这种不着调的话来吓我！"

秦铮生生受了英亲王妃一巴掌，懒洋洋地道："天岭山的宗师只有一位在，其余的都不在天岭山，否则我的命真说不准就交待在天岭山了。怪不得隐山敢做这么多事，的确是有本事。这么多年繁衍下来，无异于一个鬼国了，里面不是牛头就是马面，人人如鬼魅，武功高绝。"

英亲王妃震惊地道："你刚刚回来时浑身是血，是闯入隐山被发现了？"

秦铮冷笑："所以我将天岭山看山的宗师给杀了，在天岭山上放了一把火。"

英亲王妃大惊。

"娘，再给我倒一杯水。"秦铮懒洋洋地又道。

英亲王妃赶紧拿起茶壶给他倒了一杯水，递给他："你……毁了天岭山没？"

"毁了！"秦铮端起水，这回慢慢地喝着。

英亲王妃心下发颤，好半晌才找回声音："华丫头在无名山待了八年，经过精心筹谋才毁了无名山，你……你直直地闯进去，两日就毁了天岭山，实在是胆子大！你就没想过，你若是出事，娘可怎么活？"

听英亲王妃提到谢芳华，秦铮身子僵了僵。

英亲王妃看着他，眼圈发红："怪不得你说险些将命丢在那儿！那可是隐山啊，就算只有一位宗师在也是整整一座隐山，毁去哪有那么容易？你这死孩子，你的胆子怎么这么大！若是我早知道，我定然……定然……"

"定然不让我去？"秦铮放下水杯，放软了语气，"我敢动手，自然有把握留着命回来。我哪儿舍得丢下娘不管？再说，我还没活够呢。"

"你个死孩子，就知道吓我！"英亲王妃噼里啪啦地掉眼泪。

秦铮眼皮动了动，伸手去给她擦眼泪："快别哭了，我爹若是看到指不定怎么心疼呢！您的眼泪可是金子，轻易不能流。"

"臭小子！"英亲王妃破涕为笑，打开他的手，"天岭山虽然不像无名山那么近，但也不远，你是怎么做到两日夜一个往返的？"

"骑最快的马，走最近的路，去了就回来，两日夜也够了。"秦铮撤回手，"这个时候，要的就是出其不意攻其不备。"

"天岭山既然被你毁了，那些鬼魅之人你都杀了？"英亲王妃问。

"能活着跑出去的寥寥无几。"秦铮道。

"还有活着跑出去的？你会不会暴露身份？"英亲王妃的心顿时提了起来，"可别忘了，还有一座蒂峰山呢。"

"暴露如何，不暴露又如何？对皇室、宗室以及南秦江山来说，如今刀都架在脖子上了。"秦铮不以为意。

英亲王妃想想也是，伸手一指桌案："这是什么？"

"我从天岭山的宗师祠里盗出来的卷宗。"秦铮嫌恶地瞥了一眼，"我倒要看看他们这三百年来到底存了多少东西，如今天岭山被我毁了，他们下一步会如何。"

"如今太子在临安城也染上了瘟疫，偏偏能根治瘟疫的黑紫草被人提前一步都搜刮走了。临安城方圆五百里内没有黑紫草，皇宫御药房中的黑紫草不知什么时候被人盗走了，京城百家药房的黑紫草也都在前两日被人暗中夺走了，如今就看京城各大官员的府邸中有没有私藏，京城外面怕是也早就没了。"英亲王妃道，"临安城的事情一传出来，京城里就炸开了锅。若是太子有个好歹，这江山……唉……"

"他若是有个好歹，我也不用活了。废物！"秦铮冷哼一声。

英亲王妃看着秦铮，忽然想起往事："对了，秦钰曾经对华丫头下同心咒，却

541

被你给挡了。他若是死了，你是不是也不能活了？"

秦铮又冷哼："谁知道，也许吧。"

英亲王妃的脸唰地白了："太子一定不能死！他若是死了，不说南秦的江山传承，毕竟皇室好歹还有几个皇子，只说目前，临安城十几万条性命还系于他一身。"话音刚落，她急急地道，"铮儿，你可有办法弄到黑紫草？"

秦铮摇摇头："没办法。"

"那可怎么办？"英亲王妃站起身，急得在屋子里团团转。

秦铮看了她一眼，忽然问："她呢？"

"谁？"英亲王妃一时没反应过来。

秦铮抿了抿唇："没良心的女人！"

英亲王妃这才反应过来他说的是谢芳华，瞪了他一眼："你还说！到底是怎么回事？华丫头是你好不容易娶回来的媳妇儿，对你也绝无二心，否则当初也不会在你三箭重伤她的情况下还要嫁给你了。可是如今告示贴满了整个南秦，世人都知道你们再无关系了。"

"再无关系？"秦铮挑眉，"谁说的？"

"你这两日可注意到外面的言论？整个南秦，甚至怕是整个天下都传遍了。有了圣旨休书，一切已成事实，现在谁还说你们是夫妻？"英亲王妃看着他，"你与娘说说，这到底是怎么回事！我之前去找皇上算账，皇上不见我，后来你爹说是华丫头拿南秦的经济命脉威胁皇上，让皇上必须下休妻的圣旨。"

秦铮板起脸："她说了不算。"

英亲王妃生气地道："我去追华丫头，明明快追上了，她死活不见我不说，还摆了个阵将我拦住。李沐清那小子追上去，说见到她给我传信回来，可是我至今没等到他的信。也不晓得她如今到了临安城没有。"

"她一定没去临安城。"秦铮道。

"那她去了哪里？"英亲王妃看着他。

秦铮轻哼一声："临安城染了瘟疫，没有黑紫草就如一座死城，她去了有什么用？"顿了顿，他眯起眼睛，"既然没她的消息，就等着吧。"

"等着什么？"英亲王妃问。

"等着消息。"秦铮站起身，疲惫地挥手，"娘，您该干吗干吗去。我的眼睛已经睁不开了，天黑之前，别让人来吵我。"话音刚落，他进了里屋。

英亲王妃喂了一声，却只听见珠帘哗哗响动，秦铮头也不回地进了内室。她想着他两日内就完成了到天岭山的一个来回一定累极了，是该休息，便住了口，转身出了房门，顺便关上房门，对林七道："吩咐下去，天黑之前，任何人不准来打扰小王爷。"

542

"好嘞。"林七连忙应声。

英亲王妃出了落梅居。

春兰等在门口，见英亲王妃出来，小声说："王妃，是不是小王爷回来了？"

英亲王妃点点头，对她道："不要声张，铮儿累了，让他先休息吧。至于临安城，他既然不管，一定有他的道理，想必临安城不会有事。"

春兰点点头。

"你说也奇怪了，明明在我眼里他还是个孩子，可是只要他往那里一坐，与我说几句话，我心里就踏实了，出了天大的事，似乎只要有他在，我就不怕不急了。"英亲王妃道。

春兰顿时笑着说："小王爷的确是给人这种感觉。"顿了顿，她小声问，"您问了吗，这两日小王爷去哪儿了？"

"别提了。"英亲王妃摆摆手。

"是去找小王妃了吗？"春兰担忧地道。

英亲王妃摇摇头，叹了口气："我以前一直盼着他们大婚，大婚后我盼着抱孙子，可是孙子没盼上，竟然来了休书，他们连夫妻都当不成了。如今我只盼他们都平平安安，也不多求了，求不来。"

春兰闻言小声说："王妃，您也两日没好好休息了，既然小王爷平安回来了，您回院子里休息吧。"

英亲王妃点点头，回了正院。

英亲王和左相在落梅居扑了个空，二人一起急匆匆出了英亲王府，二度进了皇宫。

二人进宫后直奔御书房。

御书房外已经聚集了不少再次进宫的朝臣，人人愁容满面，见英亲王和左相来了，连忙上前问："王爷、左相，你们府中可有黑紫草？"

英亲王和左相摇摇头。

众人闻言，脸又灰了几分："这可怎么办？我们的府邸中也都没有黑紫草啊。"

"没有黑紫草，可怎么救太子殿下？"

"据说如今还不是黑紫草生长的季节，就算是去山林里采摘都采不到。"

"那太子岂不是性命堪忧？"

"是啊，何止太子性命堪忧，临安城十几万条性命都危在旦夕！"

……

众人你一言我一语，人人心急如焚：连一株救命的黑紫草都找不到，别说救临安城十几万人的性命，就是救太子的性命都难啊！

一个小太监从御书房里走出来，扫了群臣一眼："各位大人，皇上十分烦躁，还请不要喧哗，息声。"

众人立即噤声。

吴权去英亲王府传圣旨休书被秦铮一掌打伤，至今下不来床，御书房便新换了小太监。

这小太监对英亲王和左相一揖："王爷、左相，皇上有请。"

英亲王和左相对看一眼，一同走了进去。

皇上正站在御案前，一脸阴沉，下面已经站了右相、永康侯、监察御史、翰林学士等人。见二人进来，皇上问："王兄、左相，你们府里难道也没有黑紫草？"

英亲王愁容满面地摇摇头。

左相道："臣家里一直不爱存药，药库房的药本就不多，更没有黑紫草。"

皇上恼怒地道："这可怎么办？我堂堂南秦，泱泱大国，竟然连一株黑紫草也找不到，传出去岂不是让人笑掉大牙？"

"笑掉大牙是小事，这可关乎太子的性命和临安城十几万百姓的性命。"英亲王很是忧心，"不知道临安城能支撑几日。"

"如今南秦上下的黑紫草都被人搜刮走了，当务之急是赶紧查出是什么人所为。只有找到背后之人，才能拿到黑紫草，进而救下太子和临安城十几万百姓。"永康侯道。

"说得轻松！谁去查？你们去给朕查吗？别说京城外，就是堂堂都城，朕的皇宫，就在朕和你们的眼皮子底下有人悄无声息地作乱，你们竟然都不知！你们告诉我，谁来查？谁有本事查出来？"皇帝质问。

永康侯立即噤声。

"左相，你不是去了英亲王府请铮小王爷吗？小王爷如何说？"右相问左相。

左相摇摇头："小王爷不在府中，本相连他的影子都没见着。"

"小王爷去了哪里？"右相立即问。

左相摇摇头。

右相看向英亲王。

英亲王也摇摇头："据落梅居的人说，今早还在，不知何时出去了，更不知去了哪里。"

提到秦铮，皇帝忽然平静下来，对众人摆摆手："没有黑紫草，你们还在朕面前干站着做什么？也生不出黑紫草来。都出宫想办法吧！"话音刚落，他对英亲王道，"王兄，你回府等着秦铮，他何时回府，你何时让他进宫来找朕。他若是不进宫，你派人来告诉朕，朕去找他。"

英亲王应了一声。

众人对看一眼，知道大家聚在这里确实无用，都退出了御书房。

544

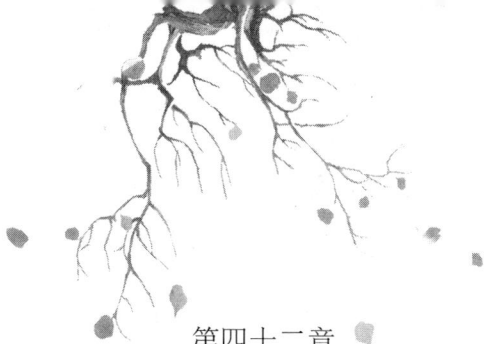

第四十二章
# 云澜紫草

群臣出宫后并没有立即离去，而是聚在宫门外，愁容满面。

右相走近英亲王，低声问："王爷，小王爷当真不在府中？"

英亲王看了右相一眼，摇摇头："是真不在府中。"

"连你也不知他去了哪里？"右相又问。

英亲王摇摇头："华丫头离开，圣旨休书又昭告天下，他受的打击不小。这等时候，我也不敢再保证他心里还想着南秦的江山社稷，更不知道他是不是去找华丫头了。"

右相闻言叹了口气："如今太子染了瘟疫，临安城危在旦夕，放眼南秦，能拯救太子和临安于水火的人非铮小王爷莫属了。若是他不出手，南秦真的危矣。"

英亲王脸色极差："也不能将重担都放在他一个人身上，各府也有才华兼备的公子。你家的小子可有信儿传回来？他文武双全，不比秦铮差。"

右相摇摇头："他至今没传信回来，我都不知道他如今在哪里。"

"南秦京城的小辈里，除了太子、秦铮、忠勇侯府的谢侯爷、你家小子外，还有谁能出来应应急？"英亲王深深地感到忧虑，"江山代有才人出，一代新人换旧人。南秦不出事的时候，我觉得小辈们个个出类拔萃、争奇斗艳，如今出了事，却一个个都找不到。"

"南秦京城的小辈里，有才华的确实大有人在，如今能应急的却少。太子和谢侯爷被困在临安城，铮小王爷和我家小子不知所终，永康侯府的燕亭至今没音信，谢氏米粮的谢云澜在丽云庵出事后不知所终，谢氏盐仓的谢云继据说失踪了，许久都没见到人了，谢氏长房的谢林溪和忠勇侯、武卫将军暗中离开去避世游历了。"
右相逐一算下来，"监察御史府和翰林大学士府的两位公子是文弱书生，这等时候起不了作用，只能帮着八皇子稳住朝局。八皇子毕竟年少，需要磨砺几年，其他皇子无一能用。"

英亲王深深地叹了口气："南秦市井一直以来流传着一句话，说南秦精粹一半出在谢氏，此言非虚啊。"

"只可惜，皇上这么多年来一直防着谢氏甚至想要将谢氏除去，忠勇侯府只能一退再退。前一阵子，京城内外诸多案子，明眼人一看就知道是冲着谢氏来的，老侯爷十有八九是寒了心，才在这时候彻底避世了。他这一走，就算出了天大的事谢氏也不会管。没有忠勇侯府支撑的谢氏，人人只求自保，谁还会出面解除南秦的危难？"右相道。

英亲王忽然道："你这一说倒是提醒我了。虽然说普天之下莫非王土，率土之滨莫非王臣，可是世家大族如卧龙，谢氏在这片土地上经历数朝数代，自有其根基，就算背后之人有通天之能，掌控了整个南秦的药铺和药商，也难以将谢氏搜刮殆尽吧？"

右相恍然："王爷的意思是说谢氏一定有黑紫草？"

英亲王颔首："本王正是这个意思。谢氏的根系有多深，不用我说你也明白。明里没有，不代表暗里没有。"

右相揣测道："可是如今忠勇侯府已经人去楼空，其他谢氏早已经分宗分族，恐怕……"

"不如你我先去谢氏米粮和谢氏盐仓看看。忠勇侯府虽然人去楼空了，但是这些人还在，谢氏六房的人还在，就算分宗分族了，也是南秦子民。"英亲王道。

"王爷所言有理！"右相颔首。

二人商议好，准备离开。

"王爷、右相，你们二人这是要回府还是要去哪里？"左相走过来。

右相看了英亲王一眼，说道："我和王爷打算去谢氏米粮和谢氏盐仓看看，也许有黑紫草也说不定。"

左相一拍大腿："对啊，谢氏！我也与你们一同去可好？"

右相笑道："知道左相你最是忧急太子，一起去自然好。"

"我也与你们一起去！"永康侯也凑上前，"我兴许能帮上些忙。"

英亲王点点头。

四人离开后，朝臣互看一眼，又聚在宫门谈论了片刻，才三两一伙散去了。

半个时辰后，四人来到了谢氏米粮。

守门人见朝中四位贵人竟然齐齐来了谢氏米粮，惊呆了片刻，连忙恭敬地见礼。

546

“我们来见你家家主。”英亲王道，“你去通禀一声。”

那守门人连忙道：“回王爷，我家家主不在府内。”

英亲王一愣：“你家家主去了哪里？”

“去找我家公子了啊。”守门人苦着脸，“自从我家公子随芳华小姐去丽云庵出了事后再没回来，家主担心，带着人出去找了，可是这么多日了，依旧音信全无。”

英亲王看向左、右相。

左相疾步上前：“府里目前有什么人在？”

“夫人在家主离开后便去寺里小住，吃斋念佛给家主和公子祈福了。府中得力的人手都被家主带走去寻公子了，除了几个老奴和小人看门外，府中目前没什么人。”守门人道。

左相一时无言，看向右相。

右相叹了口气：“云澜公子乃谢氏米粮支柱，他出事，惊动谢氏米粮一众去找也在情理之中。既然府中无人，便不必再进去了，我们去谢氏盐仓吧。”

左相点点头。

一行人离开谢氏米粮，前往谢氏盐仓。

不多时，来到谢氏盐仓门前，只见谢氏盐仓门上挂了个大锁疙瘩。

英亲王、左相、右相、永康侯四人面面相觑。

左相上前一步，焦急地叩门：“有人在吗？”

门闩哗哗地响了半天，锁疙瘩砰砰地晃动了数下，门内无人应声，连个看门人也没有。

“行了，别晃了，你看这周遭杂草都生出来了，看起来这门关了有月余了。”英亲王道。

左相大急：“王爷，我能不急吗？太子危在旦夕，这……谢氏盐仓的人哪里去了？”

“问问左右邻居吧。”右相道。

英亲王点点头。

永康侯走到一旁的邻居门前叩门。

有人从里面探出头，见几人身着官服，知道是大官，连忙见礼。

“我问你，这谢氏盐仓的府邸怎么关门了？人呢，都哪里去了？”永康侯问。

那人连忙道：“自从云继公子失踪，谢氏盐仓上下便全出动去找，只留了看门人在。一个月前，看门人家里出了事，索性锁门回老家了，至今没回来。”

永康侯一听，回头去看英亲王等人。

英亲王摆摆手：“去谢氏六房看看。”

几人点点头，向谢氏六房走去。

来到谢氏六房，左相迫不及待地上前叩门。

门房打开门，见到几人吓了一跳，也是连忙见礼。

左相挥挥手："你家老爷和夫人可在？"

门房点点头："老爷和夫人都在呢。"

左相顿时松了一口气，大喜："快去禀报，就说我们要见你家老爷和夫人。"

门房应了一声，撒腿向内院跑去。

不多时，谢氏六房府内的人都被惊动了，谢氏六房的老夫人、老爷、明夫人都走了出来，一群人浩浩荡荡的。

谢氏六房的老夫人和宫里的林太妃是手帕交，虽然没品级，但是辈分在这里，英亲王、左相、右相、永康侯在她面前都算是小辈，见她竟然迎出来了，连忙上前见礼。

六房老夫人摆摆手，连连说使不得，又问英亲王几人："王爷啊，我们府中这是出了什么大事，怎么劳动你们几个都来了？"

英亲王连连摇头："老夫人且宽心，不是府中的大事，是朝中的大事，本王几人过来，是有要事相求。"

英亲王说了个"求"字，六房老夫人吓了一跳，连忙看向她的儿子和儿媳。

六老爷因为身子骨弱，一直未入朝，只是打理府中产业，但是人并不憨傻，相反，谢氏的人都极其聪明，闻言连忙道："王爷、两位相爷、侯爷，先请入府。"

英亲王等人知道门口不是说话的地方，齐齐点头。

一行人入了府。

来到会客厅，上了茶水果盘，遣散了下人，就剩下六房老夫人、六老爷、明夫人三人招待众人。

英亲王率先说明来意，询问府中是否有黑紫草。

"原来王爷是为了这事而来。"六房老夫人人虽然老了，但是不糊涂，摆摆手道，"半个时辰前，宫里的太妃派人给我传了信儿，就是询问这黑紫草。后来我才得知，是临安城出了事，需要黑紫草。只是我们府中一直没有黑紫草啊。"

"太妃竟然先给您传了信？"英亲王一愣。

"太妃也是为了八皇子。自从太子离开后，八皇子监国，八皇子毕竟年纪小，出了这等大事，一时间乱了方寸，京城内外都找不到黑紫草，太妃便想着来问问我府内有没有。"六房老夫人道。

"老夫人，谢氏六房在谢氏中不大也不小，据本相所闻，谢氏每座府邸都有私库，尤其是您府中的六老爷常年体弱多病，按理说，药材更应该齐全才是，为何一直以来没有黑紫草？"左相盯着六房老夫人问。

六房老夫人看着左相，有些犹豫："这……"

"老夫人，这里面莫非有什么隐情？"永康侯问。

英亲王和右相也看着六房老夫人。

六房老夫人看向儿子和儿媳。

六老爷和明夫人也有些犯难，似乎的确有什么事情不好说。

英亲王看着三人道："老夫人、六老爷、六夫人，临安城发生瘟疫的事情你们想必也知道了，太子日前在临安城也染上了瘟疫，目前临安城十几万百姓都等着黑紫草救治，可是临安城方圆五百里内的黑紫草都被人搜刮殆尽了。消息传到了京中，皇上今日下旨，京中各大药房、各大府邸只要有黑紫草的都赶紧献出来，可是找遍了京城内外都没有黑紫草。我等这才想到来你们府邸，想着堂堂谢氏，总该有黑紫草的。"

"是啊，若是没有黑紫草，不止太子性命不保，临安城十几万百姓的性命都不保，临安城就毁了。更何况，忠勇侯府的谢侯爷在去漠北的路上，被大雨拦在了临安城，恰巧赶上瘟疫，如今也被困在临安城。"右相道，"谢氏六房和忠勇侯府可是关系最近的府邸，哪怕能看着太子出事，也不想谢侯爷出事吧。"

六房老夫人闻言看向左右，六老爷和明夫人对看一眼，对老夫人点了点头，老夫人方道："不是老身不愿意说，这里面确实有些隐情不便说。不过既然关系到太子和谢侯爷的安危，自然也顾不得那许多了。"

英亲王等人闻言，齐齐竖起耳朵。

六房老夫人道："王爷和两位相爷、侯爷虽然一直在京城忙于要务，对有些事情了如指掌，但对有些事情嘛，可能就有所不知了。谢氏米粮的云澜公子一直有隐疾，整个谢氏只要有黑紫草，每年都会送到云澜公子府上，他的病就需要黑紫草。"

英亲王等人闻言一愣。

右相道："竟有这等事，为何我等一直未曾听闻？"

明夫人接过话道："老身方才说了，王爷和相爷、侯爷一直身负朝中要务，对某些小事自然就不留心了。更何况云澜公子虽然有才华，但是因身体有隐疾，又素来低调行事，加之三年前离京去平阳城休养，逐渐淡出了京城。况且，隐疾这种事情，对我们谢氏来说不是什么好事儿，自然是能瞒就瞒了。所以王爷、两位相爷、侯爷不知道也不意外。"

"实不相瞒，这些年皇上对于谢氏的动静一直有所注意，谢氏各府将自家所有的黑紫草都给了谢氏米粮的事，本王却半丝风声都不曾听到。"英亲王道。

明夫人顿时笑了："皇上和王爷以及朝中众位大人都是盯着江山政权相关的经济命脉，若不是出了临安城这等危及性命的大事，根本不会注意到黑紫草这种药材。"

"说得有理。"右相颔首。

英亲王闻言道："这么说，整个谢氏都不见得有黑紫草了？"

"如今不是黑紫草生长的季节。往年，黑紫草成熟后，我们各府从自家产业下收到的黑紫草都会趁着新鲜立即送给云澜公子。为了自己的病，他有专门的保存之法，可以使黑紫草保持最好的药效。"明夫人道，"所以整个谢氏除了云澜公子那里，别处怕是都没有黑紫草。"

英亲王看向左、右相和永康侯，四人面面相觑。

过了片刻，英亲王忧愁地道："云澜公子自从去了丽云庵，至今下落不明，这可怎么办？！"

左相急急地问明夫人："夫人，你们每年将黑紫草送给谢云澜，都送去哪里？"

"以前是送去他的府邸，后来是送去平阳城。"明夫人想了想道，"云澜公子身边有一位神医，叫作赵柯，黑紫草就由他接收。云澜公子虽然失踪了，但赵柯兴许还在平阳城。若是去平阳城找找赵柯，兴许能拿到黑紫草。"

左相腾地站了起来："事不宜迟，王爷、右相、侯爷，咱们赶快走吧！"

英亲王也站起身，皱眉："咱们几人去平阳城？"

"先进宫找皇上啊，让皇上派人去平阳城。"左相道。

右相立即道："一定不能走漏风声。若是我们进宫去找皇上，没准别人也会得到消息。连皇宫御药房中的黑紫草都不见了，可想而知背后之人的险恶。"

"依你说那该怎么办？"右相急道，"无论如何，还是先救太子要紧。"

"王爷，铮小王爷何时回府？"右相问英亲王。

英亲王摇摇头："我哪里晓得。"

"最好赶紧找到铮小王爷，这件事儿最好是让铮小王爷出手。目前赵柯处恐怕是唯一有黑紫草的地方了，若是别人去不见得能拿到黑紫草，遑论还有背后的人。若是抢夺，寻常人去，怎么抢夺得过？"右相道。

英亲王点点头："也是。这样，先去我府里，看看王妃能否找到他。自从当年他出了事，险些在乱葬岗丢了命，回来后王妃便在他身上种了特殊的香。她养了一只鸟，紧急时那鸟能循着香找到他。现在迫不得已只能用这个法子了，毕竟临安城之事十万火急。"

英亲王话音刚落，左、右相和永康侯也觉得别无他法，齐齐颔首，一起出了谢氏六房。

四人离开后，六房老夫人叹了口气："先是云继公子不知所终，再是云澜公子下落不明，谢氏米粮和谢氏盐仓的人都去找两位公子了，忠勇侯府也人去楼空，如今在这京城里，谢氏的大户只我们一家了。"

"老侯爷离开前，不是给咱们府传了信儿，说是避世一阵子。"明夫人道。

"如今这局势，实在是乱。"六老爷道，"不知道要避世多久。"

"是几个月还是几年，谁都说不准。"明夫人跟着叹了口气，"京城乱，京外也乱，如今这天下不知哪里还有清静之所。老侯爷说是出去转转，游历散心，不知能去哪里。"

"我们要不要也寻个地方离京安置？"六老爷道。

明夫人看向六老爷："我们祖祖辈辈都在京中，靠祖荫田产过活，一直以来我们谢氏六房靠忠勇侯府庇护，府中只养些家仆和几名护卫，就算出京安置，能去哪里？"

"也是！"六老爷惭愧地道，"都是我无能，让母亲和你劳心劳力。"

"快别说这种话了！你的身子骨从生下来就弱，能平平安安过一辈子娘已经很知足了。"六房老夫人训斥了六老爷一句。

"娘说得对，我不求你高官厚禄、大富大贵，也不求你像别人一样精于算计。谢氏长房一直以来汲汲营营，结果又如何？除了芳华小姐保住个谢林溪外，其余人如今落得那个下场。咱们在京中能够安稳度日，我已经很知足了。"明夫人也连忙道，"咱们哪里都不去，忠勇侯府无人了、谢氏米粮无人了、谢氏盐仓无人了，但是不能让别人说我们谢氏无人了。我们谢氏六房就在这京中屹立着，只要我们在，我们谢氏就会一直在！"

"说得对！"六房老夫人一拍桌子，赞扬道，"我们谢氏这一代算是到了生死存亡之际，渡过这道难关便能再繁荣百年；若是渡不过，也只能尽人事、听天命了。这一次，我们哪里也不去。"

六老爷点点头："听娘和明儿的。"

"伊儿这两日一直在我身边提起芳华小姐，求我去打探打探她的消息。"明夫人道，"说来也怪，这孩子自小没和芳华小姐见几面，却一直喜欢她。那天她去街上看到张贴的圣旨休书的告示脸都白了，跑回来说铮小王爷如何如何喜欢芳华小姐，一定不会同意休妻的，一定是皇上作怪，还跟我说了不少关于皇上的大逆不道的话，被我喝止了。这孩子这几日闷闷不乐的，让人忧心。"

"人与人之间啊，讲究的是个投缘。我和林太妃也是一见如故，成了手帕交，伊儿喜欢芳华那丫头也没什么奇怪的。那样的丫头，我见了也喜欢。她那样的才是我们谢氏真真正正的大家闺秀，从骨子里透着尊贵沉静，比当年她姑姑还要出挑。"六房老夫人道，"照我看啊，你不必担心伊儿，她性子活泼，性情讨喜，凡事一点就透，不钻牛角尖，不像她姐姐，唉，被我养成执拗的脾气，闷声不语的，什么事都在心里憋着，近来日渐消瘦，才真让人忧心。"

"她还是放不下八皇子？"明夫人闻言也愁了起来。

六房老夫人点点头："这也怪我，冤孽啊。我早先是想给她结一门好姻缘，林太妃性情平和，看事通透，无子无女能在宫中安稳度日这么多年，是个明白人，她教导成人的八皇子品性肯定没问题。没想到咱们家姑娘对他钟情，他却无心，这岂不是冤孽？"

"如今正是多事之秋，京里京外事故不断，八皇子毕竟是皇子，如今年纪轻轻便监国的重担压在身上，将来啊是福是祸难说。就算他们彼此有心，将来也未必是好姻缘。八皇子无心正好，咱们家的姐儿，慢慢开导吧，她总有想明白的一天。"明夫人叹了口气，"娘也别自责了，依我看，一个是天子之家，一个是富贵人家，规矩多不说，自古就是富贵险中求，这一生都要受累，倒不如寻常人家。"

六房老夫人拍拍明夫人的手："还是你看得通透。我这人老了，糊涂了，年轻的时候也跟你一般通透，可是如今搁在小辈身上，就起了不该有的念想，以至于苦了那孩子。回头我再劝劝她。"

明夫人点点头。

英亲王等四人出了谢氏六房，匆匆向英亲王府而去。

来到英亲王府，英亲王问守门人："铮儿回来了吗？"

守门人摇摇头："小人不知，没见到小王爷。"

英亲王叹了口气，邀请左、右相和永康侯入府，同时对喜顺吩咐道："快去请夫人去前厅。"

喜顺没立即去，而是小心地问："王爷，若是夫人问起何事，奴才如何说？"

"就说事情紧急，有了黑紫草的眉目，需要夫人帮忙用特殊的办法先找到铮儿，让他去找黑紫草。"英亲王低声吩咐。

喜顺闻言连忙去了。

英亲王带着那三人去了会客厅。

正院内，英亲王妃刚歇下，喜顺就匆匆跑来，春兰拦住他："出了什么事跑得这么急？"

"王爷要找夫人。"喜顺小声道。

"什么事？"春兰问。

喜顺贴在她耳边低语片刻。

"这……"春兰犹豫了，"夫人有好几日没好生休息了，如今刚刚睡下……"

"王爷带了左相、右相和永康侯来，正在前厅等着夫人呢。还是将夫人喊醒吧，毕竟关系到太子和临安城十几万人的性命。"喜顺道。

春兰点点头，无奈地进了里屋。

英亲王妃被春兰喊醒，听闻之后，问："王爷说有黑紫草的眉目了？让铮儿前去？"

"喜顺是这样传话的。"春兰道。

"可是铮儿才回来，累得跟什么似的，怎么去？"英亲王妃心疼儿子，"王爷也真是的，谁去一趟不行，非要铮儿！"

"定然是别人做不来，王爷才急着找小王爷，毕竟咱们小王爷可是有真本事的。"春兰道。

英亲王妃想了想："这样，我先去看看到底是怎么回事，回头再做打算。"话音刚落，她披衣起床，穿戴妥当，出了房门。

来到会客厅，英亲王将在谢氏六房的事情与英亲王妃说了一遍。

左相、右相和永康侯都看着英亲王妃。

尤其是左相，一改昔日的脾气，软语相求："王妃，你既然有办法找小王爷，就快快请小王爷回来吧！平阳城小王爷熟悉，那赵柯小王爷也认识，这座京城里，再没有比小王爷更适合做这件事情的人了。"

"话虽然是这么说，可是铮儿一直在京中处理那些案子，有他坐镇京中，京中还安稳些，毕竟是天子之地。若是他出了京，这京中就只有一个八皇子了，稚嫩得很，哪里能稳住朝局？再出大事怎么办？"英亲王妃闻言有些忧心。

"京中还有我们几个在，拼了老命也要护住皇上，稳住京城。"左相立即道。

右相颔首。

永康侯挺了挺胸脯："当务之急是拿到黑紫草。"

英亲王妃犹豫片刻，点点头："这样吧，我现在就回院子，让那只鸟儿试着去找找。虽说自小养着它，可从来不曾用过，希望能管用。"

左相见英亲王妃答应，大喜："劳烦王妃了。"

英亲王妃出了会客厅。

她先回到正院，之后吩咐春兰："你去落梅居一趟，将情况和铮儿说说，问问他怎么办。"

春兰应了一声，连忙去了。

落梅居院门紧闭。

春兰敲了好几下门，林七才探出头，见是她，问明来意，请她进了院子。

秦铮在英亲王妃走后便躺到了床上。数日前大床上的锦绣被褥至今未换，上面还有谢芳华身上特有的海棠香和药香。他躺下后扫视了一圈，屋中的东西她一样都没带走，包括她最喜欢的首饰。

虽然她人离开了，但就像只是出远门了一样。

贴遍整个南秦的告示和关于圣旨休书的议论丝毫没影响到落梅居，陈设一如从前。

他躺了片刻，实在累极了，终于睡了过去。

春兰来到，喊了几声，秦铮才醒来，嗓音沙哑地问道："何事？"

春兰将英亲王妃交代的话一五一十地说了，最后道："王爷、两位相爷、永康侯如今都在前厅等着呢，王妃没办法，才让奴婢来找小王爷询问此事该怎么办。依照王爷和那三人的意思，此事非小王爷您去不可。"

"谢氏每年的黑紫草都给了谢云澜治病？"秦铮从床上慢慢地坐起身。

"据王爷说，谢氏六房的人是这样说的。谢氏六房的人本来不愿意说出隐情，是因为谢侯爷和太子都在临安城，危在旦夕，迫于无奈才说的。"春兰道。

"往年黑紫草都交给了赵柯？"秦铮又问。

"是这样说的。"春兰道。

秦铮眯起眼睛，静思片刻，对她道："你去告诉娘，让她去前厅回话，就说我就在京城，很快就回来。"

"小王爷，您真要去平阳城？那您的身体吃得消吗？"春兰担心地道。

秦铮摆摆手："无碍。"

春兰只能转身离开去正院回话了。

英亲王妃听春兰说完，又是心疼秦铮又觉得他既然答应了，那么就有了非去平阳城一趟不可的理由，此事的确至关重要，她只能去了前厅。

英亲王、左相、右相、永康侯四人得到英亲王妃的答复，一颗心都落了地。

四人等了小半个时辰，秦铮终于出现在前厅。

"你去了哪里？"英亲王见到秦铮，打量了他一下，发现除了眉目间隐约有丝疲惫，看不出丝毫异常，才略微宽心。

秦铮扫了四人一眼："我先去平阳城，不过要一个人跟我一起去。"

"哪个人？小王爷只管说。"左相立即道，"只要能救太子，能救临安城百姓，小王爷有什么条件，只要我们能做到，一定万死不辞！"

"万死倒不必，就是崔意芝。"秦铮摆摆手。

"崔意芝？兵部侍郎？"右相看着秦铮，"小王爷，你去平阳城是为赵柯手里的黑紫草，崔意芝去有何用处？"

"清河崔氏和平阳城离得近，另外他会清河崔氏嫡传的千里追魂术。我娘用在我身上的香不过是皮毛，只能在方圆百里内找到我的踪迹，而清河崔氏真正的追魂香就不同了，千里之内都可查到踪迹。"秦铮道。

"赵柯不就在平阳城吗，需要崔意芝千里追踪？"永康侯不解。

"谢云澜失踪了，他是谢云澜身边的医者，如今不一定在平阳城。"秦铮道，"若是能找到他在哪里，也就能找到黑紫草。"

"小王爷说得有理。既然如此，事不宜迟，赶紧去喊崔意芝。"左相急道。

"你先别急，崔意芝自从上任后一直在兵部，派个人去喊就是了。"右相转头对英亲王道，"不过，官员无事不得疏于职守离京远行，还是要先进宫禀告皇上。另外，咱们出宫前皇上说要见小王爷，既然小王爷回来了，就赶紧去禀告皇上。"

"这样，铮儿，我派人去知会崔意芝来府上，你现在就进宫一趟见皇上吧。"英亲王道。

"当务之急是找黑紫草，皇叔那里爹代我去吧。告诉皇叔，就说我拿他的东西再用几日，回京后还给他。"秦铮说着转身出了房门，摆摆手，"我先去娘那里一趟，崔意芝来了派人告诉我。"

声音未落，人已经走没影了。

英亲王、左相、右相、永康侯互相看了一眼，虽然都不甚明白他拿了皇上什么东西，但觉得定然是极其重要的东西。不过这不是最主要的，如今黑紫草才是重中之重。他们相信，只要秦铮去，一定可以找到黑紫草，救临安城于危难之中。

# 第四十三章

# 千里追踪

秦铮在英亲王妃处等了大约两盏茶工夫，崔意芝进府的消息传到了正院。

"铮儿，你实话告诉娘，你带上崔意芝，是不是想要利用清河崔氏嫡传的追踪术找华丫头？"英亲王妃盯着秦铮问。

秦铮扯了扯嘴角："女人这么聪明做什么？娘，您少操些心，不累吗？"

"你个小兔崽子！你若不是我儿子，你看我还操不操心！"英亲王妃狠狠地拍了他一下，警告道，"我告诉你，你若是找到华丫头，再不准惹她生气，好生跟她赔礼道歉。"

"没做错的人赔什么礼道什么歉？"秦铮嗤了一声，"您还是烧香拜佛祈祷我能找到她吧。她的本事比您儿子大，就算我找到了她，她不见我，我也没办法。"

英亲王妃哼了一声："你们俩之间到底出了什么事我不知道，但我知道华丫头这么做必定有她的道理。不是你将她的心伤得太过，就是她有逼不得已的理由。总之，收起你的破脾气，无论用什么方法也要将人给我找回来。"

秦铮不语。

"虽说圣旨休书传遍了天下，百姓们都觉得你们没有任何关系了，但是在娘的心里，她还是我的儿媳妇。"英亲王妃道。

秦铮弹了弹衣襟处的褶痕，忽然一笑，理所当然地道："那是！"

"臭小子！"英亲王妃看他的模样，笑骂了一句，嘱咐道，"小心点儿。"

秦铮点点头，出了正院。

他来到前厅时，崔意芝已经和英亲王、左相、右相、永康侯叙了一会儿话，见他来到，崔意芝对他见礼："表兄。"

秦铮摆摆手："走吧。"

崔意芝颔首。

秦铮径直向府门口走去，一句话也未与那四人说。

英亲王等四人互相看了一眼，都已经习惯了秦铮的脾气。英亲王追上前嘱咐了两句，秦铮漫不经心地点头，来到门口，翻身上马，向城门驰去。

崔意芝跟在他身后。

英亲王、左相、右相、永康侯四人目送二人离开，商量片刻，一起出了英亲王府，去了皇宫。

皇帝正在寝殿等着秦铮的消息。

英亲王等四人进了宫，来到寝殿，见到皇帝，将从谢氏六房得到的隐情和秦铮、崔意芝已经离京的消息向皇帝禀告了一遍。

皇帝听罢，脸色微沉："你们是说，除了忠勇侯府外，谢氏米粮和谢氏盐仓都没人了？"

"都是人去楼空。"左相道。

"谢氏想要干什么？！"皇帝大怒，猛地一拍桌案，"朕这个皇帝看来谢氏是真看不在眼里了。"

"皇上息怒！"右相上前一步，拱手道，"忠勇侯府的老侯爷早已经赋闲在家，武卫将军已经交付了军职，至今未得起复任命，谢林溪无官一身轻，这三人都不在朝中，去哪里是他们的自由。另外谢氏米粮和谢氏盐仓本来就是在商言商，更不受朝中限制，离开一不违法，二不犯罪。只不过谢氏是大族，才让皇上觉得不该如此。话又说回来了，南秦建朝时，可是太祖皇帝亲自请谢氏入世，就算谢氏悉数退朝也没什么不合理。更何况，谢墨含不是和太子一起被困在临安城吗？谢氏目前的情形，也算是权衡利弊后的折中之法，毕竟连臣等都能看清，近来京城内外这许多事情，不是冲着皇室来的，就是冲着谢氏来的。"

皇帝闻言面色稍霁："你们确定这次的事情不是谢氏联手幕后之人在背后搞鬼？否则谢云澜的病怎么不需要别的药，偏偏是黑紫草？朕一直未曾听闻此事，谢氏将此事瞒得如此密不透风，其心可疑。"顿了顿，他又怒道，"更何况还有个离京出走的谢芳华！"

"这……"右相看向英亲王等三人。

英亲王拱手道："谢云澜一直有隐疾，他毕竟是谢氏米粮的继承人，谢氏为了家族考量，一直不声张也是情理之中。至于谢氏是否联手背后之人搞鬼，臣觉得不可能。老侯爷忠心可鉴，谢氏这些年也一直避退皇室锋芒，更何况谢侯爷如今和太

557

子一样困在平阳城，他可是忠勇侯府唯一的嫡子。"

"王爷说得有理！"永康侯拱手，"当务之急是让小王爷找到赵柯，拿到黑紫草解临安城之危。既然小王爷已经前去处理，臣相信定然能救太子和临安城十几万百姓。"

"不错！谢氏如今还有谢氏六房在，谢云继、谢云澜相继失踪，谢氏米粮和谢氏盐仓理所当然倾巢去找，忠勇侯府目前恐怕也是力求自保。"左相连忙道，"臣等一定在太子和小王爷都不在京城的情况下守好京城，别再出什么大乱子！"

"左相言之有理！"英亲王、右相、永康侯连忙附议。

四人在朝为官这么多年，这次难得达成一致。

皇帝面上的怒意彻底散去，点点头："八皇子行事不够成熟，你四人将京中的事务安排一下，这期间切勿再出差错。"

四人齐齐颔首。

不多时，八皇子被叫到了宫中，与英亲王、左相、右相、永康侯四人一起商议京中的布置。

秦铮和崔意芝出了城门，走出五里，秦铮勒住马缰，对崔意芝道："用清河崔氏的千里追踪术找她该怎么找？"

崔意芝看着秦铮："表哥说找谁？"

"少明知故问。"秦铮斜了崔意芝一眼。

崔意芝似笑非笑地看着他："王爷和两位相爷、侯爷对我说找谢云澜身边的神医赵柯，可没说找别人。"

秦铮眯了一下眼睛："据我所知，清河崔氏的千里追踪术要用被追查那人的发肤，归鸟闻之而识人。谢云澜和赵柯的发肤爷没有，但结发为夫妻，恩爱两不疑，她的发肤我这里有。"

崔意芝眨眨眼睛："表哥觉得追踪到她，就能找到赵柯吗？"

"找不找得到赵柯不确定，但是黑紫草一定可以找到。"秦铮话音刚落，踹了崔意芝一脚，正踢在他的腿上，"少废话，让你找就快些找。"

崔意芝哟了一声，不满地道："你这是求人的态度？"

秦铮冷哼一声："你入京，无非想使你这一支成为清河崔氏的领头，将来别的支系难以望其项背。你若是跟着我办好这件事儿，我保证回京之后兵部尚书的职位是你的。"

崔意芝顿时挑起眉梢："表哥此言当真？"

"爷的嘴里不说虚言。"秦铮道。

崔意芝看着秦铮："我入朝为官，年纪尚轻，起步就是兵部侍郎，本已让满朝

558

文武颇有微词，若是这番与你出来回京之后便是兵部尚书，那么……"

"那么也只能羡慕你、巴结你、奉承你。"秦铮接过他的话，"你便是南秦有史以来最年轻的兵部尚书，掌管整个南秦的武官选用、兵籍、军械、军令、驿站。清河崔氏多少年来都是诗书礼仪传世，不善兵法韬略，而你便是开了先河。到那时整个清河崔氏的话语权便掌控在你手中，史官也会将你载入史册。"顿了顿，他哼道，"当然，是名留青史还是遗臭万年，就看你如何为官了。"

"表哥可真是厉害，能洞察人心，识破时局并加以利用。"崔意芝哂笑，"你给出了我连拒绝都不能的好处，我随你这一去，岂不是得万死不辞？"

秦铮瞥了他一眼，算是默认了。

"前方找个僻静之处，将你的'结发为夫妻、恩爱两不疑'的定情之物交给我吧。"话音刚落，崔意芝又提醒道，"不过我这千里追踪术怕是会毁了你的心爱之物，毕竟要先毁后追，表哥可别心疼。"

秦铮嗤了一声："人若是找不回来，我留着一缕头发管什么用。"

崔意芝看着他，故意泼冷水："找回来了你们也不是夫妻了，没关系了。"

秦铮沉下脸："不破不立。"

崔意芝咳嗽了一声："那我就等着看表哥如何破了再立。"话音刚落，他纵马向一片山林驰去。

秦铮不再言语，纵马追上他。

二人来到山林中，寻到一处隐秘之地，秦铮将结发的同心结拿出来，递给崔意芝。

崔意芝接过。

秦铮背转过身子："你尽管专心追踪，我给你望风，这里不会有人来打扰你。"

崔意芝应了一声，打起精神，按照清河崔氏的不传之秘施展千里追踪术。

半个时辰后，他一身大汗地从树后出来，手掌心托了一只鸟，对秦铮道："我们跟着它，它能帮我们找到你要找的人。"顿了顿，他又道，"不过我自从学了追踪术，还是第一次用。"

秦铮点点头，翻身上马。

崔意芝也上了马，擦了擦汗，一扬手，那只鸟儿飞向上空。

二人见那只鸟在半空中打了个转，向西南方飞去，齐齐双腿一夹马腹，跟在那只鸟后，向西南方驰去。

傍晚时分，秦铮和崔意芝在鸟儿的牵引下来到了平阳城西南方三十里的地方。

这是一处断崖。

那只鸟儿来到此处，在断崖上空盘旋了一圈，然后从崖上俯冲而下。

秦铮和崔意芝齐齐勒住马缰，看着面前的断崖。它高达万丈，四周没有浓密的草木，只有一座光秃秃的断崖，崖上有一块极大的石头，上面用大字刻着"奈何崖"，右下角写着两句诗：奈何从此过，魂断九天崖。

"表哥，怎么办？这座崖看起来深不见底。"崔意芝看了片刻，转头问秦铮。

秦铮看着前方断崖，这时日头已落，崖上雾霭沉沉，他的目光和雾霭一样深沉："下去。"

"怎么下去？"崔意芝左右看了一圈，"这里没有路，我们要下去，只能去找谷底的入口，可是这么长的断崖，入口在哪里？"

"这座奈何崖在记载上没有入口。"秦铮道，"跳下去！"

"什么？"崔意芝大惊，"跳……下去？"

秦铮点头："你没听错，跳下去。"

"我们会摔个粉身碎骨！"崔意芝脸色微变，像看怪物似的看着他，"表哥，你没发烧吧？鸟儿有翅膀可以飞下去，我们有什么？这山崖高达万丈，我们跳下去找死吗？你没见到那石头上写着若是从此过，便魂断九天吗？"

秦铮冷哼一声："我偏要从这里过，就不信会魂断九天。"

崔意芝一时无语。

秦铮翻身下马，甩了马鞭，向前走去。

崔意芝立即下马疾走几步，一把拽住秦铮："喂，你还真要跳啊？"

"你当我跟你说笑？"秦铮挑眉，甩开他的手。

崔意芝摇头："要跳你跳，我反正不跳。"

"你不跳不行！"秦铮反手扣住他。

"喂！"崔意芝大怒，"你抽风找死也别拉上我啊，我还没活够呢！"

"你当我活够了？"秦铮从腰间抽出两条环锁，将其中一条递给崔意芝，"放心，只要你按照我告诉你的方法，我们相互扶持着下去，死不了。"

崔意芝伸手接过环锁看了一眼，只见是玄铁打造，两头挂有金钩，金钩极其锋利，他怀疑地看着秦铮："当真？"

"当真！"秦铮颔首。

崔意芝见他主意已定，知道自己就算想不下去也不行，只能点头。

秦铮来到断崖边，向下望了一眼，对他道："我先下去，你依照我的方法，我们轮流往下。谨记，别出丝毫差错，否则我也救不了你。"

崔意芝看着浓雾弥漫的断崖下面，这时已经看不到他那只鸟儿的踪迹："我现在反悔还来得及吗？"

"你说呢？"秦铮瞥了他一眼，"富贵险中求！"

崔意芝狠狠剜了他一眼，不再吱声了。

秦铮用环锁扣住自己的腰，两头都留出很长的锁链，系好后他看着崔意芝。

崔意芝无奈，照着他的方式，将环锁扣在了自己腰间。

秦铮两手拿着环锁的两头，在崖边俯身跳下，落下去三丈后，狠狠地甩出环锁的一头，锋利的锁钩刺入石壁，稳稳地将他挂住。

崔意芝看出些眉目——按照秦铮的方法，他们轮流下行，虽然会拖延些，指不定什么时候能到万丈悬崖下，但是只要不出差错，一定能平安下到崖底。

"下来！"秦铮喊了一声。

崔意芝应声，按照他的方法跳了下去，同样下落三丈后挂在崖壁上。

秦铮见他下来，将另一头的锁钩钉在崖壁上，同时拔出早先钉上去的锁钩。

崔意芝亦然。

这样，二人相互扶持，沿着万丈悬崖一步步向下。

秦铮武功高绝，崔意芝武功亦不低，二人相互配合，下崖的速度虽然称不上奇快，但也不慢。

因天色已晚，断崖下又弥漫着浓浓的雾气，所以半个时辰后二人只能尽量靠近，以看得见彼此的距离小心地下落，这样一来，速度就慢了下来。

落到深处时，四周已经是伸手不见五指。

秦铮从怀中掏出夜明珠，两人才勉强能看清对方的脸。

一个半时辰后，崔意芝的额头已经见了汗，他有些气喘："表哥，你预测还有多久？"

秦铮从壁上抠下一块石子，向下扔去。

石子不大，但也不小，向下滚落，久久不闻落地的声音。

秦铮过了半晌道："至少还有一半的路程。"

崔意芝心下一灰："我怕是坚持不住。"

秦铮向下看了一眼道："稍后找到合适的位置，我们歇歇。"

崔意芝点点头。

大约又过了半个时辰，有一块凸起的大石从崖壁处横出，恰巧能容纳两个人，秦铮示意崔意芝可以在这里休息。

二人并排坐在凸起的石头上，四周除了浓雾，黑漆漆的什么也看不见，而且出奇静谧。

崔意芝坐了片刻，待身上的汗干了之后，细细思量了一下，疑惑地道："我养的那只鸟不同于寻常之鸟，夜能视物。按理说，这万丈悬崖它俯冲而下，虽然浓雾弥漫，但是应该难不住它，它早该折回来才是，怎么至今不见踪影？"

秦铮挑了挑眉："依你所知，它俯冲下万丈悬崖，多久能折返？"

"最多半个时辰。"崔意芝担忧地道，"刚刚我们一直向下，没工夫理会，如今想来不对劲啊，它莫不是出了什么事情？"

秦铮向下看了一眼："既然如此，也许被你猜中了。"

崔意芝闻言面色一寒："那可是自小跟随我的鸟儿！"

"既然是自小跟随你的鸟儿，又通灵，除非撞上崖壁或者自己出了事，否则被人抓住的话，应该不至于丢了性命。"秦铮道，"有本事抓住它的人，想必也能识破它的珍贵，不会轻易杀掉。"

崔意芝松了一口气，事关自小养的鸟儿，他也不想再歇着了，焦急地道："走吧！"

秦铮点点头。

二人继续沿着崖壁向下。

两个时辰后，二人来到了崖底。

在夜明珠的照耀下，崖底泛起一片亮光。

崔意芝看到之后，脸都变了："表哥，这崖下是水！"

"看到了。"秦铮抿唇，"我们浮水过去。"

崔意芝立即道："我不会浮水。"

秦铮偏头看了他一眼，见他脸色不只是白，还是惨白，于是伸手扣住他的手："我带着你。"

崔意芝摇摇头："现在是深夜，我们不知道这水的深浅，也不知水面有多宽，还是找个地方休息等到天明吧。否则有我拖累你，万一水中遇险，你一人恐难支撑。好不容易辛苦下了悬崖，我可不想命丧水里。"

秦铮思忖片刻，觉得有理，他们下崖用了四个时辰，别说崔意芝，就是他也有些受不住了，他点点头："这样，我们沿着崖壁找一处能歇脚的地方，就按照你说的，等到天明。"

崔意芝松了一口气。

二人沿着崖壁找了足足两盏茶的工夫才找到了一棵从崖底长出的大树，大树生长了数千年，枝干十分粗大，容纳两个人绰绰有余。

崔意芝上了树干，四仰八叉地躺下，累得连话也不想说了。

秦铮拿着夜明珠观察了一圈，没见到什么异样，便也歪躺在树干上。

天明时分，谷底渐渐有了微弱的亮光。

秦铮睁开眼睛，慢慢坐起身。谷底的雾依旧浓郁，不过能依稀看清四周的情形。这是一座四面环山的绝谷，谷底全是湖水，就像一个密封的大罐子，只有上方的口是敞开的。

怪不得这里叫作奈何崖。

寻常人从上面掉下来，掉进水里就算不摔死，也会被淹死，不被淹死，也会

562

饿死。

奈何从此过，魂断九天崖。

他又抬头向上望，四面崖壁高耸，头上雾霭浓浓，真如九天上的云。

崔意芝此时也醒来了，当看清四周的环境时，他好不容易恢复如常的脸色霎时又白了，他看向秦铮："这就是一处绝谷！我们怎么办？"

秦铮的唇抿成一条线："难道你的鸟儿嗅觉失灵了？"

崔意芝立即摇头："不可能！从小到大，我训练它多少次，从没出过错。"

"那就是了！这里看着像是绝谷，但是定然有什么名堂。"秦铮道。

崔意芝闻言安静下来，细细观察周遭的环境，可是石面光滑，水面澄净，除了这棵大树别无异常。他道："这里的石壁光滑得连个洞口都没有，水面清得都看不见鱼，实在看不出有什么名堂和出路。"

"你先待在这里等着，我下水去看看。"秦铮道。

崔意芝连忙挥手拦住他："表哥，你的水性怎么样？这潭水只怕不浅，只会浮水不管用。"

"放心！"秦铮打开他的手，跳进了水里。

崔意芝暗悔自己没有学浮水，只能干坐在上面等着。

秦铮下水后，靠着夜明珠照亮，潜到湖底，发现湖里连水草都不生，只有累累白骨。他沿着湖底转了一圈，回到了原处。

崔意芝已经等了一个时辰，有些等不住了，见他回来大喜："怎么样？"

秦铮摇摇头："湖底都是人骨，正如你所说，不见活物，连一尾鱼都没有。"

崔意芝心下一灰："那我们怎么办？"

"肯定还有办法。"秦铮运功催干头上、脸上、身上的水，道，"你既然能驯养那只鸟，想必有召回之术。"

崔意芝点点头："有！"

"你现在就召回它，我再沿着岩壁走一遭，看看是否有什么出口。"秦铮道。

崔意芝颔首嘱咐："那你小心些。"

秦铮抽出腰间的钩锁，向一处岩壁走去。

崔意芝施展召回之术。

半个时辰后秦铮回转，见崔意芝大汗淋漓地躺在那里，气息虚弱，问："怎么样？"

崔意芝摇摇头："查不到踪迹。"

秦铮蹙眉，"查不到踪迹？出现这种情况一般有哪几种可能？"

"就如你所说的，一是遇难；二是被人抓住，封闭了它的灵识。"崔意芝有气无力地道，"依着我的猜测，怕是遇难身亡了。否则我手中的尾毛能感受到它，可是如今尾毛全无反应，而寻常之人不可能封闭它的灵识。"

"灵识？"秦铮挑眉。

崔意芝颓废地道："虽然姑姑出身于清河崔氏，但因为族规，此术传儿不传女，传嫡不传庶，所以姑姑对于清河崔氏的追踪术只知其一，不知其二。其实千里追踪术不是清河崔氏所有，而是传自魅族。"

秦铮眯了眯眼睛。

崔意芝脸色发白地道："我的这只鸟儿，叫作封灵。因清河崔氏这一代后辈里，大哥虽然自小聪明伶俐，但是被姑姑接去了英亲王府，被你养废了，所以族中长老选了我当振兴门庭的继承人，并将这只封灵在我五岁时给了我。我虽然心喜族中器重，但是处处受族中掣肘，所以才想借你之力夺得族中的话语权，摆脱钳制我的族中长者，掌控清河崔氏。这些你想必都知道，所以才用兵部尚书一职引诱我，我自然受不住你的诱惑。"

秦铮点点头。

崔意芝话锋一转："可是这一次我若是因为帮你而失了封灵，就算坐上兵部尚书之位，毕竟根基还未稳，如果族中长者发现此事，一样能惩处我。若是因为族规影响仕途，那我这辈子可就完了。"

秦铮闻言询问："在封灵不死的情况下，什么人才能封闭它的灵识，让你查不到踪迹？"

"它出自魅族，自然是魅族之人才能办到。不过据说必须是魅族中习得御灵术的人。"崔意芝道，"魅族的御灵术据说能御天下万物之灵，是皇族秘术。不过就算是魅族皇室中人，能御天下万物之灵者每一代也就一二人而已。"

秦铮闻言静静地思考起来。

"魅族早已经毁了，在世间游走的魅族人都不敢直接现身，免得被世人抓住后不是被千方百计夺走魅术，就是被拿去当治病的活药材。"崔意芝道，"所以我才说，封灵怕是遇险死了。"

秦铮忽然肯定地道："它一定没死。"

崔意芝腾地坐起来："你怎么知道？"

"我就是知道。"秦铮偏头看了他一眼，"给你半个时辰休息，稍后我们动身。"

"去哪里？"崔意芝问。

"折回去。"

"折……回去？"崔意芝仰头看了一眼，脸都灰了，"我们昨夜下来用了四个时辰，如今再折回去？"

"不折回去，难道你要饿死在这里？"秦铮反问。

崔意芝轻哼一声，凑近他："自然不是。你先告诉我，你为何能肯定封灵没死？"

顿了顿，他怀疑地问，"难道……真是有懂得魅族御灵术的人封闭了它的灵识？"

秦铮不语。

崔意芝看着他，见他脸色沉静，什么也看不出来，崔意芝本就聪明，思索片刻，忽然道："我想起来了，你将我拖出京城是为了追踪谢芳华。我启用封灵，也是为了让封灵追踪她。如今封灵失踪，这么说一定是找到她了。既然你这般肯定封灵没死，那么一定是她身边有魅族懂得御灵术之人抓住了封灵。"

"为什么不是她抓住了封灵？"秦铮挑眉。

崔意芝一愣，呆呆地看着秦铮，过了好一会儿才回过神来："你是说谢芳华懂得魅族的御灵之术？她……她不是谢氏忠勇侯府的嫡出小姐吗，怎么会魅族皇族的御灵术？"

"她是忠勇侯府的嫡出小姐，难道就不能会魅族皇族的御灵术？"秦铮反问。

崔意芝一时无言。

半个时辰后，秦铮站起身："走了！"

崔意芝又问："折回去之后，没了封灵，我等于失了嗅觉，我们去哪里找？"

"封灵是从崖上俯冲而下，这里是绝壁天险，它既然下来，那么要找的人一定是在这里。虽然崖底不见踪影，但应该脱不开这整座奈何崖的范围，天已经亮了，我们折回去，也许途中就有收获了。"秦铮分析道。

崔意芝扶额："若是折回去也没有呢？"

"那么我就铲平奈何崖，掘地三尺。"秦铮冷哼一声，"我就不信找不到她。"

崔意芝抬头上望，高耸的崖壁，昨日摸黑下来用了四个时辰，俗话说上山容易下山难，依照他们的武功，加上已经天明，顶多用三个时辰就能到崖顶。依照秦铮的分析，若是谢芳华就在奈何崖半道上的话，他们兴许很快就能找到她。

他点点头；"好，我如今就舍命陪君子了！"

秦铮抽出腰间的钩锁："昨日我们沿着左侧的崖壁下来，今日我们沿着右侧的崖壁折回。"

崔意芝颔首："听你的，你说如何走就如何走。"

秦铮将钩锁扣在崖壁上，身子腾起，一跃便是几丈高，然后挂在崖壁上。

崔意芝依照他的方法，抽出钩锁，同样挂在了崖壁上。

二人互相扶持，一路向上攀去。

一个时辰后，二人寻到了一个山石凸起处，虽然仅能容纳一人，但好歹能轮番休息片刻。

崔意芝看着四周的雾气，对秦铮道："已经上了三分之一，未见丝毫特别之处。"

"天下没有解不开的绳索和破不了的谜题。"秦铮道，"一定有特别之处是我们还未发现的。"

崔意芝点头。

二人休息片刻后，继续向上攀行。

大约又过了半个时辰，秦铮忽然停住，看向一处。

崔意芝顺着他的目光望去，什么也没看到，不由得问道："表哥，你发现了什么？"

秦铮拧眉，伸手一指："那一处，我们过去。"

崔意芝又看了看，疑惑地道："什么也没有啊。"

"不是，有图案。"秦铮说着，便沿着崖壁横向攀爬过去。

崔意芝只能随后跟上他。

二人休憩之处距离秦铮所说的刻着图案之处大约有两丈远。

不多时，二人爬到那里，秦铮停下，贴着崖壁看着壁上的图案。

崔意芝此时也看清了，崖壁上的确有图案，不过这图案像是风雨侵蚀山石长年累月留下的痕迹，他怀疑地道："这图案杂乱无章，不像是机关啊。"

秦铮不语，只盯着图案。

崔意芝看着图案，思索半晌也没思索明白。

大约过了一盏茶工夫，秦铮忽然道："这是魅族的魅梵文所画的八卦图。"

崔意芝大惊："什么？"

秦铮慢慢道："以一为阳，以一为阴，组成八卦：乾为天、坤为地、震为雷、巽为风、坎为水、艮为山、离为火、兑为泽，以类万物之情。乾三连，坤六断；震仰盂，艮覆碗；离中虚，坎中满；兑上缺，巽下断。这不是八卦图是什么？"

崔意芝似有怀疑："这真是八卦图？我也识得八卦图，就算是魅梵文所画，我也该认得出才是，可是这图案怎么看都不像。"

"咱们的八卦图是正八卦，有乾和坤，可是这里没有乾位和坤位，所以你便不识得了。若是我在这里和这里再加上图案呢？"秦铮伸手比画了一下。

崔意芝恍然："你这样一画，还真是八卦图。"

秦铮勾唇一笑："八卦图少了乾和坤，岂不是告诉我们，内有乾坤？"

"对啊！"崔意芝大喜，"也就是说，乾位和坤位是机关所在。"

秦铮摇头："乾坤代表天地阴阳，乾代表天，坤代表地，阳则生，阴则死，所以这乾位才是生门，坤位是死门。"

崔意芝抹了抹额头的汗，对秦铮道："表哥，我向来只觉得你是出身英亲王府，命里好运罢了，如今我才着实敬服你。果然如族中长者所言，你若没有真本事，焉能在京中横着走？"

秦铮轻哼一声："你知道就好。"

崔意芝顿时住了嘴。

秦铮将手覆在乾位上，轻轻向里一推，忽然，石壁动了，他对崔意芝道："后退一步。"

崔意芝立即后退了一步，紧紧地扣住钩锁。

随着石壁松动，秦铮也立即后退了一步。

不多时，石壁从八卦图处慢慢向里陷进去，须臾，一扇门从八卦图的位置向内打开。

崔意芝大喜："表哥，真的有机关！这道机关设置得实在是太巧妙了！"

秦铮点头："我也是第一次见到有人能在半山崖的石壁处设计出这么精妙的机关。"话音刚落，他道，"走，我们进去！"

崔意芝应声，跟在他身后。

二人进了石门，便见到一方空旷之地，大约有一间屋子那么大，石壁四面空无一物，正对着洞门口的是三幅图。

"咦，没人？"崔意芝四下看了一眼，目光定在三幅图上，怀疑地问秦铮，"表哥，这难道也是机关。"

秦铮走上前，看了片刻，颔首："左边是五行阵，右边是九宫阵，中间是三才阵。五行阵是金、木、水、火、土，金位于西，木位于东，水位于北，火位于南，土位于中。九宫阵是一宫坎（北），二宫坤（西南），三宫震（东），四宫巽（东南），五宫中（寄于坤），六宫乾（西北），七宫兑（西），八宫艮（东北），九宫离（南），即由八卦衍生出的八宫加上中央宫，中央宫即上面所说的'五宫'的'中'。三才阵即天、地、人。"

崔意芝疑惑地道："这三幅图不像是这三个阵，难道和外面的八卦图一样，缺少了某个方位？"

秦铮颔首："五行缺土，九宫缺中，三才缺人。土即中，中即坤。这三幅图组成了三个阵，告诉我们人若是想进去要走中间，行差踏错一步即死。"

崔意芝恍然，对秦铮更是敬服。

秦铮伸手按在"土"位和"中"位上，转头对崔意芝道："借你的手用用。"

崔意芝立即将自己的一只手按在"人"位上，咔的一声，石壁震动，一扇门缓缓地在二人面前打开。

门打开之后，是一条长长的甬道，石壁上每隔一米便镶嵌着一颗拇指大的明珠，将通道照得极亮。

石壁上除了镶嵌明珠处，均光滑如镜面。

崔意芝看向秦铮，见秦铮向前走去，他立即跟上。

走了大约两盏茶的工夫，两人来到了甬道的尽头，见到一扇和进来时一样的大门，门上同样画着一幅图，镌刻着魅梵文。

崔意芝感慨："在这绝壁天险之处，入内之后竟然步步机关，设计之人堪称鬼才。"话音刚落，他见秦铮沉思不语，不由得问，"表哥，这个还是阵图？"

秦铮摇摇头："不是。"

"那是什么？你可破解得了？"崔意芝看着他。

"是用魅梵文写的国诏祖训，需要识得魅梵文的篆刻字才能知道内容。从字形上看，'乾坤'少'土'，'九州'少'川'，'闫'字少'三'，意思是，申时三刻入此门。"秦铮轻声问，"如今是几时几刻了？"

"如今午时二刻。"崔意芝道。

"那我们便在这里等吧。"秦铮转过身，背靠着石门坐下。

崔意芝看着他："申时三刻难道门会自动打开？"

秦铮嗯了一声。

崔意芝跟着他坐下，颇为不解地道："表哥，你怎么识得魅梵文？未曾听说你识得这种文字。"

秦铮闭上眼睛，淡淡道："学艺的时候，在师父身边耳濡目染便识得了。"

"这里处处是魅梵文，难道这里是魅族人的居住之地？"崔意芝奇怪地道，"魅国离这里不是有万里之遥吗？而且据说已经灭国了，可是这里好像明镜一般，可见时常有人打扫，故而不见灰尘。"

"魅族是灭国了，但国有界，人无界，魅族人遗落在天下哪一处都不稀奇。"秦铮道。

"也是！"崔意芝想到凡是与魅族有关的人与事都令人十分惊奇，遂点点头，"表哥，这魅梵文的国诏祖训说的是什么？我看不懂。"

"不懂才好。"秦铮疲惫地闭上眼睛，"你看着时辰，申时三刻喊醒我。"

崔意芝见他就这样要睡去，没有解说的打算，有些不满，但想想他又是下水又是攀爬，一直不曾休息，如今又连番费脑费心破机关，只能将不满压下去，点点头："好，我喊你。"

秦铮不再说话，闭目睡去。

崔意芝看着秦铮，果然，他话音刚落不久便睡了过去，崔意芝扁了扁嘴，转头仔细地看着魅梵文。

看了片刻，他的眼睛忽然疼了起来，像是有无数的针在扎他的眼睛。

他顿时大惊，连忙伸手捂住眼睛。

过了片刻，疼痛消失，身上出了一层细密的汗，他才慢慢拿开手，转身去看秦铮。秦铮依旧睡着。他擦了擦额角的汗，不敢再去看那些魅梵文。

眼看申时二刻将过，崔意芝便伸手去推秦铮："表哥，醒醒。"

秦铮醒来，偏头询问："时辰到了？"

"离申时三刻还差一点儿。"崔意芝有些紧张，"你说我们进去，能不能找到谢芳华？"

秦铮不语。

崔意芝打量着他的脸色。睡了一觉后的他精神好了些，但看不出什么表情，这让崔意芝不由得想起很多关于他的传言：铮小王爷年少轻狂，不拘礼数，张扬肆意，横行无忌，脾气乖戾等等，可是如今与他接触得深了才知道，那些全是表象而已。

他其实是一个极其难懂的人。

过了片刻，申时三刻整，门果然如秦铮所料，缓缓地打开了。